GABRIEL GARCÍA MÁRQUEZ

YÜZYILLIK YALNIZLIK

1. basım: 1984
62. basım: Ekim 2014, İstanbul
Bu kitabın 62. baskısı 15 000 adet yapılmıştır.

Kapak tasarımı: Utku Lomlu / Lom Tasarım (www.lom.com.tr)

Kapak baskı: Azra Matbaası
Litros Yolu 2. Matbaacılar Sitesi D Blok 3. Kat No: 3-2
Topkapı-Zeytinburnu, İstanbul
Sertifika No: 27857

İç baskı ve cilt: Ayhan Matbaası
Mahmutbey Mah. Devekaldırımı Cad. Gelincik Sokak No: 6 Kat: 3
Güven İş Merkezi, Bağcılar, İstanbul
Sertifika No: 22749

ISBN 978-975-07-1936-3

CAN SANAT YAYINLARI
YAPIM VE DAĞITIM TİCARET VE SANAYİ LTD. ŞTİ.
Hayriye Caddesi No: 2, 34430 Galatasaray, İstanbul
Telefon: (0212) 252 56 75 / 252 59 88 / 252 59 89 Faks: (0212) 252 72 33
www.canyayinlari.com
yayinevi@canyayinlari.com
Sertifika No: 10758

GABRIEL GARCÍA
MÁRQUEZ

YÜZYILLIK YALNIZLIK

ROMAN

1982 NOBEL EDEBİYAT ÖDÜLÜ

Çeviri
Seçkin Selvi

can

Gabriel García Márquez'in Can Yayınları'ndaki diğer kitapları:

Başkan Babamızın Sonbaharı, 1982
Bir Kayıp Denizci, 1982
Kırmızı Pazartesi, 1982
Şer Saati, 1983
Yaprak Fırtınası, 1983
Kolera Günlerinde Aşk, 1989
Labirentindeki General, 1990
Albaya Mektup Yok, 1991
İyi Kalpli Eréndira, 1991
Hanım Ana'nın Cenaze Töreni, 1992
On İki Gezici Öykü, 1993
Aşk ve Öbür Cinler, 1994
Bir Kaçırılma Öyküsü, 1996
Şili'de Gizlice, 1996
Anlatmak İçin Yaşamak, 2005
Benim Hüzünlü Orospularım, 2005
Mavi Köpeğin Gözleri, 2011

GABRIEL GARCÍA MÁRQUEZ, 1928'de Kolombiya'nın Aracataca kentinde doğdu. Hukuk ve gazetecilik öğrenimini yarım bıraktı. 1940'lardan başlayarak uzun yıllar gazetecilik yaptı. Yine aynı yıllarda öykü yazmaya başladı. Yayımlanan ilk önemli yapıtı, *Yaprak Fırtınası*'ydı. *Albaya Mektup Yok*, ülkesi uğruna savaşarak yaptığı hizmetlerin karşılıksız kaldığını anlayan bir subay eskisinin öyküsüydü. Bunu *Hanım Ana'nın Cenaze Töreni* (1962) ve *Şer Saati* (1962) izledi. García Márquez, en tanınmış romanı *Yüzyıllık Yalnızlık*'ı (1967), Meksika'ya ilk gidişinde yazdı. *Yüzyıllık Yalnızlık*'taki bir bölümden esinlenerek yazdığı öykülerini *İyi Kalpli Eréndira* (1972) adlı kitapta toplayan yazar, daha sonra birbiri ardı sıra *Mavi Köpeğin Gözleri*'ni (1972), *Başkan Babamızın Sonbaharı*'nı (1975), *Kırmızı Pazartesi*'yi (1981), *Kolera Günlerinde Aşk*'ı (1985), Simón Bolívar'ın yaşamının son aylarını konu edinen *Labirentindeki General*'i (1989) yayımladı. García Márquez, 1982'de Nobel Edebiyat Ödülü'ne değer görüldü. 2014'te Meksika'da seksen yedi yaşında hayata veda etti.

SEÇKİN SELVİ, Üsküdar Amerikan Koleji'ni bitirdi. Öğrenimini Dil-Tarih ve Coğrafya Fakültesi'nde sürdürdü. *Tiyatro 70* ve *Edebiyat 81* dergilerini çıkardı. *Günaydın* ve *Sabah* gazetelerinde köşe yazarlığı yaptı. *Milliyet Sanat* dergisinde tiyatro eleştirileri yazıyor. MGS Merkezi ve Yeditepe Üniversitesi'nde eleştiri dersi verdi. Asaf Çiyiltepe Ödülü, Aydın Üstüntaş ve Çevirmenler Derneği Onur Ödülü alan Selvi, 1957'den başlayarak tiyatro, felsefe, edebiyat dallarında 150'nin üstünde yapıt çevirdi.

Jomi García Ascot ve
Maria Luisa Elio için

BUENDIA AİLESİNİN SOYAĞACI

José Arcadio Buendia
karısı - *Úrsula Iguarán*

Albay Aureliano Buendia
karısı - *Remedios Moscote*

ağabey
José Arcadio
karısı - *Rebeca*

Amaranta

17 Aureliano

Aureliano José
(Pilar Ternera'dan)

Arcadio
(Pilar Ternera'dan)
karısı - *Santa Sofia de la Piedad*

Güzel Remedios

Aureliano Segundo
karısı - *Fernanda del Carpio*

José Arcadio Segundo

Reneta Remedios (Meme)

José Arcadio

Amaranta Úrsula
kocası - *Gaston*

Aureliano
(Mauricio Babilonia'dan)

Aureliano
(Aureliano'dan)

Albay Aureliano Buendia, yıllar sonra idam mangasının karşısına dikildiğinde, babasının onu buzu keşfetmeye götürdüğü o çok uzaklarda kalmış ikindi vaktini anımsayacaktı. O zamanlar Macondo, tarihöncesi kuşların yumurtaları kadar ak ve kocaman, parlak çakıllarla örtülü yatağı boyunca dupduru akan bir ırmağın kıyısında kurulmuş, yirmi hanelik bir kerpiç köydü. Dünya öylesine çiçeği burnundaydı ki, pek çok şeyin adı yoktu daha ve bunlardan söz ederken parmakla işaret edip göstermek gerekirdi. Her yıl mart ayında, paçavralar içinde bir çingene obası köyün dışına çergilerini kurar, boru ve dümbelek şamatası içinde yeni icatların çığırtkanlığını yaparlardı. Önce mıknatısı getirdiler. Kendini Melquíades diye tanıtan sakalı taraz taraz, elleri pençe gibi, irikıyım bir çingene, Makedonyalı bilge simyacıların sekizinci harikası dediği nesneyle akıl çelen bir gösteriye girişti. İki maden külçesini peşinden sürükleyerek kapı kapı dolaştıkça, tencerelerin tavaların, maşaların, mangalların yerlerinden tangır tungur yuvarlandığını, yuvalarından fırlamaya çalışan çivilerle vidaların umutsuzluğundan kirişlerin inlediğini, hele hanidir kayıp nesnelerin hem de çok arandıkları yerlerden ortaya dökülüp Melquíades'in büyülü demirlerinin peşinden paldır küldür akın ettiğini görenlerin aklı başından gitti. Çingene, kaba şivesiyle, "Eşyanın da canı var," diye ilan etti, "bütün iş, ruhlarını uyandırabilmekte." Dizginsiz hayal gücü, değil doğa harikalarının, en olmadık mucizelerin ve sihirlerin bile ötesine taşan José Arcadio Buendia, bu yararsız icadın toprağın bağrından altın çıkarmaya yarayabileceğini düşündü. Dürüst biri olan Melquíades, "O işe yaramaz bu," diye uyardı onu. Ama José Arcadio Buendia, daha o zamanlar çingenelerin dürüstlüğüne inanmadığı için, katırıyla bir çift keçisini mıknatıslı iki külçeyle takas etti. Evin kırık dökük eşyasıyla birkaç parça malı artırabilmek için bu hayvanlara bel bağlamış olan karısı Úrsula Iguarán, onu caydırmak için ne dediyse kâr etmedi. Kocası, "Çok yakında evin tabanını kaplamaya yetip de artacak kadar altınımız olacak," dedi de başka bir şey demedi. Düşüncesinin doğruluğunu kanıtlamak için aylarca uğraşıp didindi. İki demir külçeyi peşinden sürükleyip Melquíades'in büyülü sözlerini haykırarak ırmak yatağına varıncaya dek bütün yöreyi karış karış taradı. Sonunda bula bula, her bir parçası pastan birbirine kaynamış ve içi taş dolu koskocaman bir balkabağı gibi boğuk boğuk öten bir on beşinci yüzyıl zırhı çıkardı topraktan. José Arcadio Buendia ile dört kişilik keşif kolu zırhı sökmeyi becerdiklerinde, boynuna içinde bir tutam kadın saçı olan bakır madalyon takılı, kireçlenmiş bir iskelet çıktı zırhın içinden.

Martta, çingeneler yine geldiler. Bu kez, Amsterdamlı Yahudilerin son buluşu diye gösterdikleri bir teleskopla dümbelek çapında bir büyüteç getirdiler. Köyün öteki ucuna bir çingene karısı diktiler, teleskopu da çerginin ağzına koydular. Beş *real*'i[1] bastıran, gözü-

1. Eski İspanyol parası. (Ç.N.)

nü teleskopa uydurup çingene karısını bir arşın ötede görüyordu. Melquíades, "Bilim uzaklığı ortadan kaldırdı," diye fetva verdi. "Çok yakında insanoğlu evinden dışarı adım atmadan dünyanın neresinde ne oluyorsa görebilecek." Yakıcı öğle sıcağı, dev gibi büyütecin akıllara durgunluk veren gösterisini gözler önüne serdi: Sokağın ortasına kuru ot yığdılar ve güneşin ışınlarını büyüteçle odaklaştırarak tutuşturdular tınazı. Mıknatıslarının başarısızlığını hâlâ içine sindiremeyen José Arcadio Buendia, bu icadı savaş silahı olarak kullanmayı aklına koydu. Melquíades yine onu caydırmaya çalıştıysa da sonunda büyütece karşılık iki mıknatıslı külçeyle sömürgeler için bastırılmış üç altın sikkeyi alıp kabullendi. Úrsula ağlayıp sızlandı. O para, babasının ömür boyu yemeyip içmeyip biriktirdiği, Úrsula'nın da sakla samanı gelir zamanı diyerek yatağının altına gömdüğü altın dolu sandıktan alınmıştı. Bir bilim adamı kalenderliği içinde canını bile tehlikeye atacak kadar kendini "taktik" deneylerine kaptıran José Arcadio Buendia, karısını avutmaya hiç kalkışmadı. Büyütecin düşman birlikleri üzerindeki etkisini göstereyim derken, büyüteçte odaklaşan güneşe bir çarpıldı ki, her yanı geçmek bilmez cılk yaralarla kaplandı. Böylesine tehlikeli bir icattan ödü patlayan karısının bütün karşı koymalarına rağmen, bakalım tutuşacak mı diye kendi evini bile yakmaya kalkıştı. Saatlerce odasına kapanıp yeni silahının olanaklarını hesaplaya hesaplaya, sonunda öğretici açık seçikliği söz götürmez, inandırıcılığına karşı durulmaz bir elkitabı çıkardı ortaya. Kitaba, yaptığı deneyleri anlatan bir alay tarifnamesiyle birkaç sayfa açıklayıcı resim ekleyip bir ulakla hükümete yolladı. Dağları aşıp uçsuz bucaksız bataklıklarda yolunu yitiren, azgın ırmaklarla boğuşan, umutsuzluktan, başına gelen belalardan ve yırtıcı hayvanlar yüzünden ölmesine ramak kalan ulak, sonunda postayı götürüp getiren katırların geçtiği yola sapan patikayı buldu. O zamanlar başkente yolculuğun olanaksızlığına rağmen, José Arcadio Buendia, hükümet emrettiği anda başkente gidip askerî yetkililere icadının uygulamalı gösterisini sunmaya ve güneşle işleyen o çapraşık savaş yöntemlerini öğretmeye söz verdi. Yıllarca yanıt gelecek diye bekledi. Sonunda beklemekten usanıp tasarısının fiyaskosundan Melquíades'e yakınınca, çingene büyütece karşılık sikkeleri verdiği gibi, üstüne de birtakım Portekiz paftalarıyla sefer yollarının haritasını çizmeye yarayan araç gereç vererek dürüstlüğünü kanıtladı. Usturlabı, pusulayı, sekstant kullanabilsin diye Keşiş Hermann'ın bu konudaki incelemelerini özetleyip eliyle yazdıktan sonra José Arcadio'ya bıraktı. José Arcadio Buendia, aylar süren uzun yağmur mevsimi boyunca deneylerini kimse bozmasın diye evin arkasına yaptığı küçük odaya kapandı. Evle ilgili yükümlülüklerini hepten bırakıp geceler boyu yıldızların yörüngesini izleyerek bahçede sabahladı, öğle saatini kestirmenin şaşmaz yöntemini bulacağım diye neredeyse başına güneş geçti. Araçlarını kullanıp işletmekte ustalaşınca, masasının başından ayrılmadan bilinmedik denizlere açılıp insan ayağı basmamış diyarlara gezmesine ve harika varlıklarla haşır neşir olmasına elveren yeni bir uzay kavramı oluşturdu. İşte bu dönemde, Úrsula ile çocuklar muz, kaladiyom, manyok, tatlı patates, ahuyama kökü, patlıcan yetiştirmek için bahçede helak olurken José Arcadio, kimsenin yüzüne bile bakmadan evin içinde volta atarak kendi kendine konuşma alışkanlığını edindi. Derken bu hummalı çalışma birden kesildi, yerini bir çeşit meftunluk aldı. Birkaç gün, efsunlanmış gibi, anlayıp anlamadığını kendisinin de kestiremediği bir dizi varsayımları peş peşe yineledi durdu. Sonunda, aralık ayında bir salı günü öğle vakti, içini yiyip bitiren kurdu döküverdi ortaya. Hayal gücünün gazabından ve haftalarca uykusuzluktan harap düşmüş babalarının, buluşunu açıklarkenki saygın vakarı, çocukların gözlerinin önünden gitmedi bir daha:

"Dünya yuvarlak, tıpkı bir portakal gibi."

Úrsula'nın sabrı taştı. "Sen çıldırmaya niyetliysen, kendi başına çıldır! Ama o çingene düşüncelerini çocukların aklına sokmaya kalkışma!" diye bağırdı. Hiç istifini bozmayan José Arcadio Buendia, öfkesinden usturlabı yere çalıp parçalayan karısının dengesiz aşırılığından ürkmedi. Usturlabın yenisini yapıp köyün bütün erkeklerini odacığına topladı, hiçbirinin kavrayamadığı kuramlardan kanıtlar getirerek, sürekli dümen tutan bir teknenin dönüp denize ilk açıldığı noktaya gelebileceğini ortaya koydu. Bütün köy, José Arcadio Buendia'nın sapıttığına iyice inandığı sırada, Melquíades çıkagelip durumu kurtardı. O zamana dek Macondo'da bilinmese de, doğruluğu uygulamada çoktan kanıtlanmış bir kuramı, salt gökbilimi üzerinde düşünerek kendi başına geliştiren José Arcadio'nun üstün zekâsını herkesin önünde övdü ve ona hayranlığının bir kanıtı olarak, köyün geleceği üzerinde köklü etkisi olacak bir de armağan verdi: simyacı laboratuvarı.

Bu arada Melquíades, inanılmaz bir hızla kocamıştı. İlk gelişlerinde José Arcadio Buendia ile akran görünüyordu. Oysa José Arcadio'nun kulaklarını yakaladığı atı yere çökertebilen gücünü korumasına karşılık, çingene amansız bir illetten çöküp gitmiş gibiydi. Aslında bu düşkünlüğü, çıktığı sayısız dünya yolculuklarında kaptığı az rastlanır bir alay hastalığın sonucuydu. Laboratuvarı kurmasına yardım ederken José Arcadio Buendia'ya anlattığı gibi ölüm, donunun paçalarını koklaya koklaya nereye gitse peşinden geliyor, ama pençesini vurup son darbeyi indirmeye bir türlü karar veremiyordu. Çingene, insanları kırıp geçiren bütün illetlerden, bütün belalardan yakayı sıyırmıştı. İran'da pelagradan, Malaya takımadalarında iskorbütten, İskenderiye'de cüzamdan, Japonya'da beriberiden, Madagaskar'da vebadan, Sicilya'da depremden, Macellan Boğazı'nda feci bir deniz kazasından sağ salim kurtulmuştu. Nostradamus'un şifrelerini ele geçirdiği söylenen bu irikıyım yaratık, her şeyin içyüzünü biliyormuşa benzeyen Asyalı görünümü, hüzünlü havasıyla kasvetli bir adamdı. Kanatlarını açmış kuzgun gibi kocaman siyah bir şapka, üzerinde yüzlerce yıllık küfün cirit attığı kadife bir yelek giyerdi. Ama sınırsız bilgeliğine, gizemli enginliğine rağmen, onu günlük yaşantının ıvır zıvırıyla uğraştıran insancıl sıkıntıları, dünya gailesi vardı. Yaşlılık hastalıklarından yakınır, en önemsiz ekonomik zorluklarda sıkıntıya düşerdi, iskorbütten dişleri döküldüğü için gülmeyi çoktan bırakmıştı. O boğucu öğle sıcağında çingene, sırlarını açınca, José Arcadio Buendia, bunun köklü bir dostluğun başlangıcı olduğuna kesinlikle inandı. Çingene'nin anlattığı akıl almaz masallara çocukların ağzı açık kaldı. O sıralarda ancak beş yaşlarında olan Aureliano, onu ömrü boyunca hep o ilk gördüğü günkü gibi, pencereden gelen kurşuni, titrek ışığa sırtını vermiş, sıcaktan eriyen yağ şakaklarından süzülürken davudi sesiyle hayal gücünün en karanlık köşelerine ışık tutarak konuşan haliyle hatırlayacaktı. Ağabeyi José Arcadio da, o eşsiz görüntüyü kuşaktan kuşağa bütün soyuna aktaracaktı. Oysa, Melquíades tam cıva biklorit şişesini düşürüp kırdığı anda odaya giren Úrsula için, o ilk günün anısı hiç de hoş değildi.

Úrsula, "Şeytan kokusu bu," dedi.

Melquíades, "Hiç de değil," diye tersledi onu. "Şeytanda kükürt özellikleri olduğu çoktan kanıtlandı, buysa bir nebze süblime, o kadar."

Sonra bir öğretmen tavrıyla, zincifredeki şeytani özellikleri bir bir anlatmaya koyuldu. Úrsula ise hiç oralı olmadan çocukları alıp dua etmeye götürdü. O günden sonra Melquíades denildi mi, Úrsula'nın aklına hep o keskin koku gelir oldu.

O derme çatma laboratuvar, üzerine bir alay çanak, huni, imbik, süzgeç ve elek eklenmiş ilkel bir su borusundan, ince uzun boyunlu bir cam sürahiden, simyacı taşının bir kopyasından ve çingenelerin çağdaş tanımlamalara uyarak yaptıkları üç kollu bir Yahudi Meryem imbiğinin modelinden oluşuyordu. Melquíades, bunların yanı sıra yedi gezegeni simgeleyen yedi maden parçası, altını iki katına çıkarmaya yarayan Musa ve Zósimo formüllerini ve simyacı taşını yapmanın yollarını gösterecek *Büyük Öğreti*'nin işlemlerini anlatan bir dizi not ve resim bıraktı. Altını iki katına çıkaracak formüllerin kolaylığına aklı yatan José Arcadio Buendia, sömürge altınlarını çıkarsın da, cıvayı bölüp çoğaltır gibi altınları da çoğaltabilsin diye, Úrsula'nın peşini haftalarca bırakmadı. Úrsula, her zaman olduğu gibi, kocasının inadı karşısında pes etti. José Arcadio Buendia, üç sömürge altınını bir tavaya koydu, bakır talaşı, sarı zırnık, kükürt ve kurşunla karıştırdıktan sonra bunları bir tencere dolusu hintyağına atıp altından çok, bildiğimiz ağdaya benzer koyu ve yapışkan bir macun haline gelinceye kadar kaynattı. Úrsula'nın o değerli baba mirası, tehlikeli ve umarsız damıtma işlemleriyle yedi gezegeni simgeleyen madenlerle eritilip simya cıvası ve Kıbrıs göztaşıyla karıştırıldıktan sonra turp yağı yokluğunda domuz yağıyla pişirilince, tencerenin dibine yapışmış koca bir parça yanmış domuz yağı kaldı geriye.

Çingeneler geri geldiklerinde, Úrsula bütün köy halkını işleyip onların aleyhine çevirmişti. Ama bu kez çingenerler, akla gelebilecek her türlü çalgıyla kulak zarlarını patlatan bir gürültü koparıp bir yanda da tellal dolaştırarak Naciancenes'in dillere destan buluşunu sergileyeceklerini ilan edince, merak korkuya baskın çıktı. Herkes çadıra doluştu ve bir meteliği bastırıp kendini toparlamış, yüzü kırışıksız, dişleri inci gibi pırıl pırıl, terütaze Melquíades'i seyre koyuldu. Onun iskorbütten çekilmiş dişetlerini, pörsük yanaklarını, büzülmüş dudaklarını anımsayanlar, çingenenin doğaüstü gücünün bu son kanıtı karşısında korkuyla ürperdiler. Melquíades, hiç eksiksiz dişlerini damaklarıyla birlikte bir an çıkarıp oradakilere gösterdikten ve kaşla göz arasındaki o bir an içinde yine öteden beri tanıdıkları o titrek ihtiyar oluverdikten sonra, dişlerini yerine takıp diriltilmiş gençliğinin olanca gücüyle gülümseyiverince, korku paniğe dönüştü. José Arcadio Buendia bile Melquíades'in bilgeliğinin akıl almaz boyutlara vardığına inandı, ama baş başa kaldıklarında çingene, takma dişlerin aslını esasını anlatınca heyecandan kabına sığamaz oldu. Bu iş hem öylesine yalın, hem öylesine olağanüstü görünüyordu ki, José Arcadio Buendia'nın simya deneylerinden bir anda sıtkı sıyrılıverdi. Üzerine yine hafakanlar bastı. Doğru dürüst yemek yemiyor, evin içinde fırdolayı dönüp duruyordu. "Şu dünyada akıl almaz şeyler oluyor," dedi Úrsula'ya. "Irmağın hemen karşı kıyıcığında her türlü sihirli araç gereç varken, biz burada eşekliğimize doymayalım." Ta Macondo'nun kurulduğu günlerden beri onu tanıyanlar, Melquíades'in etkisiyle ne kadar değiştiğine şaşırıp kalıyorlardı.

Eskiden José Arcadio Buendia, ekinin nasıl ekileceğini, ağacın nasıl dikileceğini, çocuklarla hayvanların nasıl yetiştirileceğini öğretip akıl veren, toplumun dirlik düzeni için herkese, her işte elveren genç bir kabile başkanı gibiydi. Daha en baştan, onun evi köyün en iyi evi olduğu için, ötekiler de onu örnek almışlardı. Ufak, ama aydınlık bir oturma odası, taraça gibi rengârenk çiçeklerle bezeli yemek odası, iki yatak odası, ulu bir kestanenin dal budak saldığı bir avlusu, bakımlı bir bahçesi, keçilerin, domuzların, tavukların barış içinde bir arada yaşadıkları bir ağılı vardı. Yalnızca onun evinde değil, tüm köyde beslenmesi yasaklanan tek hayvan, dövüş horozuydu.

Úrsula da hamaratlıkta kocasından geri kalmazdı. Ufak tefek, çalışkan, ciddi, siniri sağlam, ömründe bir kez olsun şarkı söylediği duyulmamış bu kadın, kolalı içeteklerinin boğuk hışırtısını peşinden sürükleyerek şafaktan gece yarılarına kadar oradan oraya koşturur dururdu. Bastırılmış toprak taban, sıvasız kerpiç duvarlar, kendi elleriyle yaptıkları yontulmamış tahtadan döşemeler, onun sayesinde her zaman tertemiz olur, giysilerini kaldırdıkları eski sandık mis gibi fesleğen kokardı.

Köyün gelmiş geçmiş en girişken insanı olan José Arcadio Buendia, evlerin nereye yapılacağını öylesine planlamıştı ki, ırmağa inip su taşımak için kimse kimseden fazla emek harcamıyordu. Sokakları öylesine bir sağduyuyla yan yana dizmişti ki, öğle sıcağı bastırdığında hiçbir ev ötekilerden daha fazla güneşin alnında kalmıyordu. Birkaç yıl içinde Macondo, üç yüz kişilik nüfusun o zamana kadar görüp duyduklarından çok daha düzenli ve çalışkan bir köy oldu çıktı. Burası, kimsenin otuzunu geçmediği ve kimsenin ölmediği gerçekten mutlu bir köydü.

Köyün kurulduğu günden beri José Arcadio Buendia, kapanlar ve kafesler yapardı. Kısa bir süre içinde, yalnızca kendi evini değil, bütün köyü kanaryalarla, arı kuşlarıyla, narbülbülleriyle doldurdu. Onca çeşitli kuşun bir arada şakıması öyle sinir bozucu bir hal aldı ki,

Úrsula cinnet geçirmemek için kulaklarına balmumu tıkar oldu. Melquíades'in obası, baş ağrısı için billur küreler satarak ilk geldiğinde, bataklığın uyuşukluğunda kaybolmuş bu köyü nasıl bulduklarına herkes şaştı da, çingeneler köyün yolunu kuş sesleriyle bulduklarını anlattılar.

Bu toplumsal girişim ruhu, mıknatısların, gökbilim hesaplarının, cisimleri değiştirme düşlerinin ve dünyanın harikalarını keşfetme dürtüsünün karşısında çok geçmeden sönüverdi. José Arcadio Buendia, o temiz, zarif, çalışkan adam olmaktan çıktı, uyuşuk, hırpani, Úrsula'nın sebze bıçağıyla güçbela düzelttiği sakalı saçına karışmış biri oluverdi. Birçoklarına göre, bilinmedik bir büyünün kurbanı olmuştu. Ama o, toprak atmak için araç gerecini çıkartıp çevresine toplananlara Macondo'yu büyük buluşlara bağlayacak bir yol açma çağrısında bulunduğu zaman, deliliğine en çok inananlar bile evi barkı, işi gücü bir yana bırakıp peşinden gittiler.

José Arcadio Buendia, bölgenin coğrafyası konusunda hepten bilgisizdi. Bütün bildiği, doğuda aşılmaz sıradağlar uzanıyordu ve dağların ardında da –dedesi birinci Aureliano Buendia'nın anlattığına göre– Sir Francis Drake'in topla timsah avladığı, vurduğu timsahları da Kraliçe Elizabeth'e göndermek için onarıp saman doldurmak üzere konakladığı eski Riohacha kenti vardı. Gençliğinde José Arcadio Buendia ile adamları, çoluk çocukları, hayvanları ve her türlü ev eşyalarıyla denize açılan bir çıkış yolu bulmak için bu dağları aşmışlar ve yirmi altı ay sonra seferden vazgeçip gerisingeriye dönmemek için Macondo'yu kurmuşlardı. Bu yol, olsa olsa geçmişe çıkacağı için José Arcadio Buendia'yı hiç ilgilendirmiyordu. Güneyde sonsuz bir bitki örtüsüyle kaplı bataklıklar uzanıyordu; çingenelerin dediğine göre bu koca bataklık dünyasının ucu bucağı yoktu. Batıdaki büyük bataklık, başlarıyla gövdeleri kadına benzeyen, olağanüstü güzellikteki memelerinin çekiciliğiyle denizcileri mahva sürükleyen yumuşak tenli, memeli deniz hayvanlarının cirit attığı sınırsız sulara karışırdı. Çingeneler, posta katırlarının geçtiği patikaya ulaşıncaya kadar altı ay bu sular üzerinde yelken açarlardı. José Arcadio'nun hesabına göre, uygarlıkla bağlantı kurmanın tek olasılığı kuzeydeki yoldu. Buna aklı yatınca, Macondo'yu kurarlarken omuz omuza çalıştığı kişilere yol açma araç gereçlerini, av silahlarını dağıttı. Yön saptama araçlarıyla haritalarını sırt çantasına atıp o tehlikeli serüvene atıldı.

İlk günler pek kayda değer bir engelle karşılaşmadılar. Irmağın taşlı yatağı boyunca ilerleyerek yıllar önce asker zırhını buldukları yere vardılar, oradan ormana dalıp yabani portakal ağaçları arasından uzanan bir patikaya sardılar. Birinci haftanın sonunda bir geyik vurup kızarttılar, ama yalnızca yarısını yedikten sonra kalanını tuzlayıp ileriki günlere saklamak için kavilleştiler. Bu önlemi alarak, maviye çalan eti insanın ağzını buran büyük papağanları yeme zorunluluğunu biraz olsun ertelemeye çalıştılar. Sonra, on günü aşkın bir süre güneş yüzü görmediler. Toprak, volkan külü gibi yumuşak ve vıcık vıcık oldu, bitkiler sıklaştıkça sıklaştı, kuşların çığlıklarıyla maymunların şamatası gitgide uzaklaştı ve dünya sonsuz bir hüzne büründü. Keşif kolundakiler, çizmeleri buram buram tüten petrol gölcüklerine bastıkça, palaları kan kırmızı zambaklarla altın sarısı semenderleri doğradıkça, bu nemli ve sessiz cennette Âdem'in günahından da eskilere giden anılarına kapıldılar. Bir hafta boyunca hemen hiç konuşmadan, yalnızca ateşböceklerinin ölgün parıltısıyla aydınlanan bu kasvet evreninde uyurgezerler gibi yürüdüler ve ciğerlerine boğucu bir kan kokusu doldu. Bir yandan yürüyüp bir yandan açtıkları yol, göz açıp kapayana kadar türeyen yeni bitkilerle kapandığı için geri de dönemiyorlardı. José Arcadio Buendia, "Ziyanı yok," diyordu, "önemli olan yönümüzü kaybetmemek." Pusulasının doğrusuna giderek, adamlarını bu büyülü bölgeden bir an önce çıkarabilmek için o bir türlü görünmez kuzeye doğru yöneltiyordu. Yıldızsız, zifir koyusu bir geceydi, ama karanlık, temiz, duru havaya gebeydi. O uzun yürüyüşten bitkin düşen adamlar hamaklarını kurup iki haftadır ilk kez derin bir uykuya daldılar. Güneş iyice yükseldikten sonra uyandıklarında, gözlerini alan büyüleyici görünüm karşısında dilleri tutuldu. Az ilerde, eğreltiotlarıyla palmiyelerin arasında, suskun sabah ışığında bembeyaz ve toz olup uçuverecekmiş gibi görünen koca bir İspanyol kalyonu duruyordu. Hafifçe sancak tarafına yatmış kalyonun sapasağlam direklerinden, ortası orkideli armalarla süslü, lime lime olmuş yelkenler sarkıyordu. Taşlaşmış midyeler ve yumuşak yosunlardan oluşmuş bir zırhla örtülen tekne, taşlara iyice yapışmıştı. Koca tekne, yalnızlık ve unutulmuşluğun yarattığı, zamanın yıpratıcı etkilerinden ve kuş pisliklerinden korunmuş kendine özgü bir oylum içindeydi sanki. Keşif kolunun dikkatle araştırıp incelediği iç bölümünde ise sık bir çiçek ormanından başka bir şey yoktu.

Denizin yakınlığına kanıt olan kalyonun bulunuşu, José Arcadio Buendia'nın olanca şevkini kırdı. Sayısız acı ve özveri pahasına arayıp da bulamadığı denizin, hiç aramadığı bir anda üstesinden gelinmez bir engel gibi yoluna dikilişini, kör talihin bir cilvesi olarak yorumladı. Yıllar sonra, Albay Aureliano Buendia, artık düzenli bir posta yolu haline gelmiş olan bu bölgeden yeniden geçtiğinde, bir gelincik tarlasının ortasında teknenin yanmış iskeletini buldu. Ancak o zaman, bu öykünün babasının uydurması olmadığına aklı kesince, kalyonun nasıl olup da bu kadar içerlere geldiğini merak etti. Oysa José Arcadio Buendia, kalyondan dört günlük yolda denizi bulduğunda bu işe hiç kafasını yormadı. Serüvenin tehlikelerine, özverilerine hiç mi hiç değmeyen o kül rengi, köpüklü, pis deniz önüne serildiğinde düşleri de yıkıldı.

"Lanet olsun!" diye haykırdı, "Macondo'nun dört bir yanı deniz."

José Arcadio Buendia'nın sefer dönüşü çizdiği gelişigüzel harita üzerine, Macondo'nun yarımada olduğu görüşü uzun süre geçerliliğini korudu. José Arcadio Buendia, köyün yerini seçerken gösterdiği basiretsizlik yüzünden kendisini cezalandırmak istercesine bir hışımla, ulaşım zorluklarını abarta abarta çizdi haritayı. "Artık buradan hiçbir yere gidemeyiz," diye dert yandı Úrsula'ya. "Bilimin nimetlerinden nasiplenmeden, burada ömrümüzü çürüteceğiz." Laboratuvar olarak kullandığı ufak odada aylarca düşünüp taşındıktan sonra bu karara varınca, Macondo'yu daha iyi bir yere taşımayı aklına taktı. Ama bu kez Úrsula, onun çılgınca niyetini önceden sezmişti. Minik bir karıncanın o göze görünmez, ama alt edilmez çabasıyla köy kadınlarının kulağını büküp tası tarağı toplamaya çoktan hazır kocalarının karşısına dikti hepsini. José Arcadio Buendia, tasarladığı plan, sonunda bir boş kuruntuya dönüşünceye kadar, tasarının ne zaman ve hangi karşı güçler tarafından bir bahaneler, hayal kırıklıkları ve baştan savmalar ağıyla örüldüğünü hiç sezemedi. Úrsula onu masum bir dikkatle izledi ve bir sabah arka odada laboratuvar araçlarını kutularına yerleştirirken kendi kendine taşınma tasarılarını mırıldandığını duyunca kocasına acıdı bile. José Arcadio Buendia'nın işini bitirmesini bekledi. Sandıkları çivilemesine, mürekkebe batırdığı fırçayla sandıkların üstüne adının başharflerini yazmasına hiç ses çıkarmadı. Köyün erkeklerinin bu girişimde kendisine arka çıkmayacaklarını kocasının da bildiğini (kendi kendine mırıldanırken söylediklerinden) öğrenmişti. Ancak José Arcadio Buendia odanın kapısını sökmeye kalkışınca, Úrsula ona ne yaptığını sorma cesaretini buldu. Kocası kırgın bir tavırla "Kimse gitmek istemediğine göre, biz kendi başımıza gideriz," diye karşılık verdi. Úrsula hiç istifini bozmadı.

"Hiçbir yere gidecek değiliz," dedi. "Burada çocuk sahibi olduk, o yüzden burada kalacağız."

José Arcadio Buendia, "Ama daha hiç ölen olmadı," diye karşılık verdi. "İnsanın oturduğu toprakların altında ölüleri yoksa, o adam o toprağın insanı değildir."

Úrsula incitmeyen bir kararlılıkla direndi:

"Sizlerin burada kalması için benim ölmem gerekiyorsa, ölürüm."

José Arcadio Buendia, karısının böylesine irade gücü olduğunu hiç sanmazdı. Olanca hayal gücüyle, toprağa sihirli bir su serpince istediğin yerden meyve ağaçlarının çıktığı, ağrılara sızılara karşı her türlü devanın sudan ucuza satıldığı şaşılası bir dünyadan söz ederek karısını kandırmaya çalıştı. Ama bütün bu anlattıkları Úrsula'ya vız geldi.

"Çılgın buluşlarını kura kura zaman kaybedeceğine, oğullarını düşün biraz," dedi. "Bak, ne haldeler, yabaneşeği gibi başıboş dolaşıp duruyorlar."

Karısı "bak" der demez José Arcadio Buendia pencereden baktı ve güneşli bahçede yalınayak dolaşan çocukları gördü. Sanki Úrsula bir büyü yapmış da, çocuklar o anda ortaya çıkıvermişler gibi geldi ona. İşte o zaman içinde bir şeyler, onu yaşadığı zamandan koparıp anıların bilinmedik kuytularına götüren gizemli bir şeyler oluverdi. Úrsula, artık ömrünün sonuna kadar terk edilmek tehlikesinden kurtulan evi süpürürken, José Arcadio Buendia pencerenin önünde gözünü çocuklarına dikti kaldı. Bir süre sonra yaşaran gözlerini elinin tersiyle silerken yazgısına boyun eğmiş bir tavırla içini çekti.

"Peki," dedi. "Söyle onlara da, gelsinler, sandıkları boşaltmama yardım etsinler."

Büyük oğulları José Arcadio on dördündeydi. Kafası küt, saçları sık, huyları babasının huyuydu. Babası gibi iriyarı, güçlü kuvvetliydi, ama hayal gücünün babasına çekmediği daha bebekliğinde belli olmuştu. Macondo kurulmadan önce, dağları aşmak için yaptıkları o çetin yolculuk sırasında peydahlanıp dünyaya gelmişti ve dağlardaki o yaban hayvanlarına benzemedi diye anası babası bayram etmişti. Macondo'da dünyaya gelen ilk insan sıfatını taşıyan Aureliano, martta altısına basacaktı. Sessiz, içine kapanık bir çocuktu. Anasının karnındayken ağlamış ve gözleri fal taşı gibi açık doğmuştu. Daha göbek bağını keserlerken, başını oradan oraya çevirerek korkusuz bir merakla odayı inceledi, çevresindekilerin suratlarını süzdü. Sonra kendisini görmek için yanına gelenlere aldırış etmeden, gözlerini, yağmurdan çökecekmiş gibi görünen palmiye dallarıyla örtülü tavana dikti. Aureliano üç yaşındayken bir gün tam annesi ocaktaki kaynar çorba tenceresini alıp masaya koyacağı sırada mutfağa girdiği ana kadar, Úrsula o bakışın keskinliğini bir daha anımsamadı. Çocuk şaşkınlık içinde kapıda dikilip, "Çorba dökülecek," dedi. Tencere masanın ortasında sapasağlam duruyordu, ama çocuk daha sözünü bitirmeden tencere içinden gelen bir dürtüyle hareket ediyormuş gibi masanın kenarına doğru gitmeye başladı ve yere düşüp kırıldı. Dehşete kapılan Úrsula, olanları kocasına anlattıysa da, José Arcadio Buendia bunu doğal karşıladı. Zaten hep öyle yapardı, onun için oğulları ha var ha yoktu. Bir yandan çocukluğu, akıl yetersizliğiyle bir tuttuğu, öte yandan da aklı hep kendi saçma sapan düşsel kurgularında olduğu için çocuklarla ilgilenmezdi.

Ama laboratuvar araçlarını sandıklardan çıkarmak için çocukları yardıma çağırdığı günden sonra, ömrünü onlara adadı. Duvarların giderek garip haritalarla, abartılmış çizimlerle dolduğu o ufak arka odada, çocuklara okuma yazmayı, toplama çıkarma yapmayı öğretti, yalnızca bildiği kadarıyla değil, hayal gücünün sınırlarını da zorlayarak onlara dünyanın harikalarını anlattı. Çocuklar, Afrika'nın güney ucunda boş zamanlarında oturup düşünmekten başka bir şey yapmayacak kadar akıllı ve dingin insanların yaşadığını, ta Selanik Limanı'na kadar adadan adaya atlayarak Ege Denizi'ni yaya geçmenin olurluğunu işte böylece öğrendiler. Bu akıl çelen dersler çocukların belleğinde öylesine yer etti ki, yıllar sonra muvazzaf subay, idam mangasına ateş emri vermeden bir saniye önce, Albay Aureliano Buendia, o sıcak mart gününü, babasının fizik dersini yarıda kesip ellerini havaya kaldırarak, gözlerini kırpmadan büyülenmiş gibi duruşunu, Memfis bilgelerinin en son ve en şaşırtıcı keşfini ilan ederek köye gelen çingenelerin boru, davul, dümbelek, zil seslerini dinleyişini anımsadı.

Gelenler, kendi dillerinden başkasını bilmeyen, yağlı tenli, eline çabuk, yakışıklı delikanlılarla güzel kadınlardan kurulu yeni bir obaydı, İtalyan aryaları söyleyen rengârenk boyalı papağanları, tefin temposuna ayak uydurup yüz altın yumurta yumurtlayan tavukları, insanın aklından geçenleri okuyan eğitilmiş maymunları, bir yandan düğme dikerken, öte yandan ateş düşürmeye yarayan çok yönlü makineleri, insana kötü anıları unutturan aletleri, geçmişin yaralarını saran lapaları ve José Arcadio Buendia'yı hepsini aklında tutabilmek için bir bellek makinesi icat etmeye özendirecek kadar olağanüstü ve duyulmadık binlerce buluşları, dansları ve müzikleriyle sokakları bir cümbüş karmaşasına döndürdü bu yeni çingeneler. Göz açıp kapayana kadar köyü bambaşka bir yer yaptılar. Panayır kalabalığında şaşkına dönen Macondolular kendi sokaklarında yollarını kaybeder oldular.

José Arcadio Buendia, bu kargaşada kaybolmasınlar diye bir eliyle bir çocuğunun, öteki eliyle öbür çocuğunun elini tuttu, altın kaplama dişli akrobatlara, altı kollu jonglörlere çarparak, kalabalıktan yükselen gübre ve çarık kokusundan boğulacak gibi olarak deli gibi oradan oraya koşturup o akıl almaz karabasanın sonsuz gizlerini açıklatmak için Melquíades'i aramaya koyuldu. Dilinden anlamayan birkaç çingeneye sordu. Sonunda Melquíades'in her zaman çergisini kurduğu yere varınca, insanı görünmez kılan bir iksirin İspanyolca çığırtkanlığını yapan ağzı sıkı bir Ermeni'yle karşılaştı. José Arcadio Buendia, adamı büyülenmiş gibi seyreden kalabalığı dirseğiyle yara yara oraya varıp tam soracağını sorduğu sırada, adam kehribar rengi nesneyi bir dikişte içiverdi. Çingene, José Arcadio Buendia'yı korkunç bakışlarıyla tepeden tırnağa süzdükten sonra buram buram tüten, ölümcül bir zift birikintisine dönüşüverdi. José Arcadio Buendia'nın sorusuna verdiği yanıt ise, zifir birikintisinin üzerinde yankılanıyordu: "Melquíades öldü." José Arcadio Buendia duyduğu haberle beyninden vurulmuşa döndü, kalabalık başka hünerleri görmek için dağılıncaya ve ağzı sıkı Ermeni'nin birikintisi buharlaşıp uçuncaya kadar kendini toparlayamadı. Daha sonra öteki çingeneler de, Melquíades'in Singapur Limanı'nda hummadan öldüğünü ve cesedinin Cava Denizi'nin en derin yerine atıldığını doğruladılar. Çocuklar hiç oralı olmadılar. Sultan Süleyman'ın olduğu söylenen çadırın kapısında ilan edilen Memfis bilgelerinin yeni buluşunu görmeye gidelim diye tutturdular. Öyle direttiler ki, sonunda José Arcadio Buendia, otuz reali bastırıp onları çadıra soktu. Çadırda, gövdesi kıllarla kaplı, başı kazınmış, burnuna bakır halka, ayağına ağır bir demir zincir takılı dev gibi bir adam, bir korsan sandığının başında nöbet tutuyordu. Dev, sandığı açınca ortalığa bir serinlik yayıldı. Sandıkta, içindeki iğneciklerle güneş ışığını bölüp renkli yıldızlara dönüştüren, kocaman, saydam bir kütle vardı. Çocukların kendisinden hemen bir açıklama beklediğini bildiği için telaşa düşen José Arcadio, ağzının içinde bir şeyler geveledi:

"Dünyanın en büyük elması bu."

Çingene, "Hayır," diye karşılık verdi, "buna buz derler."

José Arcadio Buendia, bu açıklamadan bir şey çıkaramadan elini kalıba doğru uzatınca, dev onu iteledi. "Elini sürmek için beş real daha bastıracaksın," dedi. José Arcadio Buendia parayı verip elini buzun üzerine koydu, yüreği bu gizeme dokunmuş olmanın verdiği korku ve coşkuyla dolarak birkaç dakika öylece durdu. Ne diyeceğini kestiremeden, oğulları da bu şaşılası deneyden pay alsınlar diye on real daha verdi. Küçük José Arcadio, buza dokunmak istemedi. Aureliano'nun ise bir adım atıp elini buzun üzerine değdirmesiyle çekmesi bir oldu. Şaşkınlıkla, "Ateş gibi cayır cayır bu!" diye haykırdı. Babası çılgınca deneylerinin hayal kırıklıklarını da, mürekkepbalıklarına yem olan Melquíades'in cesedini de unuttu. Bir beş real daha verip Kutsal Kitap'a el basarcasına elini buz kalıbına bastırarak haykırdı:

"İşte bu, çağımızın en büyük icadı."

Korsan Sir Francis Drake, on altıncı yüzyılda Riohacha'ya saldırdığı zaman, Úrsula Iguarán'ın ninesininninesinin-ninesi, tehlike çanlarıyla top gümbürtülerinden öylesine ürktü ki, eli ayağı boşanıp yanar sobanın üzerine oturuverdi. O yanıklar yüzünden ömrünün sonuna kadar erkeğine yaramaz bir kadın oldu çıktı. Yastıklarla destekleyerek bir yanının üzerine oturabiliyordu ancak ve yürüyüşüne de bir sakatlık gelmiş olmalı ki, bir daha insan içine çıkıp da yürümedi. Bedeninden yanık kokusu yayıldığına kafasını taktığı için de kimselerle görüşmez oldu. Düşünde İngilizlerle azgın köpekleri, yatak odasının penceresinden dalıp kızgın demirlerle ayıp yerlerini dağlarlar diye uyumayı göze alamaz, avluda sabahlardı. İki çocuğunun babası olan Aragonlu tüccar kocası, onu bu korkudan kurtarmak için ilaca ve eğlenceye sermayesinin yarısını harcadı. Sonunda nesi var nesi yoksa satıp ailesini aldı, denizden çok içerlerde, barışçıl Kızılderililerin yaşadığı dağ eteğindeki bir köye yerleşti ve karısına da, düşündeki korsanlar girecek delik bulamasınlar diye penceresiz bir yatak odası yaptırdı.

O gözden uzak köyde bir süredir oturan Don José Arcadio Buendia adında yerli bir tütün ekicisiyle ortak olan Úrsula'nın dedesinin-dedesinin-dedesi, bu kazançlı işten birkaç yılda büyük servet yaptı. Birkaç yüzyıl sonra yerli tütün ekicisinin torununun-torununun-torunu, Aragonlu tüccarın torununun-torununun-torunuyla evlendi. İşte bu yüzden, Úrsula, kocasının çılgınca fikirlerinden tepesi attıkça üç yüz yıllık alınyazısını bir çırpıda aşar, Sir Francis Drake'in Riohacha'ya saldırdığı o güne lanet okurdu. Bunu biraz olsun içini dökebilsin diye yapardı, çünkü ölünceye kadar aşktan da güçlü bir bağla, ortak vicdan azabıyla bağlıydılar birbirlerine. Amca çocuklarıydılar. Atalarının çalışkanlıkları ve göreneklerivle eyaletin en güzel kasabalarından biri haline gelen o eski köyde, bir arada büyümüşlerdi. Evlenecekleri daha dünyaya geldikleri anda belli olmasına rağmen, evlenmek istediklerini söyleyince önce kendi akrabaları bu isteğe karşı çıktı. Yüzyıllardır birbirleriyle evlenip kaynaşan iki ırkın bu sağlıklı çocuklarından iguana cinsi kertenkeleler dünyaya gelir diye korkuyorlardı. Úrsula'nın bir teyzesi, José Arcadio Buendia'nın bir amcasıyla evlenmiş ve ucu püskül gibi tüylü, tirbuşon gibi kıvrım kıvrım, kıkırdaksı bir kuyrukla doğduğu için kırk iki yaşına kadar hiçbir kadına uçkur çözemeyen, ömür boyu bol pantolonla dolaşan bir oğlan dünyaya getirmişti. Hiçbir kadının görmesine izin verilmeyen bu domuz kuyruğu, bir kasap arkadaşının iyilik olsun diye satırı vurmasıyla adamın da eceli olmuştu. José Arcadio Buendia, on dokuz yaşında olmanın verdiği dediğim dediklikle sorunu bir çırpıda çözüverdi: "Çocuklarım domuz yavrusu da olsa umurumda değil, yeter ki konuşmasını bilsinler." Böylece, üç gün üç gece havai fişek patlatarak, bando mızıka çaldırarak düğün yapıp evlendiler. Úrsula'nın annesi, domuz kuyruklu çocuklar doğurursun diye diye kızının gözünü korkutmasa, işi kocasının koynuna girmemeyi öğütlemeye kadar vardırmasa, pekâlâ da mutlu olacaklardı. Úrsula, iriyarı, sözden anlamaz kocası uykuda ırzına geçiverir korkusuyla, annesinin yelken bezinden dikip çaprazlama deri kayışlarla sıkıladığı, önden kocaman bir demir tokayla kapanan ilkel bir bekâret kemeri kuşanır oldu. Birkaç ay böyle yaşadılar. Gündüzleri José Arcadio Buendia dövüş horozlarıyla uğraşıyor, Úrsula da anasının dizinin dibinde gergef işliyordu. Geceleri de sevişmek yerine saatlerce kıran kırana güreşiyorlardı. Zamanla çevredekiler bu işte bir terslik kokusu aldılar ve bir yıllık evli olmalarına rağmen, kocasının erkekliği olmadığı için Úrsula'nın hâlâ kızoğlankız olduğu dedikodusu yayılıverdi. Bu söylenti en son José Arcadio Buendia'nın kulağına çalındı.

Son derece sakin bir tavırla, "Bak, el âlem ne diyor," dedi karısına.

Úrsula, "Ne isterlerse desinler," diye karşılık verdi, "biz öyle olmadığını biliyoruz ya."

Bu durum, José Arcadio Buendia'nın horoz dövüşünde Prudencio Aguilar'ı yendiği o müthiş pazar gününe kadar bir altı ay daha böylece sürdü. Horozunun kan revan içinde kaldığını görünce öfkeden deliye dönen Prudencio Aguilar, dövüş alanındakilerin hepsi duysun diye José Arcadio Buendia'dan epey uzaklaştı:

"Gözün aydın!" diye haykırdı. "Horozun belki karına da bir iyilik ediverir."

José Arcadio Buendia, hiç istifini bozmadan horozunu aldı. Oradakilere, "Şimdi geleceğim," dedikten sonra Prudencio Aguilar'a döndü:

"Evine git de bir silah al, öldüreceğim seni."

On dakika sonra, dedesinden kalma, ucu çentikli mızrakla döndü geldi. Prudencio Aguilar, köyün yarıdan çoğunun toplandığı horoz dövüşü alanının kapısında bekliyordu onu. Kendini savunmaya fırsat bulamadı. José Arcadio Buendia'nın, bir boğa gücüyle ve birinci Aureliano Buendia'nın yöredeki kaplanların soyunu kurutan o keskin nişancılığıyla savurduğu mızrak, gırtlağına saplandı. O gece, herkes dövüş alanında ölünün başında nöbet tutarken José Arcadio Buendia, tam karısı bekâret donunu ayağına geçireceği sırada yatak odasına daldı. Mızrağını doğrultarak, "Çıkar şunu," diye buyurdu. Úrsula, kocasının niyetini kestirdi. "Başımıza geleceklerden sen sorumlusun," diye mırıldandı. José Arcadio Buendia, mızrağını toprak döşemeye sapladı.

"Kuyruklu bir hilkat garibesi doğurursan, biz de hilkat garibeleri büyütürüz," dedi. "Ama artık bu köyde senin yüzünden adam öldürülmeyecek."

Ilık, mehtaplı, güzel bir haziran gecesiydi. Prudencio Aguilar'ın akrabalarının gözyaşlarıyla dolu esintiye aldırış etmeden sabaha kadar uyumayıp yatakta oynaştılar.

Olay, bir onur düellosu diye örtbas edildi, ama ikisinin içinde de vicdan azabı kaldı. Bir gece uykusu kaçan Úrsula, su almak için avluya çıkınca su testisinin yanında Prudencio Aguilar'ı gördü. Adam mosmordu, yüzünde hüzünlü bir anlatımla gırtlağındaki deliği alfa otuyla tıkamaya uğraşıyordu. Úrsula korkmadı, acıdı. Odaya gidip gördüklerini kocasına anlattı, ama kocası fazla durmadı bu işin üzerinde. "Vicdan azabına dayanamıyoruz demek ki," diye kestirip attı. İki gece sonra Úrsula, Prudencio Aguilar'ı bu kez de banyoda, alfa otuyla gırtlağındaki kurumuş kanı temizlerken gördü. Bir başka gece de, yağmurun altında dolaşırken gördü. Karısına görünen bu hayallere içerleyen José Arcadio Buendia, mızrağı kaptığı gibi bahçeye fırladı. Ölü, o hüzünlü bakışıyla karşısında duruyordu.

José Arcadio Buendia, "Cehenneme kadar yolun

var!" diye haykırdı. "Bundan sonra bir daha gelecek olursan, seni bir daha gebertirim."

Prudencio Aguilar gitmedi, José Arcadio Buendia da mızrağı sallamayı göze alamadı. O geceden sonra bir daha rahat uyku yüzü görmedi. Yağmur altında dikilmiş duran ölünün büyük yalnızlığı, yaşayanlara duyduğu derin özlem, alfa otundan tıkacı ıslatıp yarasını silmek için evin içinde su ararkenki telaşı, José Arcadio Buendia'nın içine oturdu. "Çok çile çekiyor olmalı," dedi Úrsula'ya. "Yalnızlıktan kahrolduğu belli." Bu, Úrsula'ya öylesine dokundu ki, ertesi sefer ölüyü ocağın üzerindeki tencereleri yoklarken bulduğunda ne aradığını anlayıp evin her köşesine testi testi su bırakır oldu. Bir gece, José Arcadio Buendia, onu kendi odasında yarasını yıkarken bulunca, sabrı taştı.

"Pekâlâ Prudencio," dedi. "Biz başımızı alıp bu köyden olabildiğince uzağa gideceğiz. Artık için rahat etsin."

Dağları aşma seferine işte böyle giriştiler. José Arcadio Buendia'nın kendi gibi gençten birkaç arkadaşı, serüven heyecanıyla evlerini dağıtıp eşyalarını topladılar, karılarını çocuklarını da alarak kimsenin kendilerine vaat etmediği topraklara doğru yola düştüler.

José Arcadio Buendia, yola çıkmadan önce, Prudencio Aguilar'a belki böylelikle biraz kabir huzuru verebilirim diye mızrağını avluya gömdü, o eşsiz dövüş horozlarını teker teker yatırıp kesti. Úrsula da yanına çeyiz sandığından, birkaç parça mutfak eşyasından ve babasından kalma altınların durduğu o ufak sandıktan başka bir şey almadı. Kendilerine kesin bir yol çizmemişlerdi. Yalnızca arkalarında iz bırakmamak ve tanıdıklarla karşılaşmamak için Riohacha'ya giden yolun tam ters yönüne yürüyeceklerdi. Akılsızca bir yolculuktu bu. On dört ay sonra, maymun etiyle yılan buğulamasından midesi perişan olan Úrsula, sapına kadar insana benzeyen bir oğlan doğurdu. Gebelikten bacakları kütük gibi şiştiği ve varisleri parmak parmak kabardığı için, yolun yarısını iki adamın sırtladığı hamak içinde geçirmişti. İçeri göçmüş karınları, fersiz gözleriyle içler acısı bir görünümü olan çocuklar, yine de yolculuğa ana babalarından daha iyi dayandılar, bunu bir çeşit oyun gibi gördüler. Dağ bayır demeden hemen hemen iki yıl yol teptikten sonra, bir sabah sıradağların batı yamaçlarını gören ilk ölümlüler olma payesine erdiler. Bulutlarla çevrili doruktan, büyük bataklığın koca bir su birikintisi olarak dünyanın öte ucuna doğru yayılışını gördüler. Ama denizi hiç bulamadılar. Bataklıkta yollarını kaybedip birkaç ay dolaştıktan sonra bir gece, yolda rastladıkları son Kızılderililerden çok uzak bir yerde, suları donmuş cam seli gibi akan çakıllı bir ırmağın kıyısında konakladılar. Yıllarca sonra ikinci iç savaş sırasında, Albay Aureliano Buendia, Riohacha'ya baskın yapabilmek için aynı yolu denediyse de, altı gün yol teptikten sonra bunun çılgınlık olduğunu anladı. Yine de, ırmağın kıyısında konakladıkları o gece, babasının kafilesi, deniz kazazedelerini andırıyordu, ama sefer sırasında kırılmak şöyle dursun, çoğalmışlardı ve hepsi de dünyaya kazık kakmaya kararlıydı (emellerine de ulaştılar nitekim). José Arcadio Buendia, daha o gece, orada evlerinin duvarları aynadan, kalabalık, gürültülü bir kent yükseldiğini gördü düşünde. Burası neresi diye sorduğunda, hiç duymadığı, hiçbir anlamı olmayan, ama düşünde doğaüstü bir yankı yaratan bir ad söylediler: Macondo. José Arcadio Buendia, ertesi gün adamlarını denizi hiç bulamayacaklarına inandırdı. Onlara, ağaçları kesip kıyının en serin yerinde, ırmağın hemen yanı başında bir yer açmalarını söyledi ve işte oraya köyü kurdular.

José Arcadio Buendia, buzu keşfettiği güne kadar, ayna duvarlı evleri gördüğü düşü bir türlü yorumlayamamıştı. Buzu görünce, düşün derin anlamını kavradığını sandı. Yakın bir gelecekte su gibi sıradan bir maddeden koca koca buz kalıpları üretip köyün yeni evlerini bunlarla yapabileceklerini düşündü. Macondo, artık menteşeleri, kapı tokmakları sıcaktan eğilen fırın gibi bir yer olmayacak, kış gibi soğuk bir kente dönüşecekti. Bir buz fabrikası kurma girişiminde diretmediyse, bunun tek nedeni, o sıralarda başta simya konusunda bir acayip yetenek gösteren Aureliano olmak üzere oğullarının eğitimine kendini vermiş olmasıydı. Laboratuvar temizlendi, pırıl pırıl oldu. Baba oğul, yeni buluşlar taşkınlığına kapılmadan, Melquíades'in notlarını serinkanlılıkla yeniden gözden geçirerek uzun ve sabırlı bir çabayla Úrsula'nın altınını, yanıp yapıştığı tencerenin dibinden ayırmaya çalıştılar. Genç José Arcadio, bu işe pek katılmıyordu. Babası kendini imbiklere kaptırmış didinirken, her zaman yaşından büyük göstermiş olan inatçı büyük oğlan, irikıyım bir delikanlı oldu çıktı. Sesi değişti. Bıyıkları terledi. Bir gece Úrsula oğlanın soyunduğu odaya girince, utanmayla acıma karışımı bir duyguya kapıldı: Kocasından sonra gördüğü ilk çıplak erkek oydu ve alet edavatı öylesine gelişmişti ki, neredeyse anormal bir görünüşü vardı. Üçüncü çocuğuna gebe olan Úrsula, zifaf gecesi duyduğu dehşeti yeniden duydu.

O sıralarda, şen, şuh, küfürbaz, fal bakmayı da bilen bir kadın gündeliğe gelir giderdi. Úrsula, oğlunun durumunu ona açtı. Böylesine orantısız büyüklükte bir aletin, yeğeninin domuz kuyruğu kadar anormal bir şey olduğunu düşünüyordu. Kadın bunu duyunca, cam kırığı gibi dört yana saçılan bir kahkaha attı. "Tam tersi," dedi, "oğlanın şansı açık olacak." Bu kehanetini doğrulamak için de birkaç gün sonra iskambilleri getirip José Arcadio ile mutfağın arkasındaki kilere kapandı. İskambilleri sakin sakin marangoz tezgâhının üzerine yaydı, oğlan meraktan çok, sıkıntıyla yanı başında dikilmiş beklerken, kadın aklına ne geldiyse sıraladı. Sonra birden elini uzatıp oğlanı yokladı. Gerçekten afallamış olmalı ki, "Aman Tanrım"dan gayrı söz çıkmadı ağzından. José Arcadio iliklerinin köpürüp kabardığını duydu. Belli belirsiz bir ürküntüye kapıldı ve hıçkıra hıçkıra ağlamak geldi içinden. Kadın hiçbir imada bulunmadı. Ama José Arcadio bütün gece kadını, kadının koltukaltlarından yükselip kendi tenine işleyen kokuyu arandı durdu. Kadın hep kendi yanında olsun, ona analık etsin, kilerden hiç çıkmasınlar ve kadın hep, "Aman Tanrım," desin istiyordu. Bir gün daha fazla dayanamayıp kadının evine gitti. Oturma odasında ağzını hiç açmadan aval aval oturup resmî bir ziyarette bulundu. O anda kadını hiç arzulamıyordu. Kadını bambaşka buldu, kokusunun yarattığı hayalle uzaktan yakından ilişkisi olmayan bir başkasıydı sanki. José Arcadio kahvesini içip sıkıntıyla çıktı evden. O gece, gözüne uyku girmeyen korkunç saatler boyunca yabanıl bir istekle yeniden arzuladı kadını, ama bu kez kadını kilerdeki gibi değil, o günkü haliyle istiyordu.

Günler sonra beklenmedik bir anda kadın onu annesiyle oturduğu evine çağırdı ve iskambilleri gösterme bahanesiyle oğlanı yatak odasına götürdü. Sonra öylesine pervasızca yokladı ki oğlanı, ilk ürperti geçtikten sonra delikanlı, hayal kırıklığına uğradı; duyduğu, zevkten çok korkuydu. Kadın, o gece gelip kendisini görmesini söyledi. O da, dizinde derman kalmadığını bildiği için bir an önce paçayı kurtarayım diye "Peki" dedi. Ama o gece, ateşten tutuşan yatağında dönüp dururken, beceremeyecek olsa bile, yine de kadına gitmeden edemeyeceğini anladı. Karanlıkta kardeşinin dingin soluğuna, bitişik odadaki babasının kuru öksürüğüne, avludaki tavukların tıknefesine, sivrisineklerin vızıltısına, yüreğinin gümbürtüsüne ve o zamana kadar hiç fark etmediği bir dünyanın koşturmasına kulak kabartarak el yordamıyla giyindi, uyuyan sokağa attı kendini. İçin için, kadının dediği gibi kapının kilitsiz değil, üstelik kol demirinin vurulmuş olmasını istiyordu. Ama kapı açıktı. Parmağının ucuyla itti kapıyı, menteşelerin boyun bükerken koyuverdiği hüzünlü ve belirgin inilti, delikanlının içine buz gibi yankılar saldı. Ses çıkarmamaya çalışarak yan yan süzülüp içeri adımını attığı anda, o koku çarptı burnuna. Kadının üç erkek kardeşinin hamak kurup yattığı sofada duruyordu hâlâ. Karanlıkta hamakların yerini kestiremiyor, yanlış bir yatağı kerteriz almamak için el yordamıyla yatak odasının kapısını arıyordu. Kapıyı buldu. Ama sandığından daha alçak olan hamak iplerine takılıp sendeledi ve o ana kadar horuldamakta olan adam uykusunda bir yandan öte yana döndü, "Günlerden çarşambaydı," diye sayıkladı.

José Arcadio, yatak odasının kapısını iterken, kapının düzgün olmayan yer döşemesine sürtünmesini engelleyemedi. Zifiri karanlıkta, yolunu hepten kaybettiğini anlayıverdi. Daracık odada kadının anası, kız kardeşi, kız kardeşinin kocasıyla iki çocuğu ve kadın yatıyordu, ama belki de o odada değildi. Koku evin her yanını sarmamış olsa, kokuya göre yönünü bulurdu, ama kadının kokusu, tıpkı kendi tenine işlediği gibi, evin köşe bucağına da olanca keskinliğiyle işlemişti. José Arcadio, olduğu yerden kıpırdamadan nasıl olup da böylesine boş bulunduğunu, kendini kapıp koyuverdiğini düşünürken, parmaklarını iyice açarak karanlığı yoklayan bir el değdi yüzüne. José Arcadio şaşırmadı, çünkü içten içe bekliyordu bunu. Kendini bırakıverdi o ele ve yanı yöresi belli olmayan bir yere sürüklenmesine ses çıkarmadı. Sonra giysileri sıyrıldı üzerinden, kollarının tutunacak bir yere erişemediği o dipsiz karanlıkta patates çuvalı gibi bir yandan öte yana savruldu. Kadının kokusu değil, amonyak kokuyordu burası ve kadının yüzünü gözünün önüne getirmeye çalıştıkça, Úrsula'nın suratı dikiliyordu karşısına. Uzun süredir yapmak istediği, ama gerçekten yapılabileceğini hiç sanmadığı bir şeyi yaptığını belli belirsiz kavrıyor, yine de ne yaptığını bilmiyordu, çünkü ayağı nerede, başı nerede kestiremiyor, kimin ayağı kimin başı olduğunu çıkaramıyordu ve buzullar yıkılıyormuşçasına böbreklerinden yükselen gümbürtüye, bağırsaklarındaki gaza, korkuya, o çileden çıkartıcı suskunluk ve ürkütücü yalnızlıktan hem kaçmak, hem de hep orada kalmak isteğine daha fazla dayanamıyordu.

Kadının adı Pilar Ternera'ydı. Ailesi, onu on dördünde ırzına geçip yirmi ikisine kadar kullanan, ama kopuğun biri olduğu için evlenmeye yanaşmayan adamdan ayırmak için, Macondo'nun kuruluşuyla sonuçlanan sefere yanlarında sürüklemişlerdi. Adam, onun ardından dünyanın öbür ucuna gelmeye söz verdi, ama daha sonra, işlerini yoluna koyup öyle gelecekti. Kız, iskambillerde görünen, üç günde mi, üç ayda mı, üç yılda mı dese, karayolundan mı, deniz yolundan mı dese çıkıp geliverecek uzun, kısa, sarışın, esmer her erkeği ona yora yora beklemekten usanmıştı artık. Bekleye bekleye kalçalarının diriliği, göğüslerinin dikliği, sevecenliği gitmişti, ama deli gönlü olduğu gibi duruyordu. O kocaman oyuncağa deli divane olan José Arcadio, her gece kadının peşinden odanın labirentine dalıyordu. Bir seferinde kapıyı sürgülü buldu ve bir kez başlarsa sonuna kadar sürdüreceğini bile bile kapıya birkaç kez vurdu. Bitmek bilmez gibi gelen bir bekleyişin sonunda kadın kapıyı açtı.

Gündüzleri uzanıp hayallere dalar, bir gece önceki anıların tadını çıkarırdı gizlice. Ama kadın o şen, kayıtsız, konuşkan haliyle eve geldiğinde, José Arcadio'nun heyecanını gizlemeye çalışmasına gerek kalmazdı, çünkü şakırtılı kahkahasıyla güvercinleri ürküten bu kadının ona soluğunu tutmayı, kalp atışlarını denetlemeyi öğreten ve erkeklerin ölümden neden korktuklarını anlamasına elveren o görünmez güçle uzak yakın bir ilişkisi yoktu. José Arcadio öylesine içine kapanmıştı ki, babasıyla kardeşi maden kazıntısını çözüp Úrsula'nın altınlarını ayırdıkları haberiyle ortalığı ayağa kaldırdıklarında, ev halkının neden sevindiğini bile anlayamadı. Baba oğul, günlerce uğraşa didine gerçekten başarmışlardı bu işi. Úrsula sevinçten uçuyordu, simyanın icadı için Tanrı'ya şükürler bile yağdırdı. Bu arada köy halkı laboratuvara akın ediyordu. Bu mucizeyi kutlamak için gelenlere üzerine guava reçeli sürülmüş bisküvi ikram ediyorlardı. José Arcadio Buendia, potanın içindeki kurtarılmış altınları sanki kendisi icat etmiş gibi böbürlenerek gösteriyordu köylülere. Herkese gösterdikten sonra, birkaç gündür laboratuvarın semtine uğramayan büyük oğlunun önünde durdu. Kuru ve sarımtırak topağı oğlanın burnuna dayayarak, "Neye benzettin bunu?" diye sordu. José Arcadio içinden geldiği gibi verdi yanıtını:

"Köpek bokuna."

Babası elinin tersiyle öyle bir şamar indirdi ki, oğlanın suratında kanla gözyaşı birbirine karıştı. O gece Pilar Ternera, karanlıkta el yordamıyla şişeyle pamuğu bulup delikanlının davul gibi şiş suratına dağ tütünüyle pansuman yaptı, sonra da oğlanın canını acıtmadan sevmeye çalışarak kendi muradına erdi. Öylesine içli dışlı oldular ki, bir süre sonra farkına varmadan fısıldaşmaya başladılar.

"Seninle baş başa kalmak istiyorum," dedi delikanlı, "açıkça söyleyeceğim herkese, böyle gizli kapaklı buluşmaktan kurtuluruz."

Kadın onu yatıştırmaya yeltenmedi.

"Çok iyi olur," dedi. "Yalnız kalırsak lambayı yakar, birbirimizi doyasıya seyrederiz, kimse duyar mı, diye korkmadan içimden geldiği gibi haykırırım, sen de ayıp şeyler fısıldarsın kulağıma."

Bu konuşma, babasına beslediği o içini yiyen hınç, bir de çılgınca sevişebilme olasılığı, delikanlıya bir cesaret verdi ki, demeyin gitsin. Bir ön açıklamaya gerek duymadan, olanı biteni kardeşine anlatıverdi.

Toy Aureliano, ilk ağızda kardeşinin bu serüveninden doğabilecek büyük tehlikeyi kavrayabildi yalnızca, işin çekici yanını hiç anlayamadı. Gel zaman git zaman bir kaygıdır aldı çocuğu. Tehlikenin girdisini çıktısını kafasında kuruyor, kardeşinin çektiği acıyla zevki kendisi de tadıyor, kardeşinin korkusunu da mutluluğunu da paylaşıyordu. Dibine köz döşenmiş gibi gelen yalnız yatağında gözüne uyku girmeden şafak sökene kadar kardeşini bekliyordu. O geldikten sonra da kalkma saatine kadar konuşuyorlardı. Öyle ki, çok geçmeden ikisi de uykusuzluğun getirdiği mahmurluk içinde simyayı da, babalarının hikmetini de boşlayıp kıyı bucak gizlenir oldular. "Bu oğlanlar sapıttı," dedi Úrsula, "garanti kurt var bunlarda." Kazayağı otunu ezip mide bulandırıcı bir ilaç yaptı. Oğlanlar hiç beklenmedik bir kayıtsızlıkla ses çıkarmadan ilacı içip bir günde on bir posta oturağa taşınarak gülkurusu asalaklar döktüler ve dalgınlıklarıyla mahmurluklarının bu kurtlar yüzünden olduğuna Úrsula'yı inandırıp kandırdıkları için de bayram ede ede bunları önlerine gelene gösterdiler. Bu arada Aureliano, ağabeyinin deneyimini yalnızca anlamakla kalmıyor, kendi başından geçmişçesine yaşıyordu. Bir seferinde ağabeyi aşk oyunlarını en ufak girdisine çıktısına varıncaya dek anlatırken Aureliano onun sözünü kesip, "Nasıl bir şey oluyor?" diye sordu. José Arcadio hiç duraksamadan yapıştırdı yanıtı:

"Yer sarsıntısı gibi tıpkı."

Ocak ayında bir perşembe sabaha karşı saat ikide Amaranta doğdu. Daha odaya kimse girmeden, Úrsula her bir yanını yokladı kızın. Çocuk gerçi semender gibi soluk tenli, vıcık vıcık kaygandı, ama her tarafı insana benziyordu. Ev konu komşuyla dolup taşıncaya kadar, Aureliano, yeni bebeğin farkına bile varmadı. Sonra o kargaşayı fırsat bilerek çıktı, gecenin on birinden beri yatağında yeller esen ağabeyini aramaya koyuldu. Onu Pilar Ternera'nın yatak odasından nasıl çekip çıkaracağını bile durup düşünmeden verdiği kararla kadının evine gitti. Saatlerce evin çevresinde dolanıp parolalı ıslıklar çaldı, ortalık ağarınca eve dönmekten başka çaresi kalmadı. Annesinin odasına girince bir de ne görsün, yüzünden masumiyet akan José Arcadio yeni doğan kardeşiyle oynamıyor mu.

Çingeneler yeniden geldiklerinde Úrsula'nın kırkı yeni çıkmıştı daha. Bunlar, geçen sefer buzu getiren o cambaz, hokkabaz takımıydı. Melquíades'in obası gibi gelişmelerin, yeniliklerin habercisi olmayıp eğlence tellalı oldukları çok geçmeden anlaşılmıştı. Buzu getirdikleri zaman bile, bunun insan yaşamına sağlayacağı yararlardan söz edecekleri yerde, sirk hüneriymiş gibi çığırtkanlığını yaptılar. Bu sefer de, binbir türlü numaranın yanı sıra bir de uçan halı getirdiler. Ama bunu, ulaşımın gelişmesine köklü bir katkı olarak değil de, eğlence aracı diye sundular. Millet, köyün üzerinde şöyle bir uçuvermek için toprağa gömdüğü son altınlarını da çıkardı. Herkesin katıldığı bu kargaşayı fırsat bilen José Arcadio ile Pilar, kalabalığa karışıp saatlerce eğlendiler. Onca kişinin içinde mutluluktan uçan, çiçeği burnunda iki sevgiliydiler ve aşkın, gizlice buluştukları gecelerdeki o coşkulu, ama bir anlık mutluluktan çok daha derin ve huzur verici bir duygu olduğuna inanacaklardı neredeyse. Ne var ki, Pilar bozuverdi büyüyü. José Arcadio'nun onunla olmaktan duyduğu sevince kapılıp, zamanı zemini unuttu ve dünyayı yıktı oğlanın başına. "Artık gerçekten erkek oldun," deyiverdi. Delikanlı onun ne demek istediğini kestiremeyince de, açık açık söyledi:

"Baba oluyorsun."

José Arcadio, birkaç gün evden dışarı adımını atamadı. Mutfaktan Pilar'ın şakrak kahkahasını duyar duymaz, Úrsula'nın izniyle simya çalışmalarının yeniden hız kazandığı laboratuvarda alıyordu soluğu. José Arcadio Buendia, baştan çıkan oğlunu sevinçle karşıladı, sonunda karar verip giriştiği simyacı taşı araştırmalarına oğlunu da kattı. Bir akşamüzeri, neşeyle el sallayan köy çocuklarını arkasına oturtan çingene, uçan halıyı pencere hizasında sürüp laboratuvarın önünden geçirince, oğlanların aklı uçan halıda kaldı, ama José Arcadio Buendia başını çevirip bakmadı bile. "Varsın onlar uçtuklarını sansınlar," dedi. "Biz onlardan daha iyi uçacağız, hem de paçavrası çıkmış bir battaniyeyle değil, bilimsel araçlarla yapacağız bu işi." José Arcadio, ilgileniyormuş gibi görünmesine rağmen, beceriksizce üflenmiş çarpık bir şişeye benzeyen simyacı yumurtasının hikmetine bir türlü akıl erdiremiyordu. Kaygılarından kurtulamadı bir türlü. Yiyip içmekten kesildi, gözüne uyku girmez oldu. Babası giriştiği deneylerde başarısızlığa uğrayınca nasıl asık suratlı oluyorsa, José Arcadio'nun da suratından düşen öylesine bin parça oluyordu, ki José Arcadio Buendia oğlanın bu simya işine kafayı fazla taktığını düşünerek onu laboratuvardaki görevlerden uzaklaştırdı. Aureliano, kardeşinin derdinin simyacı taşını aramaktan kaynaklanmadığını biliyordu gerçi, ama ağzından tek laf alamıyordu. José Arcadio'nun o eski içtenliği gitmiş, sırlarını paylaşan, konuşkan biri olmaktan çıkmış, içine kapanık, kaba bir insan olmuştu. Bütün dünyaya karşı acı bir hınç besliyor, herkesten kaçıyordu. Bir gece her zamanki gibi yataktan sıvıştı, ama Pilar Ternera'nın evine gideceği yerde panayırın gürültülü kalabalığına karıştı. Binbir çeşit gösteri arasında, hiçbiriyle ilgilenip başını çevirmeden gezindikten sonra, sergilenen hünerlerle ilişkisi olmayan bir şey çarptı gözüne: Bu, taktığı boncuklar boynuna ağır gelen, gencecik, neredeyse çocuk yaşta bir çingene kızıydı ve José Arcadio'nun ömründe gördüğü en güzel kadındı. Ana baba sözü dinlemediği için yılan kesilen adamın acıklı serüvenini izleyen kalabalığın arasında duruyordu kız.

José Arcadio gösteriyle hiç ilgilenmedi. Yılan adamın içler acısı sorgusu sürerken, kalabalığı yarıp kızın durduğu ön sıraya yürüdü, gitti, tam arkasına dikildi. Kızın sırtına iyice dayandı. Kız kendini çekmek isteyince, José Arcadio büsbütün abandı. İşte o zaman, kız onu sapına kadar hissetti. Bunun gerçek olduğuna inanamayarak şaşkınlık ve korku içinde kıpırdamadan yaslandı delikanlıya, sonunda dayanamadı, başını çevirip ürkek ürkek gülümsedi. Tam o sırada iki çingene, yılan adamı kafesine kapatıp çadıra götürdüler.

Gösteriyi yöneten çingene, seyircilere seslendi: "Bayanlar baylar, şimdi de sizlere, görmemesi gereken bir şeyi gördüğü için ceza olarak, yüz elli yıldır her gece tam bu saatte boynu vurulan kadının tüyler ürperten çilesini seyrettireceğiz." José Arcadio ile çingene kızı, boyun vurulma sahnesini seyretmediler. Kızın çadırına gittiler, bir yandan soyunurken bir yandan delice bir telaşla öpüşmeye koyuldular. Çingene kız, kolalı dantelden korsasını çıkarınca anadan doğma kaldı. Yeni kabarmaya başlamış memeleri, José Arcadio'nun kolları kadar bile olamayan çırpı bacaklarıyla çelimsiz bir kurbağaya benziyordu, ama bu çelimsizliğini unutturacak bir ataklığı ve sıcaklığı vardı. Gelgelelim, José Arcadio kızın peşrevlerine karşılık veremiyordu, çünkü girdikleri çadır, çingenelerin sirk takımlarını alıp işlerini yapmak için boyuna girip çıktıkları, dahası arada bir yatağın yanına dikilip barbut attıkları ayakaltı bir yerdi. Orta direğe asılı fener, her yanı aydınlatıyordu. El peşrevine ara verdiklerinde, kız ne yapacağını bilemeden çırılçıplak yatağa serilmiş José Arcadio'yu gayrete getirmeye çalışırken, harika tenli bir çingene kadını, ardından da obalılardan da, köylülerden de olmayan bir adam çadıra girip yatağın yanında soyunmaya başladılar. Bir ara kadının gözü José Arcadio'ya ilişti, onun devrilmiş yatan o hayvani alametini ateşli bir heyecanla tepeden tırnağa inceledi.

"Aman oğlum," diye haykırdı, "dilerim olduğun gibi kalasın."

José Arcadio'nun yanındaki kız, "Rahat bırak bizi," diye terslenince, yeni gelenler yatağın yanına yere çöktüler. Onların tutkulu oynaşması, José Arcadio'nun isteğini de kamçıladı. İlk değişte, kızın kemikleri, bir kutu domino taşı çevreye saçılırmış gibi çatırdadı, tenine hafif bir ter bastı, bütün gövdesinden acıklı bir inilti ve belli belirsiz bir çamur kokusu yükselirken gözleri yaşla doldu. Ama bu darbeye, hayranlık uyandıracak bir irade ve yiğitlikle dayandı. Arcadio, melekler katına yükseliyormuş gibi oldu, yüreğini doldurup taşan sevgi dolu açık saçık sözler kızın kulaklarından girip ağzından çingene diliyle dökülmeye başladı. Günlerden perşembeydi. Cumartesi gecesi, José Arcadio başına bir al yazma dolayıp çingenelerle çekti gitti.

Úrsula, onun ortadan kaybolduğunu fark edince köyün altını üstüne getirdi. Obanın konakladığı yerde, üzerinde hâlâ dumanlar tüten sönmüş ateşlerin arasındaki bir çöp tenekesinden başka bir şey yoktu. Süprüntülerin arasında incik boncuk arayan biri, bir gece önce oğlunu, çingene kervanının ortasında yılan adamın kafesini el arabasına yüklemiş götürürken gördüğünü söyledi Úrsula'ya. Oğlanın ortadan kaybolmasını zerrece umursamayan kocasına, "Oğlan çingene olup çıkmış!" diye haykırdı Úrsula.

Bin kez dövülüp bin kez yeniden ısıtıldıktan sonra yeniden dövülen harcı havanda dövmekte olan José Arcadio Buendia, "Keşke öyle olsa," dedi, "adam olmayı öğrenir böylece."

Úrsula, çingenelerin nereye gittiğini sordu soruşturdu. Peşlerinden yetişebilirim umuduyla, gösterilen yola düştü, sora sora yürümeye koyuldu. Köyden uzaklaştıkça uzaklaştı, sonunda köyden iyice koptuğunu düşünüp geri dönmeyi aklından çıkardı. José Arcadio Buendia, akşamın sekizinde, hazırladığı malzemeyi donmasın diye ılık gübreye gömdükten sonra ağlamaktan moraran Amaranta'ya ne olduğunu merak edip eve girince Úrsula'nın ortalarda görünmediğini fark etti. Birkaç saat için tepeden tırnağa silahlı bir grup toparladı, Amaranta'yı sütnineliğe gönüllü bir kadına emanet edip Úrsula'nın peşinden görünmez yollara düştü. Aureliano da onlarla gitti. Dillerini anlamadıkları Kızılderili balıkçılar, işaretle dert anlatmaya çalışarak oradan kimsenin geçtiğini görmediklerini söylediler. Üç gün boşu boşuna aradıktan sonra köye döndüler.

José Arcadio Buendia, haftalarca meraktan kıvrandı durdu. Amaranta'ya dadılık etti, yıkadı pakladı, kundakladı, günde dört kez sütnineye taşıdı, geceleri Úrsula'nın bir türlü beceremediği ninnileri bile söyledi. Bir ara Pilar Ternera, Úrsula dönünceye kadar ev işlerini görmeye gönüllü çıktı. Önsezileri, başlarına gelen bu felaketle daha da keskinleşen Aureliano, kadını görür görmez, ağabeyinin kaçışından ve peşinden de anasının sırra kadem basışından bu kadının sorumlu olduğunu kestirip öylesine sessiz ve suratsız karşıladı ki bu öneriyi, kadın bir daha eve ayak basamadı.

Zaman her şeyi yoluna koydu. José Arcadio Buendia ile oğlu, laboratuvara ne zaman yeniden dönüp ortalığın tozunu aldıklarını, imbiği ateşe oturtup aylardır gübrede yatan malzemeyi sabırla işlemeye ne zaman başladıklarını bilemeden kendilerini işbaşında buldular. Sazdan örülmüş sepetinde yatan Amaranta bile, cıva buharlarından havası iyice ağırlaşan küçük odada babasıyla ağabeyinin harıl harıl çalışmasını merakla seyreder oldu. Úrsula'nın gidişinden aylarca sonra, tuhaf şeyler olmaya başladı. Ne zamandır dolabın bir köşesinde unutulmuş boş bir şişe, yerinden kaldırılamayacak kadar ağırlaşıverdi. Çalışma tezgâhının üzerindeki su dolu tencere, altında ateş olmadan fokur fokur kaynamaya koyulup içindeki su tamamen buharlaşana kadar yarım saat öyle kaynadı durdu. Bunları açıklamaya akıl erdiremeyen, ama simyacı taşının kıvama geldiğine yoran José Arcadio Buendia ile oğlu, olup biteni şaşkınlık ve heyecanla izliyorlardı. Bir gün Amaranta'nın sepeti ayaklanıverdi, Aureliano telaşla koşup yetişinceye kadar odayı fırdöndü. Ama babası hiç telaşlanmadı. Kaç zamandır bekledikleri mucizenin eli kulağında olduğuna iyice inanarak sepeti yerine koydu, masanın bacağına bir güzel bağladı. İşte o olay üzerine, Aureliano, babasının ağzından şu sözleri duydu:

"Tanrı'dan korkmuyorsan, hiç değilse madenlerin mucizesine bakarak Tanrı korkusu girsin içine."

Úrsula, sırra kadem basışından beş ay kadar sonra apansız geliverdi. Üzerine bir haller gelmiş, yücelmiş, gençleşmiş, köylülerin hiç bilmediği kılık kıyafete girmişti. José Arcadio Buendia, onu karşısında böyle görüverince dizlerinin bağı çözüldü. "Tamam işte!" diye haykırdı. "Biliyordum böyle olacağını." Gerçekten de, onca zaman kapanıp simyacı taşının malzemesini hazırlarken, yüreğinin ta derinlerinden dileyerek, özlemle beklenilen mucize, felsefe taşının keşfi ya da madenlere can katacak soluğun azat edilmesi ya da evdeki menteşelerle kilitleri altına çevirme becerisi olmasın da, işte o andaki olayın gerçekleşmesi olsun, yani Úrsula geri dönsün diye dualar etmişti. Ama Úrsula, onun heyecanını hiç umursamadı. Ayrılalı daha bir saat olmuş gibi kocasını âdet yerini bulsun diye şöyle bir öptükten sonra, "Dışarı bak hele," dedi.

José Arcadio Buendia, sokağa çıkıp kalabalığı görünce uzun süre şaşkınlıktan kurtulup ne olduğunu kestiremedi. Bunlar çingene değildi. Kendileri gibi düz saçlı, esmer, aynı dili konuşan, aynı şeylerden yakınan insanlardı. Yiyecek yüklü katırları, ev ve mutfak eşyasıyla dolu kağnıları, kısacası günlük gerçeğin içindeki gezgin satıcıların allayıp pullamadan sattıkları saf ve yalın malları vardı. Bataklığın hemen öte yakasındaki iki günlük yoldan, yılın her ayı postanın uğradığı ve insanların yaşamın nimetlerini tanıdıkları kasabaların bulunduğu yerden geliyorlardı. Úrsula, çingenelerin izini bulamamıştı, ama kocasının büyük icatlar tutkusuna kapılması yüzünden keşfedemediği yolu bulmuştu.

Pilar Ternera'nın oğlu, doğduktan iki hafta sonra dedesinin evine getirildi. Kendi kanından gelme bir yavrunun ortada kalmasına gönlü elvermeyen, ama çocuğun gerçek kimliğini öğrenmemesini de şart koşan kocasının inadı karşısında pes edip Úrsula istemeye istemeye çocuğu eve aldı. Oğlana José Arcadio adını koydularsa da sonradan karışıklık olmasın diye yalnızca Arcadio demeye başladılar. O sıralarda köyde öylesine bir faaliyet, evde öylesine bir koşuşmaca vardı ki, çocukların bakımı ikinci plana itilmişti. Yıllardır aşiretlerini kasıp kavuran uykusuzluk hastalığı salgınından kaçıp erkek kardeşiyle birlikte köye gelen, Guajiro Kızılderililerinden Visitacion adında bir kadına emanet edildi çocuklar. Kızılderili kardeşler, öylesine halim selim, öylesine kul köle olmaya gönüllüydüler ki, Úrsula ev işlerini görsünler diye yanına almıştı onları. İşte böylece, Arcadio ile Amaranta, İspanyolca'yı sökmeden önce çatır çatır Guajiro dilini konuşmaya başladılar, kendini hayvan kalıbında şekerleme yapıp satmaya kaptıran Úrsula'dan habersiz, kertenkele çorbasıyla örümcek yumurtası yemeyi öğrendiler. Macondo değişmişti. Úrsula'yla birlikte gelenler, buranın bataklığa oranla nasıl iyi bir yer olduğunu, toprağının betini bereketini öylesine ballandırarak yaydılar ki, bir zamanların o içine kapanık köyü, dükkânları, atölyeleri ve durmaksızın işleyen kervan yoluyla hareketli bir kasabaya dönüştü. Bu yoldan ilk gelenler, cam boncuklarla iri papağanları trampa eden bol şalvarlı, kulakları küpeli Araplar oldu. José Arcadio Buendia'nın başını kaşıyacak zamanı yoktu. Hayal gücünün yarattığı o uçsuz bucaksız evrenden daha da düşsel görünen somut gerçeğin büyüsüne kapılan José Arcadio Buendia, simya laboratuvarıyla ilgilenmez oldu, aylarca binbir zahmetle hazırlanmış olan malzemeyi bir yana bıraktı, kimsenin kimseye hakkı geçmesin diye sokakların nereye açılacağını, evlerin nereye yapılacağını kararlaştırdığı günlerdeki gibi girişken biri oluverdi yeniden. Yeni gelenlerin üzerinde de öyle bir üstünlük kurdu ki, ona danışmadan ne bir temel atılıyor, ne bir duvar örülüyordu, sonunda toprak dağıtım işinin başına da onu getirmeyi kararlaştırdılar. Eski gezgin panayırı koskoca bir talih ve şans oyunları kumarhanesine dönüştürmüş olan cambaz çingeneler yeniden geldiklerinde, José Arcadio da onlarla birlikte dönmüştür diye büyük tantanayla karşılandılar. Oysa José Arcadio dönmedi, Úrsula'ya göre oğlunun nerede olduğunu söyleyebilecek tek kişi olan yılan adam da yoktu. Bunun üzerine, gittikleri yere şehvet ve sapıklık bulaştırıyorlar diye çingenelere kasabada konaklama izni verilmedi, bir daha da buraya ayak basmamaları tembihlendi. Ancak, José Arcadio Buendia, sonsuz bilgeliği ve eşsiz buluşlarıyla kasabanın kalkınmasına bunca yararı dokunmuş olan Melquíades'in obasına kapılarının her zaman açık olduğunu söylemeyi de ihmal etmedi. Ne var ki, göçebelerin söylediğine bakılırsa, Melquíades'in obası, insan idrakinin sınırlarını aştığı için yeryüzünden silinmişti.

Hiç değilse şimdilik hayal gücünün işkencesinden

kurtulan José Arcadio Buendia, kısa sürede öyle bir düzen ve çalışma sistemi kurdu ki, yalnızca bir tek şey serbestti: O da, köyün kuruluş günlerinden bu yana cıvıltılarıyla yaşama neşe katan kuşların salıverilip yerlerine her eve bir çalar saat konulması izniydi. Bunlar, Arapların papağanlarla takas ettiği tahtadan oyulmuş saatlerdi. José Arcadio Buendia saatleri öylesine kusursuzca ayarladı ki, kasaba her yarım saatte bir aynı ezginin birbirini izleyen nakaratıyla şenleniyor ve öğle saati geldi mi kesintisiz ve bir ağızdan yükselen bir valsin sesleri dolduruyordu her yanı. O yıllarda sokaklara akasya yerine badem ağacı dikmelerine karar veren ve sırrını hiç açıklamadan bademleri ölümsüz kılmanın yolunu bulan da yine José Arcadio Buendia oldu. Yıllarca sonra Macondo, çinko damlı ahşap evlerle dolduğu zaman, kimin diktiği çoktan unutulmuş, dalları kırık ve tozlu badem ağaçları, en eski sokaklarda durup duruyordu. Babası kasabayı düzene koymakla, anası da günde iki posta sandal ağacından saplara takılarak dağıtılan horoz ve balık biçimindeki şekerleme ticaretinden para kırmakla uğraşırken, Aureliano terk edilmiş laboratuvara saatlerce kapanıyor, kendi kendine gümüş işleme sanatını öğreniyordu. Öylesine çabuk boy atmıştı ki, çok geçmeden ağabeyinden kalan giysiler sırtına olmaz olunca babasınınkileri giymeye başladı, ama ötekiler gibi etli olmadığı için, Visitacion, gömleklere pili kırıyor, pantolonlara pens yapıyordu. Erginlik, sesinin yumuşaklığını almış götürmüş, delikanlıyı suskun, içine kapanık biri yapmıştı, ama bir yandan da, gözlerine, doğduğu andaki o yoğun anlatımı yeniden kazandırmıştı. Kendini gümüş işlemeye öylesine vermişti ki, karnını doyurmak için bile pek seyrek çıkıyordu laboratuvardan. Belki de kadına ihtiyacı vardır diye düşünen José Arcadio Buendia, ona evin anahtarlarıyla biraz da para verdi. Ama Aureliano, bu parayla altın eritmeye yarayacak sıvıyı yapmak üzere tuzruhu alıp anahtarları altın kaplamayla süsledi. Aureliano'nun aşırılıkları, yedi yaş dişleri çıkmaya başladığı halde hâlâ Kızılderililerin eteğinden ayrılmayan ve İspanyolca yerine Guajiro diliyle konuşmakta direnen Amaranta ile Arcadio'nun yaptıkları yanında hiç kalırdı. Úrsula, kocasına, "Hiç yakınmaya hakkın yok," diyordu, "soylarına çekmişler, ne olacak." Úrsula, çocuklarının bu yabaniliğinin domuz kuyruğu kadar korkunç bir şey olduğuna inanarak talihsizliğine lanet okuyadursun, Aureliano ona öyle bir bakış baktı ki, kadın ne yapacağını bilemeden dondu kaldı.

"Bir gelen var," dedi delikanlı.

Úrsula, oğlunun her kehaneti karşısında yaptığı gibi, bu kez de ev kadını mantığıyla bunu yorumlamaya çalıştı. Olur a, gelirdi biri. Macondo'ya her gün bir alay yabancı geliyordu, hiçbirinin de kuşku uyandırdığı ya da kehanet konusu olduğu yoktu. Gelgelelim, Aureliano, bu mantığa kulak asmayacak kadar emindi kehanetinin doğruluğundan.

"Kim olduğunu bilmiyorum," dedi, "ama her kimse, çoktan yola çıkmış bile."

Gerçekten de, o pazar geldi Rebeca. Daha on bir yaşındaydı. José Arcadio Buendia'ya yazılmış bir mektupla birlikte kızı getirmeyi üstlenen, ama çocuğu kendilerine kimin emanet ettiğini bir türlü çıkaramayan deri tüccarlarının yanında, Manaure'den Macondo'ya kadar süren zahmetli bir yolculuk yapmıştı. Bütün eşyası, ufak bir sandıktan, elle boyanmış minik çiçeklerle süslü bir salıncaklı sandalyeden ve içinde annesiyle babasının kemiklerinin bulunduğu, her sallanışta "takur tukur" sesler çıkaran bir çuvaldan ibaretti. José Arcadio'ya yazılan mektup, dostluklarının arasına uzun süre ve mesafe girmesine rağmen onu hâlâ sevip sayan biri tarafından son derece içten sözlerle yazılmıştı. Mektubu yazan, Úrsula'nın yeğeninin yeğeni ve o unutulmaz dost Nicanor Ulloa ile değerli eşi Rebeca Montiel'in kızları olma nedeniyle, uzaktan da olsa José Arcadio Buendia'nın da hısmı olan bu evsiz barksız yetim yavrucuğu ona göndermekle insanlık görevini yaptığına inandığını yazıyor ve mekânları cennet olsun, kızın anasıyla babasının kemiklerini de Hıristiyan törelerine uygun biçimde gömülsünler diye çuvala koyup kızın yanına kattığını belirtiyordu. Mektupta sözü geçen adlar da, mektubun altındaki imza da açık seçik okunuyordu, ama José Arcadio Buendia da, Úrsula da, bu adı taşıyan bir akrabaları olup olmadığını bilip çıkaramadılar. Mektubu gönderenin adında da bir tanıdıkları yoktu. Manaure denilen köy ise hiç çalınmamıştı kulaklarına. Kızdan da bir şeyler öğrenmek mümkün olmadı. Kız gelir gelmez salıncaklı sandalyesine oturmuş, parmağını emerek, sorulanları anladığına dair hiçbir belirti göstermeksizin iri, şaşkın gözleriyle herkesi seyre koyulmuştu. Sırtında bir zamanlar verevine çizgili olup da sonradan siyaha boyanmış eski püskü bir entari, ayaklarında ruganı pul pul kabarmış ayakkabılar vardı. Saçları iki siyah fiyonkla kulaklarının arkasına toplanmıştı. Üzerinde deseni terden solmuş bir aba gömlek, sağ kolunda da bakır çerçeveli, etobur bir hayvan dişinden nazarlık vardı. Yeşile çalan teni, davul gibi gergin ve şiş karnı, daha o doğmadan başlamış bir sağlıksızlığın ve yoksulluğun belirtisiydi, ama önüne yiyecek koyduklarında ağzına tek lokma götürmeden tabağı öyle dizlerinin üzerinde tutup duruyordu. Neredeyse kızın sağır dilsiz olduğuna inanacaklardı ki, sonunda Kızılderililer, kendi dillerinde su isteyip istemediğini sordular da kız onları tanımış gibi gözlerini kırpıştırıp başını sallayarak evet dedi.

Yapabilecekleri başka hiçbir şey olmadığı için, kızı evde alıkoydular. Aureliano, adının ne olduğunu kestirebilmek için, büyük bir sabırla bütün ermişlerin adlarını saydığı halde kızdan en ufak bir tepki alamayınca, sonunda mektupta yazdığına göre annesinin adıyla çağırmaya başlayıp "Rebeca" dediler kıza. O sıralarda daha kimse ölmediği için Macondo'da mezarlık olmadığından, uygun bir yer bulup gömmek üzere kemik çuvalını ortada bıraktılar. Çuval, ikide bir onun bunun ayağına takılıyor, kuluçkaya yatmış tavuk gıdaklamasına benzer takırtısıyla en olmadık yerde ortaya çıkıyordu. Rebeca'nın aile yaşamına ayak uydurması çok uzun sürdü. Evin dip bucak yerlerine gidiyor, parmağını emerek salıncaklı sandalyesinde oturuyordu. Saatin çalmasından başka hiçbir şeyle ilgilenmiyor, her yarım saatte bir, sesi havada yakalayacakmış gibi ürkek gözlerini oradan oraya gezdiriyordu. Birkaç gün ağzına tek lokma koyduramadılar. Kızın nasıl olup da hâlâ açlıktan ölmediğini merak ederlerken, sessiz yürüyüşleriyle evi sürekli olarak karış karış dolaşan, bu nedenle de olup biten her şeyi bilen Kızılderililer, Rebeca'nın avludaki nemli toprağı ve tırnaklarıyla duvardan kazıdığı kireç parçalarını yediğini keşfettiler. Bu işi gizlice ve suçluluk duyarak yaptığına, çevrede kimse yokken yiyebilmek için zulasına sakladığına bakılırsa, ana babası ya da onu büyüten her kimse, bu huyu yüzünden epey paylamış olmalıydı kızı. Onu bu kötü alışkanlıktan vazgeçirmek için avluya inek gübresi atıp duvarlara kırmızı biber sürdülerse de, kız toprak bulmak için öylesine kurnazlıklar, öylesine hünerler göstermeye başladı ki, Úrsula daha sert önlemler almak zorunda kaldı. Bir tencereye portakal suyuyla ravent kökü koyup bütün gece ayazda beklettikten sonra, ertesi sabah aç karnına içirdi kıza. Gerçi bu ilacın toprak yeme alışkanlığına deva olacağını kimse söylememişti, ama Úrsula, aç mideye acı bir şey girerse, karaciğerin buna tepki göstereceğini kestiriyordu. Rebeca öylesine asi, o sıskalığına rağmen öylesine güçlüydü ki, ilacı yutturmak için elini ayağını buzağı bağlar gibi bağladıkları halde, kız boyuna tekme savuruyor, Kızılderililerin söylediğine göre, kendi dillerinde en ağza alınmadık küfürleri sayıp döküyor, yanına yanaşanları ısırıp tükürüğe boğuyordu. Úrsula bunu öğrenince, tedavi yöntemine kamçıyı da kattı. Ravent müshili mi, dayak mı, yoksa ikisi birden mi iyi geldi bilinmez, ama birkaç hafta geçmeden Rebeca iyileşme belirtileri göstermeye başladı. Ona abla gözüyle bakan Arcadio ile Amaranta'nın oyunlarına katılıyor, çatal bıçağı bir güzel kullanarak iştahla karnını doyuruyordu. İspanyolca'yı da Kızılderililerin dili kadar iyi konuştuğu, el işlerine çok yatkın olduğu ve saatin çalgısına kendi uydurduğu saçma sapan sözlerle eşlik ettiği de kısa zamanda anlaşıldı. Ev halkı, çok geçmeden onu aileden biri olarak görmeye başladı. Úrsula'ya öz çocuklarından daha çok sokuluyor, Arcadio ile Amaranta'ya kardeşlerim, Aureliano'ya amca, José Arcadio Buendia'ya dede diyordu. Böylece sonunda o da öteki çocuklar gibi Rebeca Buendia adını almayı hak etti ve bu adı ömrünün sonuna kadar onurla taşıdı.

Rebeca'nın toprak yeme alışkanlığından kurtulup öteki çocuklarla aynı odada yatmaya başladığı sıralarda bir gece, aynı odada yatan Kızılderili kadın bir ara uyandı ve köşeden bir tuhaf takırtı geldiğini duydu. Odaya bir hayvan girdi sanıp telaşla ayağa fırlayınca Rebeca'nın parmağını ağzına almış, karanlıkta gözleri kedi gözü gibi parlayarak salıncaklı sandalyede oturduğunu gördü. Kör talihin kurbanı olmuş Visitacion, bir zamanlar prensi ve prensesi oldukları yüzyıllık krallıklarından kaçmalarına neden olan hastalığın belirtilerini dehşetle gördü Rebeca'nın gözlerinde. Uykusuzluk hastalığıydı bu.

Ertesi sabah, Kızılderili Cataure'nin evden gitmiş olduğunu gördüler. İçinden bir ses, dünyanın öbür ucuna da gitse bu ölümcül hastalığın peşini bırakmayacağını söylediği için, ablası onunla gitmedi. Visitacion'un telaşına kimse anlam veremiyordu. José Arcadio Buendia, işi şakaya vurarak, "Ne kadar az uyusak o kadar iyi," dedi, "böylece hayattan daha çok kâm alırız." Ama Kızılderili kadın, bitkinlik vermediği için hastalığın en korkulacak yanının uykusuzluk olmayıp zamanla daha da beter bir hale geldiğini ve bellek kaybına yol açtığını uzun uzadıya anlattı. Dediğine göre, hastalanan biri uykusuzluğa alışınca, önce çocukluğundan kalma anıları unutuyordu, giderek eşyaların adını ve neye yaradıklarını bilmez oluyor, sonunda da insanları tanımıyor, kendini bile unutuyor ve geçmişi olmayan bellek yokluğuna uğruyordu. José Arcadio Buendia, bunun da Kızılderili batıl inançlarından kaynaklanan hastalıklardan biri olduğunu sanarak katıla katıla güldü. Oysa Úrsula, ne olur ne olmaz diyerek, Rebeca'yı öteki çocuklardan ayırdı.

Birkaç hafta sonra Visitacion tam yatışmaya başladığı sırada bir gece, José Arcadio Buendia, uyku tutmadığı için yatakta dönüp durmaya koyuldu. Úrsula'nın da uykusu açılmıştı, kocasına "Neyin var?" diye sorunca, José Arcadio Buendia, "Prudencio Aguilar yine aklıma takıldı," dedi. O gece bir dakika bile gözlerini yummadılar, ama ertesi gün hiçbir rahatsızlık duymadıklarından gece olanları unuttular. Öğle yemeğinde Aureliano, laboratuvarda sabahlayıp Úrsula'ya doğum günü armağanı olarak vereceği iğneyi altın suyuna batırmakla uğraştığı halde hiç yorgunluk duymadığını şaşırarak anlattı. Üçüncü gün olup da yatma saati geldiği halde kimsenin uykusu gelmeyince ve elli saatten fazladır uyumadıklarını hesap edinceye kadar telaşa kapılmadılar.

Kızılderili kadın, o kadere inanmış tavrıyla, "Çocuklar da uyumadılar," dedi. "Hastalık bir kez eve girmeyegörsün, kimse yakasını kurtaramaz."

Gerçekten de uykusuzluk illetine yakalanmışlardı. Bitkilerin şifa hassasını anasından öğrenmiş olan Úrsula, hemen boğanotu şerbeti kaynatıp hepsine içirdiyse de, hiçbirini uyku tutmadı ve ayaküstü düş göre göre akşamı ettiler. Bu sanrılı uyanıklık içinde yalnızca kendi düşlerindeki kişileri görmekle kalmadılar, ötekilerinin düşlerine girenleri de gördüler. Sanki eve bir alay konuk dolmuş gibiydi. Mutfağın köşesindeki salıncaklı sandalyesine oturan Rebeca, beyaz ketenler giyinmiş, gömleğinin üst düğmesi altından, kendine çok benzeyen bir adamın bir demet gül getirdiğini gördü. Adamın yanındaki kadın, zarif elleriyle demetten bir gül çekip çocuğun saçına taktı. Úrsula, adamla kadının Rebeca' nın annesiyle babası olduklarını kestirdi, ama nereden tanıdığını bulup çıkarmak için çok çalıştıysa da, sonunda onları ömründe görmemiş olduğuna kesinlikle karar verdi. Bütün bunlar olup biterken, José Arcadio Buendia, boş bulunup önlem almadığı için, evde yapılan hayvan biçimindeki şekerlemeler hâlâ kasabada satılıp duruyordu. Yediden yetmişe herkes, uykusuzluk bulaşmış o tadına doyulmaz yeşil horozları, uykusuzluğa batmış o güzelim pembe balıkları, uykusuzluğa bulanmış o şipşirin sarı tayları emip duruyordu. Böylece pazartesi sabahı doğan güneş, bütün kasabayı ayakta buldu. Önceleri kimse telaşa kapılmadı. Tam tersine, uyumadıklarına seviniyorlardı, çünkü o sıralarda Macondo'da yapılacak öyle çok iş vardı ki, kimse yetişmeye zaman bulamıyordu. O kadar çok çalışmaya koyuldular ki, çok geçmeden gecenin üçünde kollarını kavuşturup saatin sesini sayar oldular. Yorgunluktan değil de, sırf düş görmeyi özlediklerinden uyumak isteyenler, bitkin düşüp uyuyabilmek için akıllarına gelen her yolu denediler. Bir araya toplanıp bitmez tükenmez sohbetlere dalıyorlar, aynı fıkraları saatlerce üst üste yineliyorlar, kısır horoz masalını alabildiğine uzatıp duruyorlardı. Çek çek uzayan bir masaldı bu, masalı anlatacak olan, "Size kısır horoz masalını anlatayım mı?" diye sorar, "Evet" derlerse, "Ben size evet deyin demedim ki, kısır horoz masalını anlatmamı ister misiniz diye sordum," derdi. Yok, dinleyiciler, "Hayır" derse, bu kez de masalcı, "Ben sizden hayır demenizi istemedim, kısır horoz masalını ister misiniz diye sordum," deyip çıkardı işin içinden. Kimse ses çıkarmayacak olsa, masalcı "Ben size susun demedim, kısır horoz masalını anlatmamı ister misiniz diye sordum," deyip al baştan yapardı. Biri gitmeye davransa, masalcı, "Ben size gidin mi dedim, kısır horoz masalını ister misiniz diye sordum," diyerek oturturdu onları ve masal böylece uzar gider, geceler boyu sonu gelmezdi.

José Arcadio Buendia, hastalığın bütün kasabaya yayıldığını anlayınca, aile reislerini toplayıp uykusuzluk hastalığı hakkında bildiklerini anlattı, sonunda hastalığın bataklıktaki öteki kasabalara yayılmaması için önlem almaya karar verdiler. Arapların papağanlara karşılık verdiği çanları keçilerin boynundan çıkartıp nöbetçilerin öğüdüne, uyarısına kulak asmadan kasabaya girmeye kalkışanlar taksın diye kasabanın giriş kapısına koydular. O günlerde Macondo sokaklarında dolaşan yabancılar, hastalığa yakalanmış olanlar onların sağlıklı olduğunu anlasın da uzak dursun diye bu çanları çalıyordu. Macondo'da kaldıkları süre içinde bir şey yiyip içmelerine izin verilmiyordu, çünkü hastalığın ağız yoluyla geçtiğine kuşku yoktu, uykusuzluk bütün yiyeceklere, içeceklere bulaşmıştı. Böylelikle, hastalığın kasaba sınırları içinde kalmasını sağladılar. Bu karantina öylesine etkili oldu ki, gün geldi, olağanüstü durum olağan sayıldı, yaşam yeni bir düzene girdi, çalışma eski temposunu buldu ve o gereksiz uyku alışkanlığına kimse kafasını takmaz oldu.

Bellek kaybını birkaç ay olsun önleyecek formülü Aureliano, hem de kazara buldu. Hastalığa ilk yakalananlardan biri olarak bu alanda uzmanlaştığı için, gümüş işleme sanatında da kusursuz bir ustalığa erişmişti. Bir gün maden varaklarını dövmekte kullandığı ufak örsü ararken, adını bulamadı. Babasına sordu, babası "Iskaça" dedi. Aureliano bunu bir kâğıda yazıp örsün sapına yapıştırdı: Iskaça. Böylece bir daha unutmazdı. Meretin adı zaten bir tuhaf olduğundan, bunun bellek kaybının ilk belirtisi olduğu da aklına gelmedi. Ama birkaç gün sonra, baktı ki, laboratuvardaki nesnelerden neredeyse hiçbirinin adını anımsayamıyordu. Bunun üzerine, hepsinin adını yazıp yapıştırdı, baktı mı ne olduklarını anlıyordu artık. Babası yel yepelek gelip çocukluğunun en önemli anılarını bile unuttuğundan dert yanınca, Aureliano bulduğu yöntemi babasına da açtı ve José Arcadio Buendia, bunu önce evde, daha sonra bütün kasabada uygulamaya koydu. Fırçayı mürekkebe batırıp her şeyin üzerine adını yazdı: "masa", "sandalye", "saat", "kapı", "duvar", "yatak", "tencere". Ağıla gitti, ne kadar hayvan ne kadar bitki varsa, onlara da birer "inek", "keçi", "domuz", "tavuk", "manyok", "kaladyum", "muz" etiketi kondurdu. Zamanla bellek kaybının nerelere varabileceğini inceledikçe, eşyanın adını üzerindeki yazıdan çıkartabileceklerini, ama neye yaradığını unutacaklarını da kavradı. O zaman işi daha da geliştirdi. İneğin boynuna astığı şu yazı, Macondoluların bellek kaybına karşı nasıl hazırlıklı olduklarının somut kanıtıdır: "Buna inek derler. Süt versin diye her sabah sağılması gerekir, sütün de sütlü kahve yapmak üzere kahveyle karıştırılabilmesi için kaynatılması şarttır." Böylece, bir an için adlarıyla yakalanan, ama yazılı harflerin ne demeye geldiğini unuttukları anda kaçıp ellerinden kayıveren bir gerçeği yaşamaya başladılar.

Bataklığa açılan yolun başına "Macondo" yazılı bir levha diktiler. Anacaddeye "Tanrı Vardır" yazan bir tabela astılar. Bütün evlere, nesneleri ve duyguları hatırlatmaya yarayacak yazılar yazıldı. Ama bu sistem öylesine büyük bir dikkat ve sağlam sinir istiyordu ki, çoğu kişi, kendi uydurdukları, bir işe yaramaz, ama rahatlatıcı bir düşsel gerçeğin büyüsüne kapıldı. Eskiden iskambil falı açıp geleceği okuduğu gibi şimdi de geçmişi okumak numarasını bulan Pilar Ternera, bu aldatmacanın yayılmasında en büyük rolü oynadı. Bu yolla, uykusuzluk hastalığına yakalananlar, iskambillerin belirsiz olasılıkları üzerine kurulmuş bir dünyada yaşamaya başladılar. İskambillere göre, kiminin babası nisan başında gelen esmer adam, kiminin anası sol eline altın yüzük takan esmer kadın, kiminin doğum günü tarlakuşunun defne dalına konup şakıdığı son salı oluyordu. Bu avuntu yollarının karşısında yılgınlığa düşen José Arcadio Buendio, bir zamanlar çingenelerin eşsiz buluşlarını unutmamak için yapmayı tasarladığı bellek makinesini yapmaya karar verdi. İnsan eliyle yaratılan bu harika, ömür boyunca edinilen bilgilerin tümünün her sabah baştan sona tazelenmesi görüşüne dayanıyordu. Bunu bir döner sözlük biçiminde tasarlıyordu. Sözlüğün eksenine oturan, kolu çevirerek çarkı döndürecek ve insan yaşamındaki en gerekli bilgiler birkaç saat içinde gözünün önünden geçecekti. Hemen hemen on dört bin maddenin yazımını tamamladığı sırada, bataklıktan gelen yoldan elinde iple bağlanmış tıkma tıkış bir bavulla üzeri siyah bez örtülü el arabasını çeke çeke ve uykucuların o hüzünlü çanını çalarak tuhaf görünüşlü biri çıkageldi. Dosdoğru José Arcadio Buendia'nın evine gitti.

Visitacion kapıyı açınca tanımadı onu, dönüşü olmaz biçimde unutkanlık batağına saplanan bir kasabada hiçbir şey satılamayacağından habersiz bir satıcı sandı ilkin. Eli ayağı tutmayacak kadar yaşlıydı. Sesinin titrekliğine, ellerinin sarsaklığına rağmen, yine de insanların hâlâ uyuyabildikleri ve hatırlayabildikleri bir dünyadan geldiği belliydi. José Arcadio Buendia, onu, oturma odasında oturmuş bir yandan yamalı siyah şapkasıyla yellenip bir yandan duvarlara yapıştırılmış yazıları dikkatle okur buldu. Belki bir zamanlar çok yakından tanıyordum da, şimdi hatırlamıyorum diye düşünerek pot kırmamak için büyük bir sevgi gösterisiyle karşıladı adamı. Ama ziyaretçi, bu yapmacıklığı fark etti. Yüreğin o giderilemez unutkanlığıyla değil, çok daha amansız ve hiç dönüşü olmayan bir başka çeşit unutkanlıkla unutulmuş olduğunu anladı. Bu unutkanlığı iyi bilirdi, çünkü ölümün unutkanlığıydı bu. İşte o zaman ayıldı. Ne idüğü belirsiz nesnelerle dolu bavulu açtı, içinde bir yığın şişe olan bir kutu çıkardı. José Arcadio Buendia'ya soluk renkli bir şey içirmesiyle kafasının aydınlanması bir oldu. José Arcadio Buendia, eşyanın etiketlendiği bir tuhaf oturma odasında olduğunu fark edip duvarlara yazılı saçmalıklardan utanmasına ve geleni tanıyıp sevinçten uçmasına fırsat kalmadan gözleri doluverdi. Gelen Melquíades'ti.

Macondo halkı belleklerine yeniden kavuştukları için bayram ederken, José Arcadio Buendia ile Melquíades de küllenmiş dostluklarını tazelediler. Çingene, kasabada kalmaya niyetliydi. Gerçekten öbür dünyaya gitmiş, ama yalnızlığa dayanamadığından geri dönmüştü. Obası tarafından reddedilmiş, yaşama bağlılığı yüzünden doğaüstü güçlerini yitirmiş, bunun üzerine ölümün henüz keşfedilmediği bu ücra köşeye çekilip kendini çinko levha üzerine fotoğraf çekme işine adamaya karar vermişti. José Arcadio Buendia'nın bu buluştan haberi yoktu. Ama kendini ve tüm aile bireylerini, yanardöner bir maden levhası üzerine sonsuza dek resmedilmiş görünce şaşkınlıktan dili tutuldu. José Arcadio Buendia'yı kırçıl ve kirpi saçlarıyla, gömleğine bakır düğmeyle tutturulmuş karton yakalığıyla ve Úrsula'nın, "Gözü korkmuş bir generale benziyorsun," diye alaya aldığı o afallamış ciddiyeti içinde gösteren fotoğraf, işte o tarihten kalmaydı. José Arcadio Buendia, fotoğrafın çekildiği o duru aralık sabahı, herkes yavaş yavaş göçüp giderken kendisinin bir madeni levha üzerinde hep öyle kalacağını düşünerek gerçekten korktu. Bu sefer, alışılmışın tersine, onu yatıştırıp bu düşünceyi kafasından silen de, eski hıncını unutup Melquíades'in evde kalmasına karar veren de Úrsula oldu, ama (kendi deyimiyle) torunlarının eğlencesi olmak istemediğinden fotoğrafını çektirmeye hiç yanaşmadı. O sabah çocuklara bayramlıklarını giydirdi, yüzlerini pudraladı ve Melquíades'in o akıl almaz makinesinin karşısında aşağı yukarı iki dakika kıllarını kıpırdatmadan durabilsinler diye her birine birer kaşık ilik suyu içirdi. O biricik aile fotoğrafında, siyah kadifeler giyinmiş olan Aureliano, Amaranta ile Rebeca'nın arasında duruyordu. Yüzünde, yıllar sonra idam mangasının karşısına dikildiği zamanki o gönülsüz, o gaipten haber verme hassasını yansıtan anlatım vardı. Ama kendi başına gelecekler içine doğmamıştı daha. Yaptığı işlerin inceliği bütün bataklık yöresinde dillere destan olan bir gümüşçü ustasıydı. Melquíades'le paylaştığı işliğinde sesi soluğu çıkmadan çalışırdı. Babasıyla çingene, şişe ve tepsi şangırtıları, dökülen asitler ve fotoğraf levhasının üzerinde her an belirip kaybolan gümüş bromür parıltısı yüzünden kopan şamata içinde bağıra çağıra Nostradamus'un kehanetlerini çözmeye uğraşırlarken, Aureliano, bir başka zamana kaçıp sığınıyor gibiydi. Aureliano, işine gösterdiği bu bağlılık ve özen yüzünden, kısa zamanda Úrsula'nın şekerlerden kazandığından daha fazla para kazandı, ama herkes onun koca adam olduğu halde hiçbir kadınla ilişkisi olmayışını yadırgıyordu. Gerçekten de eli kadın eline değmemişti daha.

Birkaç ay sonra Şeytan Çatlatan Francisco çıkageldi. İki yüz yaşındaki bu kadim serseri, kendi yazıp bestelediği türküleri yaya yaya ikide bir Macondo'ya gelir giderdi. Şeytan Çatlatan Francisco, bu ezgilerde Manaure'den bataklığın kıyısına kadar geçtiği yol üzerindeki kasabalarda olup biteni dile getirirdi. Bu nedenle de, bir kasabadan ötekine haber iletmek ya da bir şey duyurmak isteyen, Francisco'nun avcuna iki metelik sıkıştırır, o da bu haberi türkünün içine katıp söylerdi. Oğlu José Arcadio'dan bir haber alma umuduyla bu türkülere kulak veren Úrsula, annesinin öldüğünü işte böyle öğrendi. Doğaçlama türkü düzme yarışında şeytanı alt ettiği için Şeytan Çatlatan Francisco diye nam salan ve gerçek adını kimsenin bilmediği Francisco, uykusuzluk hastalığı sırasında Macondo'dan sıvışmıştı. Bir gece, yine gittiği gibi birdenbire Catarino'nun dükkânında boy gösteriverdi. O gelişinde yanında, kendini kaldırıp yürüyemeyecek kadar şişman bir kadın vardı. Dört Kızılderili, zorbela yerinden oynatabildikleri bir salıncaklı koltukla kadını oradan oraya taşıyor, mahzun yüzlü yeniyetme bir melez kız da, başına güneş geçmesin diye elinde şemsiyeyle kadının yanından ayrılmıyordu. O gece Aureliano, Catarino'nun dükkânına gitti. Francisco, ayakta halka olmuş dinleyenlerin ortasında yekpare taştan oyulmuş bir bukalemun gibi oturuyor, Sir Walter Raleigh'in Guiana'da armağan ettiği hep o eski akordeonunu çalıp güherçileden yarık yarık olmuş, taban tepmeye alışık ayaklarıyla tempo tutarak, hep o bildik, çatlak sesiyle türkü çağırarak haberler veriyordu. Boyuna birilerinin girip çıktığı arka taraftaki büyük kapının önünde, salıncaklı koltuğun sahibesi, hiç sesini çıkarmadan oturmuş, kendini yelpazeliyordu. Catarino, kulağının arkasına bir yapma gül sıkıştırmış, bir yandan oraya toplananlara maşrapa maşrapa şekerkamışı şırası satıyor, bir yandan da fırsat bu fırsattır diye adamların orasını burasını elliyordu. Gece yarısına doğru sıcak dayanılmaz oldu. Aureliano, haberleri sonuna kadar dinlediyse de, ailesini ilgilendirecek bir şey duymadı. Tam eve gitmeye davranacakken, şişman kadın el edip yanına çağırdı onu.

"Sen de girsene içeri," dedi. "Altı üstü yirmi sent."

Aureliano, niçin olduğunu anlamadan parayı kadının kucağındaki çanağa atıp daldı odaya. Körpe melez kız, minicik köpek memeleriyle çırılçıplak uzanmış yatıyordu. O gece Aureliano'dan önce tam altmış üç erkek geçmişti üzerinden. Odanın havası, terle, solukla yoğrula yoğrula çamurlaşmaya başlamıştı. Kız sırılsıklam olmuş çarşafı sıyırıp bir ucunu Aureliano'ya uzattı. Çarşaf, yelken bezi gibi ağırlaşmıştı. İki ucundan bura bura, suyunu akıtıp normal ağırlığını bulana kadar sıktılar çarşafı. Şilteyi altüst ettiler, ter öteki tarafa da çıkmıştı. Aureliano, bu işler hiç bitmese diye bakıyordu. Aşk oyunlarını kulaktan dolma bilmesine biliyordu da, dizlerinin bağı gevşediğinden ayakta duracak hali yoktu ve ateş gibi yanan suratı ergenlik içinde olmasına rağmen korkudan altına edecekti neredeyse. Kız yatağı yapıp ona soyun deyince, Aureliano hık mık edip gevelemeye başladı: "Beni zorla soktular içeri. Çanağa yirmi sent at, elini de çabuk tut dediler." Kız onun şaşkınlığını anladı. Yumuşacık bir sesle, "Çıkarken bir yirmi sent daha atarsan, içeride daha uzun kalabilirsin," dedi. Aureliano, kendi çıplak halini ağabeyininkiyle karşılaştırıp utancından yerin dibine geçerek soyundu. Kız ne kadar çaba gösterdiyse de Aureliano gitgide kayıtsız, gitgide içine kapanık bir hal aldı. Perişan bir sesle, "Yirmi sent daha atarım," diye mırıldandı. Kız teşekkür etti sessizce. Yatmaktan sırtının derileri kabarmış soyuluyordu. Derisi kaburgalarına yapışmış, ölesiye yorgunluktan soluğu sıkışmıştı. İki yıl önce, çok uzaklarda bir yerde, mumu söndürmeden uyuyakalmış, dört yanı alevler içinde uyanmıştı. Ninesiyle birlikte oturduğu ev yanmış kül olmuştu. Ondan sonra ninesi onu o kasaba senin bu kasaba benim dolaştırmaya başlamış ve yanan evin parasını çıkarmak için yirmi senti bastıranın koynuna sokmuştu. Kızın hesabına göre, bir on yıl daha gecede yetmiş kişiyle yatması gerekiyordu, çünkü kendisiyle ninesinin yanı sıra salıncaklı koltuğu taşıyan Kızılderililerin de yol ve yemek paralarını karşılamak zorundaydı. Mama karı kapıyı ikinci kez vurunca, Aureliano, hiçbir şey beceremeden, ağlamaklı bir halde çıktı odadan. O gece, kızı bir yandan arzuyla, öte yandan acıyarak düşüne düşüne sabahı etti. Onu sevmek ve korumak için önüne geçilmez bir istek duyuyordu. Şafak sökerken, uykusuzluk ve arzu ateşinden bitkin düşmüş bir halde kararını verdi: Kızı ceberrut ninesinin elinden kurtarmak ve yetmiş erkeğin bölüştüğü o doyumlu gecelerin tadına yalnız varabilmek için evlenecekti onunla. Oysa sabah onda Catarino'nun dükkânına vardığında, kız çoktan çekip gitmişti kasabadan.

Zaman, bu çılgınca evlenme hevesini küllendirirken

içindeki boşluk duygusunu da artırdı. Dört elle işine sarıldı. Bir işe yaramazlığının utancını saklamak için ömür boyu kadınsız kalmaya ahdetti. Bu arada Melquíades, Macondo'da fotoğrafı çekilebilecek ne varsa hepsini çinko levhalara basmış, fotoğraf laboratuvarını da, bunu Tanrı'nın varlığını bilimsel yoldan kanıtlamakta kullanmayı kafasına koymuş olan José Arcadio Buendia'ya bırakmıştı. José Arcadio Buendia, evin değişik yerlerinde birbiri üzerine fotoğraflar çekerek, şayet varsa, er geç Tanrı'nın resmini elde edeceğine ya da Tanrı'nın varlığı konusundaki iddialara bir son vereceğine emindi. Melquíades, Nostradamus'un kehanetlerini yorumlamaya büsbütün verdi kendini. Soluk kadife yeleği içinde soluğu daralarak, eski parlaklığını yitirmiş yüzüklerle dolu serçe pençesi elleriyle bir şeyler karalayarak geç saatlere kadar oturuyordu. Bir gece, Macondo'nun geleceğinden haber veren bir kehanet bulduğunu sandı. Macondo, camdan yapılmış koca koca evlerle dolu parıltılar içinde bir kasaba olacakmış, Buendiaların soyundan da iz bile kalmayacakmış. José Arcadio Buendia, "Yanlış bu," diye kükredi, "bir defa evler, camdan değil, düşümde gördüğüm gibi buzdan olacak, Buendia soyu da dünya durdukça duracak, *per omnia secula seculorum.*"[1] Úrsula, aşırılıklarla dolu olan bu evde sağduyuyu ayakta tutmak için elinden geleni yapıyordu. Bu arada hayvan biçiminde şekerleme işini büyütmüş, koca bir fırın kurmuştu. Fırın bütün gece çalışıyor, sepet sepet ekmek, çörek, kurabiye çıkarıyor, fırından çıkan mallar birkaç saat içinde bataklığı dolanan yollardan dört yana taşınıp tükeniveriyordu. Úrsula, artık köşesine oturup dinlenecek yaşa gelmişti, yine de her geçen gün daha çok

1. (Lat.) "Yüzyılların yüzyıllarına" anlamında sonsuzluk fikrini ifade eden deyiş. (Y.N.)

çalışıyordu. Oluk gibi para getiren işlerine öylesine dalmıştı ki, bir gün Kızılderili kadınla birlikte hamura şeker katarken gözü bahçeye kaydı ve güneşin altında oturmuş kanaviçe işleyen tanımadığı iki güzel kız gördü. Bunlar Rebeca ile Amaranta'ydı. Ninelerinin ölümünden sonra üç yıl inatla sırtlarından çıkartmadıkları yas giysilerini atar atmaz, giydikleri rengârenk giysiler onlara dünyada yepyeni bir yer kazandırmış gibiydi. Umulanın tersine, kızların daha güzel olanı Rebeca'ydı. Açık tenli, insana huzur veren iri gözlü, nakışın örneğini görünmez ipliklerle çıkarıyormuş gibi duran, eli becerikli bir kızdı. Daha ufak olan Amaranta, biraz kaba sabaydı, ama ölen ninesinin o doğal çarpıcılığı, dayanıklılığı ona da geçmişti. Babası gibi boylu boslu olacağı belli olmasına rağmen, Arcadio onların yanında çocuk gibi duruyordu. Arcadio, Aureliano'dan okuma yazmayı öğrenmiş, şimdi de gümüş işçiliğini sökmeye çalışıyordu. Evin bir anda koca koca insanlarla doluverdiği dank etti Úrsula'nın kafasına, çocuklarının neredeyse evlenip çoluk çocuğa karışacak yaşa geldiklerini ve evde yer olmadığı için oraya buraya dağılacaklarını düşündü. Bunun üzerine yıllardır çalışıp didinip biriktirdiği parayı çıkardı, müşterileriyle anlaşıp biraz daha para topladıktan sonra evi büyütmeye girişti. İçli dışlı olmayan konuklar için bir konuk odası, gündelik oturma odası, aile bireylerini de, konukları da alabilecek on iki kişilik masası olan bir yemek odası, bahçeye bakan dokuz yatak odası, öğle sıcağından gül bahçesinin gölgesiyle kurtulacak, parmaklıklarına da eğreltiotu ve begonya saksıları dizilecek bir taraça yaptırdı: Mutfağı iki ocak alacak kadar büyüttü. Pilar Ternera'nın José Arcadio'nun falına baktığı kiler yıktırılıp yerine evde yiyecek kıtlığına meydan vermeyecek biçimde iki kat büyüklükte bir kiler yaptırıldı.

Úrsula, bahçedeki kestanenin gölgesine biri kadınlar, öteki erkekler için iki hela, arka bahçeye büyük bir ahır, telörgüyle çevrilmiş bir kümes, süt veren inekler için bir sundurma ve gelip geçen kuşlar diledikleri gibi tünesinler diye dört yandan rüzgâr alan bir kuşhane yaptırdı. Úrsula da, kocasının sanrı hummasına tutulmuş gibi, peşine bir alay duvarcıyla marangozu takıyor, ışığın nereden, ısının nereden geleceğini kararlaştırıp işi ufak tutmaya bakmadan ferahfeza bir yer yapıyordu. Köyü kuranların yaptırdıkları o ilkel yapı, araç gereçlerle, malzemelerle, nereye gitseler takırtısıyla peşlerini bırakmayan kemik çuvalından bezip her önlerine gelene ayak bağı olmamalarını söyleyen işçilerle doldu. Sönmemiş kireç ve katran kokusunun bütün kasabayı sarıp herkesin ciğerlerine dolduğu o kargaşa içinde, yalnızca kasabanın en büyük yapısı değil, aynı zamanda bataklık bölgesinde gelmiş geçmiş en serin, kapısı konuklara en açık evin yerden biter gibi nasıl yükseliverdiğini kimseler fark edemedi. O kargaşa içinde Tanrı'yı gafil avlayıp resmini çekmeye çalışan José Arcadio Buendia, evin nasıl yapılıp nasıl bittiğini en az anlayan kişi oldu. Evin bitmesine yakın, Úrsula, kocasını hayal âleminden çekip cepheyi istedikleri gibi beyaza değil de, maviye boyamak için emir aldığını haber verdi. Resmî belgeyi gösterdi. Karısının neden söz ettiğini anlamayan José Arcadio Buendia, kâğıdın altındaki imzayı okudu.

"Kim bu adam?" diye sordu.

"Sulh yargıcıymış," diye üzüntüyle karşılık verdi Úrsula. "Hükümetin yolladığı bir yetkiliymiş."

Sulh yargıcı Don Apolinar Moscote, Macondo'ya sessiz sedasız gelmişti. Papağanlarla ıvır zıvır eşyayı trampa eden ilk Araplardan birinin yaptırdığı Jacob Oteli'ne indi ve ertesi gün de Buendiaların evinden iki blok ötede, kapısı sokağa açılan tek göz bir ev tuttu. Odaya Jacob'dan aldığı bir masayla sandalyeyi koydu, yanında getirdiği devlet armasını duvara astı, kapıya da "Sulh Yargıcı" diye yazdı. Verdiği ilk emir, ulusal bağımsızlığın yıldönümü törenleri nedeniyle bütün evlerin maviye boyanması oldu. Emirnameyi kaptığı gibi soluğu yargıcın evinde alan José Arcadio Buendia, onu odaya kurduğu hamağa uzanmış, şekerleme yaparken buldu. "Bunu sen mi yazdın?" diye sordu. Orta yaşlı, kırmızı suratlı, çekingen bir adam olan Don Apolinar Moscote, "Evet," dedi. "Ne hakla?" diye üsteledi José Arcadio Buendia. Don Apolinar Moscote, masanın çekmecesinden bir kâğıt çıkarıp gösterdi. "Bu kasabaya sulh yargıcı olarak atandım." José Arcadio Buendia, atama belgesine bakmadı bile. Serinkanlılığını kaybetmeden, "Biz bu kasabada yazılı kâğıtla emir vermeyiz," dedi. "Şunu da iyice kafana sok, bize yargıç gerekli değil, çünkü hiç yargıçlık işimiz olmaz bizim."

Don Apolinar Moscote'nin karşısına dikilip sesini hiç yükseltmeden, köyü nasıl kurduklarını, toprağı nasıl dağıttıklarını, yolları nasıl açıp gerekli her şeyi hükümetin başını ağrıtmadan, kendilerini de kimsenin rahatsız etmesine meydan vermeden nasıl yaptıklarını bir bir anlattı. "Öylesine huzur içinde yaşıyoruz ki, içimizde eceli gelen bile olmadı daha," dedi. "Gördüğünüz gibi mezarlığımız bile yok." Hükümetten yardım görmüyorlar diye kimsenin sıkıldığı yoktu. Tam tersine, hükümet şimdiye kadar huzurlarını bozmadığı için herkes halinden hoşnuttu ve böyle de sürüp gitmesini istiyorlardı, bu kasabayı önüne gelen zıpçıktı emir versin diye kurmamışlardı. O bunları anlatırken, Don Apolinar Moscote, bir an olsun zarafetini yitirmeden pantolonu gibi bembeyaz pamukludan ceketini geçirmişti sırtına.

José Arcadio Buendia, "Burada bizden biri gibi oturmaya niyetin varsa, başımızın üstünde yerin var," diye sözlerini tamamladı, "yok, milletin evini maviye boyatacağım diye huzursuzluk çıkaracaksan, pılını pırtını toplayıp geldiğin yere gidersin. Çünkü benim evim güvercin gibi bembeyaz olacak."

Don Apolinar Moscote'nin rengi attı. Bir adım geriledi, dişlerini sıkarak, biraz da üzüntülü bir tavırla konuştu:

"Bilesiniz ki silahlıyım."

José Arcadio Buendia, bir zamanlar bir vuruşta atları deviren ellerinin nasıl olup da aynı güce kavuştuğunu anlayamadan, Don Apolinar Moscote'nin yakasına yapıştığı gibi adamı havaya kaldırıp gözlerinin hizasında tuttu.

"Seni ömrüm boyunca ölü olarak yanımda taşımaktansa, diri diri gezdirmeyi yeğlediğim için böyle yapıyorum," dedi.

Sonra adamı öylece yakalarından kavrayarak havaya kaldırıp sokağa çıkardı, ta bataklık yolunun başına kadar götürdükten sonra iki ayağı üzerine bıraktı. Bir hafta sonra adam, yanında çifteler kuşanmış altı tane yalınayak başı kabak askerle ve bir kağnıya doluşturduğu karısı ve yedi kızıyla çıkageldi. Arkadan ev eşyası bavullar ve mutfak araç gereci yüklü iki araba daha geldi. Don Apolinar Moscote, ailesini Jacob Otel'e yerleştirip ev aramaya koyuldu. Bu arada askerlerin korumasına sığınarak bürosunu yeniden açtı. İşgalcileri kasabadan atmaya kararlı olan Macondo'nun kurucuları, yanlarına büyük oğullarını alıp José Arcadio Buendia'ya gittiler ve "Emrindeyiz," dediler. Ama José Arcadio Buendia, bir adamı ailesinin önünde rezil etmenin erkekliğe sığmayacağını söyleyerek karşı çıktı. Don Apolinar'ın karısını ve kızlarını yanında getirdiğini anlattı. Bu nedenle, işi tatlılıkla çözmeye karar verdi.

Aureliano da onunla birlikte gitti. O sıralarda uçlarını parafinle burduğu kara bıyıklarını yeni bırakmaya başlamış, sesi savaş alanındaki en büyük özelliklerinden biri olan davudi gürlemeye yaklaşmıştı. Yanlarına bir çakı bile almadan ve kapıdaki askerlere hiç aldırış etmeden, Sulh Yargıcı'nın odasına daldılar. Don Apolinar Moscote serinkanlılığını yitirmedi. O sırada büroda bulunan iki kızını onlarla tanıştırdı: Annesi gibi esmer olan, on altı yaşındaki Amparo ve daha dokuzunu süren, zambak tenli, yeşil gözlü güzelim Remedios. Kızlar zarif ve terbiyeliydiler. Adamlar içeri girer girmez, daha tanıştırılmayı beklemeden koşup birer sandalye getirdiler. Ama kendileri ayakta durdular.

José Arcadio Buendia, "Pekâlâ dostum," dedi, "burada kalabilirsin, ama sanma ki kapıya diktiğin eli silahlı haydutlardan korktuk, karınla kızlarına saygımızdan ses etmiyoruz."

Don Apolinar Moscote, afalladı, ama José Arcadio Buendia onun ağız açmasına fırsat vermedi. "Yalnızca iki koşulumuz var," diye sürdürdü sözünü, "birincisi, herkes evini istediği renge boyayacak. İkincisi, askerler bugünden tezi yok çekip gidecek. Asayişi biz sağlarız."

Sulh Yargıcı beş parmağını da açarak sağ elini kaldırdı.

"Namus sözü mü?"

José Arcadio Buendia, "Düşman sözü," dedi. Ve acı bir tonla ekledi: "Çünkü şunu hiç aklından çıkarma: Sen ve ben birbirimizin düşmanıyız."

Askerler daha akşam olmadan gittiler. Birkaç gün sonra José Arcadio Buendia, yargıcın ailesine ev buldu. Aureliano'nun dışında herkes hayatından hoşnuttu. Neredeyse kızı olacak yaştaki Remedios'un, yani yargıcın ufak kızının hayali, içine dinmeyen bir sızı düşürmüştü. Bu, ayakkabısında taş varmış gibi, yürürken insanın canını acıtan somut bir sızıydı.

Ak güvercin kanadı gibi bembeyaz yeni evin tamamlanışı, danslı bir partiyle kutlandı. Bunu yapmak, Rebeca ile Amaranta'nın büyüyüp serpildiklerini ilk fark ettiği gün Úrsula'nın aklına düşmüştü. Evin yeniden yapılması da, aslında kızlara gelip gidecek görücüleri gereğince ağırlayabilmek amacını güdüyordu. Yok yok olsun diye, eteğini beline toparlayıp evin onarımında ırgat gibi çabaladı didindi. Ustalar daha işlerini tamamlamadan, Úrsula, evi kapıdan bacaya donatmak için masraftan kaçınmamış, bir yığın eşya ısmarlamış, sofra takımları getirtmiş, bütün köy halkının ağzını açık bırakan, gençleri de coşturan yeni icat bir harika almıştı: laterna. Laternayı sökülmüş ve birkaç sandığa istiflenmiş olarak öteki eşyalarla birlikte getirdiler. Viyana tarzı oturma odası takımı, Bohemya kristalleri, Indies firmasından alınan sofra takımı, Hollanda malı masa örtüleri ve bir alay şamdan, avize, perde, örtüyle birlikte laterna da eve girdi. İthalat firması, laternayı monte edip akordunu yapsın, nasıl kullanılacağını göstersin ve de altı kâğıt şerit üzerine işlenmiş en son moda müziğe göre nasıl dans edileceğini öğretsin diye şirketin ikramı olarak İtalyan uzman Pietro Crespi'yi de göndermişti.

Pietro Crespi genç ve sarışındı. Macondo'da o güne

dek gelmiş geçmiş erkeklerin içinde böyle yakışıklısı, böyle alımlı çalımlısı, böyle edep erkân bileni görülmemişti. Giyimine kuşamına da pek düşkündü. O sıcakta, işlemeli yeleğini, koyu renk ceketini, terden eriyip ölse, sırtından çıkarmıyordu. Ev halkıyla arasında hep belirli bir uzaklığı sürdürerek ve boncuk boncuk terleyerek haftalarca konuk odasına kapandı, Aureliano'nun gümüş işlemelerine kendini adamasına benzer bir özenle çalıştı durdu. Bir sabah, kapıyı açmadan, mucizeye tanıklık etmek için kimseleri çağırmadan, laternaya ilk şeridi taktı. Müziğin düzenli ve pürüzsüz sesinden şaşkına dönenlerin ellerindeki işi bırakmalarıyla sinir bozucu çekiç sesleri, testere gıcırtıları birden susuverdi. Herkes salona koşuştu. José Arcadio Buendia, yıldırım çarpmışa dönmüştü. Şaşkınlığı, ezginin güzelliğinden değil, laternanın kendi kendine işleyişindendi. José Arcadio, hiç vakit kaybetmeden, bu şeytan icadını çalan görünmez ellerin resmini çekebilme umuduyla Melquíades'in fotoğraf makinesini kurdu. İtalyan, o gün onlarla birlikte sofraya oturdu. Sofrada hizmet eden Rebeca ile Amaranta, bu melek benzeri adamın, yüzüksüz beyaz elleriyle çatal bıçak kullanışındaki inceliği hayran hayran seyrettiler. Salonun bitişiğindeki oturma odasında Pietro Crespi onlara dans etmesini öğretiyordu. Kızlara elini değdirmeden ayaklarını nasıl atacaklarını gösteriyor, onlar ders alırken odadan bir an bile ayrılmayan Úrsula'nın dostça bakışları altında, metronomla tempo tutuyordu. Ders yaptıkları günler Pietro Crespi, sımsıkı ve esnek kumaştan yapılma özel bir pantolonla, altı yumuşak pabuçlar giyiyordu. José Arcadio Buendia, karısına, "Sen gönlünü ferah tut, hanım," diyordu. "Bu adam top." Yine de Úrsula, dans dersleri bitip İtalyan, Macondo'dan gidene dek sakınmayı elden bırakmadı. Sonra parti hazırlıklarına giriştiler.

Úrsula, çağrılacakların listesini yaptı. Bu partiye, o sıralarda babası belli olmayan iki çocuk daha peydahlamış bulunan Pilar Ternera'nın ailesinden gayrı; köyü kuranların soyundan gelme herkes çağrılıydı. Yapılan seçmede dostluk duyguları ağır basmamış olsa, çağrı listesine diyecek yoktu doğrusu. Ama çağrılanlar yalnızca José Arcadio Buendia ailesinin, büyük göçten ve Macondo'yu kurmadan önceki eski dostları değildi; bu dostların Aureliano ile Arcadio'nun çocukluktan beri arkadaşlık ettikleri oğulları ve torunları ile Rebeca ve Amaranta'yla birlikte nakış işleyen kızları da listede yer almıştı. Bütün işi, kısıtlı bütçesiyle tahta coplu iki polisi beslemekten öteye gidemeyen yufka yürekli Don Apolinar Moscote'nin adı bile geçmiyordu. Evin masraflarını karşılayabilmek için kızları bir terzi dükkânı açmışlardı. Bir yandan da kadifeden yapma çiçekler, guava armudundan tatlılar yapıp satıyorlar ve aşk mektubunu yazdırmak isteyenlere yazıcılık yapıyorlardı. Ama istedikleri kadar köyün en güzel, en hamarat, en alçakgönüllü kızları olsunlar, yeni danslarda istedikleri kadar hünerli olsunlar, yine de partiye çağrılmayı beceremediler.

Úrsula ile kızlar, yapı ustalarının hünerli ellerinden çıkan odalara, boş duvarlara yeniden can katan eşyayı yerleştire, gümüşleri parlata ve güllerle dolu kayıklarda güzel kız resimlerini asadursunlar, José Arcadio Buendia da Tanrı'nın yokluğuna iyice inanıp onu aramaktan vazgeçerek, sihirli gizini keşfedebilmek için laternayı söktü. Partiye tam iki gün kala, bir alay vida, tuş, cıvata artırarak ve bir yöne kurduğu yayların bir başka yöne boşalması karşısında iyice çuvallayarak da olsa, laternanın parçalarını bir araya toparlamayı başardı. Hiç o günlerdeki kadar şaşkınlık, koşturmaca, kargaşa olmamıştı. Yine de yeni gelen kollu avizeler, çağrıda belirtilen gün ve saatte yakılıp hazırlandı. Daha reçine kokusu gitmemiş, badanası kurumamış evin kapıları açıldı ve köyü kuran ataların çocuklarıyla torunları eğreltiotu ve begonya saksılarıyla süslü terası, kocaman sessiz odaları, gül kokusundan geçilmeyen bahçeyi gezip gördüler. Sonra beyaz çarşafla üzeri örtülmüş bilinmedik icadı görmek için salonda toplandılar. Bataklığın öteki köylerinde piyano görmüş olanlar, piyanoyu andıran bu aleti görünce hayal kırıklığına uğradılar. Ama Amaranta ile Rebeca dans etsinler diye makineyi kuran Úrsula'nın hayal kırıklığı, makine çalışmayınca hepsininkinden beter oldu. Kocamışlıktan eli ayağı tutmaz, gözü görmez olmuş Melquíades, sonsuz aklının hünerlerini kullanarak makineyi işletmeye çalıştı. Sonunda José Arcadio, laternanın orasını burasını kurcalarken, sıkışmış olan yerini kazara harekete geçirmeyi becerdi ve önce bir gürültü, ardından karışık notalar halinde müzik duyuldu. Ters bağlanmış ve gerektiğince ayarlanmamış yaylara vuran tuşlar, sonunda pes etti. Ama denizi bulacağız diye batı yönündeki dağları aşmayı göze alan yirmi bir gözü pek insanın soyundan gelme gençler, bu ezgiler karmaşasının sarp kayalıkları önünde pes etmediler ve dans sabaha dek sürdü.

Pietro Crespi, laternayı onarmak için yeniden geldi. Rebeca ile Amaranta, yayları düzene koymasına ve birbirine giren ezgileri ayırmasına gülücükleriyle yardımcı oldular. Onların bu hali öylesine hoş ve saftı ki, sonunda Úrsula, başlarını beklemekten vazgeçti. Pietro Crespi'nin gideceği akşam, onun onuruna laternalı bir parti düzenlendi ve Crespi, Rebeca ile modern danslardaki ustalığını kanıtladı. Arcadio ile Amaranta da onlardan aşağı kalmıyordu. Ne var ki, bu güzel gösteri yarıda kesildi, çünkü dans edenleri kapıdan seyredenler arasındaki Pilar Ternera, Arcadio'nun "kadın gibi popolu" olduğunu söylemek cüretini gösteren bir kadınla saç saça, baş başa kavgaya tutuştu. Gece yarısına doğru Pietro Crespi, göz yaşartıcı bir konuşma yaparak ve kısa zamanda döneceğine söz vererek veda etti. Rebeca onu kapıya kadar geçirdi. Pencereleri, kapıları kapatıp ışıkları söndürdükten sonra da odasına çıkıp ağlamaya koyuldu. Nedenini Amaranta'nın bile bilmediği bu bitip tükenmez ağlama günlerce sürdü. Rebeca'nın bu içekapanıklığı şaşılacak şey değildi. Cana yakın ve içten görünmesine rağmen içedönük bir kızdı, yüreğinden geçenleri kimseye açmazdı. Uzun, sağlam kemikli, sağlıklı bir genç kız olduğu halde, ilk gelişinde yanında getirdiği, yıllardır çivi üstüne çiviyle pekiştirilmiş ve artık kolları kopmuş salıncaklı sandalyeden bir türlü vazgeçemiyordu. Koskoca kız olduğu halde, parmağını emme huyunu bırakmadığını bilen yoktu neyse. Bunu kimseye göstermemek için ikide bir banyoya kapanmayı ve yüzü duvara dönük yatmayı alışkanlık edinmişti. Yağmurlu ikindi saatlerinde arkadaşlarıyla begonyalı terasta oturup nakış işlerken, solucanların kabarttığı toprak kümelerine gözü ilişince konuşmayı izleyemez olur, gözünün pınarından bir damla sıla özlemi yüklü yaş dökülürdü. Yıllar öncesi portakallar ve reçellerle alt edilip unutulmuş olan gizli tatlar, Rebeca ağlamaya başlar başlamaz bu istek önünde durulmaz bir güçle su yüzüne çıktı. Yeniden toprak yemeye başladı. İlk seferinde, aklını çelmeyi önleyecek en iyi çare olarak iğrenmeyi gördüğü için sırf meraktan yedi toprağı. Gerçekten de ağzındaki toprak tadı iğrenç geldi başlangıçta. Ne var ki, merak kurdu içini yedikçe, o da toprak yiyor ve atalarından kalma ağız tadını gıdım gıdım buluyor, temel besinlerin katışıksız tadına varıyordu. Ceplerine avuç avuç toprak dolduruyor; arkadaşlarına en zor iğneoyalarını öğretirken, ya da uğrunda duvar sıvası yemek gibi bir özveriye değmeyen başka erkeklerden söz ederken, kimseye göstermeden ve hazla öfke karışımı bir tutku içinde toprak yiyordu. Toprak yediği zaman, uğrunda böylesine alçalmaya değer tek insan sanki daha yakındaymış gibi, daha elle tutulur gibi oluyordu. Dünyanın öte ucunda onun incecik deri kunduralarıyla bastığı toprak, yedikten sonra ağzında buruk bir tat bırakan maden, sanki onun kanının sıcaklığını ve yoğunluğunu Rebeca'ya taşıyor, yüreğine huzur veriyordu. Bir gün, Amparo Moscote apansız çıkageldi ve evi gezmek için izin istedi. Bu beklenmedik gelişten şaşkına dönen Amaranta ile Rebeca, buz gibi resmî bir tavır içinde Amparo'yu buyur ettiler. Onarılmış, yenilenmiş evi gezdirdiler, laternayı dinlettiler, portakal marmeladıyla galeta ikram ettiler. Úrsula'nın yanlarına geldiği kısa süre içinde, Amparo ağırbaşlılığı, sevimliliği ve terbiyesiyle onun gözüne giriverdi. Aradan iki saat geçip de, konuşulacak konu kıtlığı başlayınca, Amparo, Amaranta'nın dalgınlığından yararlanarak Rebeca'nın eline bir mektup sıkıştırıverdi. Rebeca göz ucuyla bakınca, laternanın nasıl işletileceğini yazmış olan o inci gibi yazıyla, o yeşil mürekkeple, o özenli sözcüklerle yazılmış, Sayın Senorita Rebeca Buendia, sözcüklerini gördü. Mektubu parmaklarının ucuyla katladı, sonsuz ve kayıtsız şartsız şükran duygusuyla, ölene dek dostluk sözü veren bakışlarla Amparo Moscote'ye bakarak mektubu göğsüne soktu.

Amparo Moscote ile Rebeca Buendia arasında kısa sürede pekişen arkadaşlık, Aureliano'nun umudunu alevlendirdi. Körpe Remedios'un anısı zihnini kurcalamaktan hiç geri kalmamış, ama Aureliano onu görme fırsatını bulamamıştı. En yakın arkadaşları Magnifico Visbal ve Gerineldo Márquez ile –köyün kurucularından olan babalarıyla aynı adı taşıyordu bu delikanlılar– ne zaman tur atmaya çıksa, terzi dükkânına meraklı ve kaçamak bakışlarını çevirir, her seferinde de yalnızca kızın ablalarını görürdü. Amparo Moscote'nin evlerine girip çıkmaya başlaması yüreğine bir umut düşürmüştü. "O da ablasıyla gelmeli," diye kendi kendine mırıldanıyordu. "Mutlak gelmeli." Bir şeyi kırk kez söylersen olur dedikleri gibi, Aureliano da bu sözü öylesine yürekten, öylesine bıkıp usanmadan tekrarladı ki, bir gün, gümüş telkâriden bir balık yapmaya çalıştığı sırada, kız birden geliverecekmiş duygusuna kapıldı. Gerçekten de az sonra o çocuksu sesi duydu ve başını kaldırıp da kızın pembe organze giysisi, beyaz potinleriyle kapıda dikeldiğini görünce yüreği ağzına geldi.

Amparo Moscote, "Oraya giremezsin. Çalışıyorlar," diye sesleniyordu holden.

Aureliano, kızın karşılık vermesine fırsat bırakmadan atıldı. Ufacık balığı, ağzından çıkan zincirden tutup kaldırarak, "Gel içeri," dedi kıza.

Remedios yaklaştı ve Aureliano'nun birden yakalandığı astım nöbeti yüzünden yanıtlayamadığı bir sürü soru sordu balık hakkında. Aureliano, bu zambak tenin, bu zümrüt gözlerin, babasına gösterdiği saygıyla kendisine her soru sorarken "efendim" diyen bu sesin yanında ömrünün sonuna dek kalsa başka ne isterdi. Melquíades bir köşede oturmuş, bir türlü sökülemez şifrelerle bir şeyler karalayıp duruyordu. Aureliano ondan nefret etti birden. Remedios'a balığı kendisine armağan edeceğini söylemekten başka bir şey gelmedi elinden. Kızcağız bu armağan karşısında öyle şaşırıp ürktü ki, soluğu işliğin dışında aldı. O gün Aureliano, Remedios'u görmek için fırsat kollayarak beklediği günlerin sabrını yitirdi. İşe güce boş verdi. Eskisi gibi var gücüyle dileyerek kız yine gelsin diye bekledi, ama Remedios görünmedi. Ablalarının dükkânında, evlerinin penceresinde hep kıza bakındı durdu, ama onu yalnızca dayanılmaz yalnızlığını dolduran hayalinde buluyordu. Aureliano, saatlerce Rebeca'yla salonda oturuyor, laterna dinliyordu. Rebeca, laternayı can kulağıyla dinliyordu, çünkü çalınan müzik Pietro Crespi'nin kendilerine dans öğrettiği müzikti. Aureliano da laternayı can kulağıyla dinliyordu, çünkü müzik dahil her şey ona Remedios'u hatırlatıyordu.

Ev köşe bucak aşk doldu. Aureliano aşkını başı sonu olmayan şiirlerle dile getiriyordu. Melquíades'in verdiği kaba parşömen kâğıtlarına aşkını döküyor, kollarına yazılar yazıyor, banyonun duvarlarına şiirler karalıyordu ve bütün yazdıklarında boy boy, biçim biçim Remedios yer alıyordu: Öğlenin ikisinde herkese uyku getiren ağır havada Remedios vardı, güllerin tatlı kokusunda Remedios, ışığa üşüşen pervanelerin gizinde Remedios, buğusu üstünde fırından yeni çıkmış ekmekte yine Remedios, yine Remedios, her zaman, her yerde Remedios vardı. Rebeca nakışını eline alıp pencerenin önüne oturuyor, akşamüstü saat dörtte aşkının ses vermesini bekliyordu. Posta katarının katırı üstünde salına salına iki haftada bir geldiğini bilmez değildi. Yine de her zaman onu bekliyor, yanıp yanılıp alışılmışın dışında bir gün çıkageleceğine inanıyordu. Oysa tam tersi oldu, bir keresinde katır, alışılmış günde görünmedi. Umutsuzluktan çılgına dönen Rebeca, gecenin bir yarısında bahçeye fırladığı gibi, intihar etme isteği içinde, acı ve öfkeden ağlayarak avuç avuç toprak yedi. Yumuşacık, kaygan solucanları çiğniyor, sümüklüböceklerin kabuklarını dişleriyle ezip kırıyordu. Gün ağarana dek kustu. Ateş başını sardı, kendinden geçti, ayıp günah tanımadan ağzına geleni sayıp dökmeye koyuldu. Kızın sayıklamalarını duyunca aklı başından giden Úrsula, Rebeca'nın sandığını zorladı, açtı ve sandığın dibinde pembe kurdelelerle bağlanmış, tam on altı tane güzel güzel kokan mektubu, eski kitapların arasında saklanmış yaprak ve çiçek kokularıyla, dokununca toz gibi dağılan kurutulmuş kelebekleri buldu.

Böylesi büyük bir umutsuzluğun ne demek olduğunu anlayabilen tek insan Aureliano oldu. O gün ikindi vakti Úrsula, Rebeca'yı kendine getirmeye çabalarken, Aureliano, Magnifico Visbal ve Gerineldo Márquez ile birlikte Catarino'nun dükkânına gitti. Dükkâna zamanla eklemeler yapılmış, soluk çiçek kokan başı bağsız kadınların oturduğu ahşap odalar katılmıştı. Bir akordeonla davuldan ibaret teneke cazbant, birkaç yıldır Macondo'ya uğramayan Şeytan Çatlatan Francisco'nun şarkılarını çalıyordu. Üç kafadar kamış şırası içip kafayı buldular. Aureliano'nun yaşıtları olan, ama ondan daha çok görmüş geçirmiş Magnifico ile Gerineldo, kucaklarına birer avrat çekip oturtmuşlar, aralıksız içiyorlardı. Kadınlardan altın dişli, iyice yıpranmış olanı Aureliano'yu okşamaya kalkışınca, Aureliano tepeden tırnağa ürperdi. Kadını itti. Ne kadar çok içerse Remedios'u o kadar çok anımsadığını, ama içtikçe, anıların getirdiği acıya daha iyi dayanabildiğini kavramıştı. Ayaklarının yerden ne zaman kesildiğini bilemedi. Arkadaşları ve kadınlar parlak bir boşlukta uçuyor, hiç ağırlıkları yokmuş gibi havada yüzüyorlardı. Ağızlarından çıkmayan sözler ediyor, yüzlerindeki anlatıma ters düşen gizemli işaretler yapıyorlardı. Catarino elini onun omzuna koydu, "Saat on bire geliyor," dedi. Aureliano başını çevirdi. Catarino'nun kocaman, biçimsiz suratını, kulağına sıkıştırdığı kadifeden yapma çiçeği gördü ve film koptu. Tıpkı uyku hastalığına tutulup da her şeyi unuttukları dönemde olduğu gibi aklında ne varsa siliniverdi. Sonra hiç bilmediği bir saatte ve hiç bilmediği bir odada kendine geldi. Pilar Ternera sırtında iç gömleği, yalınayak, saçları omuzlarına dökük, elindeki lambayı ona doğru tutarak, inanmazlıktan şaşırmış, öylece duruyordu.

"Aureliano!"

Aureliano ayaklarını toparladı, başını kaldırdı. Oraya nasıl geldiğini bilmiyordu, ama niçin geldiğini biliyordu. Çünkü bu tutkuyu çocukluğundan beri yüreğinin derinliklerinde saklayıp geliştirmişti.

"Seninle yatmaya geldim," dedi.

Üstü başı çamura, kusmuğa bulanıp batmıştı. O sıralarda iki küçük çocuğuyla yalnız oturan Pilar Ternera ona hiçbir şey sormadı. Aureliano'yu aldı, yatağa götürdü. Islak bezle yüzünü gözünü sildi, üstündekileri çıkardı, sonra kendisi de anadan doğma soyunup çocuklar uyanırlarsa bir şey görmesinler diye, cibinliği indirerek yatağa girdi. Gelip temelli kalacak erkeği beklemekten, çekip giden erkeklerden, evinin yolunu şaşıran sayısız erkekten bıkıp usanmış, iskambillerin bir dediği bir dediğine uymazlığı aklını karıştırmıştı. Beklemekle geçirdiği yıllar boyunca teni kırışmış, memeleri pörsümüş, yüreğinin ateşi sönmüştü. Karanlıkta Aureliano'yu el yordamıyla yokladı. Elini onun karnına bastırdı ve anaç bir şefkatle boynundan öperek, "Zavallı çocuğum," diye mırıldandı. Aureliano ürperdi. Suskun, durgun bir beceriklilikle en ufak yanlış adım atmadan, içinde birikmiş bütün acıyı boşalttı ve Remedios ucu bucağı olmayan, yaban hayvan ve yeni ütülenmiş giysi kokan bir bataklığa dönüştü içinde. Aureliano batağın yüzüne çıktığında ağlıyordu. Önceleri kendini tutamadan, kesik kesik hıçkırıyordu. Sonra içinde acı veren bir şeyler şişmiş şişmiş de birden patlayıvermiş gibi boşaldı. Kadın, parmaklarının ucuyla onun kafasını kaşıyarak, ömrünü tüketen karanlığı gövdesinden kusup atana dek sabırla bekledi. Sonra, "Kim?" diye sordu. Aureliano kim olduğunu söyledi. Pilar Ternera, her zaman güvercinleri ürküten şakrak kahkahasını, bu kez çocukları bile uyandırmadan attı. "Dadılık mı edecen, kocalık mı?" diye alay etti. Yine de Aureliano bu alayın altında derin bir anlayış yattığını sezinledi. Yalnızca erkekliği konusundaki kuşkularından değil, aylardır yüreğine çöreklenmiş acıdan da kurtulmuş olarak odadan çıkarken, Pilar Ternera kendiliğinden bir söz verdi ona.

"Kızla konuşacağım," dedi. "Artık çantada keklik bil bu işi."

Sözünü de tuttu. Ne var ki, kötü zamana denk gelmiş, evde eski dirlik düzen kalmamıştı. Bağırıp çağırmaları yüzünden gizli tutulmasına imkân kalmayan Rebeca'nın aşk ateşi ortaya dökülünce, Amaranta'nın yüreğine de ateş düştü. O da gizli aşk acısıyla yanmaktaydı. Banyoya kapanıyor, umutsuz aşkını ateşli mektuplara döküyor, sonra da mektupları sandığının dibine saklıyordu. Úrsula yataklara düşen iki kızın hastalığıyla uğraşmaktan bitip tükeniyordu. Ne yaptı ne ettiyse, Amaranta'nın derdini bir türlü öğrenemedi. Sonunda aklına geldi. Bu kez gitti Amaranta'nın sandığını karıştırdı ve aralarına konulan daha kurumamış zambakların kabarttığı, daha kurumamış gözyaşlarının ıslattığı, Pietro Crespi'ye yazılmış ve gönderilmemiş, pembe kurdeleyle bağlı mektup destesini buldu. Hırsından ağlayarak, laterna almanın aklına düştüğü güne lanetler yağdırdı, kızların nakış derslerini yasakladı ve ortada ölü filan olmadığı halde kızlar umutlarını kesene dek yas ilan etti. Pietro Crespi hakkındaki ilk olumsuz izlenimini değiştiren ve onun müzik aletlerindeki hünerine hayranlık duyan José Arcadio Buendia'nın, karısını yatıştırmaya çalışması da sonuç vermedi. Tam bu sırada Pilar Ternera, Remedios'un evlenmeye yanaştığını Aureliano'ya haber verince, bu olay, olanların üstüne tuz biber ekti. Aureliano bu konuyu anasına babasına açmanın, onları biraz daha üzmekten başka şeye yaramayacağını kestiriyordu. Özel ve önemli bir sorunu görüşmek üzere salona çağrılan José Arcadio Buendia ile Úrsula, oğullarının sözlerini hiç ses çıkarmadan dinlediler. Ancak, José Arcadio Buendia, müstakbel gelinin adını duyunca alı al moru mor oldu. "Aşk beter bir illet," diye bas bas bağırdı. "Çevrede şunca eli yüzü düzgün, namuslu kız varken, sen tut can düşmanımızın kızıyla evlenmeye kalkış." Úrsula ise bu seçimi pek yerinde buldu. Moscote kardeşlerin yedisini de sevdiğini söyleyerek kızların güzelliğini, hanımlığını, hamaratlığını, terbiyesini ballandıra ballandıra anlattı ve oğlunu kutladı. Karısının eteklerinin zil çaldığını gören José Arcadio Buendia boyun eğmekten başka çıkar yol göremeyince, bir koşul öne sürdü: Madem adamın da gönlü ondaydı, Pietro Crespi ile Rebeca da evlenecekti. Úrsula da ilk fırsatta Amaranta'yı alıp başkente götürecek, değişik çevre, değişik insanlar kızı avutacaktı. Bu haberi duyar duymaz, Rebeca'nın hastalığı filan kalmadı. Oturdu, nişanlısına bir mektup döşenip haberleri muştuladı. Mektubu anasına babasına da gösterip onların da onayını aldıktan sonra, aracıya gerek kalmaksızın mektubu kendi eliyle postaladı. Amaranta, ailenin verdiği kararı kabullenmiş göründü. Zamanla sağlığı da düzeldi, ama Rebeca'nın ancak kendi ölüsünü çiğneyerek evlenebileceğine ant içti.

Ertesi cumartesi José Arcadio Buendia, bayramlıklarını giyindi. Lacivertlerini sırtına geçirdi, mukavva yakalığını taktı, ilk kez parti verildiği gece giydiği geyik derisi çizmelerini giydi ve Remedios Moscote'yi Tanrı' nın emriyle babasından istemeye gitti. Sulh Yargıcı ile karısı, bu beklenmedik gelişin nedenini bilmedikleri için hem sevindiler hem tedirgin oldular. Geliş nedeni açıklandıktan sonra da, müstakbel gelinin adında bir yanlışlık yapıldığı kanısına vardılar. Kadıncağız bu yanlışlığı ortadan kaldırmak için Remedios'u uykudan kaldırdı, uyku sersemi çocuğu kucağına aldı getirdi. Evlenme niyetinin gerçek olup olmadığını sordular kıza, o da yarı uyur yarı uyanık, o anda uyumaktan başka bir şey istemediğini söyledi. Moscotelerin kaygısını anlayışla karşılayan José Arcadio Buendia, işin aslını bir de Aureliano'dan sormaya gitti. Yeniden geldiğinde Moscoteler giyinip kuşanmışlar, konuk odasındaki koltukların kanapelerin yerlerini değiştirmişler, vazolara çiçekler koymuşlar, büyük kızlarını da yanlarına sıralamış bekliyorlardı. Bir yandan durumun tatsızlığından, öte yandan soluğunu kesen kaskatı yakadan bunalan José Arcadio Buendia, müstakbel gelinin gerçekten Remedios olduğunu doğruladı. Don Apolinar Moscote şaşkınlıktan ne diyeceğini bilemeyerek, "İş mi bu yani," dedi. "Altı kızımız daha var. Hem hepsi de evlenme çağına gelmiş, hepsi de bekâr, hepsi de oğlun gibi aklı başında, çalışkan bir delikanlının karısı olmaktan sevinç duyacak kızlar. Aureliano ise tutup daha donuna işeyene göz koyuyor." Hüzünlü bakışlı, hüzünlü yüzlü, cami yıkılsa da mihrap yerinde bir kadın olan karısı, hemen davranıp kocasını, boşboğazlığı yüzünden azarladı. Meyve likörünü içtikten sonra, Aureliano'nun kararını seve seve kabullendiler. Yalnızca, Señora Moscote, Úrsula'yla kadın kadına görüşmek istediğini söyledi. Úrsula, elinin hamuruyla kendisini erkek işine karıştırdıkları için söylene söylene, ama bir yandan da müthiş duygulanarak ertesi gün kalktı, Señora Moscote'ye gitti. Yarım saat sonra, Remedios'un daha ergen olmadığı haberiyle geri döndü. Aureliano bunu hiç de ciddi bir engel olarak görmedi. Öylesine çok beklemişti ki gelini, kendisini bilecek çağa erişene dek de bekleyebilirdi.

Evde yeni kurulan dirlik düzen, Melquíades'in ölümüyle bozuldu. Melquíades'in ölümü, beklenmedik bir olay değildi ama, beklenmedik koşullarda oldu. Gelişinden birkaç ay sonra adamcağız birdenbire öyle çökmüştü ki, kısa sürede yatak odalarında gölge gibi dolaşan, yürürken ayağını sürükleyen, eski günleri dilinden düşürmeyen, kimsenin aldırış etmediği ya da yatağında ölüsü bulunana dek varlığını herkesin unuttuğu bir işe yaramaz koca dedelere dönmüştü. İlk zamanlar, resim çekme işine ve Nostradamus'un kehanetlerine merak saran José Arcadio Buendia ona yardım ediyordu. Ama giderek anlaşmaları zorlaşmaya başlayınca, José Arcadio da, Melquíades'i yalnız bırakır oldu. Melquíades'in gözleri görmez, kulakları duymaz olmuştu. Karşısına alıp konuştuğu kişileri, çok eskiden tanıdığı insanlarla karıştırıyor, sorulan soruları ne idüğü belirsiz, çeşitli dillerin çorba edilmesinden oluşmuş sözcüklerle yanıtlıyordu. Derin derin soluyarak dolaşıyor, eşyaların arasında gezindiği halde, içgüdüsel bir yön sezgisi varmış gibi hiçbir yere değmeden yürüyordu. Bir gün, akşamdan başucundaki su bardağına koyduğu takma dişlerini takmayı unuttu; sonra da bir daha hiç takmadı. Úrsula evi büyütmeye kalkıştığı zaman, Melquíades'e Aureliano'nun işliğinin bitişiğinde, evin patırtısından gürültüsünden, hay huyundan uzak bir oda yaptırdı. Bol ışık alan bir pencere açtırdı, bir kitaplık yaptırıp tozdan ve güvelerden neredeyse lime lime olmuş kitapları, kargacık burgacık yazılarla dolu kâğıt tomarlarını, takma dişlerinin durduğu ve dibine ufacık sarı çiçekli su bitkilerinin kök saldığı bardağı, kendi eliyle silip temizleyip raflara yerleştirdi. Yeni yerini pek sevmiş olmalıydı ki, bir daha ortalarda görünmedi Melquíades; yemek odasına bile gelmez oldu. Yalnızca Aureliano'nun işliğine gidiyor, gelirken yanında getirdiği kolalı bez gibi kırılı kırılıveren kuru parşömen kâğıtlarına saatlerce bir şeyler yazıyordu. Visitacion'un günde iki kez taşıdığı yemeklerini de orada yiyordu. Son zamanlarda iştahı da kalmamış, sebzeden başka şey yemez olmuştu. Çok geçmeden yüzüne, etyemezlerin suratındaki hüzünlü solukluk çöktü. Derisi, hiç sırtından eksik etmediği eski yeleğin üstü gibi ince bir yosun tabakası bağladı. Soluğu, uykudaki hayvanların soluğu gibi kokmaya başladı. Bütün aklını kafiye düşürmeye salan Aureliano da giderek onu unuttu. Yalnızca bir keresinde Melquíades'in bitmez tükenmez monologları içinden, anlaşılır gibi bir şeyler geldi kulağına, dinledi. Aslında Melquíades'in gevelemelerinden çıkarılabilecek tek şey, sürekli yinelenen "ekinoks, ekinoks, ekinoks" sözü ile Alexander von Humboldt adıydı. Arcadio, Aureliano'nun gümüş işlerine yardıma başlayınca, Melquíades'e biraz yakınlaştı. Melquíades onun bu yaklaşma çabalarına, aslı astarı olmayan İspanyolca yanıtlarla karşılık verdi. Ama bir gün, aşırı duygulandığı bir akşamüstü, beynini saran bulutlar bir an aralanır gibi oldu. Yıllar sonra Arcadio idam mangasının karşısında dururken, Melquíades'in kendisini karşısına alıp anlamadığı, ama yüksek sesle okunurken kulağa kutsal buyruk gibi gelen yazılarından birkaç sayfa okuduğu günkü ürpertiyi anımsayacaktı. Melquíades okuduklarını bitirdikten sonra uzun süredir ilk kez gülümsedi ve İspanyolca konuştu: "Öldüğüm zaman, odamda üç gün yerfesleğeni yakın." Arcadio, bunları José Arcadio Buendia'ya çıtlattı. O daha ayrıntılı bir şeyler öğrenmeye çabaladıysa da, Melquíades'in ağzından, "Ben ölümsüzlüğün sırrına erdim"den başka söz alamadı. Melquíades'in soluğu kötü kötü kokmaya başlayınca, Arcadio, perşembe sabahları onu dereye götürmeye başladı. Yıkanmak iyi geliyor gibiydi. Melquíades soyunuyor, delikanlılarla birlikte suya dalıyordu. O gizemli yön bulma sezgisiyle derin ve tehlikeli yerlerden uzak duruyordu. Bir keresinde, "Aslımız su. Hepimiz sudan türedik," dedi. Uzun zaman bu böyle sürdü gitti. Laternayı işletmek için içler acısı çaba harcadığı o parti gecesinin ve Arcadio'yla birlikte koltuğunun altına sukabağıyla havluya sarılı bademyağlı sabununu sıkıştırıp dereye gittiği günlerin dışında onu gören olmuyordu. Bir perşembe sabahı Aureliano onu dereye götürmek için gittiğinde, "Ben Singapur kumsallarında hummadan öldüm," dediğini duydu. Melquíades o gün suyun olmayacak bir yerine daldı, bir daha da çıkmadı. Cesedini ancak ertesi gün birkaç mil ötede buldular. Dere orada dirsek yapmış, onu kıyıya atmıştı. Bulduklarında göbeğinin üstüne bir akbaba tünemişti. Kendi babası öldüğünde bu kadar gözyaşı dökmemiş olan Úrsula'nın bütün karşı koymalarına rağmen, José Arcadio Buendia, Melquíades'in gömülmesine izin vermedi. "O ölümsüz oldu ve ölümden sonra dirilmenin sırrını da yine kendisi açıkladı," diyor da başka bir şey demiyordu. Bir köşede unutulmuş imbiği ortaya çıkardı ve mavi mavi kabarcıklar çıkararak kaynayan yerfesleğini kabını da cesedin yanına koydu. Don Apolinar Moscote, boğulmuş birinin gömülmeden kalmasının halk sağlığına zararlı olduğunu hatırlatmak cüretinde bulundu. José Arcadio Buendia, "Halt etmişsin sen efendi, çünkü o yaşıyor," diyerek, ceset pırıl pırıl parlayıp patlayacakmış hale gelinceye ve evin içini illetli bir koku sarıncaya dek tam yetmiş iki saat kaynattı yerfesleğeni buhurdanını. Ancak yetmiş iki saat tamama erince onu gömmelerine izin verdi, hem öyle gelişigüzel değil, Macondo'nun en büyük adamı için düşünülebilecek anlı şanlı bir cenaze töreniyle. Köydeki ilk ve en kalabalık cenaze töreniydi bu. Ondan daha tantanalısı ancak yüzyıl sonra Koca

Nine'nin cenaze alayında görülecekti. Onu, mezarlık olarak tasarladıkları alanın ortasında kazılan çukura gömdüler. Başına bir taş dikip hakkında bildikleri tek şeyi yazdılar: MELQUIADES. Dokuz gece başında nöbet tuttular. Kahve içmek, fıkra anlatmak, kâğıt oynamak için bahçeye doluşan kalabalığın kargaşasından yararlanan Amaranta, Pietro Crespi'ye aşkını açıklama fırsatı buldu. Pietro Crespi birkaç hafta önce Rebeca'ya verdiği sözü resmiyete dökmüş, eskiden Arapların papağan azmanlarıyla hırtı pırtı takas ettiği ve köylülerin Türkler Sokağı dedikleri yerde müzik aletleri ve mekanik oyuncaklar satan bir dükkân açmıştı. Pırıl pırıl buklelerle bezeli başını her gören kadının yüreğini hoplatan yakışıklı İtalyan, Amaranta'ya önemsenmeye değmez şımarık bir çocukmuş gibi davrandı.

"Bir küçük kardeşim var," dedi. "Dükkânda bana yardım etmeye gelecek."

Amaranta bu söze çok alındı, aşağılandığını düşündü ve büyük bir öfkeyle kendi ölümü pahasına da olsa kız kardeşinin evlenmesini engellemeye hazır olduğunu söyledi. Bu tehdidin dramatik yanı, İtalyan'ı öylesine etkiledi ki, tuttu bunları Rebeca'ya anlattı. Böylelikle de, Úrsula'nın işten baş alamaması yüzünden boyuna ertelenen Amaranta'nın gezisi bir haftaya kalmadan gerçekleştirildi. Amaranta hiç sesini çıkarmadı, yalnız vedalaşmak için Rebeca'yı öperken kulağına fısıldamaktan da geri kalmadı:

"Boşuna umutlanma. Beni dünyanın öbür ucuna da gönderseler, seni öldürmem pahasına da olsa evlenmeni engelleyecek bir yol bulurum."

Bir yandan Úrsula'nın yokluğu, bir yandan ayaklarını sürüye sürüye odalarda dolaşan Melquíades'in görünmez varlığıyla ev bomboş, koskoca bir berhaneye döndü. Rebeca evi çekip çeviriyor, Kızılderili kadın da fırını yürütüyordu. Alacakaranlık çökerken, yürek ferahlatan lavanta kokusu ve elinden eksik etmediği armağan oyuncaklarla Pietro Crespi gelince, nişanlısı onu konuk odasına alıyor, kimsenin aklına kötülük gelmesin diye, kapıları pencereleri ardına dek açıyordu. Bu gereksiz bir önlemdi, çünkü İtalyan, bir yıla varmadan karısı olacak kızın eline bile dokunmayacak kadar ölçülü, saygılı olduğunu göstermişti. Crespi'nin bu gelişleri, evi birbirinden güzel oyuncaklarla dolduruyordu. Kurulunca dans eden balerinler, kendi kendine çalan müzikli kutular, sıçrayıp perende atan maymunlar, dörtnala koşturan atlar, tef çalan palyaçolar, daha neler de neler. Pietro Crespi'nin getirdiği çeşit çeşit, akıllara durgunluk veren oyuncak hayvanlar, José Arcadio Buendia'yı Melquíades'in ölümünden duyduğu acıdan çekti çıkardı ve onu simyacılığa merak sardığı eski günlerine döndürdü. Bir süre karnı deşilmiş hayvanlar dünyasında, hayvanları daha mükemmelleştirmek için içlerindeki mekanizmayı söküp sarkaç ilkelerinden yararlanarak devridaim makinesi haline getirmeye uğraşmakla vakit geçirdi. Aureliano'ya gelince; Remedios'a okuma yazma belleteceğim diye işe güce el sürmez oldu. Başlangıçta çocuk, oyuncaklarını bırakmak istemiyor ve bebeklerinden ayrılıp yıkanmasına paklanmasına; giyinip kuşanıp konuk odasında kendisini beklemesine neden olan ve Allah'ın her günü evlerine taşınan bu adama oyuncaklarını yeğ tutuyordu. Ne var ki, Aureliano'nun sabrı ve tutkusu sonunda üstün geldi de kızcağız saatlerce oturup alfabeyi bellemeye, renkli kalemlerle ahırında inekler olan ev resimleri, sarı ışıkları tepelerin ardına uzanan yusyuvarlak güneş resimleri çizmeye başladı.

Mutlu olmayan bir tek Rebeca'ydı, o da Amaranta'nın gözdağı yüzünden. Kardeşinin huyunu, nasıl gururlu olduğunu biliyor, öfkesinin şiddetinden ürküyordu. Saatlerce banyoya kapanıp parmağını emiyor, toprak yememek için çelik gibi irade gücünü kullanarak kendini tutuyordu. Ne olacağını bilememenin telaşında yüreğini ferahlatmak için Pilar Ternera'ya fal baktırdı. Pilar Ternera eveleme develeme bir yığın beylik söz sıraladıktan sonra diyeceğini dedi:

"Anan baban gömülmedikçe, senin yüzün gülmeyecek."

Rebeca tepeden tırnağa ürperdi. Bir düş görüyormuşçasına, ufacık bir kızken sandığı, salıncaklı iskemlesi ve içindekilerin ne olduğunu hiç bilmediği torbayla bu eve gelişi gözlerinin önünde canlandı. Kupa papazına hiç benzemeyen, yakası altın düğmeyle ilikli, keten giysili, dazlak bir adam geldi aklına. Sonra karo kızıyla ve onun titrek elleriyle hiç ilintisi olmayan çok genç, çok güzel bir kadın düştü aklına. Elleri sıcacık, mis kokuluydu bu kadının ve Rebeca'nın saçlarına çiçekler takar, onu yeşilliklerle bezeli yolları olan bir kentte gezdirirdi.

"Hiçbir şey anlamadım," dedi.

Pilar Ternera da şaşırmıştı.

"Ben de anlamadım. Ama kâğıtlar böyle diyor."

Bu olay Rebeca'nın aklında öyle yer etti ki, gidip José Arcadio Buendia'ya anlattı. José Arcadio Buendia, fala inandığı için onu bir güzel payladı, ama bir yandan da hiç kimseye sezdirmeden dolapları sandıkları karıştırmaya, eşyayı altüst etmeye, yatak yorganı kaldırmaya, döşeme tahtalarını bile sökmeye başlayarak kemik torbasını aramaya koyuldu. Evin onarımından beri torbanın gözüne ilişmediğini anımsadı. Yapı ustalarını gizlice sıkıştırıp sordu. Sonunda içlerinden biri, işine engel oluyor diye torbayı yatak odalarından birinin duvarına ördüğünü söyledi. Günlerce o oda senin bu oda benim, kulaklarını duvarlara dayaya dayaya evin içinde dört döndükten sonra, derinlerden bir yerden o bildik takur tukur sesini duydular. Hemen duvarı deldiler. Kemik torbası el değmemiş gibi duruyordu. Torbayı daha o gün Melquíades'in mezarının yanına gömdüler. Başına taş filan da koymadılar. José Arcadio Buendia, bir an için vicdanını, Prudencio Aguilar'ın anısı kadar rahatsız eden bir yükten kurtulmuş olarak eve döndü. Mutfaktan geçerken Rebeca'yı alnından öptü.

"O kötü düşünceleri çıkar at kafandan," dedi. "Mutlu olacaksın."

Rebeca'yla arkadaşlık etmesi, Arcadio'nun doğumundan beri Úrsula'nın suratına kapadığı evin kapısını yeniden açtı Pilar Ternera'ya. Başıboş keçi sürüsü gibi aklına estiği saatte eve damlıyor, bitip tükenmeyen enerjisini en ağır işlerde kullanıyordu. Kimi zaman işliğe gidiyor, Arcadio'nun resim varaklarını işlemesine yardım ediyordu. Bir de eli işe yakışıyordu ki, onun bu beceriklilıği, Arcadio'yu afallatıyordu. Bu kadın huysuz ediyordu onu. Teninin yanık esmerliği, duman buğulu kokusu, karanlık odayı sarsan kahkahası, delikanlının dikkatini çekiyor, elini ayağını dolaştırıyordu.

Bir keresinde Aureliano gümüş işleriyle uğraşırken, Pilar Ternera onun sabırlı titizliğini hayranlıkla seyretmek için masaya yaslandı. İşte o zaman olanlar oldu. Aureliano, başını kaldırıp aklından geçenler gün gibi ortada olan Pilar Ternera'nın gözlerine bakmadan önce, Arcadio'nun karanlık odada olup olmadığını iyice kolladı.

Sonra, "Çıkar dilinin altındaki baklayı," dedi.

Pilar Ternera acılı bir gülümsemeyle dudaklarını ısırdı.

"İyi asker olursun sen," dedi. "Attığın fişek boşa gitmiyor."

Aureliano, bu kehanetin doğruluğunu sezince, rahat bir soluk aldı. Hiçbir şey olmamış gibi işini sürdürdü. Sesine huzurlu, güvenli bir güç geldi.

"Çocuğu tanıyacağım," dedi. "Benim adımı taşıyacak."

José Arcadio Buendia, sonunda muradına erdi. Saatin mekanizmasını kurgulu bir balerine bağladı ve oyuncak, kendi temposuna ayak uydurarak tam üç gün üç gece dans etti. Bu buluş, öteki saçma uğraşlarının hepsinden daha çok aklını çeldi. Yemeden içmeden kesildi. Gözüne uyku girmez oldu. Ancak Rebeca'nın özen ve şefkati, onu bir daha kendini toparlayamayacağı bir çılgınlığa düşmekten koruyordu. Sabahlara dek yüksek sesle düşünerek odasını arşınlıyor, kağnı arabalarına, tırmıklara, sözün kısası hareket ettirilince yararlı olan her şeye nasıl etse de sarkaç yasasını uygulasa diye çözüm yolları arıyordu. Uykusuzluk onu öylesine güçten düşürmüş, tüketmişti ki, sabaha karşı odasına dalan ak saçlı, sarsak adamı tanıyamadı. Prudencio Aguilar'dı bu. José Arcadio Buendia sonunda onun kim olduğunu çıkarınca, ölülerin de yaşlanmasına şaşırarak, içinde kıpırdanan sıla ateşiyle ürperdi. "Prudencio!" diye haykırdı. "Ne kadar uzaklardan çıkıp gelmişsin!" Onca yıllık ölümden sonra dirilere duyulan hasret öylesine yoğun, iki çift laf etme özlemi öylesine büyük, ölümün içindeki öteki ölümün yakınlığı öylesine korkunçtu ki, Prudencio Aguilar sonunda can düşmanını sever olmuştu. Yıllarca onu aramış durmuştu. Riohacha'dan gelen ölülere sormuştu, Upar Vadisi'nden gelen ölülere sormuştu, bataklıktan gelen ölülere sormuştu. Kimselerden haber alamamıştı, çünkü Melquíades gelip de ölümün haritalarına ufacık bir nokta olarak işlenene dek, ölüler diyarında Macondo'nun adı sanı bilinmiyordu. José Arcadio Buendia, sabaha dek Prudencio Aguilar'la sohbet etti. Birkaç saat sonra uykusuzluktan bitkin halde Aureliano'nun işliğine gidip, "Bugün günlerden ne?" diye sordu. Aureliano, salı olduğunu söyledi. José Arcadio Buendia, "Ben de öyle sanıyordum," dedi, "ama bir de baktım ki, dünkü gibi daha hâlâ pazartesi değil miymiş. Gökyüzüne bak hele, duvarlara bak, bugün de pazartesi." Onun sapıklıklarına alışık olan Aureliano hiç oralı olmadı. Ertesi gün, yani çarşamba günü José Arcadio Buendia yine işliğe girdi. "Felaket bu," dedi. "Şu havaya bak, güneşin vızıltısına kulak ver, her şey tıpkı dünkü ve önceki günkü gibi. Bugün de pazartesi." O gece Pietro Crespi, onu terasta Prudencio Aguilar için, Melquíades için, Rebeca'nın ana babası için, kendi ana babası için, tanıyıp bildiği ve artık ölümle baş başa kalmış kim varsa hepsi için gözyaşı dökerken buldu. Crespi, art ayakları üzerinde ipte yürüyüp cambazlık yapan oyuncak bir ayı verdiyse de, José Arcadio Buendia'yı saplantısından kurtaramadı. Birkaç gün önce kendisine anlattığı, insanların uçmasına yarayacak bir sarkaç mekanizması kurma tasarısının ne âlemde olduğunu sordu. Buendia bunun gerçekleşemeyeceğini, çünkü sarkacın her şeyi havaya kaldırabileceğini, ama mümkünü yok kendini havalandıramayacağını söyledi. Perşembe günü, yüzü yeni sürülmüş toprak gibi acıdan kırış kırış olmuş bir halde yeniden işliğe gitti. Dokunsalar ağlayacaktı. "Zaman makinesi bozuldu," diye hıçkırırcasına konuştu. "Ve Úrsula'yla Amaranta da öyle uzakta ki!" Aureliano, çocuk azarlar gibi payladı onu. Bunun üzerine Buendia yaptıklarına pişman olmuş gibi bir tavır takındı. Altı saat durup dinlenmeden çevresini inceledi; zamanın geçişini kanıtlayacak bir değişiklik bulmak için çırpındı. Bütün geceyi yatağında gözünü kırpmadan, Prudencio Aguilar'a, Melquíades'e, bütün ölülere seslenip acısını paylaşmaya çağırmakla geçirdi.

Ama gelen giden olmadı. Cuma günü kimse uyanmadan dışarı çıktı; günlerden pazartesi olduğuna hiç kuşkusu kalmayıncaya dek doğayı seyretti. Sonra kapının kol demirini kaptığı gibi, görülmemiş gücünün olanca eziciliğiyle simya laboratuvarında, fotoğrafhanede, gümüş atölyesinde ne var ne yok her şeyi tuzla buz etti. Bir yandan da bağıra çağıra, tiz ve ne olduğu anlaşılmayan bir dilde bir şeyler söylüyordu. Aureliano baktı ki olacak gibi değil, bıraksa babası evi olduğu gibi yerle bir edecek, konudan komşudan yardım istedi. José Arcadio'yu yere yıkmak için on kişi, elini kolunu bağlamak için on dört kişi, bahçedeki kestane ağacına sürüklemek için yirmi kişi gerekti. Onu ağaca bağlayıp bıraktıklarında bilinmedik dilde bir şeyler haykırıyor, ağzından yeşil yeşil köpükler saçıyordu. Úrsula ile Amaranta döndüklerinde, José Arcadio Buendia, ellerinden ayaklarından kestane ağacına bağlı duruyordu: Yağmurdan sırılsıklam olmuş, aklını hepten yitirmişti. Úrsula ile Amaranta onunla konuşmaya çalıştılar. Onları tanımadı ve anlamadıkları dilde bir şeyler söyledi. Úrsula, iplerin kestiği bileklerini, ayaklarını çözdü. Yalnızca belinden bağlı bıraktı. Daha sonraları güneşten ve yağmurdan korumak için üzerine palmiye dallarından bir de siper yaptılar.

Aureliano Buendia ile Remedios Moscote, mart ayında bir pazar günü Peder Nicanor Reyna'nın konuk odasında kurduğu mihrabın önünde dünyaevine girdiler. Remedios'un daha çocukluk alışkanlıklarını bırakmadan ergenleşmesi yüzünden Moscote ailesini altüst eden fırtınalı dört haftanın sonu böylece noktalanıyordu. Anası onu karşısına almış, genç kızlığa nasıl geçildiğini uzun uzadıya anlatmıştı anlatmasına ya, yine de şubat içinde bir gün Aureliano, baldızlarıyla oturmuş yarenlik ederken Remedios paldır küldür odaya dalmış, çikolata renginde bir sıvıyla lekelenen donunu açıp göstermişti. Düğünün o tarihten bir ay sonra yapılması kararlaştırıldı. Bu süre içinde Remedios'a kendi başına yıkanmasını, kendi başına giyinmesini, az buçuk ev işi kıvırmasını öğreteceğiz diye ev halkının canı burnundan geldi. Donuna işemekten vazgeçsin diye tuğlalar kızdırıp altına koydular. Karıkocanın mahremiyetinden kimseye söz etmemek gerektiğini kafasına sokmak için çok uğraşmak gerekti, çünkü Remedios, anasının kendisine bellettiklerinden öyle şaşkına dönmüş, kafası öylesine karışmıştı ki, önüne gelene zifaf gecesi başına geleceklerden söz etmek istiyordu. Kızı evliliğe hazırlamak, her babayiğidin altından kalkabileceği dert değildi. Yine de düğün günü gelip çattığında, kızın gözü en azından ablaları kadar açılmıştı. Don Apolinar Moscote, kızı koluna taktı, çiçeklerle çelenklerle bezenmiş ve yol boyu birkaç bando mızıkanın sıralanmış olduğu sokakta, orada burada patlatılan havai fişeklerin gürültüsü içinde yürümeye başladı. Gelin, pencerelerden sarkan, kendisine iyi dileklerde bulunan konu komşuya gülümseyerek el sallıyordu. Tepeden tırnağa siyahlar giyinmiş, ayaklarına da birkaç yıl sonra idam mangasının önüne çıkarken de giyeceği parlak deri çizmeleri çekmiş olan Aureliano'nun benzi, kül gibiydi. Evin kapısında gelini karşılayıp mihrabın önüne götürürken boğazına bir düğüm takıldı. Remedios öyle kendine güvenli bir tavırdaydı ki, Aureliano yüzüğü parmağına takayım derken düşürünce bile hiç istifini bozmadı. Konukların şaşkınlığına, salonu bir anda dolduran fısıltılara aldırmadan, damat bey, yüzüğü tam kapıdan dışarı yuvarlanacağı sırada ayağıyla durdurup kan ter içinde mihrabın önüne gelinceye dek, Remedios, dantel eldivenli yüzüksüz elini havada hazır bekletti. Annesiyle ablaları tören sırasında kızın bir densizlik yapmasından öylesine korkuyorlardı ki, gelin bu işin içinden yüzünün akıyla çıkınca, kendilerini tutamayıp kucakladıkları gibi öpücüklere boğdular onu. Remedios'un sorumluluk duygusu, zarafeti, inceliği ve zor durumlarda serinkanlılığını yitirmeme özelliği daha o günden kendini gösterdi. Düğün pastasının en kocaman dilimini bir tabağa koyup yanına çatalını da katarak José Arcadio Buendia'ya götürmeyi kendiliğinden akıl eden de oydu. Kestane ağacının gövdesine bağlanmış, palmiye siperliğin altındaki tahta sıranın üzerine büzülmüş, güneşten ve yağmurdan rengi atmış iriyarı adam, teşekkür edercesine hafiften gülümsedi ve anlaşılmaz bir dua mırıldanarak pastayı elleriyle hapır hupur atıştırdı. Pazartesi sabahına dek süren çalgılı çengili düğünde tek umutsuz kişi Rebeca Buendia'ydı. Onun en kara günüydü bu. Úrsula, onu da aynı gün evlendirmeyi tasarlamıştı. Oysa cuma günü Pietro Crespi'ye, annesinin ölmek üzere olduğunu bildiren bir mektup geldi. Bunun üzerine düğün ertelendi. Pietro Crespi ölüm haberini aldıktan bir saat sonra başkente hareket etti. Ana oğul birbirlerini fark etmeden ters yönlerde yan yana geçip gittiler, kadıncağız cumartesi akşamı beklenilen saatte eve vardı ve oğlunun düğünü için hazırladığı hüzünlü aryayı, Aureliano'nun düğününde söyledi. Kendi düğününe zamanında yetişebilmek için tam beş at çatlatan Pietro Crespi, ancak pazar gecesi döndüğünde düğünün seli gitmiş kumu kalmıştı. Mektubu kimin yazdığı hiçbir zaman anlaşılamadı. Úrsula, Amaranta'yı bir güzel sıkıştırdı, ama kız, marangozların daha sökmedikleri mihrabın önünde suçsuz olduğuna yemin etti.

Don Apolinar Moscote'nin evlenme törenini yürütmesi için bataklıktan getirdiği Peder Nicanor Reyna, mesleğinin nankörlüğü yüzünden katılaşmış, yaşlı bir adamdı. İçinden kemikleri neredeyse dışarı fırlayacakmış gibi görünen teni solgundu. Tostoparlak bir göbeği ve yüzünde iyilikten çok, basitlikten gelen, meleklere özgü bir ifade vardı. Düğünden sonra yerine yurduna dönmeye niyetliydi. Oysa baktı ki Macondo halkı sevabı günahı rafa kaldırmış, vaftiz nedir, yortu nedir unutmuş, yüreği razı gelmedi bunca rezilliğe. Tanrı sevgisine, Tanrı korkusuna bu denli muhtaç bir yer olmayacağına, Tanrı'nın tohumunu ekmek için buradan daha bakir toprak bulunmayacağına inanarak, bir hafta daha kalmaya, sünnetli sünnetsiz kim varsa vaftiz etmeye, yıllanmış karıkocaları Tanrı önünde nikâhlamaya, ölenlerin başında dua etmeye karar verdi. Ama kimse oralı olmadı. Kime yanaşsa, bunca yıldır papazsız da pekâlâ yaşayıp gittiklerini, ruhlarına kimse aracılık etmeden de Tanrı'yla işlerini yürüttüklerini söylüyorlardı. Peder Nicanor sokak sokak dolaşıp vaaz vermekten usanınca bir kilise yaptırmayı düşündü. Dünyada eşi benzeri görülmemiş bir kilise olacaktı bu, iki yanında renkli camlarla süslü, insan boyunda ermiş tasvirleri bulunacak, millet, Tanrısını bulmak için ta Roma'dan kalkıp bu tanrıtanımazların ülkesine koşacaktı. Eline bir bakır çanak aldı, yardım toplamaya çıktı. Herkes gönlünden kopanı veriyordu, hem de hiç azımsanacak gibi değildi verilenler, ama Ermiş Peder'in gözünü doyurmak ne mümkün. Boğulup gidenleri su yüzüne çıkartacak kadar güçlü, vurduğu yerden ses getiren bir çan olması gerektiğini söylüyordu. Dil dökmekten sesi kısıldı, konuşamaz oldu. Sesi, dışa vuramayınca içine yayıldı, iliği kemiği çın çın ötmeye başladı. Daha kapıların parasını bile denkleştiremediği bir cumartesi günü, umutsuzluktan çılgına döndü, ne yapacağını şaşırdı, köyün ortalık yerine bir kürsü kondurdu, pazar günü de uykusuzluk hastalığı günlerindeki gibi eline bir çıngırak alıp duyduk duymadık herkesi açıkhava ayinine çağırdı. Çoğu meraktan gitti. Kimi eski günlerin hasretinden, kimi de elçisini hiçe saymayı Tanrı kendine yapılmış bir hakaret sanmasın diye. Böylelikle sabahın sekizinde köyün yarısı alana toplanıp Peder Nicanor'un el açmaktan kısılmış sesiyle verdiği vaazı dinledi. Sonunda, toplananlar yavaştan dağılmaya başlayınca, Peder Nicanor önemli bir söz edeceğini belirtircesine kollarını kaldırdı.

"Durun bir dakika," dedi. "Şimdi Tanrı'nın sonsuz gücünün tartışılmaz bir kanıtına tanıklık edeceğiz."

Ayin sırasında kendisine yardım eden çocuk, buğusu üzerinde bir fincan koyu kakao getirdi. Peder Nicanor kakaoyu bir dikişte bitirdi. Cüppesinin yeninden çıkardığı mendille ağzını sildi, kollarını iki yana açtı, gözlerini yumdu. Ve Peder Nicanor, yerden on beş santim kadar havaya yükseliverdi. Tanrı'nın büyüklüğüne bundan daha inandırıcı kanıt olmazdı doğrusu. Birkaç gün daha kapı kapı dolaşıp sıcak kakaoyu başına diktikten sonra bu uçma numarasını tekrarladı. Zangoç çocuğun elindeki torba tıka basa dolunca da, bir aya kalmadan kilisenin yapımına başladı. Uçma gösterisini bir kez daha seyretmek için kestane ağacının çevresine toplanan kalabalığı kılını kıpırdatmadan seyreden José Arcadio Buendia'dan başka kimsenin rahibin uçmasında Tanrı'nın parmağı olduğundan kuşkusu yoktu. Peder Nicanor, oturduğu sandalyeyle birlikte ayağını yerden kesmeye başlayınca, José Arcadio Buendia tahta sıraya biraz daha yayılıp omuzlarını silkmekten başka bir şey yapmadı.

Sonra da, *"Hoc est simplicissimus,"* dedi. *"Homo iste statum quartum materiae invenit."*[1]

Peder Nicanor ellerini havaya kaldırdı ve iskemlenin dört bacağı aynı anda yere değdi.

"Nego," diye karşılık verdi. *"Factum hoc existentiam Dei probat sine dubio."*[2]

Böylelikle, José Arcadio Buendia'nın konuştuğu hokus pokusun Latince olduğu anlaşıldı. Peder Nicanor onunla anlaşabilen tek insan oluşundan yararlanarak, Tanrı inancını onun sapıtmış beynine şırınga etmeye çalıştı. Artık her gün kestane ağacının dibine gidiyor, Latince vaaz edip duruyordu. Ne var ki José Arcadio Buendia, laf kalabalığına kulak asmıyor, kakao mucize-

1. (Lat.) Bu en basiti. İnsan bu şekilde maddenin dört halini keşfetti. (Ç.N.)
2. (Lat.) Bu olgunun, Tanrı'nın varlığını hiçbir şüpheye yer bırakmadan kanıtladığını reddediyorum. (Ç.N.)

sine aldırmıyor, tek kanıt olarak Tanrı'nın fotoğrafını isterim, diye tutturuyordu. Bunun üzerine Peder Nicanor madalyonlar, tasvirler, bir de Veronica el basmasını bile getirdi. Ama José Arcadio Buendia, bunların bilimsel temeli olmayan sanat işi şeyler olduğunu söyleyerek kabul etmedi. Öylesine Nuh deyip peygamber demiyordu ki, sonunda Peder Nicanor onu hak yoluna çağırmaktan vazgeçti, salt insancıl duygularla yanına gitmeye devam etti. Ama o zaman da José Arcadio Buendia, kolları sıvadı ve onu mantık açmazlarına düşürerek, Papaz'ın inancını çökertme çabasına girişti. Bir gün Peder Nicanor, kestane ağacının altına satranç takımını getirip José Arcadio'yu oyuna çağırdı. José Arcadio Buendia, iki tarafın önceden anlaştıkları kurallara uygun oyun oynamanın anlamı olmadığını söyleyerek bu çağrıya yanaşmadı. Kuralsız satranç oynandığını hiç görmemiş olan Peder Nicanor, bir daha satranç sözünü ağzına almadı. José Arcadio Buendia'nın akıllı uslu konuşmasından şaşkına dönerek, nasıl olup da kendisini ağaca bağladıklarını sordu.

"*Hoc est simplicissimus,*" diye karşılık verdi José Arcadio Buendia, "Deliyim de ondan."

O günden sonra kendi inancından kuşkuya düşen Papaz, bir daha onun yanına gitmedi ve kendisini kilisenin yapımına verdi. Rebeca'nın umutları yeniden canlandı. Geleceği, kilisenin yapımına kalmıştı artık. Çünkü bir pazar, Peder Nicanor onlara yemeye geldiğinde ailece sofraya oturmuşlar, kilise yapıldıktan sonra ne görkemli ayinler, törenler yapılacağından söz ederlerken, Amaranta, "En şanslımız Rebeca olacak," dedi. Rebeca onun ne demek istediğini anlamayınca da, saf saf gülümseyerek açıkladı:

"Kilisenin tamamlanışını, düğünüyle kutlayacak olan sensin."

Rebeca konuyu hemen kapatmak istedi. Bu gidişle kilisenin bir on yıl daha biteceği yoktu. Oysa Peder Nicanor hiç de öyle düşünmüyordu. Yardımsever yurttaşların eli açıklığı onu iyimser hesaplara sürüklüyordu. Lokması boğazında kalan Rebeca'nın suskun öfkesine rağmen, Úrsula, Amaranta'nın düşüncesini pek yerinde buldu ve yapımın daha hızla ilerlemesi için hatırı sayılır bir bağışta bulundu. Peder Nicanor'a sorulursa, bunun gibi bir bağış daha olsa, kilise üç yıla kalmaz biterdi. Amaranta'nın niyetinin göründüğü kadar saf olmadığına inanan Rebeca, bir daha onunla konuşmadı. O gece kavga ederlerken Amaranta, "Yapabileceğim en hafif, en zararsız şey buydu," dedi. "Böylelikle üç yıl daha seni öldürmek zorunda kalmam hiç değilse." Onun bu meydan okumasını Rebeca kabullendi.

Pietro Crespi, evlenmelerinin yeniden ertelendiğini duyunca, umutsuzluktan kolu kanadı kırıldı. Rebeca bağlılığını bir kez daha kanıtlayarak onu yüreklendirdi. "İstersen kaçalım," dedi. Ama Pietro Crespi gözü kapalı serüvene atılacak adam değildi. Nişanlısındaki ataklığın zerresi yoktu onda. Verilen söze saygı göstermek onca en değerli hazineydi. Bunun üzerine Rebeca, daha gözü pek yöntemler uygulamaya başladı. Bir keresinde nereden estiği bilinmeyen bir yel, konuk odasındaki lambaları söndürünce, Úrsula, iki sevgiliyi karanlıkta öpüşürken yakaladı. Pietro Crespi'nin eli ayağı dolandı, bu yeni icat lambaların bir işe yaramadığından dem vurdu, hatta, odayı daha güvenli bir aydınlatma sistemine kavuşturmak için Úrsula'ya yardım etti. Ama gazyağının kötülüğünden midir, fitillerin bozukluğundan mıdır, lambalar yine söndü ve bu kez de Úrsula, Rebeca'yı nişanlısının kucağında yakaladı. Artık işin su götürür yanı kalmamıştı. Fırındaki işleri, Kızılderili kadının sırtına yıktı ve zamanında kendisinin de anasına yaptığı beylik numaraları önleyebilmek için, Crespi gidene dek salıncaklı koltukta oturup onları gözlemeye başladı. Rebeca, Úrsula'nın sıkıntıdan esnediğini gördükçe, sözümona öfkelenerek, "Zavallı anacığım, ölünce cennete bu salıncaklı sandalyeyle gidecek," diyordu. Gözetim altındaki sevişmenin üçüncü ayında, yapımın ilerlemeyişinden usanan Pietro Crespi, kiliseyi tamamlamak için gereken parayı Peder Nicanor'a vermeyi kararlaştırdı. Amaranta hiç telaşlanmadı. Her gün arkadaşlarıyla terasta oturup nakış işliyor, bir yandan onlarla konuşurken, bir yandan da yeni yeni hileler tasarlıyordu. Kendince en etkili sandığı oyun, bir hesap yanlışı yüzünden bozuldu: Rebeca'nın yatak odasındaki konsola kaldırdığı gelinliğindeki naftalinleri, Amaranta çıkarıp attı. Kilisenin tamamlanmasına iki ay kalmıştı. Ne var ki, evdeki hesap çarşıya uymadı ve düğünün yaklaşmasıyla iyice sabırsızlanan Rebeca, gelinliğini, Amaranta'nın tahmin ettiğinden önce hazırlamaya kalkıştı. Çekmeceyi çekip önce kâğıtları, sonra bohçayı açtığı zaman, güvelerin gelinliği, duvağın ipliklerini, hatta portakal çiçeklerinden gelin tacını bile delik deşik etmiş olduklarını gördü. Bohçanın içine avuç avuç naftalin koyduğundan hiç kuşkusu yoktu, ancak, bu felaket öyle olağan bir şeydi ki, Amaranta'yı suçlamayı göze alamadı. Düğüne bir ay bile kalmamıştı. Neyse ki Amparo Moscote, bir hafta içinde yeni gelinliği yetiştireceğine söz verdi. Amparo, Rebeca'nın son provasını yapmaya geldiği o yağmurlu öğle vaktinde, Amaranta bayılacak gibi oldu. Sesi soluğu kesildi, sırtından aşağı soğuk terler indi. Aylardır o saatin gelip çatmasını korkuyla bekliyordu. Çünkü Rebeca'nın evlenmesini engelleyecek son çare de başarısızlığa uğrarsa, son anda onu zehirlemeyi göze alabileceğinden kuşkusu yoktu. O gün Amparo'nun, binlerce topluiğne ve sonsuz sabırla bedenine sarmaladığı kumaştan zırhın içinde Rebeca, sıcaktan soluğu kesilerek dururken, Amaranta elindeki işi şaşırdı, nakışı yanlış işledi, parmağına iğne batırdı, ama ürkütücü bir soğukkanlılıkla son günün, düğünden önceki cuma olmasına karar verdi. Rebeca'yı, kahvesine katacağı afyonruhuyla zehirleyecekti.

Beklenmedik olduğu kadar çözümsüz yeni bir engel, düğünü bir daha ve süresiz erteledi. Düğün gününden bir hafta önce küçük gelin Remedios, gecenin yarısında içinden bir şeyler çekip koparıyorlarmış gibi bir sancıyla patlayan suyun sıcaklığına batarak uyandı. Üç gün sonra da, karnında başlı kıçlı yatan ikizleriyle birlikte kan zehirlenmesinden göçtü gitti. Amaranta vicdan azabıyla kıvranıyordu. Rebeca'yı zehirlemek zorunda kalmasın diye korkunç bir olay olması için öylesine dua etmişti ki, Remedios'un ölümünden kendini suçlu tutuyordu. Onun yalvar yakar beklediği engel bu değildi. Remedios, eve sevinç getirmişti. İşliğe yakın bir odayı yeni çıktığı çocukluğundan kalma bebeklerle, oyuncaklarla süslemiş, kocasıyla buraya yerleşmişti. Cıvıl cıvıl neşesi, canlılığı, yatak odasının dört duvarını aşmış, begonyalı taraçada bir sağlık yeli gibi eser olmuştu. Gün ışırken şarkı söylemeye başlardı. Rebeca'yla Amaranta'nın kavgalarını ayırmayı göze alan tek kişi oydu. José Arcadio Buendia'nın bakımını da üstlenmişti. Onun yemeğini götürür, günlük ihtiyaçlarını görmesine yardım eder, elini yüzünü sabunlayıp fırçalar, saçındaki sakalındaki bitleri pireleri ayıklar, hava bozdu mu palmiye dallarından siperi, branda beziyle pekiştirirdi. Son aylarda Latince'yi söktürmüş, José Arcadio ile çat pat Latince konuşmaya bile başlamıştı. Pilar Ternera'nın, Aureliano'dan olma oğlu doğup eve getirildiği ve aile arasında yapılan bir törenle Aureliano José adıyla vaftiz edildiğinde, Remedios, onu, ilk çocukları olarak bağrına basmaya karar verdi. Onun analık içgüdüsü, Úrsula'yı şaşırtıyordu. Aureliano'ya gelince, yaşamının tek anlamı, tek amacı, karısı olmuştu. Bütün gün işliğinde uğraşıyor, öğlene doğru Remedios ona kahvesini getiriyordu. Her akşam birlikte Moscotelere gidiyorlardı. Aureliano kayınbabasıyla sonu gelmez domino partilerine oturur, Remedios da ablalarıyla çene çalar ya da daha önemli konuları anasına danışırdı. Buendia ailesiyle hısım olmak, Don Apolinar Moscote'nin köydeki saygınlığını pekiştirmişti. İkide bir başkente gide gele hükümeti harekete geçirmeyi becerdi ve dedesinin öğreticilik hevesini tevarüs etmiş olan Arcadio'nun başına geçeceği bir okul yaptırmayı başardı. Tatlı dille köy halkını yola getirip ulusal bağımsızlık bayramında evlerin çoğunu maviye boyattırdı. Peder Nicanor'un baskısıyla, Catarino'nun dükkânını arka sokaklardan birine kaldırttı ve köyün göbeğinde açılmış olan rezalet yuvalarını kapattı. Başkente gidişinde de, yanında güvenliği sağlamak üzere silahlı atlı polis getirdi; köye silahlı kişiler sokmama konusunda yapılan ilk anlaşma, kimsenin aklına bile gelmedi. Aureliano, kayınbabasının üstünlüğünden keyifleniyordu. Arkadaşları, "Sen de onun gibi şişko olacaksın," diye takılıyorlardı. Oysa elmacıkkemiklerini daha belirginleştiren ve gözlerinin parıltısını yoğunlaştıran tekdüze yaşamı, ona yağ bağlatmak şöyle dursun, dudaklarının kenarındaki düşünceli çizgiyi ve kararlılık anlatımını derinleştiriyordu. Kendilerini hem oğlan hem kız tarafına öyle sevdirmişlerdi ki, Remedios çocuğu olacağını söylediğinde, Rebeca ile Amaranta bile dargınlığı, kırgınlığı bir yana bırakıp erkek olursa mavi, kız olursa pembe diye örgüye sıvanmışlardı. Birkaç yıl sonra idam mangasının karşısında dururken, Arcadio'nun aklından geçen son kişi de Remedios oldu.

Úrsula, pencerelere, kapılara kilit vurarak yas ilan etti ve çok önemli bir şey olmadıkça kimsenin eve girip çıkmasına izin vermedi. Bir yıl süreyle yüksek sesle konuşulmasını yasakladı ve Remedios'un yatağının başucuna siyah kurdeleyle bağladığı fotoğrafını, bir de hiç söndürülmeyen gaz lambasını yerleştirdi. Lambayı hiç söndürmeden yakmayı sürdüren daha sonraki kuşaklardan yetişenler, pilili eteklikli, beyaz potinli, başına organze kurdele bağlamış bu kızın resmine uzun uzun bakar, onu bir türlü alışılmış ninenin-ninesi görüntüsüyle bağdaştıramazlardı. Aureliano José'nin bakımını Amaranta üstlendi. Onu, kendi yalnızlığını paylaşacak ve çılgınca duaları yüzünden, Remedios'un başını yemiş olması azabından kurtaracak bir oğul gibi bağrına bastı. Akşamüstleri, Pietro Crespi siyah kurdeleli şapkasıyla, ayaklarının ucuna basa basa geliyor, uzun kollu siyah giysisinin içinde yüreği kan ağlayan Rebeca'yı yokluyordu. Düğün için yeni bir gün belirlemeyi düşünmek bile öylesine büyük bir saygısızlık gibi görünüyordu ki, nişanlılıkları sonsuz bir ilişkiye dönüştü. Öpüşebilmek için nice oyunlarla lambaları söndürdükleri günler çok gerilerde kaldı, aşkları artık ölüme terk edilmiş gibi, kimsenin umursamadığı soluğu tükenmiş bir sevdaydı artık. Bütün umudunu, bütün dayanaklarını yitiren Rebeca, yeniden toprak yemeye başladı.

Hiç beklenmedik bir gün, –yas öylesine uzun sürüp gitmişti ki, iğneoyası fasılları yeniden başlamıştı– sıcağın ölümcül bir coşkunlukla çöktüğü bir öğlen saatinde sokak kapısını ardına dek çarptı biri ve ev, temellerine kadar zangır zangır sarsıldı. Terasta arkadaşlarıyla nakış işleyen Amaranta, yatak odasında parmağını emen Rebeca, mutfakta Úrsula, işliğinde Aureliano, hatta kestane ağacının altında, José Arcadio Buendia, deprem olup yer yerinden oynuyor, ev başlarına çöküyor sandılar. İriyarı bir adam gelmişti. Geniş omuzları kapılardan sığmıyordu. Yaban sığırlarını andıran kalın boynunda, işlerin rast gitmesi için takılan bir Meryem Ana madalyonu asılıydı. Kolları ve göğsü ne olduğu anlaşılmaz dövmelerle kaplıydı. Sağ bileğinde, ucundan *niños-en-cruz* muskası sarkan, okunmuş bir bakır bileklik vardı. Teni açık havada dolaşmaktan yanmıştı. Saçları kısacık ve katır yelesi gibi düzgündü. Sağlam ve iri bir çenesi vardı. Hüzünlü hüzünlü gülümsüyordu. Belindeki kayış, at kolanlarının iki katı kalınlığındaydı. Dizlikleri olan, pençeleri demirli çizmeler giymiş, mahmuzlar takmıştı. Bastığı yeri titretiyor, yürürken yer yerinden oynuyormuş gibi oluyordu. Elindeki eski püskü heybeleri sallayarak salonu ve oturma odasını boydan boya geçti. Amaranta ile arkadaşlarının iğneleri ellerinde donup kaldıkları begonyalı terasa yıldırım düşmüş gibi daldı. Yorgun bir sesle kızlara, "Merhaba," deyip heybeleri masanın üzerine bıraktıktan sonra evin arkasına doğru yürüdü. Onun yatak odasının önünden geçtiğini görüp şaşıran Rebeca'ya da "Merhaba," dedi. Gümüş işliğinde diken üstünde oturan Aureliano'ya da bir "Merhaba," salladı. Kimsenin yanında oyalanmıyordu. Doğruca mutfağa gitti ve dünyanın öte ucunda başlamış olan yolculuğunun sonunda ilk kez mola verdi. "Merhaba," dedi. Úrsula bir an ağzı açık kalakaldı, adamın gözlerinin içine baktı, bir çığlık attı, sonra sevinçten ağlayarak adamın boynuna sarıldı. José Arcadio'ydu bu. Gittiği gibi meteliksiz dönmüştü. Kiraladığı atın parasını bile Úrsula vermek zorunda kaldı. Denizci argosuyla karışık İspanyolca konuşuyordu. Ona nerede olduğunu sordukları zaman "Taa orada," diye karşılık verdi. Kendisine verilen odaya hamağını kurdu ve üç gün üç gece uyudu. Uyandığı zaman on altı tane çiğ yumurtayı peş peşe yuttuktan sonra, soluğu Catarino'nun dükkânında aldı. Devasa yapısını gören kadınların içine merak kurdu düşüverdi. José Arcadio müzik çalınsın diye buyurdu, herkese kamış likörü ısmarladı. Bir yandan da beş kişiyle birden güreşe tutuşacağını söylüyordu. Oradakiler, onun sırtını yere getirmek şöyle dursun, kolunu bile bükemeyeceklerini anladıkları için "Olmaz öyle şey," diye kestirip attılar. "*Niños-en-cruz* muskası takmış bir kere." Muskayla, sihirle güç kazanılacağına inanmayan Catarino, tezgâhı yerinden oynatamayacağına on iki peso bahse girdi. José Arcadio, tezgâhı yerinden kaldırdı, başının üzerinde tutarak götürdü, sokağın ortasına bıraktı. Tezgâhı eski yerine koymak için on bir kişi kan ter içinde kaldı. Eğlenti iyice kıvamını bulduğu sırada José Arcadio, çeşitli dillerde kırmızı mavi dövmelerle kaplı görülmemiş alametini çıkarıp gösterdi. Yakasına yapışan kadınlara da, kim daha çok para verirse onunla kalacağını söyledi. İçlerinde en paralı olanı yirmi peso verdi. Bunun üzerine José Arcadio, kadınların onar peso verip kendisi için kura çekmeleri önerisini ortaya attı. Görülmemiş bir ücretti bu, çünkü benim diyen kadın, gecede olsa olsa sekiz peso kazanırdı. Yine de öneriyi kabul ettiler. On dört kâğıt parçasına adlarını yazıp bir şapkanın içine attılar. Her kadın bir kura çekiyordu. Geride yalnızca iki kâğıt kaldığında, bunların kimin olduğu belirlenmişti artık.

José Arcadio, "İkiniz de birer beşlik daha bastırın, ikinizle birden kalayım," dedi.

Ekmeğini bu yoldan kazanıyordu. Yurtsuz denizcilerin arasına karışmış, dünyayı tam altmış beş kez dolaşmıştı. O gece Catarino'nun dükkânında yattığı kadınlar, gecenin bir saatinde onu çırılçıplak soyup dans salonuna indirdiler ve boynundan ayaklarının ucuna dek, arkalı önlü her yerinin iğne batacak yer kalmamacasına dövmelerle kaplı olduğunu gösterdiler. José Arcadio aile arasına karışamıyordu. Bütün gün horul horul uyuyor, geceleri de kırmızı fenerler mahallesine gidip gücü üzerine bahse giriyordu. Úrsula'nın rica minnet onu sofraya oturtabildiği günlerde çevresine neşe saçarak uzak diyarlardaki serüvenlerini anlatıyordu. Bir keresinde gemileri kazaya uğramış, Japon denizinde iki hafta sal üzerinde kalmışlar, güneş çarpmasından ölen ve güneşte pişen etleri biraz kekremsi, biraz tatlımsı olan arkadaşlarını yiyerek sağ kalmışlardı. Bengal Körfezi'nde sıcak bir öğle vakti, tekneleri bir deniz ejderine çarpıp öldürmüş, ejderin karnını yardıkları zaman bir haçlı askerinin miğferini, madeni tokalarını ve silahlarını bulmuşlardı. Karayipler denizinde, yelkenlerini ölümün parçaladığı, direklerini kurtların kemirdiği ve hâlâ Guadalup yolunu bulmaya çalışan Victor Hugues' in hayalet gemisini görmüştü. José Arcadio bunları anlatırken, Úrsula gurbetteki oğlundan hiçbir zaman gelmemiş mektupları okuyor gibi ağlar, "Burada başımızın üzerinde yerin vardı, oğlum. Sana ayırdığım yemekleri hep domuzlara verdim!" diye dövünürdü. Yine de bir oturuşta yarım domuzu gövdeye indirip dişinin kovuğuna gitmemiş gibi dolaşan bu insan azmanıyla çingenelerin kaçırdığı delikanlının aynı insan olduğuna yürekten inanamıyordu. Ailenin öteki bireyleri de aşağı yukarı aynı duyguları paylaşıyorlardı. Amaranta, onun sofrada hayvan böğürür gibi geğirmesinden iğrendiğini saklamıyordu. Aralarındaki bağın aslını esasını hiç bilmeyen Arcadio, onun kendi sevgisini kazanmak için sorduğu soruları, baştan savma yanıtlarla geçiştiriyordu. Aureliano aynı odada yattıkları günleri yeniden yaşamaya, çocukluk anılarını canlandırmaya çalışıyordu. Oysa, denizde geçen günlerin kafasını bir yığın anıyla doldurduğu José Arcadio çocukluğunu çoktan unutmuştu. Onu ilk gördüğü anın etkisinden kurtulamayan yalnızca

Rebeca oldu. Rebeca onu yatak odasının önünden geçerken gördüğü gün, soluğu patlayan bir volkan gibi evin her köşesinde duyulan bu erkeklik simgesinin yanında Pietro Crespi'nin çıtkırıldım bir züppe gibi kaldığını düşünmüştü. Her bahaneyle José Arcadio'ya yaklaşmaya çalışıyordu. Bir keresinde José Arcadio arsız bir bakışla onu tepeden tırnağa süzüp, "Koskoca bir kadın olmuşsun?" demişti. Rebeca, kendini tutamaz oldu. Eski günlerin hırsıyla yeniden toprak yemeye, duvarlardaki sıvaları koparıp yutmaya başladı. Parmağını öyle çekiştire çekiştire emiyordu ki, sonunda parmak nasır bağladı. İçinde sülük yavrularının yüzdüğü yemyeşil bir safra çıkarıyordu. Geceler boyu ateşler içinde yanarken, kendinden geçmemeye çalışarak José Arcadio'nun sabaha karşı evi titreterek dönüşünü bekliyordu. Bir ikindi vakti herkes öğle uykusuna yattığı sırada, daha fazla dayanamayıp José Arcadio' nun odasına gitti. Onu tavandaki kirişlere gemi palamarıyla bağladığı hamağına iç donuyla uzanmış yatarken buldu. José Arcadio'nun göz dolduran çıplaklığından etkilenen Rebeca birden kaçmak istedi. "Özür dilerim. Burada olduğunu bilmiyordum," dedi kimse uyanmasın diye sesini alçaltarak. José Arcadio, "Gel buraya," dedi. Rebeca gitti, hamağın yanında durdu. José Arcadio, "Küçüğüm benim, küçüğüm," diye mırıldanarak parmaklarının ucuyla ayak bileklerini, sonra bacaklarını, sonra baldırlarını okşarken Rebeca'nın başından aşağı buz gibi terler boşanıyor, bağırsaklarında düğüm düğüm bir sızı dolaşıyordu. Akıl almaz bir güç kendisini belinden kavradığı gibi üç pençede üstündekileri paramparça ettiği ve onu bir yavru kuş gibi üzerine oturttuğu zaman, Rebeca ölmemek için doğaüstü güç harcadı. O dayanılmaz acının akıl sır ermez hazzı içinde kendinden geçip fışkıran kanı sünger gibi emen hamağın buğusuna gömülmeden önce, dünyaya geldiği için Tanrı'ya şükretti.

Üç gün sonra ikindi ayininde evlendiler. José Arcadio bir gün önce Pietro Crespi'nin dükkânına gitti. Crespi, zither[1] öğretiyordu öğrencilerine. José Arcadio, onu bir kenara çekip fısıldamak gereğini duymaksızın uluorta, "Ben Rebeca'yla evleniyorum," deyiverdi. Pietro Crespi'nin benzi kül gibi oldu. Sazı öğrencilerden birinin eline tutuşturdu ve dersi kesti. Müzik aletleri ve mekanik oyuncaklarla dolu odada, yalnız kaldıkları zaman, Pietro Crespi, "Senin kardeşin o," dedi.

José Arcadio, "Ne çıkar?" diye karşılık verdi.

Pietro Crespi, lavanta kokan mendiliyle alnını kuruladı.

"Doğaya aykırı olur bu," diye anlatmaya çalıştı. "Yasalara da aykırı."

José Arcadio tartışmanın uzamasına aldırmasa da, Pietro Crespi'nin kül benzine baktıkça tepesi atıyordu.

"Doğanın da içine okurum," dedi. "Yanılıp da Rebeca'ya bir şey sormayasın demeye geldim sana."

Ama, Pietro Crespi'nin gözlerinin dolduğunu görünce, terslenmeyi bıraktı. Değişik bir sesle, "Aileyi gerçekten seviyorsan, gül gibi Amaranta var sana göre," dedi.

Peder Nicanor, pazar ayininde José Arcadio ile Rebeca'nın kardeş olmadıklarını açıkladı. Úrsula akıl almaz bir saygısızlık olarak nitelediği bu olayı hiç bağışlamadı ve yeni evlilerin bir daha eve ayak basmalarını yasakladı. Onlara ölmüş gözüyle bakıyordu. Onlar da mezarlığın karşısında bir ev tuttular ve tek eşyaları olan José Arcadio'nun hamağını kurup yerleştiler.

1. Kanuna benzeyen telli çalgı. (Y.N.)

Zifaf gecesi terliğine giren bir akrep soktu Rebeca'nın ayağını. Kızın dili uyuştu. Yine de bu olay, ortalığı velveleye veren bir balayı geçirmelerini engellemedi. Komşular, gecede sekiz posta, öğlen uykusunda da üç sefer mahalleyi ayağa kaldıran çığlıklardan şaşkına dönmüşler, bu azgınlığın ölülerin huzurunu kaçırmaması için duaya başlamışlardı.

Onları düşünüp ilgilenen yalnızca Aureliano oldu. Birkaç parça eşya getirdi, José Arcadio aklını başına toplayıp bahçenin bitişiğindeki sahipsiz toprağı işlemeye başlayıncaya dek onlara para verdi. Öte yanda, yaşamın cilvesi kendisine hiç beklemediği bir sevinç getirdiği halde, Amaranta'nın Rebeca'ya duyduğu kin hiç sönmedi. Yapılan rezilliği nasıl unutturacağını bilemeyen Úrsula'nın isteğiyle, Pietro Crespi, salı günleri yemeğe gelmeye devam ediyordu. Büyük yıkıntısını ağırbaşlı bir vakarla kaldıran Crespi, aileye saygısının belirtisi olarak şapkasına hâlâ siyah yas şeridi takıyor ve değişik armağanlarla Úrsula'ya olan sevgisini kanıtlıyordu. Portekiz'den gelme sardalyeleri, Türklerin yaptığı gül reçellerini taşıyordu. Bir keresinde de çok güzel bir Manila şalı getirmişti. Amaranta sevecenlikle ona hizmet ediyor, gömleğinin tarazlanmış kol ağızlarını onarıyordu. Doğum günü armağanı olarak, köşesinde adının başharfleri bulunan bir düzine mendil işledi. Salı günleri yemekten sonra Amaranta terasta oturup nakış işlerken, ona arkadaşlık eden Pietro Crespi, her zaman çocuk olarak gördüğü bu kadına, artık Tanrı'nın bir bağışı gözüyle bakıyordu. Amaranta deli doluydu ama, aklının ermediği yoktu. Suyuna gidildi mi de, yumuşak başlı, sevecen bakışlı olurdu. Herkes, eninde sonunda evleneceklerine inanıyordu. Nitekim bir salı günü Pietro Crespi, Amaranta'ya evlenmelerini önerdi. Amaranta elindeki işi bırakmadı. Kulaklarına basan ateşin geçmesini bekledikten sonra, sesine olgun bir anlatım vererek: "Tabii, Crespi," dedi. "Ama birbirimizi daha iyi tanıdığımız zamana bırakalım bu işi. Hiçbir şeyi aceleye getirmek iyi değildir."

Úrsula şaşkına dönmüştü. Pietro Crespi'ye saygı duymasına duyuyordu, yine de Rebeca'yla dillere destan nişanlılığından sonra Amaranta'yla evlenmeye karar vermesinin ahlak yönünden tutarlı olup olmadığını kestiremiyordu. Ama kimsenin oralı olmadığını görünce kendisi de üzerinde durmaktan vazgeçti. Evin erkeği durumundaki Aureliano, anlaşılmaz sözleriyle anasının aklını daha da karıştırdı: "Şimdi evlilikleri dert edinmenin sırası değil," diyordu.

Úrsula'nın ne demeye geldiğini ancak bir ay sonra kavrayabildiği bu sözler, Aureliano'nun o anda içtenlikle edebildiği tek sözdü. Dedikleri yalnızca evlilik konusunu değil, savaşa ilişkin olmayan her şeyi kapsıyordu. Kendisi bile, idam mangasının karşısına dikildiği anda, kendini o noktaya getiren önemsiz, ama dönüşü olmayan olaylar dizisini yeterince anlayamıyordu. Remedios'un ölümü, Aureliano'da korktuğu gibi bir yıkıntıya yol açmamıştı. Giderek kadınsız yaşadığı dönemdeki içedönük kırgınlığa dönüşen suskun bir öfke duyuyordu. Yeniden kendini çalışmaya vermiş, ama kayınpederiyle domino oynama alışkanlığını bırakmamıştı. Yasa bürünmüş evde akşamdan akşama sürdürülen sohbetler iki erkeği birbirine daha çok yaklaştırdı, dostluklarını pekiştirdi. Kayınpederi, "Yeniden evlen, Aurelito," diyordu. "Bak altı tane kızım daha var. Beğen beğendiğini al." Seçimlerin yapıldığı gece, sık sık yaptığı gezilerden birinden yeni dönmüş olan Don Apolinar Moscote, ülkedeki siyasal durum konusunda pek karamsardı. Liberaller savaşmaya kararlıydılar. O tarihte Aureliano'nun Muhafazakârlarla Liberaller arasındaki ayrım konusunda yeterli bilgisi olmadığından, kayınpederi ona neyin ne olduğunu kısaca anlattı. Moscote'nin dediğine göre, Liberaller farmasondu, kötü kişilerdi, papazları sallandırıp asacaklar, dinsel kurallara boş verip yok medeni nikâhmış, yok boşanmaymış diye yeni icatlar çıkaracaklar, evlilik dışı çocuklara da öteki çocuklara tanınan hakları verecekler, ülkeyi federal sistemle bölüp parçalayarak devletin gücünü yıkacaklardı. Oysa güçlerini doğrudan doğruya Tanrı'dan alan Muhafazakârlar, kurulu düzenin savunulmasını, asayişin sağlanmasını ve aile kurumunun kutsallığının, ahlakının korunmasını istiyorlardı. Onlar İsa Efendimizin dininin bekçileri, egemenlik ilkesinin savunucularıydılar ve ülkenin özerk idari bölümlere ayrılmasına göz yummayacaklar, vatanın bütünlüğünü sağlayacaklardı. Aureliano insancıl duygularının etkisinde, evlilik dışı çocuklar konusundaki tutumları yüzünden Liberallere hak verdi. Ama elle tutulmayan şeyler üzerindeki tartışmaların nasıl olup da tarafları savaşın eşiğine getirebildiğine hiç aklı ermedi. Hiç kimsenin siyasal tutkusu olmadığı bir köye, seçim zamanında, başlarında bir çavuşla, silahlı altı asker getirmeyi de kayınpederinin işgüzarlığına verdi. Askerler köye gelince boş durmadılar. Ev ev dolaşıp ne kadar silah buldularsa topladılar. Kamış bıçaklarıyla ekmek bıçaklarını bile aldılar. Sonra da yirmi bir yaşını doldurmuş erkeklere üzerinde Muhafazakâr adayların adı yazılı mavi oy pusulalarıyla Liberallerin kırmızı oy pusulalarını dağıttılar. Seçimlerin yapılmasından bir önceki akşam Don Apolinar Moscote, alkollü içki satışını ve aynı aileden olmayan üç kişiden çok sayıdaki kimselerin bir araya toplanmasını yasaklayan bildiriyi okudu. Seçimler olaysız geçti. Pazar sabahı sekizde alana seçim sandığı yerleştirildi. Altı asker sandık başında nöbet tutuyordu. Seçim büyük bir özgürlük ve olgunluk havası içinde yapıldı. Aureliano, kimsenin bir defadan fazla oy kullanmaması için sandık başından ayrılmayan kayınpederinin yanında olduğundan, bu özgür ve olgun seçimleri kendi gözleriyle gördü. Akşamüstü saat dörtte alanda çalınan davulla oylamanın sona erdiği bildirildi. Don Apolinar Moscote, sandığı mühürledi, etiketledi, etiketin üzerine de imzasını bastı. O gece Aureliano ile domino oynarken, Moscote, çavuşa sandığın mührünü kırıp oyları saymasını söyledi. Sandıktan mavi oylarla hemen eş sayıda kırmızı pusula çıktı, ama çavuş sandıkta yalnızca on tane kırmızı oy pusulası bırakıp aradaki farkı mavilerle tamamladı. Sonra sandığı yeniden mühürlediler ve ertesi sabahtan tezi yok başkente gönderdiler. Aureliano, "Liberaller savaş açacak," dedi. Don Apolinar, olanca dikkatini domino pullarına vermişti. "Oyları değiştirdik diye bunu söylüyorsan, hiç meraklanma, savaş açmazlar," dedi. "Kimsenin bir diyeceği olmasın diye birkaç tane kırmızı pusula bıraktık." Aureliano muhalefette olmanın zararlarını yavaş yavaş kavrıyordu. "Ben liberal olsaydım, bu oylar yüzünden savaşa giderdim," dedi. Kayınpederi gözlüğünün üzerinden onu süzdü.

"Daha neler, Aurelito," dedi. "Liberal olsaydın, damadım olduğun halde oy pusulalarının değiştirildiğini bilemezdin ki."

Köyü ayaklandıran seçim sonuçları değil, askerlerin evlerden topladıkları silahları geri vermeyişleri oldu. Kadınlardan bir kısmı toplanıp Aureliano'ya gittiler, kayınpederinden ekmek bıçaklarını istemesini rica ettiler. Don Apolinar Moscote, damadına devlet sırrı açıklarcasına, askerlerin, bıçakları Liberallerin savaş hazırlığına kanıt olarak başkente götürdüklerini söyledi. Bu içten pazarlıklı, dönek tutum Aureliano'yu dehşete düşürdü. Kayınpederine hiçbir şey söylemedi. Bir akşam Gerineldo Márquez ve Magnifico Visbal, arkadaşlarıyla oturmuş bıçaklar konusunu konuşurlarken, Aureliano'ya dönüp Liberal mi Muhafazakâr mı olduğunu sorduklarında hiç duraksamadı.

"İlle de bir tarafı tutmak gerekirse Liberal olurum," dedi. "Muhafazakârlar hileci, düzenbaz."

Ertesi gün, arkadaşlarının diretmesi üzerine, sözüm ona karaciğerindeki sancıyı iyileştirmesi için Dr. Alirio Noguera'ya gitti. Hastayım diye yalan söylemesinin neden gerektiğini de anlayamamıştı. Dr. Alirio Noguera, Macondo'ya birkaç yıl önce, elinde tatsız haplarla dolu bir ilaç kutusu ve kimsenin aklına yatmayan bir özdeyişle gelmişti: "Çivi çiviyi söker," diyordu. Aslında şarlatanın biriydi. Saygınlığı olmayan bir doktorun saf görüntüsü ardında bir terörist gizliydi. Ayağından eksik etmediği kısa konçlu çizmeleri, beş yıllık pranganın bacaklarında bıraktığı izleri örtüyordu. Federalistlerin ilk eylemleri sırasında tutuklanmış, dünyada en karşıt olduğu kılığa bürünmek zorunda kalmış, papaz cüppesi giyerek Curaçao'ya kaçmayı becermişti. Uzun yıllar sürgünde yaşadıktan sonra, Karayipler'in dört bucağına yayılan kendisi gibi sürgünlerden Curaçao'ya gelen haberler üzerine daha fazla yerinde duramamış, bir kaçakçı teknesine atladığı gibi soluğu Riohacha'da almıştı. Elinde tozşekerden yapılma haplardan ve sahte Leipzig Üniversitesi diplomasından başka bir şey yoktu. Gördükleri karşısında, uğradığı hayal kırıklığından ağladı. Kaçakçıların patlamaya hazır bir kaynar kazan diye anlata anlata bitiremedikleri federalist güç, ne idüğü belirsiz bir seçim furyasında dağılıp gitmişti. Uğranılan yenilgiden yıkılan ve kalan ömrünü huzur içinde geçirecek bir yer arayan sahte Doktor, Macondo'ya sığındı. Alanın bir köşesinde kiraladığı hap şişeleriyle dolu odada, her çareye başvurduktan sonra şeker haplarıyla avunan umutsuz hastaların sırtından birkaç yıl geçindi. Don Apolinar Moscote'nin sözüm ona yöneticilik yaptığı yıllar boyunca Doktor'dan da kışkırtıcılık yönünde ses soluk çıkmadı. Eski günleri yâd ederek ve astımla boğuşarak zamanını tüketiyordu. Seçimlerin yaklaşmasıyla ipin ucu kaçtı ve Doktor kendini yeniden kışkırtıcılık görevi içinde buldu. Politikadan hiç habersiz olan köy delikanlılarıyla ilişki kuruyor, sürekli bir kışkırtma kampanyasını yürütüyordu. Sandıktan çıkan ve Don Apolinar Moscote'nin gençlik hevesi diye yorumladığı kırmızı oylar, Doktor'un planının bir bölümüydü. Gençlere, seçimlerin yutturmacadan başka bir şey olmadığını kanıtlamak için oy kullandırmıştı. "Etkili olan tek şey şiddet eylemleridir," diyordu. Aureliano'nun arkadaşlarından çoğu Muhafazakâr yönetimi yıkmak niyetindeydiler. Ne var ki, planlarını ona açmayı kimse göze alamıyordu. Yalnızca Sulh Yargıcı'nın damadı olduğu için değil, içine kapanık biri oluşu yüzünden ona açılamıyorlardı. Üstelik kayınpederi öyle istedi diye mavi oy kullandığı da biliniyordu. Sözün kısası, Aureliano'nun siyasal tutumunu açığa vurması salt bir rastlantı sonucu oldu. Sapasağlam olduğu halde Doktor'a gitmesi de sırf meraktandı. Aureliano, kâfuru kokan, örümcek ağlarıyla sarılı odaya girince, kendisini soluk aldıkça ciğerleri hırıldayan, tozlu kertenkeleye benzer birinin karşısında buldu. Doktor ona bir şey sormadan aldı pencerenin önüne götürdü ve alt gözkapağının içine baktı. Aureliano, "Derdim orada değil," dedi.

Öyle söylemesini öğütlemişlerdi. Parmaklarının ucunu karaciğerine bastırarak, "Beni uykularımdan eden sancı tam şurada," diye ekledi. Bunun üzerine Dr. Noguera, güneşten rahatsız olmuş gibi yaparak perdeyi kapattı ve Aureliano'nun anlayabileceği basit bir dille Muhafazakârları öldürmenin yurtseverlik olduğunu anlattı. Aureliano birkaç gün boyunca gömleğinin cebinde ilaç şişesi taşıdı durdu. İki saatte bir şişeyi çıkarıyor, avucuna üç hap alıyor, bunları ağzına atarak yavaş yavaş emiyordu. Don Apolinar Moscote, onun kocakarı ilaçlarına inanmasıyla alay ediyordu, ama suikast planına katılmış olanlar, "Bizden biri daha," diye belliyorlardı onu. Girişilecek hareketin ne olduğunu hiçbiri kesinlikle bilmese de, köyün kurucularından hemen hepsinin oğlu örgüte katılmıştı. Ne var ki, Doktor yapılacak işin ne olduğunu çıtlattığı gün, Aureliano planı anladı. Muhafazakâr rejimin yıkılması gerektiğine inanmakla birlikte, tasarlananlardan ürktü. Dr. Noguera, aklını suikastlara takmıştı. Tek tek kişilerin öldürülmesi planlanacak, bir düğmeye basışta harekete geçirilecek bu eylemler sonunda rejimi yürütenler aileleriyle, özellikle çocuklarıyla birlikte yok edilecek, böylelikle de bütün ülkede Muhafazakârlığın kökü kurutulmuş olacaktı. Don Apolinar Moscote, karısı ve altı kızının da bu listede olduğunu söylemeye gerek yok, tabii.

Aureliano serinkanlılığını yitirmeden, "Sen Liberal filan değilsin," dedi Doktor'a. "Sen kasaptan başka bir şey olamazsın."

Doktor da aynı serinkanlılıkla karşılık verdi: "O halde şişeyi geri ver. Artık sana gerekli değil."

Aureliano ancak altı ay sonra öğrendi ki, Doktor onun geleceği olmayan duygusal, içekapanık, tek başına çalışan bir insan oluşuna bakmış da eylem adamı olamayacağı kanısına varmış. Arkadaşları Aureliano'nun çevresinden ayrılmıyorlar, planlarını açığa vurur korkusuyla onu yalnız bırakmıyorlardı. Aureliano onları yatıştırdı. Ağzından tek söz kaçırmayacaktı, ama Moscote ve ailesini öldürmeye geldikleri gece, kendisini kapıda nöbet bekler bulacaklardı. Bu konudaki kararlılığını öylesine belirledi ki, suikast planı belirsiz bir tarihe ertelendi.

İşte tam o günlerde Úrsula, Pietro Crespi ile Amaranta'nın evlenmesine ne diyeceğini sormuş, Aureliano da evlilikleri dert edinmenin sırası olmadığını söylemişti. Bir haftadır gömleğinin altında eski model bir tabanca taşıyor, gözünü arkadaşlarının üzerinden ayırmıyordu. Akşamüstleri evlerine çekidüzen vermeye başlamış olan José Arcadio ile Rebeca'ya gidiyor, saat yediden sonra da kayınpederiyle domino oynuyordu. Öğle yemeklerinde artık koca delikanlı olan Arcadio'yla gevezelik ediyor ve onun savaşın patlak vermesi konusunda pek heyecanlı olduğunu görüyordu. Arcadio'nun öğretmenlik yaptığı okulda, kendisinden büyük öğrencileri vardı. Konuşmasını daha yeni öğrenenlerle saçı sakalına karışmışlar bir aradaydılar. Liberallik ateşi okulu da sarmıştı. Peder Nicanor'un vurulacağından, kilisenin okul yapılacağından, serbest aşka hak tanınacağından dem vuruluyordu. Aureliano, Arcadio'nun taşkınlıklarını yatıştırmaya çalıştı. Ona sağduyu ve ölçülü davranmayı öğütledi. Oysa Arcadio, onun mantıklı görüşlerine, gerçekçiliğine kulağını tıkayıp herkesin içinde onu karaktersizlikle suçladı. Aureliano bekledi. Sonunda, aralık başlarında bir gün Úrsula, eli ayağı titreyerek işliğe daldı.

"Savaş patlamış!"

Aslında savaş patlayalı üç ay olmuştu. Bütün ülkede sıkıyönetim ilan edilmişti. Olayları anında haber alan yalnızca Don Apolinar Moscote'ydi. Ama köyü işgal eden ordu birliği yola çıktığı halde, bunu bile karısına söylememişti. Askerler, yedeklerinde katırların çektiği iki hafif topla birlikte şafak sökmeden köye girdiler ve okulda karargâh kurdular. Akşam altıdan sonra sokağa çıkma yasağı kondu. Bir öncekinden çok daha titiz bir araştırma yapıldı, bütün evler didik didik arandı ve tarım aletlerine bile el konuldu. Dr. Noguera'yı sürükleye sürükleye alana getirdiler, bir ağaca bağladılar ve sorup soruşturmadan kurşuna dizdiler. Peder Nicanor, uçma mucizesiyle askerî yetkilileri etkilemek istediyse de, askerlerden biri tüfeğin dipçiğini indirdiği gibi, kafasını ikiye ayırdı. Liberallerin coşkusu sessiz bu dehşete dönüştü. Saz benizli, suskun Aureliano, kayınpederiyle domino partilerini sürdürüyordu. Her ne kadar köyün sözde sivil ve askerî yöneticisi sıfatını taşıyorsa da, Don Apolinar Moscote saygınlığını bir kez daha yitirmişti. Verilecek kararları yüzbaşı veriyor, asayişin korunması için her sabah olağanüstü toplantılar düzenleniyordu. Bir gün emrindeki askerlerin dördü, kuduz köpeğin ısırdığı bir kadını, zorla ailesinin elinden aldılar ve dipçikleriyle vura vura öldürdüler. İşgalden iki hafta sonra bir pazar günü Aureliano, Gerineldo Márquez'in evine gitti ve o her zamanki az konuşur tavrıyla bir fincan sade kahve istedi. İkisi mutfakta yalnız kaldıkları zaman Aureliano, sesinde o güne dek alışılmamış otoriter bir tonla konuştu. "Çocukları hazırla," dedi. "Savaşa giriyoruz." Gerineldo Márquez, kulaklarına inanamadı.

"Hangi silahlarla?" diye sordu.

Aureliano, "Onların silahlarıyla," diye karşılık verdi.

Salı gece yarısı yapılan çılgınca bir harekât sonunda, Aureliano Buendia'nın komutasındaki otuz yaşına varmamış yirmi bir kişi, mutfak bıçakları ve ucu sivriltilmiş aletlerle silahlanarak garnizonu bastılar, silahlara el koydular, yüzbaşıyı da kadını öldürmüş olan dört askeri de bahçede kurşuna dizdiler.

O gece, daha idam mangasının kurşun sesleri dinmeden, Arcadio, köyün askerî ve sivil yöneticisi ilan edildi. Ayaklanmaya katılanlardan evli olanlar, karılarıyla ancak vedalaşacak zaman bulabildiler. Onları bir başlarına bırakıp terörden kurtarılan halkın coşkun gösterileri arasında şafakla birlikte yola düzüldüler. Son gelen haberlere göre Manaure'ye doğru yola çıkmış bulunan devrimci General Victoria Medina'nın güçlerine katılmaya gidiyorlardı. Gitmeden önce Aureliano, Don Apolinar Moscote'yi gizlendiği dolaptan çıkardı. "Korkma, baba," dedi. "Yeni hükümet senin ve ailenin kişisel güvenliğini koruyacağına söz veriyor." Don Apolinar Moscote, ayağına uzun çizmeler çekmiş, omzuna tüfek asmış bu isyancı ile, akşamları domino oynadığı kişinin aynı insan olup olmadığını kestiremedi.

"Bu yaptığınız çılgınlık, Aurelito!" diye bağırdı.

Aureliano, "Çılgınlık değil, savaş," dedi. "Bir daha da bana Aurelito deme. Ben artık Albay Aureliano Buendia'yım."

Albay Aureliano Buendia, otuz iki silahlı ayaklanma düzenledi, hepsinde de yenildi. On yedi ayrı kadından on yedi erkek çocuğu oldu ve en büyükleri otuz beşine gelmeden, bir gecede on yedisi de öldürüldü. Kendisi on dört suikast girişiminden, yetmiş üç pusudan ve bir idam mangasının elinden sağ çıktı. Koca bir beygirin nallarını dikecek güçte strikninli kahve içip yine postu kurtardı. Cumhurbaşkanının verdiği liyakat nişanını kabul etmedi. Devrimci güçlerin başkomutanlığına yükseldi, ünü bir sınırdan ötekine bütün ülkeyi tuttu, hükümetin en çok korktuğu kişi oldu ve hiçbir zaman resminin çekilmesine izin vermedi. Savaştan sonra kendisine ömür boyu bağlanılmak istenen aylığı kabul etmedi ve yaşlılık günlerinde bile ekmeğini Macondo'daki işliğinde yaptığı gümüş balıklarla kazandı. Her çarpışmada adamlarının önünde savaşa atıldığı halde, aldığı tek yara yine kendi eliyle oldu. Yirmi yılı bulan iç savaşa son veren Neerlandia Antlaşması'nı imzaladıktan sonra kendini göğsünden vurdu, ama kurşun can alıcı organların hiçbirine değmeden, yağdan kıl çeker gibi sıyrılıp sırtından çıktı. Bütün bunlardan artakalan tek şey, Macondo'da kendi adını taşıyan bir sokak oldu. Ne var ki, yaşlanıp eceliyle ölmezden birkaç yıl önce, kendisinin de söylediği gibi, General Victorio Medina'nın güçlerine katılmak için yirmi bir arkadaşıyla birlikte yola çıktığı şafak vakti, bunların hiçbirini beklemiyordu.

Gitmeden önce Arcadio'ya bütün söylediği, "Macondo'yu sana bırakıyoruz," demek oldu. "Burasını iyi durumda bırakıyoruz, geldiğimizde daha iyi durumda bulalım."

Arcadio bu sözleri, işine geldiğince yorumladı. Kendisine bir üniforma uydurdu. Melquíades'in kitaplarını baştan sona karıştırıp mareşal üniforması gibi sırmalı, apoletli bir ceket edindi. Beline bağladığı kılıcı, kurşuna dizilen yüzbaşıdan soyduğu altın işlemeli tokalarla tutturdu. Top arabalarını köyün girişine yerleştirdi, ateşli söylevleriyle ayaklanan eski öğrencilerin sırtına da birer üniforma uydurup onları sokaklara salıverdi. Böylelikle yabancılar üzerinde, köyün ele geçirilemez güçlerle savunulduğu izlenimini uyandırmak istiyordu. Bu, iki yanlı bir aldatmacaydı. Çünkü hükümet köye saldırmayı on ay göze alamadı; saldırıya geçtiği zaman da, öylesine büyük bir güçle saldırdı ki, köyün direnişi yarım saat içinde yıkıldı. Arcadio, yöneticiliğinin daha ilk gününden bildirilere ne denli meraklı olduğunu ortaya koydu. Aklına her geleni bir bildiriyle halka duyuruyor, kimi zaman günde dört kararname yayınladığı oluyordu. On sekizini bitirmiş olanlara zorunlu askerlik hizmeti öngörmüş, akşam altıdan sonra başıboş dolaşan hayvanları kamu malı saymaya başlamış, yaşlıların koluna kırmızı bant taktırır olmuştu. Peder Nicanor'u bir kenara sıkıştırmış, işkenceyle korkutarak, ayin yapmasını ve Liberallerin zaferi adına olmadıkça çan çalmasını yasaklamıştı. Kararlarının kesinliğinden kimse kuşkulanmasın diye de köyün alanına idam mangasını dizmiş, karşıya diktirdiği bir korkuluğu kurşuna dizdirmişti. Başlangıçta onu, kimsenin ciddiye aldığı yoktu. Ne olsa, büyüklüğe özenen çocuklardı hepsi. Ama bir gece, Arcadio tuttu, Catarino'nun dükkânına gitti. Davulcu onu görünce, tiramola çekerek selamladı. Oradakiler gülüşmeye başladılar. Tepesi atan Arcadio, yetkililere saygısızlık ettiği gerekçesiyle davulcuyu kurşuna dizdirdi. Buna karşı çıkanları da, ayak bileklerini iki tomruk arasına sıkıştırıp okula hapsetti ve ekmekle sudan başka bir şey vermedi. Úrsula, onun bu keyfî davranışlarını öğrendiği zaman, "Katil!" diye bağırıyordu suratına. "Aureliano bu yaptıklarını duyunca seni kurşunlatacak, ilk oh çeken de ben olacağım." Ama ne dese boşunaydı. Arcadio baskıyı artırdıkça artırıyor, halkı sıktıkça sıkıyordu. Sonunda, Macondo'nun gelmiş geçmiş en gaddar yöneticisi oldu. Bir gün Don Apolinar Moscote yandı yanıldı, "Başlarını taşa vura vura anlasınlar aradaki ayrımı. İşte Liberal cenneti dedikleri bu," dedi. Bu sözler, Arcadio'nun kulağına gitti. Devriyelerin başına geçip Moscote'nin evini bastı, eşyalarını parçaladı, kızları kamçılattı. Don Apolinar Moscote'yi sürükleye sürükleye dışarı çıkarttı. Úrsula, olanları duyunca, öfkeden çılgına döndü. Kırbacı kaptığı gibi bağıra çağıra, lanet okuya okuya karargâha koştu. Úrsula avluya daldığı anda, Arcadio da ateş emrini vermek üzereydi.

"Sıkıysa vur da görelim, piç kurusu!" diye bağırdı.

Arcadio'nun ağzını açmasına fırsat vermeden, "Hadi bakalım, katil herif!" diye bağırarak kırbacı indirdi. "Beni de öldür, iblis ruhlu anasının oğlu. Öldür ki bir canavar büyüttüm diye gözyaşı dökmeyeyim." Úrsula, kırbacı acımasız indiriyordu. Kırbaçlaya kırbaçlaya Arcadio'yu arka bahçeye kovaladı. Arcadio kabuğuna büzülen sümüklüböcek gibi bir köşeye sindi. Daha önce keyif için kurşunlayıp parçaladıkları korkuluğun bulunduğu yere bağlanan Don Apolinar Moscote, kendinden geçmişti. İdam mangasındaki çocuklar, Úrsula kendilerini de döver diye korkularından çil yavrusu gibi dağıldılar. Oysa Úrsula onların yüzüne bile bakmadı. Yakası paçası bir yana gitmiş Arcadio'yu acı ve öfkeden haykırarak bıraktı; gitti, Don Apolinar Moscote'yi çözüp evine götürdü. Karargâhtan çıkmadan önce de, tomruğa vurulmuş tutukluları serbest bıraktı.

O günden sonra köyü yöneten Úrsula oldu. Pazar ayinlerini yeniden başlattı, kırmızı kol bandı takılmasına karşı çıktı ve saçma sapan kararnameleri yürürlükten kaldırdı. Bütün gücüne rağmen, karayazılı başına gelenlere ağlamaktan da geri durmuyordu. Öylesine büyük yalnızlık duyuyordu ki, kestane ağacının altında unutulan kocasıyla çene çalmaktan bile medet umar olmuştu. Haziran yağmurları, çardağı yıkacakmış gibi yağdığı günler, "Bak ne hale geldik," diyordu. "Şu eve bak, in cin top oynuyor. Çocuklarımız dört bir yana dağıldılar. Seninle ben kuru başımıza kaldık. Tıpkı başlangıçtaki gibi." Çoktan bilinçsizlik uçurumuna yuvarlanmış olan José Arcadio Buendia, karısının dediklerini duymuyordu bile. Deliliğinin ilk zamanlarında günlük gereksinmelerini Latince sözlerle belirliyordu. Beynini saran bulutlar kısa sürelerle de olsa aralandığı zaman akıllı uslu konuşuyor, Amaranta yemeğini getirdiğinde, kendisini rahatsız eden şeyleri ona söylüyor ve Amaranta'nın sırtına şişe çekmesine, hardal yakısı yapıştırmasına ses çıkarmıyordu. Ama Úrsula ona dert yanmaya başladığı sıralarda, José Arcadio Buendia, gerçekle bütün ilintisini koparmıştı. Úrsula, onu yerinden kaldırmadan yavaş yavaş silip temizliyor, bir yandan da aile içinde olup bitenleri haber veriyordu. Kocasının sırtını fırçayla sabunlarken, "Aureliano savaşa gideli dört ayı geçti, daha bir haber alamadık," diyordu. "José

Arcadio koca adam olup geri döndü. Sen bile ufak tefek kalırsın yanında. Her tarafına dövme yaptırmış. Ne yazık ki, bizleri yerin dibine geçirmekten başka bir iş yaptığı yok." Kötü haberleri duydukça, kocası üzülüyormuş gibi geldi Úrsula'ya. Bunun üzerine ona yalan söylemeye karar verdi. Kürekle toplayıp kaldırmadan önce kocasının pisliğinin üzerine kül dökerken, "Bak sana ne diyeceğim, hiç inanmayacaksın," dedi. "Tanrı, José Arcadio ile Rebeca'nın evlenmelerini istedi, şimdi mutluluklarına diyecek yok." Bu aldatmacaları öyle içten anlatıyordu ki, sonunda kendi yalanlarıyla avunur oldu. "Arcadio ağırbaşlı bir adam oldu artık," diyordu. "Yiğit mi yiğit. Yakışıklı mı yakışıklı. Üniformasını giyinip kılıcını kuşandığında bir görmelisin." Oysa ha onunla konuşmuş, ha bir ölüyle, ayırt edilmezdi. Çünkü José Arcadio Buendia, öylesine zararsız, öylesine elini eteğini dünyadan çekmiş görünüyordu ki, Úrsula onu çözmeye karar verdi. José Arcadio Buendia, çözüldükten sonra yerinden kımıldamadı. Bütün iplerden güçlü, gözle görünmez bağlarla kestane ağacının gövdesine bağlıymış gibi, yağmur demeden güneş demeden orada oturuyordu. Ağustosa doğru, kış hiç bitmeyecek gibi başladığı sıralarda, Úrsula ona gerçeğe benzer bir haber verebildi:

"Şansımızın hâlâ yaver gittiğine inanır mısın?" diye söze girdi. "Amaranta ile laternacı İtalyan evlenecekler." Gerçekten de, Amaranta ile Pietro Crespi arkadaşlıklarını ilerletmişlerdi. Onların başında beklemeyi artık gereksiz gören Úrsula da bu arkadaşlığı destekliyordu. Herkes onlara sözlü gözüyle bakıyordu. İtalyan, alacakaranlık çökerken, ceketinin yakasına bir fulya iliştirerek geliyor, Amaranta'ya Petrarque'ın şiirlerini çeviriyordu. Ortancaların ve güllerin kokusundan solukları kesilerek terasta oturuyorlar, –savaş mı oluyormuş, kötü haberler mi geliyormuş hiç ilgilenmeden– biri şiir okuyarak, öteki dantelli kol ağızları dikerek, sivrisinekler terası oturulmaz hale getirip onları içeri kaçırana dek oyalanıyorlardı. Amaranta'nın akıllı uslu tavrı, ölçülü, ama içten yakınlığı, nişanlısının çevresinde gözle görünmez bir ağ örmüştü. Pietro Crespi, akşamları saat sekizde zorla evden ayrılırken, yüzüksüz parmaklarıyla bu ağı kenara itip kendine yol açıyordu sanki. Pietro Crespi'ye İtalya'dan gelen kartpostalları bir albüme yerleştirmişlerdi. Issız parklarda el ele tutuşmuş sevgililerin resimleri vardı kartlarda. Köşelerine de okla delinmiş yürekler ve güvercin gagalarında altın yaldızlı kurdeleler serpiştirilmişti. Kartlara bakarken Pietro Crespi, "Floransa'dayken bu parka gittim," diyordu. "O parkta eline yem alıp avucunu açar, kuşları beslersin." Kimi zaman Venedik'in suluboya bir resmine bakarken, sıla özlemi, kanalların vıcık vıcık çamurunu, yapış yapış denizanalarının kekremsi kokusunu çiçek kokularına dönüştürürdü İtalyan'ın burnunda. Amaranta içini çeker, güler, çocuksu bir dil konuşan güzel kadınlarla yakışıklı erkeklerin yaşadığı, geçmişteki görkeminden geriye, yalnızca çöplüklerinde kedilerin cirit attığı eski kentlerle dolu ikinci bir anayurt düşlerdi. Pietro Crespi bu ikinci yurdu bulmak için okyanuslar aştıktan, Rebeca'nın ateşli kucaklamalarıyla tutkuyu aşkla karıştırdıktan sonra gerçek sevgiyi bulmuştu. Mutluluğun yanı sıra servete de kavuşmuştu. O sıralarda dükkânı ve deposu bir sokaktan öteki sokağa dek uzanıyordu. Saat başında ufacık çanlar çalan Floransa'daki çan kulesinin modelinden tutun da, Sorrento'dan gelme müzikli kutulara, Çin'den gelme, kapağı açılınca müzik çalan dolaplara, akla gelecek her türlü müzik aletinden düşünülebilecek her çeşit mekanik oyuncağa varana dek dükkânda neler yoktu neler.

Pietro Crespi müzik dersi vermeye ancak zaman ayırabildiği için, dükkânı, kardeşi Bruno Crespi yürütüyordu. Pietro Crespi'nin sayesinde, Türkler Sokağı, Arcadio'nun keyfî davranışlarını ve uzaklardaki savaş karabasanını unutturan bir ezgiler vahası niteliğine büründü. Úrsula, pazar ayinlerini yeniden başlatınca, Pietro Crespi, kiliseye Alman malı ufak bir org bağışladı. Çocuk korosu kurdu ve Peder Nicanor'un sessiz ayinine yücelik katan bir Gregoryen repertuvar hazırladı. Amaranta'nın tam dengi olduğuna kimsenin kuşkusu yoktu. Duygularını zorlamadan, kendilerini yüreklerinin doğal akışına bırakarak öyle bir noktaya geldiler ki, artık düğün gününü saptamaktan öte yapılacak bir şey kalmıyordu. Önlerinde hiçbir engel yoktu. Úrsula, evlenmesini boyuna ertelemekle Rebeca'nın yazgısını değiştirdiği için içten içe kendini suçluyor, bu yüzden de yeni acılar yaratmaktan sakınıyordu. Savaşın ilerlemesi, Aureliano'nun yokluğu, Arcadio'nun gaddarlığı ve José Arcadio ile Rebeca'nın evden kovulması, Remedios için tutulan yası geri plana itmişti. Düğünün yaklaştığı o günlerde, Pietro Crespi, kendisine oğlu gibi bağlanan Aureliano José'yi ilk çocukları olarak benimsemeye başlamıştı. Çevresindeki bütün oluşumlar, Amaranta'ya tasasız, kusursuz bir mutluluk müjdeliyor gibiydi. Ne var ki, Rebeca'nın tersine, Amaranta herhangi bir heyecan belirtisi göstermiyordu. Masa örtülerini nasıl sabırla boyuyorsa, eşsiz dantelleri nasıl sessizce örüyorsa, iğneoyasından tavuskuşlarını nasıl işliyorsa, Pietro Crespi'nin de yüreğinin sesine kulak tıkayamayacağı anın gelmesini öyle sabırsızlıkla bekliyordu. Beklediği gün, ekim başlarında güz yağmurlarıyla birlikte geldi. Pietro Crespi, dikiş kutusunu onun kucağından aldı ve, "Gelecek ay evleniyoruz," dedi. Onun buz gibi elleri kendininkilere değince, Amaranta titremedi hiç. Uysal bir hayvan gibi ellerini çekti ve işini sürdürdü.

"Basitleşme, Crespi," diyerek gülümsedi. "Ölsem seninle evlenmem."

Pietro Crespi artık kendini tutamadı. Hiç utanıp sıkılmadan hüngür hüngür ağlıyor, umutsuzluk içinde ellerini ovuşturarak parmaklarını kıracakmış gibi bastırıyordu. Ama, Amaranta'yı yumuşatamadı. "Boşuna zaman kaybetme. Beni gerçekten çok seviyorsan, bir daha bu eve adımını atmazsın," dedikten sonra başka söz çıkmadı kızın ağzından. Úrsula utancından yerin dibine giriyordu. Pietro Crespi yalvarıp yakarmaktan usanmadı. Her türlü rezilliği, aşağılanmayı göze aldı. Koca bir gün başını Úrsula'nın dizine dayayıp ağladı. Úrsula, onu avutabilmek için istese canını bile verecek duruma geldi. Yağmurlu gecelerde Crespi şemsiyesini açıyor, Amaranta'nın odasında ışık görebilmek için evin çevresinde dört dönüyordu. Hiç o günlerdeki gibi iyi giyindiği olmamıştı. Tahtını tacını yitirmiş bir imparator başını andıran kafasını, bir tuhaf yücelikle, soylulukla dikiyordu. Amaranta'yla birlikte terasta oturup nakış işleyen arkadaşlarına gitti. Amaranta'yı kandırsınlar diye dökmediği dil kalmadı. İşi gücü boşladı. Sabahtan akşama dek dükkânın arkasındaki odaya kapanıyor, coşkulu mektuplar yazıp bunları kurutulmuş çiçek yaprakları ve kelebeklerle birlikte Amaranta'ya yolluyordu. Amaranta ise mektupları açmadan geri gönderiyordu. Crespi saatlerce bir köşeye çekilip saz çalıyordu. Bir gece de şarkı söyledi. Kanuna benzer sazın tellerinden çıkan ilahi ezgiler ve dünyada kimsenin böylesine sevemeyeceğine kanıt olabilecek yanık ses, bütün Macondo'yu ayağa kaldırdı. Köyün bütün ışıkları tek tek yandı da bir Amaranta'nınki yanmadı. Ölüleri Anma Günü olan 2 Kasım'da, Crespi'nin kardeşi dükkânı açtı. Bütün ışıklar yanıyordu. Bütün müzikli kutuların ağzı açıktı. Bütün saatler sonsuz bir saat başını çalıyordu. Ve bu çılgın müzik sesleri arasında, Pietro Crespi'yi dükkânın arkasında bileklerini usturayla kesmiş ve ellerini bir tas aselbende batırmış olarak buldu.

Úrsula, ölünün o gece kendi evlerinde kalacağını, başında beklenileceğini, geleneksel cenaze yemeğinin yenileceğini bildirdi. Peder Nicanor dinsel tören yapılmasına ve ölünün kutsanmış toprağa gömülmesine karşı çıktı. Úrsula onu göğüsledi. "Senin de benim de aklımızın ermeyeceği bir biçimde ermiş adamdı o," dedi. "Onun için sen istesen de istemesen de, onu Melquiades'in yanına gömeceğim." Dediğini de yaptı; hem de bütün köyün desteği ve tantanalı bir cenaze töreniyle. Amaranta yatak odasından dışarı çıkmadı. Yattığı yerden, Úrsula'nın ağladığını, evi dolduran kalabalığın ayak seslerini ve fısıltılarını, ıskatçıların ağıtlarını duyuyordu. Sonra ezilmiş çiçek kokan bir sessizlik başladı. Amaranta uzun bir süre, akşam karanlığı çökerken Pietro Crespi'nin lavanta kokusunu duymaya devam etti. Ama kendini kaybetmeyecek kadar güçlüydü. Úrsula onu kendi haline bırakmış, hiç ilgilenmez olmuştu. Bir ikindi zamanı, Amaranta, mutfağa gidip elini ocaktaki kömürlerin arasına daldırdığı ve etinin yanık kokusundan öte bir acı duymayıncaya dek elini yaktığı zaman bile, Úrsula başını çevirip de bakmadı. Vicdan azabı böyle geçiştirilemezdi ki. Amaranta birkaç gün evin içinde, eli, yumurta akı yakısına sarılı dolaştı. Yumurta akı, elinin yanığıyla birlikte yüreğindeki yaraları da dağlamış gibiydi. Bu faciadan geriye kalan gözle görülür tek iz, Amaranta'nın yanık eline sardığı ve ölene dek çıkarmadığı siyah bez oldu.

Arcadio, Pietro Crespi için resmî yas ilan ederek kendisinden umulmadık bir insanlık gösterdi. Úrsula, onun bu davranışını, sürüden ayrılan kuzunun geri dönüşü olarak yorumladı. Oysa yanılmıştı. O, Arcadio'yu, sırtına üniforma geçirdiği gün değil, ta başlangıçta yitirmişti. Arcadio'yu da Rebeca'yı büyüttüğü gibi eksiksiz fazlasız, kendi çocuklarından ayırt etmeksizin yetiştirdiğini sanıyordu. Oysa Arcadio, uykusuzluk hastalığı salgınında, Úrsula'nın evi onarma çabaları arasında, José Arcadio Buendia aklını oynattığında, Aureliano'nun içine kapandığı günlerde ve Amaranta ile Rebeca arasındaki ölümcül sürtüşme süresince hep yalnız ve ürkek bir çocukluk yaşamıştı. Aureliano gerçi ona okuyup yazmasını öğretmişti öğretmesine, ama bir yabancıya öğretircesine, içten ilgilenmeden, aklı hep başka yerde olarak. Artık giyilemeyecek hale gelmiş giysilerini de Arcadio'ya veriyor, Visitacion bunları daraltıp kısaltarak çocuğa uyduruyordu. Arcadio bütün çocukluğu boyunca, ayağına büyük pabuçların, kıçı yamalı pantolonların ve kadınsı kalçalarının acısını yaşadı. Visitacion ve Cataure ile onların dilinden konuşuyor, başka hiç kimseyle onlarla olduğu gibi anlaşamıyordu. Arcadio'ya anlaşılmaz yazılarını okuyan, resim çekme sanatını öğreten Melquíades, onunla gerçekten ilgilenen tek kişiydi. Melquíades ölünce Arcadio'nun gizli gizli nasıl gözyaşı döktüğünü, onun yazılarını boşu boşuna inceleyerek yeniden canlandırmaya nasıl çalıştığını kimse bilmiyordu. Kendisini sevip saydıkları öğretmenlik dönemi, ardından da bitmez tükenmez kararnameleri, alacalı üniformasıyla iktidar dönemi, onu eski bir acının ağırlığından kurtardı. Bir gece Catarino'nun dükkânında birisi, "Taşıdığın soyadına layık değilsin," demek cüretini gösterdi. Umulanın aksine, Arcadio, adamı kurşuna dizdirmedi.

"Buendia olmamak benim için en büyük onurdur," dedi.

Arcadio'nun anası babasıyla ilgili gizi bilenler, bu

sözleri duyunca, kendisinin de gerçeği bildiğini sandılar. Ama Arcadio bu gerçeği hiç öğrenmemişti. Karanlık odada onun kanına ateşler salan Pilar Ternera, önce José Arcadio, ardından Aureliano için nasıl karşı durulmaz bir tutku olmuşsa, şimdi de Arcadio için öyleydi. Eski güzelliği yitmiş olsa da, kahkahası eskisi gibi çınlamasa da Arcadio hep onu arıyor ve isli buğu kokusundan izini buluyordu. Savaştan kısa bir süre önce, Pilar Ternera küçük oğlunu okuldan almak için her günkünden biraz daha geç geldiğinde, Arcadio'yu öğle uykusuna yattığı ve sonradan tutukluları tomruğa vurduğu odada kendisini bekler buldu. Çocuk bahçede oynuyordu, Arcadio, Pilar Ternera'nın o odadan geçmek zorunda olduğunu biliyor ve hamağına uzanmış, titreyerek bekliyordu. Kadın geldi. Arcadio onu bileğinden yakaladı ve hamağın içine çekmeye çalıştı. Pilar Ternera dehşete düşmüştü. "Olamaz! Olamaz!" diyordu. "Seni mutlu kılmayı nasıl isterim bilemezsin, ama Tanrı biliyor ya, yapamam bunu." Arcadio atalarından kalma gücüyle kadını belinden kavradı ve tenine dokunduğu anda dünya silindi gözünden. "Namuslu numarası yapmaya kalkışma," dedi. "Orospuluğunu bilmeyen mi var?" Pilar, kötü yazgısına lanet okudu içinden.

"Çocuklar görür," diye fısıldadı. "En iyisi bu gece kapıyı sürgüleme."

O gece Arcadio hamağında ateşler içinde titreyerek onu bekledi. Gözüne uyku girmiyor, kulağı kirişte bekliyordu. Yaklaşan sabahın sonu gelmez saatlerinde çekirgelerin sesini, çullukların doğan günü müjdeleyen acımasız çığlıklarını duydukça atlatıldığına iyiden iyiye inanıyordu. Heyecan, öfkeye dönüştüğü sırada, kapı birden aralandı. Arcadio, birkaç ay sonra idam mangasının karşısına dikilirken, sınıftaki ayak seslerini, sıraların çarpılışını, odanın karanlığında gövdesine yaslanan bir bedenin ağırlığını ve bir başka yürekten boşalan havayı soluyuşunu hatırlayacaktı. Arcadio elini uzattı ve karanlıkta geçip gitmek üzere olan iki parmağı iki yüzüklü bir başka eli yakaladı. Elin üzerindeki damarları yokladı, bahtsız bir yüreğin atışlarını duydu bileğinde ve yaşam çizgisi başparmağın dibinde ölümün pençesiyle kesilen avuç içini elledi. Sonra, bunun beklediği kadın olmadığını anladı, çünkü isli buğu değil, çiçek kokuyordu ve erkek göğsü gibi ufacık başlı gün görmemiş memeleri, ceviz gibi sert ve yuvarlak apışarası, deneysizliğin heyecanına bulanmış sevecenliği vardı. Kızoğlankızdı ve adı da Santa Sofia de la Piedad'dı. Pilar Ternera, ona bu yaptığını yapsın diye, bütün ömrünce biriktirip bir yana ayırdığı paranın yarısını vermişti, tam elli peso. Arcadio onu, babasının ufak aşçı dükkânında çalışırken çok görmüştü, ama hiç alıcı gözle bakmamıştı; çünkü kız gerekli olduğu anın dışında varlığını çevresindekilere duyurmamak gibi az görülür bir erdeme sahipti. Ama o günden sonra, Arcadio, kızın koltukaltlarındaki sıcaklığa kedi gibi sokulmadan edemedi. Kız öğlen uykusu zamanı geldi mi, okula gidiyordu. Anası babası da biliyorlar ve ses çıkarmıyorlardı. Pilar Ternera ölümlük-kalımlık birikiminin öteki yarısını da onlara vermişti. Sonraları, hükümet birlikleri onları aşk yuvalarından edince, onlar da, dükkânın arkasındaki domuz yağı tenekeleriyle mısır çuvallarının arasında sevişmeye başladılar. Arcadio, köyün sivil ve askerî yöneticiliğine atandığı sıralarda, bir kızları olmuştu.

Bu durumu bilen tek akrabaları José Arcadio ile Rebeca'ydı. Arcadio, o sıralarda yakınlıktan çok suç ortaklığı duygusuyla onlarla sıkı fıkıydı. José Arcadio, evlilik boyunduruğuna kaptırmıştı kendini. Rebeca'nın sağlam kişiliği, doymak bilmez midesi, tuttuğunu koparan hırsı, kadın peşinde koşan, aylak biri olmaktan çıkıp yük hayvanı gibi işe koşulan kocasının olanca gücünü emiyor tüketiyordu. Temiz pak bir evleri vardı. Güneş doğarken Rebeca evin her yanını açar, mezarlıktan esen yel, pencerelerden girip kapılardan bahçeye taşarken, duvarların badanasına, eşyalara mezarların güherçile kokusunu sindirirdi. Rebeca'nın toprak yemek isteği, ana babasının kemiklerinin "takırtısı", Pietro Crespi'nin beceriksizliği karşısında kanının kaynaması artık çok geçmişte kalmıştı. Rebeca bütün gün pencerenin önünde, savaşın tedirginliğinden uzak, oturup nakış işliyordu. Dolaptaki çanaklar birbirlerine vurup şıngırdamaya başladığında kalkıp yemek pişirmeye koyuluyordu. Önden uyuz itler, arkadan kimi zaman omzuna bir geyik vurmuş, çoğu zaman da elinde ipe dizili yabanördekleri ve tavşanlar sallanan, çizmeli, mahmuzlu, çifteli dev ortalıkta görünmeden çok önce, Rebeca yemeği hazırlamış olurdu. Yönetiminin ilk günlerinden birinde Arcadio bir ikindi vakti çıkageldi. Evden ayrıldıklarından beri onu görmemişlerdi, ama öylesine içten ve yakın bir tavrı vardı ki, Rebeca ile José Arcadio onu sofralarına almaktan çekinmediler.

Yemeklerini yiyip kahvelerini içerlerken Arcadio geliş nedenini açıkladı. José Arcadio hakkında bir şikâyet vardı. Deniliyordu ki José Arcadio kendi tarlasını sürmekle işe başlamış, sonra öküzleri dehleye dehleye, önüne çit geldiyse ezip, yapı geldiyse yıkıp çevredeki en bereketli toprakları zorla ele geçirmişti. Gözü tutmadığı için ilişmediği toprakların sahiplerini de haraca bağlamıştı. Her cumartesi yanına av köpeklerini alıyor, omzuna çiftesini asıyor, haraç toplamaya çıkıyordu. José Arcadio yaptıklarını inkâr etmedi. "Bu toprakları köyün kuruluşu sırasında José Arcadio Buendia dağıtmıştır. Aslında aileye ait olan bu mirası har vurup harman savurduğu için deliliği o zamandan başlamıştır," diyor ve bu yüzden de o topraklara el koymakta kendini haklı görüyordu. Böyle bir savunma gereksizdi aslında, çünkü Arcadio, hak yerini bulsun diye gelmemişti. José Arcadio'yla ile pazarlığa gelmişti. El koyulan toprakların tapusu, José Arcadio'nun üzerine çıkabilsin diye, Arcadio, bir kadastro dairesi kuracak, bunun karşılığında da José Arcadio, haracı, yerel hükümet temsilcilerinin toplamasını kabul edecekti. Anlaştılar. Yıllar sonra, Albay Aureliano Buendia, tapu kayıtlarını incelerken, José Arcadio'nun bahçesinin bulunduğu tepeden göz görebildiğine ufka dek, mezarlık dahil bütün toprakların kardeşinin üzerine kayıtlı olduğunu gördü. Ve Arcadio'nun on bir ay süren yönetimi sırasında yalnızca haraçları toplamakla kalmayıp José Arcadio'nun toprağına ölülerini gömebilsinler diye ölenlerin ailelerinden de para aldığını öğrendi.

Úrsula, bütün köyün dilinde dolaşan bu olayları ancak birkaç ay sonra öğrendi. Onun acısına acı katmamak için herkes olanları saklıyordu. Úrsula önce kuşkulandı. Kocasına kaşık kaşık kabak şerbeti içirirken, sözüm ona koltuklarını kabarta kabarta, "Arcadio ev yaptırıyor," dedi. Demesine dedi de ister istemez içini çekip, "Bilmem ama, bu işin bir kokusu çıkacak gibime geliyor," diye ekledi. Sonraları, Arcadio'nun ev yaptırmakla yetinmeyip Viyana malı eşya ısmarladığını da öğrenince, onun kamu hizmetleri için topladığı parayı yediğine iyice aklı yattı. Bir pazar ayininden sonra, Arcadio'yu yeni evinde oturmuş, memurlarıyla kâğıt oynarken görünce, "Sen ailemizin yüz karasısın!" diye haykırdı. Arcadio ona hiç aldırmadı. Úrsula, onun altı aylık bir kızı olduğunu ve birlikte yaşadığı Santa Sofia de la Piedad'ın yine gebe olduğunu ancak o zaman öğrendi. Bunun üzerine, her neredeyse bulup Albay Aureliano Buendia'ya mektup yazmaya, olanı biteni bildirmeye karar verdi. Oysa günlerin çabuk gelişen olayları, Úrsula'nın yalnızca tasarılarını uygulamasını engellemekle kalmadı, onu bunları düşündüğüne düşüneceğine de pişman etti. O zamana dek ancak belirsiz ve uzak bir olayı nitelemeye yarayan savaş sözcüğü, birden somut ve dramatik bir gerçek oluverdi. Şubat sonlarına doğru, süpürge yüklü bir eşeğe binmiş, kül benizli, yaşlı bir kadın geldi Macondo'ya. Öylesine zararsız bir görünüşü vardı ki, nöbetçiler bataklıktaki köylerden gelen satıcılardan biri diye, sorgusuz sualsiz köye bıraktılar. Kadın, doğruca kışlaya gitti. Arcadio, onu bir zamanlar sınıf olan odada kabul etti. Şimdi burası bir çeşit cephe gerisi karargâhı haline getirilmiş, çengellere kıvrılıp dürülmüş hamaklar asılmış, köşelere yataklar yığılmış, yerlere tüfekler, karabinalar, hatta av çifteleri serilmişti. Yaşlı kadın kendini tanıtmazdan önce, dikleşip hazır ola geçerek askerce selam çaktı.

"Ben Albay Gregorio Stevenson."

Kötü haberler getirmişti. Dediğine göre Liberallerin son direnme noktaları da kırılmaya başlamıştı. Riohacha yakınlarında gerileyerek çarpışırken bıraktığı Albay Aureliano Buendia, Arcadio'ya haber iletmişti. Liberallerin can ve mal güvenliğinin korunması koşuluyla, köyü direnmeden teslim edecekti. Arcadio, yolunu şaşırmış ninelere benzeyen bu yabancı haberciye acıyarak baktı.

"Yazılı bir şey getirdin tabii," dedi.

"Tabii öyle bir şey getirmedim," dedi haberci. "Bu koşullarda insanın kendini ele verecek bir şey taşıyamayacağını bilmen gerek."

Konuşurken elini koynuna atıp gümüşten yapılmış ufak bir balık çıkardı. "Sanırım bu yeter," dedi. Arcadio, Albay Aureliano Buendia'nın elinden çıkmış balığı görür görmez tanıdı. Ne var ki, biri savaştan önce bunu almış ya da çalmış olabilirdi. Koynunda gümüş balık var diye adama gözü kapalı güvenilmezdi. Haberci, kimliğine inandırabilmek için askerî bir sır açıklayacak kadar işi ileri götürdü. Görevli olarak Curaçao'ya gittiğini, Karayipler bölgesindeki bütün sürgünleri bir araya toplayacağını, yıl sonunda bir çıkarma yapmaya yetecek silah ve cephane bulacağını açıkladı. Albay Aureliano Buendia bu planın başarıya ulaşacağına inandığından, o anda gereksiz can kaybı verilmesine karşıydı. Ama Arcadio, Nuh diyor peygamber demiyordu. Kimliğini kanıtlayana dek haberciyi tutuklayıp tomruğa vurdurttu ve kanının son damlasını akıtmacasına köyü savunmaya karar verdi.

Fazla beklemesi gerekmedi. Liberallerin yenilgisiyle ilgili haberler günden güne artıyordu. Mart sonlarına doğru, zamansız yağmurların bastırdığı bir tan vakti, son haftaların gergin suskunluğu, acı bir borazan sesi ve kilisenin kulesini yıkan top gürültüsüyle bozuldu. Aslında, Arcadio'nun direnme kararı düpedüz çılgınlıktı. Sözüm ona silahlı elli adamı vardı ve adam başına yirmişer kurşun düşüyordu. Yine de Arcadio'nun atıp tutmalarıyla coşan eski öğrencileri, yitirilmiş dava uğruna can baş koymuşlardı. Çizmelerin yollarda çıkardığı seslerin, birbiriyle çatışan komutların, yeri titreten topların, vızıldayan kurşunların ve borazanların katı sesleri arasında Albay Stevenson denilen adam Arcadio'yla konuşma fırsatı buldu. "Kadın kılığında ölmek küçüklüğüne düşürme beni," dedi. "Öleceksem, bırak da savaşarak öleyim." Sonunda Arcadio'yu kandırabildi. Arcadio, ona silah ve yirmi kurşun verilmesini emretti, karargâhı savunması için de yanına beş kişi bırakıp kendisi adamlarıyla birlikte direnişi yönetmeye çıktı. Ne var ki, bataklığa giden anayola ulaşamadı. Barikatlar yıkılmıştı. Köyü savunanlar sokaklarda çarpışıyorlardı. Kurşunları bitene dek tüfekleriyle savaştılar, kurşunları tükenince tüfeklere karşı tabancalarını çektiler, sonunda yumruk yumruğa, gırtlak gırtlağa geldiler. Bozgunu gören kadınlardan kimi ellerine geçirdikleri sopalarla, ekmek bıçaklarıyla sokaklara döküldüler. O kargaşalıkta, Arcadio, sırtında geceliği, elinde José Arcadio Buendia'nın iki eski tabancasıyla deliler gibi kendisini arayan Amaranta'yla karşılaştı. Arcadio, tüfeğini, savaşırken silahını yitirmiş bir subaya verdi ve Amaranta'yı evine götürmek için yan sokaklardan birine saptı. Úrsula, bitişik evde kocaman gedik açmış olan top atışlarına aldırış etmeden kapıda durmuş onları bekliyordu. Yağmur diniyordu, ama sokaklar arapsabunu dökülmüş gibi kaygandı ve karanlıkta, uzaklık, ancak göz kararı kestirilebiliyordu. Arcadio, Amaranta'yı Úrsula'nın yanına bıraktı ve köşeden ateş açan iki askere karşı koymaya çalıştı. Yıllardır bir çekmecenin dibinde unutulmuş eski tabancalar ateş almadı. Úrsula, Arcadio'ya gövdesini siper ederek onu eve çekmeye uğraştı.

"Tanrı aşkına gel!" diye bağırdı. "Bu kadar çılgınlık yeter!"

Askerler onlara nişan aldı.

Biri, "Bırak o adamı, hanım," diye seslendi. "Yoksa karışmayız ha!"

Arcadio, Úrsula'yı eve doğru iteledi, sonra teslim oldu. Az sonra silah sesleri kesildi, çanlar çalmaya başladı. Direniş yarım saatten az sürede kırılmıştı. Arcadio'nun adamlarından bir teki sağ kalmamıştı, ama karşı taraftan da üç yüz askeri öldürmüşlerdi. Son direnme noktası, karargâh oldu. Saldırıya uğramadan önce, Albay Gregorio Stevenson denilen adam, karargâhtaki tutukluları serbest bırakmış ve adamlarına, çıkıp sokakta çarpışmalarını emretmişti. Olağanüstü hareket yeteneği ve elindeki yirmi kurşunun yirmisini de sektirmeden isabet ettirişi, karargâhın bir yığın insan tarafından savunulduğu izlenimini uyandırdığından saldırganlar karargâhı top gülleleriyle darmaduman ettiler. Saldırıyı yöneten yüzbaşı, yıkıntılar arasında kimseleri görmeyip paramparça olmuş kolunda boş bir tüfekle, iç donundan başka giysisi olmayan bir tek ölüyle karşılaşınca şaşırdı. Ölünün kadın gibi uzun saçları ensesinde tarakla tutturulmuştu, boynunda ufak bir balık asılı zincir vardı. Yüzbaşı, çizmesinin burnuyla cesedi sırtüstü çevirip yüzüne ışık tutunca şaşkınlığı daha da arttı. "Aman Tanrım!" diye haykırdı. Öteki subaylar yanına koşuştular.

Yüzbaşı, "Baksanıza, kimmiş meğer!" dedi. "Gregorio Stevenson."

Gün doğarken, alelacele kurulan askerî mahkemenin kararıyla Arcadio, mezarlık duvarının dibinde kurşuna dizildi. Çocukluğundan beri ömrünü zehir eden korkunun, yaşamının son iki saatinde neden uçup gidiverdiğini kendisi de anlayamadı. Az önceki yürekliliğini yeniden göstermeye kalkışmadan, mahkemece, kendisine yöneltilen suçlamaları kayıtsızlıkla dinledi. Úrsula'yı anımsadı. Bu saatlerde kestane ağacının altında José Arcadio Buendia'yla sabah kahvesini içiyordur, diye düşündü. Daha adı konmamış sekiz aylık kızını ve ağustosta doğacak çocuğunu düşündü. Bir akşam önce ertesi günkü yemek için geyik etini tuzlarken bıraktığı Santa Sofia de la Piedad'ı düşündü; omuzlarına dökülen saçlarını, yapma gibi duran kirpiklerini özledi. Yaşamla hesabını kesin olarak kapatırken kendi insanlarını düşündükçe duygulanmıyor, en çok nefret ettiği kişileri aslında nasıl sevmiş olduğunu anlamaya başlıyordu. Askerî mahkeme başkanı, konuşmasını bitirirken, Arcadio aradan iki saat geçmiş olduğunu fark etti. "Elimizde, suçlamaları doğrulayacak yeterli kanıt yoksa da," diyordu başkan, "sanığın, komutasındakileri gereksiz yere ölüme sürükleyen sorumsuz ataklığı, en ağır cezayı almasına yeterlidir." Arcadio, iktidarın güvenliğini ilk tattığı yıkık sınıfta, aşkın tedirginliğini ilk duyduğu odanın birkaç adım ötesinde hazırlanmakta olan ölümünü gülünç buluyordu. Ölümü umursadığı yoktu, ama yaşam çok şey demekti. O yüzden de idam hükmü verildiği andaki duygusu korku değil, özlem oldu. Son dileğinin ne olduğu soruluncaya dek ağzını açmadı.

Yumuşak bir sesle, "Karıma söyleyin, kızın adını Úrsula koysun," dedi. Bir an durduktan sonra yineledi: "Ninesininki gibi, Úrsula. Sonra deyin ki, doğacak çocuk oğlan olursa adını José Arcadio koysunlar, amcasına benzesin diye değil, dedesine benzesin diye."

Onu kurşuna dizecekleri duvarın dibine götürmelerinden önce Peder Nicanor günah çıkarmaya geldi. Arcadio, "Yaptıklarıma pişman değilim," dedi. Ve bir fincan sade kahve içtikten sonra idam mangasının komutuna ayak uydurup yola düzüldü. Apar topar infazlarda üstüne olmayan komutanın adı da kendine yaraşıyordu: Yüzbaşı Roque Carnicero'ydu adı, kasap demeye geliyordu. Mezarlığa giderlerken, sürekli çiseleyen yağmurun altında, Arcadio ufukta pırıl pırıl bir çarşambanın doğmak üzere olduğunu gördü. Sabah sisiyle birlikte içindeki özlemin acısı da dağıldı ve yerini merak aldı. Sırtını duvara dayamasını söylediklerinde, Arcadio, Rebeca'nın ıslak saçları, pembe entarisiyle kapıyı açtığını gördü. Kendini tanıtmaya çalıştı. Rebeca duvara doğru şöyle bir baktı ve şaşkınlıktan donup kaldı. Arcadio'ya ancak el sallayacak zaman bulabildi. Arcadio da ona elini salladı. O anda tüfeklerin duman tüten namluları ona çevrilmişti ve Arcadio, Melquíades' in sözlerini sözcüğü sözcüğüne duydu, el değmemiş Santa Sofia de la Piedad'ın karanlık sınıftaki ayak sesleri kulağına geldi ve Remedios öldüğü zaman burun deliklerinde gördüğü buz katılığını kendi burnunda duydu. "Hay lanet olsun!" diye düşünecek kadar zaman buldu. "Çocuk kız olursa adını Remedios koysunlar demeyi unuttum." Sonra bütün ömrünü zehir etmiş olan korkunun tümü yüreğine bir anda saplandı. Yüzbaşı ateş emri verdi. Arcadio göğsünü çıkarıp başını dikmeye ancak zaman bulabildi ve kasıklarını kavuran sıcak sıvının nereden boşandığını bir türlü anlayamadı.

"Orospu dölleri!" diye haykırdı. "Yaşasın Liberaller!"

Savaş mayısta bitti. Ayaklanmayı başlatanların acımasızca cezalandırılacağını açıklayan hükümet bildirisinin yayınlanmasından iki hafta önce, Albay Aureliano Buendia, Kızılderili sihirbaz doktor kılığında batı sınırını geçmeye çalışırken tutuklandı. Onun peşinden savaşa giden yirmi bir kişiden on dördü çarpışmalarda ölmüş, altısı yaralanmıştı. Son yenilgi anında yanında tek kişi kalmıştı: Albay Gerineldo Márquez. Aureliano'nun yakalandığı haberi, Macondo'da özel bir bildiriyle açıklandı. Úrsula, kocasının yanına koştu. "Sağmış," dedi. "Düşmanlarının yüreğine acıma duygusu vermesi için Tanrı'ya yakaralım." Úrsula üç gün üç gece hüngür hüngür ağladıktan sonra, mutfakta kaymak şekeri yaparken oğlunun sesi kulağına geldi. Kocasına haber vermek için kestane ağacının altına koşarak, "Aureliano'nun sesiydi!" diye bağırdı. "Bu nasıl bir mucizeydi bilemem ama, oğlumuz sağ ve birkaç güne kadar göreceğiz onu." Úrsula, Aureliano'yu göreceğine mutlak gözüyle bakıyordu. Döşemeleri ovdurdu, eşyanın yerini değiştirdi. Bir hafta sonra herhangi bir bildiriyle doğrulanmayan bir söylenti, Úrsula'nın kehanetini destekledi. Albay Aureliano Buendia ölüme mahkûm edilmiş ve halka ders olsun diye cezası Macondo'da infaz edilecekmiş. Bir pazartesi sabahı saat on buçukta Amaranta, Aureliano José'yi giydirirken uzaktan askerlerin yürüyüşünü ve borazan sesini duydu. Bir saniye sonra da Úrsula, "Onu getiriyorlar!" diye haykırarak odaya daldı. Askerler, toplanan kalabalığı, dipçikleriyle vura vura dağıtmaya çalıştılar. Úrsula ile Amaranta çevresindekileri itip kendilerine yol açarak köşeye koştular ve onu gördüler. Dilencilere benziyordu. Üstü başı yırtılmış, saçı sakalına karışmıştı. Yalınayaktı. Kavurucu toprağın sıcaklığını duymadan yürüyordu. Elleri arkadan iple bağlıydı. Atlı subaylardan biri ipin ucunu atının başına bağlamıştı. Onunla birlikte, yine onun gibi hırpani ve yıkkın görünüşlü Albay Gerineldo Márquez'i de getirmişlerdi. İkisi de üzüntülü değildi. Askerler küfreden kalabalıktan tedirgin olmuş gibiydiler.

Úrsula, bağırıp çağıranların arasından "Oğlum!" diye haykırarak ileri atıldı ve kendisini durdurmak isteyen askeri tokatladı. Subayın atı ürküp geriledi. Albay Aureliano Buendia durdu. Öfkeden titriyordu. Kendisini kucaklamak isteyen anasına yanaşmadan dik dik gözlerinin içine baktı.

"Eve git, anne," dedi. "Beni hapishanede görebilmek için yetkililerden izin al."

Sonra, Úrsula'nın iki adım arkasında çekinerek duran Amaranta'ya baktı ve gülümseyerek, "Eline ne oldu?" diye sordu. Amaranta kara sargılı elini kaldırdı. "Yandı," dedi. Atlar çiğnemesin diye Úrsula'yı geri çekti. Askerler yürüyüp geçtiler. Tutukluların çevresi özel nöbetçilerle sarılıydı. Bunlar atlarını tırısa geçirip tutukluları hapishaneye götürdüler.

Akşamüstü Úrsula, Albay Aureliano Buendia'yı görmeye gitti. Don Apolinar Moscote kanalıyla görüş izni almaya çalışmıştı. Ne var ki, askerlerin duruma egemen olması Moscote'nin elini kolunu bağlamıştı.

Peder Nicanor'un karaciğeri tuttuğu için sancıdan kıvranarak yatıyordu. Ölüme mahkûm edilmeyen Albay Gerinaldo Márquez'in ailesi de oğullarını görmeye çalışmışlar, ama askerler dipçikle uzaklaştırmıştı onları. Úrsula duruma el koyacak kimse bulamayınca, oğlunun şafakla birlikte kurşuna dizileceğine aklı yattı ve ona götürmek istediklerini çıkın yapıp tek başına hapishaneye gitti.

Kapıdakilere, "Ben Albay Aureliano Buendia'nın annesiyim," dedi.

Nöbetçiler yolunu kestiler. Úrsula, "Ne olursa olsun gireceğim içeri," diye diretti. "Kapıya geleni vurma emri aldınızsa, hiç zaman kaybetmeden ateş edin," deyip nöbetçilerden birini yana iterek eskiden sınıf olan odaya daldı. Odada yarı çıplak bir grup asker oturmuş, silahlarını yağlıyorlardı. Manevra üniforması giymiş, al yanaklı, çok kalın gözlüklü, yapmacık tavırlı bir subay, nöbetçilere çekilmelerini işaret etti.

Úrsula, "Ben Albay Aureliano Buendia'nın annesiyim," dedi yeniden.

Subay, dost görünüşlü bir gülümsemeyle onu düzeltti: "Señor Aureliano Buendia'nın annesiyim demek istiyorsunuz herhalde."

Úrsula, "Siz ne derseniz öyle olsun, ister señor, ister albay, yeter ki onu görebileyim," diye alttan aldı.

Ölüm cezası giymiş olanlara görüşçü gelmesini yasaklayan üst makam emirleri vardı, ama subay sorumluluğu yüklenerek Úrsula'ya on beş dakikalık görüş izni verdi. Úrsula çıkındakileri subaya gösterdi: bir takım temiz çamaşır, oğlunun düğününde giydiği kısa konçlu çizmeler ve Úrsula'nın onun gelişini sezinlediği günden beri sakladığı kaymak şekeri. Úrsula, Albay Aureliano Buendia'yı hücre olarak kullanılan odaya serilmiş minderin üzerinde yatar buldu. Koltukaltları yara olduğundan, kollarını iki yana açıp yatmıştı. Tıraş olmasına izin vermişlerdi. Uçları sarkık kalın bıyıkları, elmacıkkemiklerinin çıkıklığını daha bir belirginleştiriyordu. Úrsula'ya, gittiğinden daha solgun, daha ince ve her zamankinden daha içine kapanıkmış gibi geldi Aureliano. Evde olup biten her şeyden haberi vardı: Pietro Crespi'nin intihar ettiğini, Arcadio'nun keyfî tutumunu ve idam edildiğini, José Arcadio Buendia'nın kestane ağacının altındaki korkusuz yaşantısını bir bir biliyordu. Amaranta'nın kızoğlankız dulluğunu, kendini Aureliano José'yi yetiştirmeye adadığını, Aureliano José'nin konuşmasını öğrenirken okuyup yazmayı da öğrendiğini ve akıllı bir çocuk olduğunu biliyordu. Úrsula, odaya girdiği andan başlayarak oğlunun olgunluğu, komut vermeye alışkın tavrı ve sanki teninden saçılan üstünlük ışıltıları karşısında çekingenliğe kapıldı. Onun nasıl olup da her şeyi böyle bildiğine şaştı kaldı. Aureliano, "Öteden beri bilmez misin benim büyücü olduğumu?" diye annesine takıldı. Sonra ciddi bir tavırla sözünü sürdürdü: "Bu sabah beni getirirlerken, bütün bunları daha önce yaşamışım duygusuna kapıldım." Gerçekten de Aureliano, kalabalığın gürültüsü içinde düşüncelerini, anılarını kafasında yoğunlaştırmış, köyün nasıl yıprandığına şaşırmıştı. Badem ağaçlarının dalları kırılmıştı. Önce maviye, sonra kırmızıya boyanan evler, sonunda alacaya dönmüştü.

Úrsula, "Ya ne umuyordun?" diye içini çekti. "Göz açıp kapayıncaya dek geçiyor zaman."

"Öyle olmasına öyle," diyerek doğruladı onu. "Ama böyle de olmaz ki."

Her ikisinin de sorular sormaya, yanıtlarını almaya hazırlandıkları nicedir beklenilen görüşme, böylelikle her zamanki günlük konuşmalarına dönüşüverdi. Nöbetçi gelip görüşmenin sona erdiğini bildirince, Aureliano minderin altından bir tomar sararmış kâğıt çıkardı. Yazdığı şiirlerdi bunlar. Remedios'a olan sevgisinden doğmuş şiirler. Aureliano bunların bir bölümünü eskiden yazmış, giderken yanına almıştı. Bir bölümünü de savaş alanında, iki çarpışma arası yazmıştı. "Bunları kimseye okutmayacağına söz ver," dedi. "Bu geceden tezi yok, fırında yakarsın hepsini." Úrsula oğluna söz verdikten sonra son kez öpmek için ayaklarının ucunda yükseldi.

"Sana tabanca getirdim," diye mırıldandı.

Albay Aureliano Buendia, nöbetçinin kendilerine bakıp bakmadığını kollayarak, "Pek işime yaramaz," dedi. "Ama sen yine de ver, bir bakarsın çıkarken üstünü ararlar." Úrsula tabancayı koynundan çıkarıp usulca minderin altına koydu. Aureliano mutlak bir serinkanlılık içinde sözlerini tamamladı: "Benimle vedalaşmaya kalkma sakın. Ne kimsenin önünde eğil, ne kimseye dil dök. Beni çok önceden vurmuşlar gibi davran." Úrsula ağlamamak için dudağını ısırdı. Koltukaltlarını göstererek, "Yaralarının üstüne kızgın taş bastır," dedi.

Sonra döndü, odadan çıktı. Albay Aureliano Buendia kapı kapanıncaya dek ayakta durdu. Düşünceliydi. Sonra yeniden koltukaltlarını yana açıp yattı. Yeniyetme yıllarında önsezi gücünün farkına varmaya başladığı zamandan beri, ölümünün tartışmasız, mutlak bir belirtiyle önceden sezileceği inancındaydı. Oysa ölmesine yalnızca birkaç saat kalmış olduğu halde, ortada böyle bir belirti falan yoktu. Bir keresinde, Tucurinca'daki ordugâhına çok güzel bir kadın gelmiş ve onu görmek için kapıdaki nöbetçilerden izin istemişti. Nöbetçiler, soyu geliştirip güçlendirmek için, kimi anaların kızlarını ünlü savaşçıların koynuna soktuğunu bildiklerinden, kadını içeriye sokmuşlardı. O gece kız odasına girdiğinde, Albay Aureliano Buendia, yağmurda yolunu şaşıran adamın şiirini yazıyordu. Önündeki kâğıtları, şiirlerini sakladığı çekmeceye kaldırmak için kıza arkasını döndü. Ve o anda sezinledi. Başını çevirmeden, çekmecenin içindeki tabancayı aldı.

"Lütfen ateş etmeyin," dedi.

Tabancasını doğrultup geri döndüğünde, kız kendi elindeki tabancayı indirmiş, ne yapacağını bilemeden duruyordu. Aureliano Buendia, bu biçimde kendisine kurulan on bir tuzağın dördünü önlemişti. Oysa, kim olduğu bilinmeyen ve ele geçmeyen biri, bir gece Manaure'deki devrimci karargâha girmiş ve yakın arkadaşı Albay Magnifico Visbal'i bıçaklayarak öldürmüştü. Aureliano, o gece yatağını, hasta diye, Magnifico'ya vermişti. Kendisi de aynı odada birkaç adım ötedeki hamakta yattığı halde hiçbir şey duymamıştı. Aureliano'nun önsezileri yoluna yordamına sokma çabaları boşunaydı. Önsezileri, birden doğaüstü bir açık seçiklikle duyuluyor, bir an için mutlak ve inandırıcı görünüyorlar, ama kavranamıyorlardı. Kimi zaman öyle doğal geliyorlardı ki, Aureliano bunların önsezi olduğunu ancak iş işten geçtikten sonra anlayabiliyordu. Çoğunlukla efen püften inançlardı bunlar. Ancak onu ölüme mahkûm ettiklerinde son dileğini sordukları zaman, önseziyi gecikmeden algılamış ve, "Hükmün, Macondo'da infazını istiyorum," yanıtını yapıştırmıştı.

Askerî mahkeme başkanı, sinirlenmişti.

"Kurnazlık yapmaya kalkışma, Buendia," demişti. "Zaman kazanmak için giriştiğin bir hile bu."

Albay, "Yerine getirip getirmemek sizin bileceğiniz iş," demişti. "Ama son dileğim bu."

O zamandan beri de önseziler yanına uğramaz olmuştu. Úrsula onu görmek için hapishaneye geldiği gün Aureliano enine boyuna düşünmüş ve belki de bu kez ölümü önceden sezemeyeceği sonucuna varmıştı. Çünkü bu kez ölüm, rastlantıya bağlı olarak gelmiyor, hükmü infaz edeceklerin isteğine kalıyordu. Yaralarının berelerinin acısından bütün gece gözüne uyku girmedi. Şafak sökmesine yakın, dışarıda ayak sesleri duydu. Kendi kendine, "Geliyorlar," diye mırıldandı ve hiç sırası değilken José Arcadio Buendia'yı düşündü. O da, o anda kestane ağacının altındaki sabah karanlığında Aureliano'yu düşünmekteydi. Aureliano Buendia korkmuyordu, yaşama tutkusu da yoktu içinde. Yalnızca bu zoraki ölümün, yarıda bıraktığı bir yığın işin sonucunu görmesine engel oluşu, içini yakıp tutuşturan bir öfke yaratıyordu. Kapı açıldı, elinde bir fincan kahveyle nöbetçi içeri girdi. Ertesi gün aynı saatte, Aureliano o anda yapmakta olduğunu yaparken, yani koltukaltlarındaki sızının verdiği öfkeden deliye dönerken, yine aynı olay oldu. Perşembe günü, Aureliano kaymak şekerini nöbetçilerle paylaştı, kendisine ufak gelen temiz çamaşırları giydi, ince deri çizmeleri ayağına geçirdi. Cuma günü daha hâlâ kurşuna dizmemişlerdi onu.

Aslında hükmü infaz etmeyi gözleri yemiyordu. Köyün isyancılığı askerleri ürkütüyor, Albay Aureliano Buendia'nın idamının yalnızca Macondo'da değil, bütün bataklık bölgesinde tepkiler yaratmasından korkuyorlardı. Bu yüzden de başkentteki yetkililere akıl danıştılar. Onlar başkentten yanıt bekleyedursun, cumartesi gecesi Yüzbaşı Roque Carnicero, yanına başka subaylar da alarak, Catarino'nun dükkânına gitti. Oradaki kadınlardan yalnızca birisi, o da tehdit edildiği için, Yüzbaşı'yı odasına almaya yanaştı. Sonra da, "Çok geçmeden öleceğini bildikleri biriyle yatmaktan korkuyorlar," diye açıkladı. "Nasıl olacağını kimse bilmiyor, ama herkes biliyor ki, Albay Buendia'yı kurşuna dizen subay ve idam mangasındaki bütün askerler, dünyanın öteki ucuna da gitseler teker teker öldürülecekler." Yüzbaşı

Roque Carnicero, bunları öteki subaylara anlattı, onlar da üstlerine çıtlattılar. Kimse açık seçik söyleyemediği halde, askerler o gergin suskunluğu bozacak bir davranışta bulunmadıkları halde, pazar günü gelip çattığında bütün köy, infaz sorumluluğundan kaçınmak için subayların her yola başvuracaklarını biliyordu. Resmî emir pazartesi postasıyla geldi. Hüküm yirmi dört saat içinde infaz edilecekti. O gece subaylar, bir şapkanın içine adlarının yazılı olduğu yedi kâğıt koydular. Yüzbaşı Roque Carnicero'nun gülmez talihi, kurada kendi adının çıkmasıyla bir kez daha kendini gösterdi. Yüzbaşı, "Adamın şansı doğuştan açık olmadı mı, bir daha da olmaz," dedi acı acı. "Kör talih doğuştan yakama yapışmış, ölünceye kadar da bırakmayacak." Sabahın beşinde idam mangasını da kurayla seçti, avluya sıraladı ve ikisinin kaderini de belirleyen bir cümleyle hükümlüyü uyandırdı.

"Hadi gidelim, Buendia," dedi. "Zamanımız doldu."

Albay, "Demek buymuş," diye yanıtladı. "Ben de tam şimdi yaralarımın patladığını görüyordum düşümde."

Aureliano'nun kurşuna dizileceğini öğrenen Rebeca, sabahın üçünde kalktı. Karanlıkta yatak odasında oturdu, aralık pencereden mezarlık duvarını gözlemeye koyuldu. Oturduğu karyola, José Arcadio'nun horultusundan zangır zangır sarsılıyordu. Rebeca, bütün haftayı, bir zamanlar Pietro Crespi'nin mektuplarını beklediği gibi, gizli ve ısrarlı bir bekleyiş içinde geçirmişti. José Arcadio, "Onu burada kurşuna dizemezler," diyordu. "İdam mangasında kimlerin olduğu bilinmesin diye, gece yarısı kışlada vurur, oracığa gömerler." Rebeca beklemekten vazgeçmedi. "Onu burada öldürecek kadar aptaldır bunlar," dedi. Bunun böyle olacağına öylesine inanmıştı ki, el sallamak için pencereyi nasıl açacağını bile önceden hesaplamıştı. José Arcadio, "Onu sokaklardan geçiremezler," diye diretiyordu. "Halkın her şeyi yapmayı göze aldığını bile bile, yanına ödü patlamış altı asker katıp sokaklara salmazlar." Kocasının yürüttüğü mantığı umursamayan Rebeca, pencerenin önünden ayrılmadı.

"Göreceksin bak, buraya getirmek aptallığını gösterecekler," dedi.

Salı sabahı beşte José Arcadio kahvesini içip köpekleri dışarı salıverdiği sırada, Rebeca pencereyi kapattı, düşmemek için karyolaya tutunarak, "Getiriyorlar," diye içini çekti. "Öyle de yakışıklı ki." José Arcadio pencereden baktı, şafak alacasında ürkek halini gördü. Sırtını duvara dayamışlardı bile. Elleri kalçalarındaydı, çünkü koltukaltlarındaki bereler, kollarını daha aşağı indirmesine engel oluyordu. Albay Aureliano Buendia, "Bir adam kendini ancak bu denli rezil eder," dedi. "Bu denli rezil eder ki, altı ibnenin elinde ölür de, bir şey gelmez elinden." Bunu öylesine tutkuyla üst üste yineledi ki, Yüzbaşı Roque Carnicero'ya pek dokundu. Çünkü onun dua ettiğini sanmıştı. Askerler nişan aldığı zaman, Aureliano'nun öfkesi, dilini uyuşturan, gözlerini kapatmasına yol açan acı ve tatsız bir nesne gibi somutlaşmıştı. O zaman şafağın alüminyum renkli parıltısı gözünden kayboldu ve Aureliano kendisini kısa pantolonlu haliyle gördü yeniden. Boynuna özentili bir boyunbağı takmışlardı. Güzel bir ikindi vakti babası elinden tutmuş, bir çadıra sokuyordu. Ve Aureliano buzu görüyordu. Birinin bağırdığını duyunca, idam mangasına "ateş" emri verildiğini sandı. Kurşunların kızgın uçlarıyla karşılaşmayı bekleyerek, meraklı bir ürpertiyle gözlerini açtı. Oysa kollarını havaya kaldırmış duran Yüzbaşı Roque Carnicero'dan ve elinde patlamaya hazır çiftesiyle karşı kaldırıma geçmekte olan José Arcadio'dan gayri bir şey göremedi.

Yüzbaşı, José Arcadio'ya, "Ateş etme," dedi, "seni Tanrı gönderdi."

Oracıkta yeni bir savaş başladı. Yüzbaşı Roque Carnicero ve altı askeri, Albay Aureliano Buendia'yla birlikte yola çıkıp Riohacha'da ölüme mahkûm edilen devrimci General Victorio Medina'yı kurtarmaya gittiler. José Arcadio Buendia'nın Macondo'ya gelirken izlediği yoldan gidip dağlara vururlarsa daha kestirme olacağını düşündüler, ama daha bir hafta geçmişti ki bunun olanaksız bir girişim olduğuna inandılar. Bunun üzerine uçurumlarla dolu tehlikeli yoldan gitmek zorunda kaldılar. Ellerinde, idam mangasının kurşunlarından başka cephane yoktu. Köylerin kasabaların yakınında konaklıyorlar, içlerinden biri kılık değiştirip eline de ufak bir gümüş balık alarak köşelere sinmiş Liberalleri aramaya çıkıyordu. Liberaller ertesi gün ava gidiyoruz bahanesiyle gidiyor ve geri dönmüyorlardı. Dağların arasından Riohacha'yı gördükleri zaman, General Victorio Medina kurşuna dizilmişti bile. Albay Aureliano Buendia'nın adamları, Buendia'yı general rütbesiyle Karayip Kıyıları Devrimci Güçler Komutanlığı'na getirdiler. Aureliano görevi yüklendi, ama Muhafazakâr rejim iktidarda olduğu sürece generallik payesini kabul edemeyeceğini belirtti. Üç ay içinde bin kişiyi aşkın bir gücü silahlandırabildiler. Ama bozguna uğradılar. Sağ kalanlar doğu sınırına vardılar. Sonra, Antil adalarının ufaklarından sayılan Cabo de la Vela'ya çıktıkları duyuldu. Hükümet dört bucağa telgrafla bildiriler gönderdi ve bu arada Albay Aureliano Buendia'nın öldüğü de gürültülü biçimde duyuruldu. Ne var ki, iki gün sonra gelen telgraf, bir öncekini yalanlarcasına güneydeki ovalarda yeni bir ayaklanma haberini iletti. Albay Aureliano Buendia'nın aynı anda çeşitli yerlerde göründüğü efsanesi işte böylece doğdu. Aynı zamanda gelen çelişkili haberler Aureliano'nun, Villanueva'da savaşı kazandığını, Guacamayal'da yenildiğini, Motilon yerlilerinin eline düştüğünü, bataklıktaki köylerden birinde öldüğünü, Urumita'da silahlı saldırıya geçtiğini bildiriyordu. O sırada Temsilciler Meclisi'ne girmek için pazarlığa oturan Liberaller, Aureliano'ya "serüvenci" damgası vurup partiyi hiçbir biçimde temsil etmediğini açıkladılar. Ulusal hükümet onu haydut ilan etti ve başına beş bin peso fiyat biçti. Albay Aureliano Buendia, on altı yenilgiden sonra, tepeden tırnağa silahlı iki bin yerliyle Guajira'dan yola çıktı ve uykudayken gafil avladığı askerî birlik, Riohacha'yı terk etmek zorunda kaldı. Albay Buendia, burada karargâh kurarak düzene karşı topyekûn savaş açtı. Hükümetten aldığı ilk haberde, kuvvetleriyle birlikte doğu sınırına çekilmeyecek olursa, Albay Gerinaldo Márquez'in kırk sekiz saat içinde kurşuna dizileceği bildiriliyordu. O sıralarda Aureliano'nun kurmay başkanı olan Albay Roque Carnicero, asık suratla telgrafı uzattı. Ama Aureliano telgrafı umulmadık bir sevinçle okudu.

"Aman, ne güzel!" diye haykırdı. "Demek Macondo'da telgrafhane açılmış!"

Albay Buendia'nın hükümete verdiği yanıt kesindi. Üç ay içinde Macondo'da karargâh kurmayı umuyordu. Albay Gerinaldo Márquez'i sağ bulmazsa, o an elinde tutsak bulunan bütün subayları, generallerinden başlayarak kurşuna dizecek ve astlarına da savaş boyunca aynı şeyi yapmaları emrini verecekti. Üç ay sonra, zafer havası içinde Macondo'ya girdiğinde, yolda kendisini ilk karşılayıp kucaklayan Albay Gerinaldo Márquez oldu.

Ev çocuk doluydu. Úrsula, Santa Sofia de la Piedad'la büyük kızını ve Arcadio'nun kurşuna dizilmesinden beş ay sonra doğan ikizleri eve almıştı. Pisi pisine kurban giden delikanlının son dileğine uymayan Úrsula, kıza Remedios adını koymuştu. "Arcadio'nun da böyle demek istediğine inanıyorum," diye kestirip atmıştı. "Adını Úrsula koymayacağız, çünkü bu adı taşıyanlar ömür boyu acı çekmekten kurtulamıyorlar." İkizlere de José Segundo ve Aureliano adları takıldı. Hepsine Amaranta bakıyordu. Oturma odasına ufak tahta sandalyeler sıralandı ve komşuların çocuklarını da toplayıp anaokulu kurdu. Albay Aureliano Buendia, çın çın çan sesleri ve çatapat gürültüleri arasında köye girdiğinde, evin kapısında bir çocuk korosu karşıladı onu. Dedesi gibi uzun boylu olan Aureliano José, sırtında devrimci subay üniformasıyla askerce selamladı kendisini.

Haberlerin hepsi de iyi değildi. Albay Aureliano Buendia'nın kaçışından bir yıl sonra, José Arcadio ile Rebeca, Arcadio'nun yaptırdığı eve yerleştiler. José Arcadio'nun infazı durdurduğundan kimsenin haberi yoktu. Alanın en güzel köşesinde, nar bülbüllerinin yuvalandığı badem ağacının gölgesindeki kapısı konuklara, dört penceresi güneşe açık yeni evlerinde Rebeca ile José Arcadio dostlarını ağırlamaya başladılar. Aralarında Moscote'nin daha evlenmemiş dört kızı da bulunan Rebeca'nın eski arkadaşları, nakış işleme âlemlerine bir zamanlar begonyalı terasta bıraktıkları yerden başladılar. José Arcadio, el koyduğu toprakların gelirini almaya devam ediyordu. Muhafazakâr hükümet de onun mülkiyet hakkını tanımıştı. Her akşamüstü, av köpekleri ve çiftesiyle, eyerinden ipe dizili tavşanlar sarkarak atının üstünde eve dönüyordu. Bir eylül günü, fırtına kopacağını sezerek, eve her zamankinden önce geldi. Yemek odasında Rebeca'yı selamladı, köpekleri bahçeye bağladı, tavşanları sonradan tuzlanmak üzere mutfağa astı ve üstünü değiştirmek için yatak odasına girdi. Rebeca daha sonraları, kocası yatak odasına girdiğinde kendisinin banyoda olduğunu ve hiçbir şey duymadığını söyledi. Bu pek inanılır gibi değildi. Ne var ki, daha tutarlı bir kanıt yoktu ve Rebeca'nın kendisini mutlu kılan adamı öldürmesi için de kimse bir neden göremiyordu. Belki de Macondo'da hiçbir zaman çözülemeyen tek sır bu oldu. José Arcadio yatak odasının kapısını kapar kapamaz, evde bir silah sesi çınladı. Kan, kapının altından süzüldü, oturma odasına geçti, sokağa çıktı, inişli çıkışlı yoldan karşıya ulaştı, kaldırımları indi çıktı, Türkler Sokağı'nı geçti, önce sağa, sonra sola saptı, Buendiaların evinin tam karşısına geldi, kapalı kapının altından sızdı, halıları kirletmemek için duvar diplerinden dolanarak salonu geçti, oturma odasına girdi, yemek masasının çevresinde geniş bir kavis çizdi, begonyalı terasa uzandı, Aureliano José'ye matematik dersi veren Amaranta'nın sandalyesinin altından görünmeden süzüldü, kileri geçti, ekmek pişirmek için tam otuz altı yumurta kırmak üzere olan Úrsula'nın bulunduğu mutfağa girdi.

Úrsula, "Aman Tanrım! Vay anacığım!" diye haykırdı.

Kanın geçtiği yolları ters yüzüne izleyerek kilerden geçti, Aureliano José'nin üç artı üç artı üçün dokuz ettiğini söylediği Begonyalı terastan uzandı, yemek odasını ve otuma odalarını geçip sokağa fırladı, önce sağa, oradan da sola Türkler Sokağı'na saptı, önünde önlük, ayağında terlik olduğunu unutup alana vardı, hiç uğramadığı evin kapısından girdi, yatak odasının kapısını itip açtı, yanmış barut kokusundan soluğu kesilecek gibi oldu, ayağından çıkardığı tozlukların üzerinde yüzükoyun yatan José Arcadio'yu buldu ve kan sızıntısının daha şimdiden pıhtılaşmış kaynağının adamın sağ kulağında olduğunu gördü. José Arcadio'nun gövdesinde hiçbir yara bulamadılar. Silahı da ele geçiremediler. Cesedi barut kokusundan arıtmak da mümkün olmadı.

Önce sabunla üç kez yıkayıp fırçaladılar, sonra her yanını tuz ve sirkeyle ovdular, sonra küllü limon suyuyla ovuşturdular, en sonunda bir fıçı küllü suya batırıp altı saat bıraktılar. Cesedi öyle ovalamışlardı ki, José Arcadio'nun dövmeleri solmaya başlamıştı. Hiçbir şey kâr etmeyip de, son çare olarak cesedi karabiber, kimyon tohumu ve defne yapraklarıyla ağır ateşte bir gün kaynatmayı akıl ettiklerinde, ölü kokup çürümeye başlamıştı. Bu yüzden apar topar gömmek zorunda kaldılar. İki buçuk metre boyunda, bir buçuk metre eninde, içi demir levhalarla sağlamlaştırılmış ve çelik civatalarla tutturulmuş özel bir tabuta koydular, tabutun ağzını sımsıkı kapadılar. Yine de cenaze alayının geçtiği sokakları barut kokusu sardı. Karaciğeri büyüyüp davul gibi gerilen Peder Nicanor, cenaze duasını yatağından çıkmadan yaptı. Sonraki aylar boyunca mezarın çevresini kalın duvarlarla örüp sıkıştırılmış kül, talaş tozu ve sönmemiş kireçle harç kardıkları halde, mezarlıktan barut kokusu yıllarca gitmedi. Ta ki muz şirketinin mühendisleri gelip de mezarın üstünü beton kapakla örtene dek koku sürdü gitti. Cesedi evden çıkardıkları anda, Rebeca evinin kapılarını sımsıkı örttü ve hiçbir dünya nimetinin aralayamayacağı bir kayıtsızlık kabuğuna çekilip kendini canlı canlı eve gömdü. Bir kez evden çıktı. Çok yaşlandığında, Serseri Yahudi köyden geçerken, kuşların rahatça ölmek için yatak odalarının camlarını kırıp içeri daldıkları o sıcak hava dalgası sırasında, Rebeca da dışarı çıktı. Ayağında kararmış gümüş rengi pabuçlar, başında ufak çiçeklerden yapılma bir şapka vardı. Son kez de, evinin kapısını zorlayan bir hırsızı tek kurşunla devirdiği zaman görüldü. O günden sonra hizmetçisi ve sırdaşı Argénida dışında kimseyle ilişkisi olmadı. Bir ara, kuzenim dediği piskoposa mektup yazdığı söylentisi dolaştı, ama mektuplarına yanıt alıp almadığından söz edilmedi. Kasabalılar zamanla onu unuttu.

Zaferle dönmüş olmasına rağmen, Albay Aureliano Buendia, işlerin gidişinden hiç de hoşnut değildi. Hükümet birlikleri hiç direnmeden mevzilerini terk etmişler, bu da Liberaller arasında zafere ulaşıldığı izlenimini uyandırmıştı. Bu inancı bozmak doğru değildi. Oysa devrimciler işin içyüzünü biliyorlardı. Albay Aureliano Buendia da durumu en iyi bilen kişiydi. Gerçi o sırada komutası altında beş binin üstünde silahlı vardı ve kıyı eyaletlerinden ikisi onların egemenliğindeydi. Yine de Albay Aureliano Buendia kıyı şeridine kıstırıldıkları duygusunu yaşıyor ve bütün düşünceleri, davranışları allak bullak oluyordu. Hatta hükümet askerlerinin top ateşiyle yıktıkları kilise kulesinin onarımı için Aureliano emir verince, Peder Nicanor, "Bu ne saçma iştir, İsa'nın müminleri kiliseyi yıkıyorlar, farmasonlar onarıyorlar," diye şaşkınlığını ortaya koymuştu. Albay Aureliano Buendia, bir çıkış yolu bulabilmek umuduyla telgrafhaneye koşuyor, öteki kasabaların komutanlarıyla saatlerce haberleşiyor, sonunda savaşın ölü noktaya geldiğine bir kez daha inanarak dönüyordu. Libarellerin yeni zafer haberleri, coşkulu bildirilerle çevreye yayılıyordu. Ancak, Albay Buendia harekâtı harita üzerinde izlediğinde, adamlarının sıtma ve sivrisineklerle boğuşarak ormanların içine daldığını ve gerçeklerden giderek uzaklaştıklarını görüyordu. "Boşuna zaman harcıyoruz," diye yakınıyordu subaylarına. "Partideki dürzüler mecliste koltuk sahibi olabilmek için avuç açarlarken, biz burada boşuna zaman harcıyoruz." Bir zamanlar ölümü beklediği odadaki hamağına uzanıyor, sabahlara dek gözünü kırpmadan düşünüyor; siyahlara bürünmüş avukatların, sabahın ayazında başkanlık sarayından çıkışlarını, yakalarını kulaklarına kaldırıp ellerini ovuşturarak kapağı sabahçı kahvelerine atışlarını gözünün önünde canlandırıyor; başkanın evet derken ne demek istediği, hayır derken ne demek istediği konusunda tartışmalarını, hatta başka bir şey derken ne düşündüğünü tahmine çalıştıklarını kafasında kurguluyordu. Bu arada alabildiğine sıcakla ve sivrisineklerle boğuşuyor, bir yandan da adamlarına denize atlama komutunu vermek zorunda kalacağı o korkunç şafak saatinin yaklaştığını seziyordu.

Albay Aureliano Buendia, yine kuşkulara, kaygılara saplandığı bir gece, bahçede askerlerle birlikte şarkı söyleyen Pilar Ternera'yı çağırtıp falına bakmasını istedi. Pilar Ternera, iskambilleri üç kez yayıp topladıktan sonra, yalnızca, "Ağzını kolla," dedi. "Bu ne demeye gelir, bilmiyorum, ama açıkça görülüyor. Ağzını kolla." İki gün sonra biri, nöbetçi erlerden birine bir fincan kahve verdi, er fincanı bir başkasının eline tutuşturdu, o bir başkasının, o da bir başkasının. Fincan böyle elden ele dolaşarak Albay Aureliano Buendia'nın odasını buldu. Albay kahve istememişti, ama hazır gelmiş diye içti. Kahvenin içinde koca bir aygırı öldürecek dozda zehirli karabüken tohumu vardı. Eve taşıdıklarında Aureliano kaskatı gerilmiş, dili dişlerinin arasından sarkmıştı. Úrsula, onun gövdesinde ölüme savaş açtı. Kusturucu ilaçlar içirip midesini yıkadı. Sonra kalın battaniyelere sarıp sarmaladı ve Aureliano'nun ateşi normale gelinceye dek iki gün boyunca yumurta akıyla besledi. Aureliano, dördüncü gün kefeni yırttı. Úrsula'nın ve subaylarının zoruyla bir hafta daha yataktan çıkmadı. O sırada şiirlerinin yakılmadığını öğrendi. Úrsula, "Acele etmeyeyim dedim," diye açıkladı. "O gece fırını yakmaya gittiğimde, hele cesedi getirsinler bir, şimdilik dursun dedim." Albay Aureliano Buendia, Remedios'un tozlu bebekleri arasında geçen iyileşme günlerinin uyuşukluğunda, şiirlerini okuyarak yaşamının yönünü belirleyen günleri andı. Yeniden şiir yazmaya başladı. Saatlerce oturuyor, geleceği olmayan bir savaşın beklenmedik gelişimleri karşısında tökezlememeye çalışarak şiirler yazıyordu. Böyle böyle öteki dünyaya gitti geldi. Sonunda düşünceleri öylesine durulaştı ki, her şeyin önünü ardını görebilir duruma geldi. Bir gece Albay Gerineldo Márquez'e, "Sana bir şey soracağım, arkadaş," dedi. "Niçin savaşıyorsun?"

Albay Gerineldo Márquez, "Niçin olacak?" diye karşılık verdi. "Yüce Liberal Parti için tabii."

"Niçin savaştığını bildiğin için şanslısın doğrusu. Bana gelince, ancak şimdi kafama dank etti: Ben yiğitliğe kara çaldırmamak için savaşıyorum."

Albay Gerineldo Márquez, "Bu kötü işte," dedi.

Albay Aureliano Buendia, onun bu tavrından hoşlanmıştı. "Doğru," dedi. "Ama yine de, niçin dövüştüğünü bilmemekten iyidir." Arkadaşının gözlerinin içine baktı ve gülümseyerek sözünü tamamladı: "Ya da senin yaptığın gibi, hiç kimse için anlam taşımayan bir şey adına savaşmaktan iyidir."

Partinin başındakiler onun şaki olduğunu açıkça ilan edinceye dek, Aureliano, ülkenin iç kesimlerinde silahlı çetelerle ilişki kurmayı onuruna yedirememişti. Ama bu çekingenlikten sıyrılır sıyrılmaz, savaşın kısırdöngüsünü kıracağını biliyordu. Hastalığı, ona düşünme fırsatı verdi. Sonra Úrsula'yı kandırdı, gömdüğü altınlarla, biriktirdiği paraları elinden aldı. Albay Gerineldo Márquez'i, Macondo'nun sivil ve askerî yöneticiliğine getirdi ve iç kesimlerdeki çetecilerle ilişki kurmaya gitti.

Albay Gerineldo Márquez, yalnızca Albay Aureliano Buendia'nın yakın dostu olmakla kalmıyordu; Úrsula, ona aileden biri gibi davranıyordu. Çelimsiz yapısı, doğuştan zarafeti ve inceliğine rağmen, yine de hükümet işlerinden çok savaşa yatkın biriydi. Siyasal danışmanları onu kuramsal çıkmazlarda dolaştırıp aklını karıştırıyorlardı. Yine de Albay Aureliano Buendia'nın gümüş balıklar yaparak geçireceği ahir ömrü için düşlediği barış ve huzuru, Márquez sağladı Macondo'da. Márquez, kendi ana babasının yanında oturmakla birlikte, haftada birkaç kez Úrsula'ya yemeğe gelirdi. Aureliano José'ye silah tutmasını o öğretti, ilk askerlik bilgilerini o verdi. İyice yetişip olgunlaşsın diye, Úrsula'nın da rızasıyla, çocuğu birkaç ay kışlada yatırıp kaldırdı. Gerineldo Márquez, yıllarca önce daha çocuk yaştayken, Amaranta'yı sevdiğini söylemişti. Amaranta o sıralarda Pietro Crespi'ye öylesine tutkundu ki, ona gülüp geçmişti. Gerineldo Márquez yılmadı, bekledi. Bir keresinde hapishaneden Amaranta'ya mektup yazarak, üzerinde babasının adının başharfleri işli bir düzine keten mendil rica etti. Parasını da gönderdi. Bir hafta sonra Amaranta, mendillerle birlikte parayı da hapishaneye getirdi. Birkaç saat oturup eski günleri andılar. Amaranta gideceği sırada Gerineldo Márquez, "Buradan çıkınca seninle evleneceğim," dedi. Amaranta gülüp geçti, ama çocuklara okuyup yazma öğretirken bir yandan da Márquez'i düşünüyor ve yeniyetme döneminde Pietro Crespi'ye duyduğu sevgiyi canlandırmaya çalışıyordu. Hapishanenin görüş günü olan cumartesileri, Gerineldo Márquez'in evine uğruyor, annesi babasıyla birlikte onu görmeye gidiyorlardı. O cumartesi günlerinden birinde, Úrsula onu fırının başında taze çöreklerin çıkmasını bekler bulunca şaşırdı. Amaranta, fırından yeni çıkmış çöreği, salt o iş için işlediği peçeteye sarıp hapishaneye götürecekti.

Úrsula, "Evlen onunla," dedi. "Onun gibisini zor bulursun."

Amaranta bu sözü hoş karşılamadığını belirterek, "Erkeklerin peşinde koşacak değilim," diye karşılık verdi. "Bu çörekleri Gerineldo'ya götürüyorsam, sırf eninde sonunda kurşuna dizileceğine acıdığım için."

Amaranta bu sözleri düşünmeden söylemişti. Oysa tam o günlerde, hükümet, isyancıların Riohacha'yı teslim etmemeleri halinde Albay Gerineldo Márquez'in kurşuna dizileceği tehdidini ileri sürmüştü. Hapishanede ziyaretler kesildi. Amaranta odasına kapandı. Gece gündüz ağlıyordu. Remedios öldüğü zaman kapıldığı suçluluk duygusunu yine duyuyor, laf olsun diye söylediklerinin bir kez daha ölüme yol açtığına inanıyordu. Annesi onu avutmaya, yatıştırmaya çalışıyordu. Albay Aureliano Buendia'nın infazı önlemek için mutlak bir şeyler yapacağını söylüyor, savaş bitince Gerineldo Márquez'in gönlünü çelmek için kendisinin kolları sıvayacağına söz veriyordu. Sözünü, tasarladığından da önce yerine getirdi. Gerineldo Márquez, sivil ve askerî yönetici sıfatıyla da onuruna onur katmış olarak geldiğinde, Úrsula onu evlat gibi bağrına bastı, onun ayağını eve bağlamak için hoşuna gidecek bir yığın şey yaptı ve Márquez'in Amaranta'ya evlenme konusunda söylediklerini hatırlatması için var gücüyle dua etti. Duaları kabul olunmuşa benziyordu. Albay Gerineldo Márquez, yemeğe geldiği günler hemen gitmiyor, begonyalı terasta Amaranta'yla oturup Çin daması oynuyordu. Úrsula onlara kahve, süt ve çörek getiriyor, rahatsız etmesinler diye çocukları alıp gidiyordu. Amaranta, gençlik aşkının yüreğindeki küllerini kıvılcımlandırmak için gerçekten çaba gösteriyordu. Dayanılmaz bir heyecanla, Gerineldo'nun yemeğe geleceği günleri, Çin daması oynayacakları saatleri iple çekiyordu. Dama taşlarını sürerken elleri sürekli titreyen, adı atalarının vatanını andıran savaşçının yanında saatler uçup gidiveriyordu. Yine de, Albay Gerineldo Márquez evlenme önerisini tekrarladığı gün, Amaranta onu geri çevirdi.

"Ben kimseyle evlenmeyeceğim," dedi. "Hele seninle hiç. Sen Aureliano'ya âşıksın, onunla evlenemeyeceğin için benimle evlenmeye kalkıyorsun."

Albay Gerineldo Márquez sabırlı adamdı. "Ben direnmeye devam edeceğim. Er geç yola getiririm seni," dedi. Yine eve gelip gidiyordu. Amaranta odasına kapanıyor, ağlamamak için dudaklarını ısırıyor, kendisini isteyen adamın Úrsula'ya savaş haberlerini veren sesini duymamak için, parmaklarını kulaklarına bastırıyordu. Ve onu görmek için can attığı halde, karşısına çıkacak gücü bir türlü bulamıyordu.

O sıralarda Albay Aureliano Buendia, her on beş günde bir Macondo'ya ayrıntılı bir rapor gönderiyordu. Ama Úrsula'ya yalnızca bir tek kez, o da gidişinden neredeyse sekiz ay sonra mektup yazdı. Özel bir uşak, mühürlü zarfı eve getirdi. Zarfın içindeki kâğıtta albay, inci gibi yazısıyla, *"Babama iyi bak, çünkü ölecek,"* diyordu. Úrsula telaşlandı. "Aureliano öyle diyorsa öyledir," dedi. Ve José Arcadio Buendia, zaten ağır olduğu yetmiyormuş gibi, kestane ağacının altında geçirdiği uzun süre boyunca, istediği zaman ağırlığını daha da bindirmeyi öğrenmişti. Yedi kişi, zorbela yerinden kaldırdılar, yatağına sürükleyerek götürmek zorunda kaldılar. Güneşten yanmış, yağmurlarda ıslanmış iriyarı, yaşlı adam soluk alıp verdikçe, yatak odasının havasını yumuşak mantar, ağaç yosunu ve yoğunlaşmış açık hava kokusu sardı. Ertesi sabah ihtiyar, yatağında yoktu. José Arcadio Buendia tükenmez gücüne rağmen, yine de direnecek durumda değildi. Hepsi birdi onun için. Yeniden kestane ağacının altına gitmişse, gitmeyi istediğinden değil, gövdesinin bir alışkanlığı olduğundan gitmişti. Úrsula ona bakıyor, karnını doyuruyor, Aureliano'dan haber getiriyordu. Oysa José Arcadio Buendia'nın uzun süre ilişki kurabildiği tek kişi Prudencio Aguilar'dı. Ölüler âleminde iyice yaşlanan Prudencio Aguilar, sarsak sarsak yürüyerek, günde iki kez gelir, onunla çene çalardı. Horoz dövüşlerinden söz ederlerdi. Büyük bir çiftlik kurup cins horozlar yetiştirmek için sözleşiyorlardı. Dövüştürmek niyetinde değillerdi, artık horoz dövüşü zaferleriyle onurlanmak çok gerilerde kalmıştı. Asıl amaçları ölümün o bitmek bilmez pazarlarında oyalanacak bir uğraş yaratmaktı. José Arcadio Buendia'yı aklayıp paklayan, karnını doyuran, savaşta albaylığa yükselmiş Aureliano diye bilinmedik birinden güzel güzel haberler getiren hep Prudencio Aguilar'dı. José Arcadio Buendia, yalnız kaldığı zamanlar sonu gelmeyen odaların hayaliyle oyalanırdı. Yataktan kalktığını, kapıyı açtığını, aynı dövme demir karyolalı, aynı salıncak sandalyeli, duvarında aynı Kutsal Bakire tasviri asılı ikinci bir odaya geçtiğini hayal ederdi. O odanın kapısını açıp bir eşine daha girer, oradan bir eşine daha, bir eşine daha; bu böyle sürüp giderdi. José Arcadio Buendia, panayırdaki aynalı salonu andıran bu birbirine geçme odalara bir daldı mı, Prudencio Aguilar gelip de omzuna dokunana dek dolaşır dururdu. O zaman geldiği yoldan geri döner, oda içinden odaya, oda içinden odaya geçerek, Prudencio Aguilar'ı bulmak için gerçek odaya gelirdi. Ama onu yatağa taşımalarından iki hafta sonra bir gece, José Arcadio Buendia, ara odalardan birindeyken Prudencio Aguilar omzuna dokundu ve Buendia da gerçek odada olduğunu sanıp artık hep orada kaldı. Ertesi sabah Úrsula onun kahvaltısını getirirken koridorda bir adamla karşılaştı. Kısa boylu, tıknaz biriydi. Siyah elbise giymiş, gözlerine inen kocaman bir siyah şapka geçirmişti kafasına. Úrsula, "Aman

Tanrım, neredeyse bu Melquíades'tir diye kalıbımı basardım," dedi içinden. Adam, Visitacion'un kardeşi, uykusuzluk hastalığı salgınında köyden kaçan, bir daha da kendisinden haber alınamayan Cataure'ydi. Visitacion ona neden geri geldiğini sordu. Cataure, ilahiyi andıran kendi dillerinde yanıt verdi:

"Kralın cenaze törenine geldim."

Sonra José Arcadio Buendia'nın odasına girdiler, var güçleriyle sarstılar, kulağına avaz avaz seslendiler, burun deliklerine ayna tuttular, ama onu bir türlü uyandıramadılar. Çok geçmeden marangoz tabut için ölçü alırken, pencereden baktıklarında, minicik sarı çiçeklerin yağmur gibi indiğini gördüler. Çiçekler bütün gece süren suskun bir sağanakla köyün üzerine yağdı. Bütün çatıları örttü, bütün kapıların önüne yığıldı ve dışarıda yatan bütün hayvanları soluksuz bırakıp öldürdü. Gökten öyle çok çiçek yağdı ki, sabahleyin sokaklar kalın halılar döşenmiş gibi oldu ve cenaze alayının geçebilmesi için çiçekleri küreyip atmak zorunda kaldılar.

Amaranta, nakışını dizlerinin üzerine bırakmış, salıncaklı sandalyede oturuyor, ilk tıraşını olmak için usturasını bileyen yüzü köpük içindeki Aureliano José'yi seyrediyordu. Aureliano José'nin ergenlikleri kanadı, sarı ayva tüylerini bıyık biçimine sokayım derken üstdudağını kesti ve bütün bunlar olup bittikten sonra eskisinden zerrece farksız bacak kadar bir çocuk çıktı ortaya. Yine de bu büyük emeği, çabayı seyrederken Amaranta, o anda yaşlanmaya başladığı duygusuna kapıldı.

"Aureliano'nun senin yaşındaki haline benziyorsun tıpkı," dedi. "Artık koca adam oldun."

Aureliano José çoktan büyümüştü. Amaranta'nın onu daha çocuk gözüyle görüp her zamanki gibi banyoda onun önünde soyunmaya devam ettiği günden beri büyümüştü. Pilar Ternera'nın, çocuğu yetiştirsin diye getirdiği günden bu yana, Amaranta hep Aureliano José'nin önünde soyunurdu. Çocuk, onu ilk gördüğünde, gözüne çarpan tek şey, göğüslerinin arasındaki derin çukur oldu. Öylesine saftı ki, bu çukurluğun neden olduğunu Amaranta'ya sordu. Amaranta da parmaklarının ucunu göğüslerine bastırarak, "Oramı kestiler," dedi. Aradan zaman geçip de, Amaranta, Pietro Crespi'nin intiharından duyduğu acıyı unutur gibi olduğu ve Aureliano José ile yıkanmaya yeniden başladığı zaman, çocuk artık, göğüslerin arasındaki çukura dikkat etmez oldu. Şimdi esmer uçlu o güzelim memeleri görünce, bir tuhaf ürperti duymaya başlamıştı. Amaranta'yı incelemeyi sürdürdü, onun mahrem yerlerindeki mucizeyi milim milim öğrendi ve Amaranta suya girerken teni nasıl ürperiyorsa, Aureliano José de ona baktıkça öyle ürpermeye başladı. Çocukluğundan beri geceleri hamağından kalkar, sabah Amaranta'nın koynunda uyanırdı. Amaranta'ya sokulup yatınca, karanlıktan duyduğu korku geçerdi. Ne var ki, kendi çıplaklığının bilincine vardığı günden başlayarak, Aureliano José'yi, Amaranta'nın cibinliği altına çeken duygu, karanlık korkusu değil, şafak sökerken Amaranta'nın ılık soluğunu duyma özlemiydi. Amaranta'nın, Albay Gerineldo Márquez'i reddettiği günlerde, bir sabah Aureliano José soluğunun kesildiğini sanarak uykudan fırladı. Amaranta'nın parmaklarının, sıcacık ve meraklı tırtıllar gibi karnında dolaştığını sezdi. Uyuyormuş gibi yaparak, parmakların dolanmasını daha kolaylaştıracak biçimde döndü. Sonra sargısız elin, kör bir istiridye gibi, kendi başını döndüren merak ve heyecan denizinin dibindeki yosunların arasına daldığını duydu. İkisinin de bildikleri şeyi ve bunu birbirlerinin bildiğini bilmezden gelerek, o geceden sonra bozulmaz bir suç ortaklığıyla birbirlerinin boyunduruğuna girdiler. Aureliano José, salondaki duvar saati gece yarısını çalana dek uyuyamıyor, teni solmaya başlayan geçkin kız da, kendi büyüttüğü çocuğun, cibinliğin altına girdiğini duyana dek kıvranıyordu. Onun, kendi yalnızlığını yalnızca geçici bir süre hafifleteceğini düşünmüyordu bile. Sonraları çırılçıplak, koyun koyuna, soluk kesici okşamalarla birbirlerine sokulup yatmakla kalmadılar; boşalmamış bir sürekli gerilim içinde günün her saatinde evin içinde birbirlerini kovalamaya, yatak odalarına kapanmaya başladılar. Bir gün neredeyse Úrsula'ya yakalanıyorlardı. Onlar ambara saklanmış tam öpüşecekken Úrsula içeri girdi ve saflıkla Aureliano José'ye dönerek, "Halanı çok mu seviyorsun?" diye sordu. Aureliano José, çok sevdiğini söyledi. Úrsula, "Aferin sana," diyerek ekmek için çuvaldan çıkardığı unu ölçtü ve mutfağa döndü. Bu olay, Amaranta'yı kapıldığı çılgınlıktan sıyırdı. Aşırı ileri gittiğini, işin bir çocukla öpüşme oyunundan çıkıp geçkinlik dönemi tutkusuna dönüştüğünü, bunun tehlikeli olduğunu, sonu olmayacağını fark etti ve bir anda kesip attı. O sıralarda askerî eğitimini tamamlamak üzere olan Aureliano José de sonunda başını gerçeğe vurdu ve kışlada yatıp kalkmaya başladı. Cumartesi günleri askerlerle birlikte Catarino'nun dükkânına gidiyordu. Birdenbire oluşuveren yalnızlığına, zamanından önce patlayan ergenleşmesine, solmuş çiçek kokan kadınlarda avuntu arıyordu. Bu kadınları, karanlıkta kafasındaki hayale uyduruyor, düş gücünü zorlayarak onları Amaranta gibi görüyordu.

Kısa bir süre sonra, savaş konusunda birbiriyle çelişen haberler gelmeye başladı. Bir yandan hükümet, ayaklanmanın büyüdüğünü, yayıldığını itiraf ederken; bir yandan da Macondo'daki subaylar, hemen görüşmelerin yapılıp barışın ilan edilmesi gerektiği yolunda gizli raporlar alıyorlardı. Nisan başlarına doğru, Albay Gerineldo Márquez'e özel bir elçi geldi. Elçi, parti liderlerinin, ülkenin iç kesimlerindeki asi liderlerle ilişki kurduklarını ve Liberallere verilecek üç bakanlık koltuğu, temsilciler meclisinde azınlığın temsil edilmesi ve silah bırakan asiler için genel af karşılığında ateşkes anlaşması pazarlığında olduklarını doğruladı. Elçi, ateşkesin koşullarını kabul etmeyen Albay Aureliano Buendia'dan da çok gizli bir emir getirmişti. Emir uyarınca, Albay Gerineldo Márquez, adamlarından en iyi beşini yanına alıp ülkeyi terk edecekti. Bu emir, mutlak gizlilik içinde yerine getirilecekti. Anlaşma ilanından bir hafta önce, her kafadan ayrı ses çıkar, her yerden ayrı haber gelirken, Albay Aureliano Buendia ile aralarında Albay Roque Carnicero'nun da bulunduğu on güvenilir subay, bir gece yarısından sonra gizlice Macondo'ya geldiler, askeri dağıttılar, silahları gömdüler, belgeleri yok ettiler. Şafak sökmeden de, Albay Gerineldo Márquez'le beş adamını da yanlarına alarak gittiler. Bütün bunlar öylesine büyük hızla ve gizlilikle olup bitti ki, Úrsula bile ancak son anda, biri camını tıklatıp, "Albay Aureliano Buendia'yı görmek istiyorsanız hemen kapıya çıkın," diye fısıldadığında durumu öğrenebildi. Úrsula yataktan fırladığı gibi, sırtında geceliğiyle soluğu kapıda aldı. Ve arkalarında bir toz bulutu havalandırarak dörtnala köyden çıkan atlıları hayal meyal seçebildi. Aureliano José'nin de babasıyla gittiğini ancak ertesi gün öğrenebildi.

Hükümet ile muhalefetin ortak bildirisiyle savaşın sona erdiği açıklandıktan on gün sonra, Albay Aureliano Buendia'nın batı sınırındaki ilk silahlı ayaklanma haberi geldi. Albay'ın sayıca az, silahça donanımsız gücü, bir haftadan az zamanda püskürtüldü. Ama o yıl içinde, Liberallerle Muhafazakârlar, halkı uzlaşma masallarıyla avuturken, Albay Aureliano Buendia yedi ayaklanmaya daha girişti. Bir gece yelkenli bir gemiden Riohacha'yı top ateşine tuttu. Askerler yataklarından fırladılar ve misilleme olsun diye kentin en önde gelen Liberallerinden on dördünü kurşuna dizdiler. Albay Aureliano Buendia, iki haftayı aşkın süre sınırdaki gümrük karakollarından birini elinde tuttu ve ulusa genel savaş çağrısında bulundu. Başkentin eteklerinde savaş açmak için giriştiği bir keşif seferi, derinliği bin beş yüz kilometreyi aşan balta girmemiş ormanlarda yol açmak adına çılgınca bir çaba sırasında, adamlarının üç ay ortadan yok olmalarıyla sonuçlandı. Bir seferinde Macondo'nun yirmi kilometre kadar yakınına sokuldu ve hükümetin keşif kollarıyla karşılaşarak dağlara çekilmek zorunda kaldı. Babasının yıllar önce İspanyol kalyonu kalıntısını bulduğu yerin çok yakınlarındaydı.

Visitacion işte o sıralarda öldü. Uykusuzluk hastalığı korkusuyla kendi kabilesinde prenses olmaktan vazgeçmiş, eceliyle ölmek mutluluğuna ermişti. Yirmi yılı aşkın süredir karyolasının altında biriktirdiği aylıklarının gömülü oldukları yerden çıkarılmasını ve paranın savaşı sürdürebilsin diye Albay Aureliano Buendia'ya gönderilmesini vasiyet etti. Oysa o günlerde Albay Aureliano Buendia'nın eyalet merkezi yakınlarında konakladığı sırada öldürüldüğü haberi geldiği için, Úrsula zahmet edip de parayı gömüden çıkarmadı. Albay'ın öldüğünü açıklayan hükümet bildirisine –son iki yıl içinde bu dördüncü bildiriydi– altı aya kadar gerçek gözüyle bakıldı, çünkü Albay'dan haber alınamıyordu. Tam Úrsula ile Amaranta, geçmiştekilerin üzerine yeni bir yas ekleyecekleri sırada, beklenmedik haberler geldi. Albay Aureliano Buendia sağdı. Ne var ki, kendi ülkesinin hükümetiyle uğraşmaktan vazgeçmiş, Karayipler'deki öteki cumhuriyetlerin federalleşmesi için çalışanlara katılmıştı. Her seferinde değişik adlarla ve her seferinde ülkesinden biraz daha uzak bir yerde ortaya çıkıyordu. O sıralarda kafasındaki düşüncenin, Orta Amerika'daki fedaralist güçleri birleştirmek ve Alaska'dan Patagonya'ya dek tüm muhafazakâr rejimleri silip süpürmek olduğu sonradan öğrenildi. Úrsula'nın ondan aldığı ilk dolaysız haber, gidişinden birkaç yıl sonra Küba'nın Santiago kentinden yolladığı ve elden ele sarara buruşa dolaşarak anasına ulaşan mektup oldu. Úrsula mektubu okuyunca, "Onu hepten yitirdik," diye haykırdı. "Bu gidişle, Noel'i dünyanın öteki ucunda geçirecek."

Úrsula'nın bu sözleri söylediği ve mektubu ilk gösterdiği kişi, savaşın sonundan beri Macondo belediye başkanı olan Muhafazakâr General José Raquel Moncada'ydı. General Moncada, "Bu Aureliano'nun Muhafazakâr olmaması ne yazık," diye görüşünü açıkladı. Ona gerçekten hayranlık duyuyordu. Muhafazakâr sivillerin çoğu gibi José Raquel Moncada da partisini savunmak adına savaşa katılmış ve meslekten yetişme subay olmadığı halde, savaş alanında gösterdiği yararlıktan ötürü general unvanını almıştı. Oysa, partideki arkadaşlarının çoğunluğu gibi o da savaşa karşıydı. Askerlere, hiçbir ilkeye bağlı olmayan aylaklar, açgözlü düzenbazlar, kargaşalık dönemlerinde para vurup sefa sürmek için sivilleri sindirmekte usta kişiler gözüyle bakardı. Kültürlü, zeki, hoşsohbet, al yanaklı, boğazına ve horoz dövüşlerine düşkün biri olan Moncada, bir zamanlar Albay Aureliano Buendia'nın en korkulan rakibi sayılıyordu. Kıyı boyunca uzanan geniş bölgedeki meslekten gelme subaylara kendi otoritesini kabul ettirmeyi başarmıştı. Bir keresinde stratejik durum gereği ellerinde tuttukları bölgeden çekilmek zorunda kaldığında, Albay Aureliano Buendia'ya iki mektup bırakmıştı. Oldukça uzun olan mektuplardan birinde, Albay'a, savaşı daha insancıl koşullarda sürdürmek için açılan kampanyaya katılma çağrısında bulunuyordu. İkinci mektubu, Liberallerin egemenliğindeki bölgede kalan karısına yazmış, iletilmesi dileğiyle, onu da albayın mektubunun yanına koymuştu. O günden sonra, savaşın en kanlı dönemlerinde bile iki komutan zaman zaman ateş kesip savaş tutsaklarını değiş tokuş ediyorlardı. Bu ateşkes süreleri belirli bir bayram havasını getiren soluk almalar oluyor ve General Moncada bu fırsatlardan yararlanarak, Albay Aureliano Buendia'ya satranç öğretiyordu. İyi arkadaş oldular. Giderek, her iki partinin sevilen, tutulan öğelerini birleştirmeyi, askerlere profesyonel politikacıların etkisinden sıyrılmayı ve her doktrinin en iyi yanını kapsayan insancıl bir düzen kurmayı bile tasarladılar. Savaştan sonra, Albay Aureliano Buendia, art arda gelen bozgunların çetin yollarından sıyrılmaya çalışırken, General Moncada, sulh yargıçlığına getirildi. Üniformayı soyunup sivil giysilerini giydi, askerlerin yerine silahsız polisler getirdi, af yasalarını uyguladı, savaşta ölen birkaç Liberal'in ailesine yardım etti. Macondo'nun ilçe olmasını sağladı ve böylece kendisi de ilk belediye başkanı oldu. Ve halka, savaşın geçmişte kalan anlamsız bir karabasan olduğunu düşündürecek ölçüde güvenlik, dirlik ve düzen getirdi. Karaciğer hastalığından ölen Peder Nicanor'un yerine, birinci federalist savaşa katılmış, "Ayıbalığı" diye ad takılan Peder Coronel geçti. Amparo Moscote'yle evlenen ve müzik aletleri ve oyuncak dükkânını günden güne geliştiren Bruno Crespi, bir tiyatro yaptırdı. Turneye çıkan İspanyol kumpanyaları burada temsiller vermeye başladı. Açıkhava tiyatrosu tahta sıralardan, üzerinde Yunan maskları olan kadife perdeli sahneden ve aslan kafası biçimindeki üç gişeden oluşmuştu. Biletler aslanın ağzından alınıyordu. Yine bu sıralarda okul da yeniden yaptırıldı. Okulun başına, bataklık bölgesinden getirilen Don Melchor Escalona geçirildi. Escalona, tembel öğrencileri kireç sıvalı avluda dizüstü yürütüyor, derste konuşanların ağzına acı biber dolduruyordu. Çocukların ana babaları bunlara ses çıkarmıyordu. Santa Sofia de la Piedad'ın haşarı ikizleri Aureliano Segundo ile José Arcadio Segundo, taştahtaları, tebeşirleri ve üzerine adları yazılmış alüminyum mataralarıyla sınıfa ilk gelen öğrenciler oldular. Annesinin eşsiz güzelliğini almış olan Remedios, Güzel Remedios diye nam saldı. Zamana, üst üste binen yas dönemlerine ve bir yığın acısına rağmen, Úrsula yaşlanmamakta direniyordu. Santa Sofia de la Piedad'ın da yardımıyla, Úrsula pastacılığa yeniden hız verdi ve birkaç yıl içinde, oğlunun savaşta yiyip bitirdiği serveti silbaştan toplamakla kalmadı, yatak odasında gömülü küpleri de yeniden çil çil altınla doldurdu. "Tanrı bana ömür verdikçe, bu deliler evinde para eksik olmayacak," diyordu. Aureliano José, Nikaragua'da federal birliklerden kaçıp bir Alman gemisine tayfa yazılarak evin mutfağında boy gösterdiği sırada işler bu durumdaydı. Aureliano José, at gibi güçlü kuvvetli, bir yerli kadar esmer ve uzun saçlıydı ve Amaranta'yla evlenmeye içten içe karar vermişti.

Amaranta onun içeri girdiğini görünce, daha hiçbir şey söylemediği halde, niçin geldiğini anladı. Sofrada birbirlerinin yüzüne bakamadılar. Oysa gelişinden iki hafta sonra, Aureliano José, Úrsula'nın önünde, gözünü Amaranta'nın gözüne dikerek, "Hep seni düşündüm," deyiverdi. Amaranta ondan uzak duruyor, beklenmedik karşılaşmalardan kaçınıyor, Güzel Remedios'u yanından ayırmamaya çalışıyordu. Yeğeni, kendisine daha ne zamana dek eline kara sargı bağlamak niyetinde olduğunu sorunca, utancından kıpkırmızı kesilmişti. Çünkü bu sargıyı, kızoğlankızlığının bir simgesi olarak görüyordu. Aureliano José geldikten sonra, Amaranta yatak odasının kapısını sürgülemeye başladı. Ancak, her gece bitişik odadan gelen rahat horultuları duya duya, sonunda kapıyı sürgülemek önlemini o da unuttu. Aureliano José'nin gelişinden iki ay kadar sonra, bir sabah Amaranta, onun odaya girdiğini duydu. O zaman, daha önce sandığı gibi bağıracağı, kaçacağı yerde, yumuşak bir rahatlığa gömüldü. Aureliano José'nin çocukken her zaman yaptığı gibi, cibinliğin altına süzüldüğünü duydu ve delikanlının çırılçıplak olduğunu fark edince, buz gibi terlemesini ve dişlerinin birbirine çarpmasını engelleyemedi. Meraktan soluğu kesilerek, "Git buradan," diye fısıldadı, "yoksa bağırırım." Ne var ki Aureliano José, ne yapması gerektiğini iyi biliyordu. Çünkü artık çocukluktan çıkmış, kışla aygırı olmuştu. O gece patırtısız gürültüsüz çekişmeler yeniden başladı ve şafağa dek sürdü. Amaranta kendinden geçerek, "Ben senin halanım," diyordu. "Ben senin anan sayılırım, yalnızca yaşım büyük olduğundan değil, seni bir emzirmediğim eksik, ondan öte sana analık ettim," diyordu. Aureliano şafak sökerken gidiyor, ertesi sabaha karşı yine geliyor ve her gelişinde Amaranta'nın kapıyı sürgülemeyişi karşısında büsbütün coşuyordu. Ona duyduğu istek bir an bile sönmemişti. İşgal edilen kentlerin karanlık yatak odalarında, yatak odalarının en sefillerinde Amaranta'yı bulmuş, yaralıların sargılarındaki kurumuş kan kokusunda Amaranta'yı algılamış, ölüm tehlikesinin bir anlık dehşetinde Amaranta'yı yaşamış, her yerde, her zaman onu düşlemişti. Onu unutmak için ondan kaçmış; yalnızca uzaklara gitmekle yetinmeyip, silah arkadaşlarının gözükaralık diye adlandırdığı bir öfkeyle ileri atılmış, yine de Amaranta'nın hayalini savaşın pisliğine ne kadar bulamışsa, savaş da o kadar Amaranta'ya benzer olmuştu. Aureliano José, kaçak olduğu süre içinde bu acılarla kıvranmış, kendini öldürerek Amaranta'nın hayalini de öldürmenin yollarını aramıştı. Günlerden bir gün yaşlı birinden bir masal dinlemişti. Masaldaki adam, halasıyla evleniyor, halası aynı zamanda amcasının kızı oluyor ve oğlu da kendi dedesi oluyordu sonunda.

Aureliano José bu olaydan iki hafta sonra kışladan kaçmış gelmişti. Amaranta'yı, düşlediğinden daha yıpranmış, daha içine kapanmış, daha çekingen ve olgunluğun son köşesini kıvrılır durumda, ama yatak odasının karanlığında her zamankinden daha ateşli, saldırgan direnişinde her zamankinden daha meydan okuyucu bulmuştu. Amaranta, onun el peşrevi arasında soyunurken, "Sen canavarsın," diyordu. "Papa'dan özel izin almadıkça, zavallı halacığına bunları yapamazsın." Aureliano José, Roma'ya gideceğine söz veriyor; Amaranta, kalenin asma köprüsünü indirsin diye Papa'nın sandaletlerini öpmek için Avrupa'yı bir baştan bir başa dizlerinin üzerinde yürüyerek geçeceğini söylüyordu.

Amaranta, "İş bununla bitmez," diye karşı çıkıyordu. "Çocuğumuz olursa, domuz gibi kuyruklu olur."

Aureliano José, bu sözlere hiç kulak asmıyordu. "Armadillo bile doğursan vız gelir," diyordu.

Aureliano José, bir sabaha karşı, boşalamamış erkekliğin sancısına dayanamayarak, Catarino'nun dükkânına gitti. Pörsük memeli, sevecen ve bayağı bir kadın buldu. Kadın, onun açlığını geçici bir süre için bastırdı. Amaranta'ya karşı da hor görme taktiğini denemeye başladı. Amaranta'yı terasta oturmuş, kısa zamanda ustası olduğu dikiş makinesinin başında çalışırken görüyor ve selam bile vermiyordu. Amaranta kendini, kayalara çarpmaktan son anda kurtulmuş bir tekneye benzetiyor ve Albay Gerineldo Márquez'i neden düşünmeye başladığını, Çin daması oynadıkları günleri neden özlemle andığını ve Gerineldo'yu yatak odasındaki adam olarak neden düşlediğini kendisi bile anlayamıyordu. Aureliano José ise kayıtsızlık komedyasına daha fazla dayanamayarak yeniden Amaranta'nın odasına gittiği gece ne büyük yenilgiye düştüğünü fark edememişti. Amaranta, sarsılmaz ve şaşmaz bir kararlılıkla onu geri çevirmiş ve kapısını ömür boyu sürgülemişti.

Aureliano José'nin dönüşünden birkaç ay sonra, yasemin kokuları içinde, süslü püslü bir kadın, beş yaşlarında bir oğlan çocuğunu elinden tutmuş, kapıya geldi. Çocuğun, Albay Aureliano Buendia'nın oğlu olduğunu ve vaftiz edilsin diye Úrsula'ya getirdiğini söyledi. Adı konmamış çocuğun nesebinden kimsenin kuşkusu olmadı: Çocuk hık demiş, Albay'ın burnundan düşmüştü. Aureliano'nun ilk kez buz gördüğü zamanki durumunun tıpkısıydı. Kadın çocuğun nasıl doğduğunu anlattı: Gözleri fal taşı gibi açık doğmuş. Doğar doğmaz, büyük adam gibi bakan gözlerini çevresindekilere dikmiş, onları yargılıyormuşçasına bakmış. Gözünü kırpmadan bakışı anasını korkutuyormuş. Úrsula, "Tıpkı o," dedi. "Bunun tek eksiği, bir bakışla sandalyeleri yerinden oynatamayışı." Çocuğa Aureliano adını ve anasının soyadını verdiler. Çünkü yasalar uyarınca, babası resmen tanıyıncaya dek çocuk, babasının soyadını alamıyordu. Generel Moncada vaftiz babası oldu. Amaranta, çocuğun yetiştirilmesini kendi üstlenmek için yanlarında kalsın diye çok diretti, ama çocuğun anası buna karşı koydu.

Tavukların cins horozların yanına salındığı gibi, bakirelerin de askerlerin koynuna sokulması töresinden daha o sıralarda haberi yoktu Úrsula'nın. Ama o yıl içinde bunu iyice öğrendi. Albay Aureliano Buendia'nın dokuz oğlu daha vaftiz edilmek için eve getirildi. Baba tarafına hiç çekmemiş, esmer, yeşil gözlü bir çocuk olan en büyükleri, on yaşını geçmemişti. Her yaşta, her renkte, ama hepsi de erkek ve hepsi de babası konusunda kuşku bırakmayan çocuklar getirip duruyorlardı. Gelenlerin içinde yalnızca ikisi ötekilerden ayrı özellikler gösterdiler. Biri, yaşına göre iri yapılıydı ve evde kırılmadık çanak çömlek, kırılmadık saksı bırakmıyordu. Ellerinde, dokundukları her şeyi kırma yeteneği var gibiydi. Öteki, annesi gibi açık renk gözlü, sarışın bir çocuktu. Saçları kız çocuğu gibi uzatılıp lüle lüle kıvrılmıştı. Eve, sanki orada doğup büyümüşçesine alışık bir tavırla girdi, doğruca Úrsula'nın odasındaki konsolun başına gitti ve, "Kurgulu balerini istiyorum," dedi. Úrsula şaşırıp kaldı. Çekmeceyi açtı, ta Melquíades'in zamanından kalma eski, tozlu ıvır zıvırı karıştırdı ve bir çift çoraba sarılı olan kurgulu balerini buldu. Bunu, eve Pietro Crespi getirmiş, sonra da herkes unutup gitmişti. On iki yıldan az süre içinde, Albay'ın kendi savaş alanında tohumunu attığı tam on yedi oğlunu, Aureliano adı ve analarının soyadıyla vaftiz ettiler. Önceleri Úrsula, gelenlerin cebini parayla dolduruyor ve Amaranta evde alıkoymaya çalışıyordu. Ama sonunda onlara armağanlar vermek ve vaftiz anneleri olmakla yetinmeye başladılar. Úrsula, ananın adını, adresini ve çocuğun doğum yeri ile tarihini büyük bir deftere geçirerek, "Vaftiz etmekle, biz üzerimize düşeni yaptık," diyordu. "Aureliano geldiğinde rahatça karar verebilsin diye, defterleri iyi tutmak gerek," diyordu. Úrsula bir gün yemekte General Moncada'yla bu şaşırtıcı üreme konusunu görüşürken, Albay Aureliano Buendia'nın bir gün geri dönüp bütün oğullarını eve toplamasını yürekten istediğini çıtlattı.

General Moncada, "Üzülmeyin aziz dostum, Aureliano sandığınızdan çabuk dönecektir," dedi.

General Moncada'nın o anda bildiği ve açıklamak istemediği gerçek, Albay Aureliano Buendia'nın, o güne dek giriştiği ayaklanmaların en uzun, en amansız ve en kanlısının başına geçmek üzere yolda olduğuydu.

Durum, yine birinci savaştan önceki aylarda olduğu gibi gerginleşti. Belediye başkanının koruyuculuğunda sürdürülen horoz dövüşlerine ara verildi. Garnizon Komutanı Yüzbaşı Aquiles Ricardo, belediye başkanlığı görevini üstlendi. Liberaller ona kışkırtıcı gözüyle bakıyorlardı. Úrsula, Aureliano José'ye, "Kötü şeyler olacak," diyordu. "Akşam altıdan sonra sokağa çıkma sakın." Ne ki, Úrsula ne denli yalvarıp yakarsa söz dinletemiyordu. Bir zamanlar Arcadio'nun yaptığı gibi, Aureliano José de ona ait olmaktan çıkmıştı artık. Sanki eve dönüşü, günlük geçim sıkıntılarını düşünmeksizin yaşama olanağı, onda da amcası José Arcadio'nun tembel ve sefih eğilimlerini uyandırmışa benziyordu. Amaranta'ya olan tutkusu, hiç iz bırakmadan geçmişti. Avare avare dolaşıyor, bilardo oynuyor, gelip geçici kadınlarla yalnızlığını geçiştiriyor, Úrsula'nın saklayıp da unuttuğu paraları yağma ediyordu. Sonunda eve yalnızca üstünü değiştirmek için uğrar oldu. Úrsula, "Hepsi birbirinin eşi," diye yakınıyordu. "Başlangıçta terbiyelerine, efendiliklerine diyecek yok. Söz dinliyor, ne denirse yapıyor ve karıncayı bile incitemez gibi görünüyorlar. Ama sakalları çıkar çıkmaz ahlakları bozuluyor," diye söyleniyordu. Asıl anasının babasının kimler olduğunu öğrenemeyen Arcadio'nun tersine, Aureliano José, Pilar Ternera'nın oğlu olduğunu öğrendi. Kadın, öğle uykularını kendi evinde uyusun diye ona bir hamak hazırlamıştı. Ana-oğul olmalarından öte, yalnızlıklarını paylaşıyorlardı. Pilar Ternera bütün umutlarını yitirmişti. Gülüşü çınlamasını unutmuş, bir orgun ağır vuruşlarına dönmüş, göğüsleri ardı arası gelmez sıkıştırmaların elinde ziyan olmuş, karnıyla kalçaları paylaşılan bir kadın olmanın kaçınılmaz kaderine kurban gitmişti. Yine de yüreği katılmadan yaşlanmıştı. Tombul, geveze, kendini kapıp koyuvermiş anaç ev kadınları gibi olmuş, iskambillerin boş hayallerini bir yana atmış ve başkalarının sevgilerinde huzur, avuntu bulmaya başlamıştı. Aureliano José'nin öğle uykusu uyuduğu evde, konu komşu kızları, sevgilileriyle buluşurlardı. Sorgusuz sualsiz içeri girdikten sonra, "Pilar, odanı biraz kullanabilir miyim?" diyorlardı. Pilar, onlara, "Tabii, hay hay," diye karşılık veriyor ve evde bir başkası varsa, ona dönüp, "İnsanların yatakta mutlu olduklarını bilmekten ben de mutluluk duyuyorum," diye açıklıyordu.

Bu hizmetinin karşılığında hiç para da almazdı. Geçkinlik döneminde bile kendini arayan, para vermeden, sevgi vermeden, her zaman zevk vermeden gelen erkekleri geri çevirmediği gibi, odasını isteyen kızları da hiç geri çevirmezdi. Her biri de ateşli bir tohumun mirası olan beş kızının beşi de büyüyüp yetiştikleri günlerden beri yaşamın çapraşık yollarında kaybolup gitmişlerdi. Pilar'ın büyütüp meydana çıkarabildiği iki oğlundan biri, Albay Aureliano Buendia'nın güçlerine katılıp çarpışırken ölmüş, öteki on dört yaşındayken bataklıktaki bir köyden bir sandık civciv çalmaya çalışırken yaralanıp ele geçmişti. Bir bakıma, Aureliano José, kupa papazının yarım yüzyıldır kendisine müjdelediği uzun boylu, esmer erkekti ve iskambillerin getirdiği bütün erkekler gibi, o da alnına ölümün damgasını yedikten sonra Pilar'ın yüreğine ulaştı. Kadın, onun ölüme yazgılı olduğunu iskambillerde görüyordu.

"Bu akşam dışarı çıkma," dedi. "Burada kal. Zaten Carmelita Montiel de kendisini senin koynuna sokmam için yalvarıp duruyor."

Aureliano José, bu sözlerdeki gizli yakarışı kavrayamadı.

"Beni gece yarısı beklemesini söyle ona," dedi.

Tiyatroya gitti. Bir İspanyol kumpanyası *Tilkinin Hançeri*'ni oynuyordu. Aslında, Zorilla'nın oyunuydu bu ve adı Yüzbaşı Aquiles Ricardo'nun emriyle değiştirilmişti. Liberaller, Muhafazakârlara Gotlar diye ad takmışlardı. Aureliano José, ancak kapıya gidip biletini kestirdikten sonra, Yüzbaşı Aquiles Ricardo ile tüfekli iki askerin, seyircileri aradıklarını fark edebildi.

Aureliano José, "Yavaş gel, Yüzbaşı. Bana el sürecek adam daha anasından doğmadı," dedi. Yüzbaşı onu zorla aramak istedi ve silahsız olan Aureliano José kaçmaya başladı. Askerler "vur" emrini dinlemediler. Biri, "O bir Buendia," diye açıklamaya çalıştı. Öfkeden gözü dönen Yüzbaşı, askerin elinden tüfeği kaptı, sokağın ortasına dikilip nişan aldı.

"Ödlekler!" diye bağırdı. "Keşke Albay Aureliano Buendia'nın kendisi olsaydı!"

Silah sesi çın çın öttüğü sırada, yirmi yaşında el değmemiş Carmelita Montiel, portakal çiçeği kokulu suyla daha yeni yıkanmış, Pilar Ternera'nın yatağına biberiye yaprakları serpiştiriyordu. Aureliano José, kaderine kalsa, Amaranta'nın esirgediği mutluluğu onda bulacaktı. Tam yedi tane nur topu gibi çocukları olacaktı. Aureliano José onunla bir yastıkta uzun yıllar geçirecek ve yaşlılığında onun kollarında eceliyle ölecekti. Ne var ki, sırtına gömülen ve göğsünü parçalayan kurşun, iskambillerin ters bir yorumuyla atılmış olmalıydı. Fala göre o gece asıl ölmesi gereken Yüzbaşı Aquiles Ricardo, gerçekten de Aureliano José'den dört saat önce öldü. Silah sesi duyulur duyulmaz, Yüzbaşı, nereden geldiği hiç belirlenemeyen ve aynı anda atılan iki kurşunla yere yıkıldı ve geceyi, kalabalık sesler böldü:

"Yaşasın Liberal Parti! Yaşasın Albay Aureliano Buendia!"

Saat on ikide, yani Aureliano José'nin kan yitirmekten öldüğü ve Carmelita Montiel'in kısmetini okuyan fal boşa çıktığı sıralarda, dört yüzü aşkın bir kalabalık, tiyatronun önüne sıralandılar ve tabancalarını, Yüzbaşı Aquiles Ricardo'nun sokağın ortasında bırakılmış cesedine boşalttılar. Yediği kurşunlardan ağırlaşan ve ıslanmış ekmek gibi ufalanan cesedi, bir devriye eri el arabasıyla taşıdı.

Meslekten gelme askerlerin taşkınlıklarına sinirlenen General José Raquel Moncada, siyasal etkenliğini kullandı, üniformasını yeniden sırtına geçirdi, Macondo'nun askerî ve sivil yönetimine el koydu. Ne var ki, uzlaştırıcı tutumunun, kaçınılmazı önleyeceğini umuyordu. Eylülde birbirinden değişik haberler geldi. Hükümet, ülkenin her yanında duruma hâkim olduğunu ileri sürerken, Liberallere gelen gizli haberler de iç kesimlerde silahlı ayaklanmalar olduğunu belirtiyordu. İktidardakiler, "savaş hali"nin varlığını açıklamaya yanaşmıyorlardı. Ama, Albay Aureliano Buendia'yı gıyaben yargılayıp ölüme mahkûm eden divanıharp kararı üzerine, durum, hükümet bildirisiyle duyuruldu. Albayı yakalayan ilk birliğe, cezayı infaz emri verildi. Úrsula, General Moncada'ya sevinçle, "Bu demektir ki geri dönmüş," dedi. Oysa Moncada'nın bu konuda hiçbir bilgisi yoktu.

Aslında Albay Aureliano Buendia ülkeye döneli bir aydan çok olmuştu. Gelişinden önce çeşitli söylentiler çıkmış, Albay'ın aynı anda birbirinden çok uzak yerlerde bulunduğu ileri sürülmüş, hatta kıyı bölgesinde iki kenti ele geçirdiği resmen açıklanana dek, General Moncada bile onun döndüğüne inanmamıştı. Resmî bildiriyi içeren telgrafı Úrsula'ya göstererek, "Gözünüz aydın, aziz dostum. Yakında burada olur," dedi. O zaman Úrsula ilk olarak telaşlandı. "Peki siz ne yapacaksınız?" diye sordu. General Moncada da aynı soruyu kendine kaç kez sormuştu.

"Onun yaptığını yapacağım, dostum," dedi. "Üzerime düşen ödevi yerine getireceğim."

Ekimin birinde şafak sökerken, Albay Aureliano Buendia tepeden tırnağa silahlı bin kişiyle Macondo üzerine yürüdü. Garnizona sonuna dek dayanma emri verildi. Öğleyin General Moncada Úrsula'yla yemek yerken, gümbürtüsü bütün kasabada yankılanan bir top güllesi, hazine dairesinin cephesini darmaduman etti. General Moncada, "Onlar da bizim kadar iyi silahlanmışlar," diye içini çekti. "Üstelik isteyerek, inanarak savaşıyorlar." Öğleden sonra saat ikide, iki tarafın karşılıklı top ateşiyle yer yerinden oynadığı sırada, General Moncada daha baştan yitirildiğine inandığı bir savaşı sürdürdüğünden kuşkusuz olarak Úrsula'dan izin isteyip kalktı.

"Tanrı'dan dilerim ki, Aureliano bu gece evde bulunmaz. Öyle bir şey olursa, onu benim yerime kucaklayın. Çünkü kendisini bir daha göreceğimi sanmıyorum," dedi.

O gece Albay Aureliano Buendia'ya, savaşı insancıllaştırma yolundaki ortak amaçlarını hatırlatan ve ordunun yozlukları ile her iki taraf politikacılarının tutkularını kesin yenilgiye uğratmasını dileyen uzun bir mektup yazdıktan sonra, Macondo'dan kaçmaya çalışırken yakalandı General Moncada. Ertesi gün Albay Aureliano Buendia, Úrsula'nın evinde General'le karşılıklı yemek yedi. Divanıharp kendisi hakkında karar verinceye dek orada kalacaktı. Büyük bir dostluk havası içinde oturuyorlardı. Oysa onlar geçmiş günleri anarken savaşı unuttukları halde, Úrsula'nın içinde buruk bir duygu, oğlunun çağrısız konuk gibi olduğunu, burada yeri olmadığını yineliyordu boyuna. Úrsula, oğlunun gürültülü patırtılı bir grup asker tarafından korunarak içeri girişini gördüğü anda bu duyguya kapılmıştı. Askerler, Albay için herhangi bir tehlike olmadığına güven getirsinler diye yatak odalarına varıncaya dek bütün evi altüst etmişlerdi. Albay Aureliano Buendia, onların bu tutumunu kabullenmekle kalmadı, Úrsula dahil hiç kimsenin kendisine üç metreden fazla yaklaştırılmamasını emretti. Bu arada evin çeşitli yerlerine de nöbetçiler dikildi. Albay Aureliano Buendia'nın sırtında, nişansız, apoletsiz kaba kumaştan üniforma, ayağında mahmuzlarına çamur ve kurumuş kan bulaşmış çizmeleri vardı. Belinde kapağı açık duran bir tabanca kılıfı asılıydı. Tabancanın kabzasından hiç ayrılmayan eli, bakışları gibi tetikte ve gergindi. Alnı artık iyice açılmış olan kafası, harsız fırında pişmiş gibiydi. Karayip Denizi'nin tuzuyla kavrulmuş yüzüne, madensi bir katılık gelmişti. İçinin soğukluğuyla bağlantılı bir çeşit canlılık, onu yaşlanıp çökmekten korumuştu. Gittiği zamankinden daha uzun, daha solgun, daha kemikliydi ve sıla özlemine karşı direnmenin ilk belirtilerini göstermeye başlamıştı. Úrsula içinden, "Aman Tanrım, artık her şeyi yapabilecek biri gibi görünüyor," dedi. Gerçekten de Aureliano Buendia, her şeyi yapabilecek duruma gelmişti. Amaranta'ya getirdiği Aztek şalı, yemekte anlattığı anılar, gülünç hikâyeler, bir başka zamanki şakacılığının kalıntılarıydı. Ölülerin ortak mezara gömülmesi emri yerine getirildikten sonra, Albay Aureliano Buendia, Albay Roque Carnicero'yu harp divanını kurmakla görevlendirdi. Kendisi de, yeni baştan kurulmuş Muhafazakâr rejimi, taş taş üstünde bırakmayacak biçimde değiştirecek radikal reformları uygulamaya girişti. Yardımcılarına, "Partideki politikacılardan daha çabuk tutmalıyız elimizi. Gözlerini gerçeklere açınca, olup bitmiş işlerle karşılaşacaklar," diyordu. İşte o sırada, yüz yıl öncesine uzanan tapu kadastro kayıtlarını incelemeye karar verdi ve kardeşi José Arcadio'nun meşrulaştırılmış rezaletlerini öğrendi. Toprak kayıtlarını karalayıp sildi. Son bir nezaket gösterisinde bulunmak için, işlerine bir saat ara verdi ve kararlarını Rebeca'ya anlatmak üzere ona gitti.

Bir zamanlar Aureliano Buendia'nın gizli aşklarının sırdaşı olan ve inatçılığıyla onun hayatını kurtarmış bulunan bu yalnızlığa gömülmüş dul, evinin loşluğu içinde geçmişe ait bir görüntü gibiydi. Ayak bileklerine kadar uzanan kara giysiler içindeki, yüreği küllenmiş kadının savaş hakkında hemen hiç bildiği yoktu. Albay Aureliano Buendia'ya kadının kemiklerindeki fosfor, teninin altından görünüyormuş gibi, kadın elektrik yüklü bir bulutun içinde, barut kokusunun hâlâ sezilebildiği yıllanmış bir hava içinde hareket ediyormuş gibi geldi. Albay Buendia, Rebeca'ya sürgit yas tutmamasını, evi havalandırmasını, José Arcadio öldü diye dünyaya küsmemesini öğütleyerek söze başladı. Ancak, Rebeca'ya ne söylense boştu artık. Huzuru, toprak yemekte, Pietro Crespi'nin kokulu mektuplarında, kocasının fırtınalı yatağında boşuna aradıktan sonra, Rebeca, anıların somutlaşıp insan gibi odadan odaya yüzdükleri bu evde huzur ve sükûna kavuşmuştu. Rebeca, salıncaklı sandalyesine oturmuş, geçmişten fırlamış bir hayalet gibi görünen kendisi değil de Albay Aureliano Buendia'ymış gibi bakıyordu ona. José Arcadio'nun zorbalıkla aldığı toprakların, gerçek sahiplerine iade edileceği haberine bile şaşırmadı.

"Sen nasıl uygun görürsen öyle olsun Aureliano," diye içini çekti. "Senin bir hain olduğunu hep düşünmüşümdür, bu şimdi iyice kanıtlandı."

Toprak kayıtlarının düzeltilmesi işlemi, General Gerineldo Márquez başkanlığındaki mahkemenin çalışmalarıyla aynı zamana rastladı. Duruşmalar sonunda, devrimciler tarafından yakalanan düzenli ordu subaylarının hepsi ölüme mahkûm edildi. Son olarak, José Raquel Moncada yargılandı. Úrsula araya girdi. Albay Aureliano Buendia'ya çıkışarak, "Macondo'da gelmiş geçmiş en iyi yönetim onun zamanındaydı. Onun nasıl iyi yürekli olduğunu, bizleri nasıl sevdiğini sana anlatmama gerek yok, sen hepimizden iyi biliyorsun," dedi. Albay Aureliano Buendia, annesine ters ters baktı.

"Ben adalet dağıtma görevini üstüme alamam," dedi. "Bir diyeceğin varsa mahkemede söylersin."

Úrsula mahkemeye gitmekle yetinmedi, Macondo'daki bütün devrimci subay analarını da tanık olarak getirdi. Kasabanın ilk kurucularından olan, içlerinden birkaçı dağları aşmak yiğitliğini göze almış bulunan yaşlı kadınlar teker teker çıkıp General Moncada'nın erdemlerinden söz ettiler. Úrsula en son konuştu. Onun yüreklere burukluk veren onuru, adının ağırlığı, söylediklerinin inandırıcılığı, adalet terazisini bir an sarstı. Úrsula, yargıçlar kuruluna, "Bu korkunç oyunu çok ciddiye aldınız ve başarıyla da yürütüyorsunuz. Çünkü ödevinizi yapıyorsunuz," dedi. "Yalnız şunu unutmayın ki, Tanrı bizlere ömür verdiği sürece ana olarak kalacağız ve sizler ne denli büyük devrimciler olursanız olun, saygısızlık yapmaya kalkıştığınız anda donunuzu sıyırıp bir güzel kötek atmak hakkımızdır." Úrsula'nın bu sözleri, kışla haline getirilen okulda yankılanmasını sürdürürken, Yargıçlar Kurulu görüşmek üzere oturuma ara verdi. Gece yarısı José Raquel Moncada ölüme mahkûm edildi. Úrsula'nın bütün sıkıştırmasına, zorlamasına, direnmesine rağmen, Albay Aureliano Buendia kararı değiştirmeye yanaşmadı. Şafaktan az önce, hücre olarak kullanılan odadaki hükümlüyü görmeye gitti.

"Unutma, dostum," dedi. "Seni ben öldürmüyorum. Seni devrim öldürüyor."

General Moncada, onun geldiğini görünce yatağından bile kalkmadı.

"Cehenneme kadar yolun var, bas git arkadaş," dedi.

Albay Aureliano Buendia, gelişinden o ana kadar, arkadaşına yürekten bakmamıştı. Onun nasıl çöktüğünü, ellerinin nasıl titrediğini, ölümü neredeyse törensel bir resmiyet içinde kabullendiğini görünce şaşırdı, kendisinden iğrendi. Bu duyguya biraz da acıma karışmıştı.

"Bütün divanıharp yargılamalarının gülünç birer oyun olduğunu sen benden daha iyi bilirsin," dedi. "Aslında başkalarının işlediği suçların kefaretini ödüyorsun. Çünkü bu kez ne pahasına olursa olsun savaşı kazanacağız. Benim yerimde olsan, sen de aynı şeyi yapmaz mıydın?"

General Moncada, kalın bağa çerçeveli gözlüğünü gömleğinin eteğine silmek için ayağa kalktı. "Olabilir," dedi. "Üzüldüğüm, beni öldürmeniz değil, çünkü kurşuna dizilmek bizim gibi insanlar için bir bakıma eceliyle ölmek sayılır." Gözlüğünü yatağın üzerine koydu. Saatiyle köstеğini çıkardı. "Beni asıl üzen," diye sözünü sürdürdü, "askerlikten onca nefret ettikten, askerlerle onca çarpıştıktan ve onlar üzerine onca düşündükten sonra, sonunda senin de onlardan beter olman. Ve dünyada hiçbir ülkü bu denli alçalmaya değmez." Nişan yüzüğünü ve Kutsal Meryem madalyonunu çıkardı, onları da gözlüğüyle saatinin yanına koydu.

Sonra sözlerini tamamladı: "Bu duruma geldikten sonra, son tarihimizin en despot ve kanlı diktatörü olmakla kalmaz, vicdanını susturmak için sevgili dostum Úrsula'yı da kurşuna dizdirirsin."

Albay Aureliano Buendia kımıldamadan duruyordu. General Moncada, gözlüğü, madalyonu, saati ve yüzüğü ona verdi. Sonra sesinin tonunu değiştirerek, "Seni paylamak için çağırtmadım buraya," dedi. "Bunları karıma göndermeni isteyecektim."

Albay Aureliano Buendia, General'in verdiklerini ceplerine koydu.

"Karın hâlâ Manaure'de mi?"

"Hâlâ Manaure'de. Mektubu yolladığın adreste, kilisenin arkasındaki evde yine."

Albay Aureliano Buendia, "Seve seve gönderirim, José Raquel," dedi.

Albay Aureliano Buendia, sisin mavi havasına çıktığında, yüzü geçmişteki bir şafak zamanı olduğu gibi nemlendi ve hükmün mezarlık duvarında değil de, avluda infaz edilmesini emrettiğini ancak o zaman fark etti. Kapının karşısına dizilmiş olan idam mangası, onu devlet başkanlarına yaraşır biçimde selamladı.

Albay Aureliano Buendia, "Artık onu dışarı getirebilirler," dedi.

Savaşın anlamsızlığını ilk kavrayan, Albay Gerineldo Márquez oldu. Macondo'nun sivil ve askerî yönetiminin başında bulunmak sıfatıyla, haftada iki kez Albay Aureliano Buendia'yla telgrafla haberleşiyordu. Başlangıçta bu haberleşmeler bir ölüm kalım savaşının gidişini belirlemeye, savaşın her an hangi noktada sürdürüldüğünü ve ne yönde ilerleyeceğini bildirmeye yarıyordu. Aureliano Buendia, en yakın arkadaşlarına bile hiçbir zaman açılmamakla, sıkı fıkı olmamakla birlikte, yine de o zamanlar telin ucundakinin kendisi olduğunu belirleyen dostça bir anlam yüklerdi sözlerine. Çoğu kez konuşmayı gerektiğinden çok uzatır ve aile sohbeti havasında sürdürürdü. Ne var ki, savaş yoğunlaşıp yaygınlaştıkça, Albay Aureliano Buendia'nın telin öte ucundaki görünümü giderek gerçekdışı bir evrene kaymaya başladı. Konuşmasının kendine özgü nitelikleri belirsizleşti, yavaş yavaş anlamlarını toptan yitirmiş sözcükleri biçimler oldu. O zaman Albay Gerineldo Márquez, dinlemekle yetinmeye ve dinledikçe de başka dünyadan bir yabancıyla konuşuyormuş gibi sıkıntı duymaya başladı.

Dinliyor, dinliyor, sonra manipleyi tıkırdatarak, "Anladım, Aureliano. Yaşasın Liberal Parti!" diye sözünü bağlıyordu.

Sonunda, savaşla bütün bağlantısını yitirdi. Bir zamanlar gerçek bir eylem, gençliğinin karşı durulmaz bir tutkusu olan savaş, onun için artık uzak bir anı, bir boşluk oldu. Bu anlamsızlıktan kurtulmak için, sık sık Amaranta'nın dikiş odasına sığınır oldu. Albay Gerineldo Márquez, her gün Amaranta'ya gidiyordu. Amaranta'nın kabarık, köpük gibi, iç etekliği yapılacak kumaşı Güzel Remedios'un çevirdiği dikiş makinesinin ayağına kaydırışını, kumaşı evirip çeviren ellerini seyretmek hoşuna gidiyordu Gerineldo'nun. Saatlerce konuşmadan otururlar, birbirlerinin yanında olmakla yetinirlerdi. Ne var ki Amaranta, Gerineldo'nun aşk ateşini alevli tutmaktan için için haz duyarken, Gerineldo onun gizi çözülmez yüreğindeki gizli oyunlardan haberli değildi. Amaranta, Gerineldo'nun geri döndüğünü haber alınca heyecandan soluğu kesilmişti. Oysa onun Albay Aureliano Buendia'nın yanındaki gürültücü kalabalığın ortasında eve girdiği an, sürgün döneminin onu nasıl yıprattığını, yaşlanıp çöktüğünü, kir pas içinde leş gibi koktuğunu, askıya alınmış sol koluyla büsbütün çirkinleştiğini görünce, Amaranta öylesine hayal kırıklığına uğradı ki, neredeyse bayılacak gibi oldu. "Aman Tanrım, bunca zamandır yolunu beklediğim adam bu değildi," diye düşündü. Ama ertesi gün, Albay Gerineldo Márquez yıkanıp tıraş olmuş, bıyığına lavanta suyu sürmüş ve o kanlı sargıyı kolundan çıkarmış olarak eve geldi. Amaranta'ya da üzeri sedef işlemeli bir dua kitabı getirdi.

Amaranta, "Şu erkekler de ne tuhaf," dedi. Diyecek başka söz bulamamıştı çünkü. "Papazlara karşı dövüşüp canlarını veriyorlar, sonra da armağan diye dua kitabı getiriyorlar."

Gerineldo, o günden sonra, savaşın en civcivli zamanında bile her gün Amaranta'yı yoklamaya geldi.

Güzel Remedios olmadığı zamanlar, makinenin kolunu Gerineldo çeviriyordu. Kendisine böyle olağanüstü yetkiler tanındığı halde, dikiş odasına silahsız girmek için silahlarını oturma odasına bırakmayı bir gün bile unutmayan bu adamın bağlılığı, sabrı ve direnci Amaranta'yı şaşırtıyordu. Gerineldo dört yıl bıkıp usanmadan onu sevdiğini yineledi ve Amaranta da her seferinde onu incitmeden geri çevirmenin bir yolunu buldu. Onu kırmak istemiyordu, çünkü Gerineldo'yu sevmeyi becerememiş de olsa, artık onsuz yapamaz olmuştu. Her şeye kayıtsız görünen ve geri zekâlı olduğu sanılan Güzel Remedios bile, böylesi bir bağlılığın karşısında kayıtsız kalamadı ve Albay Gerineldo Márquez'in tarafını tuttu. Amaranta kendi eliyle büyüttüğü, genç kızlık dönemine yeni giren bu kızın, Macondo'da gelmiş geçmiş en güzel yaratık olduğunu birden fark ediverdi. Eskiden Rebeca'ya duyduğu kıskançlık ve öfkenin yüreğinde yeniden kıvılcımlandığını sezdi ve bu duygunun kızın ölmesini isteyecek aşırılığa varmaması için Tanrı'ya dua ederek, Güzel Remedios'un dikiş odasına girmesini yasakladı. O sıralarda Albay Gerineldo Márquez, savaşın anlamsızlığını, sıkıcılığını duymaya başlamıştı. Gençliğinin en güzel yıllarına mal olan şan ve şerefi, Amaranta uğruna feda etmeye hazır olarak, yıllar yılı baskı altında tuttuğu sevgisini sel gibi coşturarak, bütün gücüyle Amaranta'yı kandırmaya çalıştı. Beceremedi. Bir ağustos günü, Amaranta, sabırlı sevgilisine, "Artık birbirimizi unutalım. Böyle şeyler bizden geçti," diyerek son ve kesin yanıtını verdikten sonra, kendi inatçılığının dayanılmaz ağırlığı altında ezilerek, ölene dek sürecek yalnızlığına ağlamak için odasına kapandı.

O gün Albay Aureliano Buendia, Albay Gerineldo Márquez'i telgrafla aradı. Bu, sürüp giden savaşı etkilemeyecek günlük konuşmalardan biriydi. Konuşmanın sonunda Albay Gerineldo Márquez ıssız sokaklara, badem ağacının üzerindeki kristalleşmiş damlara baktı ve kendini yalnızlık içinde kaybolmuş gördü.

Manipleye basarak, "Aureliano," dedi. "Macondo'da yağmur yağıyor."

Uzun süre karşılık gelmedi. Sonra Albay Aureliano Buendia'nın acımasız sözleri makineyi sarsmaya başladı.

"Aptallaşma, Gerineldo," diyordu mors, "ağustosta yağmur yağmasından daha doğal ne olur!"

Birbirlerini görmeyeli öyle çok olmuştu ki, Albay Gerineldo Márquez, Aureliano'nun tepkisinin sertliğine şaşırdı. İki ay sonra Albay Aureliano Buendia, Macondo'ya geri geldiği zaman, Gerineldo'nun şaşkınlığı, afallamaya dönüştü. Aureliano'daki değişiklik Úrsula'yı bile şaşırttı. Sessiz sedasız, alaysız törensiz geldi. Sıcağa rağmen, pelerinine sımsıkı bürünmüştü. Yanında da üç metresi vardı. Kadınların üçünü aynı eve yerleştirdi, kendisi de çokluk hamaktan çıkmaz oldu. Günlük operasyonları bildiren telgraf haberlerini bile doğru dürüst okumuyordu. Bir gün Albay Gerineldo Márquez, çatışmanın uluslararası nitelik almasına yol açabilecek, sınırdaki bir bölgeden çekilip çekilmeme konusunda emir istedi.

Albay Aureliano Buendia, "Beni önemsiz şeyler için rahatsız etmeyin," diye buyurdu. "Tanrı'ya sorun ne yapacağınızı."

Savaşın belki de en kritik anıydı bu. Başlangıçta devrimi desteklemiş olan Liberal toprak sahipleri, tapu kadastro kayıtlarının yeniden ele alınmasını önlemek için, Muhafazakâr toprak sahipleriyle gizli anlaşmalar yapmışlardı. Savaşçılara para yardımı yapan sürgündeki politikacılar, Albay Aureliano Buendia'nın bütün yetkilerinin elinden alındığını kamuoyuna açıkladılar.

Ama, yetki umurunda bile değildi Albay'ın. Koca koca beş defter dolduran ve sandığın dibinde unutulup kalan şiirlerini de eline aldığı yoktu. Geceleri ya da öğle uykusuna yattığı zaman, kadınlardan birini hamağına çağırıyor, onunla yüzeyde kalan, ilkel bir doyuma ulaştıktan sonra kütük gibi devrilip yatıyordu. Ne gamın, ne tasanın yanına hiç uğramadığı bir taş gibiydi. Yalnızca o günlerde, arapsaçına dönmüş yüreğinin sonuna dek bocalamaya mahkûm olduğunu biliyordu. Önceleri, dönüşündeki anlı şanlı havadan, kazandığı küçümsenmez zaferlerden başı dönmüş, büyüklük uçurumunun ta kenarına gelmişti. Hayvan postu giysileri ve kaplan pençesinden süsleriyle büyüklerin çekindiği, küçüklerin ödünü patlatan, savaş sanatının büyük ustası Marlborough Dükü, Aureliano'nun sağ koluydu. Onu sürekli yanında bulundurmak hoşuna gidiyordu. İşte o sıralarda Úrsula dahil hiçbir insanoğlunun kendisine üç metreden fazla yaklaşmamasına karar vermişti. Durduğu her yerde, yanındakiler hemen koşup tebeşirle bir daire çiziyorlar, Albay Aureliano Buendia da kendisinden başkasının ayak basamayacağı bu dairenin ortasına girip dünyanın kaderi üzerinde hiçbir yere ulaşmayan buyruklar veriyordu. Aureliano, General Moncada'nın kurşuna dizilmesinden sonra, Manaure'ye ilk gidişinde, General'in vasiyetini yerine getirmek için evine koşmuştu. General'in dul karısı, gözlüğü, madalyonu, saati, yüzüğü aldı, ama Aureliano'yu eşikten içeri sokmadı.

"İçeri giremezsiniz, Albayım," dedi. "Belki siz savaşta komuta edersiniz, ama evimde benim sözüm geçer."

Albay Aureliano Buendia, öfkelendiğini hiç belli etmedi, ama öfkesi, ancak muhafızları evi yağmalayıp bir kül yığını haline getirdikten sonra yatıştı. Albay Márquez, "Yüreğini kolla, Aureliano," dedi, "ölmeden çürüyorsun." Albay Aureliano Buendia, o günlerde, ileri gelen asi komutanları ikinci kez toplantıya çağırdı. Bu toplantıda her çeşit insan vardı: Ülkücüler, gözünü hırs bürüyenler, serüven arayanlar, toplumla bağdaşamayanlar, adi suçlular bile geldi. Zimmetine para geçirdiği için yargılanmaktan kaçıp isyancılığa sığınan eski bir Muhafazakâr yetkili bile vardı aralarında. Çoğu neden savaştığını bile bilmiyordu. Değer yargılarındaki ayrımlar yüzünden bir iç patlamanın eşiğine sürüklenen bu her boyadan boyalı toplulukta, bir tek otorite sivriliyordu: General Teofilo Vargas. General, okuması yazması olmayan, görgü, terbiye bilmeyen, adamlarını kendine körü körüne inandıran, Tanrı'nın kendisine ödevler verdiğini çevresindekilere yutturan, düzenbaz, saf kan bir Kızılderili'ydi. Albay Aureliano Buendia, asi komutanları politikacıların manevralarına karşı birleşmek amacıyla toplamıştı. General Teofilo Vargas, kendi niyetini açığa vurdu ve birkaç saat içinde nitelikli komutanlar koalisyonunu parçalayıp komutayı ele geçirdi. Albay Aureliano Buendia, subaylarına, "Gözümüzü üzerinden eksik etmememiz gereken vahşi bir hayvan bu," dedi. "Bu adam, bizim için savunma bakanından daha tehlikeli." Bunun üzerine her zaman çekingenliğiyle tanınan genç bir yüzbaşı ürke ürke parmağını kaldırdı.

"Kolayı var, Albayım," dedi. "Bu adamı öldürelim."

Albay Aureliano Buendia, önerinin soğukluğuna şaşırmadı da, bir saniye farkla kendisinden önce davranmış olmasına içerledi.

"Böyle bir emir vermemi beklemeyin," dedi.

Doğrusu istenirse, böyle bir emir de vermedi. Ne var ki, iki hafta sonra pusuya düşen General Teofilo Vargas kamış baltalarıyla paramparça edildi ve Albay Aureliano Buendia başkomutanlığı üstlendi. Bütün asi komutanların kendisini başkomutan olarak tanıdığı gece, Albay Aureliano Buendia uykusundan korkuyla fırladı, bir battaniye istedi. İçini saran soğukluk kemiklerini titretiyor, kızgın güneş altında bile iliklerine dek donduruyordu. Bu üşüme yüzünden birkaç ay uyuyamadı; sonra üşüme, alışkanlık haline geldi. İktidar sarhoşluğu, tedirginlik dalgalarıyla dağılmaya başladı. Aureliano, belki üşümesine iyi gelir diye, General Teofilo Vargas'ın öldürülmesini öneren genç subayı kurşuna dizdirtti. Aureliano'nun emirleri daha ağzından çıkmadan, daha kendisi bile düşünmeden yerine getiriliyor, kendisinin göze alamayacağı aşırılıklara vardırılıyordu. Albay Aureliano Buendia, erişilmez gücün yalnızlığına battı ve ne yaptığını bilmemeye başladı. Komşu köylerde kendisini coşkun gösterilerle karşılayanlardan rahatsız oluyor, köylülerin düşman tarafa da aynı gösterilerde bulunduğundan kuşkulanıyordu. Nereye gitse kendisine kendi gözleriyle bakan, kendi sesiyle konuşan, kendisinin onlara duyduğu güvensizliği ona duyan ve oğlu olduğunu söyleyen bir yığın delikanlı çıkıyordu karşısına. Aureliano kendisini oraya buraya dağılmış, çoğalmış buluyor, büsbütün bir yalnızlığa gömülüyordu. Kendi subaylarının bile yalan söylediğine inanır oldu. Marlborough Dükü'yle çatıştı. "İnsanın en iyi dostu, ölmüş olan dostudur," diyordu. Kendisini hep aynı yerde, ama her sefer biraz daha yaşlanmış, biraz daha yorulmuş, olanların nedenini nasılını, hatta zamanını biraz daha bilmez durumda yakalayan o bitmez tükenmez savaşın kısırdöngüsünden, sonuçlanmamasından usanmış, tükenmişti. Tebeşir dairesinin dışında her zaman biri oluyordu mutlak. Parası olmayan biri, oğlu boğmacaya yakalanmış biri ya da artık savaş boku yemeye dayanamadığı için çekip gitmek ve sonsuza dek uyumak isteyen biri oluyordu. Üstelik bunlar hiçbir şey yokmuş gibi karşısında hazır ola geçip, "Her şey normal, Albayım," diyorlardı. O sonu gelmez savaşın en korkunç yanı da işte bu normallikti; hiçbir şey olduğu yoktu. Önsezilerinin de kendisini terk ettiği, yapayalnız bir adam olan ve ölene dek yakasını bırakmayacak üşümeden kaçmaya çalışan Aureliano, son çareyi Macondo'da, eski anıların sıcaklığına sığınmakta aradı. Öylesine bir aldırmazlığa kapılmıştı ki, savaşın durdurulması için yapılacak görüşmelere yetkili komisyon üyelerinin geldiğini duyduğu zaman bile uykusunu açmadan hamağında döndü.

"Onları orospulara götürün," dedi.

Komisyon üyeleri, yakıcı kasım güneşine büyük bir aldırmazlık ve ciddiyet içinde dayanan, fraklı, silindir şapkalı altı avukattı. Úrsula, onları kendi evinde ağırladı. Hemen bütün gün, yatak odasında oturup gizli gizli konuştular; akşamüstü de yanlarına birer kadın, birkaç tane de akordeoncu alıp Catarino'nun dükkânını kapadılar. Albay Aureliano Buendia, "İlişmeyin keyiflerine," dedi. "Onların ne istediğini, görüyorsunuz ya, yine ben biliyorum." Aralık başlarında, çoklarının içinden çıkılmaz tartışmalara yol açacağını sandıkları, uzun süredir beklenilen görüşme bir saatten az sürede sonuçlandı.

Albay Aureliano Buendia, fırın gibi kızarmış salonda, üzerinde beyaz örtüler atılmış laterna hayaletinin yanında yardımcılarının çizdiği tebeşir dairesinin içine oturmadı. Yün battaniyesine sarınarak, siyasal danışmanlarının arasındaki sandalyeye oturdu ve elçilerin önerilerini dinledi. Öncelikle, Liberal toprak sahiplerinin desteğini yeniden kazanmak için, tapu kadastro kayıtlarını kurcalamaktan vazgeçmesini istiyorlardı. Sonra Katolik kitlelerin desteğini sağlamak için, din adamlarının nüfuzuyla uğraşmayı bırakmasını istiyorlardı. Son olarak da aile bütünlüğünü korumak amacıyla, evlilik dışı doğmuş çocuklara eşit haklar verilmesini amaçlamaktan vazgeçmesini istiyorlardı.

İstekler okunulup bitince, Albay Aureliano Buendia gülümsedi. "O halde," dedi, "yalnızca iktidar için savaşıyoruz demek ki."

Delegelerden biri, "Bu değişiklikler taktik gereği," diye atıldı. "Şu sıra önemli olan şey, savaşın halka dayanan tabanını genişletmektir. Sonra, bunları yeniden ele alırız."

Albay Aureliano Buendia'nın siyasal danışmanlarından biri, dayanamadı, adamın sözünü kesti.

"Burada bir çelişki var," dedi. "Bu değişiklikler yararlı ve yerinde ise, o zaman Muhafazakâr rejim de iyi demektir. Dediğiniz gibi, savaşın halka dayanan tabanını bu değişikliklerle genişleteceksek, Muhafazakâr rejim geniş bir halk temeline dayanıyor demektir. Sözün kısası, demek oluyor ki, biz yirmi yıla yakın süredir halkın duygularına karşı savaşmışız."

Sözünü daha da sürdürecekti, ama Albay Aureliano Buendia bir işaretle susturdu onu. "Zamanınızı boşuna harcamayın, doktor. Önemli olan, bundan böyle iktidarı ele geçirmek için savaşacağımızdır," dedi gülümseyerek, delegelerin uzattığı belgeleri aldı, imzalamaya hazırlandı. "Madem böyle, biz de kabullenmekte bir sakınca görmüyoruz," diye sözünü tamamladı.

Adamları, şaşkınlık içinde birbirlerine baktılar.

Albay Aureliano Buendia, mürekkepli kalemi havada tuttu ve otoritesinin olanca ağırlığını Albay Gerineldo Márquez'in üzerine boşalttı.

"Silahlarını teslim et," diye emretti.

Albay Gerineldo Márquez ayağa kalktı, silahlarını masanın üstüne bıraktı.

Albay Aureliano Buendia, "Kışlaya git ve devrimci mahkemenin karşısına çık," dedi.

Sonra, anlaşmayı imzaladı, kâğıtları elçilere verdi. "İşte kâğıtlarınız beyler," dedi. "Bunlarla bir şey becerebilseniz bari."

İki gün sonra, ihanet suçuyla yargılanan Albay Gerineldo Márquez ölüme mahkûm oldu. Albay Aureliano Buendia, hamağına yan gelmiş yatıyor, Gerineldo'nun affı yolundaki ricalara kulak bile asmıyordu. Kararın infaz edileceği gece, Aureliano'nun kendisini rahatsız etmemeleri için verdiği emirleri hiçe sayan Úrsula, yatak odasında onunla görüşmeye gitti. Baştan ayağa karalara bürünmüş olan ve hep alışılmadık derecede hüzünlü görünen Úrsula, oğluyla yaptığı üç dakikalık konuşma boyunca ayakta durdu. Serinkanlılıkla, "Gerineldo'yu kurşuna dizdireceğini biliyorum," dedi. "Bunu önlemek için elimden hiçbir şey gelmeyeceğini de biliyorum. Yine de seni uyarmaya geldim: Gerineldo'nun ölüsünü gördüğüm anda, ölmüş babamın, ölmüş anamın kemiklerine ant içerim ki, José Arcadio Buendia'nın anısına ant içerim ki, Tanrı huzurunda ant içerim ki, hangi deliğe girersen gir, seni bulup çıkarır, kendi elimle öldürürüm." Úrsula, Aureliano'dan yanıt bile beklemeden döndü, kapıdan çıkmadan önce, "Ha böyle olmuşsun, ha domuz gibi kuyruklu doğmuşsun, hepsi bir," diyerek sözünü bağladı.

O sona ermez gece boyunca, bir yanda Albay Gerineldo Márquez, Amaranta'nın dikiş odasında geçen ölü günleri düşünürken; öte yanda da Albay Aureliano Buendia, yalnızlığının katı kabuğunu delmek için saatlerce çırpındı. Babasının onu buz göstermeye götürdüğü o uzaklarda kalmış günden sonra, tek mutlu anları ufacık balıklar yaptığı gümüş işliğinde geçen zamanlardı. Sadeliğin üstünlüğünü, ayrıcalığını anlayabilmesi için otuz iki savaş çıkarması, ölümle bütün anlaşmalarını bozması, ün denilen pisliğe bir domuz gibi bulanması ve tam kırk yıl yitirmesi gerekmişti.

Şafak sökerken, Albay Aureliano Buendia kendi kendini yiyerek uykusuz geçirdiği gecenin bitkinliği içinde, infazdan bir saat önce hücreye girdi. Albay Gerineldo Márquez'e, "Komedi bitti, arkadaş," dedi. "İdam hükmünü sivrisinekler yerine getirmeden bir an önce çıkalım buradan." Albay Gerineldo Márquez, bu tutum karşısında duyduğu tiksinmeyi gizleyemedi.

"Hayır, Aureliano," diye karşılık verdi. "Senin kanlı bir despot olduğunu görmektense ölmeyi yeğlerim."

Albay Aureliano Buendia, "Öyle bir şey görmeyeceksin," dedi. "Hadi şimdi pabuçlarını giy de bu boktan savaşı bitirmeme yardım et."

Albay Aureliano Buendia bu sözü söylediği zaman, savaşı çıkarmanın, savaşı bitirmekten kolay olduğunu bilmiyordu. Hükümeti, asilerin kabul edeceği barış koşullarını önermeye zorlamak için tam bir yıl korkunç ve kanlı çaba göstermesi gerekti. Kendi partizanlarını bu koşulların kabul edilebilir olduğuna inandırmak için de bir yıl daha harcamak zorunda kaldı. Barışa yanaşmayan ve mutlak zafer peşinde olan kendi subaylarının ayaklanmasını bastırmak için akıl almaz zorbalıklara başvurması gerekti ve sonunda onları pes ettirmek için düşman güçlerinden yardım umdu.

Hiçbir zaman o günlerdeki kadar büyük asker niteliğine ulaşmamıştı. Soyut ülküler uğruna, politikacıların işlerine geldiğince sağa sola bükecekleri sloganlar uğruna değil de, sonunda kendi kurtuluşu adına savaştığını bilmek, içini ateşli bir coşkuyla dolduruyordu. Bir zamanlar zafer adına nasıl canla başla çarpışmışsa şimdi de yenilgi adına inanç ve bağlılıkla savaşan Albay Gerineldo Márquez, gözünü budaktan sakınmadığı, gereksiz yere canını tehlikeye attığı için Aureliano'ya çıkışıyordu. Aureliano gülümseyerek, "Sen merak etme," diyordu. "Ölmek sanıldığından çok daha zor." Onun için gerçekti bu. Ecelinin önceden belirleneceği inancı, ona gizemli bir bağışıklık, belirli süreler için ölümsüzlük getiriyor, Aureliano böylelikle savaşın en tehlikeli anlarında korkusuzca öne fırlıyordu. Yine bu nedenle, zaferden çok daha zor, çok daha kanlı ve çok daha pahalıya mal olan yenilgiyi kazanabildi.

Hemen hemen yirmi yıl süren savaş boyunca Albay Aureliano Buendia pek çok kez eve dönmüştü. Ne var ki, her sefer palas pandıras, acele ve önemli iki iş arasında gelir, yanındaki askerler nereye gitse peşini bırakmazlar ve Aureliano'nun çevresinde Úrsula'nın bile dikkatini çeken bir efsane halesi olurdu. Bütün bunlar, sonunda Aureliano'yu bir yabancı durumuna düşürmüştü. Macondo'ya son gelişinde üç kapatması için bir ev açınca, kendi evine ancak iki üç kez, yemek çağrılarında bulunmak için gitti. Savaş sırasında doğmuş olan Güzel Remedios'la ikizler, onu uzaktan uzağa tanıyorlardı. Amaranta ise, delikanlılık yıllarını gümüş balıklar yapmakla geçiren kardeşinin anısını, kendisiyle bütün insanlık arasına üç metre açıklık koyan bu efsanevi savaşçıyla bir türlü bağdaştıramıyordu. Ateşkes anlaşması yapılacağı haberi yayılınca, ev halkı, Aureliano'nun sonunda kendi ailesine bağışlanacağını, yeniden insanlaşmış olarak aralarına döneceğini sandılar ve bunca süredir gölgede kalan aile bağlarını eskisinden de güçlü duydular.

Úrsula, "Sonunda evimizin bir erkeği olacak yeniden," dedi.

Aureliano'yu hepten yitirdiklerini ilk sezen Amaranta oldu. Ateşkes anlaşmasına bir hafta kala, Aureliano, yanında subayları, yardımcıları olmaksızın yalınayak iki erle eve girdi. Erler, Aureliano'nun bir zamanki tepeleme bagajından geri kalan katır eyeri ile şiirlerin durduğu sandığı verandaya bıraktılar. Amaranta, dikiş odasının önünden geçerken ona seslendi. Albay Aureliano Buendia onu tanıyamadı.

Amaranta, Aureliano'nun eve dönmesinden duyduğu sevinç içinde, "Ben Amaranta'yım," diyerek kara sargılı elini gösterdi. "Bak."

Albay Aureliano Buendia, bir zamanlar ölüme mahkûm olarak Macondo'ya geldiği o sabah, kardeşinin elindeki sargıyı ilk gördüğünde nasıl gülümsemişse, bu kez de öyle gülümsedi.

"Zaman nasıl da geçiyor," dedi. "Bu korkunç bir şey!"

Devletin askerleri evi korumak zorunda kaldılar. Sokaktakiler, Aureliano'ya sövüp sayıyorlar, suratına tükürüyorlar, savaşı sonunda daha iyi fiyata satabilmek için, yok yere alevlendirmekle suçluyorlardı. Aureliano bir yandan ateşten, öte yandan üşümekten titriyordu. Koltukaltlarında yine yaralar açılmıştı. Altı ay önce, Úrsula, ateşkes söylentilerini ilk duyduğunda, gelin odasını açmış, silip süpürmüş, köşesinde bucağında kokulu mür sakızı tütsülemiş ve oğlunun, Remedios'un artık küflenmiş bebekleri arasında yavaş yavaş kocamak üzere eve dönmesini beklemeye koyulmuştu. Oysa Aureliano, son iki yıl içinde, yaşlanmak dahil yaşama olan bütün ödevlerini tamamlamıştı. Úrsula'nın büyük özenle hazırladığı gümüş işliğinin önünden geçerken, Aureliano anahtarların kilidin üstünde olduğunu bile görmedi. Zamanın, evi nasıl kemirdiğini, köhneleştirdiğini, anılarını kafasından silip atmamış biri için bunca zaman sonra felaket diye nitelendirilebilecek bir duruma getirdiğini fark etmedi. Ne duvardaki sıvaların dökülmüş olması, ne köşeleri saran kirli, pamuk pamuk örümcek ağları, ne begonyaların üstündeki toz, ne kirişlerdeki kurt yenikleri, ne menteşeleri kaplayan pas, Aureliano'ya acı vermiyor, ev özleminin kurduğu tuzaklardan hiçbirine düşmüyordu. Battaniyesine sarındı, verandada oturup bütün gün begonyaların üzerine yağan yağmuru seyretti. Sanki yalnızca yağmurun dinmesini beklemek için oraya gelmiş gibi, ayağından çizmelerini bile çıkarmamıştı. Úrsula, onun, yanlarında uzun boylu kalmayacağını sezdi. "Madem artık savaşa gitmeyecek, o zaman mutlak ölecek demektir," diye düşündü. Bu varsayım öylesine kesin, öylesine inandırıcıydı ki, Úrsula bunu bir kehanet olarak yorumladı.

O akşam yemekte, Aureliano Segundo ekmeğini sağ eliyle koparıyor, çorbasını sol eliyle içiyordu. İkiz kardeşi José Arcadio Segundo ise ekmeğini sol eliyle koparıp çorbasını sağ eliyle içiyordu. Davranışları, birbirine öylesine bağlı bir bütünlük içindeydi ki, karşılıklı oturan iki kardeşten çok, ayna karşısında oyun yapan birine benziyorlardı. İkizlerin birbirlerinin tıpatıp aynı olduklarını fark ettikleri zaman buldukları bu oyun, Aureliano'nun gelişi onuruna yemekte yinelendi. Ama Albay Aureliano Buendia farkına bile varmadı. Her şeye öylesine yabancı, her şeyden öylesine kopuk bir hali vardı ki, yatak odasına giderken yanından çıplak geçen Güzel Remedios'u bile gözü görmedi. Onun bu dalgınlığını bozmayı bir tek Úrsula göze alabildi.

Yemeğin yarısına doğru, "Yine gitmek zorundaysan, hiç değilse bu akşamki halimizi unutmamaya çalış," dedi.

O zaman Albay Aureliano Buendia, acısını, yalnızlığını delip geçmeyi başarabilen tek insanın Úrsula olduğunu fark etti. Buna da şaşmadı, yıllardır ilk kez annesinin yüzüne baktı. Úrsula'nın derisi kayış gibi olmuş, dişleri çürümüş, saçlarının rengi gitmişti. Ürkütücü bir görünüşü vardı. Aureliano, annesinin görünüşünü aklında kalan en eski anıyla, kaynar çorba kâsesinin masadan düşeceğini yumurtladığı günkü haliyle karşılaştırdı ve anasını paramparça olmuş buldu. Yarım yüzyılı aşkın günlük sıkıntıların anasında bıraktığı izleri, ülserleri, yaraları, çatlakları bir anda gördü ve bunların kendisinde hiçbir acıma duygusu uyandırmadığını da fark etti. Sonra yüreğinde duyguların çürüyüp kaldığı yeri bulmak için son bir çaba gösterdi, bulamadı. Bir başka gelişinde Úrsula'nın kokusunu kendi teninde duyunca, hiç değilse utanmaya benzer bir duyguya kapılmıştı. Sonra pek çok sefer Úrsula'nın düşüncelerinin kendisininkilere karıştığını fark etmişti. Ama savaş, bu duyguların tümünü silip süpürmüştü. Artık karısı Remedios bile, kızı olacak yaşta birinin silik hayalinden başka bir şey değildi. Aşk çölünde tanıdığı ve onun tohumunu bütün kıyı bölgesine yaymış olan sayısız kadın, Aureliano'nun yüreğinde hiç iz bırakmamıştı. Çoğu, odasına karanlıkta girmişler, gün doğmadan çıkmışlardı ve ertesi gün bedenindeki yorgunluktan öte tek bir anı kalmamıştı. Zamana ve savaşa yenik düşmeden süregelen tek duygusu, çocukluklarında kardeşi José Arcadio'ya duyduğu bağlılıktı. Bu da, sevgiye değil, suç ortaklığına dayanan bir duyguydu.

Aureliano, Úrsula'nın kendilerini unutmaması yolundaki isteğini, "Bağışla, savaş her şeyi silip götürdü," diyerek savuşturdu.

O olayı izleyen günlerde, Aureliano, dünyadan geçişinin bütün izlerini ortadan kaldırmakla uğraştı. Kendisine özgü hiçbir şey kalmayıncaya dek gümüş işliğinde ne var ne yoksa dağıttı. Giysilerini erlere verdi. Babasının Prudencio Aguilar'ı öldüren mızrağı gömerken duyduğu suçluluk duygusunun eşini duyarak bütün silahlarını avluya gömdü. Yalnızca içinde tek kurşun bulunan tabancasını alıkoydu. Úrsula hiç karışmıyordu. Yalnız, salonda gece gündüz yanan bir lambanın aydınlattığı Remedios'un resmini yok etmeye kalkışınca, Úrsula onu önledi. "Bu resim, çoktan senin olmaktan çıktı," dedi. "Artık bir aile yadigârı o." Ateşkes anlaşmasının yürürlüğe girdiği gece, evde kendisini hatırlatacak bir şey kalmayınca, Aureliano şiirlerin durduğu sandığı aldı ve Santa Sofia da la Piedad'ın fırını yakmaya hazırlandığı mutfağa taşıdı.

Sararmış kâğıtlardan bir tomar alıp uzatarak, "Fırını bunlarla yak," dedi. "Çok eski oldukları için daha iyi yanarlar."

Santa Sofia de la Piedad, o sessiz kadın, o uysal, o hiç kimseyle, kendi çocuklarıyla bile çatışmayan kadın, bunun yapılmaması gereken bir şey olduğunu sezdi.

"Bunlar önemli kâğıtlar," dedi.

Albay, "Hiç de değil," diye karşılık verdi. "İnsanın kendi kendine karaladığı şeyler bunlar."

"Öyleyse, kendiniz yakın, Albayım."

Aureliano, kâğıtları kendi eliyle fırına atmakla kalmadı, sandığı da bir kamış baltasıyla parçalayıp ateşe attı. Saatler önce Pilar Ternera onu görmeye gelmişti. Albay Aureliano Buendia, onu bunca yıl görmedikten sonra, kadının nasıl yaşlandığını, şişmanladığını ve gülüşünün nasıl güzelliğini yitirdiğini görünce şaşırmış, bir yandan da kâğıtların dilini bu denli ustalıkla öğrenmesine afallamıştı. Pilar, ona, "Ağzını kolla," demişti. Aureliano, en parlak günlerinde bir kez daha söylenen bu sözün, kaderini şaşılacak ölçüde belirleyip belirmediğini düşünüyordu. Kısa bir süre sonra, özel doktoru yaralarına pansuman yaparken, Aureliano çok ilgileniyormuş gibi görünmeden, yüreğinin tastamam nerede olduğunu sordu. Doktor kulaklıkla dinledi, sonra tentürdiyoda batırılmış pamukla, Aureliano'nun göğsüne bir halka çizdi.

Silahların bırakıldığı salı sabahı, sıcak ve yağışlı bir gün doğdu. Albay Aureliano Buendia, daha saat beş olmadan mutfağa girdi ve her zamanki gibi sade kahvesini içti. Úrsula, "Sen böyle bir günde doğmuştun," dedi. "Gözlerin açık doğunca herkes şaşırıp kalmıştı." Aureliano, onun anlattıklarına hiç aldırmadı, çünkü şafak sessizliğini yırtan boru seslerini, askerlerin sıralanışını, verilen komutları dinliyordu. Bunca yıl savaştıktan sonra, bu seslerin hiç de yabancı gelmemesi gerekirdi, oysa Aureliano gençliğinde gördüğü ilk çıplak kadın karşısında dizlerinde duyduğu kesikliği, teninin ürpertisini bu sabah da duyuyordu. Garip bir özlem duyuyor, o kadınla evlenseydim, savaşı, şan ve şöhreti bilmeyen adı sanı duyulmamış bir el sanatçısı, mutlu bir hayvan olurdum, diye düşünüyordu. Hiç beklemediği bu ürperti, kahvaltısını zehir etti. Sabah yedide, Albay Gerineldo Márquez yanında bir grup asi subayla birlikte onu almaya geldiğinde, Aureliano'yu her zamankinden daha yalnız, daha içine kapanık, daha düşünceli buldu. Úrsula, Aureliano'nun omuzlarına yeni bir pelerin atmaya çalıştı. "Hükümet ne der sonra. Sırtına pelerin alacak kadar bile paran kalmadı diye teslim olduğunu sanırlar," dedi. Ama Aureliano istemedi. Kapıdan çıkacağı sırada, Úrsula'nın ısrarıyla kafasına, José Arcadio Buendia'nın eski fötr şapkasını geçirdi.

Úrsula, "Aureliano," dedi. "Orada başın sıkışır, zor durumda kalırsan son anda, ananı düşüneceğine söz ver."

Aureliano, parmaklarını açıp elini kaldırarak selam verdi ve dalgın dalgın gülümsedi. Sonra tek söz etmeden evden çıktı ve kasabanın dışına çıkana dek peşini kovalayan sövgülerin, hakaretlerin, ilenmelerin ortasına daldı. Úrsula, ölene dek bir daha çıkarmamaya kararlı olarak kapıya kol demirini vurdu. "Burada çürüyeceğiz," diye düşünüyordu. "Bu erkeksiz evde kül olup gideceğiz, ama bu alçak kasabaya bizi ağlarken görmek zevkini tattırmayacağız." Úrsula bütün sabah evi köşe bucak didik didik etti, en olmayacak yerlere baktı, oğlundan bir anı kalmış mıdır diye arandı. Bulamadı.

İmza töreni, Macondo'nun yirmi kilometre uzağında, sonradan çevresinde Neerlandia kentinin kurulacağı koca bir ağacın gölgesinde yapıldı. Silahlarını bırakan asilerin, hükümetin ve partinin temsilcilerine, beyaz giysileriyle yağmurdan ürkmüş bir güvercin sürüsünü andıran genç papaz adayları hizmet ediyordu. Albay Aureliano Buendia, çamura batmış bir katırın üstünde geldi. Tıraş olmamıştı. Düşlerinin paramparça oluşundan çok, yaralarının verdiği sızıdan acı duyuyordu. Çünkü artık bütün umutların sonuna gelmiş, şan ve şöhret özlemini de geride bırakmıştı. Aureliano'nun isteklerine uygun olarak, törende ne bando ne de çanlar çalınıyor, ne havai fişekler patlatılıyor, ne zafer naraları atılıyor ne de ateşkesin yaslı niteliğini değiştirecek başka bir gösteriye girişiliyordu. Aureliano'nun elde kalabilecek tek resmini çekmeyi başaran fotoğrafçının cam negatifleri de, resmin basımına fırsat kalmadan parçalandı.

Tören, ancak belgelerin imzası için gereken zaman boyunca sürdü. Yamalı bir panayır çadırının ortasındaki tahta masanın, çevresinde, Albay Aureliano Buendia'ya bağlı kalmış son subaylar oturuyordu. İmzaların atılmasından önce, cumhurbaşkanının özel temsilcisi teslim olma belgesini yüksek sesle okumak istedi. Albay Aureliano Buendia buna karşı çıktı. "Formalitelerle zaman yitirmeyelim," dedi ve kâğıtları okumadan imzalamaya hazırlandı. O zaman subaylarından biri, çadırdaki uyuşuk sessizliği bozdu.

"Albayım, n'olur bizim hatırımız için, ilk imzayı siz atmayın," dedi.

Albay Aureliano Buendia bu isteği kabul etti. Kalemin kâğıt üzerindeki cızırtısından yazıların harflerin tek tek seçilebileceği kadar mutlak bir sessizlik içinde kâğıtlar, masanın çevresini dolandığı zaman, ilk sıradaki imza yeri boştu. Albay Aureliano Buendia, o boş yeri doldurmaya hazırlandı.

Subaylarından bir başkası atıldı, "Albayım, her şeyin düzelmesi için henüz zaman var," dedi.

Albay Aureliano Buendia, yüzündeki anlatımı hiç değiştirmeden ilk kopyayı imzaladı. Son kopyayı imzaladığı sırada, iki sandık yüklü bir katırı çekerek gelen bir asi albay göründü kapıda. Çok genç olmasına rağmen, kuru, donuk bir görünüşü, sabırlı bir anlatımı vardı. Macondo bölgesinde devrim örgütünün saymanıydı. Altı gündür binbir zahmetle yol tepmiş, ateşkesin imza törenine tam zamanında yetişebilmek için, açlıktan ölmek üzere olan katırı çeke çeke getirmişti. İstemeye istemeye, içi gide gide sandıkları indirdi, açtı ve masanın üzerine yetmiş iki altın külçeyi tek tek sıraladı. Bu servetin varlığı, hepsinin aklından çıkmıştı. Komuta merkezinin çöktüğü ve devrimin yozlaşarak liderler arasında kanlı bir sen-ben kavgasına dönüştüğü son yılın kargaşası içinde, herhangi bir sorumluluk belirlemek imkânsızlaşmıştı. Eritilip kalıplaşmış, sonra da pişmiş kille kaplanıp tuğla görünümüne sokulmuş olan devrim altınlarıyla kimse ilgilenmemişti. Albay Aureliano Buendia, teslim belgesindeki devredilen eşya listesine yetmiş iki kalıp altını da yazdı ve hiç kimsenin söylev çekmesine fırsat vermeden töreni bitirdi. Kir pas içindeki delikanlı, karşısında duruyor, ona kendi donuk, bal rengi gözleriyle bakıyordu.

Albay Aureliano Buendia, "Başka bir şey mi var?" diye sordu.

Genç albay dudaklarını kısarak yanıt verdi:

"Makbuz."

Albay Aureliano Buendia, makbuzu kendi eliyle yazıp verdi. Sonra genç papazların dolaştırdıkları, bir bardak limonatayla bir bisküvi aldı ve dinlenmek isterse diye kendisi için hazırlanmış olan sahra çadırına çekildi. Çadıra girince gömleğini çıkardı, karyolanın kenarına oturdu ve öğleden sonra tam üçü çeyrek geçe tabancasını aldı, özel doktorunun tentürdiyotla göğsüne çizdiği dairenin ortasından kendini vurdu. O anda Macondo'da, Úrsula, ocağın üstündeki sütün neden böyle geç kaynadığını merak ederek, tencerinin kapağını kaldırdı ve içinin kurtlarla fıkır fıkır dolduğunu gördü.

"Aureliano'yu öldürdüler!" diye haykırdı.

Yalnızlıktan doğan bir alışkanlıkla bahçeye doğru baktı ve yağmurdan sırılsıklam olmuş, üzüntülü ve öldüğü zamankinden çok daha yaşlı görünen José Arcadio Buendia'yı gördü. Úrsula bu kez daha kesinlikle, "Arkasından vurdular ve kimse gözlerini kapatmak zahmetinde bulunmadı," dedi. Güneş batarken, Úrsula gözyaşlarının arasından, gökyüzünden bir duman gibi geçen parlak dairelerin hızla kaydığını gördü ve bunu bir ölüm habercisi olarak yorumladı. Albay Aureliano Buendia'yı kurumuş kandan kaskatı kesilmiş bir battaniyeye sarılı ve gözleri öfkeden yerlerinden uğramış olarak getirdiklerinde, Úrsula daha hâlâ kestane ağacının altında, kocasının dizlerine kapanmış hıçkırarak ağlıyordu.

Aureliano Buendia tehlikeyi atlatmıştı. Kurşun öylesine düzgün bir yol izlemişti ki, doktor, tentürdiyoda batırdığı bezi, Aureliano'nun göğsünden soktu, sırtından kolayca çekti çıkardı. Sonra da kendinden hoşnut bir tavırla, "Bu, benim şaheserimdi," dedi. "Kurşunun hayati organlardan hiçbirine zarar vermeden geçebileceği tek yer orasıydı." Albay Aureliano Buendia, çevresinin, ruhunun kurtulması için umutsuz dualar mırıldanan genç papazlarla sarıldığını gördü. İşte o zaman, salt Pilar Ternera'nın falıyla alay etmiş olmak için düşündüğü gibi, kurşunu, ağzının tavanına sıkmadığına yandı.

Doktora döndü, "Elimde hâlâ yetki olsaydı, seni hemen kurşuna dizdirirdim," dedi. "Canımı kurtardığın için değil, beni enayi yerine koyup gülünç düşürdüğün için vurdururdum seni."

Ölmeyi beceremeyişi, kaybettiği saygınlığını birkaç saat içinde yeniden kazandırdı. Duvarları altın tuğlalarla örülü bir oda uğruna savaşı sattı diye dedikodu yapanlar, onun intihara kalkışmasını bir erdem gösterisi olarak yorumlayıp şehit mertebesinde kutsadılar. Daha sonra, cumhurbaşkanının verdiği liyakat nişanını Aureliano kabul etmeyince, can düşmanları bile odasına doluştular, ateşkes anlaşmasını tanımayıp yeni bir savaşa girişmesini istediler. Ev, kendilerini bağışlatmak isteyenlerin, "geçmiş olsun" dileğiyle sundukları armağanlarla doldu taştı. Albay Aureliano Buendia, eski silah arkadaşlarının yoğun desteğinden etkilenerek, savaş konusundaki isteklerini geri çevirmedi. Tam tersine, bir an yeni bir savaş düşüncesiyle öylesine coştu ki, Albay Gerineldo Márquez onun savaş açmak için ufacık bir bahane beklediğini sandı. Bu bahane de ortaya çıkmakta gecikmedi. Cumhurbaşkanı, herkesin durumunun özel bir komisyonca incelenip mecliste onaylanmasına dek, ister Liberal ister Muhafazakâr olsun, eski savaşçılardan hiçbirine emekli aylığı bağlanmayacağını söyledi. Albay Aureliano Buendia, "Bu rezalettir!" diye kükredi. "Postadan haber gelecek diye bekleye bekleye yaşlanıp ölecekler," dedi. İyileşene kadar otursun, dinlensin diye Úrsula'nın aldığı salıncaklı koltuktan ilk kez kalktı, yatak odasında bir aşağı bir yukarı gezinerek, cumhurbaşkanına sert bir mesaj dikte ettirdi. Kamuoyuna hiç açıklanmayan bu telgrafta, Neerlandia Anlaşması'nın ihlal edilmesini kınıyor ve emekli aylıklarının bağlanması iki hafta içinde çözümlenmezse, ölene dek savaşacağı tehdidini savuruyordu. Öylesine haklıydı ki, eski Muhafazakâr savaşçıların bile kendisini destekleyeceğini umuyordu. Ne var ki, hükümetin verdiği tek karşılık, sözüm ona Aureliano'yu korumak için kapıya dikilmiş askerlerin sayısını artırmak ve ne için olursa olsun eve girilmesini yasaklamak oldu. Ülkenin her yanında gözaltında tutulan öteki liderlere de aynı yöntem uygulandı. Bu öylesine zamanında, kapsamlı ve etkili bir operasyondu ki, ateşkes anlaşmasının imzasından iki ay sonra Albay Aureliano Buendia iyileşip ayağa kalktığında, en tutkulu, en coşkulu tertipçileri ya ölmüş ya sürülmüş ya da yönetici kadrolara ayak uydurmuşlardı.

Albay Aureliano Buendia, aralık ayında odasından çıktı ve savaşı kafasından silip atması için verandaya bir göz atması yetti. Úrsula, o yaşında akıl almaz bir canlılıkla, evi yeniden gençleştirmişti. Oğlunun yaşayacağını anladığı zaman, "Benim kim olduğumu görecekler," dedi. "Dünyada bu deliler evinden daha iyi, daha güzel, kapısı herkese açık bir ev olmayacak." Evi baştan aşağı sıvattı, badana boya yaptırdı, eşyayı değiştirdi, bahçeyi yeniden düzeltti, yeni çiçekler diktirdi ve göz kamaştırıcı yaz güneşi yatak odalarına bile girsin diye bütün kapıları, pencereleri ardına dek açtı. Yıllarca üst üste binmiş yaslara son verdi ve kendisi de eski giysilerini çıkarıp renkli, gençlere yaraşan giysiler giydi. Laternanın müziği, yeniden evi neşeye boğdu. Amaranta laternanın sesini duyunca, Pietro Crespi'yi, akşamları elinde fulyalarla gelişini, lavanta kokusunu hatırladı ve solgun yüreğinin derinliklerinde, zamanla arınmış, saf bir kin doğdu. Bir gün Úrsula salonu düzeltirken, evi bekleyen askerlerin yardımını istedi. Nöbetçilerin genç komutanı, askerlere izin verdi. Úrsula yavaş yavaş onlara yeni işler yükledi. Onlara yemek yediriyor, giyecek ve pabuç veriyor, okuma yazma öğretiyordu. Hükümet, nöbetçileri kaldırdıktan sonra da askerlerden biri evde kaldı ve uzun yıllar Úrsula'ya hizmet etti. Nöbetçilerin genç komutanı ise, Güzel Remedios'un kendisini tersleyip reddetmesi yüzünden çıldırdı ve yılbaşı günü, onun penceresinin altında ölü bulundu.

Yıllarca sonra Aureliano Segundo, ölüm döşeğindeyken, ilk oğlunu görmek için yatak odasına girdiği o yağmurlu haziran gününü anımsayacaktı. Çocuk cıyak cıyak bağırdığı, boş çuval gibi serilip yattığı ve Buendialara özgü hiçbir nitelik taşımadığı halde, Aureliano Segundo ona ne ad koyacağını hiç duraksamadan kestirdi.

"Adı José Arcadio olacak," dedi.

Fernanda del Carpio, Aureliano'nun bir yıl önce evlendiği o güzel kadın, kocasının dediğini kabul etti. Öte yandan Úrsula ise, duyduğu belli belirsiz kuşkuyu gizlemiyordu. Ailenin uzun geçmişi boyunca, adların boyuna yinelenmesi, Úrsula'ya göre, hemen hemen kesin sonuçlar vermişti. Bütün Aurelianoların içine kapanık ve aklı başında olmalarına karşın, José Arcadiolar atak ve girişken oluyorlar, ancak mutlak belaya çatıyorlardı. Sınıflandırma olanağı bulunmayan tek olay José Arcadio Segundo ile Aureliano Segundo'nun durumuydu. Çocukluklarında öylesine birbirlerinin eşi ve öylesine afacandılar ki, Santa Sofia de la Piedad bile onları ayırt edemezdi. Vaftiz edildikleri gün, Amaranta, çocukların kollarına birer künye taktı ve onlara hep birbirinden değişik renkte, üzerine başharfleri işli giysiler giydirdi. Ne var ki, çocuklar okula başladıktan sonra giysilerini ve künyelerini değiştirip birbirlerini ters adlarla çağırmaya başladı. José Arcadio Segundo'yu yeşil gömleğinden ayırt eden öğretmenleri Melchor Escalona, José Arcadio Segundo'nun künyesini taktığını ve ötekinin de beyaz gömlek giyip José Arcadio Segundo yazılı künyeyi taktığı halde Aureliano Segundo olduğunu öğrenince aklı başından gitti. Ondan sonra da bir daha hiçbir zaman, hangisinin hangisi olduğunu kesinlikle bilemedi. Çocuklar büyüdükleri ve yaşam onları farklılaştırdığı zaman bile, Úrsula hep düşünüyor, o yanıltmaca oyunu sırasında çocukların yanılarak hepten değişip değişmediklerini merak ediyordu. Delikanlılık çağına gelene dek, aynı uyumda işleyen iki makine gibiydiler. Aynı anda uyanıyorlar, aynı anda sıkışıp banyoya koşuyorlar, aynı hastalıklara yakalanıyorlar, hatta aynı düşleri görüyorlardı. Evdekiler, onların herkesi yanıltmak istedikleri için böyle davrandıklarını sanıyordu. Oysa bir gün Santa Sofia de la Piedad, ikizlerden birine bir bardak limonata verdi. Çocuk bardağı ağzına götürür götürmez, öteki atılıp limonatanın şekersiz olduğunu söyledi. Limonataya gerçekten şeker koymayı unutmuş olan Santa Sofia de la Piedad, bu olayı Úrsula'ya anlattı. Úrsula hiç şaşırmadı, "Bunların hepsi böyle," dedi. "Doğuştan zırdeli." Zamanla karışıklık azaldı. Yanıltmaca oyununun sonunda, Aureliano Segundo adıyla bilinen, ataları gibi enine boyuna, José Arcadio Segundo adını taşıyan ise albay gibi kuru, kemikli bir delikanlı oldu çıktı. Tek ortak yanları, aileye özgü yalnızlık havasıydı. Úrsula'ya çocukların doğduklarından beri bir deste iskambil kâğıdı gibi karıştırıldığı kuşkusunu veren, belki de boy boslarının, adlarının ve kişiliklerinin bu karşıtlığıydı.

Savaşın en civcivli günlerinde, José Arcadio Segundo, Albay Gerineldo Márquez'e, biri kurşuna dizilirken seyretmek istediğini söylediği zaman, çocukların arasında belirgin bir ayrım ortaya çıktı. Úrsula'nın karşı çıkması boşa gitti ve José Arcadio Segundo'nun dediği oldu. Öte yanda Aureliano Segundo ise, birinin kurşuna dizildiğini seyretmeyi daha aklından geçirirken tepeden tırnağa ürperiyordu. Evde oturmayı yeğliyordu. On iki yaşındayken, Úrsula'ya kilitli odada ne olduğunu sordu. Úrsula, "Kâğıtlar," diye karşılık verdi. "Melquíades'in kitapları ve son yıllarında yazdığı alelacayip şeyler var." Bu yanıt Aureliano Segundo'nun merakını gidereceği yerde alevlendirdi. Odaya girmekte öylesine direndi, hiçbir şeye zarar vermeyeceğine öylesine söz üstüne söz verdi ki, sonunda Úrsula, anahtarları ona teslim etti. Melquíades'in cesedini çıkardıktan sonra odaya kimse girmemişti. Kapıya taktıkları asma kilit paslanıp içten içe kaynamıştı. Bütün bunlara rağmen, Aureliano Segundo pencereleri açınca, odayı her gün aydınlatmaya alışık gibi görünen bir ışık girdi içeri. Hiçbir yanda ne toz, ne örümcek ağı görünmüyordu. Her yer süpürülüp temizlenmiş, Melquíades'in gömüldüğü gün olduğundan daha gıcır gıcır olmuştu. Hokkadaki mürekkep kurumamış, madeni eşya paslanıp kararmamış, José Arcadio Buendia'nın cıva kaynattığı imbiğin altındaki közler daha sönmemişti. Raflarda kartona benzer bir şeyle kaplanmış, sararmış, tabaklanmış insan derisini andıran kitaplar duruyordu. Elyazmaları da olduğu gibi kalmıştı. Yıllardır kapalı durmasına rağmen, odanın havası, evin öteki odalarınınkinden daha temizdi. Her şey öylesine tertemizdi ki, birkaç hafta sonra Úrsula, tahtaları silmek için eline bir kovayla bir fırça alıp odaya girince, yapılacak iş bulamadı. Aureliano Segundo dalmış, kitap okuyordu. Kitabın kapağı olmadığı, adı da hiçbir yerinde yazmadığı halde, çocuk yine de okuduklarından hoşlanıyordu. Bir masada oturan ve çubukla yediği pirinç ezmesinden başka ağzına hiçbir şey koymayan kadının öyküsünü, ağına takmak için komşusundan ödünç ağırlık alan ve karşılığında armağan ettiği balığın karnından elmas çıkan balıkçının öyküsünü, dilekleri yerine getiren sihirli lambanın ve uçan halıların öyküsünü okuyordu. Aureliano Segundo şaşkınlık içinde, bunların gerçek olup olmadığını Úrsula'ya sordu. Úrsula da doğru olduğunu söyledi, yıllarca önce çingenelerin Macondo'ya sihirli lambalar ve uçan halılar getirdiğini anlattı.

Sonra içini çekti, "Yavaş yavaş dünyanın sonu geliyor, böyleleri artık buralara uğramaz oldu," dedi.

Sayfaları kopuk olduğu için öykülerden çoğunun sonu bulunmayan kitabı bitirince, Aureliano Segundo elyazmalarını sökmeye girişti. Yazıları çözmek olanaksızdı. Harfler, ipe asılı çamaşırlara benziyor, yazıdan çok müzik notalarını andırıyordu. Sıcak bir öğle vakti Aureliano Segundo elyazmalarının üstüne kapanmış çalışırken, birden odada yalnız olmadığını sezdi. Pencereden giren ışığın karşısında, ellerini dizlerine dayamış, Melquíades oturuyordu. Daha kırk yaşına gelmemişti. Sırtında o modası geçmiş yelek, başında karga kanadına benzeyen şapka vardı. Saçına sürdüğü yağ, sıcaktan erimiş, soluk şakaklarına akmıştı. Aureliano ile José Arcadio'nun çocukluklarında onu ilk gördüklerinin tıpkısıydı. Aureliano Segundo, onu ilk bakışta tanıdı. Çünkü anılar kuşaktan kuşağa geçmiş ve kalıtım yoluyla büyükbabasının anıları ona aktarılmıştı.

Aureliano Segundo, "Merhaba," dedi.

Melquíades, "Merhaba delikanlı," diye karşılık verdi.

Ondan sonra birkaç yıl süreyle her gün görüştüler. Melquíades ona dünyayı anlatıyor, bilgisini ona aşılamaya çalışıyor, ama elyazmalarını çevirmeye yanaşmıyordu. "Yüz yaşını bulmadan, kimse orada ne yazdığını bilmemeli," diyordu. Aureliano, Melquíades'le olan görüşmelerini herkesten gizledi. Bir keresinde Melquíades odadayken Úrsula içeri giriverince, Aureliano Segundo özel dünyasının darmadağın olduğunu sandı.

Oysa Úrsula, Melquíades'i görmedi.

"Kiminle konuşuyordun?" diye sordu.

"Hiç kimseyle," dedi Aureliano Segundo.

"Büyükdeden de böyle yapardı, o da kendi kendine konuşurdu," dedi Úrsula.

Bu arada José Arcadio Segundo da, birinin kurşuna dizilmesini seyretmek merakını gidermişti. Aynı anda atılan kurşunların mor ışıltısını, tepelere vurup yankılanan sesini ve kurşuna dizilen adamın hüzünlü gülümseyişiyle şaşkın gözlerini ömrünün sonuna dek unutmayacaktı. Adam, gömleği kana bulandığı zaman bile dimdik duruyor ve onu direkten çözüp kireç dolu tabuta koyduklarında hâlâ gülümsüyordu. José Arcadio Segundo, "Yaşıyor," diye düşündü. "Onu diri diri gömecekler." Bu, onu öylesine etkiledi ki, kurşuna dizmeler yüzünden değil de kurşuna dizilenler diri diri gömülüyor diye, o günden sonra askerlikten de, savaştan da nefret etti. José Segundo'nun kilisenin çanını çalmaya ve Suaygırı'nın yerine gelen Peder Antonio Isabel'e ayinlerde yardım etmeye, papazın evinin bahçesindeki dövüş horozlarına bakmaya ne zaman başladığını kimseler anlayamadı. Albay Gerineldo Márquez bunu öğrenince, Liberallerin karşı olduğu, yadsıdığı işlerle uğraştığı için delikanlıyı payladı. José Arcadio Segundo, "İşin doğrusunu isterseniz, sanırım ben Muhafazakâr oldum," diye karşılık verdi. Bunu, alınyazısıymış gibi inanarak söylemişti. Albay Gerineldo Márquez çok öfkelendi, çok telaşlandı, durumu Úrsula'ya anlattı.

Úrsula, "Böylesi daha iyi," dedi. "Keşke papaz olsa da, sonunda Tanrı bu evin kapısından içeri girse."

Çok geçmeden, Peder Antonio Isabel'in José Arcadio Segundo'yu ilk ayinine hazırladığı anlaşıldı. Horozlarının boyunlarını tıraş edip dövüşe hazırladıkları sırada papaz, José Arcadio Segundo'ya "mukabele" yoluyla gerekli bilgileri öğretiyor; kuluçkaya yatacak tavukları folluğa yerleştirirlerken basit örnekler vererek, evrenin yaratılışının ikinci gününde, Tanrı'nın civcivlerin yumurtadan çıkması gerektiğini nasıl düşündüğünü anlatıyordu. Papaz efendi o tarihlerde bunamaya başlamıştı. Bu bunaklığı giderek artacak ve yıllar sonra Papaz, şeytanın Tanrı'ya başkaldırışının belki de zaferle sonuçlandığını ve gaflet içindekileri faka bastırmak için gerçek kimliğini gizleyerek, gökler katındaki tahta şeytanın oturduğunu ileri sürecekti. Hocasının öğütleri ve direnci sonunda, José Arcadio Segundo birkaç ay içinde şeytanı şaşırtmak için yararlanılan teolojik oyunlarda, horoz dövüşü hilelerindeki kadar ustalaştı. Amaranta ona yakalıklı ve boyunbağlı, keten bir giysi dikti. Beyaz pabuçlar aldı. Muma bağlanacak kurdelenin üzerine, yaldızla adının başharflerini işledi. İlk ayinden iki gece önce, Peder Antonio Isabel, José Arcadio Segundo'nun günahlarını çıkarmak için onunla birlikte kilisedeki değerli eşyanın durduğu odaya kapandı. Yanlarına bir de günah sözlüğü almışlardı. Günah listesi öylesine uzundu ki, saat altıda yatmaya alışık yaşlı Papaz sonuna dek dayanamadı, koltuğunda uyuyakaldı. Papaz'ın soruları, José Arcadio Segundo'ya yeni bir dünya açtı. Papaz'ın ona kadınlarla ayıp şeyler yapıp yapmadığını sormasına hiç şaşmadı ve dürüstlükle hayır diye karşılık verdi. Ama aynı şeyi hayvanlarla yapıp yapmadığı sorulunca aklı karıştı. Mayısın ilk cuma günü, ayin yapıldı, ama onun aklı hep Papaz'ın sorusundaydı. Hemen, Petronio'nun yanına koştu. Petronio, kilisenin marazlı kayyumuydu. Çan kulesinde yatıp kalkardı. Yarasa yediği söylenirdi. José Arcadio Segundo, aklını kurcalayan soruyu ona sordu. Petronio, "İşlerini kancık eşeklerle yapan ahlaksız Hıristiyanlar da vardır," diye karşılık verdi. José Arcadio Segundo bu yanıtla da yetinmiyor, meraktan kıvranıyor, öyle peş peşe sorular soruyordu ki, sonunda Petronio'nun sabrı taştı.

"Ben salı geceleri giderim," diye itiraf etti. "Kimseye söylemeyeceğine söz verirsen önümüzdeki salı seni de götürürüm."

Gerçekten de ertesi salı, Petronio, elinde o güne dek kimsenin ne işe yaradığını bilmediği tahta tabureyle çan kulesinden çıktı ve José Arcadio Segundo'yu yakındaki bir otlağa götürdü. Delikanlı bu gece gezintilerine kendini öylesine kaptırdı ki, çok uzun süre Catarino'nun dükkânında görünmedi. Tutkun bir horoz dövüşçüsü oldu. Elinde dövüş horozlarıyla eve ilk geldiği gün, Úrsula, "Bu meretleri buradan götür," diye ona çıkıştı. "Horozlar bu eve gereğinden çok acı getirdi, bir de senin taşımana gerek yok." José Arcadio Segundo hiç karşı koymadan horozları evden götürdü, ama kendi evine gelsin diye her istediğini yapan nenesi Pilar Ternera'nın evinde horoz beslemeyi sürdürdü. Çok geçmeden de horoz dövüşü alanında, Peder Antonio Isabel'den öğrendiği numaraları uygulayarak, yalnızca horozların sayısını artırmakla kalmadı, gönül eğlendirmeyi düşünecek kadar da para yaptı. Úrsula onu kardeşiyle karşılaştırıyor ve çocukluklarında tek kişi gibi olan ikizlerin sonunda nasıl böylesine ayrıldıklarını anlayamıyordu. Úrsula'nın şaşkınlığı uzun sürmedi. Çünkü çok geçmeden Aureliano Segundo tembellik ve dağınıklık belirtileri göstermeye başladı. Melquíades'in odasına kapandığı zamanlar, Albay Aureliano Buendia'nın gençliğinde olduğu gibi Aureliano Segundo da kendi içine çekiliyordu. Ama Neerlandia Anlaşması'ndan kısa süre sonra bir rastlantıyla içekapanıklığından sıyrıldı ve dünyanın gerçeğiyle karşı karşıya kaldı. Kazanana bir akordeon verilecek lotaryanın numaralarını satan genç bir kadın, onu tanıyormuş gibi içtenlikle selamladı. Aureliano Segundo, sık sık kardeşiyle karıştırıldığı için buna şaşmadı. Ancak, yanlışlığı düzeltmeye de kalkışmadı. Hatta kız ağlayarak onun yüreğini yumuşatmaya çalıştığı ve sonunda onu odasına götürdüğü zaman da Aureliano Segundo durumu açıklamaya hiç yeltenmedi. Kadın, daha ilk buluşmalarında ona öyle bir ısındı ki, ne yaptı etti, akordeonu Aureliano Segundo'ya kazandırdı. Aradan iki hafta geçince Aureliano Segundo, kadının ikisini aynı adam sanarak, bir kendisiyle bir kardeşiyle yattığını anladı; yine de işi düzeltmek yerine durumu böyle sürdürmeyi yeğledi. Bir daha da Melquíades'in odasına dönmedi. Öğleden sonraları bahçede oturuyor, Úrsula'nın bütün bağırıp çağırmalarına rağmen, kulaktan akordeon çalmayı öğreniyordu. O sıralarda Úrsula, yas dolayısıyla evde müzik çalınmasını yasaklamıştı. Üstelik, akordeonu ancak Francisco'nun göçebe vârislerine yaraşır bir alet olarak da küçümsüyordu. Yine de Aureliano Segundo, akordeon çalmakta usta oldu ve evlenip çoluk çocuğa karıştıktan, Macondo'nun en hatırı sayılır kişilerinden biri olduktan sonra da akordeon çalmayı bırakmadı.

Aureliano Segundo, hemen iki ay süreyle, kadını kardeşiyle paylaştı. Kardeşini gözlüyor, tasarılarını altüst ediyor ve José Arcadio Segundo'nun o gece ortak metreslerine gitmeyeceğine güven getirdikten sonra, gidip kadınla yatıyordu. Bir sabah, hastalık kaptığını anladı. İki gün sonra, kardeşini banyoda kan ter içinde ve gözlerinden yaşlar gelerek bir kirişe sarılmış halde yakaladı. O zaman durumu anladı. Kardeşi, kadının, kirli yaşantı hastalığı dediği hastalığı ona geçirdi diye kendisini kovduğunu itiraf etti. Pilar Ternera'nın kendisini nasıl iyileştirmeye çalıştığını da anlattı. Aureliano Segundo da gizlice o yakıcı permanganat banyolarını ve idrar çoğaltıcı suları kullanmaya koyuldu. İkisi de birbirlerinden gizleyerek üç ay acı çektikten sonra iyileştiler. José Arcadio Segundo, kadını bir daha görmedi. Aureliano Segundo ise kendisini bağışlattı ve ölene dek kadından ayrılmadı.

Adı Petra Cotes'ti. Macondo'ya savaşın ortasında, lotaryacılıkla geçinen ve sözüm ona kocası olan adamla gelmiş, adam ölünce de onun işini sürdürmeye başlamıştı. Yüzüne bir panter yabaniliği veren sarı badem gözlü, tertemiz, genç bir melezdi. Zengin bir yüreği ve Tanrı vergisi, eşi bulunmaz bir sevecenliği vardı. Tanrı sanki onu sevişsin diye yaratmıştı. Úrsula, José Arcadio Segundo'nun horoz dövüştürdüğünü, Aureliano Segundo'nun da kapatmasının şamatalı toplantılarında akordeon çaldığını öğrenince, bu birleşim karşısında aklı başından gitti. Delikanlıların ikisi de ailenin nice kötü yanı varsa, tümünü almışlar, ailenin erdemlerinden bir teki bile onlara geçmemişti sanki. O zaman Úrsula, bir daha hiç kimseye Aureliano ya da José Arcadio adlarının verilmemesini kararlaştırdı. Yine de Aureliano Segundo'nun ilk oğlu olduğunda, Úrsula onun isteğine karşı koymayı göze alamadı.

"Peki," dedi. "Ancak bir koşulum var: Onu ben büyüteceğim."

Úrsula yüz yaşına geldiği, gözlerine inen perdeden neredeyse kör olduğu halde, diriliğinden, kişiliğinden ve akıl dengesinden en ufak bir şey yitirmemişti. Ailenin saygınlığını koruyacak erdemli adamı, ondan iyi kimse yetiştiremezdi. Bu adam, savaşın, horoz dövüşünün, kötü kadınların ve atak girişimlerin adını bile bilmeyecekti. Úrsula'ya göre, bu dört bela, ocaklarına incir dikmişti. Kendi kendine, "Bu, papaz olacak," diye söz verdi. "Tanrı bana ömür verirse, günün birinde Papa da olur." Onun dediklerini duyunca, yalnızca yatak odasındakiler değil, Aureliano Segundo'nun eve doluşan külhani arkadaşları da kahkahayı bastılar. Kötü anılar mahzenine atılan savaş, şampanya şişelerinin patlamasıyla bir an için yeniden akla geldi.

Aureliano Segundo, "Papa'nın sağlığına," diyerek kadehini kaldırdı.

Konuklar da koro halinde aynı sözleri yineleyerek kadeh kaldırdılar. Sonra evin erkeği akordeon çaldı, havai fişekler patlatıldı ve kasabada sokak sokak davullar çalınarak bu olay kutlandı. Şafak sökerken, şampanyaya batıp çıkmış olan konuklar, altı ineği kurban kestiler ve herkes alsın diye ineklerin etini sokağa serdiler. Kimse tuhaf karşılamadı bunu. Aureliano Segundo evin başına geçtiğinden beri, bir Papa'nın doğumu gibi yeterli neden olmadığı zamanlarda bile, bu tür coşkunluklar sıradan olmuştu artık. Aureliano Segundo, birkaç yıl içinde, hiç çaba harcamaksızın, salt şansının yaver gitmesi ve hayvanlarının olağanüstü çoğalma yetenekleri sonunda, bataklık bölgesinin en büyük servetlerinden birini toplamıştı. Kısrakları üçüz doğuruyor, öyle hızla tombullaşıyordu ki, bu denli düzensiz verimliliği kimsenin aklı almıyor, olsa olsa bu işte sihirbazlık vardır deniliyordu. Úrsula, atak torununa, "Bir yana birkaç kuruş ayır," diyordu. "Şansın ömür boyu böyle gitmez." Ama, Aureliano Segundo'nun ona aldırış ettiği yoktu. Arkadaşlarına şampanya banyosu yaptırmak için ne denli çok şişe patlatırsa, hayvanları da o denli çılgınca ürüyorlar ve Aureliano Segundo da, talih yıldızının, kendi tutumuna değil, sevgisi doğayı alt eden kapatması Petra Cotes'in etkisine bağlı olduğuna inanıyordu. Aureliano Segundo, servetinin kaynağının o olduğuna öylesine inanıyordu ki, Petra Cotes'i çiftlikten hiç uzak tutmuyordu. Evlendikten, çocukları da olduktan sonra bile, karısı Fernanda'nın rızasıyla Petra'yla yaşamayı sürdürdü. Dedeleri gibi enine boyuna anıtsal bir yapısı olan, üstelik dedelerinde bulunmayan bir canlılığı ve dayanılmaz şirinliği olan Aureliano Segundo'nun hayvanlara bakacak zamanı yoktu pek. Petra Cotes'i çiftliğine götürüp at üstünde boydan boya bir kez dolaştırması, üzerinde kendi damgası bulunan bütün hayvanların önüne geçilmez çoğalma salgınına yakalanmasına yetiyordu.

Aureliano Segundo'nun uzun ömründe yer alan pek çok ganimet gibi, o büyük servetin kökeni de şansa dayanıyordu. Savaşların sonuna dek, Petra Cotes, lotarya geliriyle geçindi. Aureliano Segundo da zaman zaman Úrsula'nın biriktirdiklerini aşırmaya devam etti. Günah sayılan günlerde bile her gece yatıp şafak sökene dek cümbüş yapmaktan gayrı hiçbir sıkıntısı olmayan aklı havada bir çift olup çıkmışlardı. Úrsula, oğlunun torununu uyurgezerler gibi sallana sallana eve girerken yakaladıkça, "Bu kadın seni mahvetti," diye avaz avaz bağırırdı. "Bu kadın seni öyle büyüledi ki, bir gün sancıdan kıvranmaya başlayıp da karnından kara bir kurbağa çıkarsa hiç şaşmam." Yerini kaptırdığını çok geç kavrayan José Arcadio Segundo, kardeşinin tutkusunu bir türlü anlayamıyordu. Onun bildiği Petra Cotes, hiçbir özelliği olmayan, sıradan, yatakta oldukça beceriksiz ve aşk oyunları konusunda hiçbir şey bilmeyen bir kadındı. Aureliano Segundo, Úrsula'nın bağırıp çağırmalarına ve kardeşinin alaylarına kulaklarını tıkamış, Petra Cotes'e ev açıp geçindirecek parayı sağlayacak bir iş bulmaktan, ateşli bir aşk gecesinde onun yanında, üstünde ya da altında ölmekten başka bir şey düşünmüyordu. Albay Aureliano Buendia, sonunda yaşlılığın huzuruna kendini kaptırıp gümüş işliğini yeniden açınca, Aureliano Segundo da kendisini süs balıkları yapımına vermenin iyi olacağını düşündü. Sıcak odada saatlerce oturuyor, Albay'ın hayal kırıklığından gelen inanılmaz sabırla işlediği maden levhalarının biçimlenip altın balık pullarına nasıl dönüştüğünü seyrediyordu. Bu iş ona öylesine zahmetli, uğraştırıcı görünüyor ve Petra Cotes'in hayali öylesine aklından çıkmıyordu ki, üç hafta sonra Aureliano Segundo işliğe uğramaz oldu. Tam o sıralarda Petra Cotes tavşan lotaryası yapmayı akıl etti. Tavşanların hızla üremesi ve çarçabuk büyümesi yüzünden, lotarya biletlerini satmaya yetişemiyorlardı. Önceleri Aureliano Segundo, hayvanların ürkütücü bir hızla çoğaldıklarını fark etmedi. Ama kasabada kimsenin tavşan lotaryasının sözünü bile artık duymak istemeyecek kadar tavşandan bıktığı sırada bir gece, Aureliano Segundo bahçe kapısının önünde bir ses duydu. Petra Cotes, "Meraklanma," dedi. "Tavşanlardır." Hayvanların gürültüsünden uyuyamadılar. Şafak sökerken Aureliano Segundo, kapıyı açtı ve bahçenin, sabah alacasında mavi mavi görünen tavşanlarla tıklım tıklım dolmuş olduğunu gördü. Gülmekten katılan Petra Cotes, ona takılmaktan kendini alamadı.

"İşte bunlar dün gece doğanlar," dedi.

Aureliano Segundo, "Aman Tanrım!" diye haykırdı. "Madem öyle, neden inek lotaryası yapmıyorsun?"

Birkaç gün sonra, Petra Cotes bahçeyi tavşanlardan temizlemek için, onları bir inekle trampa etti. İki ay sonra da inek üçüz doğurdu. İşte her şey böyle başladı. Aureliano Segundo on beş gün içinde toprak ve hayvan sahibi oldu ve dolup taşan inek ve domuz ahırlarını genişletmeye yetişemez hale geldi. Bu, Aureliano Segundo'yu bile güldüren çılgınca bir bolluktu ve Aureliano Segundo neşesini dökmek için aklına geleni yapar olmuştu. "Durun, inekler, ömür kısadır!" diye nara atıyordu. Úrsula, onun ne gibi karışık işlere girmiş olabileceğini düşünüyor, hırsızlık mı ediyor, üçkâğıtçılık mı yapıyor diye meraklanıyordu. Ve onu, salt köpüğünü başından aşağı boşaltmaktan hoşlandığı için şampanya patlatırken gördüğü her sefer bağırıyor, har vurup harman savuruyor diye paylıyordu. Úrsula'nın bu paylamalarından bıkıp usanan Aureliano Segundo, neşeli kalktığı bir sabah, elinde bir sandık para, bir kova tutkal ve fırçayla çıkageldi. Ve Francisco'nun eski şarkılarını avaz avaz söyleyerek, evin içine dışına, tepeden tırnağa sıvama bir pesoluk banknotlar yapıştırdı. Laternanın geldiği günlerden beri beyaza boyanan eski ev, bu haliyle camiye benzedi. Ailenin heyecanlı bağrışmaları, Úrsula'nın avazı çıktığınca haykırmaları ve bu israf anıtını seyretmek için sokağa birikenlerin kahkahaları arasında, Aureliano Segundo, evi girişten mutfağa, yatak odalarından banyoya dek kâğıtladı ve kalan paraları da bahçeye saçtı.

Aureliano Segundo, "Umarım, artık bu evde kimse bana paradan söz etmez," diye kestirip attı.

Öyle de oldu. Úrsula, paraları, yapıştıkları koca koca sıva parçalarıyla birlikte söktürdü ve ev yeniden beyaza boyandı. "Tanrım, bu israfın acısını öteki dünyada bizlerden çıkarmaman için, yalvarırım bizi yine bu kasabayı kurduğumuz günlerdeki gibi yoksullaştır," diye dua ediyordu Úrsula. Dualarının tam tersi oldu. Paraları söken işçilerden biri, savaşın son yıllarında birinin getirip bıraktığı, insan boyundaki, alçıdan bir ermiş heykeline çarptı, heykel yere düşünce paramparça oldu, heykelin içi çil çil altın doluydu. İnsan boyundaki bu ermiş heykelini kimin getirdiğini hiçbiri anımsamıyordu. Amaranta, "Üç adam getirmişti," dedi. "Yağmur mevsimi bitene dek burada kalsın dediler, ben de köşeye bırakın da kimse çarpmasın dedim. Oraya özenle yerleştirdiler, ondan sonra da gelip alan olmadığı için heykel orada kaldı." Daha sonraları, Úrsula, heykelin üzerine mumlar dikmiş ve bir ermişe değil de hemen hemen iki yüz kilo altına tapındığını aklına bile getirmeden, heykelin önünde diz çöküp dualar etmişti. Bilmeden, istemeden başına gelen bu putperestliğin yerlere saçılan kanıtı, Úrsula'nın aklını daha çok karıştırdı. Tepeleme yığılmış paraların üzerine tükürdü, paraları çuvala doldurup gizli bir yere gömdü. O bilinmedik üç kişinin er geç çıkageleceklerini ve parayı isteyeceklerini umuyordu. Çok sonraları, yaşlılığın çileli yılları boyunca Úrsula, evin önünden geçen yolcuların konuşmalarını keserek, savaş sırasında evine gelip yağmur mevsiminden sonra almak üzere alçıdan bir ermiş heykeli bırakıp bırakmadıklarını sorar oldu.

Úrsula'yı öylesine şaşırtıp üzen bu olaylar, o günlerde çok olağan sayılıyordu. Macondo görülmemiş bir zenginliğe gömülmüştü. Kasabayı kuranların kerpiç evlerinin yerine, boğucu öğle sıcağını biraz daha dayanılabilir kılan çimento döşeli, tahta panjurlu tuğla yapılar kurulmuştu. O sıralarda José Arcadio Buendia'nın köyünden geriye kalan tek şey, en zor koşullara dayanmak alınlarına yazılmış tozlu badem ağaçları ile tarihöncesinden kalma taşları José Arcadio Segundo'nun balyozuyla paramparça olan ırmaktı. José Arcadio Segundo, Macondo'ya gemi işletmeyi aklına koyduğu zaman ırmakta un ufak olmadık taş bırakmamıştı. Bu, olsa olsa dedesinin dedesinin düşleriyle kıyaslanabilecek çılgınlıkta bir düştü. Çünkü ırmak yatağının kayalık oluşu ve yer yer akıntılarının bulunuşu, su yoluyla Macondo'dan denize ulaşmayı imkânsız kılıyordu. Ama José Arcadio Segundo, Nuh diyor peygamber demiyor, delice bir gözü peklikle direniyordu. O zamana dek, hayal gücünün hiçbir belirtisini göstermemişti. Petra Cotes'le olan köksüz serüveni dışında kadın da tanımamıştı. Albay Aureliano Buendia, denizden on iki kilometre kadar içeride yatan ve çürümüş iskeletini savaş sırasında kendi gözleriyle gördüğü İspanyol kalyonunu José Arcadio Segundo'ya anlattığı günlerde, Úrsula onu ailenin gelmiş geçmiş en sessiz insanı, horoz dövüşünde bile öne çıkmayı beceremeyen biri olarak tanıyordu. Yıllarca çoğu kişiye masal gibi gelen bu kalyon öyküsü, José Arcadio Segundo'nun aklına yeni bir şey taktı. Horozlarını haraç mezat sattı, adamlar tuttu, aletler aldı ve taşları kırmak, kanallar açmak, akıntıları temizlemek, çavlanları bile gemlemek gibi korkunç işlere girişti. Úrsula, "Bütün bunları ezbere biliyorum ben," diye haykırıyordu. "Sanki zaman tersine dönmüş de yeniden ilk günlere gelmişiz gibi," diyordu. José Arcadio Segundo, ırmağın ulaşıma açılabileceği kanısına varınca, tasarılarını kardeşine açtı; kardeşi de bu girişim için gerekli parayı ona verdi. José Arcadio Segundo, uzun zaman ortadan kayboldu. Gemi alma tasarısı kardeşinden para sızdırmak için bahaneydi diye dedikoduların yayıldığı sırada, görülmemiş bir teknenin kasabaya doğru geldiği haberi duyuldu. José Arcadio Buendia'nın büyük girişimlerini artık çoktan unutmuş olan Macondolular kıyıya koşuştular ve şaşkınlıktan yerinden uğramış gözlerle, kasabanın görüp göreceği bu ilk ve son tekneyi seyrettiler. Bu, kıyıdan yürüyen yirmi kişinin iple çektiği, kalaslardan yapılma bir saldan başka bir şey değildi. Gözlerinde bir iş becermenin sevinciyle salın baş tarafında duran José Arcadio Segundo, binbir zahmetle manevra yapıyordu. Yanında bir yığın güzel kadın vardı. Kadınlar yüzlerine renk renk kremler sürmüşler, saçlarına sahici çiçekler takmışlar, kollarına altından yılansı bilezikler dolamışlar, dişlerine elmas kaktırmışlardı. Omuzlarında incecik ipek şallar vardı.

Güneşten korunmak için cicili bicili şemsiyeler açmışlardı. Tahta sal, José Arcadio Segundo'nun Macondo'ya getirebildiği –hem de bir sefercik getirebildiği– tek tekne oldu. Ama bu girişimin başarısızlığını hiç kabullenmedi ve bunu irade gücünün zaferi olarak savundu. Kardeşine ayrıntılı hesap verdi, sonra yeniden horoz dövüşü çarkına kapıldı. O kısmetsiz girişimden geriye kalan tek şey, kadınların Fransa'dan getirdikleri yeni soluk oldu. Büyük ustalıkları, Macondo'da o güne dek bilinen sevişme yöntemlerinin pabucunu dama attırdı ve kenar mahalle dilberi olmayışları, Catarino'nun antikalaşmış dükkânını ortadan kaldırdı. Catarino'nun dükkânının bulunduğu sokak, Japon fenerleri ve içli şarkılar çalan laternaların satıldığı bir pazaryeri oldu. Macondo'yu üç gün üç gece çılgınlıklara sahne yapan ve Aureliano Segundo'ya Fernanda del Carpio'yu tanımak fırsatını vermenin dışında bir yarar sağlamayan karnavala da o kadınlar önayak oldu.

Güzel Remedios, karnaval kraliçesi seçildi. Oğlunun torununun coşturucu güzelliğinden ürken Úrsula, bu seçimi engelleyemedi. O zamana dek, Amaranta ile kiliseye gitmesi dışında kızı sokaktan uzak tutmayı becermiş, kiliseye giderken de yüzüne sıkı sıkıya kara peçe örttürmüştü. Erkeklerin en dinsiz imansızı, papaz kılığına girip Catarino'nun dükkânında açık saçık dualar okutarak dini en hiçe sayanları bile, efsanevi güzelliği bütün bataklık bölgesinde dillere destan olan Güzel Remedios'un yüzünü bir an görebilmek için kiliseye taşınır olmuşlardı. Güzel Remedios'un yüzünü görebilmek ancak çok uzun süre sonra nasip oldu. Keşke olmaz olsaydı, çünkü erkeklerin çoğu, bir daha uykuya hasret kaldılar. Güzel Remedios'a yüzünü açtıran yabancı ise aklını hepten yitirdi, sefil, perişan oldu ve yıllar sonra rayların üzerinde uyuyup kalarak trenin altında parçalandı. Adam, yeşil kadife giysisi ve işlemeli yeleğiyle kilisede boy gösterdiği an, Güzel Remedios'un büyüleyici çekiciliğini duyup çok uzaklardan, belki yabancı bir ülkenin uzak bir kasabasından geldiğine kimsenin kuşkusu olmadı. Delikanlı öylesine yakışıklı, öylesine zarif, öylesine kibar, öylesine kişilikli görünüyordu ki, Pietro Crespi onun yanında rüküş bir züppe kalırdı. Kadınlar fısıl fısıl konuşmaya, bu güzellik ondayken peçeyi asıl onun takması gerektiğini söylemeye başladılar. Adam, Macondo'da kimseyle konuşmuyordu. Pazar sabahı gün ağarırken, gümüş üzengili, eyeri kadife örtülü bir at üzerinde bir masal prensi gibi geliyor ve kilisedeki ayinden sonra kasabadan çıkıp gidiyordu.

Delikanlının varlığı öylesine güçlüydü ki, kiliseye adımını attığı anda, onunla Güzel Remedios arasında sessiz ve gergin bir düellonun başladığını, yalnızca aşkla değil, aynı zamanda ölümle sonuçlanacak bir meydan okuma, bir gizli anlaşma olduğunu herkes kabulleniyordu. Altıncı pazar, genç adam elinde sarı bir gülle göründü. Ayini her zamanki gibi ayakta izledi ve ayin sona erince Güzel Remedios'un önüne gitti, gülü uzattı. Güzel Remedios, bu saygı gösterisine hazırlıklıymış gibi doğal bir davranışla gülü aldı, sonra yüzünü açtı ve teşekkür yerine gülümsedi. Bütün yaptığı buydu. Yalnızca genç adam için değil, onu görmek gibi bahtsız bir ayrıcalığa erişen bütün erkekler için de, hiç unutulmayacak sonsuz bir an oldu bu.

O günden sonra genç adam, Güzel Remedios'un penceresi altında serenat yaptırmaya başladı. Müzisyenler kimi zaman gün ağarana dek çalıyorlardı. Genç adama gerçekten yakınlık duyan tek kişi Aureliano Segundo'ydu. Delikanlının direncini kırmaya çalışıyordu. Bir gece, "Boşuna zaman harcama," dedi. "Bu evdeki kadınların inadı katırdan beterdir." Delikanlıyla arkadaş olmak istedi, onu şampanya banyolarına çağırdı, ailesindeki kadınların taşyürekli olduğunu anlatabilmek için dilinde tüy bitti. Yine de genç adamın direncini kıramadı. Gecelerce ardı arkası kesilmeyen müzikten usanan Albay Aureliano Buendia, gencin tutkusunu birkaç kurşunla geçirmeye kalkacağını söyledi. Ne yaptılarsa, ne söyledilerse kâr etmedi. Ancak, delikanlı acınacak ölçüde düşkünleşince direnmekten vazgeçti. İyi giyimli, temiz, tirendaz biriyken, sallapatileşti, kirli pasaklı oldu. Kim olduğu, nereden geldiği bilinmemekle birlikte, uzak ülkesindeki mevkiine ve servetine sırt çevirdiği söylentileri yayıldı. Kavgacı, delişmen biri oldu. Meyhanelere dadandı. Körkütük içiyor, sonra kendi pisliğine batıp bulanmış olarak Catarino'nun dükkânında ayılıyordu. İşin en acı yanı, Güzel Remedios'un onu hiç fark etmeyişiydi. Prensler gibi kilisede boy gösterdiği zaman bile, Güzel Remedios ona dikkat etmemişti. Sarı gülü de aklından hiçbir kötülük geçirmeden ve bu davranışın aşırılığıyla eğlenerek almış, peçesini de kendi yüzünü göstermek için değil, delikanlının yüzünü daha iyi görebilmek için açmıştı.

Aslında Güzel Remedios, hiç de bu dünyanın insanı değildi. Ergenlik çağını epey geçtikten sonra bile, Santa Sofia de la Piedad onu yıkayıp giydirmek zorunda kalmış ve kendi kendine temizlenmesini öğrendikten sonra da, kakasına batırdığı çubukla duvarlara hayvan resimleri çizmesini önlemek için hep kollanması gerekmişti. Okuma yazma bilmeden, çatal bıçak kullanmayı öğrenmeden yirmi yaşına geldi. Oluşumu bütün geleneklere karşı olduğundan, evin içinde çırılçıplak dolaşırdı. Nöbetçilerin genç komutanı, kendisini sevdiğini söyleyince, adamın saçmalamasından irkildiği için onu reddetti. Bunu Amaranta'ya anlatırken, "Görüyor musun, ne basit adam," dedi. "Sanki ben onmaz bir karın ağrısıymışım gibi, benim yüzümden öleceğini söylüyor." Komutanın ölüsünü penceresinin önünde buldukları zaman, Güzel Remedios'un onun hakkındaki düşünceleri doğrulanmış oldu.

"Demedim mi size, çok basit adamdı," deyip çıktı işin içinden.

Olayların gerçeğini, herhangi bir biçimciliğe girmesine gerek kalmadan görmesine yarayan bir kavrayışı var gibiydi. Hiç değilse Albay Aureliano Buendia öyle düşünüyor, Güzel Remedios'un genellikle sanıldığı gibi geri zekâlı olmayıp tam tersi olduğuna inanıyordu. "Sanırsınız yirmi yaşında değil bu, yirmi yıl savaşmış gelmiş gibi," diyordu. Úrsula ise, aileye olağanüstü saflıkta bir yaratık bağışladığı için Tanrı'ya şükrediyor, ancak bir yandan da onun güzelliğinden huzursuz oluyordu. Çünkü Úrsula'ya göre, kızın güzelliği, çelişkili bir güç, o saflığının ortasında şeytani bir tuzaktı. Bu nedenle onu dünyadan uzak tutmaya, insanı baştan çıkarıcı tutkulardan korumaya çalıştı. Oysa, Güzel Remedios'un daha anasının karnındayken her türlü kötülükten arındığını bilmiyordu. Güzel Remedios'u karnaval denilen, o şeytanların cirit attığı ana baba gününde kraliçe seçecekleri, Úrsula'nın aklından bile geçmemişti. Ama ille de kaplan kılığına girmeyi aklına takan Aureliano Segundo, Peder Antonio Isabel'i kaptığı gibi eve getirdi ve Úrsula'yı, karnavalın, sandığı gibi, bir putperest bayramı olmayıp bir Katolik geleneği olduğuna inandırmaya çalıştı. Úrsula, sonunda Papaz'ın dediklerine inandı ve istemeye istemeye de olsa, kızın kraliçe seçilmesini kabul etti.

Remedios Buendia'nın karnaval kraliçesi olacağı haberi birkaç saat içinde bataklık bölgesinin sınırlarını aştı, güzelliğinin bilinmediği uzak yerlere dek yayıldı ve onun soyadını hâlâ bir yıkıp yok etme simgesi gibi görenleri meraklandırdı, tasalandırdı. Tasalar yersizdi. O sıralarda zararsız hale gelmiş biri varsa, o da, yaşlanan ve hayal kırıklığıyla çöken, ülkenin gerçekleriyle bütün ilintisini yavaş yavaş yitiren Albay Aureliano Buendia'ydı. İşliğine kapanmıştı. Dünyayla tek bağıntısı süs balıkları ticaretiydi. Barışın ilk günlerinde evde nöbet bekleyen askerlerden biri, Albay Aureliano Buendia'nın yaptığı balıkları alıyor, bataklıktaki köyleri tek tek dolaşıp satıyor ve dönüşünde de bir yığın parayla, bir yığın haber getiriyordu. Askerin dediğine göre, Muhafazakâr hükümet, Liberallerin de desteğini sağlamış, cumhurbaşkanları yüz yıl iktidarda kalabilsinler diye takvim reformu yapıyormuş. Sözde sonunda papalıkla anlaşma imzalanmış ve Roma'dan pırlanta taçlı, som altın tahtlı bir kardinal gelmiş. Sözde Liberal bakanlar kardinalin önünde diz çöküp yüzünü öperken resim çektirmişler. Sözde başkente turneye gelen bir İspanyol kumpanyasının başartisti, maskeli haydutlar tarafından kaçırılıp pazar günü cumhurbaşkanının yazlık evinde çırılçıplak oynattırılmış. Albay, "Bana politikadan söz etme," diyordu. "Bizim işimiz balık satmak." Albay'ın para kazanmaya başladığı için ülkenin durumundan söz edilmesini istemediği söylentisi Úrsula'nın kulağına çalınınca, Úrsula katıla katıla güldü. Úrsula o ürkütücü sezisiyle, Albay'ın işini bir türlü anlamıyor; balıkları satıp altın almasını, aldığı altını yeniden gümüşe yatırıp yeniden süs balıkları yapmasını, sonra onları satıp yine altın kazanmasını ve sonuç olarak bu kısırdöngüyü sürdürmek için ne denli satarsa o denli çalışmak zorunda kalmasını aklı almıyordu. Aslında Albay Aureliano Buendia'yı ilgilendiren, işin ticareti değil, çalışmaktı. Pulları birbirine bağlamak, gözlere minicik yakutlar oturtmak, solungaçları yassıltmak, yüzgeçler takmak öyle yoğun bir dikkat gerektiriyordu ki, savaşın getirdiği hayal kırıklıklarını düşünmeye zaman kalmıyordu. Bu yüzden de, kısa sürede onca savaş yıllarındakinden daha çok çöktü. Sürekli oturmak kamburunu çıkarmış, işin üzerine iyice eğilmek gözlerini bozmuştu. Ne var ki, aşırı yoğunluk ruhuna huzur bahşetti. Savaşa değgin bir konuyla son kez ilgilenişi, her iki yanda savaşanlardan karma bir grubun kendi desteğini istemeleri üzerine oldu. Bunlara ömür boyu aylık bağlanacağına söz verilmiş, ama bu hiçbir zaman yürürlüğe konmamıştı. Eski savaşçılar aylık bağlanması konusunda, Albay'ın kendilerini desteklemesini istiyordu. Albay, "En iyisi, unutun gitsin," dedi. "Bakın, ben ölene dek ha geldi ha gelecek diye beklemek işkencesinden kurtulmak için aylık bağlanmasını kabul etmedim." Önceleri Albay Gerineldo Márquez akşamüstleri ona geliyor, sokak kapısının önüne oturarak geçmişten söz ediyorlardı. Ne var ki, dazlaklığı yüzünden zamanından önce yaşlılık uçurumuna yuvarlanan bu adamın, yüreğinde uyandırdığı anılara dayanamayan Amaranta, boyuna iğneli sözler ediyordu. Sonunda Albay Gerineldo Márquez, önemli günler dışında evlerine uğramamaya başladı, daha sonra da inme inince hepten ortalıktan yok oldu. Az konuşan, suskun biri olan ve evi sarsan yeni canlılığa duyarsız kalan Albay Aureliano Buendia, yaşlılığının iyi geçmesi için yalnızlıkla yıldızını barıştırmak gerektiğine inanıyordu. Kısa bir uykudan sonra sabahları beşte kalkıyor, mutfakta her zamanki gibi sade kahvesini içiyor, bütün gün işliğine kapanıyor, akşamüstü saat dörtte elindeki tabureyi sürükleye sürükleye, gül fidanlarının alev alev tomurcuklandığını, güneşin parlaklığını, melankoliye kapılan Amaranta'nın akşam sessizliğinde iyice duyulan ve kaynayan bir tencerenin çıkardığı sese benzeyen hıçkırıklarını hiç fark etmeden verandadan geçip tabureyi sokak kapısının önüne atıyor, sivrisinekler rahatsız edinceye dek orada oturuyordu. Bir keresinde biri, Albay'ın içine gömüldüğü yalnızlığı bozmak cüretinde bulundu.

Kapının önünden geçerken, "Ne âlemdesiniz, Albayım," diye sordu.

Albay Aureliano Buendia, "İşte burada, cenaze alayımın geçmesini bekliyorum," dedi.

Bu nedenle, Güzel Remedios'un kraliçe seçilmesiyle ilintili olarak Buendia soyadının yeniden duyulmasının yarattığı kaygılar yersizdi. Yine de çoğunluk o düşüncede değildi. Kasabalılar, başlarına gelecekten habersiz, neşeli bir gürültü patırtı içinde akın akın alana doldular. Karnaval çılgınlıkları doruk noktasına varmış, Aureliano Segundo da kaplan kılığına girme özlemini gidermişti. Bağırmaktan sesi kesilmiş halde kalabalığın arasında dolanırken, bataklıktan gelen anayolda birkaç kişi göründü. Bunlar yaldızlı bir tahtırevanda, insanın düşleyebileceği en güzel, en çekici kadını taşıyorlardı. Macondolular, krepon kâğıtlarıyla süslenmiş yapma bir kraliçe olmayıp hermin pelerini, zümrütlü tacıyla gerçek bir kraliçe gibi görünen bu kadını daha iyi görebilmek için bir an maskelerini çıkarıp baktılar. Bu gelişin temel amacının kışkırtma, meydan okuma olduğunu çok kişi sezdi. Aureliano Segundo ise kendini çabuk toparladı ve gelenleri onur konukları ilan etti. Sonra Hazreti Süleyman gibi adil ve bilge bir davranışla, Güzel Remedios ile yeni gelen kraliçeyi aynı tahtta yan yana oturttu. Bedevi kılığına girmiş olan yabancılar, gece yarısına dek çılgınca eğlenceye katıldılar, hatta seyredenlere çingeneleri hatırlatan bir ustalıkla akrobatik gösteriler yaparak, havai fişekler atarak, karnavala daha da renk kattılar. Eğlencenin en yoğunlaştığı sırada, biri kıl üstünde duran dengeyi bozuverdi.

"Yaşasın Liberal Parti!" diye bağırdı. "Yaşasın Albay Aureliano Buendia!"

Tüfek sesleri, havai fişekleri, korku çığlıkları, müziği bastırdı ve neşe, yerini panik havasına bıraktı. Yıllarca sonra bile yabancı kraliçenin yaverlerinin, bol bedevi giysileri içinde tüfeklerini saklayan askerler olduğu görüşünde direnmeye devam ettiler. Hükümet, bu suçlamaları özel bir bildiriyle reddetti ve kanlı olayla ilgili geniş soruşturma yapılacağına söz verdi. Ama işin içyüzü hiçbir zaman aydınlanmadı ve bedevi kılığındaki koruyucuların herhangi bir kışkırtma olmaksızın, tüfeklerini çekip kalabalığa ateş açtıkları kanısı sürdü gitti. Ortalık yatıştığı zaman, düzmece bedeviler kasabadan çekip gitmişlerdi. Alanda bir yığın ölü ve yaralı yatıyordu: Dokuz palyaço, dört cariye, on yedi iskambil papazı, bir şeytan, üç halk ozanı, iki Fransız soylusu, üç Japon imparatoriçesi yerlere serilmişti. O karışıklıkta José Arcadio Segundo, Güzel Remedios'u sırtlayıp kaçırdı. Aureliano Segundo ise, giysileri yırtılmış, hermin pelerini kanlanmış yabancı kraliçeyi kucağına aldığı gibi eve götürdü. Kızın adı Fernanda del Carpio'ydu. Ülkenin en güzel beş bin kadını arasından kraliçe seçilmişti. Onu, "Seni Madagaskar kraliçesi yapacağız," diye kandırarak Macondo'ya getirmişlerdi. Úrsula, ona kendi kızı gibi baktı. Kasabalılar, kızın suçsuzluğundan kuşkulanacakları yerde, saflığına acıdılar, kıyımdan altı ay sonra, yaralılar iyileştiği ve o gün ölenlerin bir arada gömüldüğü mezarın üzerindeki son çiçekler de solduğu zaman, Aureliano Segundo, kızı babasından istemek için, oturduğu uzak kente gitti ve yirmi gün yirmi gece süren bir düğünle Macondo'da evlendiler.

Evlendikten iki ay sonra Aureliano Segundo, Petra Cotes'in gönlünü almak için onu Madagaskar kraliçesi kılığına sokup resmini çektirince, neredeyse evliliğinin sonu geliyordu. Fernanda bunu öğrenir öğrenmez, çeyiz sandıklarını topladığı gibi, vedalaşmaya bile ihtiyaç görmeden Macondo'dan gitti. Aureliano Segundo peşinden yetişti. Yalvarıp yakardıktan, uslanacağına söz verdikten sonra, karısını eve döndürmeyi başardı ve metresini bıraktı.

Gücüne güvenen Petra Cotes, hiç telaşa kapılmadı, üzüldüğünü göstermedi. Aureliano Segundo'yu o adam etmişti. Aureliano Segundo daha çocukluktan kurtulmadan, kafası bir alay saçma düşle dolu olduğu ve gerçekle uzak yakın ilintisi bulunmadığı bir dönemde, Petra Cotes onu Melquíades'in odasından çekip çıkarmış ve dünyada ona bir yer kazandırmıştı. Doğanın içine kapanık, yalnızlığa yönelik biri olarak yarattığı Aureliano Segundo'yu canlı, iyi yaşamayı seven, arkadaş düşkünü biri yapmış, ona yaşama sevinci vermiş, para harcamaktan, eğlenip coşmaktan hoşlanmaya alıştırmış ve sonunda genç kızlığından beri düşlediği erkek haline getirmişti. Sonra bütün oğulların er geç yaptığı gibi, Aureliano Segundo da evlendi. Evleneceğini Petra

Cotes'e söylemeye de cesaret edemedi. Çocuksu bir davranışa saplanarak, ilişkiyi koparan Petra Cotes olsun diye yok yere öfkelenmeler, kavgalar, kırgınlıklar yaratmaya çalıştı. Bir gün Aureliano Segundo yine haksız yere çıkışmaya başlayınca, Petra Cotes faka basmadı ve durumu açıklığa kavuşturdu.

"Bütün bu yaptıkların," dedi. "Kraliçeyle evlenmek istediğini göstermekten öte anlam taşımıyor."

Aureliano Segundo utancından yerin dibine geçti. Öfkelenmiş gibi görünerek, yanlış anlaşıldığını, iyi niyetinin kötüye kullanıldığını söyledi ve bir daha da Petra Cotes'e gitmedi. Petra Cotes, pusuya yatmış vahşi hayvan görünümünü bir an bile yitirmeden, düğün şenliklerini, müziği, havai fişeklerin patlamasını ve çılgınca kahkahaları, bütün bunlar Aureliano Segundo'nun alışılmış taşkınlıklarından biriymiş gibi izledi. Başına gelenlere üzülenleri, talihsizliğine acıyanları gülümseyerek yatıştırıyor, "Üzülmeyin," diyordu. "Kraliçeler benim işime gelir, sonunda ben kazanırım." Komşulardan bir kadın, onu bırakan sevgilisinin resmi önünde mum yaksın diye, bir deste mum getirdiği zaman, Petra Cotes şaşılacak bir güvenle, "Onu geri getirecek tek mum her zaman yanıyor," dedi.

Kadının tahmin ettiği gibi, balayı biter bitmez Aureliano Segundo ona koştu. Eski arkadaşlarını, bir seyyar fotoğrafçıyı ve Fernanda'nın karnavalda giydiği taçla, kana bulanmış hermin pelerinini de yanına almıştı. Coşup eğlenmeye başladılar. Eğlentinin en kızıştığı sırada Aureliano Segundo, Petra Cotes'i kraliçe kılığına soktu, ölünceye dek Madagaskar'ın tek hâkimi olarak ona taç giydirdi ve bu kılıkta çektirdiği resmi arkadaşlarına dağıttı. Petra Cotes bir yandan bu oyuna katılıyor, bir yandan da Aureliano Segundo'nun böylesine taşkın bir barışma yolu düşünmesi için ne denli korkmuş olacağını düşünerek için için ona acıyordu. Akşam yedide, Petra Cotes kraliçe kılığını soyunmadan, Aureliano Segundo'yu yatakta huzura kabul etti. Aureliano Segundo evleneli daha iki ay bile olmamıştı, ama kadın ilk bakışta, gelin yatağındaki işlerin pek yolunda gitmediğini anlayıverdi ve öcünü almanın doyulmaz zevkini tattı. Ne var ki, iki gün sonra Aureliano Segundo kendisi gelmeyi göze alamayarak bir elçi gönderip ayrılma koşullarını belirlemeye kalkışınca, Petra Cotes, sandığından daha uzun süre sabır göstermek zorunda kalacağını anladı. Çünkü Aureliano Segundo, görünüşü kurtarmak için her türlü özveriye hazır gibiydi. Petra Cotes o kez de telaşa kapılmadı. Ayrılma isteğine boyun eğerek işleri bir kez daha kolaylaştırdı ve herkesin kendisine zavallı bir kadıncağız gözüyle bakışını pekiştirdi. Aureliano Segundo'dan anı olarak yalnızca bir çift deri çizme sakladı. Aureliano Segundo, bu çizmeleri öldüğü zaman bile ayağından çıkarmak istemediğini hep söylerdi. Petra Cotes, çizmeleri bir bohçaya sararak sandığın dibine sakladı ve umudunu kesmeden bekleyerek anılarla yaşamaya hazırlandı.

"Er geç gelecek," diyordu kendi kendine. "Salt bu çizmeleri giymek için bile olsa, mutlak gelecek."

Sandığı kadar uzun beklemesi de gerekmedi. Aureliano Segundo, çizmeleri ayağına çekip ölümü bekleyecek yaşa gelmeden çok daha önce Petra Cotes'in evine gideceğini, daha zifaf gecesi anladı: Fernanda yaşayan bir ölüydü. Bin kilometre kadar uzaktaki bir kentte doğup büyümüştü. Karanlık gecelerde ıssız sokakların kaldırım taşlarında, artık tarihe karışmış genel valilerin araba seslerinin hâlâ duyulduğu kasvetli bir kentti burası. Akşamın altısı oldu mu, tam otuz iki kuleden ölüm çanları çalınırdı. Mezar taşını andıran tahta döşemeli malikânede, hiç güneş yüzü görülmezdi. Bahçedeki selvi ağaçları, yatak odalarının soluk, ağır perdeleri, bahçenin yediverenlere sarılı kemerleri havayı büsbütün boğardı. Fernanda, genç kızlık çağına gelinceye dek, komşu evlerde, birinin öğle uykusu uyumamak direnciyle yıllar yılı sürdürdüğü piyano derslerinin melankolik uğultusu dışında, dünyadan habersiz büyümüştü. Fernanda, panjurların ardından sızan ışıkta teni yeşil sarı görünen hasta annesinin odasında oturur, metodik, tekdüze, duygusuz tuşların sesini dinler ve kendisi cenaze çelenkleri örerek solup giderken, o müziğin dünya demek olduğunu düşünürdü. Akşam ateşiyle yanıp ter döken annesi, ona geçmişin ne bulunmaz güzellikte olduğunu anlatırdı. Fernanda daha ufacıkken, ay aydınlığı bir gece, beyazlar giyinmiş çok güzel bir kadının bahçedeki küçük kiliseye doğru yürüdüğünü görmüştü. Gözlerinin önünden hiç gitmeyen o görüntünün Fernanda'yı tedirgin eden yanı, kadının tıpkı kendi eşi olmasıydı. Sanki genç kızlık halini, yirmi yıl önceden görmüş gibiydi. Annesi öksürük nöbetinin arasında, "O, senin büyük ninen olan kraliçeydi," diye anlatırdı. "Soğan demetini keserken kokudan rahatsız olup öldü," derdi. Yıllarca sonra Fernanda büyük ninesinin tıpkısı olduğunu sezmeye başlayınca, çocukken gördüğünün bir hayal olabileceğinden kuşkulandı. Ama annesi bir güzel payladı onu.

"Çok zengin, çok güçlüyüz," dedi. "Bir gün sen de kraliçe olacaksın."

Keten örtüler serilmiş, gümüş çatal bıçaklar konmuş upuzun bir sofraya oturup tatlı çörekle suyu bol, çikolatası az kakaodan başka bir şey bulamadan sofradan kalktıkları halde, Fernanda annesinin sözlerine inanıyordu. Babası Don Fernando ona çeyiz yapmak için evi ipotek etmek zorunda kaldığı halde, Fernanda düğün gününe dek efsanevi bir kraliçeliğin düşünü kurdu. Bu, ne saflık ne de büyüklük özlemiydi. Onu öyle yetiştirmişlerdi. Kendini bildi bileli, üzerinde aile arması işli altın bir oturağa hacetini görmüştü. Evden ilk kez on iki yaşındayken çıkmış ve iki sokak ötedeki rahibe okuluna gitmek için süslü bir kupaya bindirilmişti. Sınıf arkadaşları, onun kendilerinden ayrı bir köşede, çok yüksek arkalıklı bir sandalyede oturmasına ve ders aralarında bile kendilerine katılmamasına pek şaşmışlardı. Rahibeler, "O sizin gibi değil," diyorlardı. "Kraliçe olacak o." Sınıf arkadaşları bu söze hemen inandılar, çünkü hiç onun kadar güzel, zarif, seçkin bir kız görmemişlerdi. Fernanda sekiz yıl eğitim görüp Latince şiir yazmasını, piyano çalmasını, genç erkeklerle avcılık, piskoposlarla ilahiyat, yabancı devlet başkanlarıyla dünya, Papa'yla ahiret konuları üzerinde konuşurken söyleyeceği şeyleri öğrendikten sonra, çelenkler örerek günlerini tüketmek üzere baba evine döndü. Evi tamtakır buldu. Evde kala kala zorunlu birkaç parça eşya ile gümüş şamdanlar ve gümüş sofra takımı kalmış, gündeliğe kullanılan takımlar, onun okul giderlerini karşılayabilmek için teker teker elden çıkarılmıştı. Annesinin her akşamüstü ateşi yükselir olmuştu. Siyahlar giyinen, dik yakalıklar ve altın köstek takan babası Don Fernando, pazartesi günleri ona evin giderlerini karşılasın diye bir gümüş sikke veriyor ve önceki hafta hazırlanan çelenkleri alıp bir yerlere gönderiyordu. Babası zamanının çoğunu çalışma odasına kapanarak geçiriyor, arada bir evden çıksa da dua saatinde gelip kızıyla birlikte tespih çekerek dua ediyordu. Fernanda'nın hiç yakın arkadaşı yoktu. Sürüp giden kanlı savaşlardan habersizdi. Her gün saat üçte piyano derslerini sürdürüyordu. Artık kraliçe olma düşlerini yitirmeye başlayacağı sırada bir gün, kapının tokmağı iki kez vuruldu. Fernanda kapıyı açınca, karşısında resmî tavırlı, iyi giyimli, yanağında yara izi, göğsünde altın madalya bulunan bir subayın durduğunu gördü. Subayla babası, çalışma odasına kapandılar. İki saat sonra babası dikiş odasına gelerek onu çağırdı. "Eşyalarını topla," dedi. "Uzun bir yolculuk yapacaksın." Onu Macondo'ya işte böyle getirdiler. Yaşam, bir tek gün içinde, acımasız bir şamarla, ailesinin yıllardır sakladığı gerçekleri olanca ağırlığıyla onun üzerine yıkıverdi. Fernanda eve döndükten sonra odasına kapandı ve bu anlamsız şakanın izlerini silmeye çabalayan Don Fernando'nun açıklamalarına ve yalvarmalarına hiç oralı olmadan ağlamaya koyuldu. Ölünceye dek odasından çıkmamaya ant içti. O sırada Aureliano Segundo onu almaya geldi. Bu, kaderin anlaşılmaz bir cilvesiydi. Çünkü Fernanda o öfke, o utanç içinde, gerçek kimliğini öğrenmesin diye Aureliano Segundo'ya yalan söylemişti. Aureliano Segundo, onu aramak için yollara düştüğünde, kızın, dağlık bölgedekilere özgü bir ağızla konuştuğundan ve cenaze çelengi ördüğünden başka bir şey bilmiyordu. Bıkıp usanmadan kızı aradı. José Arcadio Buendia'ya Macondo'yu bulmak için dağları aşırtan o korkunç dirençle, Albay Aureliano Buendia'yı sonuçsuz savaşlara sürükleyen o körü körüne gururla, Úrsula'nın soyunu sürdürmek için gösterdiği o çılgınca özenle, Aureliano Segundo Fernanda'yı aradı. Bir an durmadan, bir an umudunu kesmeden aradı. Önüne gelene cenaze çelenklerinin nerede satıldığını sorduğu zaman en iyisini seçsin, beğendiğini alsın diye onu ev ev dolaştırdılar. Dünyanın en güzel kadınını sorduğunda da, bütün kadınlar kendi kızlarını gösterdiler. Aureliano Segundo, sisli yollarda, boşuna harcanılan zamanlarda ve hayal kırıklığının çıkmazında kendisini yitirdi. Sapsarı bir düzlükten geçti. Burada insanın düşünceleri yankılanıyor, aklından geçirdikleri serap olup karşısına dikiliyordu. Haftalarca hiçbir sonuç alamadan dolaştıktan sonra, bütün kulelerinde cenaze çanları çalınan yabancı bir kente girdi. Aureliano Segundo hiç görmediği, adını duymadığı halde, yıpranmış duvarları, yosun bağlamış yıkık tahta balkonları ve sokak kapısındaki, yağmurdan hemen okunamayacak gibi silikleşmiş, dünyanın en acıklı "Çelenk Satılır" tabelasını görür görmez aradığı yerin burası olduğunu anlayıverdi. O andan, Fernanda'nın başrahibenin kolunda evden çıktığı o buz gibi sabaha dek geçen kısa sürede, rahibeler, gelinliği dikmeye ve iki yüz yıl gecikmiş bir aile faciasından artakalan sayısız ve işe yaramaz eşyayı, gümüş şamdanları, gümüş sofra takımını ve altın oturağı altı sandığa yerleştirmeye ancak zaman bulabildiler. Don Fernando gelinle birlikte gitmesi için yapılan çağrıyı kabul etmedi. İşlerini yoluna koyduktan sonra geleceğine söz verdi ve hayır dua edip mutluluklar dileyerek kızını uğurladıktan sonra odasına kapandı, daha çok ölüm ilanına yaraşır taslaklar yaparak, aile armasını taşıyan evlenme ilanları yazdı. Ömürleri boyunca, Fernanda ile babası arasındaki ilk insancıl ilişki bu oldu. O gün, Fernanda için gerçekten doğduğu gün, Aureliano Segundo için ise mutluluğun hem başladığı, hem bittiği gündü.

Fernanda, altın yaldızla işlenmiş zarif bir takvimi yanından eksik etmiyordu. Din dersleri öğretmeni, bu takvimin üzerine mor mürekkeple cinsel perhiz günlerini işaretlemişti. Kutsal hafta, pazar günleri, oruç günleri, her ayın ilk cuması, üç aylar, kurbanlar ve ay halinin engellediği günler çıkarılınca, Fernanda'nın işe yarar günleri, mor çizikler arasına sıkışmış kırk iki güne iniyordu. Bu çiziklerden örülü düşmanca ağın zamanla parçalanacağına inanan Aureliano Segundo, düğünü umulduğundan da uzun sürdürdü. Evde yürüyecek yer açılsın diye boyuna boş konyak ve şampanya şişesi atmaktan usanan Úrsula, bir yandan havai fişekler atılır, müzik çalınır, kuzular çevrilirken, yeni evlilerin ayrı saatlerde ve ayrı odalarda yatmasına şaşırıyor; kendisi gibi Fernanda'nın da zamanla kasabada alay konusu olacak, evde faciaya yol açacak bir bekâret kemeri takıp takmadığını merak ediyordu. Neyse ki, Fernanda ona açıldı ve kocasını yanına yaklaştırmadan iki hafta geçmesini beklediğini söyledi. Gerçekten de o sürenin sonunda, ölüme kurban edileceklere yaraşır bir gönülsüzlükle yatak odasının kapısını açtı. Aureliano Segundo, güzel gözleri ürkmüş hayvan gibi bakan, uzun bakır kızılı saçları yastığın üzerine serilen dünyanın en güzel kadınını gördü. Bu görüntü öylesine aklını başından aldı ki, Fernanda'nın ayak bileklerine inen, uzun kollu ve göbeğinin hemen altında kenarları sırma işli büyük, yuvarlak delikli bir beyaz gecelik giydiğini neden sonra fark edebildi. Aureliano Segundo, kendini tutamadı, katıla katıla gülmeye başladı.

Evi çınlatan bir kahkahayla, "Ömrümde bundan daha rezil bir şey görmedim," dedi. "Meğer kendini yoksulların hizmetine adamış bir rahibeyle evlenmişim."

Aradan bir ay geçip de, karısının geceliğini çıkarttırmayı başaramayınca Aureliano Segundo, Petra Cotes'in kraliçe kılığında resmini çektirdi. Daha sonra Fernanda'yı eve dönmeye razı ettiği zaman, bu barışma heyecanı içinde karısı onun isteklerine boyun eğdiyse de, Aureliano Segundo'nun onu almak için otuz iki çan kuleli kente giderken hayal ettiği sevişme hiçbir zaman gerçekleşmedi. Aureliano Segundo, onda yalnızca hüzünlü bir yalnızlık buluyordu. İlk çocuklarının doğumundan kısa süre önce bir gece Fernanda, kocasının gizlice Petra Cotes'in yatağına döndüğünü sezdi.

Aureliano Segundo, "Öyle oldu," diye itiraf etti. Ve bir bezgin, bir boyun eğmişlik içinde, "Hayvanların soyu tükenmesin diye öyle yapmak zorundayım," dedi.

Böylesine duyulmamış bir hayvan besleme yolunu

karısına kabul ettirebilmesi için bir süre dil dökmesi gerekti. Ama sonunda tartışılmaz kanıtlarla karısını inandırdığı zaman, Fernanda ondan metresinin yatağında ölmemeye söz vermesinden gayrı hiçbir şey istemedi. Böylece üçü de birbirinin huzurunu bozmadan yaşamayı sürdürdüler. Aureliano Segundo, ikisini de ihmal etmeyip gönüllerini alıyor; Petra Cotes barıştıkları için kurum satıyor, Fernanda ise gerçeği bilmiyormuş gibi davranıyordu.

Ne var ki bu anlaşma, Fernanda'nın aileyle kaynaşmasına yaramadı. Fernanda'yı, seviştikten sonra boynuna sardığı ve komşuların fısıldaşmalarına yol açan yün atkıdan caydırmak için Úrsula'nın harcadığı bütün çabalar boşa gitti. Gelinine, banyo ya da tuvaleti kullanıp altın oturağı balık yapsın, diye Albay Aureliano Buendia'ya satması için nice diller döktüyse de, Fernanda buna yanaşmadı. Amaranta kendi konuşmasının ve ağzının bozukluğundan öylesine tedirgindi ki, ağzından kötü bir şey kaçırmamak için hep tetikte duruyor, Fernanda'nın yanında kuşdili konuşuyordu.

"Bugu," diyordu, "kegendigi bogokugunugun kogokugusuguna dagayaganagamagayaganlagardagan."

Bir gün bu alaylı konuşmalara sinirlenen Fernanda, Amaranta'nın ne söylediğini sordu, Amaranta da hiç kaçamak yapmadan dobra dobra konuştu:

"Senin, bokunu çomaklayanlardan biri olduğunu söylüyordum."

O günden sonra bir daha birbirleriyle konuşmadılar. Çok zorunlu bir durum olursa, yine konuşmuyor, söyleyeceklerini yazılı olarak birbirlerine gönderiyorlardı. Ailenin kendisine karşı açıkça tavır almasına karşın, Fernanda ata yadigârı töreleri zorla evin düzenine sokma çabasından vazgeçmedi. Mutfakta yemek yeme ve herkesin acıktığı anda bir şeyler atıştırması alışkanlığına son vererek, belirli saatlerde yemek odasında keten örtülerle, gümüş şamdanlarla, gümüş çatal bıçaklarla sofra kurulup yemek yenmesini zorunlu kıldı. Úrsula için günlük yaşamın en basit olayı olan yemek işinin böylesine tantanalı bir sorun haline getirilmesi, herkesten önce halim selim José Arcadio Segundo'yu isyan ettiren bir gerginlik yarattı. Ama yemekler yemek odasında kurulan sofrada yenilmeye başladı. Bununla kalsa yine iyiydi. Fernanda sofraya oturmadan önce herkesin dua etmesini de şart koştu. Konu komşu, Buendiaların öteki insanlar gibi yemek yemeyip yemek olayını bir dinsel törene dönüştürdükleri dedikodusuna başladı. Köklü bir geleneğe değil de, anlık esintilere bağlı olan Úrsula'nın batıl inançları bile Fernanda'nınkilerle çatışır oldu. Fernanda, ailesinden devraldığı batıl inançları sürdürüyor, her olayla ilgili özgün ve belirli bir inanca saplanıyordu. Úrsula'nın eli ayağı tuttuğu sürece, ailenin eski alışkanlıkları az da olsa sürüyor ve Úrsula, birtakım işleri içinden geldiği gibi yürütüyordu. Ne var ki, Úrsula'nın gözleri görmez olup iyiden iyiye yaşlanınca bir köşeye itildi ve ondan sonra Fernanda'nın eve adımını attığı anda başlamış olan katı çember bütünlendi, ailenin kaderi üzerinde tek söz sahibi Fernanda oldu. Úrsula'nın isteği üzerine Santa Sofia de la Piedad'ın sürdürdüğü pasta ve şekerleme işine Fernanda dudak büktü, bunun önemsiz, verilen emeğe değmez bir çaba olduğunu söyleyerek hiç zaman kaybetmeden bu işe son verilmesini emir buyurdu. Gün doğuşundan gece yatana dek açık duran kapılar, yatak odalarına sıcak giriyor bahanesiyle öğle uykusu saatlerinde kapatılmaya başladı, zamanla da hiç açılmaz oldu. Kasabanın kurulduğu günden beri kapının üzerinde asılı duran öd ağacı dalı ile ekmek somunu indirildi, yerine Hazreti İsa'nın kutsal yüreğinden bir parçanın sarılı olduğu kese asıldı. Albay Aureliano Buendia bu değişikliklerin farkına vardı ve ne gibi sonuçlar doğuracağını sezinledi. "Soylu kişiler olmaya başlıyoruz," dedi. "Bu gidişle yine Muhafazakârları devirip başımıza bir kral geçirmek için savaşacağa benzeriz." Fernanda, Albay Aureliano Buendia'yla çatışmamaya dikkat ediyordu. İçten içe ise onun bağımsız kişiliğinden, toplumsal kuralların tümüne karşı oluşundan rahatsız oluyordu. Albay'ın sabahları beşte kahve içmesi, işliğinin düzensizliği, eskimiş battaniyesi ve akşamüstleri sokak kapısına tabure atıp oturması Fernanda'nın sinirine dokunuyordu. Ama ne denli sinirlenirse sinirlensin, aile mekanizmasının bu gevşek dişlisini sıkıştırmamak gerektiğini de biliyordu. Çünkü Albay'ın yaşlılık ve hayal kırıklığıyla ehlileşmiş yırtıcı bir hayvan olduğunu anlıyor ve tepesi attı mı evi temelinden sarsabileceğini seziyordu. Kocası, ilk çocuklarına büyük dedesinin adını koymaya kalkınca, Fernanda karşı koymayı göze alamadı, çünkü eve gelin geleli daha bir yıl olmuştu. Ama kızları doğunca, çocuğa kendi annesinin adı olan Renata adını koymakta diretti. Oysa Úrsula, kıza Remedios adını koymayı tasarlamıştı. Aureliano'nun kahkahaları içinde arabuluculuk yaptığı sert bir tartışma sonunda, çocuğu Renata Remedios diye vaftiz ettiler. Fernanda, kızı Renata diye çağırıyor, kocasının ailesi ve bütün kasaba halkı ise kıza Remedios'un kısaltılmışı olan Meme diyorlardı.

Önceleri Fernanda kendi ailesinden hiç söz etmiyorsa da, zamanla babasını övmekten yere göğe sığdıramaz oldu. Sofraya oturdukları zaman babasını anlatmaya başlıyor, onun nasıl kibirden, azametten arınmış biri olduğunu ballandıra ballandıra anlatıyor, neredeyse ereceğini söylüyordu. Kayınpederinin böyle hesapsız yüceltilmesine şaşıran Aureliano Segundo, kendisini tutamayıp karısının arkasından şaka yollu alay etmeye başladı. Ailenin öteki üyeleri de bu konuda onu izlemekte gecikmediler. Ailenin ağız tadı bozulmasın diye büyük özen gösteren, evde huzursuzluk olmasından çekinen Úrsula bile bir keresinde torununun torununa, "Deden ermiş, anan kraliçe, babanın küpü dolu oldukça sırtın yere gelmez, papa bile olursun," demekten kendini alamadı. Anaları dışında herkesin bıyık altından gülümsemelerine rağmen, çocuklar dedelerini kendilerine mektuplarında dinsel şiirler yazan ve her Noel'de sokak kapısından zor sığacak büyüklükte armağan sandıkları yollayan efsanevi bir varlık olarak görmeye başladılar. Bunlar, aslında dedelerinin mirasından son kalıntılardı. Gelen armağanlarla çocukların odasına insan boyunda ermiş heykelleriyle donatılmış bir mihrap kurdular. Canlı gibi duran bu cam gözlü ermiş heykellerinin sırtındaki işlemeli giysiler, Macondoluların ömür boyu giydiklerinden kat kat güzeldi. Eski ve soğuk malikânenin ölü görkemi yavaş yavaş Buendiaların evine taşınmaya başladı. Bir gün Aureliano Segundo dayanamadı, "Aile mezarlığını buraya gönderdiler," dedi. "Şimdi yalnızca mezar taşlarıyla salkımsöğütler eksik." Gelen kutularda hiçbir zaman oyuncak türünden bir şey olmadığı halde, çocuklar yine de bütün yıl sabırsızlıkla aralık ayını beklerlerdi. Çünkü bu antika ve beklenmedik armağanlar, evde yenilik oluyordu. Ufak José Arcadio'nun ilahiyat okuluna gönderilmek üzere olduğu onuncu Noel'de, dedelerinin yolladığı armağan sandığı her zamankinden erken geldi. Sandık sıkı sıkıya çivilenmiş, çelik şeritle sarılmış, üzerine de her zamanki gotik harflerle "Çok Sayın Doña Fernanda del Carpio de Buendia" yazılmıştı. Fernanda, sandıkla birlikte gelen mektubu okumak için odasına çekilince, çocuklar sandığı açmaya koştular. Her zaman olduğu gibi

Aureliano Segundo'nun yardımıyla mühürleri kopardılar, kapağı açtılar, talaşları boşalttılar ve içinde bakır cıvatalarla sıkıştırılmış, kurşundan uzun bir sandık daha olduğunu gördüler. Çocuklar sabırsızlıkla beklerken Aureliano Segundo sekiz cıvatayı söktü; kapağı açıp Don Fernando'yu görür görmez bir çığlık atarak çocukları kenara itti. Don Fernando siyahlar içinde göğsünün üzerine bir haç konulmuş olarak uzanmış yatıyordu. Her yanı veba yaraları ve kaynar suda haşlanmanın açtığı izlerle kaplıydı.

Fernanda ile Aureliano Segundo'nun kızlarının doğumundan kısa süre sonra, Neerlandia Anlaşması'nın bir yıldönümünde hükümet, Albay Aureliano Buendia'nın jübilesinin yapılacağını ilan etti. Bu, devlet politikasıyla öyle bağdaşmaz bir karardı ki, Albay karşı çıktı ve bu saygı gösterisini kabul etmeyeceğini söyledi. "Jübile sözünü ömrümde ilk kez duyuyorum. Anlamı ne olursa olsun, bunda mutlak bir bit yeniği vardır," dedi. Gümüş işliğine elçilerin biri gelip biri gidiyordu. Eski günlerde Albay'ın çevresinde kargalar gibi dönen siyah giysili avukatlar, bu kez daha yaşlanmış, daha kellifelli olarak geldiler. Albay onları görünce, tıpkı geçen sefer savaşa son vermek için geldiklerinde olduğu gibi, adamların ardı arkası kesilmeyen övgülerine dayanamadı. Kendini rahat bırakmalarını, denildiği gibi ulusal kahraman olmadığını, anılarını yitirmiş, kendi halinde bir sanatçı olduğunu, altın balıklarının arasında ömrünü tüketip ölmekten başka şey istemediğini söyledi. Ona, liyakat nişanı takmak üzere bizzat cumhurbaşkanının Macondo'daki törene katılmayı tasarladığını duyunca öfkeden köpürdü. Bu gecikmiş, ama çoktan hak edilmiş fırsatı, cumhurbaşkanına bir kurşun sıkabilmek için sabırsızlıkla beklediğini ve cumhurbaşkanını, rejimin keyfi tutumu, tarihsel yanlışları için değil, kendine hiç zararı dokunmayan yaşlı birine saygı duymadığı için öldüreceğini söyledi ve dediklerini olduğu gibi cumhurbaşkanına iletmelerini elçilerden istedi. Öfkesi öylesine ürkütücüydü ki, cumhurbaşkanı son anda gezisini iptal etti ve madalyayı özel bir temsilciyle gönderdi. Her yandan, her çeşit baskı altında kalan Albay Gerineldo Márquez, inmeli haliyle yataktan kalktı ve eski silah arkadaşını kandırmaya çalıştı. Albay Aureliano Buendia, dört kişinin taşıdığı salıncaklı koltuğu ve gençliklerinden beri zaferlerini ve yenilgilerini paylaşmış eski arkadaşını yastıklara dayanmış oturur görünce, Gerineldo'nun dayanışmalarını kanıtlamak için bu çabayı gösterdiğinden hiç kuşku duymadı. Ama Gerineldo'nun gelişindeki gerçek amacı anlayınca onu işlikten dışarı attırdı.

"Seni kurşuna dizdirmekle sana büyük iyilik edecekmişim meğer," dedi. "Ne yazık ki çok geç anladım."

Böylece, jübile aileden hiç kimse katılmadan kutlandı. Bir rastlantı olarak olay, karnaval haftasıyla çakıştı. Ama bunun rastlantı olduğunu Albay Aureliano Buendia'ya anlatabilmek olanaksızdı. Hükümetin, kendisiyle alay etmek için rastlantıyı bilinçli olarak yarattığını söylüyor da başka bir şey demiyordu. İşliğine kapandı. Salvo atışıyla kendisini selamlamalarını, ulusal marşın çalınışını ve oturdukları sokağa kendi adı verilirken evin önünde yapılan konuşmaları işliğinden duyabiliyordu. Öfkesinden ağlayacak gibi oluyor, elinden bir şey gelmeyişine sinirleniyor, yenilgisinden bu yana ilk kez genç olmadığına hayıflanıyordu. Dinç olsa, gücü kuvveti yerinde olsa, o anda Muhafazakâr rejimin son kalıntılarını silip süpürecek kanlı bir savaş çıkarması işten bile değildi. Törendeki son konuşmalar henüz kulaklarında yankılanırken, Úrsula kapıyı vurdu.

Albay, "Beni rahatsız etmeyin. İşim var," dedi.

Úrsula son derece doğal bir sesle, "Aç," diye seslendi. "Törenle ilgisi yok diyeceklerimin."

Albay Aureliano Buendia kapının sürgüsünü açtı. Karşısında birbirlerinden çok ayrı yapılarda, çeşit çeşit tip ve ırktan olan, ama yeryüzünün neresinde olurlarsa olsunlar kendilerini ayırt edecek bir mahzunlukta tam on yedi erkek duruyordu. Oğullarıydı bunlar. Birbirlerinden habersiz, jübile yapılacağını duyunca kalkmış, en uzak yerlerden teker teker gelmişlerdi. Aureliano adını ve analarının soyadlarını övünçle taşıyorlardı. Üç gün evde kaldılar. Bu, Úrsula'yı çok mutlu kıldı, Fernanda'yı ise küplere bindirdi. Üç gün boyunca ev savaş alanına döndü. Amaranta, Úrsula'nın çocukların adlarını, doğum ve vaftiz günlerini yazdığı defteri bulmak için eski kâğıtları ortaya döktü, sonra deftere hepsinin şimdiki adreslerini ekledi. Bu liste, yirmi yıl süren savaşın özeti sayılabilirdi. Albay'ın düşsel bir ayaklanmanın başına geçmek üzere yirmi bir kişiyle birlikte Macondo'dan çıktığı şafak saatinden, son kez kurumuş kan lekeleriyle sertleşmiş battaniyesine sarılı olarak eve döndüğü güne dek yaptığı gece seferleri bu listeden izlenebilirdi. Aureliano Segundo, yeğenlerine tantanalı bir kampanya ve akordeon partisi düzenleme fırsatını kaçırmadı. Böylelikle, jübile yüzünden sönük geçmiş olan karnaval, geç de olsa kutlanmış oldu. Aurelianolar evdeki tabak çanağın yarısını kırdılar, bahçede boğa kovalayacağız derken gül fidanlarını harap ettiler, tavuklara tüfekle nişan alıp öldürdüler. Amaranta'ya, Pietro Crespi'nin hüzünlü valslerini yaptırdılar. Güzel Remedios'a erkek pantolonu giydirip yağlı sırığa tırmandırdılar, her yanı pisliğe bulanmış bir domuzu getirip yemek odasının ortasına salıverdiler. Bütün bunlar Fernanda'yı üzüntüden yataklara düşürdü. Ama ötekiler, kırılana dökülene hiç aldırmadılar, çünkü bu taşkınlık evi sağlıklı bir havaya sokmuş, yer yerinden oynamış, ev canlanmıştı. Başlangıçta onları güvensizlikle karşılayan, hatta kiminin kendinden olmadığı kuşkusuna kapılan Albay Aureliano Buendia, bu taşkınlıklarından çok hoşlandı ve gitmeden önce hepsine birer süs balığı armağan etti. İçine kapanık José Arcadio Segundo bile yeğenlerinin onuruna horoz dövüşleri düzenledi. Ancak Aurelianoların birkaçı, Peder Antonio Isabel'in hilelerini hemen sezecek kadar horoz dövüşü konusunda usta oldukları için, neredeyse tatsız bir olay patlak verecekti. Bu çılgın akrabalarıyla ne güzel vakit geçirebileceğini gören Aureliano Segundo, hepsinin orada kalmasını ve kendi yanında çalışmasını istedi. Bu öneriyi yalnızca biri kabul etti. Aureliano Triste adındaki bu iriyarı melez delikanlı, dedesinin ataklığını ve araştırıcı ruhunu taşıyordu. O güne dek talihini denemek için dünyanın yarısını dolaşmıştı; orada kalmak bir şey fark ettirmiyordu. Ötekiler ise, bekâr oldukları halde yazgılarının belirlenmiş olduğuna inanıyor ve buna hazırlanıyorlardı. Hepsi de usta birer el sanatçısı, iyi birer ev erkeği ve barış içinde sessiz sakin yaşamayı seven kişilerdi. Delikanlılar kıyı bölgesinin çeşitli yerlerine dağılmış evlerine dönmeden önce, Paskalya perhizinin ilk çarşamba günü Amaranta hepsini topladı, pazar giysilerini giydirdi ve onları kiliseye götürdü. İnançtan çok eğlence olsun diye, delikanlılar mihrabın önüne sıralandılar ve Peder Antonio Isabel'in, parmağını okunmuş küle batırıp alınlarına birer haç çizmesine ses çıkarmadılar. Eve döndüklerinde, en ufakları, alnını silmeye çalışınca haç işaretinin çıkmadığını gördü. Ağabeylerininki de çıkmıyordu. Sabunlu suyla yıkadılar, bana mısın demedi. Toprakla ovdular, kâr etmedi. Sonunda küllü su sürüp ponza taşıyla ovaladılar, yine de haç işaretlerini çıkaramadılar. Öte yanda, Amaranta ve duaya katılan başkaları, alınlarındaki işaretleri kolayca temizlediler. Úrsula, torunlarını uğurlarken, "Böylesi daha iyi oldu," dedi. "Bundan sonra herkes kim olduğunuzu anlar." Aurelianolar, bando mızıka ve patlayan havai fişekler arasında bir bölük gibi dizilip yola koyuldular ve kasabalılar üzerinde, Buendia soyunun daha yüzyıllarca sürmesine yetecek tohum olduğu izlenimini bırakarak gittiler. Alnında külle çizilmiş haç işareti olan Aureliano Triste, kasabanın kıyısında José Arcadio Buendia'nın yaratıcı çılgınlığı arasında düşlediği buz fabrikasını kurdu.

Kısa sürede tanınan ve sevilen Aureliano Triste, gelişinden birkaç ay sonra, anasını ve (Albay'ın kızı olmayan) bekâr kız kardeşini getirtmek için bir ev aramaya başladı ve alanın köşesindeki viran görünüşlü, yıpranmış büyük evle ilgilendi. Sahibinin kim olduğunu sordu. Birisi, sahibi olmadığını, bir zamanlar o evde toprak ve sıva yiyen kimsesiz bir dul kadının oturduğunu söyledi. Kadının son yıllarında topu topu iki kez sokağa çıktığını, piskoposa mektup atmak için postaneye giderken yapma çiçeklerle süslü bir şapka ve kararmış gümüş rengi pabuçlar giydiğini anlattı. Yanında yalnızca taşyürekli bir hizmetçinin kaldığını, hizmetçi kadının kedileri, köpekleri ve eve giren her türlü hayvanı öldürüp gelip geçenleri kokudan rahatsız etmek için leşleri sokağın ortasına attığını anlattılar. Son hayvanın postu güneşte kuruyalı öyle çok zaman olmuştu ki, herkes evin hanımının ve hizmetçisinin yıllar önce, daha savaş bitmeden ölmüş olduğuna inanıyordu. Ev hâlâ ayakta duruyorsa, son yıllarda sert kışlar, rüzgârlar olmadığı için yıkılmamıştır diyorlardı. Menteşeler paslanmış, eğri büğrü olmuştu. Kapıları, örümcek ağları yerinde tutuyordu. Pencereler nemden şişmiş, açılmaz hale gelmişti. Bahçedeki taşların arasından otlar, yaban çiçekleri fışkırmıştı. Tahtaların arasına kertenkeleler, her türlü haşere yuvalanmıştı. Bütün bunlar, en azından yarım yüzyıldır eve insan ayağı basmadığı inancını doğruluyordu. Aklına estiğince davranmasını seven Aureliano Triste'nin eve girmesi için böyle bir kanıt da gerekmezdi. Sokak kapısını omzuyla itti. Kurtların yiyip kemirdiği kapı, toz ve böcek yuvalarının birikintisi üzerine sessizce yıkıldı. Aureliano Triste, içerisini seçebilmek için eşikte durarak toz bulutunun yatışmasını bekledi. Sonra odanın ortasında duran perişan kadını gördü. Sırtında geçen yüzyıldan kalma giysi, kel kafasında iki-üç tel sarı saç vardı. Son umut yıldızlarının da söndüğü, güzelliğini daha yitirmemiş gözleri iri iriydi. Yüzü, yalnızlık kuraklığından kırışmıştı. Başka dünyadan biriyle karşılaşmış gibi olan Aureliano Triste, o şaşkınlık içinde, kadının eski model bir tabancayı ona doğrulttuğunu fark etmedi bile.

Aureliano Triste, "Özür dilerim," diye mırıldandı.

Kadın bir yığın ıvır zıvırla dolu odanın ortasında duruyor, geniş omuzlu, alnı kül dövmeli bu devi inceliyor ve toz bulutu içinden başka zamanların bulutlarına dalarak, karşısındaki adamı sırtında çifte, elinde ipe dizilmiş tavşanlarla görüyordu.

Yavaş sesle, "Tanrı aşkına," dedi. "Karşıma bu anıyı çıkarmaya hakları yok."

Aureliano Triste, "Evi tutmak istiyorum," dedi.

Kadın, tabancayı doğrulttu, eli titremeden genç adamın alnındaki haç işaretine nişan aldı. Çok kararlıydı.

"Çık dışarı!" dedi.

O akşam yemekte Aureliano Triste olanları anlattı. Úrsula, ağlayarak, "Aman Tanrım!" diye haykırdı. Kafasını yumruklayarak, "Demek hâlâ yaşıyor!" dedi. Aradan geçen uzun zaman, savaşlar, günlük dertler ona Rebeca'yı unutturmuştu. Rebeca'nın sağ olduğunu ve o böcek deliğinde çürüdüğünü bir an bile aklından çıkarmayan tek kişi, onu hiçbir zaman bağışlamamış olan yaşlı Amaranta'ydı. Gün doğarken yalnız yatağında yüreğinin soğukluğundan üşüyerek uyanınca, Amaranta'nın ilk aklına gelen Rebeca olurdu. Pörsümüş göğüslerini, sarkmış karnını sabunlarken, kaskatı kolalı iç etekliklerini ve bükülmüş belini düzeltmek için taktığı korseyi giyerken, elindeki o korkunç kefaretin siyah sargısını değiştirirken hep Rebeca'yı düşünürdü. Amaranta, her an, ister uykuda, ister uyanık olsun, ister öfkeli, ister sakin olsun, hep Rebeca'yı düşünürdü. Çünkü yalnızlık, anılarını ayıklamış, yaşamın yüreğinde biriktirdiği özlem dolu süprüntüleri yakmış, geriye en acı anıları bırakarak onları arıtmış büyütmüş, sonsuzlaştırmıştı. Güzel Remedios, Rebeca'nın varlığını Amaranta'dan öğrenmişti. Köhne evin önünden her geçişlerinde, Amaranta tatsız bir olay, nefretle yoğrulmuş bir hikâye anlatır, böylelikle kendi yüreğinde süren kini, yeğenine de aşılayıp kendi ölümünden sonra da sürdürmeye çalışırdı. Ne var ki bu plan yürümedi, çünkü Remedios her türlü tutkudan uzaktı, hele başkalarının saplantılarını paylaşması düşünülemezdi bile. Amaranta'nınkinin karşıtı bir acıyı yüreğinde dokumuş olan Úrsula ise, Rebeca'yı lekelenmemiş anılarda sürdürüyordu. Çünkü elinde anasıyla babasının kemikleri olan torbayla eve getirilen içler acısı çocuğun hayali, Rebeca'yı aile kütüğünden silip atmalarına yol açan davranışına ağır basıyordu. Aureliano Segundo, Rebeca'yı eve getirmeye karar verdi. Onların yanında oturacak, gerektiğince bakılacaktı. Oysa yalnızlığın ayrıcalığına ulaşabilmek için yıllar yılı acı ve yokluk çekmiş olan Rebeca, düzmece iyilik gösterileriyle altüst edilecek bir yaşlılık dönemine, bu ayrıcalığı değişmemeye kararlıydı.

Şubatta Albay Aureliano Buendia'nın on altı oğlu yeniden geldiklerinde, Aureliano Triste, onlara, Rebeca'dan söz etti. On yedisi birden kolları sıvadılar; kapıları, pencereleri değiştirdiler, evin önünü canlı renklerle boyadılar, duvarları onardılar, kırılmış çimentoları yenilediler ve yarım günde eve yeni bir görüntü verdiler. Ama evin içini onarmak için Rebeca'dan izin alamadılar. Rebeca kapıya bile çıkmadı. Bu palas pandıras onarımın tamamlanmasını bekledi, sonra yapılan masrafı hesapladı ve son savaştan sonra tedavülden kalktığı halde daha geçerli sandığı bir avuç parayı hâlâ yanında olan yaşlı hizmetçisi Argénida'nın eline tutuşturup yolladı. İşte o zaman, ev halkı Rebeca'nın dünyadan ne denli koptuğunu anladılar ve ömrü oldukça onu bu inatçı yalnızlıktan çekip çıkaramayacaklarını kavradılar.

Albay Aureliano Buendia'nın oğullarının Macondo'ya ikinci gelişlerinde, içlerinden biri daha orada kaldı. Aureliano Triste'yle birlikte çalışmaya karar veren Aureliano Centeno'ydu bu. Aureliano Centeno, vaftiz edilmek için eve ilk getirilenlerden biriydi ve geldikten birkaç saat sonra evde kırılıp dökülmedik bir şey bırakmadığı için Úrsula ile Amaranta onu çok iyi hatırlıyorlardı. İri bir çocuk olmasına rağmen zamanla büyümesi yavaşlamış, orta boylu, çiçek bozuğu bir adam olmuştu. Ama yıkıp yok etme gücü, olduğu gibi duruyordu. Daha elini sürmeden tabakları, bardakları kırıyordu. Öyle çok tabak kırdı ki, sonunda Fernanda o değerli porselenlerinden geri kalan birkaç parçayı kurtarabilmek için ona çinko tabak almaya karar verdi. Çinko tabaklar bile çok geçmeden eğilip büküldüler. Ne var ki, Aureliano Centeno'nun, kendini bile bıktıran bu sakarlığını, çevresindekilerin güvenini kazanıveren ölçüde saygılı ve terbiyeli davranışlarıyla büyük çalışma gücü bağışlatıyordu. Kısa sürede buz yapımını öylesine artırdı ki, kasaba pazarının çekebileceğinden fazla mal üretilmeye başlandı. Bunun üzerine Aureliano Triste, buz ticaretini bataklığın öteki kasabalarına da yaymayı düşündü. Yalnızca kendi işinin modernleşmesine değil, aynı zamanda kasabayı, dünyanın geri kalan yerlerine bağlamaya yarayacak adımı atmayı işte o zaman kararlaştırdı.

"Buraya demiryolu getirmeliyiz," dedi.

Demiryolu sözü, Macondo'da ilk kez duyuluyordu. Úrsula, Aureliano Triste'nin masanın üzerine çizdiği plana bakarken, bunun bir zamanlar José Arcadio Buendia'nın güneşin doğduğu yöne savaş açtığı sıradaki planlarının yavrusu olduğunu düşündü ve tarihin tekerrürden ibaret olduğu inancı bir kat daha pekişti. Ama Aureliano Triste, dedesinin aksine, ne uykusunu, ne iştahını yitiriyor ne de sinir krizleriyle kimsenin hayatını zehir ediyordu. En budalaca tasarıları hemen oluverecekmiş gibi görüyor, masrafları hesaplıyor, yapımın bitiş tarihini kestiriyor ve kimsenin canını sıkmadan bunları gerçekleştirmeye uğraşıyordu. Aureliano Segundo'nun büyük dedesinden aldığı ve Albay Aureliano Buendia'ya hiç çekmeyen özelliği, alaylara aldırmazlığıydı. Kardeşinin saçma suyolu tasarısına nasıl yüksünmeden para vermişse, bu kez de demiryolu döşenmesi için gerekli parayı hemen çıkardı verdi. Aureliano Triste takvimi inceledi, hesaplar yaptı ve yağmur mevsimi bittikten sonra gelmek üzere gitti. Bir daha da ondan haber gelmedi. Fabrikanın üretim gücü karşısında ne yapacağını şaşıran Aureliano Centeno, çeşitli deneylere girmeye ve su yerine meyve suyundan buz yapmaya başladı. Böylelikle de bilmeden ve tasarlamadan şerbetin ana malzemesini bulmuş oldu. Yağmur mevsimi bittiği ve yaz gelip geçtiği halde kardeşinden haber alamadıkları ve kendisi de geri dönmediği için, Aureliano Centeno artık kendi malı saydığı bu girişimin üretimini bir başka yola sokmayı, başka işler yapmayı tasarladı. Ama ikinci kışın başlarında, öğle sıcağında derede çamaşır yıkayan bir kadın, birden korkuyla haykırarak kendini anacaddeye attı ve bağıra bağıra koşmaya başladı.

"Geliyor!" dedi. "Arkasına koca bir köyü takmış mutfak gibi korkunç bir şey geliyor," diye soluk soluğa anlattı.

O anda kasaba, yankısıyla öd koparan bir düdük sesi ve gürültülü soluğa benzer bir pofurtuyla sarsıldı. Birkaç haftadır birtakım adamların demirler, kalaslar döşediğini görüyorlar, ama tefleri ve düdükleriyle, Kudüslü gezgin dâhilerin buluşlarını anlatan eskimiş şarkı ve danslarıyla yine çingenelerin geldiğini ve bu yapılanların çingenelerin yeni bir numarası olduğunu sanıyorlar, hiç aldırış etmiyorlardı. Ama düdük seslerinden, pofurtudan, takırtıdan serseme dönen Macondolular, kendilerini toplar toplamaz sokağa fırladılar, lokomotiften sarkarak el sallayan Aureliano Triste'yi ve sekiz ay gecikmeyle gelen, çiçeklerle donanmış ilk treni gördüler. Bir yığın kuşku ve kesinliği, bir yığın tatlı ve tatsız olayı, bir yığın değişikliği, felaketi ve özlem duygusunu Macondo'ya bu sapsarı, masum tren getirdi.

Sayısız ve akıl almaz buluşlarla başları dönen Macondolular şaşkınlıklarının nerede başladığını bilemediler. Bütün gece oturuyorlar, Aureliano Triste'nin ikinci tren seferinde getirdiği santraldan enerji alan elektrik ampullerinin ölgün ışığını seyrediyorlardı. Santralın gürültüsüne alışmaları oldukça uzun sürdü. Yükünü tutmuş bir tüccar olan Bruno Crespi'nin aslan ağızlı gişeleri olan tiyatroda oynattığı canlı resimler ise, Macondoluları çok öfkelendiriyordu. Çünkü bir filmde ölüp gömülen ve ardından seyircilerin gözyaşı döktüğü biri, bir sonraki filmde yeniden canlanıyor ve bu kez Arap kılığında ortaya çıkıyordu. Oyuncuların başlarına gelen felaketleri paylaşmak için adam başına iki sent verip bilet alan seyirciler, bu sahtekârlık karşısında galeyana geldiler ve sandalyeleri kırdılar. Bruna Crespi' nin zorlaması üzerine, belediye başkanı bir bildiri yayınlayarak, sinemanın seyircilerin duygusal patlamalarını gerektirmeyen bir görüntü makinesi olduğunu açıkladı. Bu cesaret kırıcı açıklamadan sonra, çoğu kişi kendilerini yeni ve gösterişli bir çingene numarasının kurbanı saydılar ve kendi dertlerinin kendilerine yettiğine, bir de hayalî kişilerin düzmece felaketlerine gözyaşı dökmenin gereksiz olduğuna karar verip sinemayı boykot ettiler. Buna benzer bir olay da, Fransa'dan gelen şen ve şuh kadınların, laterna yerine çalmak için getirdikleri ve bir süre bandocuların ekmek parasını tehlikeye düşüren gramofonlar yüzünden çıktı. Önceleri gramofonun ne olduğunu herkes merak ediyor ve haram sokağın müşterileri kalabalıklaşıyordu. Bu yeni buluşu kendi gözleriyle görmek isteyen saygıdeğer hanımefendilerin bile, işçi kılığına girip oraya geldikleri söyleniyordu. Uzun gözlemlerden, ayrıntılı incelemelerden sonra, herkes bunun başlangıçta sanıldığı ve Fransız kadınların söylediği gibi sihirli bir değirmen olmayıp bando gibi insancıl, dokunaklı ve günlük gerçeklerle dolu bir şeyle asla karşılaştırılamayacak bir mekanik hile olduğu kanısına vardı. Hayal kırıklığı öylesine büyüktü ki, gramofon harcıâlem olup her eve girdiğinde bile kimse onu büyükler için bir eğlence aracı değil, çocukları eğlendiren bir oyuncak olarak gördü. Ama tren istasyonuna bağlanan manyetolu telefonun su götürmez becerisi denenince işler değişti. Manyetonun kolunu görenler, bunun da gramofon gibi bir şey olduğunu sanıyorlardı. Oysa kasabalılardan biri ilk kez telefonla konuştuktan sonra, böyle safsatalara hiç inanmayanların bile akılları başlarından gitti. Sanki Tanrı, şaşırtıcı yeteneklerin tümünü sınıyormuş ve Macondoluları gerçeğin sınırlarını karıştıracak ölçüde coşku ve hayal kırıklığı, kuşku ve bulgu arasında oynatıyormuş gibiydi. Hayalle gerçeğin bir potada birbirine kaynaştırılması, José Arcadio Buendia'nın kestane ağacının altındaki hayaletini yerinden oynattı ve hayalet gün ortasında bile evin içinde dolanır oldu. Demiryolu resmen işletmeye açılıp her çarşamba saat on birde tren gelmeye başladıktan ve içinde bir masası, telefonu, bilet kesilecek gişe pencereleri olan ahşap istasyon yapıldıktan sonra, Macondo'nun sokaklarında olağan ve normal davranışlarda bulunan, oysa sirkten fırlamış gibi görünen kadınlarla erkekler boy gösterdi. Çingenelerin hile ve düzenbazlıklarıyla pişmiş kasabada, bu gezici ticaret cambazları uzun boylu ekmek yiyemezlerdi. Düdüklü tencereyle yedi gün sonunda ruhu huzura kavuşturacak günlük besin rejimini aynı arsızlıkla yutturmaya çalışan bu bezirgânlar, ancak dil dökmelerinden usanç getirenlerden ve her zaman gafil avlanmaya hazır olanlardan para sızdırabiliyorlardı. Trenin geldiği çarşambalardan birinde, bu soytarı kılıklı adamların arasında ayağında külot pantolon ve tozluk, başında mantarlı şapka, gözünde tel çerçeveli gözlükle, boncuk gözlü, sıska horoz derisi gibi sarkık yanaklı, şiş göbekli, otuz iki dişi hep ortada gezen Mister Herbert çıkageldi. Mister Herbert yemeğini Buendialarda yedi.

Yemek odasındaki muzların birinci hevengi haklanıncaya dek Mister Herbert'ın sofrada olduğunu kimse fark etmedi. Aureliano Segundo, ona Hotel Jacob'un önünde rastlamıştı. Kırık dökük İspanyolcasıyla, otelde yer bulamadığından yakınıyordu. Aureliano Segundo kasabaya gelen yabancıların çoğuna gösterdiği konukseverlikle onu da aldı, eve götürdü. Mister Herbert, uçan balon işi yapıyordu. Dünyanın yarısını dolaşmış, bu işten yükünü tutmuştu. Ama çingenelerin uçan halılarını görmüş olan Macondolular bunu pek geri kalmış bir buluş olarak niteledikleri için, kimse para verip balona binmeye yanaşmamıştı. Bu yüzden Mister Herbert, gelecek trenle gidecekti. Yemek boyunca yemek odasında asılı durmasına alışılmış koca muz hevengi sofraya getirilince, Mister Herbert gönülsüzce uzanıp bir tane muz aldı. Ama yedikçe yemeye koyuldu. Bir yandan konuşuyor, bir yandan da oburlukla değil, bir bilgin dalgınlığı içinde muzları koparıp koparıp ağzına atıyordu. Birinci hevengi bitirdiği zaman, bir daha istedi. Sonra yanından eksik etmediği avadanlık çantasından birtakım büyüteçler, aynalar çıkardı. Bir elmas tüccarı kadar dikkatli, muzu güzelce inceledi, özel bir bıçakla ikiye böldü, parçaları hassas terazide tarttı ve muzun çapını, tabanca kalibrelerini ayarlamakta kullanılan çap pergeliyle hesapladı. Sonra çantasından daha başka aygıtlar çıkartarak, bunlarla ısı derecesini, havadaki nemi ve ışık yoğunluğunu ölçtü. Bu yaptıkları öyle karışık işlerdi ki, herkes Mister Herbert ne gibi bir yargıya varacak diye yemeğini bırakmış bekliyordu. Oysa o aklından geçenleri, niyetinin ne olduğunu belirtecek hiçbir şey söylemiyordu.

Daha sonraki günlerde, Mister Herbert'ı, elinde bir sepet ve ağ ile kasabanın dışında kelebek avlarken gördüler. Çarşamba günü trenden bir grup mühendis, su mühendisi, toprak mühendisi, topograf ve sürveyan indi. Bunlar haftalarca Mister Herbert'ın kelebek avladığı yerlerde araştırma yaptılar. Daha sonra da sarı trene eklenmiş ve yaldızla boyanmış, koltukları kadifeden, tavanı mavi camdan özel bir vagonda Mister Jack Brown geldi. Özel vagonda, Mister Jack Brown'ın çevresinde pervane olanlar arasında, bir zamanlar Albay Aureliano Buendia'nın peşinden ayrılmayan siyah giysili avukatlar da vardı. Halk bu avukatları görünce, tarım mühendislerinin, su mühendislerinin, topografların, sürveyanların ve uçan balonların, renkli kelebekleriyle Mister Herbert'ın ve tekerlekli türbesi, korkunç Alman köpekleriyle Mister Brown'ın savaşla ilintili olduklarını sandı. Böyle olup olmadığını düşünmeye pek fırsat olmadı. Çünkü kuşkulu Macondolular neler olup bittiğini kestiremeden, trenlerin koltukları ve koridorları yetmiyormuş gibi vagonların üzerine salkım saçak doluşarak dünyanın öteki yarısından gelen yabancıların yerleştiği çinko damlı ahşap evler Macondo'yu sarıverdi. Daha sonra müslin giysili, büyük şapkaları tüllerle örtülü, içi geçmiş karılarını da getiren bu gringolar demiryolunun karşı tarafında ayrı bir kasaba kurdular. Bu yeni kasabanın sokaklarında palmiye ağaçları sıralandı. Evlerin pencerelerinde panjurlar, verandalarında ufacık beyaz masalar, tavanlarında pervaneli vantilatörler, mavimsi çimenlerle kaplı bahçelerinde tavuskuşları ve bıldırcınlar vardı. Bu bölge, demir parmaklıklarla çevrildi. Parmaklıkların üzerine, serin yaz sabahları konan kırlangıçları kömür haline getiren elektrikli teller sarıldı. Bu gelenlerin ne amaçla geldiğini, niyetlerinin ne olduğunu ve gerçekten salt insan sevgisi, insanlara yardım duygusuyla mı gelip gelmediklerini kimse anlayamıyordu. Daha şimdiden büyük bir huzursuzluk yaratmışlardı. Bunların yol açtığı tedirginlik, eski çingenelerin getirdiği belalardan daha büyük, daha kalıcı, daha anlaşılmazdı. Eskiden yalnızca Tanrı'ya özgü yetilerle donanmış olan bu adamlar, yağmur mevsimini değiştirdiler, hasat dönemini hızlandırıp yılda birkaç kez ürün almaya başladılar ve nehri her zamanki yerinden kaldırıp beyaz taşları ve buz gibi suyuyla birlikte kasabanın öte yanına, mezarlığın arkasına kondurdular. Yine o sıralarda, cesedin barut kokusu suyu zehirlemesin diye José Arcadio'nun mezarının üzerine kale gibi bir betonarme kapak yaptılar. Gelecek olan yabancılardan, yüreği sevda ateşiyle yanmamış olanlar için, Fransa'dan gelen aşk kadınlarının sokağını, eskisinden çok daha gösterişli, pahalı bir yer haline getirdiler. Bir çarşamba günü de koca bir tren orospu taşıdılar. Bunlar dünya kurulalı beri süregelen sevişme sanatının en usta kadınlarıydı. Akla gelen gelmeyen binbir yolu deniyorlar, kuvvet macunlarıyla, merhemlerle içi geçmişleri diriltiyor, çekingenleri yüreklendiriyor, doymak bilmezleri doyuruyor, en sessizleri coşturuyor, askıntı olanlara gereken dersi veriyor, yalnızlığa gömülenleri kurtarıyorlardı. Alacalı bulacalı eşyayla dolu eski pazarların yerine, ışıklandırılmış vitrinlerinde dış ülkelerden gelen malların sergilendiği Türkler Sokağı, cumartesi geceleri dolup taşmaya başladı. Kumar masalarının, nişancılık salonlarının, fal bakılıp rüya tabir edilen yerlerin, et kızartmaları ve içkilerle dolu masaların arasındaki kalabalıkta herkes birbirine çarpıyordu. Pazar sabahları ise kimi zilzurna sarhoş olup sızmış, çoğu da çatışmalarda kurşun, yumruk, bıçak, şişe yiyip yıkılmış olanlar yerlerden toplanırdı. Bu korkunç kalabalığın ilk akın etmeye başladığı günlerde, sokaklarda yürümek başlı başına bir sorun oldu. Kamyonlar, sandıklar, eşyalar, kimseden izin almaya gerek görmeden her boş buldukları yere ev konduranların yapı gereçleri, marangoz gürültüleri ve badem ağaçlarına hamak kurup güpegündüz herkesin gözü önünde sevişen çiftlerin terbiyesizliği yüzünden sokağa çıkılamaz oldu. Tek aklı başında yer, Batı Hint Adaları'ndan gelen Zencilerin mahallesiydi. Bu sessiz insanlar, kazıklar üzerine çakılı ahşap kulübelerin dizildiği sokağa yerleşmişlerdi. Akşamüstleri kapılarının önüne çıkar, içli, yanık türküler söylerlerdi. Az zamanda öyle çok değişiklik oldu ki, Mister Herbert'ın ilk gelişinden sekiz ay sonra, eski Macondolular kendi kasabalarını tanıyamaz oldular.

O zaman Albay Aureliano Buendia, "Gringonun birine muz yedirdik diye şu başımıza açtığımız işlere bakın," dedi.

Aureliano Segundo ise yabancıların akın etmesinden duyduğu sevinci gizlemiyordu. Ev birdenbire çeşit çeşit konuklarla, yemeyi içmeyi seven yabancılarla dolunca, bahçeye yeni yatak odaları yaptırmak, yemek odasını genişletmek, eski masanın yerine on altı kişinin oturabileceği bir masa almak, tabak çanak ve çatal bıçak sayısını artırmak gerekti. Öyleyken bile yemeğe nöbetleşe oturmak zorundaydılar. Fernanda, çekingenliği bir yana bırakıp en görgüsüz konuklara krallar gibi davranmak, çizmeleriyle verandayı çamurlamalarına, bahçeye işemelerine, öğle uykusu için akıllarına esen yere yatak serip uzanmalarına, kadınlarla nasıl konuşulacağını, nasıl davranılacağını bilmez biçimde davranmalarına katlanmak zorunda kaldı. Amaranta, bu ayaktakımının baskınına öylesine sinirlendi ki, yemeğini yine eskisi gibi mutfakta yemeye başladı. Albay Aureliano Buendia, kendisini selamlamak için işliğine gelenlerden çoğunun kendisine duydukları sevgi ya da saygıdan değil, bir tarihsel kalıntıyı, müzelik bir fosili görmek merakıyla geldiklerine inandığı için, odasının kapısını sürgüledi ve işliğe kapandı. Ondan sonra arada bir hava almak için sokak kapısının önünde oturmanın dışında ortalıkta görünmedi. Úrsula ise, iyiden iyiye çöktüğü ve ancak duvarlara tutuna tutuna yürüyebildiği halde, trenin gelmesinin yaklaştığı günler canlanıyor, taze bir sevinç duyuyordu. Úrsula, Santa Sofia de la Piedad'ın titiz yönetiminde çalışan dört aşçıyı çağırıyor, "Biraz etle balık hazırlayalım," diyordu. "Her şey hazır olmalı, bu yabancıların ne yemek istediği bilinmiyor ki." Tren, günün en sıcak saatinde geliyordu. Öğle yemeğinde ev, pazaryerine dönüyor, kalabalıktan, gürültüden yer yerinden oynuyordu. Ev sahiplerinin kim olduğunu bile bilmeyen kan ter içinde konuklar, sofrada en iyi yeri kapmak için ordu gibi saldırıya geçiyorlar, aşçılar birbirlerine çarpa dolana koca kazanlarla çorbalar, tencere tencere etler, sini sini pilavlar, tepsi tepsi meyveler taşıyorlar, koca fıçılardan kepçelerle limonata boşaltıyorlardı. Öylesine bir düzensizlik, öylesine bir kargaşa vardı ki, Fernanda, çoklarının ikişer kez yemek yediğini sanıyor, sinirleniyordu. Bir keresinde sofradakilerden biri yanılıp ondan hesap isteyince, neredeyse gezici sebzecilerin bayramlık ağzıyla adama küfredecekti. Mr. Herbert geleli bir yılı geçmişti ve bu süre içinde, Macondoluların öğrenebildiği tek şey, gringoların, büyük buluşlar peşindeki José Arcadio Buendia ile adamlarının aştıkları büyülü bölgede muz yetiştirmeyi planladıkları oldu. Albay Aureliano Buendia'nın alnı kül dövmeli iki oğlu daha, Macondo'daki bu volkanik gelişimi duyunca geldiler ve gelişlerinin nedenini "Herkes geldiği için biz de geldik," diye açıkladılar. Bu söz, herkesin neden geldiğini de açıklıyordu.

Muz salgınından etkilenmeyen tek kişi Güzel Remedios'tu. Anlatılmaz güzellikte bir genç kız olmuş, formalitelerden daha da uzaklaşmış, kötülük ve kuşkudan daha da arınmış, kendi basit gerçeklerle dolu dünyasında mutluluğu bulmuştu. Kadınların korselerle, iç etekllikleriyle kendilerine neden eziyet ettiklerini bir türlü aklı almıyordu. Bu yüzden, kendine bol bir cüppe dikerek giysi sorununu çözümledi. Böylelikle, ev içinde en uygun kılık olarak gördüğü çıplaklık duygusu da zedelenmemiş oluyor, bol cüppenin altında kendisini çıplakmış gibi hissediyordu. Kalçalarına inen saçlarını kessin, taraklarla, kırmızı kurdeleli örgülerle başının üzerinde toplasın diye öylesine başının etini yediler ki, sonunda saçını kökünden kazıttı ve kestiği saçtan, ermiş heykellerine perukalar yaptı. Bu, onun her şeyi basitleştirme içgüdüsünün şaşılacak bir sonucu oluyordu. Rahat etmek için modayı ne denli bir yana iterse, içinden geldiğince davranmak için töreleri ne denli hiçe sayarsa, inanılmaz güzelliği o denli göze çarpıyor, o denli baştan çıkarıcı oluyordu. Albay Aureliano Buendia'nın oğulları Macondo'ya ilk geldiklerinde, Úrsula onların damarlarındaki kanla, büyük torunu Güzel Remedios'un kanının aynı olduğunu düşünerek unutulmuş bir korkuyla ürpermiş, "Gözünü aç," diye kızı uyarmıştı. "Onlardan biriyle evlenirsen, çocukların domuz gibi kuyruklu olur." Kız bu uyarıya öylesine aldırış etmedi ki, erkek kılığına girip yağlı sırığa tırmanmak için kumlarda yuvarlandı. Bu dayanılmaz gösteriden çılgına dönen on yedi yeğenini az daha birbirlerine düşürecekti. İşte bu yüzden delikanlılar kasabaya gelince evde kalmıyorlardı. Orada kalan dördü de, Úrsula'nın diretmesi üzerine kendilerine birer oda tutmuşlardı. Güzel Remedios, alınan bu önlemleri bilseydi, gülmekten katılırdı. Ölünceye değin, insanların huzurunu kaçıran kadın olmak yazgısından kurtulamayacağını ve bu yazgının çevresindekilere her gün dert olduğunu hiçbir zaman anlayamadı. Úrsula'nın sözünü dinleyip ne zaman yemek odasına girse, yabancılarda hoşafın yağı kesiliyordu. Bol geceliğin altında çırılçıplak olduğu açıkça belliydi ve düzgün kafasını usturaya vurdurmasının bir meydan okuma olmadığını, serinlemek için eteklerini sıyırıp bacaklarını açmasının baştan çıkarma amacı taşımadığını, yemekten sonra parmaklarını yalayıp emmesinin salt kendisi hoşlandığı için yapılan bir davranış olduğunu kimselere anlatmanın olanağı yoktu. Güzel Remedios'un geçtiği her yerde birkaç saat sonra bile süren bir heyecan kasırgası estiğini, bu kasırganın ardından acı veren bir esinti bıraktığını, yabancılar çok geçmeden anladılar. Ev halkı, yabancıların bunu sezinlediğini fark edemedi. Gönül dertlerinde ustalaşmış, dünyanın her yerinde aşk serüvenleri yaşamış erkekler, Güzel Remedios'un teninin doğal kokusundan daha baş döndürücü bir şey duymadıklarını söylüyorlardı. İster begonyalı verandada olsun, ister salonda olsun, ister evin herhangi bir yerinde olsun, Güzel Remedios'un kokusundan onun nereden ve dakikası dakikasına ne zaman geçmiş olduğunu çıkartmak olasıydı. Evin kendine özgü kokularından biri olduğu için ev halkının duymadığı, yabancıların ise hemen ayırt ettikleri bir kokuydu bu. Bu yüzden nöbetçilerin genç komutanının nasıl karasevdaya tutulup öldüğünü ve uzak diyarlardan gelen delikanlının nasıl sefalete sürüklendiğini ancak yabancılar anlayabiliyorlardı. Kendisini kuşatan huzursuzluk çemberinin, gelip geçtiği yerlerde estirdiği belalı havanın hiç farkında olmayan Güzel Remedios, erkeklere karşı davranışlarında aklından en ufak kötülük geçirmiyor, sonunda da bu saflıktan gelme hoşgörüsüyle onların aklını başından alıyordu. Úrsula'nın, onu yabancılar görmesin diye Amaranta'yla birlikte mutfakta yemek yemeye zorlaması, Güzel Remedios'un daha da işine geldi. Böylelikle disipline girmekten kurtulmuş oluyordu. Aslında yemeği nerede olsa yerdi. Hem belirli saatlerde değil de canı isteyince gidip bir şeyler atıştırmak daha hoşuna gidiyordu. Bazen sabahın üçünde kalkıyor, yemeğini yiyor, sonra bütün gün uyuyordu. Bir olay çıkıp da işler yeniden düzene girene kadar bu düzensizlik birkaç ay sürüyordu. İşler oldukça düzenli gittiği zamanlar Güzel Remedios sabahları on birde kalkıyor, saat ikiye dek çırılçıplak banyoya kapanıyor, bir türlü açılmak bilmez uykusundan uyanmaya çalışırken, bir yandan da banyodaki akrepleri öldürüyordu. Sonra sukabağından yapılma maşrapayla kurnadan su alıp alıp dökünüyordu. Bu iş öylesine uzuyor, öylesine bitmez bir törensel havaya bürünüyordu ki, Güzel Remedios'u yakından tanımayan biri, onun, kendi bedenine tapındığını sanırdı. Oysa bu yıkanma töreninin cinsellikle hiçbir ilgisi yoktu. Güzel Remedios, karnı acıkıncaya kadar neyle vakit geçireceğini bilmediği için banyoda oyalanıp duruyordu. Bir gün Güzel Remedios yıkanırken, yabancılardan biri, çatıdan kiremitleri sökerek onu seyretti ve kızın çıplaklığının o olağanüstü görüntüsü karşısında soluğu kesildi. Güzel Remedios, kırık kiremitler arasından adamın gözlerini görünce, tepkisi utanmak değil, korku, telaş oldu.

"Dikkat et!" diye bağırdı. "Düşeceksin."

Yabancı, "Sizi görmek istemiştim," diye mırıldandı.

"Peki, zararı yok. Yalnız dikkat et. O kiremitler çürüktür."

Yabancının yüzünde acılı bir sersemlik vardı. Bu serap bozulmasın diye içgüdüleriyle savaşıyor gibiydi. Güzel Remedios, adamın kiremitler kırılacak diye korktuğunu sandı ve onu bu tehlikeli durumdan bir an önce kurtarmak için her zamankinden daha çabuk yıkandı. Bir yandan kurnadan su alıp dökünüyor, bir yanda da çatıdaki yaprakların yağmurdan çürüdüğünü, damın bu yüzden çöktüğünü ve içeriye akrep dolduğunu adama anlatıyordu. Yabancı, onun kendisine gösterdiği hoşgörüyü örtmek için gevezelik ettiğini düşünerek, kız sabunlanmaya başlayınca işi bir adım daha ileri götürdü.

"Sizi ben sabunlayayım," dedi.

"Eksik olma, ama benim ellerim yetiyor bana."

Yabancı, "N'olur, hiç değilse sırtınızı sabunlayayım," diye yalvardı.

"Saçma bir şey olur bu. İnsan hiç arkasını sabunlar mı?"

Güzel Remedios, kurulanırken, yabancı ağlamaklı bir halde, ona yalvararak, kendisiyle evlenmesini istedi. Kız, yıkanan bir kadını seyretmek için yemek bile yemeden koca bir saat boşu boşuna duracak denli basit bir adamla dünyada evlenmeyeceğini söyledi. Sonunda Güzel Remedios sırtına bol cüppesini geçirince, adam herkesin sandığı gibi onun gerçekten çıplak teni üzerine bunu giydiğini gözleriyle görmüş olmaya dayanamadı ve bu giz, akkor gibi kızdırılmış demirle ruhuna dağlandı sanki. Sonra banyonun içine atlayabilmek için iki kiremit daha söktü.

Güzel Remedios, korkuyla, "Orası çok yüksek. Kendini öldüreceksin," diye adamı uyardı.

Çürük kiremitler gürültüyle kırıldı ve adam çimento döşemeye çarpıp kafasını kırmadan önce, ancak bir korku çığlığı atacak zaman buldu. Hemen oracıkta öldü ve yere serildi kaldı. Yemek odasından gürültüyü duyunca koşup gelen yabancılar, adamın cesedini kaldırırlarken tenine sinmiş olan Güzel Remedios'un soluk kesici kokusunu duydular. Bu koku öylesine içine işlemişti ki, kafasındaki yarıklardan kan yerine, Güzel Remedios'un kokusunu saçan amber rengi yağlı bir sıvı akıyordu. O zaman Güzel Remedios'un kokusunun erkekleri öldürdükten sonra da rahat bırakmadığını, iliklerine, kemiklerine işlediğini anladılar. Yine de bu dehşet verici kazayla, Güzel Remedios yüzünden ölen öteki iki adam arasında bağlantı kurmadılar. Yabancıların ve Macondoluların, Remedios Buendia'nın çevresine aşk değil ölüm saçtığı efsanesine inanmaları ve bu sözü dilden dile gezdirmeleri için yeni bir kurban daha gerekti. Bu söylentiyi kanıtlayacak olay, birkaç ay sonra, Güzel Remedios kız arkadaşlarıyla birlikte yeni kurulan yapılara bakmaya gittiğinde oldu. Macondolu kızlar için bu yeni bir oyun olmuştu. Gidip gördükleri şeyler, onları güldürüyor, şaşırtıyor, ürkütüyor, eğlendiriyordu. Geceleri oturup bu gezintilerini düşte görmüşler gibi yeniden anlatıyor, konuşuyorlardı. Güzel Remedios'un suskunluğu karşısında, onu bu eğlentiden yoksun bırakmaya Úrsula'nın yüreği elvermedi ve bir gün sırtına doğru dürüst bir giysi, başına şapka giymek koşuluyla onun da kızlarla gitmesine izin verdi. Kızlar yapıların arasına girdikleri anda havayı ölümcül bir koku sardı. İşçiler bir tuhaf büyüye kapıldılar, gözle görülmez bir tehlike karşısında olduklarını sezdiler ve çoğu hıçkıra hıçkıra ağlama isteği duydu. Gözleri dönen erkekler üzerlerine yürüyünce, Güzel Remedios ve arkadaşları şaşırarak yapılardan birine sığındılar. Az sonra dört Aureliano onları kurtardı. Aurelianoların alnındaki külden haç işaretleri, onlara kutsal bir saygınlık kazandırıyor, belirli bir kast işareti, bir dokunulmazlık belirtisi sayılıyordu. Güzel Remedios, o kargaşalıkta, adamlardan birinin daha çok uçurumun kenarına yapışan kartal pençesini andıran eliyle karnını avuçladığını kimseye söylemedi. Kendine saldıran adamla bir an göz göze geldi ve Güzel Remedios, adamın acılı gözlerini gördü. Bu gözler acıdan dolmuş iki kızgın kor gibi yüreğini dağladı. O gece adam, gündüzki cüretkârlığını anlatıp övünerek, Türkler Sokağı'nda çalım satarken birden göğsüne bir at çiftesi yedi. Çevresine biriken yabancılar, adamın kan kusarak ve kendi kanıyla boğularak sokak ortasında ölüşünü seyrettiler.

Ondan sonra Güzel Remedios'ta ölümcül güçler olduğu varsayımı, su götürmez dört olayla kanıtlanmış oldu. Düşünmeden konuşan erkeklerin bir kısmı, böylesine çekici, baştan çıkarıcı bir kadınla bir gece sevişmek uğruna canlarını feda edeceklerini söylemelerine rağmen, hiç kimsenin böyle bir işe kalkışmadığı da ortadaydı. Belki de yalnızca onu elde etmek için değil, aynı zamanda onun yarattığı tehlikeleri de ortadan kaldırmak için çok ilkel ve basit bir duygu yeterliydi. Âşık olmak yetecekti. Ama bu denli basit bir şey kimsenin aklına ve yüreğine düşmüyordu. Úrsula artık onun için kendini üzmüyordu. Onu yetiştirmekten daha umudunu kesmediği sıralarda, kıza ev işi öğretmeye kalkışmıştı. "Erkekler, sandığından daha çoğunu beklerler," demişti. "Yemek pişirmek, ortalığı süpürmek, ıvır zıvırla uğraşıp onları kendine dert etmek gerekir."

Úrsula, ona ev işlerini öğretmeye, sevdirmeye çalışarak kendini oyalıyordu. Çünkü hiçbir erkeğin, ihtirasını doyurduktan sonra kızın akıl almaz pasaklılığına bir gün bile dayanamayacağına inanıyordu. Son José Arcadio'nun doğumu ve Úrsula'nın onu papa olmak üzere yetiştirmeye niyetlenmesi, onu büyük torununu kendine dert edinmekten uzaklaştırdı. Úrsula, Güzel Remedios'u kendi yazgısıyla baş başa bırakmaya karar verdi. Her şeyin bulunduğu bu dünyada, onun pasaklılığını çekecek kadar miskin bir adamın da olacağına inanıyordu. Amaranta ise onu işe yarar bir kadın haline getirmekten çoktan vazgeçmişti. Yeğeninin makinenin kolunu doğru dürüst çeviremediği günlerde, Amaranta kızın geri zekâlı olduğuna karar vermişti. Güzel Remedios'un erkeklerin sözlerinden hiç etkilenmediğini görünce, "Seni piyangoya koyup satmak zorunda kalacağız," diye takılıyordu Amaranta. Daha sonraları kiliseye giderken Úrsula zorla kızın yüzüne peçe taktırınca, Amaranta bu gizemli tavrın çok akıl çelici olacağını ve çok geçmeden kendini kaptıran bir erkeğin kızın yüreğinde zayıf bir nokta buluncaya dek sabır göstereceğini düşündü. Ama Güzel Remedios'un, pek çok bakımdan prenslere değişilmeyecek bir istekliyi reddettiğini görünce, Amaranta bütün umudunu yitirdi. Fernanda ise, Güzel Remedios'u anlamak için en ufak bir çaba göstermedi. Güzel Remedios'u o karnavalda kraliçe kılığında gördüğü zaman, olağanüstü bir yaratık olduğunu düşünmüştü. Ama onun yemeğe elleriyle daldığını, aptallık örneği olmayan tek karşılık veremediğini görünce, ailedeki budalaların uzun ömürlü olmalarına yanmaktan başka bir şey yapmadı. Albay Aureliano Buendia istediği kadar söylesin, Güzel Remedios'un ömründe gördüğü en akıllı kişi olduğunu ve bu gücünü de her şeyi başkalarının üzerine atmak yeteneğiyle her an gösterdiğini istediği kadar anlatmaya çalışsın, kimse onu dinlemedi ve Güzel Remedios'u kendi haline bıraktılar. Güzel Remedios, sırtında çarmıhını taşımadan yalnızlık çölünde dolaşmaya, karabasanlar görmeden düşlerinde olgunlaşmaya başladı. Sonu gelmez banyoları, zamanlı zamansız yemekleri, uzun ve dalgın suskunlukları sürdü gitti. Mart ayında bir gün Fernanda bahçede çarşafları katlamak isteyip evdeki kadınları yardımına çağırıncaya kadar hiçbir değişiklik olmadı. Çarşafları tam katlamaya başlamışlardı ki, Amaranta, Güzel Remedios'un sapsarı olduğunu gördü.

"İyi değil misin?" diye sordu.

Çarşafın öteki ucuna yapışan Güzel Remedios, içler acısı bir gülümseyişle, "Yoo, hiç bu kadar iyi olmamıştım," diye karşılık verdi.

Güzel Remedios sözünü tam bitirmişti ki, Fernanda hafif bir esintinin elindeki çarşafları kabartıp açtığını duydu. Amaranta, iç eteklerinin dantellerinde gizemli bir ürperti duydu ve yere yuvarlanmamak için çarşafa sıkı sıkıya sarılmak zorunda kaldı. Çünkü o anda Güzel Remedios'un ayakları yerden kesilmiş, uçmaya başlamıştı. O sıralarda neredeyse tamamen kör olan Úrsula, bu belirgin esintinin ne olduğunu anlayabilen tek kişi oldu ve çarşafların ucunu koyuvererek Güzel Remedios'un kendisiyle birlikte havalanarak uçuşan çarşaflar arasında el sallayışını seyretmeye koyuldu. Çarşaflar ve Güzel Remedios, dalya çiçeklerinin, ağustosböceklerinin arasından yükseldiler, saat dördü vurduğunda en yükseklerden uçan kuşların bile erişemeyeceği bir yükseklikte gözden kaybolup gittiler.

Tabii ki yabancılar, anlatılanlara inanmadılar ve Güzel Remedios'un, arıbeylerinin kaçınılmaz yazgısına boyun eğdiğini, ailesinin de, bu uçma masalını uydurarak onun onurunu kurtarmaya çalıştıklarını düşündüler. Kıskançlıktan deliye dönen Fernanda, sonunda bu mucizeyi kabul etmek zorunda kaldı. Bu arada dua edip

Tanrı'dan çarşaflarını geri göndermesini istemeyi de unutmuyordu. Macondoluların çoğu mucizeye inandılar. Hatta mumlar diktiler, dua törenleri düzenlediler. Bu olay daha uzun süre dilden düşmezdi ya, Aurelianoların barbarca katledilişi, şaşkınlığın yerini dehşete bıraktı. Albay Aureliano Buendia, hiçbir zaman kesin bir belirti görmemişse de, oğullarının trajik sonlarını önceden sezmişti. Macondo'ya akın edenlerle birlikte gelen iki oğlu Aureliano Serrador ile Aureliano Arcaya, Macondo'da kalmak istediklerini söyleyince babaları onları caydırmaya çalıştı. Bir gece içinde tehlikeli bir yer oluveren bu kasabada oğullarının ne işi olduğunu anlamıyordu. Oysa Aureliano Segundo'nun desteklediği Aureliano Centeno ile Aureliano Triste, onlara iş verdiler. Albay Aureliano Buendia, onların henüz salim kafayla düşünemediklerini söyleyerek, bu karara karşı çıktı. Hele Mister Brown'ı Macondo'ya ilk gelen otomobilin –kornasıyla köpekleri ürküten, üstü tenteli, turuncu arabanın– içinde gördüğü ve halkın kölelere yaraşır bir heyecanla koşuşmasına tanık olduğu zaman, yaşlı asker öfkeden deliye döndü. Erkeklerin, karılarını ve çocuklarını bırakıp omuzlarına tüfeklerini atarak savaşa gittikleri günlerden bu yana insanların ahlaklarının, yapılarının değişmiş olduğunu anladı. Neerlandia Anlaşması'ndan sonra belediye başkanı olanlar hep inisiyatiften yoksun, Macondo'nun halim-selim ve yorgun Muhafazakârları arasından seçilen göstermelik kişilerdi. Albay Aureliano Buendia, tahta coplu, yalınayak polisleri gördükçe, "Sefiller rejimi bu," diyordu. "Bir alay uyuşuk toplanmış," diyordu. "Bizler, sırf evlerimizi maviye boyamamak için onca savaştık, onca iş yaptık," diyordu. Ne var ki, muz şirketi Macondo'ya ayak bastıktan sonra, yerel görevliler değiştirildi ve yerlerine diktatör özentisi yabancılar getirildi. Bunlar, Mister Brown'ın dediğine göre mevkilerinin gerektirdiği saygınlığı kazanmaları ve kasabadaki sıcaktan, sivrisineklerden, sayısız konforsuzluklar ve yoksunluklardan rahatsız olmamaları için elektrikli kümes telleriyle çevrili bölgeye yerleştirildiler. Eski polislerin yerini, kamış kesmekte kullanılan satırlarla silahlandırılmış kiralık katiller aldı. Albay Aureliano Buendia, işliğine kapanıp bu değişiklikleri düşünüyordu. Yalnızlığa gömülerek geçirdiği yıllar boyunca ilk kez acı duyuyor, savaşı sonuna dek sürdürmemekle ne denli yanlış bir iş yaptığını belirleyen bu olaylar karşısında dehşete kapılıyor, pişmanlık duyuyordu. Albay bunları düşündüğü sırada, çoktan unutulup gitmiş olan Albay Magnifico Visbal'in kardeşi, yedi yaşındaki torununa alanda el arabalarıyla dolaşan gezgin satıcılarından birinden şerbet içirmek istedi. Çocuk kazara bir polise çarptı ve elindeki şerbeti polisin üniformasına döktü. Barbar herif elindeki satırla çocuğu paramparça doğradı ve kendini durdurmaya çalışan dedesinin kafasını da bir vuruşta uçurdu. Birkaç kişi, parçalanmış adamı evine götürürlerken bütün kasaba halkı bu olaya tanık oldu. Bir kadın, adamın kopan kafasını saçlarından tutmuş sürüklüyor, kanlı çuvala doldurduğu çocuğun parçalarını da elinde taşıyordu.

Bu, Albay Aureliano Buendia için, bardağı taşıran damla oldu. Gençliğinde, kuduz bir köpek ısırdı diye dövüle dövüle öldürülen bir kadının cesedi başında duyduğu öfkenin bir eşini şimdi yaşıyordu. Evin önünde toplananlara baktı ve kendi kendine duyduğu öfke ve tiksintiyle yüklü tok sesiyle, artık yüreğinde taşıyamadığı nefreti olanca şiddetiyle onların üzerine kustu.

"Bugünlerde, bu boktan gringolardan kurtulabilmemiz için oğullarımı silahlandıracağım!" diye kükredi.

O hafta içinde kıyı bölgesinin çeşitli yerlerinde, Albay'ın on yedi oğlu, alınlarındaki küllü haç işaretine nişan alan bilinmedik katiller tarafından tavşan avlanır gibi vuruldular. Aureliano Triste akşam yedide annesiyle evden çıkarken, karanlıkta atılan ve alnının ortasını delip geçen bir kurşunla vuruldu. Aureliano Centene, her zamanki gibi fabrikadaki hamağına uzanmış bulundu. İki kaşının ortasına bir buz baltası saplanmıştı. Aureliano Serrador sevgilisiyle sinemadan çıktıktan sonra kızı evine bırakıp gündüz gibi aydınlık Türkler Sokağı'ndan geçerken, kalabalığın içinden kim olduğu anlaşılmayan biri tabancasını çektiği gibi delikanlıyı alnından mıhladı ve oradaki kaynar domuz yağı kazanının içine düşürdü. Birkaç dakika sonra, Aureliano Arcaya'nın bir kadınla birlikte kapandığı oda kapısı güm güm vuruldu. Biri, "Fırla, kardeşlerini öldürüyorlar," diye seslendi. Yanındaki kadının sonradan anlattığına göre, Aureliano Arcaya yataktan fırladı, kapıyı açmasıyla üzerine yağan mavzer kurşunlarından kafasının parçalanması bir oldu. Ölümün kol gezdiği o gece, evdekiler dört ölü için mumlar yakarak dua etmeye hazırlanırken, Fernanda da çılgınlar gibi sokaklarda koşarak Aureliano Segundo'yu arıyordu. Oysa Petra Cotes, Albay'ın adını taşıyan herkesin öldürüleceğini sanarak Aureliano Segundo'yu dolaba saklamıştı. Kıyı bölgesindeki çeşitli yerlerden gelen telgraflardan, görünmeyen düşmanın gazabının yalnızca alnı haç işaretli kardeşlere yönelik olduğu anlaşılıncaya dek, dört gün dört gece Petra Cotes, Aureliano Segundo'yu dolaptan çıkarmadı. Amaranta, yeğenleriyle ilgili bilgileri yazdığı defteri çıkardı ve telgraflar geldikçe adların üzerine birer çizgi çekti. Geriye yalnızca en büyükleri kalmıştı. Çok esmer teni ile yemyeşil gözlerinin karşıtlığı yüzünden onu çok iyi hatırlıyorlardı. Adı Aureliano Amador'du, marangozluk yapıyor, dağların arasına sıkışmış bir köyde yaşıyordu. Aureliano Segundo onun ölüm haberini iletecek telgrafı iki hafta bekledikten sonra, belki başında dolanan tehlikenin farkında değildir diye onu uyarmak için bir adam gönderdi. Adam, Aureliano Amador'un sağ olduğu haberini getirdi. Katliamın yapıldığı gece, iki kişi onun evine gitmişler, tabancalarını üzerine boşaltmışlar, ancak küllü haç işaretini nişanlayamamışlardı. Aureliano Amador bahçe duvarından atlayıp kendilerinden odun aldığı Kızılderililerle dostluk ede ede avcunun içi gibi bildiği dağ kovuklarından kaçmıştı. Bir daha da ondan haber alınamadı.

O günler, Albay Aureliano Buendia için karanlık günler oldu. Cumhurbaşkanı bir telgraf çekerek başsağlığı diledi ve geniş çapta bir araştırma ve soruşturma açılacağına söz verdi. Yine cumhurbaşkanının emriyle, belediye başkanı dört çelenk alıp cenaze törenine geldi. Çelenkleri tabutların üzerine koymaya çalışırken, Albay onu kovdu. Cenaze töreninden sonra cumhurbaşkanına sert bir telgraf yazdı ve postaneye eliyle götürdü. Ama telgraf memuru bunu çekemeyeceğini bildirdi. Bunun üzerine Albay, telgrafı kişisel saldırılar, sövgülerle biraz daha genişletip zenginleştirerek bir zarfa koydu, postaladı. Karısının ölümünde olduğu gibi, savaştayken en yakın arkadaşlarının ölümlerinde olduğu gibi, bu kez de kapıldığı duygu acı değil, hedefsiz ve körü körüne bir öfke, bir çaresizlik duygusuydu. Oğullarına, düşmanlarının tanımasına yarayan çıkmaz işaretler vurduğu için Peder Antonio Isabel'i bile katillerin suç ortağı olmakla suçladı. Artık düşüncelerini toparlayamayan ve vaazlarındaki saçma sapan yorumlarıyla cemaati şaşkınlığa düşüren bunak papaz, çocukların kiliseye gittikleri o çarşamba hazırladığı kül kavanozunu koltuğuna kıstırıp eve geldi ve külün yıkanınca çıkacağını kanıtlamak için ev halkının alınlarına işaret koymaya kalkıştı. Oysa, bu felaket herkese öylesine dehşet salmıştı ki, Fernanda bile bu deneye yanaşmadı. Ondan sonra da Buendia soyundan hiç kimsenin Paskalya'dan önceki Küllenme Çarşambası'nda mihrabın önünde diz çöktüğü görülmedi.

Albay Aureliano Buendia uzun süre kendine gelemedi. Balık yapmayı bıraktı. Zorla bir iki lokma yiyebiliyor, battaniyesini sürükleyerek, öfkeden dişlerini gıcırdatarak uyurgezer gibi evin içinde dolanıyordu. Üç ay sonunda saçları aklaştı, eskiden pırıl pırıl yağlayıp büktüğü bıyıkları renksiz dudaklarının iki yanından sarktı. Ama gözleri, doğduğu zaman orada bulunanları şaşırtan, çocukken bakışıyla sandalyeleri sallayan o alev alev, kömür gibi yakıcılığını yeniden kazandı. Albay, acıdan çılgına dönüp öfkelenerek, gençliğinde kendisine şan ve şöhret bataklıklarında yol göstermiş olan önsezilerini yeni baştan canlandırmaya boşu boşuna çabaladı. Kendine iyice yabancı gelen, içindeki hiçbir şeyin ve hiç kimsenin yüreğinde en ufak bir sevgi kıpırtısı uyandırmadığı bir evde yapayalnız kalmış, kaybolmuştu. Bir keresinde savaş öncesi yıllardan bir iz bulabilmek umuduyla Melquíades'in odasını açtı, yılların bakımsızlığından gelen bir toz, pislik, süprüntü yığınıyla karşılaştı. Artık kimsenin okumadığı kitapların kapakları arasında, nemden çürümüş elyazmalarının içinde mora çalan kurşun rengi bir çiçek açmıştı ve bir zamanlar evin en temiz havalı, en aydınlık yeri olan bu oda, çürümüş anıların yüzdüğü ağır bir havayla dolmuştu. Albay, bir sabah Úrsula'yı kestane ağacının altında, ölmüş kocasının dizlerine sarılmış ağlar buldu. Yarım yüzyıldır açık havada kalmaktan yıpranmış güçlü ihtiyarı, koca evde tek göremeyen Albay Aureliano Buendia'ydı. Úrsula, "Babana merhaba desene," dedi. Albay, kestane ağacının önünde bir an duraladı ve önündeki boşluğun, içinde hiçbir sevgi uyandırmadığını bir kez daha algıladı.

"Babam ne diyor?" diye sordu.

Úrsula, "Çok üzgün," dedi. "Senin öleceğini sandığı için üzülüyor."

Albay gülümseyerek karşılık verdi. "Ona de ki," dedi, "insan ölme zamanı geldiğinde değil, ölebildiği zaman ölür."

Ölü babasının kehaneti, Albay'ın yüreğindeki son gurur kalıntısını ayaklandırdı. Oysa Albay bunu yeni bir güç kaynağı sandı. Bu yüzden de, Úrsula'yı sıkıştırıp alçıdan ermiş heykelinden çıkan paraları bahçenin neresine gömdüğünü öğrenmeye çalıştı. Úrsula eskiden aldığı dersin kararlılığıyla, "Bunu hiç öğrenemeyeceksin," dedi. Sonra, "O servetin sahibi bir gün çıkagelecek ve ancak o çıkaracak parayı," diye ekledi. Her zaman son derece eliaçık olan bir adamın durup dururken neden böyle para derdine düştüğünü kimseler anlayamıyordu. Hem acele bir ihtiyacı karşılayacak bir para da değildi istediği. Albay'ın aradığı servetin miktarını duyunca Aureliano Segundo'nun aklı başından gitti. Kendilerinden para istediği eski partili arkadaşları, Albay'la görüşmemek için kendilerini evde yok dedirtiyor, bucak bucak gizleniyorlardı. İşte o sıralarda Albay Aureliano Buendia'nın "Bugün Liberallerle Muhafazakârlar arasındaki tek ayrım, Liberallerin saat beşte, Muhafazakârların ise saat sekizde kiliseye gitmeleri," dediği duyuldu. Bütün bunlara rağmen Albay öyle bir diretiyor, öyle bir yalvarıyor, onurunu öylesine ayaklar altına alıyordu ki, biraz oradan, biraz şuradan yardım alarak, her yeri dolaşıp para isteyerek, sekiz ay içinde Úrsula'nın gömdüğünden daha fazla para topladı. Sonra savaşa girerken yanında bulunmasını, kendisine yardımcı olmasını istemek için hasta yatan Albay Gerineldo Márquez'e gitti.

Belirli bir dönemde, tekerlekli koltuğunda bile olsa,

ayaklanmanın küflenmiş iplerini çekebilecek tek kişi gerçekten Albay Gerineldo Márquez'di. Neerlandia Ateşkes Anlaşması yapıldıktan sonra Albay Aureliano Buendia altın balıklarına dalıp gittiği sırada, Albay Gerineldo Márquez son yenilgiye dek kendine bağlı kalmış asi subaylarla ilişkisini sürdürdü. Onlarla birlikte her gün alçalma, aşağılanma savaşı verdi. Dilekler, istekler, bugün git yarın gel'ler, oldu olacak'lar, eli kulağında'lar, durumunuzu dikkatle inceliyoruz'lar savaşına onlarla birlikte katıldı. Ömür boyu sürecek emekli aylığı kararlarının altını imzalaması gerektiği halde imzalamayanların "saygılarımızla" diye biten yazılarına karşı yitirilen savaşlarda onlarla birlikte didindi. Öteki savaş, yirmi yıl süren o kanlı savaş, bu sonu gelmez ertelemeler savaşı kadar yıpratmamıştı onları. Üç suikasttan, beş yaradan ve sayısız çarpışmadan sağ çıkmış olan Albay Gerineldo Márquez bile, bekleyişin amansız kuşatmasına dayanamadı ve kiralık bir evin pencerelerinden sızan elmas biçimli ışık lekeleri arasında Amaranta'yı düşleyerek yaşlılığa yenildi. Eski askerlerle ilgili son haberi bir gazetede gördü. Eski silah arkadaşları, adını sanını bilmediği cumhurbaşkanının yanında utanmadan poz vererek resim çektirmişlerdi. Cumhurbaşkanı onlara üzerinde kendi resmi olan birer rozet ve tabutlarının üzerine örtülsün diye kan ve barut lekeli bir bayrak armağan etmişti. Onlardan daha onurlu olanları ise emekli aylığı bağlandığını bildiren mektubu bekleyerek, onun bunun yardımıyla geçinmeye çalışıyor, açlıktan ölüyor, öfkeden arınıyor, eski parlak günlerin süprüntüsü içinde sürünerek çürüyorlardı. İşte Albay Gerineldo Márquez bunları bildiği için, yabancı istilacıların desteklediği bu yozlaşmış, çürümüş, aşağılık rejimi silip süpürmek için açacağı ölüm kalım savaşına kendisinin de katılmasını isteyen Albay Aureliano Buendia'ya acımadan edemedi.

"Ah, Aureliano," diye içini çekti. "Senin yaşlandığını biliyordum, ama şimdi bakıyorum da göründüğünden çok daha yaşlanmışsın sen."

Úrsula son yıllarının şaşkınlığı içinde, José Arcadio'yu papa olmaya yaraşır biçimde yetiştirmeye pek fırsat bulamadı ve göz açıp kapayana dek çocuğun ilahiyat fakültesine girme zamanı geldi çattı. Kız kardeşi Meme ise günlerini Fernanda'nın katılığı ile Amaranta'nın burukluğu arasında geçirerek, rahibeler okuluna gidecek çağa geldi. Bu okulda onu piyano virtüözü olmak üzere yetiştireceklerdi. Úrsula, papa adayının ruhunu yoğurup biçimlediği yöntemlerin etkili olup olmadığını bir türlü kestiremiyordu. Yine de artık çok yaşlandığı, kendini zor kaldırıp götürdüğü ya da gözlerine inen perdeden çevresini doğru dürüst seçemediği için, José Arcadio'yla yeterince uğraşamadığını kabul etmiyor; çocuğun terbiyesinde bir kusur varsa, bunun içinde yaşadıkları zamanın bozukluğundan ileri geldiğine inanıyordu. Günlük gerçeklerin, olayların elinden kayıp gidiverdiğini duydukça, "Şimdiki zamanda yıllar eskisi gibi geçmiyor," diyordu. Úrsula eskiden çocukların büyümesinin çok zaman aldığını sanırdı. Bu düşüncesini kanıtlamak için kendi çocuklarının geçmişini hatırlaması yeterdi. Büyük oğlu José Arcadio, çingenelerle çekip gidene dek ne çok zaman geçmişti. Sonra José Arcadio yılan benzeri alacalı bulacalı boyalar içinde, astronomi bilginleri gibi konuşarak geri dönene dek ne çok şey olup bitmişti. Amaranta ile Arcadio, Kızılderililerin dilini unutup İspanyolca öğreninceye kadar evde ne değişiklikler olmuştu. Zavallı José Arcadio Buendia, kestane ağacının altında güneşten pişerek, çiy damlalarından ıslanarak az mı oturmuştu. Albay Aureliano Buendia öldü diye nice zaman yas tutmuşlar, sonunda Albay ölüm halinde ağır yaralı olarak getirildiğinde bir de bakmışlardı ki savaşlarla, acılarla dolu onca yıl geçirdiği halde Albay daha ellisini bile bulmamıştı. Eskiden Úrsula bütün gününü hayvan kalıbında şekerlemeler yaparak geçirir, yine de çocuklarla ilgilenecek, gözlerinin akına bakıp onlara hintyağı vermek gerektiğini kestirecek zamanı bulabilirdi. Oysa şimdi hiç işi gücü yoktu, sabahtan akşama dek José Arcadio'yu kalçasına dayayıp dolaşabiliyordu, ama zaman öyle bozulmuştu ki, başladığı her iş yarım kalıyordu. İşin aslı başkaydı tabii: Úrsula yaşının hesabını kendi de unuttuğu halde yaşlanmış olmayı bir türlü kabullenmiyor, her işe burnunu sokmak isteyip çevresindekileri tedirgin ediyor, eve gelen yabancılara savaş sırasında yağmur mevsimi geçtikten sonra almak üzere oraya bir ermiş heykeli bırakıp bırakmadıklarını sorarak huzur kaçırıyordu. Úrsula'nın gözlerinin ne zaman görmemeye başladığını kimse kesinlikle bilmiyordu. Artık yataktan kalkamayacak denli çöktüğü yıllarda bile, herkes onun eli ayağı tutmadığı için yattığını sanıyor, kör olduğunu anlamıyorlardı. Úrsula ise José Arcadio'nun doğumundan önce bunu fark etmişti. Başlangıçta gözündeki bozukluğu gelip geçici bir yorgunluk sonucu sanmış, kimseye belli etmeden kemik kaynatıp iliğini içmiş, gözlerine bal sürmüştü. Ne var ki, çok geçmeden bunun gelip geçici bir şey olmadığını, sürekli olarak karanlığa gömüldüğünü sezmişti.

Gözündeki bozukluk öyle bir noktaya vardı ki, elektrik ampulü gibi bir buluşu bile hakkıyla kavrayamadı, çünkü elektrik bağlandığında Úrsula'nın gözleri ancak ölgün bir ışık seçebilecek duruma gelmişti. Úrsula bundan hiç kimseye söz açmadı, çünkü gözlerinin görmediğini anlayınca herkes onun artık işe yaramaz hale geldiğine kalıbını basacaktı. Úrsula gözlerine inen perdenin örttüğü şeyleri belleğinin yardımıyla görebilmek için, eşyaların nerede durduğunu, aralarında ne kadar uzaklık olduğunu, insanların seslerini kafasına iyice yerleştirdi. Daha sonra beklenmedik bir yardımcı buldu kendine. Kokular, karanlık dünyada eşyanın renk ve kitlesinden daha belirleyici oluyordu. Úrsula, kokuları ayırt etmek yoluyla, doğaya yenik düştüğünü itiraf etmenin utancından kurtuldu. Odasının karanlığında iğneye iplik geçirip düğme dikebiliyor ve sütün ne zaman kaynayacağını kestirebiliyordu. Her şeyin yerini öyle bir şaşmazlıkla biliyordu ki, kimi zaman kör olduğunu kendi de unutuyordu. Bir keresinde Fernanda, nişan yüzüğünü yitirdi, evi ayağa kaldırdı, altını üstüne getirdi, bulamadı da, Úrsula çocukların yatak odasındaki bir rafın üzerinde yüzüğü buldu. Bunun nedeni de basitti. Ötekiler ne yaptıklarına dikkat etmeksizin evin içinde gezinirken, Úrsula boş bulunmamak için dört duyusunu da olanca gücüyle seferber ediyordu. Çok geçmeden, ailede herkesin bilinçsiz olarak her gün aynı hareketleri yaptığını, aynı yolu izlediğini ve hemen hemen aynı saatlerde aynı sözleri yinelediğini fark etti. Ancak günlük çizgilerinden saptıkları zaman, bir şey yitirme tehlikesiyle karşılaşıyorlardı. O yüzden Fernanda yüzüğünü yitirip de telaşa kapılınca, Úrsula onun o gün her zamankinden farklı olarak çocukların odasına girdiğini, Meme yatağında tahtakurusu buldu diye şilteleri güneşe koyduğunu hatırladı. Çocuklar odada olduğu için, Fernanda'nın yüzüğünü onların erişemeyecekleri tek yer olan rafa koymuş olabileceğini kestirdi. Oysa Fernanda, yüzüğünü her gün dolaştığı yerlerde boşuna arıyor ve günlük alışkanlıkların kayıpların bulunmasını zorlaştırdığını bilmiyordu.

José Arcadio'nun bakılıp büyütülmesi, Úrsula'nın evdeki en ufak değişiklikleri izleyebilmesine yardımcı oluyordu. Amaranta'nın yatak odasındaki ermiş heykellerine giysiler diktiğini ayırt edince, Úrsula, José Arcadio'ya renkleri öğretiyormuş gibi yaparak, "Hadi bakalım," diyordu, "söyle bana, Başmelek Rafael'in sırtında ne renk giysi var?"

Úrsula böyle yapa yapa, gözleriyle seçemediğini, çocuktan öğrendi. José Arcadio ilahiyat okuluna gidecek çağa geldiğinde, Úrsula ermişlerin giysilerine dokunarak, renklerini dokumalardan ayırt etmeyi öğrenmişti. Arada bir beklenmedik kazalar oluyordu tabii. Bir gün Amaranta, begonyalı verandada nakış işlerken, Úrsula ona çarptı.

Amaranta, "Tanrı aşkına, önüne baksana," diye çıkıştı.

Úrsula, "Suç sende," dedi. "Her zamanki yerinde oturmuyorsun."

Úrsula söylediğinin doğruluğuna güveniyordu. O gün, ötekilerin farkına varmadıkları bir şeyi sezinledi. Mevsime göre güneş yer değiştiriyor ve verandada oturanlar da bilmeden güneşe göre kendi yerlerini ayarlıyorlardı. Ondan sonra Úrsula, Amaranta'nın nerede oturduğunu kestirebilmek için hangi ayın, hangi gününde olduklarını düşünerek doğruyu bulmaya başladı. Ellerinin titremesi her gün biraz daha göze çarpar hale geldiği ve ayaklarını zorlukla kaldırıp yürüyebildiği halde, Úrsula'nın ufak tefek gövdesi evin her köşesini dolanıyordu. Hemen hemen evin bütün yükünü omuzladığı zamanlardaki gibi hareketli, hamarattı. Úrsula, yaşlılığın aşılmaz yalnızlığında, aile içindeki olayları bütün ayrıntılarıyla inceleyebiliyor, eski günlerde binbir uğraş arasında fırsat bulup da göremediği gerçekleri şimdi değerlendiriyordu. José Arcadio'yu ilahiyat okuluna göndermeye hazırlandıkları sırada, Úrsula, Macondo'nun kuruluşundan o güne kadar geçen sürede ailenin yaşamını özetlemiş, ayrıntılarıyla derleyip toparlamış ve çocuklarıyla torunları hakkındaki düşüncesini bütünüyle değiştirmiş bulunuyordu. Albay Aureliano Buendia'nın, eskiden sandığı gibi savaş yıllarında katılaşıp ailesinden, aile sevgisinden kopmadığını anladı. Albay'ın zaten hiçbir zaman kimseyi sevmediğini, ne karısı Remedios'a, ne yaşamına giren sayısız tek gecelik kadınlara ne de oğullarına en ufak sevgi beslemediğine inanç getirdi. Úrsula, Albay'ın onca savaşa, herkesin sandığı gibi ülküleri adına katılmadığını, kesin zafere ulaşmaktan, yine herkesin sandığı gibi artık tükendiği için vazgeçmediğini, yalnızca gururu yüzünden yendiğini ve yenildiğini sezdi. Sonunda, uğruna canını vermekten kaçınmayacağı oğlunun, sevme yeteneğinden yoksun bir adam olduğu kanısına vardı. Úrsula, ona gebeyken bir gece çocuğun karnında ağladığını duymuştu. Ses öylesine belirgindi ki, Úrsula'nın yanında yatan José Arcadio Buendia bile uyanmış ve oğlum vantrilok olacak diye pek sevinmişti. Konu komşu ise, bu olayı duyunca, çocuğun peygamber olacağını söylemişlerdi. Oysa Úrsula, derinden derine duyulan bu iniltinin, o hep korktuğu domuz kuyruğunun belirtisi olduğuna inanmış ve çocuğun karnında ölmesi için Tanrı'ya yakarmıştı. Ama yaşlanıp da yılların deneylerinden geçtikten sonra, Úrsula ana karnındayken çocukların ağlamasının, vantriloklık belirtisi ya da peygamberlik habercisi olmadığını, sevme yeteneksizliğinin su götürmez kanıtı olduğunu anladı. Oğlu gözünden düşünce, ona o güne dek göstermek gereğini duymadığı şefkat ve acıma duyguları, Úrsula'nın yüreğinde yüzeye çıktı. Öte yandan taşyürekliliğiyle Úrsula'yı korkutan, kasıtlı kötülüğüyle onu ürküten Amaranta' nın son çözümlemede dünyanın en şefkatli, en sevecen kadını olduğu ortaya çıktı. Úrsula yüreği parçalanarak gördü ki, Amaranta'nın Pietro Crespi'ye çektirdiği eziyet, herkesin sandığı gibi öç alma duygusundan değil, Albay Gerineldo Márquez'in ömrünü zehir eden inatçılığı yine herkesin sandığı gibi kötü yürekliliğinden değildi de, sınırsız bir sevgiyle aşılmaz bir korku arasındaki ölümcül çatışmanın sonucuydu. Ve Amaranta'nın kendi yüreğinden korkması, sonunda öteki duygulara ağır basmıştı. Yine o sıralarda Úrsula, Rebeca' dan sık sık söz etmeye başladı. Onu, geç kalınmış bir pişmanlığın yücelttiği sevgi ve beklenmedik bir hayranlıkla anıyor ve Úrsula'nın kendi soyunda özlemini duyduğu sabırsız yüreğin, ateşli rahmin, sınırsız yiğitliğin bir tek Rebeca'da olduğunu görüyordu. Úrsula'nın sütüyle beslenmemiş, toprak ve sıva yiyerek büyümüş olan, damarlarında Úrsula'nın kanını değil de, kemikleri mezarlarında takırdayan yabancıların kanını taşıyan Rebeca'nın, bütün özlediği niteliklere sahip olan tek kişi olduğunu anlıyordu.

Úrsula, duvarlara tutuna tutuna yürürken, "Rebeca, meğer sana ne haksızlık etmişiz," deyip duruyordu.

Ev halkı, onun bunamaya başladığını düşünüyordu. Hele sağ kolunu Başmelek Cebrail gibi kaldırıp dolaşmaya başlayınca, evdekilerin bu kanısı daha da pekişti. Ancak Fernanda, bu anlamsız dolaşmaların gölgesinde büyük bir sezgi güneşinin parladığını fark etti. Örneğin bir önceki yıl evde kaç para harcanmışsa, Úrsula hiç düşünmeden kuruşu kuruşuna söyleyebiliyordu. Bir gün Úrsula mutfakta çorba karıştırırken, Amaranta ile Fernanda'nın kendisini dinlediklerini bilmeden, Macondo'ya ilk gelen çingenelerden aldıkları ve José Arcadio'nun dünyayı altmış beş kez dolanmasından çok önce yitirdikleri mısır değirmeninin hâlâ Pilar Ternera'nın evinde olduğunu söyleyiverince Amaranta da annesinde olağanüstü bir sezgi gücü olduğuna inandı. Kendisi de neredeyse yüz yaşına yaklaşan, ama akıl almaz şişmanlığına karşın dinç ve çevik olan, bir zamanlar kahkahasıyla güvercinleri ürküttüğü gibi, şimdi de çocukları korkutan Pilar Ternera, Úrsula'nın dediklerinin doğru çıkmasına hiç şaşırmadı. Çünkü titiz bir yaşlılığın, iskambil kâğıtlarından çok daha doğru kararlara ulaştığını o da kendi deneyleriyle biliyordu.

Hal böyleyken, Úrsula, José Arcadio'yu Tanrı yolundaki ödevine hazırlamak için yeterince zaman bulamadığını fark edince, dehşete kapıldı ve kendini kapıp koyuverdi. Sezgisiyle daha iyi ayırt edebildiği şeyleri gözleriyle görmeye çalışarak yanlışlara düşmeye başladı. Bir sabah gülsuyu sanarak koca bir şişe mürekkebi José Arcadio'nun başından aşağı boca etti. Her şeye burnunu sokmakta öylesine direniyordu ki, sonunda sakarlığından kendi huzuru da kaçtı ve kendini örümcek ağlarından yapılma bir deli gömleği gibi saran gölgelerden kurtulmaya çalıştı. Úrsula, bu beceriksizliğinin yaşlılığın ve gözlerine inen karanlığın zaferi olmayıp zamanın bir yargısı olduğuna karar verdi. Eskiden Türklerin pamuklu dokumaları arşınla ölçtükleri, Tanrı'nın aylar ve yıllar konusunda insanı böylesine faka bastırmadığı dönemlerde, her şeyin başka türlü olduğunu düşünüyordu. Oysa şimdiki zamanda, yalnızca çocuklar daha çabuk büyümekle kalmıyor, duygular da değişiyordu. Güzel Remedios cennete uçar uçmaz duygusuz, düşüncesiz, saygısız Fernanda, kızcağıza değil de çarşaflarının uçtuğuna yanıp yakınmaya başlamıştı. Aurelianoların cesetleri daha mezarlarında soğumadan, Aureliano Segundo evi yeni baştan ışıklarla donatmış, akordeon çalan, şampanyayla yıkanan sarhoşları yeniden eve doldurmuştu. Sanki ölenler Hıristiyan değildi de birer sokak köpeğiydi. Sanki Úrsula'ya onca baş ağrısına, onca pasta ve şekerlemeye mal olan bu deliler evinin yazgısı, köhneyip göçmek, süprüntü yığını haline gelmekti. Úrsula bir yandan José Arcadio'nun sandığını hazırlıyor, bir yandan da bütün bunları hatırlayarak, mezara girip üzerinin toprakla örtülmesi bunlara tanık olmaktan daha iyidir, diye düşünüyordu. Korkusuzca Tanrı'ya başkaldırıyor, başlarına bunca dert, bela açtığın insanların demirden yapıldığını mı sanıyorsun, diye hesap soruyordu. Bu soruyu üsteledikçe aklı büsbütün karışıyor, çekip gitmek, bir yabancı gibi başıboş dolanmak için karşı konulmaz bir istek duyuyordu. Kendisine son kertede bir an olsun başkaldırmak hakkını tanımak istiyordu. Kaç kez niyetlenip ertelediği bu özlemi gerçekleştirmek, her şeye sıçıp batırmak, koca bir yüzyıl boyunca tatsızlık olmasın diye yuttuğu bütün ağır sözleri, sövgüleri sayıp dökmek, içini boşaltmak için yanıyor tutuşuyordu.

"Bok!" diye bağırdı.

Çocuğun giysilerini sandığa koymak üzere olan Amaranta, annesini akrep soktuğunu sandı.

Telaşla, "Nerede?" diye sordu.

"Ne?"

Amaranta, "Böcek," dedi.

Úrsula parmağını yüreğine bastırdı.

"Burada," dedi.

Perşembe günü saat ikide, José Arcadio ilahiyat okuluna gitmek üzere yola çıktı. Úrsula onu hep uğurladığı andaki haliyle, ağırbaşlı ve serinkanlı olarak hatırlayacaktı. Çocuk, Úrsula'nın öğrettiği gibi bir damla gözyaşı akıtmamış, bakır düğmeli yeşil fitilli kadife giysisi ve kolalı yakalığı içinde sıcaktan ter dökerek durmuştu. José Arcadio, evin içinde nereye gittiğini anlayabilsin diye Úrsula'nın başına döktüğü gülsuyunun baygın kokusuna bürünmüş olarak yemek odasından çıktı. Veda şöleni sırasında, ev halkı, sinirli olduklarını göstermemek için şen görünmeye çalışıyor, Peder Antonio Isabel'in sözlerini abartılmış bir merak ve heyecanla karşılıyordu. Ama gümüş köşebentli, kadife kaplı sandığı dışarı çıkarırlarken, evden cenaze çıkıyormuş gibi oldu. Bu vedalaşma sahnesine katılmayı istemeyen tek kişi Albay Aureliano Buendia'ydı.

"Bir bu eksikti," diye söylendi. "Bir de papa çıktı başımıza!"

Üç ay sonra Aureliano Segundo ile Fernanda, Meme'yi okula götürdüler. Gelirlerken de, laternanın yerine ufak bir piyano getirdiler. O sıralarda Amaranta da kendine kefen dikmeye başladı. Muz tutkusu ilk günlerdeki hızını yitirmişti. Eski Macondolular kendilerini yeni gelenlerle kuşatılmış buldular. Geçmiş günlerdeki kazançlarını sağlayabilmek için aşırı çalışmak zorundaydılar. Yine de kendilerini fırtınadan batan bir gemiden sağ çıkmış talihliler gibi görüyorlar, hallerine şükrediyorlardı. Buendiaların evinde yemeğe gelen konuklar eksik olmuyordu. Evin eski düzeni, muz şirketi yıllar sonra Macondo'dan gidene dek yeniden kurulamadı. Ama alışılagelmiş konukseverlik kavramında büyük değişiklikler vardı. Çünkü o dönemde evde sözü geçen Fernanda'ydı. Úrsula gölgeye çekilince, Amaranta da kendini kefenini dikme işine verince, eski kraliçe adayı dilediğini yapmakta özgür kaldı. İstediği konukları seçip kabul ediyor, ailesinden öğrendiği katı kuralları bu konuklara zorla uygulamaya kalkıyordu. Yabancıların kolay kazanılmış servetlerinin şımarıklığı içinde akıllarına estiğince davrandıkları bir kasabada, Fernanda'nın katı kuralları, evi, eski törelerin kalesi haline getirdi. Fernanda'ya göre, tutarlı kişiler muz şirketiyle uzak yakın ilişkisi olmayanlardı. Kayınbiraderi José Arcadio Segundo bile onun bu çekememezliğinin kurbanı oldu. Çünkü o da ilk günlerin heyecanı içinde horoz dövüşü işini bırakmış, muz şirketine ustabaşı olarak girmişti.

Fernanda, "O yabancıların terbiyesizliğine katıldığı sürece, kardeşin de bu eve ayak basmayacak," diye kestirip attı.

Evdeki kısıtlamalar öyle can sıkıcıydı ki, Aureliano Segundo, Petra Cotes'in evinde daha rahat ediyordu. Önce karısına fazla yük olmasın bahanesiyle, taşkın partilerini Petra Cotes'in evine aktardı. Sonra hayvanlar doğurganlıklarını yitiriyorlar bahanesiyle, ağıllarını ve ahırlarını oraya taşıdı. En sonunda da, metresinin evi daha serin oluyor bahanesiyle işlerini yönettiği ufak büroyu oraya aldı. Kocası henüz ölmemiş bir dul olduğu Fernanda'nın kafasına dank ettiği zaman, çoktan iş işten geçmiş, eski duruma dönmek olanağı kalmamıştı. Aureliano Segundo yemeğe bile kırk yılda bir geliyor ve karısıyla yatmak gibi görünümü kurtarmak için yaptığı şeyler bile kimseyi kandırmıyordu. Bir gece daldı ve Petra Cotes'in yatağında sabahladı. Beklenilenin tersine, Fernanda ona ne sitem etti ne de en ufak bir kırgınlık belirtisi gösterdi, ama aynı gün kocasının giysilerini iki sandığa doldurup kapatmasının evine gönderdi. Fernanda, sandıkları güpegündüz yolladı ve herkes görsün diye de hamallara sokağın ortasından gitmelerini söyledi. Böylelikle, yoldan çıkan kocasının utanacağını, kafası önünde eve döneceğini umuyordu. Ne var ki, bu gözyaşartıcı kahramanlık, Fernanda'nın yalnızca kocasının kişiliği değil, içinde yaşadığı toplumun kendi ailesinin görüşlerinden ne denli ayrı olduğunu da bilmediğini bir kez daha kanıtladı. Çünkü sokaktan sandıkların taşındığını görenler, bu olayı herkesin çok iyi bildiği bir hikâyenin doğal sonucu olarak nitelediler. Aureliano Segundo ise elde ettiği özgürlüğü üç gün üç gece süren bir parti vererek kutladı. Karısının talihsizliğine bakın ki, o ağırbaşlı uzun giysileri, modası geçmiş madalyonları ve yersiz kibirliliğiyle içler acısı bir yaşlılık dönemine girerken, renk renk ipekli giysiler içinde, gözleri zafer parıltılarıyla harelenen metresi de ikinci gençliğini yaşamaya başlıyor gibiydi. Aureliano Segundo, kendini delikanlılık ateşiyle yeniden metresine kaptırdı. Petra Cotes'in onu Aureliano Segundo olarak değil de, ikiz kardeşiyle karıştırarak sevdiği ve kendisine iki ayrı erkekmiş gibi sevişen bir sevgili verdiği için Tanrı'ya şükrettiği günlerdekine benzer bir coşkuyla sevişmeye başladılar. Bu tazelenmiş sevda öylesine güçlüydü ki, kaç kez tam yemeğe oturacakları sırada göz göze gelmişler, tek söz etmeden yemeklerin üstünü örtmüşler, açlıktan ve sevdadan ölerek kendilerini yatak odasına atmışlardı. Aureliano Segundo gizlice Fransız yosmalarına gittiği zamanlar gördüğü şeylerden esinlenerek, Petra Cotes'e üzeri tenteli bir karyola aldı. Yatak odasının pencerelerine kadife perdeler taktırdı, duvarları ve tavanı koca koca kristal aynalarla kaplattı. Her zamankinden daha eli açık, daha hesapsız, her zamankinden daha neşeli oldu. Her gün on birde gelen trenle kasa kasa şampanya ve konyak getirtiyordu. İstasyondan dönerken içki şişelerini uydurma bir arabaya yükler, ister yerli ister yabancı, ister tanıdık ister henüz tanımadık kişiler olsun, herkesin gözü önünde çeke çeke arabayı götürürdü. Yalnızca garip bir dille konuşan Mister Brown bile, Aureliano Segundo'nun bu halini görünce baştan çıkmış, birkaç kez Petra

Cotes'in evine gelip sarhoş oluncaya dek kafayı çekmiş, hatta akordeon çalıp Teksas havaları mırıldanarak, yanından hiç ayrılmayan köpeğini de bu havaya ayak uydurtup oynatmıştı.

Aureliano Segundo, partinin en kızıştığı sırada ortaya çıkıyor, "Durun artık be inekler, ömür göz açıp kapayana dek geçer!" diye bağırıyordu.

Aureliano Segundo, hiç o günlerdeki gibi sağlıklı, neşeli olmamış, hiç o kadar sevilmemiş, hayvanları hiç o kadar hızla üremememişlerdi. Sonu gelmez partilerinde kesilen sayısız domuz, inek ve pilicin kanından bahçe kapkara çamur olmuştu. Bahçede öbek öbek kemikler, bağırsaklar yığılıyor, artıkların atıldığı çöp kuyuları ağzına dek doluyordu. Şahinler, atmacalar konukların gözünü oymasın diye, boyuna dinamit patlatmak zorunda kalıyorlardı. Aureliano Segundo, José Arcadio'nun dünyayı dolanıp geldiği zamanki iştahına benzer bir oburlukla yiyip içmekten göbek bağladı, suratı mosmor kesildi. Aureliano Segundo'nun oburluğu, hesapsız para harcayışı, eşi görülmemiş konukseverliği dillere destan oldu; ünü bataklık bölgesinin sınırlarını aştı, kıyı boyunca bütün kasabaların, kentlerin anlı şanlı oburlarının kulağına gitti. Boğazına düşkün olanlar dört yandan akın akın gelmeye başladılar. Petra Cotes'in evinde oburluk ve dayanıklılık turnuvaları düzenlendi. Bütün ülkeye "Fil" diye nam salan ve totemlere benzer bir kadın olan Camila Sagastume'nin çıkageldiği o uğursuz cumartesi gününe kadar, oburluk yarışında Aureliano Segundo'yu kimse alt edemedi. Camila gelince, Aureliano'yla aralarındaki yemek düellosu cumartesiden salı sabahına dek sürdü. İlk yirmi dört saat içinde Hint yerelması, manyok ve kızarmış muz garnitürlü dana etini, üstüne de bir buçuk kasa şampanyayı deviren Aureliano Segundo, zaferi çantada keklik sayıyordu. Kendisinden daha profesyonel, ama evi dolduran büyük kalabalığı coşturmayan bir yeme yöntemi olan rakibinden daha canlı, daha hevesli görünüyordu. Zafer sarhoşluğuyla başı dönen Aureliano Segundo, ağzına iri iri lokmalar tıkarken, Fil bir operatör titizliğiyle etini kesiyor, acele etmeden, hatta tadını çıkara çıkara yiyordu. Kadın, dev yapılı, enine boyuna bir yaratıktı. Ama o kocaman cüssesinin üzerinde bile bir dişi yumuşaklığı havası vardı. Yüzü öylesine güzel, elleri öylesine düzgün, bakımlı ve havası öylesine çekiciydi ki, Aureliano Segundo onu görünce, yarışmayı masada değil de yatakta yapmayı yeğleyeceğini mırıldanmaktan kendini alamadı. Daha sonra kadının, zarafetini hiç bozmadan, sofra kurallarına bütünüyle uyarak yarım danayı yediğini görünce, bu güzel, çekici ve doymaz filin, ideal kadın olduğunu inançla söyledi. Yanılmamıştı. "Fil" denmezden önce de ünü duyulmuştu: "Kemikkıran" diyorlardı. Oysa bu sözün aslı astarı yoktu. Fil, söylendiği gibi bir Yunan sirkinde halka gösterilen sakallı kadın ya da oburluk kraliçesi değil, bir şan okulunun yöneticisiydi. Çok yemeyi, evlenip çoluk çocuğa karıştıktan sonra öğrenmişti. Çocuklarına yok vitamindi, yok ilaçtı diye yapay birtakım iştah açıcılarla yemek yedirmekten kaçınmış, sağlıklı olabilmeleri için doğal bir iştah duymalarını sağlamaya çalışmış, bu yüzden de onlara örnek olayım diye kendisi oburluğa alışmıştı. Çocuklarına aşılamaya çalıştığı ve kendi uyguladığı yöntem, kişinin vicdanı rahatsa, yorgunluktan tükeninceye dek yemek yiyebilir ilkesine dayanıyordu. Hiçbir ilkesi olmayan, aklına estiğince oburluk eden adam diye bütün ülkeye ün salan Aureliano Segundo'yla yarışmaya böyle ahlakçı bir görüşle ve sportmence heyecanla heveslenmiş, evini, okulunu bırakıp buralara gelmişti. Camila, Aureliano Segundo'yu ilk gördüğü anda, onun midesinin dayanıksızlığından değil, kişiliği yüzünden yarışı kaybedeceğini anlamıştı. Birinci gecenin sonunda Fil, hiç yılmadan yemeyi sürdürürken, Aureliano Segundo bir alay gevezelik ve kahkahayla kendini yormaya başlamıştı. Dört saat uyku molası verdiler. Uyanınca ikisi de kırkar portakal suyu, sekizer litre kahve ve otuzar tane çiğ yumurtayla kahvaltı ettiler. Uykusuz geçen ve iki domuz, bir hevenk muz, dört kasa şampanya tüketilen gecenin sonunda ikinci sabaha vardıklarında, Fil, Aureliano Segundo'nun farkında olmadan, sorumsuzluk gibi ters bir noktadan hareketle kendi yöntemini bulduğunu sezdi. Bu haliyle, Fil'in sandığından daha tehlikeliydi. Ancak, Petra Cotes sofraya nar gibi kızartılmış iki hindi getirdiğinde, Aureliano Segundo patlamak üzereydi.

Fil, "Yiyemeyecekseniz, zorlamayın," dedi. "Berabere kaldığımızı ilan edelim."

Bunu yürekten söylemişti. Çünkü kendisi bir lokma daha alırsa rakibinin ölümüne yol açacağını anlıyor, bu yüzden yemek istemiyordu. Oysa Aureliano Segundo kadının bu sözünü bir meydan okuma olarak yorumladı ve kaldıramayacağı kadar fazla hindi yedi. Sonra kendini kaybetti. Ağzı köpekler gibi köpürerek, acı acı inleyerek, kemiklerle dolu tabağa yüzüstü kapandı. O büyük karanlığın içinde kendisini yüksek bir kulenin tepesinden dipsiz bir kuyuya atıyorlarmış gibi oluyordu. Bir an kendine geldi ve bu dibi gelmez düşüşün sonunda ölümün kendisini beklediğini fark etti.

"Beni Fernanda'nın yanına götürün," diyebildi.

Arkadaşları onu eve taşıdılar, metresinin evinde ölmemek için verdiği sözü yerine getirmesine yardımcı olmanın rahatlığıyla bırakıp gittiler. Petra Cotes, onun gömülürken giymek istediği çizmeleri boyamış, hazırlamıştı; yollayacak birini ararken arkadaşları geldiler ve

Aureliano Segundo'nun tehlikeyi atlattığını haber verdiler. Gerçekten de Aureliano Segundo bir haftadan kısa sürede iyileşti ve aradan iki hafta geçmeden o güne kadar eşi benzeri görülmemiş şenlikler, şölenlerle kefeni yırtışını kutladı. Yine Cotes'in evinde kalıyor, ama Fernanda'yı her gün yokluyor, hatta arada bir ev halkıyla birlikte sofraya oturuyordu. Kader, onun yaşamını altüst etmiş, metresinin kocası ve karısının âşığı durumuna getirmişti.

Bu dönem, Fernanda için bir dinlenme, bir değişiklik dönemi oldu. Kocası kendisini bıraktıktan sonra yalnızlığın getirdiği can sıkıntısı içinde onu tek oyalayan, öğlen uykusu saatlerindeki piyano dersleriyle çocuklarından gelen mektuplar oluyordu. Fernanda'nın iki haftada bir çocuklara yazdığı, ayrıntılı haber bültenlerini andıran mektuplarında, yalan olmayan tek söz yoktu. Dertlerini çocuklardan gizliyordu. Begonyaların üzerine düşen güneş ışığına, öğleüstü saat ikide çöken ağır sıcağa, sokaktan içeri dolan karnaval dalgalarına, şarkılara, kahkahalara rağmen, her geçen gün biraz daha kendi ailesinin kasvetli köşküne benzeyen bu evin acılarını, mutsuzluklarını çocuklardan gizliyordu. Fernanda'nın ömrü üç canlı hayaletle, José Arcadio Buendia'nın ölü hayaleti arasında geçiyordu. José Arcadio Buendia'nın hayaleti kimi zaman salonda oturuyor, Fernanda piyano çalarken meraklı bir dikkatle dinliyordu. Albay Aureliano Buendia bir gölgeden farksızdı. Albay Gerineldo Márquez'e sonu belirsiz bir savaşa girmelerini önermeye gittiği günden sonra hiç sokağa çıkmamış, işemek için kestane ağacının altına gitmesinin dışında işliğinden çıkamaz olmuştu. Yanına da kimseyi sokmuyordu. Yalnızca üç haftada bir gelen berberi içeri alıp tıraş oluyordu. Úrsula günde bir kez ona yemek getiriyor, Albay da ne olsa yiyordu. Yine eskisi gibi canla başla balıklar yapıyordu. Ancak bunları alanların süs eşyası olarak değil de tarihsel değeri olan bir nesne diye aldıklarını duyunca, balıkları satmaktan vazgeçmişti. Bir gün evlendikleri günden beri yatak odasında duran Remedios'un bebeklerini bahçeye yığdı, hepsini yaktı. Her an tetikte duran Úrsula, oğlunun ne yaptığını fark etti, ama onu engelleyemedi.

"Sen taşyüreklisin," dedi.

Albay, "Bunun yürekle ilgisi yok," diye karşılık verdi. "Odaya güveler doluyor."

Amaranta kefen bezini dokuyordu. Onun arada sırada neden Meme'ye mektup yazdığını, hatta armağanlar gönderdiğini ve neden José Arcadio'nun adını bile duymak istemediğini Fernanda anlayamıyordu. Fernanda bunun neden böyle olduğunu öğrenmek için, Úrsula'yı araya koyup sordurdu. Amaranta, "Bunun nedenini hiç öğrenemeden ölecekler," dedi. Bu sözler, Fernanda'nın yüreğine, hiçbir zaman kurtulamadığı bir kuşkunun tohumlarını attı. Uzun boylu, geniş omuzlu, gururlu, her zaman dantelli kabarık iç eteklikler giyen, yılların ağırlığına ve kötü anılara direnen Amaranta'nın alnında külle çizilmiş bir bekâret işareti varmış gibiydi. Aslında bu bekâret işaretini, geceleri bile çıkarmadığı, kendi yıkayıp kendi ütülediği kolundaki sargıda taşıyordu. Günlerini kefen bezini dokumaya vermişti. Sanırdınız ki, gündüz akşama kadar dokuyor, dokuması bitmesin korkusuyla da gece sabaha kadar söküyordu. Bu işi, yalnızlığını unutmak için değil, tam tersine yalnızlığını yoğunlaştırmak için yapıyordu.

Terk edildiği yıllar boyunca Fernanda'nın en büyük üzüntüsü, Meme'nin ilk tatilinde gelip de Aureliano Segundo'yu evde bulmaması kaygısıydı. Neyse ki Aureliano Segundo'nun hastalığı, bu korkuya son verdi. Karıkoca bir anlaşmaya vardılar: Meme geldiği zaman, hem Aureliano Segundo'yu hâlâ evine bağlı bir erkek gibi görsün, hem de evdeki mutsuzluğu, acıyı fark etmesin diye ne gerekiyorsa yapacaklardı. Ondan sonra her yıl Aureliano Segundo iki ay süreyle örnek bir koca rolü oynar oldu. Konuklara içki yerine yalnızca dondurma ve kurabiye sunulan partiler veriyor ve tatil için okuldan dönmüş olan genç kız, piyano çalarak bu partileri şenlendiriyordu. Genç kızın annesine hiç çekmediği daha o zamandan anlaşılıyordu. Daha çok Amaranta'nın on iki on dört yaşlarındaki haline, acının ne olduğunu bilmediği, Pietro Crespi'ye olan gizli tutkusunun sonunda yüreğini ters yöne itmediği günlerdeki, dans ederek evi ayağa kaldıran Amaranta'ya benziyordu. Amaranta'ya ve ailenin öteki kişilerine benzemeyen yanı ise, ailenin alınyazısı olan yalnızlığa gömülmemiş olmasıydı. Meme, dünyanın gidişine ayak uyduruyor gibiydi. Katı ilkelerden hiç şaşmaksızın her gün saat ikide piyano çalışmak için salona kapandığı zaman bile dünyadan kopmuyordu. Evi sevdiği, okuldayken eve gelişinin gençlerde uyandırdığı heyecan ve sevinci düşleyerek bütün yılı geçirdiği, babasının aşırı konukseverliğini ve eğlence düşkünlüğünü almış olduğu açıkça görülüyordu. Babasından aldığı bu tehlikeli özelliklerin ilk belirtisi, üçüncü yaz haber vermeden, onlarla birlikte bir hafta geçirsinler diye dört rahibe ile altmış sekiz sınıf arkadaşını peşine takıp gelmesi oldu.

Fernanda, "Ne korkunç bir şey!" diye sızlanıyordu. "Bu çocuk da tıpkı babası gibi barbar!"

Onca kişiyi ağırlayabilmek için konu komşudan karyolalar, hamaklar almak, her öğünde dokuz posta sofra kurmak, banyoya girmeyi saate bindirmek ve erkek düğmeli mavi üniforma giyen kızlar, bütün gün yer bulabilmek için köşe kapmaca oynamasınlar diye oradan buradan kırk tabure ödünç almak gerekti. Bu tatil hiç de bir şeye benzemedi. Çünkü cıvıl cıvıl genç kızlar kahvaltı vardiyasını bitirmek üzereyken, öğle yemeği sırasına girmek zorunda kalıyorlar, son grup öğle yemeğini bitirdiği anda ilk grup akşam yemeğine oturuyordu. Koca bir hafta boyunca yalnızca bir kez çiftliği, tesisleri gezmek fırsatını bulabildiler. Akşam oldu mu rahibeler yorgun düşüyor, kımıldayacak halleri kalmıyor, ağızlarını açıp da kızlara şunu yapın bunu yapmayın bile diyemez oluyorlardı. Yorulmak bilmeyen gençler ise bahçede oynuyor, uyumsuz seslerle okul şarkıları söylüyorlardı. Bir gün, işe yaramaya çabalayan, ama ayak bağı olmaktan öteye gitmeyen Úrsula'yı neredeyse ezeceklerdi. Bir başka gün de, Albay Aureliano Buendia, kızların bahçede olmalarına aldırış etmeden kestane ağacının altına işedi diye, rahibeler neredeyse akıllarını kaçıracaklardı. Bir keresinde de Amaranta bir paniğe yol açma noktasına geldi. Mutfakta çorbaya tuz atacağı sırada, rahibelerden biri geldi ve laf olsun diye o avuç dolusu beyaz tozun ne olduğunu sordu.

Amaranta, "Arsenik," dedi.

Öğrenciler ilk geldikleri gece tuvalete taşınıp durdular. Yatmadan önce tuvalete girmek istiyorlardı. Sabahın biri olduğu halde kızların tuvalet kapısındaki kuyruğu bitmek bilmiyordu. Bunun üzerine Fernanda yetmiş iki tane oturak aldı. Ama böyle yapmakla gece derdini sabaha aktarmaktan öte bir şey yapmış olmadı. Çünkü bu kez de kızlar ellerinde oturaklarıyla şafak sökerken kuyruğa diziliyorlar, oturağı döküp yıkamak için sıra bekliyorlardı. İçlerinden kiminin sıtması tutmasına, kiminin de sivrisinek sokmalarından rahatsız olmasına rağmen, kızların çoğu en zor koşullara sarsılmaz bir dirençle dayanıyor, günün en sıcak saatlerinde bile bahçede geziniyorlardı. Sonunda gittiler. Bahçedeki çiçekler ezilmiş, kopmuş, evdeki eşya kırılıp dökülmüş, duvarlara resimler, yazılar karalanmıştı. Ama Fernanda, kızlar gitti diye öylesine rahat soluk almıştı ki, yaptıkları zararların hepsini hoş gördü. Komşulardan aldıkları yatakları, tabureleri geri verdi. Yetmiş iki oturağı da Melquíades'in odasına kaldırdı. Bir zamanlar evin ruhsal yaşantısının ekseni olan kilitli oda, ondan sonra "tutsak odası" diye anılmaya başladı. Albay Aureliano Buendia bu adı pek yerinde buldu. Çünkü ailenin öteki bireyleri, Melquíades'in odasının toz tutmadığına, oradaki hiçbir şeyin eskimediğine şaşıp durdukları halde, Albay odayı bir gübre yığını olarak görüyordu. Üstelik ister öyle olmuş ister böyle, Albay için fark etmiyor, hangi tarafın haklı olduğuna aldırmıyordu. Fernanda oturakları taşıyacağım diye koca bir gün işliğin önünden gelip geçerek onu rahatsız etmese, Albay, odanın oturak odası haline düştüğünü bile bilmeyecekti.

O günlerde José Arcadio Segundo yeniden eve geldi. Kimseye selam vermeden verandadan geçti, Albay'la konuşmak için işliğe girdi. Úrsula onu göremediği halde, kabaralı ustabaşı çizmelerinin tıkırtısından tanıdı ve onu aileden ayıran köprü kurulmaz uçurumun büyüklüğüne şaşırdı. Çocukluklarında birbirlerinin yerine geçerek aldatmaca oyunu oynadıkları, şimdiyse hiçbir ortak yanları kalmamış olan ikiz kardeşinden bile ne denli kopuktu José Arcadio Segundo. İnce yüzünde derin çizgiler vardı. Ağırbaşlı, düşünceliydi. Araplara özgü hüzünlü bir havası ve yüzünde güz rengi vardı. Annesi Santa Sofia de la Piedad'a en çok benzeyen oydu. Úrsula, aileden söz ederken José Arcadio Segundo'yu unuttuğu için kendi kendisine içerliyordu. Ama José Arcadio Segundo'yu yeniden evin içinde duymaya başlayınca ve Albay'ın çalışma saatlerinde onun işliğe girmesine izin verdiğini anlayınca, Úrsula eski anılarını yeniden yokladı ve iki kardeşin çocukluklarında yer değiştirmiş oldukları inancı büsbütün pekişti. Çünkü Aureliano adını taşıması gereken, öteki değil buydu. Onun yaşamının ayrıntıları hakkında kimse bir şey bilmiyordu. Belirli bir evi olmadığı, Pilar Ternera'nın evinde horoz dövüşleri düzenlediği, arada bir orada kaldığı, ama gecelerinin çoğunu Fransız yosmalarının odalarında geçirdiği anlaşıldı. Kimseye sevgi göstermeden, kimseye bağlanmadan, hiçbir şeye özlem ve heves duymadan, Úrsula'nın gezegenler sistemindeki bir yıldız gibi dolaşıp duruyordu.

Aslında, José Arcadio Segundo, aileden biri değildi. Albay Gerineldo Márquez'in bir şafak vakti onu alıp kışlaya götürdüğü günden beri José Arcadio Segundo, ailesinden kopmuştu. Albay onu sanki bir idam hükmünün infazını seyretsin diye değil de, kurşuna dizilen adamın acıklı ve bir bakıma alaylı gülümsemesini ömrü boyunca unutmasın diye oraya götürmüştü. O kurşuna dizilme olayı José Arcadio Segundo'nun yalnızca en eski anısı değil, çocukluğundan kalan tek anıydı. Bir başka anı daha vardı. Eski moda yelek giyen, kafasına karga kanadına benzer şapka geçiren ve pencerenin önüne oturup kendisine akıl almaz şeyler anlatan yaşlı adamın anısını, yaşamının hangi kesimine yerleştireceğini bilemiyordu. Belli belirsiz bir anıydı bu. Öğretilerle, özlemlerle yüklü, kurşuna dizilen adam anısının tam tersi nitelikte olan ve yaşlandıkça belirginleşen bir anıydı. Yaşamına gerçek yönünü veren bu belirsiz anı olmuştu ve zaman geçtikçe o anıya elle tutacak gibi yaklaşıyordu sanki. Úrsula, Albay Aureliano Buendia'yı işliğe kapanmaktan vazgeçirmesi için José Arcadio Segundo'nun yardımını istedi. "Onu sinemaya götür. Filmi beğenmese bile hiç değilse biraz temiz hava almış olur," dedi. Ne var ki, çok geçmeden Úrsula, José Arcadio Segundo'nun da kendi ricalarına Albay kadar duyarsız kaldığını ve her iki adamın da sevgi geçirmez bir zırha bürünmüş olduklarını anladı. Onların işliğe kapanıp saatlerce neler konuştuklarını ne başkaları ne de Úrsula biliyor, ama Úrsula koca aile içinde bu ikisinden başka akrabalık bağıyla birbirine sokulan kimse olmadığını da seziyordu.

İşin gerçeğine bakılırsa, José Arcadio Segundo da, Albay'ı kapandığı odadan çıkaramazdı. Meme'nin sınıf arkadaşlarının gelişi, Albay'ın sabır sınırlarını daha da daraltmıştı. Remedios'un iştah açıcı bebekleri yakılıp ortadan kalktığı halde, zifaf odasının güvelerden yine temizlenmediği bahanesiyle, Albay, işliğe bir hamak kurdu. Ondan sonra yalnızca doğal ihtiyaçlarını karşılamak için bahçeye gitmekten öte hiç dışarı çıkmaz oldu. Úrsula onunla konuşmaya çabalıyor, ama en havadan sudan bir konuyu bile konuşma fırsatını bulamıyordu. Albay'ın tabaklara bile bakmadan tepsiyi tezgâhın bir ucuna koyduğunu ve elindeki balığı tamamlayana kadar ister çorba helmelensin, ister et soğusun, hiç aldırmadığını biliyordu. O bunakça savaş düşüncesini Albay Gerineldo Márquez desteklemediğinden beri Albay Aureliano Buendia günden güne katılaşıyordu. Kendini kendi içine hapsetti. Sonunda ev halkı ona ölmüş gözüyle bakmaya başladı. Ekimin on birine kadar Albay'da hiçbir insancıl tepki görülmedi. 11 Ekim günü ise, kasabaya gelen sirk alayını seyretmek için sokak kapısına çıktı. Albay Aureliano Buendia için o gün de son yıllarda geçirdiği günlerden farklı değildi. Sabahın beşinde duvarın dibindeki kara kurbağaların ve çekirgelerin sesi onu uyandırdı. Cumartesiden beri sürekli yağmur çiseliyordu. Yağmurun dinmediğini anlamak için bahçedeki yapraklara düşen damlaların sesini duymak gerekmiyordu, çünkü Albay Aureliano Buendia, soğuğu iliklerinde duyuyordu. Her zamanki gibi eski yün battaniyesine sarınmıştı; ayağında uzun pamuklu donu vardı. Bunlara modası geçmiş biçimlerinden dolayı "barbar donu" diyor, ama rahat olduğu için yine de giyiyordu. Dar pantolonunu giydi, ama önünü iliklemedi, her zaman yakasına taktığı altın düğmeyi de takmadı, çünkü yıkanmaya niyetliydi. Sonra battaniyesini kukuleta gibi kafasının üzerine tutarak, bıyıklarını sıvazladı ve bahçeye işemeye gitti. Daha güneşin doğmasına epey zaman olduğu için, José Arcadio Buendia henüz kalkmamış, çürümüş palmiye dallarının altında uyukluyordu. Albay Aureliano Buendia, hiçbir zaman görmediği babasının hayaletini o gün de görmedi ve dereler gibi boşalan sıcak sidik, ayakkabılarına sıçradı diye babasının söylendiğini duymadı. Albay, hava soğuk ve yağışlı olduğu için değil de, ekim ayına özgü sis bastırdığı için yıkanmayı daha sonraya bıraktı. İşliğine dönerken, Santa Sofia de la Piedad'ın gazocağını tutuşturmak için yaktığı fitilin kokusunu duydu ve sade kahvesini alıp odasına çekilmek üzere mutfakta kahvenin kaynamasını bekledi. Santa Sofia de la Piedad her sabah sorduğu gibi günlerden hangi gün olduğunu sordu, Albay da 11 Ekim Salı olduğunu söyledi. Yaşamının hiçbir anında gerçekten yaşıyormuş gibi görünmeyen kadının yüzüne vuran alevlerin aydınlığına dalan Albay, birden savaşın ortalarında bir 11 Ekim günü, koynundaki kadının öldüğü içine doğarak uykudan fırlayışını anımsadı. Kadın gerçekten ölmüştü. Daha bir saat önce kendisine ayın kaçı olduğunu sorduğu için de, Albay o tarihi hiç unutmamıştı. Bu anıya rağmen, önsezilerinin kendini ne ölçüde bıraktığını bu kez de fark edemedi. Kahvenin kaynamasını beklerken, adını hiç bilmediği ve karanlıkta gelip koynuna girdiği için yüzünü hiç görmediği kadını, özlemle değil, salt merakla düşünmeye başladı. Yaşamına aynı biçimde girmiş onca kadının boşluğu içinde, ilk buluşmalarında hüngür hüngür ağlayan ve ölümünden bir saat önce onu ölünceye kadar seveceğine ant içenin o kadın olduğunu hatırlayamadı Albay. Dumanları tüten kahve fincanını alıp işliğine girdikten sonra o kadını da ötekilerini de unuttu ve teneke bir kovaya doldurduğu balıkları saymak için lambayı yaktı. Kovada on yedi balık vardı. Albay Aureliano Buendia, balıkları satmaktan vazgeçtiğinden beri, günde iki balık yapıyor, kovada biriken balıklar yirmi beşi bulunca hepsini eritiyor, yeni baştan başlıyordu. Albay bütün sabah kendini çalışmaya verdi. Hiçbir şey düşünmüyordu. Saat onda yağmurun şiddetlendiğini ve işliğin önünden koşarak geçen birinin evi sel basmadan kapıları kapatmalarını söylediğini bile fark etmedi. Úrsula elinde yemek tepsisiyle girip de lambayı söndürene dek Albay kendini unutmuş olarak çalıştı.

Úrsula, "Bu ne yağmur böyle!" dedi.

Albay, "Ee, ekim ayındayız," diye karşılık verdi.

Bunu söylerken gözlerini o günün payına düşen iki balıktan birincisini yaptığı masadan ayırmamıştı. Çünkü balığın göz yuvalarına ufacık yakutları oturtuyordu. Balığı tamamlayıp ötekilerin yanına kovaya koyduktan sonra çorbasını içmeye başladı. Sonra soğanlı bifteği, pilavı ve fırınlanmış muzları aynı tabağa alarak ağır ağır yedi. En iyi koşullarda da, en zor durumlarda da iştahında değişiklik olmazdı. Yemekten sonra üzerine bir ağırlık çöktü. Bir çeşit bilimsel batıl inanç denilebilecek bir düşünceyle, yemekten sonra iki saatlik sindirim süresince ne çalışır, ne okur, ne yıkanır ne de sevişirdi. Bu inancı öylesine köklüydü ki, askerlere sindirim bozukluğu çektirmemek için kaç kez askerî harekâtı ertelediği olmuştu. Hamağına uzandı, kalem çakısının ucuyla kulağının içini temizledi. Birkaç dakika içinde uyuyakaldı. Düşünde, beyaz duvarlı boş bir eve girdiğini gördü. Eve ayak basan ilk insan olmak canını sıkıyordu. Düşünde, bu düşü bir gece önce gördüğünü ve yıllardır ara sıra hep aynı düşü gördüğünü hatırladı. Daha uyanmadan biliyordu ki, uyandığı anda düşü unutacaktı. Çünkü zaman zaman yinelenen bu düşün özelliği düş içinde hatırlanmasıydı. Gerçekten de bir an sonra berber, işliğin kapısını tıklattığında, Albay Aureliano Buendia, birkaç saniye içinin geçtiğini ve hiç düş görmediğini sanarak uyandı. Berbere, "Bugün kalsın," dedi. "Cuma günü gelirsin."

Yüzünde yer yer kırlaşmış üç günlük sakal vardı. Ama tıraş olmayı gereksiz buluyordu. Nasıl olsa cuma günü saç tıraşı olacaktı, o zaman ikisi bir arada çıkardı. İstemeye istemeye uyuduğu uykuda basan vıcık vıcık ter, koltukaltlarındaki berelerin yerini kabartmıştı. Hava açılmış, ama güneş çıkmamıştı. Albay Aureliano Buendia, çorbanın ekşiliği ağzına gele gele geğirdi ve bu geğirti, organizmasının bir dürtüsüymüş gibi hemen omzuna battaniyesini atarak tuvalete gitti. Tuvalette gereğinden uzun süre kaldı, tahta kutudan çıkan ekşi, pis kokunun üzerine çömelip yeniden çalışmaya başlaması gerektiği aklına gelene kadar oturdu. Tuvalette oyalandığı sırada o günün salı olduğunu yeniden hatırladı ve muz şirketinde haftalık dağıtılacağı için José Arcadio Segundo'nun gelmediğini düşündü. Bunları hatırlamak, son yıllarda hep olduğu gibi bu kez de farkında olmadan savaşı düşünmesine yol açtı. Albay Gerineldo Márquez'in bir keresinde kendisine alnı akıtmalı bir at bulmaya söz verdiğini, bir daha da bu konuyu hiç açmadığını hatırladı. Sonra aklına bölük pörçük anılar geldi. Bunları üzerlerinde hiçbir yargıya varmadan düşünüyordu. Çünkü başka bir şey düşünmesine olanak kalmadığından beri, kaçınılmaz anıların duygularına dokunmaması için katı düşünmeyi öğrenmişti. İşliğine dönerken havanın açmaya yüz tuttuğunu görünce, yıkanmanın tam zamanıdır, diye düşündü. Ne var ki, Amaranta ondan önce davranmış, banyoya girmişti. Bunun üzerine Albay Aureliano Buendia, günün ikinci balığını yapmaya başladı. Tam balığın kuyruğunu takacağı sırada, güneş birden öyle bir çıkış çıktı ki, ışık, balıkçı kayığı gibi çatırdadı. Üç gündür süren yağmurla yıkanıp temizlenmiş olan hava, kanatlı karıncalarla doluverdi. Albay çişi geldiğini ve balığı bitirene kadar kendini tuttuğunu hatırladı. Uzaktan uzağa trampet, davul seslerini, çocukların haykırışlarını duyunca, saat dördü on geçe bahçeye çıktı ve gençliğinden beri ilk kez, hem de bile isteye kendini özlem duygusuna kaptırdı, babasının onu buz görsün diye çingenelerin çadırına götürdüğü günü yeniden yaşadı. Sesleri duyan Santa Sofia de la Piedad mutfaktaki işini bırakıp kapıya koştu.

"Sirk geldi!" diye bağırdı.

Albay Aureliano Buendia işemek için kestane ağacının altına gideceğine sokak kapısına çıktı ve alayın geçişini seyredenlerin arasına katıldı. Bir filin kafasına oturmuş, altın yaldızlı giysiler içinde bir kadın gördü. Boynu bükük bir hecin devesi gördü. Hollandalı kızlar gibi giydirilmiş, elindeki kepçeyi tencereye vurarak tempo tutan bir ayı gördü. Geçit alayının sonlarında perende ata ata yürüyen soytarıları gördü. Hepsi geçip gittikten sonra, güneşin altında yanan sokakta kanatlı karıncalardan ve ne yapacaklarını bilemeden orada duran birkaç kişiden başka görünürde bir şey kalmayınca, Albay kendi sefil yalnızlığıyla bir kez daha yüz yüze geldi. Sonra sirki düşünerek kestane ağacına gitti. İşini görürken bir yandan da yine sirki düşünmeye çalıştı, ama anıları artık geri gelmiyordu. Civcivler gibi başını omuzlarının arasına çekti ve alnını kestane ağacının gövdesine dayadı. Ertesi sabah saat on birde Santa Sofia de la Piedad çöpü dökmek için arka bahçeye çıkıp ağacın üzerine üşüşen akbabaları görünceye kadar ev halkı Albay'ı bulamadı.

Meme'nin son okul tatilleri, Albay Aureliano Buendia için yas tutulduğu döneme rastladı. Panjurları sıkı sıkı örtülü ev, hiç de parti vermeye uygun bir yer değildi. Herkes fısıltıyla konuşuyor, sessizce yemeğini yiyor, günde üç kez dua ediyordu. Öğle uykusu saatlerinde sürdürülen piyano çalışmalarının bile cenaze marşını andıran bir havası vardı. Albay'a için için düşmanlık beslemesine rağmen, yas tutulmasında en büyük özeni gösteren Fernanda oldu. Hükümetin, baş düşmanının ölümü üzerine düzenlediği anma törenleri, büyük cenaze töreni ve Albay'ın anısına gösterilen saygı ve önem, Fernanda'yı çok etkilemişti. Aureliano Segundo, alışıldığı üzere, kızının tatili sırasında evde kaldı. Bu arada Fernanda onun yasal karısı olmak üstünlüğünü yeniden kazanmak için bir şeyler yapmış olmalı ki, Meme ertesi yıl geldiğinde bir kız kardeşi olduğunu gördü. Yeni doğan bebeğe, annesinin direnmesine rağmen, Amaranta Úrsula adı verilmişti.

Meme okulu bitirmişti. Konser piyanisti olduğunu belgeleyen diplomayı ne denli hak ettiği, öğrenimini tamamlaması dolayısıyla düzenlenen toplantıda çaldığı on yedinci yüzyıl popüler ezgilerindeki usta yorumuyla kanıtlandı. Bu toplantıyla yas dönemi de sona ermiş oldu. Konuklar, onun sanatından çok benliğindeki ikileme hayran kaldılar. Gülüp eğlenmekten hoşlanan, çocuksu halli bu genç kızın ciddi bir iş yapamayacağı sanılıyordu. Oysa piyanoya oturduğunda, Meme bambaşka bir kız oluverdi. Birden olgunlaşıp büyümüş gibiydi. Ama Meme her zaman böyleydi. Aslında büyük hevesi ya da yeteneği yoktu. Salt annesini kızdırmamak için kendini katı disipline sokmuş, çok çalışmış ve en yüksek notları almıştı. Onu bir başka dalda eğitselerdi, sonuç yine aynı olacaktı. Meme daha çocukluğundan beri Fernanda'nın sertliğinden, ya hep ya hiç ilkesine dayanan kararlarından çok çekmişti. Bu yüzden salt annesinin gazabına uğramamak için, piyano derslerinden çok daha büyük özverilere de katlanabilirdi. Diploma töreninde eline tutuşturulan yaldızlı, gotik harflerle yazılı kâğıdın, kendisini ailesinin dediklerini yerine getirmekten çok, tatsızlık çıkmasın diye boyun eğdiği uzlaşmadan kurtaracağını düşünüyor ve bir kez diplomasını aldıktan sonra, inatçı Fernanda'nın da, rahibelerin bile müzelik bir fosil gözüyle baktıkları bu eski model piyanoyu unutacağını sanıyordu. Okulu bitirdikten sonraki birkaç yıl boyunca bu düşüncesinde yanıldığını sandı. Çünkü yalnızca evde değil, aynı zamanda bütün hayır kurumlarının gösterilerinde, okul törenlerinde ve Macondo'da kutlanan bütün ulusal bayramlarda kasaba halkının yarısını sıkıntıdan uyuttuğu halde, annesi kızının becerilerini değerlendirebileceğini sandığı her yeni gelen yabancıyı eve çağırmaktan usanmamıştı. Meme, ancak Amaranta ölüp de ev yeniden yasa büründüğü zaman piyanoyu kilitleyip anahtarı bir çekmecenin dibine atmayı başarabildi. Fernanda da anahtarı kimin, ne zaman yok ettiğini öğrenince artık sinirlenmedi. Meme hünerini sergilemek için düzenlenen bu müzik gösterilerine de, derslerine katlandığı gibi çile doldururcasına katlanmıştı. Özgürlüğünün bedeliydi bu. Fernanda, Meme'nin uysallığından öylesine hoşnutluk, onun sanatının uyandırdığı hayranlıktan öylesine gurur duyuyordu ki, Meme'nin eve arkadaşlarını doldurmasına, akşamüstleri koruluğa gitmesine, Peder Antonio Isabel'in izin verdiği filmlere, Aureliano Segundo ya da güvenilir bir komşu kadınla gitmesine ses çıkarmıyordu. Meme'nin gerçek beğenileri, gerçek eğilimleri böyle rahat soluk alabildiği anlarda ortaya çıkıyordu. Genç kız, mutluluğu, disiplinin tam tersi olan uçta buluyor, gürültülü partilere, aşk dedikodularına, kız arkadaşlarıyla saatlerce kapanıp gizli gizli sigara içmeye ve erkekleri konuşmaya bayılıyordu. Yine böyle toplandıkları bir gün, ellerine şekerkamışı likörü geçirmişler, sarhoş olunca çırılçıplak soyunup bedenlerini birbirlerininkiyle karşılaştırmaya, göğüslerini, bellerini, kalçalarını ölçmeye başlamışlardı. Meme, içki kokusunu almasınlar diye naneli pastil çiğneye çiğneye eve geldiği akşamı hiç unutmayacaktı. Fernanda ile Amaranta, sofraya oturmuş birbirleriyle hiç konuşmadan yemek yiyorlardı. Meme onların yüzündeki şaşkınlığı ve üzüntüyü fark etmeden masaya oturdu. Bir kız arkadaşının yatak odasında iki saat boyu gözlerinden yaş gelene kadar gülmüş, korkup ağlamış ve sonunda okuldan kaçıp annesine piyanoyu en iyisi tenkiye gibi kullanmasını söyleyebilecek kadar bir cesaret gelmişti yüreğine. Masanın başına oturdu, cankurtaran gibi gelen tavuk suyunu içerken Fernanda ile Amaranta'nın suçlayıcı bir gerçek halesiyle sarıldıklarını gördü. Onların boş kibirlerini, ruhsuzluklarını, büyüklük tutkularını yüzlerine vurmamak için kendini zor tuttu. Meme, ikinci kez tatile gelişinden bu yana, babasının yalnızca görünümü kurtarmak için evde kaldığını biliyordu. Fernanda'yı iyice tanıdıktan ve gizlice Petra Cotes'le tanışıp görüştükten sonra da babasına hak vermişti. Hatta annesinin değil, babasının metresinin kızı olmayı yeğlerdi. Meme, alkolün bulanıklığı içinde o anda aklından geçenleri söyleyecek olsa kopacak kıyameti düşündü. Bu haşarılığı düşünmek Meme'ye öylesine yoğun bir doyum verdi ki, Fernanda'nın gözünden kaçmadı bu.

"Ne var?" diye sordu.

Meme, "Hiçbir şey yok," dedi. "İkinizi de ne çok sevdiğimi düşünüyordum."

Amaranta, Meme'nin sözlerindeki belirgin nefreti sezince irkildi. Oysa Fernanda bu sözlerden çok duygulandı ve Meme gece yarısı başı çatlayacakmış gibi ağrıyarak uyanıp boğulurcasına safra çıkarmaya başlayınca annesi çılgına döndü. Hemen kızına hintyağı içirdi. Karnına su, başına buz koydu ve beş gün yataktan çıkarmayıp yeni gelen Fransız doktorun verdiği perhizi uyguladı. Doktor onu iki saatten çok incelemiş, sonunda ne olduğunu kestiremeyerek, kadınlara özgü bir hastalık olduğunu söyleyip işin içinden çıkmıştı. Meme'nin cesareti kaybolmuş, morali bozulmuş, doktorun öğütlerine katlanmaktan başka çıkar yolu kalmamıştı. O sıralarda iyiden iyiye kör olan, ama hareketliliğini ve düşünme yeteneğini yitirmeyen Úrsula, hastalığın gerçek nedenini bulan tek kişi oldu. "Bence, bu sarhoşların başına gelen bir durum," diye düşündü. Ama bu düşünceyi, kafasından uzaklaştırmakla kalmadı, böyle bir şey düşünebildiği için kendi kendine içerledi. Aureliano Segundo, Meme'nin durumunu görünce vicdan azabı duydu ve bundan böyle kızıyla daha çok ilgilenmeye karar verdi. Aureliano Segundo'yu tek başına düzenlediği eğlentilerin acılı yalnızlığından ve kaçınılmaz duruma gelmiş aile faciasına yol açmaksızın Fernanda'nın gözetiminden kurtaran baba-kız arasındaki sevinç dolu arkadaşlık, işte o olaydan sonra başladı. Aureliano Segundo, Meme'yle birlikte olmak, onu sinemaya ya da sirke götürebilmek için randevularını iptal ediyor, boş zamanlarının çoğunu kızıyla geçiriyordu. Son zamanlarda ayakkabılarını bağlayamayacak ölçüde şişmanlamasına yol açan oburluğu, neşeli kişiliğini zedelemeye başlamıştı. Kızını bulmak, ona eski canlılığını, neşesini kazandırdı. Kızıyla birlikte olmaktan duyduğu haz, onu yavaş yavaş dağınıklıktan kurtarmaya başladı. Meme, genç kızlık çağının en parlak dönemini yaşıyordu. Tıpkı Amaranta gibi, Meme de güzel değildi. Ama şirin ve iyi huyluydu. Tanıştığı insanların üzerinde daha ilk anda olumlu bir izlenim bırakmasını biliyordu. Fernanda'nın antikalaşmış ağırbaşlılığına ve zavallılığını gizlemeye çalıştığı yüreğine pek dokunan, pek aykırı düşen modern bir ruhu vardı Meme'nin. Aureliano Segundo ise kızının bu yönünü geliştirmeye uğraşıyordu. Meme'nin çocukluğundan beri yattığı, korkulu gözleriyle kızı bile ürküten ermiş heykelleriyle dolu odadan çıkmasını kararlaştıran da Aureliano Segundo oldu. Kızına yeni bir yatak odası döşedi. Geniş bir karyola, büyük bir tuvalet masası aldı, kadife perdeler taktırdı ve bunları yaparken, Petra Cotes'in odasının bir eşini yaptığını hiç fark etmedi. Kızına karşı öylesine eliaçıktı ki, Meme'ye ne kadar para verdiğini bile bilmezdi. Çünkü kız para istedi mi, elini babasının cebine atar, dilediğince alırdı. Aureliano Segundo, Muz Şirketi'nin satış mağazasına gelen yeni güzellik araçlarından kızını yoksun bırakmamaya dikkat ederdi. Meme'nin odası, tırnak cilaları, saç maşaları, diş fırçaları, bakışlarını baygınlaştırmaya yarayan damlalarla, yeni çıkmış her tür boya ve güzellik malzemeleriyle doluydu. Fernanda odaya her girişinde, kızının tuvalet masasının Fransız yosmalarınınki gibi olduğunu düşünerek aklı başından gidiyordu. Hoş, o günlerde Fernanda bütün günlerini yaramaz ve sağlıksız bir çocuk olan Amaranta

Úrsula'yla uğraşarak ve görünmez doktorlara mektup yazıp küçük kızının sağlığı konusunda akıl danışarak geçiriyordu. Baba ile kızın birbirlerinden ayrılmadıklarını görünce, Aureliano Segundo'dan, kızını Petra Cotes'in evine götürmeyeceğine söz almaktan başka bir şey gelmedi elinden. Bu anlamsız ve gereksiz bir istekti. Çünkü Aureliano Segundo'nun metresi, âşığı ile kızı arasındaki arkadaşlıktan öyle tedirgin oluyor, öyle sinirleniyordu ki, kızın sözünü bile ettirmek istemiyordu. Petra, anlaşılmaz bir korkuya kapılmıştı. Sanki Fernanda'nın başaramadığını Meme yapacak, onu ölüme dek süreceğini sandığı sevgiden yoksun bırakacakmış gibi geliyordu ona. Aureliano Segundo ilk kez metresinin çıkışlarını ve bağırıp çağırmalarını hoşgörüyle karşıladı. Hatta gezgin sandıklarının bir kez daha yollara düşüp karısının evine gideceğinden bile ürktü. Neyse ki böyle bir şey olmadı. Hiç kimse kimseyi Petra Cotes'in sevgilisini tanıdığı gibi tanıyamazdı ve Petra Cotes, sandıkları yollayacak olursa, onların yolladığı yerde kalacağını biliyordu. Çünkü Aureliano Segundo'nun en nefret ettiği şey, değişiklikler yüzünden yaşantısını kargaşaya sokmaktı. Sandıkları yerlerinde kaldılar. Petra Cotes erkeğini yeniden elde edebilmek için, kızının kullanamayacağı silahları bilemeye koyuldu. Bu da gereksiz bir çabaydı; çünkü Meme, babasının işlerine burnunu sokmaya niyetli değildi, hem olsaydı bile hiç kuşkusuz annesinin değil, metresinin yanını tutardı. Meme'nin kimseyle uğraşacak zamanı yoktu. Rahibelerin öğrettiği gibi, odasını kendisi süpürüyor, yatağını kendisi yapıyordu. Sabahları verandada oturuyor, Amaranta'nın eski pedallı makinesinde kendi giyeceklerini dikiyordu. Ötekiler öğle uykusuna yattıklarında, iki saat piyano çalışıyordu. Her gün yinelenen bu özverinin Fernanda'nın ağzını kapalı tutmaya yarayacağını biliyordu. Konser vermesi için yapılan çağrılar gittikçe seyrelse de, kilise yararına düzenlenen gösterilerde ve okul toplantılarında yine annesinin ağzını kapatmak için piyano çalıyordu. Akşamüzeri kendine çekidüzen veriyor, sırtına sade bir giysi geçirip ayağına yüksek topuklu pabuçlarını giyerek hazırlanıyor ve babasıyla bir yere gitmeyecekse, kız arkadaşlarından birine gidiyor, yemek saatine kadar orada kalıyordu. Yemekten sonraysa Aureliano Segundo'nun onu sinemaya götürmediği pek nadirdi.

Meme'nin arkadaşları arasında, elektrikli kümes teli engelini aşıp Macondolu kızlarla dostluk kuran üç Amerikalı kız vardı. Bunlardan biri Patricia Brown'dı. Aureliano Segundo'nun kendisine gösterdiği konukseverliği şükranla karşılayan Mr. Brown, evinin kapılarını Meme'ye açtı ve onu cumartesi danslarına çağırdı. Gringolarla yerlilerin bir araya gelip kaynaştığı tek yer bu danslı toplantılardı. Fernanda bunu öğrenince, bir an için Amaranta Úrsula'yı da, görünmez doktorları da unuttu ve melodram yaşamaya koyuldu. Meme'ye, "Albay'ın mezarında neler düşünebileceğini aklına getir," dedi. Tabii bu konuda Úrsula'nın da kendini desteklemesini istedi. Oysa yaşlı, kör kadın, herkesin sandığının tersine, Meme'nin terbiyesini bozmadığı ve Protestanlığı kabul etmediği sürece, danslara gitmesinde, kendi yaşıtı Amerikalı kızlarla arkadaş olmasında hiçbir sakınca olmadığını söyledi. Meme, büyük ninesinin ne düşündüğünü çok iyi anlıyor ve dansa gittiği gecelerin ertesinde her zamandan daha erken kalkıp kiliseye koşuyordu. Fernanda'nın karşıtlığı sürüyordu. Ne var ki, bir gün Meme, Amerikalıların kendisinden piyano çalmasını istediklerini haber verince Fernanda da direnmekten vazgeçti. Piyano evden çıkarıldı. Mister Brown'ın evine taşındı. Genç konser sanatçısı, Mister Brown'ın evinde verdiği konserde büyük alkış topladı. Davetliler genç kızı candan kutladılar. O günden sonra Meme, cumartesi danslarının dışında, pazar günü yüzme havuzunda verilen partilere ve haftada bir yemeğe çağrılmaya başladı. Meme profesyonel yüzücüler gibi yüzmeyi, tenis oynamayı ve Virginia usulü ananaslı jambon yemeyi öğrendi. Danstı, yüzmeydi, tenisti derken, Meme bir de baktı ki, İngilizce'yi çat pat konuşur olmuş. Aureliano Segundo kızındaki bu gelişmeden çok hoşnut kaldı ve gezgin satıcıların birinden, renk renk resimlerle dolu, altı ciltlik bir İngilizce ansiklopedi aldı. Meme boş zamanlarında ansiklopediyi elinden düşürmüyordu. Eskiden olduğu gibi kız arkadaşlarıyla oturup erkeklerden konuşmayı bıraktı, kızlarla yaptığı deneylerden vazgeçti ve onlara ayırmış olduğu bütün zamanı okumaya verdi. Böyle yapması için bir baskı görmüyordu, ama artık herkesin bildiği gizli şeyleri konuşmaktan hoşlanmaz olmuştu. İçki içtikleri günü çocukça bir serüven olarak görmeye başlamıştı. Bu olay ona öylesine gülünç görünüyordu ki, Aureliano Segundo'ya anlatmadan edemedi. Aureliano Segundo, bunu kızının sandığından da gülünç ve eğlenceli buldu. Kızıyla ilgili bir şey konuştuğu zamanlar yaptığı gibi gülmekten iki büklüm olarak, "Bunu annen duyacaktı ki," diye keyiflendi. Kızının ilk aşkını da aynı güven duygusuyla kendisine açacağına söz aldı ve Meme, ailesinin yanında tatilini geçirmeye gelen kızıl saçlı bir Amerikalı gençten hoşlandığını söyledi. Aureliano Segundo, "Bunu annen bir duysa," diye bastı kahkahayı. Ama Meme, delikanlının ülkesine gittiğini ve bir daha dönmediğini de söyledi. Meme'nin kararlarındaki olgunluk, ailenin dirliğini koruyordu. Ondan sonra Aureliano Segundo, Petra Cotes'e daha çok zaman ayırmaya başladı. Ruhu da, bedeni de eski taşkınlıkları kaldıramayacak duruma geldiği halde, Aureliano Segundo parti vermek için hiçbir fırsatı kaçırmıyordu. Tuşlarının kimi pabuç bağlarıyla tutturulacak kadar eskimiş akordeonunu da bulup çıkardı. Evde ise Amaranta, bitmek bilmeyen kefen bezini dokuyor, Úrsula da, kestane ağacının altındaki José Arcadio Buendia'nın hayaletinden başka bir şeyin görünmediği karanlık dünyasında dolanıp duruyordu. Fernanda evde sözü geçen tek kişiydi. Artık oğlu José Arcadio'ya her ay yazdığı mektupları yalanlarla doldurmasına gerek kalmamıştı. Oğlundan gizlediği tek şey, görünmez doktorların yazışmalar kanalıyla kendisinde bir ur buldukları ve bunu telepatik bir ameliyatla almaya hazırlandıklarıydı.

Amaranta'nın beklenmedik ölümü olmasaydı, Buendiaların yorgun evinde uzun süre barış ve mutluluk hüküm sürdü denilebilirdi. Oysa Amaranta'nın ölümü yeni bir kargaşaya yol açtı. Hiç beklenmedik bir olaydı çünkü. Amaranta yaşlanmasına ve herkesten uzaklaşmasına rağmen, yine de dinç ve dimdikti. Taş gibi sağlam görünüyordu. Albay Gerineldo Márquez'i son olarak reddedip ağlamak için odasına kapandığı günden sonra Amaranta'nın ne düşündüğünü kimseler bilmemişti. Ne Güzel Remedios cennete uçtuğu zaman, ne Aurelianolar öldürüldüğünde ne de bu dünyada en çok sevdiği insan olan Albay Aureliano Buendia'nın ölümünde Amaranta'nın ağladığı görülmedi. Albay'a duyduğu sevgi de, ölüsünü kestane ağacının altında buldukları zaman ortaya çıktı. Cesedin kaldırılıp taşınmasına Amaranta yardım etti. Ona üniformasını Amaranta giydirdi, kendi eliyle sakalını tıraş etti, saçlarını taradı ve bıyıklarını en parlak günlerindekinden daha özenle yağladı. Amaranta'nın cenaze törenlerine ne denli alışık olduğunu bildikleri için, bu yaptıklarının sevgisini gösterdiğini kimse anlamadı. Fernanda, onun Katolikliği anlayamadığından yakınıyor, Amaranta için dinin yaşamla bağıntısı olmadığını, Katolikliği, bütün töreleri, bütün törenleri ölüm üzerine geliştirilmiş, salt cenaze törenlerini sürdürmek için var olan bir şey olarak gördüğünü söylüyordu. Amaranta bu imaları anlayamayacak ölçüde anılarına gömülmüştü. Hiçbir özlemine erişemeden yaşlanmıştı. Özlemleri olduğu gibi duruyordu. Pietro Crespi'nin valslerini ne zaman duysa, geçirdiği yıllar ve aldığı acı derslerin hiçbir anlamı olmamışçasına, genç kızlığındaki gibi ağlamak isterdi. Nemden çürüdüler bahanesiyle kendi eliyle çöpe attığı müzik şeritleri, kafasının içinde dönmeye ve çalmaya devam ediyordu. Amaranta bu müzik şeritlerini, yeğeni Aureliano José ile giriştiği tutkulu ilişkisinin batağına gömmeye çalışmış; Albay Gerineldo Márquez'in ağırbaşlı ve erkekçe kanadının altına sığınmak istemiş, ama şeritleri bir türlü alt edememişti. Yaşlılığının en umutsuz, en çaresiz çıkışı olarak, José Arcadio'yu yıkamaya girişmişti. Delikanlı ilahiyat fakültesine gitmeden üç yıl önce, Amaranta onu soyup yıkıyor, bir ninenin torununu okşaması gibi değil, bir kadının bir erkeği okşaması gibi okşuyor, ondan bundan duyduğu kadarıyla Fransız yosmalarının yaptığı gibi ve kendisi on iki on dört yaşlarındayken Pietro Crespi'nin daracık dans pantolonuyla metronoma ayak uydurarak dans edişini seyrederken onu okşamak istediği gibi delikanlının orasını burasını sıkıştırıyordu. Ne var ki, bunlar da kâr etmedi ve Amaranta, Pietro Crespi'nin valslerini aklından çıkaramadı. Bu büyük tutkuya kendini kaptırmış olması, Amaranta'yı zaman zaman üzüyor, zaman zaman dalıp eline iğne batıracak ölçüde öfkelendiriyordu. Ama ona en çok acı veren, en çok öfkelendiren, en çok yıkan şey, kendisini ölüme sürükleyen o ağır kokulu ve kurtlu guava ağaçlıklarına benzer sevdaydı. Albay Aureliano Buendia'nın savaşlarından başka bir şey düşünememesi gibi, Amaranta da Rebeca'yı aklından çıkaramıyordu. Ne var ki, kardeşinin anılarını dondurmayı, zararsız hale getirmeyi başarmasına rağmen, Amaranta, kendi anılarını gittikçe daha yaralayıcı, yıkıcı hale getiriyordu. Yıllar yılı Tanrı'dan dilediği tek şey, kendi canını Rebeca'dan önce almamasını istemek oldu. Rebeca'nın evinin önünden her geçişte, evin biraz daha çöktüğünü görüyor ve Tanrı dileğini kabul ediyor diye içi rahat ediyordu. Bir gün verandada dikiş dikerken birden içine doğdu, kendisi yine aynı yerde, aynı ışıkta otururken, Rebeca'nın ölüm haberini getirecekleri duygusuna kapıldı. Ve tıpkı mektup bekler gibi, oturup bu haberi beklemeye başladı. Kimi zaman eli boş kalıp da bekleyiş daha uzun ve üzücü olmasın diye, düğmelerini kopartır, yeni baştan dikerdi. Evdekilerden hiçbiri Amaranta'nın özene bezene Rebeca'ya kefen diktiğini anlayamadılar. Daha sonraları Aureliano Triste, Rebeca'yı nasıl gördüğünü, derisinin kayış gibi olduğunu, kafasında üç tel sarı saç kaldığını, bu haliyle hayalete benzediğini anlattığı zaman, Amaranta hiç şaşırmadı. Çünkü delikanlının anlattıkları, kendi kafasında kurduğu görüntüden farksızdı. Rebeca'nın cesedini güzelleştirmeye karar verdi. Yüzündeki kırışıklıkları parafinle örtecek, ermiş heykellerinin saçlarından ona peruka yapacaktı. Keten dokuma kefeniyle çok harikulade bir ceset çıkaracaktı ortaya. Tabutun içini tüylü kadifeyle kaplatacak, kenarlarına mor şeritler çevirecekti. Sonra büyük bir cenaze töreniyle tabutu ve Rebeca'yı kurtlara yem diye sunacaktı. Bunları öylesine büyük bir nefretle tasarladı ki, kendi kurgularını düşündükçe ürperiyordu. Amaranta, sevgi yüzünden böyle bir saplantıya girseydi, yine her şeyi böylesine tasarlardı. Kargaşalıkta hiçbir şeyi unutmamak için cenaze töreninin bütün ayrıntılarını kusursuz biçimde hazırlıyordu. Gittikçe cenaze törenleri konusunda eşi bulunmaz bir uzman haline geldi. Bu korkunç planında unuttuğu tek şey, bütün dualarına rağmen, kendisinin Rebeca'dan önce ölmesi olasılığıydı ki, gerçekten de öyle oldu. Ama, Amaranta son anda acı duymadı. Tam tersine, ölüm birkaç yıl önceden geleceğini bildirerek ona ayrıcalık tanımış olduğu için bütün acılardan, kötülüklerden arınmış olarak öldü. Amaranta, Meme okula gittikten kısa süre sonra, bir gün verandada otururken, ölümü kendisiyle birlikte oturmuş dikiş dikerken gördü. Gözleriyle gördü, çünkü maviler giyinmiş, uzun saçlı, eski zamandan kalma bir kadın kılığındaydı ölüm. Pilar Ternera'nın mutfak işlerine yardıma geldiği günlerdeki halini andırıyordu biraz. Amaranta'nın ölümü gördüğü sıralarda, birkaç kez Fernanda da oradaydı, ama o görmedi. Oysa gerçek, elle tutulur bir insan gibiydi. Bir keresinde Amaranta'dan iğnesine iplik geçirmesini bile rica etti. Ölüm, Amaranta'ya ne zaman öleceğinden, ecelinin Rebeca'dan önce olup olmadığından hiç söz etmedi. Yalnızca nisanın altısında kendi kefenini dikmeye başlamasını söyledi. İstediği gibi uğraşmasına, dilediği gibi güzel bir kefen yapmasına izin verdi. Ancak Rebeca'nın kefenini dokurken ne denli oyalamacaya kaçmamış, ne denli titiz davranmışsa, kendi kefenini de aynı dürüstlükle hazırlamasını şart koştu. Ve kefeni bitirdiği günün akşamında hiç acı çekmeden, hiç korku duymadan, bütün kötülüklerden uzak olarak öleceğini söyledi. Amaranta işi elden geldiğince uzatmak için, ham keten ısmarladı, ipliğini de kendisi büktü. İplik iğme işini öyle bir özenle yapıyordu ki, bu iş dört yıl sürdü. Sonra dikmeye başladı. Kaçınılmaz sona yaklaştıkça, elindeki işi Rebeca'nın ölümünden sonraya uzatabilmesinin ancak bir mucizeyle mümkün olabileceğini anladı. Bu düşünce de ona yenilgiyi kabullenmesi için gereken serinkanlılığı verdi.

Amaranta, Albay Aureliano Buendia'nın süs balıklarıyla yarattığı kısırdöngünün nedenini işte o zaman anladı. Dünya, Amaranta'nın yalnızca teninde sürüyordu artık, iç benliği tüm kötülüklerden arınmıştı. Amaranta, bunu yıllarca önce kavrayamamış olduğuna üzülüyordu. O zaman anılarını arıtabilir, evreni yeni bir ışıkla baştan kurabilir, akşamüstleri Pietro Crespi'nin lavanta kokusunu ürpermeden hatırlayabilir ve nefret ettiği ya da sevdiği için, yalnızlığın ne demek olduğunu bildiği için, Rebeca'yı o sefaletten çekip kurtarabilirdi. Meme'nin eve sarhoş geldiği akşam söylediği sözlerdeki kendisine yönelik nefret onu üzmedi. O akşam Meme'ye bakarken, bir başka genç kızın hayalini görür gibi oldu. Bir zamanlar o genç kızın da Meme kadar saf görünüşlü olduğunu, oysa kin duygusuyla çoktan lekelenmiş bulunduğunu düşündü. Amaranta bunu anladığı zaman, yazgısını öylesine kabullenmiş durumdaydı ki, artık değişme, düzelme olanaklarının hepten yitirildiğini bilmek bile onu sarsmıyordu. Kefenini bitirmekten öte bir amacı kalmamıştı. Bu yüzden de başlangıçta yaptığı gibi gereksiz ayrıntılarla oyalanmayı bırakıp işe hız verdi. Ölümünden bir hafta önce, dikişin 4 Şubat gecesi biteceğini hesapladı ve herhangi bir gerekçe göstermeden, Meme'ye ertesi gün için tasarladığı konseri ertelemesini söyledi. Meme ona aldırmadı. Bunun üzerine Amaranta ne yapıp yapıp işi kırk sekiz saat uzatmanın yollarını aradı. Hatta 4 Şubat gecesi kopan fırtına elektrik santralında hasar yapınca, aradığı çözümü ölümün kendisine verdiğini sandı. Oysa, o güne kadar dünyada bir kadının elinden çıkmış en güzel iş olan kefenin son dikişi de ertesi sabah sekizde tamamlandı ve içler acısı bir havaya bürünmeden, o akşamüstü öleceğini açıkladı. Bunu yalnızca ev halkına söylemekle kalmadı, bütün kasabaya duyurdu. Çünkü kötülükle geçmiş bir ömrün kefaretini, dünyaya son bir iyilik yapmakla ödeyebileceğine inanıyor, yapabileceği en iyi şeyin, ölülerine haber yollamak istemeyenlerin mektuplarını götürmek olacağını düşünüyordu.

Amaranta Buendia'nın o gün akşamüzeri ölüler âleminin postasını yanına alarak öteki dünyaya gideceği haberi, öğlene varmadan bütün Macondo'ya yayıldı. Öğleden sonra saat üçte salondaki karton kutunun içine mektuplar tepeleme yığıldı. Mektup yazmak istemeyenler ağızdan haber gönderiyorlar, Amaranta haberi alacak kişinin adını, ölüm tarihini, söyleyeceği şeyleri bir deftere not ediyordu. "Hiç merak etmeyin," diyordu. "Oraya gider gitmez ilk işim onu arayıp bulmak, gönderdiğiniz haberi iletmek olacak." Gülünç bir durumdu bu. Amaranta ne telaşlanıyor, ne üzülüyordu. Hatta bir ödev tamamlamış olmaktan gelen canlılık ve neşe içindeydi. Her zamanki gibi dimdik, incecikti. Avurtları çökmemiş, ağzından birkaç diş eksilmemiş olsaydı, olduğundan çok daha genç görünecekti. Mektupları bir sandığa koyup katranlamalarını, nemden en az zarar görebilecek biçimde mezarına yerleştirmelerini söyledi. Sabahleyin bir marangoz çağırttı. Yeni giysi diktirecekmiş gibi salonda durdu, tabutu için ölçü aldırdı. Son saatlerinde öyle canlıydı ki, Fernanda onun herkesle alay ettiğini sandı. Buendiaların hastalık çekmeden öldüklerini iyi bilen Úrsula ise, Amaranta'nın öleceğinden hiç kuşku duymuyordu. Ancak bu mektup işinin başlarına dert açacağından, mektuplarının bir an önce gitmesini isteyenlerin kargaşasında kızın diri gömüleceğinden korkuyordu. Bu yüzden eve doluşanları çıkartmaya girişti. Kimi çıkmamakta direniyor, tartışıyordu. Neyse, saat dörtte Úrsula bu işin üstesinden gelip evi boşalttı. O saate kadar Amaranta da eşyalarını yoksullara dağıtma işini tamamlamış, tahtaları çakılmamış tabutun üzerinde yalnızca öldükten sonra giyeceği temiz çamaşırlarıyla pantuflalarını bırakmıştı. Bu önlemi almayı unutmamıştı, çünkü Albay Aureliano Buendia öldüğü zaman, işliğinde giydiği terliklerden başka bir şey kalmadığı için nasıl yeni pabuç almak zorunda kaldıklarını hatırlıyordu. Saat beşe gelirken Aureliano Segundo, Meme'yi konsere götürmek için geldi, evi cenaze törenine hazırlanmış görünce şaşırdı. O anda hiç ölmeyecekmiş gibi duran biri varsa, o da Amaranta'ydı. Oturmuş nasırlarını kesiyordu. Aureliano Segundo ile Meme, onunla şakadan helalleşip ertesi cumartesi yeniden dünyaya gelmesi onuruna büyük bir şenlik düzenleyeceklerine söz vererek gittiler. Amaranta Buendia'nın ölülere götürmek için mektup topladığını duyan Peder Antonio Isabel, son duasını yapmak üzere saat beşte geldi ve on beş dakikadan çok, Amaranta'nın banyodan çıkmasını bekledi. Amaranta'nın saçları omuzlarına dökülmüş, sırtında gecelikle çıkageldiğini görünce, işin içinde iş var sanan Papaz, yardımcısı çocuğu geri yolladı. Kendisi de hazır gelmişken, yirmi yıl suskunluktan sonra Amaranta'nın günahlarını çıkarmaya karar verdi. Amaranta, vicdanı temiz olduğu için hiçbir ruhsal yardıma ihtiyaç duymadığını söyleyerek kestirip attı. Bunun üzerine Fernanda dehşete düştü. Odadakilerin duyup duymayacağına aldırmadan, günah çıkarmayıp dinsiz gitmeyi yeğleyebilmek için ne korkunç bir günah işlemiş olduğunu Amaranta'ya sordu. Bunun üzerine Amaranta yattı ve kızoğlankız olduğunu herkesin içinde Úrsula'ya doğrulattı.

Fernanda'ya duyurmak için bağırarak, "Hiç kuruntuya kapılmayalım," dedi, "Amaranta Buendia bu dünyaya nasıl gelmişse öyle gidiyor."

Bir daha da ayağa kalkmadı. Gerçekten hastaymış gibi yastıklara yaslandı. Uzun saçlarını ördü, kulaklarının üzerine topladı. Tabuta girerken saçlarını böyle yapmasını, ölüm öğütlemişti. Sonra Úrsula'dan ayna istedi, kırk yılı aşkın süredir ilk kez suratını gördü. Yaşlılık ve acıdan çökmüş yüzünün, kendi kurguladığı yüze ne denli benzediğini görünce şaşırdı. Úrsula, yatak odasındaki sessizlikten, havanın kararmaya başladığını sezdi.

"Fernanda'yla vedalaş," diye Amaranta'ya yalvardı. "Bir dakikalık uzlaşma, ömür boyu arkadaşlıktan daha değerlidir," dedi.

Amaranta, "Artık hiçbir yararı olmaz," diye yanıtladı.

Uydurma sahnenin ışıkları yakıldığı ve Meme programının ikinci bölümüne başladığı anda, Amaranta'yı düşünmeden edemedi. Parçanın yarısında, biri kulağına fısıldayarak haberi verdi ve konser yarıda kesildi. Aureliano Segundo eve vardığı zaman, çirkin ve solgun, eli kara sargılı, o güzelim kefene sarılı yatan yaşlı kızın cesedini görmek için kalabalığı aralayıp kendine yol açmak zorunda kaldı. Amaranta'yı salona, mektup kutusunun yanına uzatmışlardı.

Úrsula, Amaranta için tutulan dokuz gecelik yastan sonra bir daha yerinden kalkmadı. Ona Santa Sofia de la Piedad bakıyordu. Yemeklerini odasına götürüyor, yıkanması için suyunu taşıyor, Macondo'da olup bitenleri bir bir anlatıyordu. Aureliano Segundo, sık sık Úrsula'yı yoklamaya geliyor, her gelişinde de ona giyecek bir şeyler getiriyordu. Úrsula bunları, yatağının yanına, her gün gerekli olan eşyaların arasına koyuyordu. Böylelikle kısa sürede elinin altında bir dünya yaratmıştı. Tıpkı kendisine benzeyen Amaranta Úrsula onu çok seviyordu. Çocuğa okuma yazmayı da Úrsula öğretmişti. Bunaklıkla uzak yakın ilişkisi olmayışı ve kendi işlerini kendi görebilecek gibi elinin ayağının tutar oluşu yüzünden, herkes Úrsula'nın, yüz yaşın ağırlığını kaldıramadığı için yattığını sanıyor, bunu doğal karşılıyordu. Görmekte zorluk çektiği bilinmekle birlikte, onun iyice kör olduğunu kimse aklına getirmiyordu. Úrsula'nın öylesine boş zamanı vardı ve iç dünyası öylesine doldurulmuştu ki, evdekilerin yaşantısını yakından izleyebiliyordu. Bu yüzden de Meme'nin gizli bir derdi olduğunu ilk o anladı.

Úrsula, "Gel buraya bakayım," diye Meme'yi yanına çağırdı. "Bak burada ikimizden başka kimse yok. Hadi bu zavallı ihtiyarcığa, seni kemiren derdin ne olduğunu anlat."

Meme gülerek geçiştirmek, konuşmamak istedi. Úrsula üstelemedi, ancak Meme bir daha yanına uğramaz olunca kuşkularının doğru olduğuna inandı. Meme'nin her zamankinden daha erken kalkmaya başladığını, sokağa çıkacağı saate dek bir an yerinde duramadığını, kendisininkine bitişik yatak odasında bütün gece bir aşağı bir yukarı gezindiğini, bir kelebeğin kanat çırpmasından bile ürker olduğunu fark ediyordu. Bir gün Meme, Aureliano Segundo'ya gidiyorum diye evden çıktı. Az sonra Aureliano Segundo kızını aramak için eve geldi. Bu olaydan sonra Úrsula, Fernanda'nın ne denli sınırlı bir hayal gücü olduğunu, olanlardan sonuç çıkarma yeteneği olmadığını iyice anlayıp şaşırdı. Fernanda onu sinemada biriyle öpüşürken yakalayıp da bütün evi ayağa kaldırdığı geceden çok önce de Meme'nin gizli bir şeyler yaptığı, kendisini bunaltan, baskı altında tutan bir şeyler çevirdiği ve açığa vurmamaya çalıştığı o üzüntüler içinde olduğu, gün gibi ortadaydı.

Meme o sıralarda öylesine içine kapanmıştı ki, Úrsula'yı kendisini gammazlamakla suçladı. Aslında kendi kendini ele verdi. Meme uzun süredir en dalgın olanların bile fark edeceği ipuçları veriyordu. Ne var ki,

Fernanda kendini görünmez doktorlarıyla olan ilişkisine kaptırmış, hiçbir şeyi görmez olmuştu. Sonunda kızının uzun suskunluklarını, birden patlamalarını, bir anının bir anına uymayışını ve düştüğü çelişkileri Fernanda bile fark etti. Kızını gizlice, ama şaşmaz bir titizlikle gözlemeye başladı. Onu yine her zamanki gibi kız arkadaşlarıyla gezmeye yolluyor, cumartesi partilerine gideceği zaman kızının giyinmesine yardım ediyor ve onu irkiltecek herhangi bir soru sormaktan kaçınıyordu. Fernanda'nın elinde, Meme'nin söylediklerinden başka şeyler yaptığını gösteren yeterli kanıt vardı. Yine de kızına kuşkularını sezdirmiyor, sırası gelsin diye bekliyordu. Bir gece Meme babasıyla sinemaya gideceğini söyleyerek evden çıktı. Az sonra, Fernanda, Petra Cotes'in evinden havai fişekler atıldığını gördü ve Aureliano Segundo'nun kuşkuya yer bırakmayan akordeonunun sesini duydu. Bunun üzerine giyindi, sinemaya gitti ve salonun karanlığında kızını seçti. Bu elle tutulur kanıtın verdiği sarsıntı ve üzüntü içinde, Meme'nin öpüştüğü adamın yüzünü göremediyse de, seyircilerin sağır edici gürültü ve kahkahaları arasında sesini ayırt edebildi. Adamın, "Özür dilerim, sevgilim," dediğini duyar duymaz, Fernanda tek söz etmeden kızı yerinden kaldırdı, binbir kişinin gezindiği Türkler Sokağı'ndan geçirerek kızı büsbütün rezil etti, eve getirip odasına kilitledi.

Ertesi akşamüstü saat altıda, Meme'yi görmeye gelen adamı Fernanda sesinden tanıdı. Soluk benizli, kara ve hüzünlü gözleri olan bir gençti. Fernanda, çingeneleri hiç görmediği için, onun kapkara gözlerini görünce şaşırdı. Fernanda'nın yerinde yüreği onunki gibi katı olmayan bir başka kadın olaydı, delikanlının romantik havasını görünce, kızının gönlünü çelmesini anlayışla karşılardı. Sırtında eski bir keten giysi, ayaklarında üst üste pençelenmekten yama tutmaz hale gelmiş pabuçlar, elinde cumartesi günü aldığı hasır şapka vardı. Genç adam ömrü boyunca hiç o an olduğunca ürkek olmamıştı. Neyse ki, kendini gülünç duruma düşmekten kurtaran bir vakarı ve kişiliği ile doğal inceliği vardı. Bu inceliği zedeleyen tek yanı, ağır işin yıprattığı elleri ve bakımsız tırnaklarıydı. Fernanda bakar bakmaz onun bir işçi olduğunu anladı. Delikanlının pazar günleri giydiği giysilerini giymiş olduğunu, gömleğinin altından Muz Şirketi'nde çalışanların bir damgası sayılan isiliklerin göründüğünü fark etti. Delikanlıya ağzını açma fırsatını vermedi. Eşikten içeri adımını da attırmadı.

"Gidin buradan," dedi. "Namuslu insanları rahatsız etmeye hakkınız yok." Sonra kapının önündeki sarı kelebekler eve doluyor diye kapıyı delikanlının suratına çarpıverdi.

Gencin adı Mauricio Babilonia'ydı. Macondo'da doğup büyümüştü. Muz Şirketi'nin garajında ustabaşı yardımcısıydı. Meme bir gün Patricia Brown'la koruda gezmek için otomobili garajdan almaya gittiği zaman tanımıştı delikanlıyı. Şoför hasta olduğu için, arabayı kullansın diye yanlarına onu katmışlardı. Meme de kaç zamandır istediği şeyi yapabilmiş, şoförün yanına oturarak, arabayı nasıl kullandığını seyretmişti. Maurice Babilonia asıl şoförün yapmadığını yaparak, Meme'ye pratik şoförlük dersi vermişti. Bu olay, Meme'nin Mr. Brownların evine sık sık gitmeye başladığı sırada olmuştu. Daha o zamanlar, kadınların araba kullanması hoş karşılanmazdı. Bu nedenle Meme de aldığı teknik bilgiyle yetinmek zorunda kalmış, Mauricio Babilonia'yı da birkaç ay görmemişti. Araba gezintisi sırasında, ellerinin bakımsızlığı dışında delikanlının erkek güzelliğinin dikkatini çektiğini çok sonra hatırladı. Oysa arabadan indiklerinde Meme, Patrica Brown'a delikanlının kendine güvenli tavrından sinirlendiğini söylemişti.

Meme babasıyla sinemaya gittiği ilk cumartesi, Maurice Babilonia'yı bir daha gördü. Sırtında keten giysileriyle, kendilerinden birkaç koltuk ötede oturuyordu. Meme, delikanlının filmi seyretmediğini, dönüp dönüp kendisine baktığını gördü. Bu kaba, terbiyesiz davranışına sinirlendi. Daha sonra Mauricio Babilonia, Aureliano Segundo'nun hatırını sormak için yanlarına geldiği zaman, Meme, delikanlının Aureliano Triste'nin elektrik santralında çalıştığı günlerden beri babasıyla tanıştığını anladı. Genç adam, babasının yanında, patronuyla konuşan bir işçi havasında duruyordu. Meme bu durumu görünce, delikanlının gururlu tavrından duyduğu öfke uçtu gitti. Birbirleriyle hiç yalnız kalmadıkları, selamlaşmadan öte konuşmadıkları sıralarda bir gece Meme düşünde Mauricio Babilonia'yı gördü. Düşünde gemi batıyor ve genç adam Meme'yi kurtarıyordu. Sanki adama beklediği fırsatı vermiş gibi bir duyguya kapılıyordu. Çünkü Meme, yalnızca Mauricio Babilonia'ya değil, kendisiyle ilgilenen her erkeğe yüz çeviriyordu. Uyandığı zaman öylesine öfkeliydi ki, delikanlıdan nefret edeceği yerde, onu bir an önce görmek isteğine kapıldı. Bu istek hafta boyunca yoğunlaştıkça yoğunlaştı. Cumartesi gecesi sinemada karşılaştıklarında Meme'nin yüreği ağzına gelecek gibiydi. Mauricio Babilonia, duyduğu heyecanı fark edecek diye ödü kopuyordu. Meme öfke ve sevinç karışımı bir duyguyla başı dönerek, elini ilk kez uzattı ve Mauricio Babilonia ilk kez onun elini sıktı. Meme bir an pişman olur gibi olduysa da, delikanlının elinin de kendisininki gibi heyecandan terli ve soğuk olduğunu görünce pişmanlığı bir saniye bile sürmeden yerini "oh olsun" duygusuna bıraktı. Meme, Mauricio Babilonia'ya kendisine ilgi duymak gibi erişilmez bir özleme tutulmanın anlamsızlığını gösterinceye kadar içinin rahat etmeyeceğini anladı ve bu dürtü bir hafta boyunca içini kemirdi. Patricia Brown'ı kandırıp arabayı almaya gitmeleri için aklına gelen her çareye başvurduysa da başaramadı. Sonunda, yine tatilini geçirmek için Macondo'ya gelmiş olan kızıl saçlı çocuktan yararlanmayı aklına koydu. Arabalara karşı büyük ilgi duyuyormuş gibi yaptı, yeni modelleri görmek istediğini söyledi. Kızıl saçlı Amerikalı da aldı onu garaja götürdü. Meme, Mauricio Babilonia'yı gördüğü anda kendini kandırmaya başladı ve gerçekte Mauricio'yla yalnız kalma isteğine dayanamadığına kendini inandırdı. Kendisini görür görmez delikanlının da bunu sezinlediğini anlayınca öfkeden çılgına döndü.

Meme, "Yeni araba modellerini görmeye geldim," dedi.

Mauricio, "İyi bir bahane," diye karşılık verdi.

Meme, delikanlının kendine güven duyduğunu, gururlandığını fark etti ve onu küçük düşürmek için bir şeyler yapmaya çalıştı. Oysa genç adam buna fırsat vermedi: "Sinirlenme," diye fısıldadı. "Bir kadının bir erkek için deli divane olması, ilk senin başına gelmiyor ki." Meme duyduğu yenilgi yüzünden otomobillere bakmadan garajdan çıktı gitti. Bütün gece de hırsından ağlayarak yatağında döndü durdu. Meme'yi gerçekten ilgilendirmeye başlayan Amerikalı kızıl saçlı çocuk ise, şimdi altını ıslatan bir bebekten farksız görünüyordu. Yine o sıralarda Meme, ne zaman sarı kelebekler görse, ardından Mauricio Babilonia'yı gördüğünü fark etti. Daha önceleri, bir keresinde garajın üzerinde bir yığın sarı kelebek uçtuğunu görünce, bunların boya kokusuna geldiklerini sanmıştı. Bir keresinde de sinemaya gireceği sırada başının üzerinde sarı kelebekler uçuşmuştu. Ama Mauricio Babilonia, kalabalığın içinde yalnızca Meme'nin seçebileceği biçimde kendini gölge gibi izlemeye başladığı zaman, Meme sarı kelebeklerin delikanlıyla ilintili olduğunu anladı. Meme nereye gitse, Mauricio Babilonia da oraya geliyordu. Konserlerde, sinemalarda, kilisede Mauricio Babilonia mutlak kalabalığın arasında bir yerde oluyor ve Meme onu görmeden de nerede olduğunu anlayabiliyordu, çünkü delikanlı neredeyse kelebekler de oradan eksik olmuyordu. Bir keresinde Aureliano Segundo, kelebeklerin kanat çırpışından öylesine tedirgin oldu ki, Meme neredeyse babasından hiçbir şey gizlememek için verdiği sözü tutacak, durumu ona anlatacaktı. Oysa içinden gelen bir ses ona susmasını, nasıl olsa babasının her zaman yaptığı gibi, "Annen duysa ne der?" diye gülüp geçeceğini söyledi. Bir sabah Fernanda bahçedeki gülleri keserken birden çığlık attı. O sırada tam Güzel Remedios'un göğe uçtuğu yerde duran Meme, annesinin çığlığını duyunca koştu ve durduğu yerden ayrıldı. Fernanda birden kanat sesleri duymuş, Güzel Remedios'u uçuran mucizenin kendi kızının da başına geleceğinden korkmuştu. Oysa kanat çırpan kelebeklerdi. Meme, birdenbire ışığın içinden çıkıvermiş gibi görünen kelebekleri görünce yüreği hop etti. O anda da, Mauricio Babilonia, Patricia Brown'dan bir armağan getirdiğini söyleyerek elinde bir paketle geldi. Meme kızarmamaya, titrememeye çalıştı ve hiçbir şey yokmuş gibi gülümseyerek, kendi elleri çamurlu olduğu için alamadığı paketi parmaklığın üzerine bırakmasını delikanlıya söyledi. Fernanda, birkaç ay sonra nereden tanıdığını çıkaramadan evden kovacağı genç adama şöyle bir baktı ve dikkatini çeken tek şey renginin solukluğu oldu.

"Ne tuhaf bir adam," dedi. "İnsan yüzüne bakınca yakında öleceğini anlıyor."

Meme, annesinin kelebeklerin etkisiyle böyle konuştuğunu sandı. Gülleri budamayı bitirdikten sonra Meme ellerini yıkadı, paketi açmak için odasına çıktı.

Bu bir çeşit Çin oyuncağıydı. İç içe geçme beş kutudan yapılmıştı. En ufak kutunun içinde, doğru dürüst okuma yazma bilmeyen birinin elinden çıktığı anlaşılan kargacık burgacık yazılı bir kâğıt vardı. Kâğıtta, "Cumartesi sinemada buluşuruz," diye yazıyordu. Meme, paketin onca zamandır parmaklığın üzerinde durduğunu hatırlayınca, ya annem alıp açsaydı diye yüreği ağzına geldi. Mauricio Babilonia'nın bu içten ve gözü pek davranışından hoşlanmakla birlikte, kendisinin bu randevuya gideceğini sanacak ölçüde saf olmasına da acıdı. Cumartesi gecesi Aureliano Segundo'nun da arkadaşlarıyla buluşacağını biliyordu. Ne var ki, bütün hafta heyecan ve merakla kıvrandıktan sonra babasını kandırdı, kendisini sinemaya bırakıp film bitince gelip alması için razı etti. Işıklar sönmeden önce, Meme'nin başının üzerinde bir kelebek gece uçuşunu yaptı. Sonra olan oldu. Işıklar sönünce, Mauricio Babilonia yanına oturdu. Meme, bir bocalama içinde çırpındığını ve düşlerinde gördüğü gibi, karanlıkta yalnızca makineyağı kokusundan seçebildiği bu adamın, kendisini bu bataktan kurtarabileceğini seziyordu.

Mauricio, "Gelmeseydin, beni bir daha göremeyecektin," dedi.

Meme, onun elinin ağırlığını dizlerinin üzerinde duydu ve o anda ikisinin de birbirlerine teslim olma sınırına yaklaştıklarını fark etti.

Gülümseyerek, "Beni en şaşırtan yanın, söylememen gereken ne varsa onları söylemen," dedi.

Delikanlı aklını başından almıştı. Meme ne uyuyabiliyor, ne yemek yiyebiliyordu. Öylesine içine kapanmıştı ki, babasıyla olmaktan bile sıkılıyordu. Fernanda'yı atlatmak için bin türlü bahane buluyor, başka yerlere gittiğini söylüyordu. Kız arkadaşlarını görmez oldu. Nerede ve ne zaman olursa olsun Mauricio Babilonia'yla buluşabilmek için bütün alışkanlıklarından vazgeçiyor, bütün töreleri hiçe sayıyordu. Önceleri delikanlının kabalığı onu rahatsız ediyordu. Garajın arkasındaki boş tarlada ilk kez yalnız kaldıklarında, Mauricio, hiç acımaksızın onu bir hayvan durumuna sokmuş ve soluğunu kesmişti. Bunun bir sevgi biçimi olduğunu anlayabilmesi için bir süre geçmesi gerekti. Anladıktan sonra da aklı başından gitti ve yalnızca Mauricio için yaşamaya başladı. Delikanlının kül suyuyla yıkanmış makineyağı kokusu onu çılgına çeviriyor, bu kokunun içinde kendinden geçmek isteğine karşı koyamıyordu. Amaranta'nın ölümünden kısa bir süre önce, Meme'nin bir an aklı başına geldi ve geleceğin belirsizliği karşısında titredi. Sonra, iskambil kâğıtlarına bakarak geleceği okuyan bir kadın olduğunu duydu. Gizlice ona gitti. Bu, Pilar Ternera'ydı. Pilar onu görür görmez neden geldiğini anladı. Kıza, "Otur," dedi. "Bir Buendia'nın geleceğini söylemek için iskambillere bakmama gerek yok." Meme, bu yüzyıllık cadının büyük ninesi olduğunu bilmiyordu ve hiç bilmeyecekti. Aşk denilen derdin yataktan başka yerde iyileşmeyeceğini söyleyecek kadar atak bir gerçekçilik içindeki bu kadının dediklerini duyduktan sonra, Meme onun büyük ninesi olduğunu öğrense bile inanmazdı. Mauricio Babilonia da, falcı kadın gibi düşünüyordu. Ne var ki, Meme onun bu görüşüne karşı koyuyor ve içten içe, bir işçinin yargılarını önemsememek gerektiğine inanıyordu. Meme, aşkın bir yanıyla öteki yanını alt ettiğini, kendi kendini yok ettiğini düşünüyordu. Çünkü erkeklerin en büyük özelliği, doyduktan sonra açlığı inkâr etmeleriydi. Oysa Pilar Ternera, yalnızca bu yanlış görüşü değiştirmekle kalmadı, önce Meme'nin dedesi Arcadio'ya, sonradan da Aureliano José'ye gebe kaldığı tenteli karyolasını da kıza sundu. Hardal yakısının buğusuna oturarak istenmeyen bir gebelikten nasıl korunulacağını öğretti ve başı derde girecek olursa, "vicdan azabını" bile kökünden silip atacak ilaç tarifleri verdi. Pilar Ternera'nın konuşması, Meme'nin yüreğine sarhoş olduğu gecekine benzer bir cesaret verdi. Ancak, Amaranta'nın ölümü, kararını uygulamasını erteledi. Dokuz gecelik yas süresince, eve dolan kalabalığın içinde Meme bir an bile Mauricio Babilonia'nın yanından ayrılmadı. Sonra uzun süreli yas tutulmaya başlandı ve bu zorunlu ayrılık onları bir süre birbirlerinden uzaklaştırdı. Meme bu günler boyunca öyle karşı konulmaz bir istek, önlenemez bir heyecan ve o güne kadar baskı altında tutulmuş öyle çok dürtü duydu ki, sokağa çıkabildiği ilk akşam doğru Pilar Ternera'nın evine gitti. Hiç karşı koymadan, utanıp çekinmeden, hiçbir formaliteye gerek görmeden kendini Mauricio Babilonia'ya verdi. İçtenliği, davranışlarına öylesine kıvraklık getirmiş, içgüdülerine öylesine ustalık vermişti ki, Mauricio'nun yerinde kuşkulu biri olsa, kızın bu halini görünce feleğin çemberinden geçtiğini sanırdı. Üç aydan fazla süre haftada iki kez buluşup seviştiler. Kızını salt annesinin huysuzluğundan kurtarmak için Meme'nin kendisiyle birlikte olduğunu söyleyen ve hiçbir şeyden kuşkulanmayan Aureliano Segundo, bilmeden onlara suç ortaklığı ediyordu.

Fernanda'nın onları sinemada yakaladığı gece Aureliano Segundo vicdan azabının ağırlığı altında ezilerek, Meme'yi annesinin kilitlediği odada görmeye gitti. Kızının kendisine açması gereken gizleri anlatacağına güveniyordu. Oysa Meme her şeyi inkâr etti. Kızın kendisine güvenli tavrını ve içine kapanışını gören Aureliano Segundo, artık aralarında hiçbir bağ kalmadığı, arkadaşlıklarının ve suç ortaklıklarının geçmişe özgü bir düş olduğu izlenimine kapıldı. Mauricio Babilonia'yla konuşmayı düşündü. Onun eski patronu olmanın verdiği üstünlükle, delikanlıyı bu işte direnmekten engelleyebileceğini tasarlıyordu. Oysa Petra Cotes, bunun ancak bir kadının çözümleyebileceği bir sorun olduğuna onu inandırdı. Aureliano Segundo kararsızlık içinde bocalıyordu. Delikanlıdan uzak kalmanın kızının dertlerine son vereceğini ummaktan başka bir şey gelmiyordu elinden.

Meme hiçbir üzüntü belirtisi göstermiyordu. Tam tersine, bitişik odada yatan Úrsula, onun uykusundaki düzenli soluğunu, işlerini aksaksız yerine getirişini, yemeklerini düzenli yiyişini ve sindirim gücünün sağlığını izleyebiliyordu. Meme'nin odaya hapsedilmesinden sonra iki ay kadar geçmiş, bu süre içinde Úrsula'yı tedirgin eden, ona aykırı gelen bir şey olmuştu. Meme, herkes gibi sabahları yıkanmıyor, akşamları yedide yıkanıyordu. Bir keresinde Úrsula onu uyarmak, o saatte banyoda akrep olabileceğini söylemek istedi. Oysa Meme kendisini onun ele verdiğini sandığı için, Úrsula'ya hiç yaklaşmıyordu. Bunun üzerine Úrsula da dırdırcı koca nineler gibi onu rahatsız etmekten vazgeçti. Akşamüzeri oldu mu evi sarı kelebekler sarmaya başladı. Meme her akşam banyodan dönerken, çaresizlikten çılgına dönen Fernanda'nın elinde filitle ilaç sıkarak kelebekleri öldürmeye çalıştığını görüyordu. Fernanda, "Bu korkunç bir şey," diyordu. "Ömrüm boyunca, gece kelebek görmenin uğursuz olduğunu duymuşumdur." Bir gece Meme banyodayken, Fernanda onun odasına girdi ve odayı dolduran kelebeklerden soluk alamaz oldu. Kelebekleri kovalamak için eline geçen bir çamaşırı çekip salladı ve yere yuvarlanan hardal yakılarıyla kızının akşam banyoları arasındaki bağlantıyı kurunca dehşetten donakaldı. Bu kez, ilkinde yaptığı gibi uygun bir fırsat kollamadı. Ertesi gün yeni belediye başkanını yemeğe çağırdı. Belediye başkanı da Fernanda gibi dağlık bölgeden geldiği için, bir bakıma onun hemşerisi sayılırdı. Fernanda, tavuklarının çalındığını söyleyerek arka bahçeye bir nöbetçi koymasını başkandan rica etti. O gece Mauricio Babilonia, son birkaç aydır süregeldiği gibi akreplerin ve kelebeklerin arasında her gece sevgiyle ürpererek, çırılçıplak kendisini bekleyen Meme'nin yanına girebilmek için banyonun kiremitlerini sökerken, nöbetçi onu vurdu. Belkemiğine saplanan kurşun, onu ömür boyu yatağa bağladı. İyice yaşlandıktan sonra, hiç sesini çıkarmadan, hiç sızlanmadan, sevgisine bir an bile ihanet etmeden, anıların acısı ve bir an rahat vermeyen sarı kelebekler arasında tek başına öldü. Herkes onu bir tavuk hırsızı olarak tanımış ve toplumun dışına itilmişti.

Meme Buendia'nın oğlunu eve getirdikleri sırada, Macondo'ya öldürücü darbeyi indirecek olaylar, daha yeni yeni oluşuyordu. Öyle karışık günler yaşanıyordu ki, kimse aile skandallarıyla uğraşacak durumda değildi. Bu yüzden Fernanda, çocuğu sanki hiç yokmuş gibi gizli tutabileceğine güveniyordu. Çocuğu getirdikleri zaman geri çeviremeyecek durumda olduğu için eve almak zorunda kaldı ve banyonun su deposunda boğacak cesareti bulamadığı için de, istese de istemese de ömrünün sonuna dek onu kabullenmesi gerekti. Çocuğu, Albay Aureliano Buendia'nın eski işliğine kapattı. Ve onu nehirde yüzen bir sepetin içinde bulduğuna, Santa Sofia de la Piedad'ı inandırdı. Úrsula ise çocuğun nereden çıktığını hiç öğrenemeden ölecekti. Bir gün Fernanda, bebeğe mama yedirirken işliğe giren Amaranta Úrsula da nehirde yüzen sepet masalına inandı. Meme'nin trajedisine yol açan akılsızlığı yüzünden karısıyla iyice bozuşan Aureliano Segundo ise, torununun varlığını, çocuk eve getirildikten üç yıl sonra bir rastlantıyla öğrenebildi. Çocuk o gün, Fernanda'nın bir anlık boş bulunmasından yararlanarak verandaya fırlamıştı. Çırılçıplaktı, saçları keçe gibiydi ve hindi boynuna benzeyen kocaman bir cinsel organı vardı. Bu görünüşüyle çocuktan çok, ansiklopedilerde anlatılan yamyamlara benziyordu.

Fernanda, düzelmek bilmeyen yazgısının bu cilvesini, hiç hesaba katmamıştı. Çocuk, Fernanda'nın evden uzaklaştırılıp kurtulduğunu sandığı bir yüzkarasının geri dönüşü gibi ortaya çıkıvermişti. Omuriliği parçalanan Mauricio Babilonia'yı alıp götürdükleri anda, Fernanda bu baş belasının bütün izlerini yok etmek için inceden inceye bir plan kurmuştu. Kocasına hiç danışmadan bavullarını topladı, ufak bir valize, kızına gerekli üç kat çamaşır yerleştirdi ve trenin gelmesine yarım saat kala kızının odasına gitti.

"Hadi gidiyoruz, Renata," dedi.

Herhangi bir açıklama yapmadı. Meme de ne bir açıklama bekliyor ne de öyle bir açıklama istiyordu. Nereye gittiklerini bilmiyordu, hoş, kendisini mezbahaya götürüp kıtır kıtır keseceklerini bilseydi yine de aldırmayacaktı. Arka bahçedeki kurşun sesini ve Mauricio Babilonia'nın acılı çığlığını duyduğu andan sonra hiç konuşmamıştı, ömrünün sonuna dek de ağzını açmayacaktı. Annesi odadan çıkmasını söyleyince, Meme saçını taramadan, yüzünü yıkamadan onun peşinden gitti ve çevresinden hâlâ ayrılmayan sarı kelebekleri bile fark etmeden uykuda geziyormuş gibi trene bindi. Fernanda, bu taş gibi suskunluğun kızının iradesine bağlı bir kararlılık mı olduğunu, yoksa trajedinin etkisiyle kızın dilinin mi tutulduğunu hiçbir zaman anlayamadı, bunu öğrenmek zahmetine de girmedi. Bir zamanlar sihirli bölge sayılan yerlerden geçerlerken, Meme, nerede olduklarına bile bakmadı. Demiryolunun iki yanında göz alabildiğine uzanan gölgeli muz ağaçlarını görmedi. Gringoların beyaz evlerini, toz ve sıcaktan kurumuş bahçelerini, teraslarda oturup iskambil oynayan şortlu, mavi çizgili gömlekli kadınları görmedi. Tozlu yollardaki hevenk hevenk muz yüklü kağnı arabalarını görmedi. Durgun nehirlere balık gibi atlayan ve güzel göğüsleriyle tren yolcularının yüreğini kaldıran kızları görmedi. Mauricio Babilonia'nın sarı kelebeklerinin uçuştuğu yerlerde, bir araya sıkışmış, sefalet içindeki işçi kulübelerini, kulübelerin önlerinde oturaklara oturmuş, yemyeşil benizli, bakımsız çocukları ve tren geçerken bağırarak sövgüler yağdıran karnı burnunda kadınları görmedi. Okuldan eve gelirken bir sevinç kaynağı olan bu görüntüler, bu kez Meme'nin yüreğinde en ufak bir kıpırtı uyandırmadan geçip gittiler. Pencereden dışarı hiç bakmadı. Muz ağaçlarının boğucu nemi sona erip de, tren İspanyol kalyonunun kömürleşmiş iskeletinin durduğu gelinciklerle dolu ovadan geçerken de, yüz yıl kadar önce José Arcadio Buendia'nın düşlerinin sona erdiği köpüklü, çamurlu deniz kıyısına ulaşıp açık havaya çıkınca da, Meme başını çevirip dışarı bakmadı.

Akşamüstü saat beşte bataklık bölgesinin son istasyonuna vardıklarında, Fernanda kendisini trenden indirdiği için Meme indi. Hırıltıyla soluyan bir atın çektiği ve iri bir yarasayı andıran ufak bir arabaya bindiler, görünürde in cin top oynayan kentin sonu gelmez sokaklarından geçtiler. Sokakta, Fernanda'nın gençlik günlerindeki öğle uykusu saatlerinde duyduğu piyano derslerini hatırlatan bir piyano sesi duyuluyordu. Bir nehir gemisine bindiler. Vapurun tahta çarkı tutuşmuş gibi çatırdayarak dönüyor, paslanmış madeni levhalar, açılmış bir fırın ağzı gibi yanıyordu. Meme, kamarasına kapandı. Fernanda günde iki kez onun yatağının yanına bir tabak yemek bırakıyor ve günde iki kez tabağı el sürülmemiş olarak geri götürüyordu. Meme, açlıktan ölmeye karar verdiğinden değil, midesi suyu bile kaldıracak durumda olmadığından yemiyordu. O sıralarda doğurganlığının hardal yakılarına ağır bastığını, bırakın Fernanda'yı, kızın kendisi bile bilmiyordu. Fernanda, bunu ancak bir yıl sonra, çocuğu getirdiklerinde öğrenecekti. Boğucu kamaraya kapanan Meme, madeni levhaların titreşiminden ve yandaki çarkın bulandırdığı suyun dayanılmaz kokusundan çılgına dönerek günlerin hesabını şaşırdı. Sarı kelebeklerden sonuncusunun tavandaki pervanenin kanadına çarparak öldüğünü görüp Mauricio Babilonia'nın öldüğüne su götürmez bir gerçek gibi inandığı günden bu yana çok zaman geçmişti. Yine de kendini kapıp koyuvermedi. Mauricio Babilonia'yı aklından hiç çıkarmıyordu. Aureliano Segundo'nun yeryüzündeki en güzel kadını aramak için seferber olduğu zaman yolunu yitirdiği yayladan katır sırtında geçerlerken, Meme hep Mauricio'yu düşünüyordu. Kızılderililerin izlerini sürerek dağları aştıkları sırada hep Mauricio'yu düşünüyordu. Taş döşeli sokaklarında otuz iki kiliseden çalınan otuz iki ölüm çanının yankılandığı kasvetli kente girerlerken, hep Mauricio'yu düşünüyordu. O gece viraneye dönmüş köşkün otlar bürümüş bir odasında, Fernanda'nın yere koyduğu kalasların üzerinde yattılar. Pencerelerden çıkardıkları ve uykuda her dönüşlerinde parça parça ayrılan eski perdelere sarındılar. Meme nerede olduklarını anlamıştı. Çünkü gözüne uyku girmeyip korkuyla büzüldüğü sırada, çok eskiden bir Noel günü gelen sandıktan çıkan siyah giysili adam, yanından geçivermişti. Ertesi gün kilisede dua ettikten sonra, Fernanda onu, baktıkça insanın içini karartan bir yapıya götürdü. Meme, çocukluğunda annesinin anlattığı öyküleri hatırlayarak, buranın Fernanda'nın yetiştirildiği ve kraliçeliğe hazırlandığı manastır olduğunu çıkarınca yolculuklarının sonuna geldiklerini anladı. Fernanda bitişik odada biriyle konuşurken, Meme, sömürge piskoposlarının büyük boy yağlıboya resimleriyle dolu salonda bekledi.

Sırtında hâlâ ufak siyah çiçekli etamin bir giysi, yaylanın ayazından şişmiş ayaklarında uzun topuklu pabuçlar vardı. Meme, renkli camdan süzülen sarı ışığın altında durmuş, Mauricio Babilonia'yı düşünürken, içeri bir rahibe adayı girdi. Elinde, Meme'nin üç kat çamaşırının bulunduğu bavul vardı. Yanından geçerken, yürüyüşünü kesmeden Meme'nin elinden tuttu.

"Gel, Renata," dedi.

Meme kıza elini verdi ve peşinden gitti. Fernanda onu son kez, rahibe adayına ayak uydurmaya çalışırken gördü. Sonra manastırın iç avlusuna açılan demir kapı üzerine kapandı. Meme hâlâ Mauricio Babilonia'yı, makineyağı kokusunu ve başının üzerindeki sarı kelebeklerden oluşan haleyi düşünüyordu. Çok uzun yıllar sonra, Krakow'un kasvetli bir hastanesinde, adı değişmiş, saçları kazınmış ve tek sözcük konuşmamış olarak bir sonbahar günü ölünceye dek hep Mauricio Babilonia'yı düşünecekti.

Fernanda, silahlı polislerin koruduğu bir trenle Macondo'ya döndü. Yolculuk boyunca yolculardaki gerginlik, demiryolu boyundaki kentlerde yapılan askerî hazırlıklar ve mutlak bir şeyler olacağını belirleyen elektrikli hava, Fernanda'nın gözünden kaçmadı. Ancak Macondo'ya varıncaya kadar hiçbir bilgi alamadı. Macondo'ya indiğinde José Arcadio Segundo'nun, Muz Şirketi'ndeki işçileri greve kışkırttığını haber verdiler. Fernanda kendi kendine, "Bir bu eksikti," diye söylendi. "Ailede bir anarşist eksikti." Grev iki hafta sonra patlak verdiyse de, korkulan sonuçlara ulaşmadı. İşçiler, pazar günleri de muz kesip yüklemek istemiyorlardı. Peder Antonia Isabel bile, bu isteği, Tanrı'nın yasalarına uygun bularak grevi destekledi. Grevin başarısı ve onu izleyen aylar boyunca başlatılan eylemler, silik José Arcadio Segundo'yu ön plana çıkardı, adını duyurdu. Oysa o güne kadar onun kasabayı Fransız yosmalarıyla doldurmaktan başka işe yaramadığı söylenirdi. José Arcadio Segundo, nasıl bir gün aklına esip dövüş horozlarını satarak o akılsız tekne işine girmişse, bu kez de Muz Şirketi'ndeki ustabaşılığını bırakıp işçilerin yanında yer aldı. Çok geçmeden de ülkenin düzenini bozmak için girişilmiş kökü dışarıda bir eylemin ajanı olarak damgalandı. Sessiz söylentilerle ağırlaşıp kararan haftanın sonunda bir gece, gizli bir toplantıdan çıkarken bilinmeyen birilerinin attığı dört kurşundan mucizeyle kurtuldu. Olayı izleyen aylarda hava öylesine ağır ve gergindi ki, Úrsula bile karanlık köşesinden bu durumu sezdi ve oğlu Aureliano'nun cebinde mermilerle dolaştığı o tehlikeli günleri yeni baştan yaşıyormuş gibi oldu. José Arcadio Segundo'yla konuşmak, eski olayları anlatıp kulağını bükmek istedi. Ama Aureliano Segundo, onu öldürmeye kalkıştıkları geceden sonra, José Arcadio Segundo'nun nerede olduğunu kimsenin bilmediğini söyledi.

Úrsula, "Tıpkı Aureliano!" diye haykırdı. "Sanki dünya kendini yineliyor."

Fernanda o günlerin karmaşasına kayıtsızdı. Meme'nin yazgısını kocasına danışmadan belirlediği için Aureliano Segundo'yla kavga ettiği günden beri dış dünyayla ilişkisi kesilmişti. Aureliano Segundo, gerekirse polisin yardımıyla kızını kurtarmaya kararlıydı, ne var ki Fernanda, Meme'nin kendi isteğiyle manastıra girdiğini belirten birtakım belgeler çıkarıp gösterdi. Meme, üzerine demir kapı kapandıktan sonra gerçekten kendi isteğiyle imzalamıştı kâğıtları ve bunu rahibe adayının peşine takılıp giderken gösterdiği kayıtsızlıkla yapmıştı. Ne olursa olsun, Aureliano Segundo, karısının kanıt olarak gösterdiği belgelerin geçerliliğine bir türlü inanamıyordu; tıpkı, Mauricio Babilonia'nın bahçeye tavuk çalmak için girdiğine inanmadığı gibi. Ama görünürdeki kanıtlar, vicdanının sesini susturmasını kolaylaştırdı ve Aureliano Segundo pişmanlık duymadan Petra Cotes'in koltuğuna sığınıp bol keseden harcamalarına, gürültülü şenliklere yeniden başladı.

Kentin huzursuzluğuna yabancı kalan, Úrsula'nın sessiz kehanetlerine kulağını tıkayan Fernanda, önceden tasarlanmış planının son vidasını da sıktı. Papazlığa başlayacak olan oğlu José Arcadio'ya uzun bir mektup yazarak, kardeşi Renata'nın kan kustuğunu ve sonunda Tanrı'nın huzuruna kavuştuğunu haber verdi. Sonra Amaranta Úrsula'nın bakımını Santa Sofia de la Piedad'a bırakarak, Meme'nin derdi yüzünden ara verdiği yazışmalara yeniden başlayıp bütün zamanını görünmez doktorlarla haberleşmeye adadı. İlk işi, ertelenmiş olan telepatik ameliyatın tarihini saptamak oldu. Ancak, görünmez doktorlar, Macondo'daki karışıklıklar devam ettiği sürece ameliyata girişmenin doğru olmayacağını öğütlediler. Fernanda, ameliyatın bir an önce yapılması için öyle acele ediyor ve kasabada olup bitenleri öylesine bilmiyordu ki, hemen doktorlara bir mektup daha yazdı. Herhangi bir karışıklık, herhangi bir kışkırtıcı eylem olmadığını, bütün olanların bir zamanlar horoz dövüşüne ve nehir gemilerine aklını takan, şimdi de sendikacılık saçmalığına saplanan kayınbiraderinin başının altından çıktığını bildirdi. Koluna ufak bir sepet takmış yaşlı rahibenin kapıyı çaldığı o sıcak çarşamba gününe dek, Fernanda ile doktorlar henüz anlaşmaya varamamışlardı. Santa Sofia de la Piedad kapıyı açtığı zaman bir armağan geldiğini sandı, güzel dantel bir örtüyle örtülü ufak sepeti almak istedi. Oysa rahibe, sepeti ona vermedi, çünkü büyük bir gizlilik içinde Dona Fernanda del Carpio de Buendia'ya vermesi sıkı sıkıya öğütlenmişti. Sepetin içinde Meme'nin oğlu vardı.

Fernanda'nın eski din öğretmeni, yazdığı mektupta çocuğun iki ay önce doğduğunu ve annesi ağzını açıp konuşmadığı için çocuğa, dedesinin adını vererek Aureliano diye vaftiz ettiklerini bildiriyordu. Fernanda, kaderin bu oyununa karşı için için isyan ettiyse de, bunu rahibeden gizleyebilecek gücü buldu.

Gülümseyerek, "Çocuğu nehirde yüzen sepetin içinde bulduğumuzu söyleyeceğiz," dedi.

Rahibe, "Buna kimse inanmaz," diye karşılık verdi.

Fernanda, "Madem İncil'de yazdığı zaman inanıyorlar, ben söylediğim zaman neden inanmasınlar," dedi.

Rahibe, dönüş treni gelinceye kadar evde oturdu, yemek yedi ve kulağını büktükleri biçimde çocuğun sözünü ağzına almadı. Oysa Fernanda, onu yüzkarasının tanığı olarak görüyor ve Ortaçağ'daki kötü haber getirenleri asmak geleneğinin kaldırılmış olmasına lanet ediyordu. İşte o zaman, rahibe gider gitmez, çocuğu su deposunda boğmaya karar verdi. Fakat kalbi yeterince güçlü değildi. Bunun üzerine Tanrı'nın sonsuz iyiliğinin, kendisini bu baş belasından kurtaracağı güne dek sabırla beklemeyi yeğledi.

Halk arasındaki gerilim, hiçbir ön belirti göstermeden patlayıverdiği sırada, yeni Aureliano bir yaşındaydı. O zamana kadar yeraltında kalmış olan José Arcadio Segundo ile öteki sendika liderleri bir hafta sonu birden ortaya çıktılar ve muz bölgesindeki kasabalarda gösteriler düzenlediler. Polis asayişi korumakla yetindi. Ama pazartesi gecesi, liderler evlerinden tek tek toplanıp ayaklarına birer kiloluk pıranga vurularak il merkezindeki hapishaneye atıldılar. Aralarında José Arcadio Segundo ile Meksika devriminde albay olan ve Macondo'da sürgünde bulunan Lorenzo Gavilan da vardı. Gavilan, yoldaşı Artemio Cruz'un kahramanlıklarına tanık olduğunu anlatır dururdu. Hapishanedekilerin bakımını kimin yükleneceği konusunda hükümet ile Muz Şirketi anlaşmaya varamadıkları için, tutuklular üç ay sonra serbest bırakıldılar. İşçiler bu kez, konutlarında sıhhi tesisat olmayışını, sağlık hizmetlerinden yoksun oluşlarını ve ağır çalışma koşullarını protesto etmek amacıyla harekete geçtiler. İşçiler, ücretlerinin para olarak ödenmediğini, kendilerine para yerine kupon verildiğini, bu kuponların da ancak şirketin satış mağazasında Virginia jambonu alırken geçtiğini ileri sürdüler. José Arcadio Segundo, kupon işinin içyüzünü ortaya koyduğu için hapse atıldı. Şirketin meyve taşıyan gemileri, satış mağazasına mal getirmezlerse, New Orleans'tan, muz yükledikleri limanlara boş dönmek zorundaydılar. Oysa işçilere verilen kuponlar, şirketin gemilerinde dönüş yolunda da yük sağlayacak mal isteklerine yol açıyordu. İşçilerin öteki istek ve yakınmaları, herkesin bildiği şeylerdi. Şirketin doktorları, hasta işçileri muayene etmezler, onları dispanserde tek sıra halinde kuyruğa dizerler, hemşire hiç ayırt etmeden ister sıtma, ister belsoğukluğu, ister kabız olsunlar, hepsinin dilinin üzerine bakır sulfat renginde birer hap koyardı. Bu iyileştirme yöntemi öylesine alışılmış bir şeydi ki, çocuklar peş peşe birkaç kez sıraya girer, dillerinin üzerine konulan hapları yutmaz, eve götürüp tombala pulu diye kullanırlardı. Şirkette çalışan işçiler, tıkış tıkış, içler acısı barakalarda otururlardı. Mühendisler, işçilerin oturdukları yere tuvalet yapacakları yerde, her Noel'de elli kişiye bir tane düşen seyyar sahra apteshaneleri getirirler ve bunların daha uzun dayanması için nasıl kullanılacağını herkese gösterirlerdi. Bir zamanlar Albay Aureliano Buendia'nın çevresini saran, şimdi de Muz Şirketi tarafından yönetilen, artık iyice yaşlanmış siyah giysili avukatlar, işçilerin isteklerini ne sihirdir ne keramet gibilerden kararlarla reddediyorlardı. İşçiler ortak isteklerini belirten bir toplusözleşme hazırladılar. Ancak bu isteklerinden, şirketi resmen haberli kılmaları bir hayli zaman aldı. Mister Brown, işçilerin sözleşme imzaladığını öğrenir öğrenmez, lüks özel vagonunu trene bağlattı, yanına şirketin ileri gelen temsilcilerini de alarak Macondo'dan tüydü. Ne var ki, işçilerden birkaçı ertesi cumartesi, onları bir genelevde kıstırdılar ve Mister Brown'ın bu tongaya düşürülmesine yardımcı olan kadınlarla birlikte çırılçıplak âlem yaparken, ona sözleşmenin bir kopyasını imzalattılar. Kara giysili avukatlar, sözleşmeyi imzalayan adamın şirketle ilgisi olmadığını mahkemede kanıtladılar ve bu konuda kimsenin kuşkusu kalmasın diye adamı sahtekârlık suçundan hapse attırdılar. Daha sonra Mister Brown, başka bir ad altında ve üçüncü mevkide yolculuk ederken, işçiler onu yine buldular, sözleşmenin bir başka kopyasını imzalattılar. Mister Brown ertesi gün, saçları siyaha boyanmış olarak ve kusursuz bir İspanyol aksanıyla konuşarak mahkemeye çıktı. Avukatlar onun Muz Şirketi yöneticisi, Prattville Alabama doğumlu Mister Jack Brown olmayıp, doğma büyüme Macondolu Dagoberto Fonseca adında kendi halinde bir ilaç propagandisti olduğunu söylediler. Bir süre sonra, işçilerin sözleşmeyi imzalatmak için yeni bir girişimleri karşısında kalan avukatlar, Mister Brown'ın ölüm raporunu kamuoyuna açıkladılar. Konsolosların ve yabancı temsilcilerin tanık olarak imzaladıkları raporda, Mister Brown'ın geçen haziranın dokuzunda, Chicago'da bir iftaiye arabasının altında kalarak öldüğü belgeleniyordu. Bu alicengiz oyunlarından usanan işçiler, Macondo'daki yetkili makamlardan umudu kestiler ve şikâyetlerini yüce mahkemeye sundular. Burada da avukatlar elçabukluğuyla, ileri sürülen isteklerin geçersiz olduğunu kanıtladılar. Çünkü Muz Şirketi'nin ne geçmişte, ne şimdi ne de gelecekte işçi çalıştırmadığı ve çalıştırmayacağı, şikâyetçilerin, geçici ve götürü ırgat olarak tutuldukları, belgelerle kanıtlanıyordu. Bu yüzden Virginia jambonu masalı, her derde deva ilaçlar hikâyesi ve sahra helaları uydurmacası hiçbir anlam taşımıyordu. Bu durum mahkeme kararıyla saptandı ve işçilerin var olmadığı tumturaklı bir biçimde tutanaklara geçirildi.

Büyük grev başladı. Muz bahçelerindeki çalışma yarı yerde kaldı, meyveler ağaçlarda çürüdü, yüz yirmi vagonluk katarlar kör hatlarda bomboş beklediler. Çalışmayan işçiler, kasabaları doldurdu. Türkler Sokağı, birkaç gün süreyle hep cumartesi curcunası yaşadı. Hotel Jacob'un bilardo salonunu yirmi dört saat açık tutmak zorunluluğu doğdu. Ordunun düzeni yeniden sağlamakla görevlendirildiği açıklandığı sırada, José Arcadio Segundo bilardo oynuyordu. José Arcadio Segundo, kehanete inananlardan olmadığı halde, yine de bu havadis ona Albay Gerineldo Márquez'in izniyle kurşuna dizilen adamı seyrettiği günden beri beklediği ölümün habercisi gibi geldi. Ama bu kötü önsezi yüzünden serinkanlılığını yitirmedi. Tasarladığı atışı yaptı ve bilardo topunu istediği yere gönderdi. Az sonra duyulan trampet ve boru sesleriyle halkın koşuşması, José Arcadio Segundo'ya yalnızca bilardo oyununun değil, idam sahnesinden bu yana kendi kendine oynadığı oyunun da sonuna geldiğini sezdirdi. Sonra sokağa çıktı ve onları gördü. Üç alay, trampet sesine ayak uydurarak marş temposuyla yürüyordu. Çok başlı bir canavarın homurtusunu andıran solukları, öğle güneşiyle parlayan havaya zehirli buhar saçıyor gibiydi. Askerler kısa boylu, tıknaz, hayvan yapılıydılar. At gibi terliyorlar, güneşte yanmış hayvan derisi kokuyorlar, dağlık bölge insanlarına özgü inatçı ve suskun bir dirençle dayanıyorlardı. Alayların geçişi bir saatten uzun sürdüyse de, bunlar peş peşe çemberler çizerek dönen birkaç mangadan farksızdılar. Çünkü hepsi birbirinin eşiydi, hepsi aynı orospunun çocuklarıydı ve sırt çantalarıyla mataralarının ağırlığını, süngü takılmış tüfeklerinin ayıbını, körü körüne itaatin onmaz çıbanını ve sözüm ona onur duygusunu hep aynı vurdumduymazlıkla yaşıyorlardı. Úrsula, askerlerin geçişini gölgeler içindeki yatağında duydu ve haç çıkardı. Santa Sofia de la Piedad yeni ütülediği işlemeli sofra örtüsüne yaslanıp oğlu José Arcadio Segundo'yu düşünerek, bir an için var oldu. O sırada José Arcadio Segundo yüzündeki anlatımı değiştirmeksizin, Hotel Jacob'un kapısından askerlerin geçişini seyrediyordu.

Sıkıyönetim ilan edildi ve anlaşmazlığın çözülmesini sağlayacak bütün yetkiler orduya verildiyse de, ordu uzlaşma yolunda herhangi bir çaba göstermedi. Askerler, Macondo'ya gelir gelmez tüfeklerini bir yana bıraktılar, muzları kesip yüklediler ve trenleri çalıştırdılar. O ana kadar hiçbir şey yapmadan beklemiş olan işçiler, ellerinde muz satırlarından başka silah olmaksızın bahçelere girdiler ve sabotajı sabote etmeye başladılar. Plantasyonları ve satış depolarını yaktılar, yollarını makineli tüfek ateşiyle açarak ilerleyen trenleri durdurmak için rayları söktüler, telgraf ve telefon hatlarını kestiler. Sulama kanalları kana bulandı. Elektrikli kümes tellerinin ardında sapasağlam yaşayan Mister Brown, ailesi ve hemşerileriyle birlikte Macondo'dan çıkarılarak, asker himayesinde güvenli bir yere götürüldü. Durum, kanlı ve dengesiz koşullarda sürecek bir iç savaşa dönüşme tehlikesini gösterince, yetkililer, işçileri Macondo'da toplanmaya çağırdılar. Sivil ve askerî yönetime el koyan sıkıyönetim komutanının çatışmaya bir çözüm bulmak için cuma günü geleceği açıklandı.

José Arcadio Buendia, cuma sabahı erken saatte

istasyonda toplanan kalabalığın arasındaydı. Sendika liderlerinin yaptığı toplantıya katılmış ve Albay Gavilan'la birlikte kalabalığın arasına karışmak, olayların gelişimine göre kalabalığı yönetmekle görevlendirilmişti. Keyfi yerinde değildi. Ağzı şap gibiydi. Çevresine bakınırken, ufak alanın çevresinde askerlerin makineli tüfeklerle dizildiklerini ve Muz Şirketi'nin tel örgülerle sarılı sitesinin toplarla korunduğunu gördü. Saat on ikiye doğru, bir türlü gelmeyen treni bekleyen kadınlı erkekli, büyüklü küçüklü üç bin kişiyi aşkın kalabalık, istasyonun önündeki açıklığı doldurmuş, makineli tüfekli askerlerin tuttuğu sokaklara doğru taşmaya başlamıştı. Bekleyen bir kalabalıktan çok, panayırda eğlenen kişiler havasındaydılar. Türkler Sokağı'ndan pide arabalarını, limonatacıları getirmişler, bekleyişin gerginliğine ve yakıp kavuran güneşe rağmen neşelerini yitirmemişlerdi. Saat üçe yaklaşırken, trenin ertesi günden önce gelmeyeceği söylentisi yayıldı. Kalabalık hayal kırıklığı içinde göğüs geçirdi. Bunun üzerine, namluları kalabalığa çevrilmiş dört makinelinin durduğu istasyonun çatısına bir teğmen çıktı ve kalabalığa susmalarını söyledi. José Arcadio'nun yanında biri dört biri yedi yaşlarında iki çocuklu, şişman, yalınayak bir kadın duruyordu. Çocukların ufağını kucağına almıştı. José Arcadio Segundo'nun kim olduğunu bilmeden, ona döndü ve daha iyi duyabilsin diye öteki çocuğu da onun kucağına almasını rica etti. José Arcadio Segundo çocuğu omzuna aldı. Yıllarca sonra o çocuk, sözlerine inanmayanları ısrarla inandırmaya çalışarak, sıkıyönetim komutanlığının 4 numaralı bildirisini, megafon gibi kullanılan eski bir gramofon borusundan okunurken dinlediğini anlatacaktı. Bildiri, General Carlos Cortes Vargas ile sekreteri Binbaşı Enrique Garcia Isaza'nın imzalarını taşıyordu. General, seksen sözcükten oluşan üç maddelik bildiride grevcileri "bir avuç hayta" olarak niteliyor ve askerlere öldürme yetkisi veriyordu.

Bildiri okunduktan sonra, kulakları sağır edici protesto sesleri arasında istasyonun damına bir yüzbaşı çıkıp teğmenin yerini aldı ve megafonu sallayarak konuşmak istediğini belirtti. Kalabalık yeniden sustu.

Yüzbaşı yorgun ve alçak sesle, "Bayanlar baylar," diye ağır ağır konuşmaya başladı. "Dağılmanız için size beş dakika süre veriyorum."

Verilen sürenin başlangıcını belirleyen ti borusu, yuhalamalar ve haykırışlar arasında kaynadı gitti. Kimse yerinden kıpırdamadı.

Yüzbaşı aynı ses tonuyla, "Bu beş dakika doldu," dedi. "Size bir dakika daha veriyorum, ondan sonra ateş açacağız."

Soğuk terler döken José Arcadio Segundo, çocuğu omzundan indirip kadına uzattı. Kadın, "Bu hergeleler ateş açarlar mı açarlar," diye mırıldandı. José Arcadio Segundo ağzını açmaya fırsat bulamadı. Çünkü o anda Albay Gavilan'ın kalın, kısık sesiyle kadının söylediklerini haykırarak tekrarladığını duydu. Gerilimden sarhoşa dönen, sessizliğin mucizevi derinliğinden etkilenen ve ölüm tutkusuyla kenetlenmiş kalabalığı hiçbir şeyin yerinden kıpırdatamayacağına inanan José Arcadio Segundo, ayaklarının ucuna basarak, başını önündekilerden daha yukarı kaldırdı ve ömründe ilk kez sesini yükseltti:

"Sizi gidi hergeleler!" diye bağırdı. "Verdiğiniz o bir dakikayı alın da kıçınıza sokun!"

Onun bağırmasından sonra olanlar kimseyi korkutmadı. Herkes hayal gördüğünü sandı. Yüzbaşı ateş emri verdi ve on dört makineli tüfek o anda emri yerine getirdi. Ama bütün bunlar gülünç bir oyun gibi görünüyordu. Sanki makineli tüfeklere boş kapsül doldurulmuş gibiydi. Çünkü tüfeklerin tarrakası duyulduğu ve ardı kesilmeden kurşun tükürdüğü görüldüğü halde, kalabalıkta en ufak bir tepki yoktu. Bir anda taş kesilmiş gibi duran kalabalıktan ne bir ses, ne bir soluk duyuluyordu. Birden istasyon tarafından yükselen bir ölüm çığlığı büyüyü bozdu. Duyulan, "Aaah, anacığım," avazesi yeri göğü titreten bir ses, volkanik bir soluk, dünyalar değiştiren bir kükreme olup bomba gibi patladı kalabalığın ortasında. Panik içinde bir anda kaynaşan kalabalık, kadınla kucağındaki çocuğu yutup sürüklerken, José Arcadio Segundo, ancak öteki çocuğu yakalamaya fırsat bulabildi.

Yıllarca sonra o çocuk, kendisini bunak bir ihtiyar yerine koymalarına aldırmaksızın o günü anlatacak, José Arcadio Segundo'nun kendisini nasıl havaya kaldırdığını, kalabalığın dehşeti üzerinden yüzercesine geçirerek yakındaki bir sokağa nasıl götürdüğünü ballandıra ballandıra anlatacaktı. Çocuk, herkesten yukarıda olduğu için, o anda alandaki çılgına dönmüş kitlenin köşeye doğru koşuştuğunu ve makinelilerin ateş açtığını görebilmiş, aynı anda birkaç kişinin birden, "Yere yatın! Yere yatın!" diye bağırdıklarını duyabilmişti.

Öndekiler, ilk kurşun dalgasıyla taranmış ve yere yıkılmışlardı bile. Sağ kalanlar yere yatacakları yerde ufak alana çekilmeye çalıştılar. Ne var ki, karşı sokaktaki makineliler de yaylım ateşine başlamışlardı. İki ateş arasında sıkışan kalabalık, iki yöne atılan bir ejder kuyruğuna benziyordu. Kitle devasa bir girdap gibi dönmeye başladı. Hiç kesilmeyen makinelilerin ateşiyle kat kat soyulan soğan gibi ortaya doğru azalıyorlardı. Çocuk, açıkta diz çökmüş bir kadının, gizemli bir güçle kurşunlardan korunarak, kollarını haç biçiminde tuttuğunu gördü. José Arcadio Segundo yüzü kana bulanarak yere yıkıldığı anda, çocuğu oraya bıraktı. Hemen sonra da büyük kalabalık, o boşluğu, diz çöken kadını, kurak gökyüzündeki ışığı, Úrsula Iguarán'ın yığın yığın hayvan biçiminde şekerleme sattığı bu orospu dünyayı örtüverdi.

José Arcadio Segundo kendine geldiği zaman, karanlıkta sırtüstü yatıyordu. Sessiz bir trende sonu gelmez bir yolculuk yaptığını sezinledi. Başında kan pıhtıları kurumuştu. Bütün kemikleri sızlıyordu. Önüne geçilmez bir uyku isteği duyuyordu. O dehşet ve terör havasından uzakta saatlerce uyumaya hazırlanarak, en az acı veren yanına dönüp yerleşti ve yan döndüğü anda ölüler arasında yattığını anladı. Vagonun içinde, ancak geçilebilecek yolun dışında hiç yer yoktu. Kıyımdan bu yana birkaç saat geçmiş olmalıydı; çünkü cesetler sonbahar havasında alçının taşıyacağı soğukluğa ve donukluğa erişmişlerdi. Üstelik onları vagona yerleştirenler, muz hevenklerini yükledikleri gibi onları da üst üste istifleyecek kadar zaman bulabilmişlerdi. José Arcadio Segundo, bu karabasandan kaçıp kurtulmak için vagondan vagona sürüklenerek trenin gittiği yöne ilerlemeye koyuldu. Uyuyan kasabalardan geçerlerken tahtaların arasından sızan ışıkta, çürük olduğu için istenmeyen muzlar gibi denize dökülecek erkek cesetlerini, kadın cesetlerini, çocuk cesetlerini görüyordu. Cesetlerin içinden yalnızca alanda limonata satan bir kadınla, paniğin ortasından yol açmak için savurduğu Marelya gümüşünden tokalı palaskasını hâlâ elinde tutan General Gavilan'ı tanıyabildi. En öndeki vagona geldiği zaman, kendini karanlık boşluğa fırlattı ve tren geçene kadar rayların yanına uzanıp bekledi. José Arcadio Segundo'nun gördüğü en uzun katardı bu. İki yüze yakın yük vagonu, biri önde, biri arkada, biri ortada olmak üzere üç lokomotifi vardı. Tren kapkaranlıktı, kırmızı ve yeşil lambalarını bile yakmamıştı. Hızla ilerliyordu. Vagonların üzerinde mitralyözlü askerlerin kara gölgeleri seçiliyordu.

Gece yarısından sonra bardaktan boşanırcasına yağmur başladı. José Arcadio Segundo trenden nerede atladığını bilmiyor, ancak trenin gittiği tarafın ters yönünde ilerlerse Macondo'ya varacağını kestiriyordu. Başı ağrıyarak ve iliklerine dek ıslanarak üç saatten fazla yürüdükten sonra, gün ağarırken kasabanın ilk evlerini seçebildi. Burnuna gelen kahve kokusuna dayanamayarak, ocağın başında kucağında bir çocukla bir kadının bulunduğu mutfağa girdi.

Bitkin bir sesle, "Merhaba," dedi. "Ben José Arcadio Segundo Buendia'yım."

Sağ olduğuna kadını inandırmak için, adını harflerin üzerine tek tek basarak sıralamıştı. İyi ki de öyle yapmıştı, çünkü kadın, üstü başı kan içindeki bu kirli ve karanlık gölgeyi görünce hayalet gördüğünü sanmış, kapıdan içeri ölüm ayağını atmış gibi donup kalmıştı. Sonra onu tanıdı. Giysileri ateşin karşısında kuruyuncaya kadar sarınsın diye bir battaniye getirdi; önemsiz bir sıyrık olan yarasını temizlemek için su ısıttı ve başını sarsın diye temiz bir bez verdi. Sonra Buendiaların öyle içtiğini duyduğu için ona bir fincan sade kahve sundu ve giysilerini ateşin önüne serdi.

José Arcadio Segundo kahvesini bitirinceye kadar konuşmadı. "Üç bin kadar vardı," diye mırıldandı.

"Ne?"

José Arcadio Segundo, "Ölüler," diye açıkladı. "İstasyondakilerin tümü ölmüş olmalı."

Kadın ona acıyormuş gibi baktı. "Burada hiç ölen olmadı," dedi. "Büyük amcanız Albay'ın döneminden bu yana, Macondo'da hiçbir şey olmadı." José Arcadio Segundo'nun kendi evine varmadan önce uğradığı öteki üç evin mutfağında da aynı şeyleri söylediler: "Hiç ölen olmadı." José Arcadio Segundo, istasyonun önündeki ufak alana çıktı. Pidecilerin tablaları üst üste istiflenmişti. Kıyımdan hiçbir iz yoktu. Sürekli yağan yağmurun altında sokaklar bomboştu. Evlerin kapalı kapılarının, pencerelerinin ardında kimseler yok gibiydi. Kasabada canlıların olduğunu belirleyen tek şey, ayine çağıran kilise çanlarının sesiydi. José Arcadio Segundo, Albay Gavilan'ın evine uğradı. Daha önce birkaç kez gördüğü gebe bir kadın, kapıyı onun suratına kapadı. Korkulu bir sesle, "Gavilan gitti," dedi. "Kendi memleketine döndü." Kümes tellerinin ana girişinde her zamanki gibi yerel polis nöbetteydi. Lastik çizmeleri ve muşambalarıyla yağmurun altında taş gibi duruyorlardı. José Arcadio Segundo eve gelince bahçe duvarından atladı ve mutfaktan içeri girdi. Santa Sofia de la Piedad sesini yükseltmekten ürkerek, "Sakın Fernanda seni görmesin," dedi. "Neredeyse kalkar." Santa Sofia de la Piedad gizli bir anlaşmaya uyuyormuş gibi, oğlunu "oturak odasına" götürdü, Melquíades'in kırık karyolasını düzeltti ve öğleden sonra ikide Fernanda uykuya yattığı zaman, oğlunun yemeğini bir tabağa koyup pencereden uzattı.

Aureliano Segundo yağmur bastırdığında evde olduğu için orada gecelemişti. Saat üç olduğu halde, hâlâ havanın açılmasını bekliyordu. Santa Sofia de la Piedad kardeşinin geldiğini gizlice ona söyleyince, Aureliano Segundo onu görmek için Melquíades'in odasına girdi. José Arcadio Segundo'nun anlattığı kıyım hikâyesine ve deniz yönünde ilerleyen ceset dolu trendeki karabasanlı yolculuğa Aureliano Segundo da inanmadı. Bir akşam önce ulusa hitaben yayınlanan olağanüstü bildiride, işçilerin istasyondan ayrıldıklarını ve hiç ses çıkarmadan ufak gruplar halinde dağılarak evlerine döndüklerini okumuştu. Bildiride ayrıca yurtsever sendika liderlerinin isteklerini iki maddeye indirdikleri de belirtiliyordu: Sağlık hizmetlerinde yapılacak reformdan ve konutlara hela yaptırılmasından öte bir şey istemiyorlardı. Daha sonra yapılan açıklamada ise, askerî makamların işçilerle anlaşmaya varınca, durumu Mister Brown'a bildirdikleri ve Mister Brown'ın yalnızca bu istekleri olumlu karşılamakla kalmayıp, anlaşmazlığın sona ermesini kutlamak için üç gün üç gece şenlik yaptıracağı ve şenlik için gerekli parayı da cebinden vereceği belirtilmişti. Bildiride yer almayan tek olay, askerlerin, anlaşmanın ne zaman imzalanacağını sormaları üzerine Mister Brown şimşeklerle aydınlanan gökyüzüne bakmış ve ne bileyim gibilerden omuz silkerek, "Yağmur dinince," demişti. "Yağmur yağdığı sürece bütün faaliyeti durduruyoruz."

Üç aydır yağmur yağmamış, kuraklık olmuştu. Ama Mister Brown kararını açıklar açıklamaz, muz bölgesine kovalardan boşanırcasına yağmur inmeye başlamıştı. José Arcadio Segundo, Macondo'ya dönerken işte bu yağmura yakalanmıştı. Bir hafta sonra, yağmur hâlâ yağıyordu. Olayın resmî ağızlardaki anlatımı belki bin kez tekrarlanmış, hükümetin elindeki bütün iletişim araçlarıyla ülkenin her köşesine yayılmış ve sonunda kabullenilmişti. Yetkililerin açıkladığına göre, ölen yoktu; istekleri yerine gelen işçiler, ailelerinin yanına dönmüşler ve Muz Şirketi yağmurlar kesilinceye kadar çalışmalarına ara vermişti. Ardı arkası kesilmeyen yağmurun yol açabileceği bir afet karşısında gerekli önlemleri almak amacıyla sıkıyönetim sürdürüldüyse de, asker kışlasına çekildi. Gündüzleri askerler pantolon paçalarını kıvırarak su içindeki sokaklarda dolaşıyorlar, çocuklarla birlikte birikintilerde kâğıttan kayıklar yüzdürüyorlardı. Geceleri ise kafaları çektikten sonra, tüfeklerinin dipçiğiyle kapıları dövüyor, kuşkulu kişileri yataklarından kaldırıyor, dönüşü olmayan yolculuklarına götürüyorlardı. 4 numaralı bildiride sözü edilen haytaların, bozguncuların, kundakçıların, katillerin ve asilerin avlanması ve köklerinin kazınması işlemi sürüp gidiyordu. Oysa askerî makamlar bu durumu inkâr ediyorlar, bir haber alabilmek için komutanların odalarını dolduran kurbanların yakınlarına, "Hayal görmüş olmalısınız," diyorlardı. "Macondo'da hiçbir şey olmadı. Bugüne kadar olmadığı gibi bundan sonra da olmayacak. Ne mutlu bu kasabaya," diyorlardı. Böyle diye diye, sonunda sendika liderlerini silip süpürdüler.

Sağ kalan yalnızca José Arcadio Segundo'ydu. Bir şubat gecesi, kapı çok iyi bilinen o dipçik darbeleriyle sarsılmaya başladı. Hâlâ havanın açmasını bekleyen Aureliano Segundo, altı askerle başlarındaki subaya kapıyı açtı. Askerler iliklerine kadar sırılsıklam olmuşlardı. Tek söz etmeden evi salondan zahire ambarına dek didik didik ettiler; oda oda, dolap dolap aradılar. Úrsula, odasındaki elektriği yaktıkları zaman uyandı. Ama arama tamamlanıncaya kadar soluk bile almadı. Yalnızca parmaklarını haç biçiminde çaprazladı ve askerler odada gezindikçe, o da parmaklarını o yöne çevirerek yattı. Santa de la Piedad, Melquíades'in odasında uyuyan José Arcadio Segundo'ya bir fırsatını bulup haber verdi. Ne var ki, kaçmak için artık çok geç olduğunu o da biliyordu. Santa Sofia de la Piedad kapıyı yeniden kilitledi. José Arcadio Segundo da gömleğini ve pabuçlarını giyerek askerleri beklemeye başladı. O sırada askerler işliği arıyorlardı. Subay, askerlere kilidi açmalarını söyledi, sonra elindeki feneri odada şöyle bir gezdirip tezgâhı ve sahibinin bıraktığı yerde duran araçları ve asit şişeleriyle dolu camlı dolabı görünce odada kimse olmadığı kanısına vardı. Yine de ihtiyatı elden bırakmayıp Aureliano Segundo'ya gümüşçü olup olmadığını sordu. Orasının Albay Aureliano Buendia'nın işliği olduğunu öğrenince, subay bir "Ohoo!" çektikten sonra ışıkları yaktırdı ve odanın kıyı bucak aranmasını emretti. Askerler her yanı öylesine didik didik ettiler ki, eritilmeden kalmış olan ve çiçeklerin arkasındaki tenekede duran on sekiz balığı bile bulup çıkardılar. Subay, balıkları tezgâhın üzerine dizdi, tek tek inceledi, sonra insancıl yanı yüzeye çıktı. "İzin verirseniz birini almak istiyorum," dedi. "Bir zamanlar bunlar bir ölüm işareti gibiydi, oysa şimdi antika sayılırlar." Subay gencecik bir delikanlıydı. Gözü pekti ve o ana kadar ortaya çıkmamış bir doğal nezaketi vardı. Aureliano Segundo balıklardan birini ona verdi. Gözleri çocuk gibi sevinçle parlayan subay, balığı gömleğinin cebine koydu. Geri kalan balıkları yeniden tenekenin içine doldurarak eski yerine kaldırdı.

"Bunu çok değerli bir anı olarak saklayacağım," dedi. "Albay Aureliano Buendia en büyük adamlarımızdan biriydi."

Ancak, bu insancıl duygulanma, subayın işini yürütmesine engel olmadı. Kapısına yeniden kilit asılmış olan Melquíades'in odasına geldiklerinde Santa Sofia de la Piedad, son bir umutla, "Yüz yıldır bu odada kimse oturmadı," diye mırıldandı. Subay kapıyı açtırdı, fenerin ışığını odada gezdirdi. Aureliano Segundo ile Santa Sofia de la Piedad, yüzüne ışık düşen José Arcadio Segundo'nun Araplarınkine benzer kara gözlerinin parladığını gördüler ve o anda bir üzüntü döneminin bittiğini, ancak boyun eğip kabullenerek dayanılabilecek yeni bir üzüntü döneminin başladığını anladılar. Oysa subay fenerin ışığını odada gezdirmeye devam etti ve dolaplara yığılı yetmiş iki oturağı görünceye kadar hiçbir şeyle ilgilenmedi. O zaman ışığı yaktı. José Arcadio her zamankinden daha dalgın ve düşünceli olarak, gitmeye hazır durumda, yatağın ucuna ilişmişti. Arkasındaki duvarda eskimiş kitaplar, elyazmaları rulolarıyla dolu raflar ve hokkalarındaki mürekkep henüz kurumamış olan düzenli çalışma masaları vardı. Aureliano Segundo'nun çocukluğunda bildiği ve evde Albay Aureliano Buendia'dan başka herkesin fark ettiği gibi odanın havası temizdi, hiçbir yerde toz yoktu ve hiçbir şey yıpranmamıştı. Subay ise yalnızca oturaklarla ilgileniyordu.

Subay, "Evde kaç kişisiniz?" diye sordu.

"Beş."

Subay anlamamıştı herhalde. Aureliano Segundo ile Santa Sofia de la Piedad'ın José Arcadio Segundo'yu görmekte oldukları boşluğa baktı. José Arcadio Segundo, subayın kendisine baktığını, ama görmediğini sezdi. Sonra subay ışığı söndürdü, kapıyı kapattı. Subayın askerlere söylediklerini duyan Aureliano Segundo, onun da odayı Albay Aureliano Buendia'nın gözüyle gördüğünü anladı.

"Bu odaya en azından yüz yıldır kimsenin ayak basmadığı belli," diyordu subay. "Tanrıbilir, yılan bile vardır."

Kapı kapandığı zaman, José Arcadio Segundo, savaşın sona erdiğine inandı. Yıllarca önce Albay Aureliano Buendia savaşın insanı nasıl büyüleyen bir yanı olduğunu ona anlatmış, kendi başından geçen sayısız örnek göstermişti. José Arcadio Segundo ona inanmıştı. Oysa askerlerin kendisini görmeden yüzüne baktıkları gece son birkaç ay içindeki gerginliği, hapishanedeki sefaleti, istasyondaki paniği ve ölülerle dolu treni düşünen José Arcadio Segundo, Albay Aureliano Buendia'nın ya sahtekâr ya da geri zekâlı olduğu sonucuna vardı. Albayın savaşta neler duyduğunu anlatmak için öyle uzun uzun konuşmuş olmasına anlam veremiyordu. Çünkü bir tek söz yeterliydi: korku. Oysa Melquíades'in odasında, doğaüstü ışıkla, yağmurun sesiyle, görünmez olduğu duygusuyla sağlanan güvenlik içinde, o güne kadar bütün ömrünce bir an bile bulamamış olduğu huzuru duydu. Artık yalnızca diri diri gömülmekten korkuyordu. Yemeğini getiren Santa Sofia de la Piedad'a bu korkusunu anlattı. Annesi de, onun öldükten sonra gömülmesini sağlamak için, doğal güçleri zorlayarak uzun ömürlü olmaya, oğlunun ardına kalmaya söz verdi. Bütün korkulardan sıyrılan José Arcadio Segundo, kendini Melquíades'in elyazmalarını okumaya verdi. Yazıları sökemeyince daha bir hevesle işe sarılıyordu. İki aydır durmadan yağan ve artık sessizliğin bir başka biçimi haline gelen yağmurun sesine alıştı. Yalnızlığını bozan tek şey Santa Sofia de la Piedad'ın geliş gidişleriydi. Bu yüzden, annesine yemekleri pencerenin önüne bırakmasını ve kapıya asma kilit vurmasını söyledi. Askerlerin ona baktıkları halde görmediklerini duyduktan sonra kayınbiraderinin orada kalmasına ses çıkarmayan Fernanda dahil, ev halkı onu unuttu. Askerler Macondo'dan gittikten altı ay sonra, Aureliano Segundo yağmurlar dininceye kadar çene çalabilecek birini aradığı için kapının kilidini açtı. Kapıyı açar açmaz da, oturakların iç bulandıran kokusuyla burun buruna geldi. Oturakların hepsi yere sıralanmış ve hepsi de birkaç kez kullanılmıştı. Saçları iyiden iyiye dökülmüş olan José Arcadio Segundo, iç bulandırıcı kokulara aldırış etmeden bir türlü sökülmeyen yazıları okuyor, bir daha okuyordu. Melekleri kuşatan haleye benzer bir ışıkla aydınlanmıştı. Kapının açıldığını duyunca yalnızca başını kaldırıp baktı. Ama bu bakış, gözlerindeki büyük dedesinin onmaz yazgısını kardeşinin görmesine yetti.

José Arcadio Segundo, "Üç binden fazlaydı," diyor, başka bir şey demiyordu. "İstasyondakilerin hepsinin öldüğünü artık kesinlikle biliyorum."

Yağmur tam dört yıl, on bir ay, iki gün yağdı. Arada hafifliyor, çisentiye dönüyor, o zaman herkes giyinip kuşanıyor, havanın düzelmesini kutlamaya hazırlanıyordu. Ama çok geçmeden bu çisentili duraklama dönemlerinin, eskisinden bin kat beter bir yağmurun habercisi olduğu da öğrenildi. Hava, değdiği yeri yıkıp götüren fırtınalarla dolup kararmakta, göğün yüzü buruşmaktaydı. Kuzeyden gelen kasırga, çatıları uçuruyor, duvarları yıkıyor, muz bahçelerinde tek ağaç bırakmamacasına tümünü köklerinden söküp deviriyordu. Úrsula, uykusuzluk hastalığı salgınını hatırladı. Çünkü yağmur süresince de uykusuzluk hastalığı salgınında olduğu gibi, felaket, insanı can sıkıntısına karşı koymaya zorluyordu. Kendini avareliğe kaptırmamak için en çok çalışanlardan biri Aureliano Segundo'ydu. Mister Brown'ın fırtınayı başlattığı gece, Aureliano Segundo önemsiz bir şey için eve uğramıştı. Yağmur başlayınca Fernanda bir dolabın dibinde bulduğu, tellerinin yarısı kopuk şemsiyeyi çıkarıp kocasına getirmiş, o da, "İstemez. Hava açana kadar kalırım," demişti. Hiç kuşkusuz, bağlayıcı bir söz değildi bu, yine de Aureliano Segundo sözünde durmak gereğini duydu. Giyecekleri Petra Cotes'in evinde olduğu için, üç günde bir üzerindekileri çıkarıyor, onlar yıkanıp kuruyana kadar donla bekliyordu. Canı sıkılmasın diye, evde onarılması gereken bir yığın işe bulaştı. Menteşeleri taktı, kilitleri yağladı, gevşemiş tokmaklarını sıkıştırdı, şişen kapıları yonttu. Ta José Arcadio Buendia'nın zamanından kalma, çingenelerden alınmış avadanlık kutusu, birkaç ay Aureliano Segundo'nun elinden düşmedi. Orayı burayı onaracağım diye çokça hareket etmesinden midir, kışın getirdiği can sıkıntısından mıdır, zorunlu perhizden midir bilinmez, göbeği azar azar ufalmaya, kaplumbağa sırtını andıran yüzünün morluğu azalmaya, çift katlı olmuş çenesi erimeye başladı ve file benzemekten çıkıp kendi başına pabuçlarını bağlayabilecek hale geldi. Fernanda, onun kapılara mandal takışını, saatleri onarışını gördükçe, Albay Aureliano Buendia'nın eritip yeni baştan yaptığı balıklarıyla, Amaranta'nın bitmek bilmez kefeni ve söküp baştan diktiği düğmeleriyle, José Arcadio'nun sökmeye çalıştığı elyazmalarıyla ve Úrsula'nın anılarıyla uğraştığı gibi, kocasının da ev onarımı konusunda böylesi bir yazboz düzenine girip girmeyeceğini merak ediyordu. İşin kötüsü, yağmurun her şeye zararı dokunuyor ve bu onarımı zorunlu kılıyordu. Üç günde bir yağlanmazsa, en kuru makinelerin dişlileri arasından tomurcuklar sürecek gibi oluyor, nakış ipliklerinde pas lekeleri oluşup ıslak çamaşırlar safran rengi küf bağlayıveriyordu. Hava öylesine nemliydi ki, neredeyse balıklar kapılardan dalıp odanın havasında yüzerek pencerelerden çıkacaktı. Bir sabah Úrsula uyandığında sonunun gelmiş olduğu, sessizce bayılıp bir daha ayılmayacağı duygusuna kapıldı ve sedyeyle taşınması gerekse bile kendisini Peder Antonio Isabel'e götürmelerini söyledi. Santa Sofia de la Piedad, onu şöyle bir doğrultunca sırtını baştan aşağı sülük sardığını gördü. Kadının kanını emip tüketmesinler diye sülükleri teker

teker kopardı, maşayla ezip öldürdü. Eve dolan suyu boşaltmak için kanallar açmak, tahtaları kurulayıp karyolaların altındaki tuğlaları atmak ve yeniden pabuç giyip gezinebilmek için de sümüklüböceklerle kurbağaları dışarı çıkarmak gerekiyordu. Yapması gereken bir yığın ıvır zıvıra dalan Aureliano Segundo, bir akşamüstü güneşin batışını seyrederken, Petra Cotes'i yüreği ve eti kıpırdamadan düşününceye kadar yaşlandığının farkına varmadı. Yaşlandıkça güzelliği donuklaşmış olan Fernanda'nın yayvan sevgisine dönmek işten değildi. Ne var ki, yağmur Aureliano Segundo'nun iliğini kemiğini kurutmuş, onu tutkudan koparmış ve isteksizlikten gelen bir ağırbaşlılığa sürüklemişti. Yağmaya başlayalı bir yılı bulan yağmuru düşünüyor, başka zaman olsa bu yağmurla yapabileceği şeyleri tasarlamaktan zevk alıyordu. Muz Şirketi gelip de, çinko damlar yaygınlaşmadan çok önceleri, Macondo'ya çinko levhaları ilk getirenlerden biri Aureliano Segundo olmuştu. Hem de salt Petra Cotes'in yatak odasının damına döşemek ve yağmur yağdıkça çinkoya vuruşunu dinleyerek metresine daha bir sıkı sıkı sarılmak için getirtmişti. Oysa şimdi o delidolu gençlik günlerinin anısı bile onu heyecanlandırmaz olmuştu. Giriştiği son âlemin yarısında dağarcığındaki şehveti de tüketmiş, yarı yolda soluksuz kalmıştı. Neyse ki, bütün bunları yüreğinde burkulma ya da pişmanlık duymadan hatırlayabilmek erdemine sahipti. Onun bu halini görenler, tufanın yarattığı fırsattan yararlanıp külahını önüne koyarak düşündüğünü ya da kerpetenle yağdanlıkla uğraşa uğraşa ömrü boyunca yapabilecekken yapmadığı bir yığın yararlı işin özlemini duyduğunu sanabilirlerdi. Oysa Aureliano Segundo'yu kuşatmaya başlayan evcimenliğin, ne pişmanlıkla ne de aklının yeni yeni başına gelmesiyle ilgisi vardı. Bu duygu çok daha ötelerden,

Melquíades'in odasında uçan halılarla, koskoca tekneleri tayfasıyla birlikte yutan balinalarla ilgili masalları okuduğu günlerden kalmaydı ve yağmur bu duyguyu eşelemiş, yüzeye çıkarmıştı. İşte o günlerde Fernanda'nın bir an boş bulunmasından yararlanan ufak Aureliano verandaya fırladı ve dedesi onun kim olduğunu anladı. Çocuğun saçlarını kesti, üstünü giydirdi, ona insanlardan korkmamayı öğretti ve çok geçmeden çocuğun, çıkık elmacıkkemikleri, ürkek bakışı ve içine kapanıklığıyla gerçek bir Aureliano Buendia olduğu ortaya çıktı. Böylelikle Fernanda ağır bir yükten kurtulmuş oldu. Fernanda bir süre kendisiyle çekişmiş, durumu kocasına açmayı onuruna yedirememişti. Ne söyleyeceğini bilemiyor, bulduğu her çözüm akla aykırı görünüyordu. Aureliano Segundo'nun durumu böyle karşılayacağını, dedelik zevkini çıkarmaya başlayacağını bilseydi, bunca sıkıntıya girmez, bu yükü bir yıl önce üstünden atardı. İkinci dişini çıkaran Amaranta Úrsula, yeğenine can sıkıntısını avutacak bir oyuncak gözüyle bakıyordu. Aureliano Segundo çocukları nasıl oyalayacağını düşünürken, Meme'nin eski odasında el sürülmeden duran İngilizce ansiklopedi aklına geldi. Çocuklara ansiklopedideki resimleri göstermeye başladı. Özellikle hayvan resimlerini gösteriyordu. Sonra uzak diyarların haritalarını ve ünlü kişilerin fotoğraflarını gösterdi. İngilizce bilmediği ve ancak çok tanınan kentlerle kişilerin resimlerini ayırt edebildiği için, çocukların doymak bilmez merakını karşılayabilsin diye çeşitli adlar ve öyküler uyduruyordu.

Fernanda, kocasının, metresine dönmek için yağmurun dinmesini beklediğine gerçekten inanıyordu. Yağmurun ilk aylarında Fernanda, kocası yatak odasına girer de, Amaranta Úrsula'nın doğumundan sonra başına gelen felaketi açıklamak zorunda kalırsa diye üzülüyor, artık ilişkide bulunamayacak duruma gelmesinin ayıbı ortaya çıkacak diye içi içini yiyordu. Zaten, postanın kötü işlemesi yüzünden sık sık kesilen yazışmalarla görünmez doktorlara başvuruşu da bundan dolayıydı. Trenlerin yağmurda raydan çıktığı haberlerinin ulaştığı ilk aylarda, görünmez doktorlardan bir mektup geldi. Fernanda'nın kendilerine yolladığı mektupların ellerine geçmediğini yazıyorlardı. Daha sonraları doktorlarla haberleşmesi kesilince, Fernanda kocasının karnavalda giydiği kaplan maskesini takıp kendini Muz Şirketi'nin doktorlarına göstermeyi bile düşündü. Ama boyuna haber getirenlerden biri, şirketin, dispanseri kaldırıp yağmur yağmayan bir yere taşıyacağını söyleyince Fernanda'nın umutları kırıldı. Yağmur dinip posta yeniden düzene girene kadar beklemekten başka çaresi kalmamıştı. Bu arada aklının yettiğince kendi kendini iyileştirmeye çalışıyordu. Macondo'daki tek doktor olan ve eşek gibi ot yiyen o Fransız'a gitmektense ölmeyi yeğlerdi. Hastalığına geçici bir çare bulabilir umuduyla Úrsula'ya yanaştı. Ne var ki, bazı şeylerin adını ağzına alamama alışkanlığı yüzünden, en önce söylenmesi gerekenleri en sona bırakıyor, ayıp olmasın diye "doğurmak" yerine "çıkarmak", "akıntı" yerine "yanma" gibi terimler kullanıyordu. İşi öyle bir karıştırdı ki, sonunda Úrsula onun derdinin rahimde değil, bağırsaklarda olduğu sonucunu çıkardı ve aç karnına tatlı süblümen içmesini öğütledi. Kendisi de başlı başına hastalık olan utanma illetine yakalanmamış biri için utanılacak yanı olmayan o derdi olmasa, bir de mektuplar kaybolmamış olsa, Fernanda yağmurdan hiç tedirgin olmayacaktı, çünkü bütün ömrü yağmur yağıyormuşçasına geçmişti. Ne günlük programında, ne dualarının düzeninde bir değişiklik yaptı. Yemek yiyenlerin ayakları ıslanmasın diye masanın tuğlalar üzerine yerleştirildiği, sandalyelerin altına tahtalar konulduğu günlerde bile, Fernanda keten örtüleri, porselen takımları, şamdanları hiç eksik etmedi. Alışkanlıklardan kopmak için felaketleri bahane etmeyi yersiz bulurdu. Artık kimse sokağa çıkmıyordu. Sokağa çıkıp çıkmamak Fernanda'nın görüşlerine bağlı olaydı, yağmurlar başlamadan önce de kimsenin sokağa çıkmaması gerekirdi. Çünkü Fernanda, kapıların kapalı tutulmak için icat edildiğine ve sokakta olup bitenlerle ancak sokak kadınlarının ilgileneceğine inanırdı. Yine de Albay Gerineldo Márquez'in cenazesi geçiyor dediklerinde pencereden ilk bakan o oldu. Aralık pencereden böyle bir bakıp çekildiği halde, böyle bir zaaf gösterdiği için uzun süre pişmanlık duydu.

Fernanda, bundan daha tenha, daha hüzünlü bir cenaze alayı düşünemezdi. Tabutu kağnı arabasına koymuşlar, üzerine de muz yapraklarından bir saçak yapmışlardı. Ancak hava öylesine yağışlı, sokaklar öylesine çamurluydu ki, tekerlekler her dönüşte çamura saplanarak sarsılıyor, ağırlaşmış saçak her sarsıntıda dağılıverecek gibi oluyordu. Süzülen yağmur suları bayrağa sarılı tabutun üzerine iniyor, onurlu gazilerin bir zamanlar kabul etmedikleri kan ve barut lekeli bayrağı ıslatıyordu. Albay Gerineldo Márquez'in Amaranta'nın dikiş odasına silahsız girmek için askılıkta bıraktığı gümüş ve bakır tokalı kılıcını da tabutun üzerine koymuşlardı. Kağnının arkasında Neerlandia'daki teslim görüşmelerinde bulunanlardan sağ kalmış olanlar yürüyordu. Yalınayaktılar. Paçalarını sıvamışlar, çamurlara bata çıka ilerliyorlardı. Bir ellerinde kağnıyı çeken hayvanları dürtüklemek için sopalar, öteki ellerinde yağmurdan rengi kaçmış kâğıt çelenkler vardı. Hâlâ Albay Aureliano Buendia'nın adını taşıyan sokakta gerçekdışı bir görüntü gibiydiler. Evin önünden geçerlerken hepsi başını çevirip pencerelere baktılar. Sonra alana dönen köşeyi kıvrıldılar ve çamura saplanan arabayı yerinden kıpırdatmak için yardım etmek zorunda kaldılar. Úrsula, Santa Sofia de la Piedad'a kendini taşıtarak kapıya çıktı. Cenaze alayının çektiği zahmeti öylesine dikkatle inceledi ki, gözlerinin gördüğünden hiç kimsenin kuşkusu olmadı. Hele haberci melekler gibi kaldırdığı elini, arabanın sallantısına uydurarak salladığını görenler, onun kör olduğunu bilseler bile inanmazlardı.

Úrsula, "Güle güle oğlum Gerineldo," diye seslendi. "Bizimkilere selamlarımı ilet; yağmurlar dinince onları göreceğimi söyle."

Aureliano Segundo onu yatağına götürdü ve her zamanki teklifsizliği içinde cenazenin ardından seslenirken ne demek istediğini sordu.

Úrsula, "Öyle işte," dedi. "Ölmek için yağmurun dinmesini bekliyorum."

Sokakların durumu Aureliano Segundo'yu kaygılandırıyordu. Sonunda hayvanlarının ne durumda olduğunu merak etti, başının üzerine bir muşamba tutarak Petra Cotes'in evine gitti. Petra Cotes'i bahçede beline kadar suyun içinde, bir atın ölüsünü yüzdürmeye çalışırken buldu. Aureliano Segundo eline bir kaldıraç alarak ona yardım etti. Şişmiş gövde koca bir çan gibi öte yanına devrildi ve sulu çamur seline kapılarak gitti. Yağmur başladığından beri Petra Cotes bahçedeki hayvan leşlerini kaldırmaktan başka iş yapmıyordu. İlk haftalarda bir şeyler yapması için Aureliano Segundo'ya haber üstüne haber salmış, Aureliano Segundo ise telaşa gerek olmadığını, korkulacak bir durum bulunmadığını, hava açtıktan sonra ne yapılması gerektiğini düşünecek bol bol zaman olacağını söyleyerek gitmemişti. Petra Cotes, at otlaklarının su altında kaldığı, davarların suda yüzdükleri, yiyecek yem kalmadığı, hayvanların ise jaguarların ve hastalığın pençesine düştüğü haberlerini iletti. Aureliano Segundo, "Yapılacak hiçbir şey yok," diye karşılık verdi, "havalar düzelince ölenlerin yerinde yenileri doğar." Petra Cotes, hayvanların sürüyle öldüklerini görüyor, hiçbir şey yapamıyordu. Yalnızca çamura saplanmış olanları kesiyordu. Bir zamanlar Macondo'nun en büyük ve en güçlü sayılan servetinin, tufanın acımasızlığında yok oluşunu, geriye hastalık ve yokluktan başka bir şey kalmayışını suskun bir çaresizlik içinde seyrediyordu. Aureliano Segundo olup bitenlere bir göz atma kararını verdiğinde, koca çiftlikten kala kala bir at leşi ile yıkık ahırda titreyen, kadavrası çıkmış katırdan başka bir şey kalmadığını gördü. Petra Cotes onun geldiğini görünce şaşırmadı, sevinmedi, sitem de etmedi. Yalnızca hafif alaylı bir gülümseyişle karşıladı Aureliano Segundo'yu.

"Gelmenin sırasıydı artık!" dedi.

Çökmüş, bir deri bir kemik kalmıştı. Yırtıcı hayvanlarınkine benzeyen çekik gözleri, yağmuru seyretmekten hüzünlenmiş, yumuşamıştı. Aureliano Segundo evinde olduğundan daha rahat ettiğinden değil, muşambayı kafasına örtüp sokağa çıkmaya karar veremediği için kalıyordu. Öteki evdeyken dediği gibi, "Acele etmeye gerek yok," diyordu, "birkaç saat içinde havanın açmasını dileyelim yeter." İlk hafta boyunca Aureliano Segundo, zamanın ve yağmurun metresinin sağlığında bıraktığı izlere alıştı. Giderek onu eskiden olduğu gibi görmeye, coşturuculuğunu, taşkınlıklarını, sevgisinin hayvanlara bahşettiği akıl almaz doğurganlığı hatırlamaya başladı ve ikinci haftanın içinde bir gece, yarı meraktan, yarı sevgiden, kadını okşaya okşaya uyandırdı. Petra Cotes onun bu davranışına karşılık vermedi. "Hadi, uyu bakalım," diye mırıldandı. "Şimdi böyle şeyleri düşünmenin sırası değil." Aureliano Segundo tavandaki aynalarda kendini gördü. Petra Cotes'in artık yıpranmış sinirlerle birbirine bağlanan ve bir dizi makarayı andıran belkemiğini gördü ve kadına hak verdi. Hem, böyle şeylerin sırası olmadığından değil, artık böyle şeyler onlardan geçmiş olduğu için haklı buldu onu.

Yalnızca Úrsula'nın değil, bütün Macondoluların ölmek için yağmurun dinmesini bekledikleri kanısına varan Aureliano Segundo, sandıklarını da toplayıp eve döndü. Sokaklardan geçerken Macondoluların pencerelerinin önünde kollarını kavuşturmuş, gözleri dalıp gitmiş oturduklarını, bölüntüsüz, acımasız zamanın geçişini kolladıklarını gördü. Yağmuru seyretmekten öte hiçbir şey yapılamayınca, zamanı aylara ve yıllara bölmenin gereği yoktu. Çocuklar Aureliano Segundo'yu sevinçle karşıladılar, çünkü sesi kısılmış akordeonu çalıp onları eğlendiriyordu. Ama asıl hoşlarına giden şey bu konserlerden çok, ansiklopediye bakmaktı. Yeniden Meme'nin odasında toplandılar ve Aureliano'nun uçan balonu, bulutlar arasında yatacak yer arayan uçan file dönüştüren öykülerini dinlemeye başladılar. Aureliano Segundo ansiklopediyi karıştırırken at üstünde birinin resmine rastgeldi. Adam, tuhaf kılığına rağmen, hiç de yabancı gelmiyordu. Aureliano Segundo dikkatle inceledikten sonra, bunun Albay Aureliano Buendia'nın resmi olduğu sonucunu çıkarttı. Resmi, Fernanda'ya gösterdi. O da at üstündeki adamın yalnızca Albay'a değil, bütün aileye benzediğini kabul etti. Oysa aslında resimdeki bir Tatar savaşçıydı. Rodos heykelinin, yılan oynatıcıların resimlerine baka baka zaman geçiyordu. Günlerden bir gün karısı odaya geldi ve Aureliano Segundo'ya zahire ambarında yalnızca bir buçuk kilo kavurmayla bir çuval pirinçten başka bir şey kalmadığını haber verdi.

Aureliano Segundo, "Peki, ne yapmamı istiyorsun?" diye sordu.

Fernanda, "Orasını ben bilmem," dedi. "Erkeklerin bileceği iş bu."

Aureliano Segundo, "Hava açınca bir çaresini düşünürüz," dedi.

Yemekte bir lokma etle bir kaşık pirinç yemek zorunda olsa da, ansiklopedi onu evin sorunlarından daha çok ilgilendiriyordu. "Şu anda hiçbir şey yapamam," diyordu, "ömrümüzün sonuna dek sürecek değil ya bu yağmur." Kilerdeki çuvallar dibine indikçe Fernanda'nın öfkesi tepesine çıkıyordu. Sızlanmaları, söylenmeleri bir yarar sağlamayınca, bir sabah olanca öfkesi zincirinden boşandı ve gitarın tekdüze çalınışı gibi tek perdeden başlayan konuşması, saatler ilerledikçe yükseldi de yükseldi. Aureliano Segundo, ancak ertesi sabah kahvaltısından sonra, yağmurun sesini bastıran ve ondan daha akıcı olan zırıltıdan rahatsız olduğu zaman, durumun farkına vardı. Sinirine dokunan dırıltıyı Fernanda çıkarıyordu. Kendisini kraliçe olmak için yetiştirdiklerini, sonunda bu deliler evinde hizmetçi olup çıktığını, kendisi dağılmaya yüz tutmuş bu evi ayakta tutmak için canını tüketirken, kocası olacak o tembel, o sefih, o ahlaksız herifin sırtüstü yatıp gökten ekmek yağsın diye beklediğini söyleyerek evin içinde dolanıyordu. Yapılacak yığınla iş vardı, artık burasına gelmişti, dayanamıyordu, gün doğuşundan gece yatana dek onarılacak, yapılacak bir alay şey oluyordu, gece yatağa girerken yorgunluktan gözleri batıyordu da bir Tanrı'nın kulu çıkıp da ona, "Günaydın Fernanda, nasılsın, iyi uyuyabildin mi?" diye sormuyordu. Neden böylesine sararıp solduğunu, sabahları kalktığında neden gözlerinin çevresinde mor halkalar olduğunu laf olsun diye bile soran çıkmıyordu. Zaten kendisini her zaman bir baş belası olarak, bir budala olarak gören, arkasından fısıl fısıl konuşan bu aileden daha başka ne beklenirdi ki? Onunla alay ediyorlar, kilise faresi diyorlar, kokona diyorlar, çok bilmiş diyorlar, düzenbaz diyorlardı. Tanrı günahlarını bağışlasın, Amaranta bile, onun kendi bokunu çomaklayan biri olduğunu söylemiş, Tanrı günah yazmasın, bu sözleri ağzına almıştı. Fernanda, yüreğinde Tanrı korkusu olduğu için, bütün bunlara dayanmıştı, ama o José Arcadio Segundo olacak alçak, evlerine bu kabız kadının, bu kendini beğenmiş dağlının ayak bastığı günden beri ailenin felaketten kurtulamadığını söyleyince artık dayanamamıştı. Tanrı yardımcımız olsun, ne biçim sözlerdi bunlar, hükümetin işçileri öldürtmek için gönderdiği dağlıların tohumundan olma bir kız demişti, hem de kendisine, Alba Dükü'nün vaftiz çocuğu olan kendisine söylemişti bu sözleri. Kendisi öyle soylu bir ailenin kızıydı ki, soyunu sopunu duyan başkan karılarının ödü patlıyordu. Onun gibi damarlarında soylu kan taşıyan bir hanımefendiye, imzasını atarken tam on bir tane adı peş peşe sıralamak hakkına sahip olan bir hanıma, hergelelerle dolu bu kasabada on altı parça gümüş çatal bıçağı bir arada görünce aklı başından gitmeyen tek kişi olan kendisine hakaret edeceklerdi ha! Kocası olacak o pis zampara kendisiyle alay edecek, bu kadar çok çatal bıçağın insanların işine yaramayacağını, olsa olsa kırkayakların kullanacağını söyleyerek eğlenecekti ha! Beyaz şarabın ne zaman, hangi taraftan ve hangi kadehle, kırmızı şarabın ne zaman, hangi taraftan ve hangi kadehle servis yapılacağını gözü kapalı bilen, ondan başka kimse yoktu. Beyaz şarabın gündüz, kırmızı şarabın gece içileceğini sanan o köylü bozması –Tanrı günahlarını bağışlasın– Amaranta gibi miydi o? Koskoca kıyı bölgesinde ondan başka kim vardı altın oturağa işemiş? Oysa, –Tanrı günahlarını bağışlasın– Albay Aureliano Buendia, o farmason kafasıyla ona çatmış, bu hakkı nereden aldığını, yoksa bok yerine fesleğen mi sıçtığını –evet, aynen bu sözlerle– sorup alay etmişti. Bunun üzerine odasındaki oturağı kaçamak görmüş olan Renata, kendi öz kızı, tutup oturak som altından olsa da, üzeri armalı olsa da içindekinin bildiğimiz bok olduğunu, hem de kabız yaylaların boku olduğu için en beteri olduğunu söylemişti. Bir düşünün, insanın öz kızı böyle konuşursa, ailenin öteki bireylerinden ne beklenirdi? Ama ne olursa olsun, kocasının biraz daha düşünceli, biraz daha saygılı olmasını beklemek hakkıydı. Ne de olsa Tanrı'nın emriyle onun kocası, eşi, yasal olarak onun malına konan adamdı. Kendisini babasının evine gelip almıştı, dileye isteye bu sorumluluğu yüklenmiş olması gerekirdi. Babasının evinde bir eksiği yoktu, yediği önünde, yemediği ardındaydı, elini sıcak sudan soğuk suya sokmazdı; yalnızca vaftiz babası, mühürlü yüzüğünü bastığı balmumuyla kapalı zarfta mektup yollayıp sevgili vaftiz kızının o nazik ellerinin piyano çalmaktan başka bir işle incinmemesini istemişti. Zaman öldürmek için cenaze çelenkleri örerdi. Oysa kocası olacak o zırdeli bin dereden su getirerek, söz üstüne söz vererek onu evinden almış, insanın sıcaktan soluk alamadığı bu cehennem kazanına getirmiş, daha kendisi orucunu tamamlamadan kocası sandığını sepetini toplamış, akordeonunu almış, bir aşağılık kadının koynuna gitmişti. Dediklerine göre kadının ne mal olduğunu anlamak için arkasından bir bakmak, azgın kısrak gibi kıçını çalkalayışını bir görmek yeterdi. O kadın bir... bir şeydi işte, kendisinin tam tersiydi, ister sarayda, ister domuz ahırında olsun, hanımefendiliği eksilmeyen, sofrada da yatakta da hanımefendi kalan, iyi yetiştirilmiş, Tanrı korkusu nedir bilen, Tanrı'nın yasalarına boyun eğen kendisinin, tam zıddıymış o kadın. Kocası tabii ki öteki kadınla yaptığı akrobatlıkları ve serserice antikalıkları kendisiyle yapamamıştı. Öteki kadın ise, Fransız yosmaları gibi, her şeye hazırdı. Onlardan da beterdi. Hiç değilse onlar kapılarına kırmızı fener asmak dürüstlüğünü gösteriyorlardı. Doña Renata Argote ile Don Fernando del Carpio'nun biricik, sevgili kızlarına yaraştırdıkları davranış buydu işte. Oysa babası ne saygın adamdı. Dini bütün bir Hıristiyan, kutsal mezar nişanı almış bir şövalyeydi. Bu nişanı alanlar, Tanrı'nın bağışıyla, mezarlarında bozulmadan yatarlar, yanakları gelin gibi taptaze, gözleri zümrüt gibi duru kalırdı.

Aureliano Segundo, "İşte şimdi attın," diye karısının sözünü kesti, "buraya getirdiklerinde baban kokmaya başlamıştı bile."

Kadının boş bulunacağı anı kollayarak, koca bir gün sabırla onu dinlemişti. Fernanda onun dediklerine kulak asmadıysa da sesini alçalttı. O akşam yemekte, Fernanda'nın sürekli dırdırı yağmurun sesini bastırdı. Aureliano Segundo başını tabağından kaldırmadan bir iki lokma yiyip erkenden odasına çekildi. Ertesi sabah kahvaltıda Fernanda bitkindi. Uyumamışa benziyordu ve kendi öfkesinden yılgın düşmüş gibiydi. Yine de, kocası rafadan yumurta istediği zaman, yumurtaların bir hafta önce tükendiğini söyleyecek yerde, Fernanda açtı ağzını yumdu gözünü, aklı midesine kaçmış erkeklere verdi veriştirdi, el el üstünde oturup sofraya gelince kuşsütü istediklerinden yakındı. Aureliano Segundo, her zamanki gibi çocukları aldı, ansiklopediye bakmak için odaya çekildi. Fernanda da onun başının etini yemeye devam edebilsin diye, sözüm ona Meme'nin odasını düzeltmeye girişti. O oracıkta söylenip dururken, Aureliano Segundo'nun çocuklara ansiklopediyi açıp Albay Aureliano Buendia'nın resmini basmışlar diyebilmesi için yürek isterdi. Öğleden sonra çocuklar uykuya yatınca Aureliano Segundo verandaya çıktı. Fernanda orada da peşini bırakmadı, dalına basarak, atsineği vızıltısına benzer dırdırını sürdürerek yakasına yapıştı. Evde taşlardan başka ağza atacak bir şey kalmadığı halde, kocasının Acem şehinşahı gibi yan gelip oturduğunu, yağmuru seyrettiğini, zaten bir işe yaramadığını söyleyip durdu. Miskinin biriydi, sünger gibi yalnızca sömürmesini bilirdi, bir işe yaramazdı, pamuktan daha yumuşak yapılıydı, kadınların sırtından geçinmeye alışıktı, kendisini balina hikâyesini dinlemekle avunan Yunus Peygamber'in karısıyla mı evli sanıyordu? Aureliano Segundo söylenenleri hiç duymuyormuş gibi hiç istifini bozmadan, iki saatten fazla dinledi karısını. Akşama doğru, kafasının içinde çalan bir davul gibi sürüp giden sese dayanamayacak duruma gelinceye dek karısının sözünü kesmedi.

Sonra, "Lütfen kes artık," diye rica etti.

Fernanda ise tam tersine, sesini yükseltti. "Neden kesecekmişim?" dedi. "Beni dinlemek istemeyen çeker başka yere gider." O zaman Aureliano Segundo kendisini kaybetti. Ağır ağır doğruldu. Gerinmek için ayağa kalkıyor gibi bir kayıtsızlığı vardı. Sonra son derece yöntemli ve düzenli bir öfkeyle begonya saksılarını, eğreltiotu fıçılarını, ortanca saksılarını teker teker kaptığı gibi yere vurup parçaladı. Fernanda korktu. Çünkü o ana kadar sürdürdüğü dırdırın nasıl bir gerilime yol açtığını gerçekten kavrayamamıştı. Şimdi de ortalığı yatıştırmak, durumu düzeltmek zamanı çoktan geçmişti artık. Bu boşalımın verdiği sarhoşluk içindeki Aureliano Segundo, yine hiç acele etmeden porselen takımların durduğu büfenin camını kırdı, porselenleri birer birer çıkardı, yere atıp parçaladı. Bir zamanlar nasıl evi baştan aşağı banknotlarla sıvamışsa, yine aynı serinkanlılık ve sistemli çalışmayla bu kez de Bohemya kristallerini duvara çarpmaya koyuldu. Ardından elle boyanmış vazolar, çiçekli kayıklardaki genç kız resimleri, yaldız çerçeveli aynalar, sözün kısası salondan kilere, kırılacak ne varsa hepsini tuzla buz etti; son olarak da mutfaktaki büyük küpü bahçeye fırlattı. Küp, bahçenin ortasında kof bir patlamayla dağıldı. Sonra Aureliano Segundo ellerini yıkadı, muşambayı başının üzerine çekti gitti. Gece yarısından önce de elinde birkaç bağ kurutulmuş et, birkaç torba pirinç, kurtlanmış mısır ve bir iki hevenk çürük muzla geri geldi. Ondan sonra evde hiç yiyecek darlığı olmadı.

Amaranta Úrsula ile küçük Aureliano, yağmurlu günlerini mutlu bir dönem olarak hatırlayacaklardı hep. Fernanda'nın bütün sertliğine rağmen, çocuklar, bahçedeki su birikintilerine dalıp çıkıyorlar, kertenkele yakalayıp kesiyorlar, Santa Sofia de la Piedad arkasını döndüğü zaman, kelebek kanatlarının tozlarını çorbaya atarak sözüm ona yemeğe zehir katma oyunu oynuyorlardı. Baş eğlenceleri de Úrsula'ydı. Çocuklar ona kocaman, kırılmaz bir bebek gözüyle bakıyorlar, renk renk örtülere sarıp yüzünü isle, kömürle boyayarak oradan oraya taşıyorlardı. Bir seferinde kurbağalara yaptıkları gibi neredeyse Úrsula'nın gözlerini de bahçıvan makasıyla oyacaklardı. Úrsula'nın saçmalamaları kadar onları eğlendiren hiçbir şey yoktu. Yağmurun üçüncü yılında, Úrsula'nın beyni gerçekten sulanmaya başlamıştı. Yavaş yavaş gerçeklik kavramını yitiriyor, bugünle dünü karıştırıyordu. Yaşamının çok eskilerde kalmış olaylarını yeni olmuş gibi görüyordu. Bir seferinde, öleli yüzyıldan çok olan büyük ninesi Petronila Iguarán öldü diye üç gün durmamacasına ağladı bile. Aklı öylesine bulandı ki, küçük Aureliano'yu kendi oğlu Albay sanmaya, onun babasıyla birlikte buz görmeye gittiği yaşlarındaki haliymiş gibi görmeye başladı. O sıralarda ilahiyat okulunda okuyan José Arcadio'yu da çingenelerle birlikte kaçan kendi büyük oğlu sanıyordu. Sürekli olarak aileden söz ediyor, bütün hısım akrabayı sayıp döküyordu. Sonunda çocuklar, yalnızca uzun zaman önce ölmüş akrabalarla değil, değişik zamanlarda yaşamış kişilerle de bir araya gelebildikleri hayaller kurmayı öğrendiler. Saçlarına küller serpiştirilmiş, yüzüne kırmızı bir eşarp bağlanmış Úrsula, yatağının üzerinde oturur, çocukların bu gerçekdışı akrabaları, sanki gözleriyle görmüş gibi uzun uzun anlatmalarını keyifle dinlerdi. Úrsula, akrabalarıyla kendisi doğmadan çok önce olmuş olaylardan söz eder, onların verdikleri iyi haberlere sevinir, düşsel konukların döneminden çok sonra yaşamış kişilerin ölümlerine onlarla birlikte ah vah ederek gözyaşı dökerdi. Çok geçmeden çocukların dikkatini çeken bir durum oldu. Bu düşlediği kişilerin hepsine tek tek yönelttiği bir soru vardı Úrsula'nın. Yağmurlar dinincey kadar orada kalsın diye insan boyundaki Saint Joseph heykelini eve kimin getirdiğini araştırıyordu. Böylelikle yerini yalnızca Úrsula'nın bildiği gömü, Aureliano Segundo'nun aklına düştü. Ne var ki, nasıl dolambaçlı sorular sorarsa sorsun, kaç dereden su getirirse getirsin, kadını konuşturamadı. Úrsula bütün sapıtmasına rağmen, gömülü altınların gerçek sahibinden başka kimseye gizini açmayacak bilinci koruyordu daha. Bu konuda öylesine katı ve kurnazdı ki, Aureliano Segundo, arkadaşlarından birini altınların sahibi diye yutturmaya kalkışınca, Úrsula, adamı sorularıyla şaşırtıp faka bastırarak gülünç duruma düşürdü.

Aureliano Segundo, Úrsula'nın gizini kesinlikle mezara götüreceği kanısına vardıktan sonra ön ve arka bahçede su kanalları açma bahanesiyle bir alay işçi tuttu ve bahçeyi kazdırmaya başladı. Kendisi de eline demir çubuklar ve çeşit çeşit maden dedektörleri alarak toprağı araştırdı. Üç ay tüketici bir çaba harcamalarına rağmen, altına benzer hiçbir şey bulamadılar. Bunun üzerine Aureliano Segundo, iskambillerin işçilerden daha yararlı olabileceğini düşünerek Pilar Ternera'ya gitti. Ancak, Pilar, kartları Úrsula kesmedikçe, bir sonuca ulaşamayacaklarını söyledi. Bir yandan da gömüyü kuruşu kuruşuna söylemekten geri kalmayarak, bakır telle bağlı üç çuvalda tam yedi bin iki yüz on dört altın bulunduğunu; çuvalların, merkezi Úrsula'nın karyolası olan yüz metre yarı çapında bir dairenin içinde gömülü olduklarını belirtti. Bu gömünün bulunabilmesi için yağmurların durması ve peş peşe üç haziran ayı güneşinin çamur yığınlarını kurutup toza dönüştürmesi gerekiyordu. Falcının sözlerinin yuvarlaklığını ve belirsizliğini ruh çağıranların dediklerine benzeten Aureliano Segundo, ağustosta olmalarına ve falın çıkması için en azından üç yıl beklemek gerekmesine rağmen, kazıları sürdürmeyi yeğledi. Onu ilk şaşırtan ve aynı zamanda aklını karıştıran şey, Úrsula'nın yatağı ile arka bahçe duvarı arasındaki açıklığın tam üç yüz metre oluşuydu. Fernanda, kocasının büyük bir titizlikle bahçeyi ölçüp biçtiğini görünce, hele işçilere kanalları bir metre daha derin kazmalarını söylediğini duyunca, onun da ikiz kardeşi gibi delinin biri olduğuna inandı. Ancak büyük dedesinin yol ararken gösterdiği çabayla karşılaştırılabilecek bir araştırma tutkusuna kendini kaptıran Aureliano Segundo, bağladığı yağ tabakalarının sonuncusunu da bu yolda eritti. Yine eskisi gibi ikiz kardeşine benzemeye başladı. Bu benzerlik yalnızca incelmesinden değil, kardeşi gibi dalgın ve içe kapanık bir havaya bürünmesinden geliyordu. Artık çocuklarla uğraşmaz olmuştu. Tepeden tırnağa çamura bulanmış dolanıyor, aklına estiği zaman mutfağın köşesinde bir iki lokma atıştırıyor, Santa Sofia de la Piedad'ın sorularına kırk yılda bir yanıt veriyordu. Kocasının elinden hiç iş gelmeyeceğini sanan Fernanda onu böylesine çalışır gördükçe, suratının asıklığını yoksunluğa ve yorgunluğa, suskunluğunu çilekeşliğe ve dikkafalılığını dirençli bir inanca bağlıyor, bunca zaman kocasına avare diye çattığı için pişmanlık duyuyordu. Oysa Aureliano o sırada hiç de uzlaşacak havada değildi. Gırtlağına kadar çürümüş dalların, çiçeklerin içine gömülüyor, ön ve arka bahçenin işi bittikten sonra da çiçeklikleri temizlemeye girişiyordu. Evin doğu kanadının altını öylesine derin kazdırmış, temele kadar inmişti ki, bir gece bir yandan evin sarsıntısı, öte yandan yeraltından gelen seslerle uyanan ev halkı deprem oluyor sandı. Odalardan üçü çöküyordu. Fernanda'nın odasıyla verandanın arasında derin bir yarık açıldı. Ev çöküyor diye Aureliano Segundo araştırmasına ara vermedi. Son umutları da söndüğü ve yapılacak en akıllıca iş, falın dediklerini beklemek gibi göründüğü zaman bile, Aureliano Segundo yılmadı. Çöken temeli onardı, çatlağı harçla doldurdu ve batı yönünde ilerleyerek evin yanını kazmaya devam etti. Ertesi yıl haziran ayının ikinci haftasında yağmur hafiflediği, bulutlar dağılmaya başladığı ve havanın açmak üzere olduğu sırada Aureliano Segundo daha hâlâ evin yanını kazıyordu. Gerçekten de hava açtı. Bir cuma günü saat ikide dünya, tuğla tozu gibi kıpkırmızı ve su gibi serin bir güneşle aydınlandı. Ondan sonra da on yıl yağmur yağmadı.

Macondo yıkıntıya dönmüştü. Çamurdan bataklaşmış sokaklarda kırık dökük eşya, kırmızı zambaklarla örtülü hayvan iskeletleri, nasıl çılgınca geldilerse Macondo'yu çılgınca bırakıp gidenlerin son anıları duruyordu. Muz salgını sırasında alelacele yaptırılan evler boşalmıştı. Muz Şirketi, tesislerini söktü. Eski telörgülü siteden geriye bir yıkıntı yığını kaldı. Ahşap evler, öğle sonlarındaki iskambil partileri için düşünülmüş esintili serin teraslar, yıllarca sonra Macondo'yu yeryüzünden silecek tanrısal kasırganın habercisiymiş gibi uçmuş dağılmışlardı. O amansız rüzgârdan geri kalan tek insan izi, yaban menekşelerinin arasında ezilmiş otomobilde bulunan Patricia Brown'ın eldiveniydi. Kasabanın kuruluş günlerinde José Arcadio Buendia'nın bulduğu ve daha sonra üzerinde muz plantasyonlarının kurulduğu büyülü alan, çürümeye yüz tutmuş köklerle kaplı bir bataklık oldu. Ufukta denizin suskun köpükleri bile görülebiliyordu artık. Aureliano Segunda sırtına kuru giysilerini geçirip kasabayı yeni baştan tanımak üzere sokağa çıktığı ilk pazar günü büyük üzüntüye kapıldı. Bu afetten sağ çıkanlar, yani Muz Şirketi kasırgası kopmadan önceki Macondolular, sokağın ortasına oturmuş, ilk güneşli havanın tadını çıkarıyorlardı. Yağmurun yüzlerine vurduğu yosun yeşili ve bir köşeye sıkışıp kalmışlığın buruk kokusu hâlâ üzerlerindeydi, yine de doğdukları kasabayı yeniden ele geçirmenin sevinci yüreklerini ısıtıyordu. Türkler Sokağı yine eski görünümünü almıştı. Ayakları sandaletli, kulakları halkalı Arapların papağanlarla incik boncuk trampa ederek dünyayı dolaştıkları ve Macondo'yu dünya kurulalı beri süregelen gezginliklerine mola verecek bir yer olarak gördükleri günlerde Türkler Sokağı ne durumdaysa şimdi de öyleydi. Yağmuru aşabilmiş olan mallar tezgâhlarda dağılmış, kapıların üzerinden sarkan kumaşlar yer yer küflenmiş, tezgâhları kurtlar kemirmiş, duvarlar nemden oyulmuştu. Yine de üçüncü kuşaktan olan Araplar, tıpkı babaları ve dedeleri gibi umursamaz, kaygısız, zamana ve felaketlere bağışık olarak, atalarının oturduğu yerde ve onların oturduğu biçimde oturuyorlardı. Uykusuzluk hastalığı salgınından sonra da, Albay Aureliano Buendia'nın otuz iki savaşından sonra da, bunlar hep böyle, canlı ya da cansız, oturmalarını sürdürmüşlerdi. Kumar masalarının, pide tablalarının, nişancılık pavyonlarının, düş yorumlayıp fal baktıkları geçidin yıkılıp dağılması karşısında güçlerini yitirmeyişlerine şaşıran Aureliano Segundo, her zamanki çekinmezliğiyle Araplara yanaştı, fırtınada sulara kapılıp sürüklenmemek için hangi gizemli kaynaklara dayandıklarını, boğulmamak için hangi şeytan icadına başvurduklarını kapı kapı dolaşıp sordu. Araplar kurnaz kurnaz gülerek ve gözlerini süzerek, ağız birliği etmişçesine aynı yanıtı verdiler: "Yüzerek."

Yerliler içinde Arap yüreği taşıyan belki de tek kişi, Petra Cotes'ti. Ahırlarının yerle bir oluşunu seyretmiş, ambarının fırtınada yıkılışını görmüş, ama evini ayakta tutmayı başarmıştı. İkinci yıl içinde Aureliano Segundo'ya üst üste haber salmış, Aureliano Segundo ise onun evine ne zaman gideceğini bilmediğini, ama ne zaman giderse gitsin yatak odasının yerlerine döşemek için bir sandık altın götüreceğini söylemişti. Petra Cotes, bu felakete direnecek gücü bulmak için yüreğini kurcalarken, ta derinlerde anlamlı ve haklı bir öfkeyle karşılaşmış ve bu öfkeyle, âşığının har vurup harman savurduğu, sonra da tufanın sürükleyip götürdüğü serveti yeni baştan yapmaya ant içmişti. Bu kararı öylesine kesindi ki, Aureliano Segundo son haberi aldığından sekiz ay sonra onun evine gittiğinde, kadını saçı başı darmadağınık, benzi yeşile çalmış, derisi uyuz lekeleriyle dolu bir halde, masanın başında harıl harıl eşya piyangosu bileti hazırlarken buldu. Aureliano Segundo bu durumu görünce afalladı. Petra Cotes de onun kir pas içinde olduğunu, suskunluğunu görünce, kendisini görmeye gelenin, büyük aşkı değil de, ikiz kardeşi olduğunu sandı.

Aureliano Segundo, "Sen çıldırmışsın," dedi, "piyangoya hayvan kemikleri mi koyacaksın?"

O zaman Petra Cotes, ona yatak odasına bir göz atmasını söyledi. Ve Aureliano Segundo katırı gördü. O da tıpkı metresi gibi bir deri bir kemik, ama yine onun kadar canlı ve kararlı görünüyordu. Petra Cotes, katırı kendi gazabıyla beslemiş, saman, mısır ve kuru saplar tükenince, kendi yatak odasına alıp o tiril tiril keten çarşaflarıyla, Acem halılarıyla, püsküllü yatak örtüleriyle, kadife perdelerle, karyolanın üzerindeki sırma işlemeli ipek tenteyle hayvanın karnını doyurmuştu.

Úrsula hava düzeldiği zaman ölmek üzere verdiği sözü yerine getirebilmek için çok çaba harcamak zorunda kaldı. Ağustosta esmeye başlayan, gül fidanlarını soldurup çamur yığınlarını taş gibi katıltan, paslı çinko damlarla yüzyıllık badem ağaçlarının üzerinden bir daha kalkmayacak kızgın toz bulutları yükselten kuru rüzgârla birlikte Úrsula'nın yağmurlar sırasında seyrelen bilinç dalgaları çoğaldı, aklını başına toplamaya başladı. Úrsula, üç yıldan fazla süreyle çocukların oyuncağı olduğunu anlayınca kıyameti kopardı, sövüp saymaya, ilenmeye koyuldu. Suratını yıkadı, sırtındaki renk renk kumaş parçalarını attı, çocukların orasına burasına iliştirdikleri kurutulmuş kertenkeleleri, kurbağaları, muskalarla Arap gerdanlıklarını fırlattı ve Amaranta'nın ölümünden sonra ilk olarak kimseden yardım istemeksizin yatağından kalkarak ev halkına katıldı. Hiç şaşmaz yüreği, ona karanlıkta yol gösteriyordu. Onun sendelediğini görenler ya da hep başı hizasında tuttuğu koluna çarpanlar, Úrsula'nın bedeninde bir rahatsızlık olduğunu düşünüyorlar, onun kör olduğunu akıllarına bile getirmiyorlardı. Evin ilk onarımından sonra özenle bakılmış çiçek tarhlarının yağmurda harap olduğunu, ardından, Aureliano Segundo'nun kazılarıyla altüst edildiğini, duvarların ve döşeme çimentolarının çatladığını, eşyanın eskiyip solduğunu, kapıların menteşelerinden çıktığını, bütün ailenin kendi gençliğinde akıldan geçirilmeyecek bir umutsuzlukla her şeyi kapıp koyuverdiğini anlaması için, Úrsula'nın ille de görmesi gerekmiyordu. El yordamıyla boş yatak odalarında gezinirken, tahtayı kemiren kurtların sürekli tıkırtısını, giysi dolaplarındaki güvelerin hışırtısını, tufan sırasında türeyip evin temellerini kemiren kocaman kırmızı karıncaların sinir bozucu gürültüsünü duyabiliyordu. Bir gün ermiş heykellerinin durduğu sandığı açtı, sonra Santa Sofia de la Piedad'ı çağırarak, sandıktaki giysileri un ufak eden, kapak açılır açılmaz fırlayıp üzerini saran hamamböceklerini ayıklamasını söyledi. "İnsan böylesi bir koyuvermişlik içinde yaşayamaz," dedi. "Böyle giderse hayvanlara yem olacağız." O andan sonra Úrsula hiç dur durak bilmedi. Gün doğmadan kalkıyor, ister çocuk, ister büyük kimi yakalarsa işe koşuyordu. Kullanılabilecek durumda kalmış bir iki kat giysiyi güneşe yaydı, çeşit çeşit böcek ilaçlarıyla hamamböceklerinin kökünü kazıdı. Kapı ve pencerelerdeki kurt delikleriyle karınca yuvalarını sönmemiş kireçle tıkadı. Bu onarım telaşı, sonunda Úrsula'yı unutulmuş odalara getirdi. José Arcadio Buendia'nın simya diye diye aklını yitirdiği odanın örümceklerini aldı, pisliğini temizledi; askerlerin darmadağın ettiği gümüş işliğini düzeltti ve son olarak odanın ne halde olduğunu anlamak için Melquíades'in odasının anahtarlarını istedi. Öldüğü kesinlikle anlaşılmadan odaya kimsenin girmesini istemeyen José Arcadio Segundo'nun bu isteğine uymaya çalışan Santa Sofia de la Piedad, Úrsula'yı atlatmak için binbir dolap çevirdi. Ne var ki Úrsula, evin en dip köşelerini bile böceklerin istilasına teslim etmemek konusunda kararlı olduğu için, önüne çıkarılan bütün engelleri aştı. Üç gün direttikten sonra kapıyı açtırmayı başardı. Kapı açılınca yüzüne çarpan pislik kokusundan bayılmamak için kapıya tutunmak zorunda kaldı. Okuldan gelen kızlar için alınan yetmiş iki oturağın orada durduğunu ve yağmurlu bir gecede evi basıp arayan askerlerin José Arcadio Segundo'yu bulamadıklarını hatırlaması için iki saniye yetti.

Sanki her şeyi görüyormuşçasına, "Tanrı bize acısın!" diye haykırdı. "Seni terbiye etmek için onca çaba harcayalım da, sen tut sonunda domuzlar gibi pislik içinde yaşa, olacak iş mi bu?"

José Arcadio Segundo hâlâ elyazmalarını okuyordu. Saçı sakalına karışmış suratında seçilebilen tek şey, dipleri yeşillenmiş dişleri ile kıpırtısız gözleriydi. José Arcadio Segundo, büyük ninesinin sesini tanıyınca başını kapıya doğru çevirdi, gülümsemeye çalıştı ve bilmeden Úrsula'nın eski bir sözünü tekrarladı.

"Ne bekliyordun?" diye mırıldandı. "Zaman geçip gidiyor."

Úrsula, "Evet, öyle," dedi. "Ama çabuk da geçmiyor."

Bunu söyler söylemez de, Albay Aureliano Buendia'nın idam hücresindeki sözlerini tekrarlamış olduğunu fark etti ve dediği gibi, zamanın geçip gitmediğini, bir çember içinde dönüp durduğunu kanıtlayan bu anı karşısında ürpermekten kendini alamadı. Ama o anda bile kendini bırakmadı, José Segundo'yu çocuk gibi payladı, yıkanıp tıraş olmasını, evin onarımına yardım etmesini söyledi. Kendisine huzur getirmiş odayı bırakıp çıkmak fikri José Arcadio Segundo'yu dehşete düşürdü. Kendisini odadan çıkarmaya hiçbir insanın gücünün yetmeyeceğini, her akşam karanlığında Macondo'dan kalkıp denize giden cesetlerle yüklü iki yüz vagonluk katarı görmek istemediğini haykırdı. "İstasyondakilerin hepsi trendeydi," diye bağırdı. "Tam üç bin dört yüz sekiz kişiydiler." Úrsula, onun kendisininkinden daha aşılmaz bir gölgeler dünyasında, büyük dedesininki gibi erişilmez ve ıssız bir âlemde yaşadığını ancak o zaman anladı. Úrsula, José Arcadio Segundo'ya ilişmeyerek odada bıraktı. Ama kilidi taktırmadı. Oturaklardan birini alıkoyup ötekileri attırdı. Odayı her gün temizletmeye başladı. José Arcadio Segundo'yu, büyük dedesinin kestane ağacı altındaki o uzun tutsaklığı sırasında olduğu gibi temiz pak tutmaya, insan içine çıkacak kılıkta gezdirmeye çalıştı. Önceleri Fernanda bu yoğun çalışmayı, bunaklığın bir sonucu olarak yorumluyor, duyduğu usanç ve yılgınlığı göstermemek için kendini zor tutuyordu. Tam o sıralarda José Arcadio, papazlık andı içmeden önce Roma'dan Macondo'ya geleceğini yazdı. Bu sefer Fernanda eteğini beline topladı. Oğlu evi kasvetli görmesin diye ne yapacağını şaşırdı, kimi zaman günde dört kez çiçekleri sular oldu. Yine aynı kaygılarla, görünmez doktorlarla yazışmasına hız verdi ve Aureliano Segundo'nun yıkıcı öfkesiyle darmadağın olan eğreltiotlarını, begonyaları, ortancaları, Úrsula bile saksıların yerinde olmadığını daha fark etmeden, eskisi gibi düzenledi. Sonra gümüş takımları sattı, yerine seramik tabaklar, kalaylı çanaklar, demir kaşıklar ve pamuklu sofra örtüleri aldı. Böylelikle Hindistan kumpanyasının porselenlerine ve Bohemya kristallerine alışık olan büfelerin boynu bükük kaldı. Úrsula hep işi bir adım daha ileri götürmeye bakıyordu. "Pencerelerle kapıları aç," diye bağırıyor, "biraz etle balık pişir, bulabildiğin en iri kaplumbağalardan al, varsın yabancılar gelip her buldukları köşeye serilsinler, gül fidanlarının dibine işesinler, canları kaç sefer çekiyorsa o kadar tıkınsınlar, çizmeleriyle her yanı lekeleyip çamurlasınlar, bize de ne yapmak isterlerse yapsınlar, ancak böylelikle mahvolmayı durdurabiliriz," diyordu. Boş bir hayaldi bu. Úrsula artık aşırı yaşlanmıştı ve hayvan biçiminde şekerlemelerin mucizesini yinelemeye ömrü yetmezdi. Çocuklarından ve torunlarından hiçbirine de onun gücü geçmemişti. Sonunda Fernanda'nın dediği oldu ve ev kapalı kaldı.

Sandıklarını yeniden Petra Cotes'in evine taşımış olan Aureliano Segundo, ev halkının ancak açlıktan ölmemelerini sağlayacak oranda ailesiyle ilgilenecek zaman bulabiliyordu. Katırı piyangoya koyarak elde ettikleri parayla, Petra Cotes ve Aureliano Segundo birkaç baş hayvan daha alarak ilkel bir lotarya düzeni kurdular. Aureliano Segundo, göze daha hoş ve inandırıcı görünsün diye renkli mürekkeple boyadığı biletleri kapı kapı dolaşarak satıyor ve çoklarının kendisine olan eski bir şükran borcundan veya salt acıdıklarından bilet aldıklarını belki de fark etmiyordu. Acıma duygusu ağır basan bir alıcı bile yirmi senti uçlandı mı, bir domuz, otuz iki sent verdi mi bir sığır kazanabilme şansını elde ettiğini de aklından çıkarmıyordu kuşkusuz. Giderek bu işe öylesine bel bağladılar ki, salı geceleri Petra Cotes'in bahçesi hıncahınç dolmaya başladı. Herkes, kalabalığın arasından rasgele seçilecek bir çocuğun torbadaki fişleri çekeceği anı heyecanla bekler oldu. Çok geçmeden bu salı çekilişleri, haftalık panayır görünümünü aldı. Hava kararırken bahçeye yiyecek ve içecek sergileri kuruluyordu. Kazananlardan çoğu da, bir başkasının içki ısmarlayıp müzik çalması koşuluyla kazandıkları hayvanları hemen oracıkta kesip kızartıveriyorlardı. Böylelikle Aureliano Segundo nasıl olduğunu anlamadan kendini yine elinde akordeonla eğlentilerin ortalık yerinde buluverdi. Eski günlerdeki şenliklerin alçakgönüllü birer kopyası olan bu toplantılar, Aureliano Segundo'ya eski neşesini ne denli yitirdiğini, eğlence düzenlemekteki ustalığının nasıl yavanlaştığını kanıtladı. Artık bambaşka bir adam olmuştu. Fil'in kendisine meydan okuduğu günlerdeki yüz yirmi kiloluk gövdesi yetmiş beş kiloya inmiş, kaplumbağaları andıran şiş ve kırmızı yüzü, iguana derisi gibi buruşmuştu. Çarçabuk sıkılıyor, hemen yoruluveriyordu. Oysa Petra Cotes'in gözünde hiç o günlerdeki gibi eşsiz bir insan olmamıştı. Belki kadında uyandırdığı acıma duygusuna aşk katışıktı, belki de yoksulluğun ikisine de tattırdığı yalnızlık, kimsesizlik duygusu bu yakınlaşmayı sağlıyordu. Kırılmış karyola çılgın sevişmelere sahne olmaktan çıkmış, sıcacık bir sığınak olmuştu. Lotaryaya konulacak hayvanları almak için satılan sıra sıra aynalardan ve katırın yiyip bitirdiği ipeklilerle kadifelerden sıyrılmış olan odada gözlerine uyku girmez ninelerle dedeler gibi geç saatlere kadar oturuyorlar, uykusuz geceleri, hesap tutarak ve bir zamanlar keyif için savurdukları kuruşları birbiri üzerine ekleyerek değerlendiriyorlardı. Kimi zaman horoz sesleri onları paraları istiflerken yakalıyordu. Üst üste dizdikleri para kulelerinin birinden biraz alıp ötekilere ekliyorlar, şu kadarı Fernanda'nın çenesini tutmaya yeter, bu kadarıyla Amaranta Úrsula'ya pabuç alınır, atlatılan onca patırtıdan beri sırtına yeni bir şey geçirmemiş Santa Sofia de la Piedad'a bununla giysi alınır, şu da ölürse Úrsula'nın tabut parası olur, bu üç ayda bir kilosu iki sent artan kahve parası, şu her geçen gün tadı azalan şeker payı, şununla yağmurdan sonra henüz kurumamış keresteler alınır, bu da bilet yapmak için gerekli kâğıt ve renkli mürekkep parası olur diye hesaplıyorlardı. Geri kalanı da, bütün biletler satıldıktan sonra, o haftanın armağanı olan dananın şirpençe olması ve ellerinde hayvanın derisinden başka bir şey kalmamış olması nedeniyle lotaryayı kazanana verilecek olan teselli armağanı olur diyorlardı. Bu yoksul hesaplar öylesine art niyetlerden arınmıştı ki, hemen her zaman en büyük payı Fernanda'ya ayırıyorlar, bunu vicdanlarını susturmak istedikleri ya da acıdıkları için değil, onun rahat etmesi kendi rahatlarından önemli geldiği için böyle yapıyorlardı. Aslında ikisi de farkında olmadan, Fernanda'ya hep sahip olmayı isteyip de bir türlü olamadıkları kızları gözüyle bakmaya başlamışlardı. Hatta bir seferinde salt Fernanda, Hollanda işi bir masa örtüsü alabilsin diye, Petra Cotes ile Aureliano Segundo üç gün kuru ekmek yediler. Ne yaparlarsa yapsınlar, ne kadar didinirlerse didinsinler, kenara köşeye kaç kuruş sıkıştırırlarsa sıkıştırsınlar, "Yürü ya kulum," sözü bir türlü duyulmuyordu ve onlar biriktirdiklerini azar azar harcayarak zorla ayakta kalabiliyorlardı. Hesapların çıkmaza girdiği günler dünyanın nasıl olup da böyle değiştiğini, hayvanların neden eskisi gibi üremediğini, paranın neden ellerinden uçup gidiverdiğini, kısa süre önce keyif için banknotlarla şenlik ateşi tutuşturanların neden şimdi altı tavukluk bir lotarya biletine on iki sent istemeyi soygunculuk diye nitelediklerini kara kara düşünüyorlardı. Aureliano Segundo, kötülüğün dünyada değil, Petra Cotes'in yüreğinde olduğunu, tufan sırasında kadının yüreğinde oluşan bir değişiklik yüzünden hayvanların kısırlaştığını, paranın bereketsizleştiğini düşünüyor, ama bunu açığa vuramıyordu. Aklını bu kuşkuya kaptıran Aureliano Segundo, kadının duygularını irdelemeye başladı; öylesine derine indi ki, ilgi ararken aşkı buldu. Çünkü kendini kadına sevdirmeye çalışırken sonunda kendisi ona âşık oldu. Aureliano Segundo'nun sevgisinin çoğaldığını gördükçe, Petra Cotes de onu gitgide daha çok sever oldu ve ömrünün sonbaharında, iki gönül bir olunca samanlığın seyran olacağına bir kez daha inanmaya başladı. İkisi de geçmişteki taşkınlıklara, o koca servete ve dizginlerinden boşanmış sevişmelerine birer gereksizlik, birer baş belası olarak bakmaya ve paylaşılmış yalnızlık cennetini bulabilmek için ömürlerinin onca yılını heder ettiklerine yanmaya başladılar. Yıllar yılı kısır bir karmaşa içinde yaşadıktan sonra çılgınca âşık olarak birbirlerini yatakta olduğu kadar masa başında da sevebilmek mucizesinin tadını çıkarmaya koyuldular. Giderek öylesine mutlu oldular ki, işi bitmiş iki pinpon oldukları zaman bile çocuklar gibi coşmaktan, köpek yavruları gibi oynaşmaktan geri kalmadılar.

Lotarya pek kazanç sağlamıyordu. Önceleri Aureliano Segundo haftanın üç günü bir zamanlar çiftliğin bürosu olan odaya kapanıyor, biletleri kesiyor, üzerlerine pek de acemice sayılmayacak çizgilerle, o haftaki piyangoya konulan hayvana göre kırmızı bir inek, yeşil bir domuz ya da birkaç mavi tavuk resmi yapıyordu. Sonra özene bezene matbaa harflerine benzetmeye çalıştığı yazısıyla biletlerin numaralarını koyuyor ve Petra Cotes'in buluşu olan "İlahi Takdir Piyangosu" diye yazıyordu. Ama zamanla çok yorulmaya başladığı için, üzerinde hayvanların resmi, biletlerin numaraları ve piyangonun adı yazılı lastik mühürler yaptırdı. Artık mühürleri renk renk ıstampalara vurup kâğıtlara basmaktan başka işi kalmamıştı. Ömrünün son yıllarında biletlere numara vermek yerine, bulmacalar koymayı düşündü. Böylelikle armağan, bulmacayı doğru bilenler arasında paylaşılabilecekti. Ancak bu sistem hem çok karmaşık olduğu, hem de kuşku uyandırdığı için, Aureliano Segundo ikinci denemeden sonra bu girişimden vazgeçti.

Aureliano Segundo, piyangosunun saygınlığını ve yaygınlığını sürdürmek için alabildiğine çalışıyor, çocuklarını görmeye bile fırsat bulamıyordu. Fernanda, Amaranta Úrsula'yı yalnızca altı kız öğrenci alan özel bir okula verdi. Aureliano'yu ise devlet okuluna göndermedi. Onun odadan çıkmasına göz yummakla zaten aşırı ileri gittiklerini düşünüyordu. Üstelik o dönemde okullar ancak yasal Katolik evliliklerinden olma çocukları kabul ediyorlardı. Oysa Aureliano'yu eve getirdikleri zaman üzerine iliştirilmiş olan nüfus kâğıdında, onun bulunmuş bir çocuk olduğu belirtiliyordu. Böylece çocuk, Santa Sofia de la Piedad'ın sevecen gözleri ile Úrsula'nın bunaklıkları arasındaki evin o daracık dünyasında ninelerinden öğrendikleriyle yetişmeye başladı. İncecik, narin bir çocuktu. Büyükleri çileden çıkaran bir merakla sorular sorardı. Onun yaşındayken keskin bir gözlemci olan ve önseziyle kehanetlerde bulunabilen Albay'ın tersine, Aureliano haylaz, bir bakıma şaşırtıcı huyları olan bir çocuktu. Amaranta Úrsula okula gittiği zaman, Aureliano bahçede oynar, solucanları avlar, böceklere binbir çeşit işkence yapardı. Bir keresinde Fernanda, onu Úrsula'nın yatağına koymak için akrep toplarken yakaladı. Hemen Meme'nin eski odasına hapsetti. Aureliano da evdeki yalnız saatlerini, ansiklopedinin resimlerine bakarak geçirmeye başladı. Úrsula bir gün eve damıtılmış suyla bir demet ısırganotu serperek dolaşırken Aureliano'yu odada buldu ve kaç kez bir arada bulunmuş oldukları halde, yine de kim olduğunu sordu.

Çocuk, "Ben Aureliano Buendia'yım," dedi.

Úrsula, "Evet, öylesin," diye karşılık verdi. "Artık gümüşçülüğü öğrenmenin zamanı geldi."

Onu yine kendi oğluyla karıştırıyordu. Çünkü tufandan sonra esen ve Úrsula'nın beynine zaman zaman ışık tutan sıcak rüzgâr kesilmişti. Úrsula artık bilincini iyice yitirmişti. Ne zaman yatak odasına girse, sırtında gezmeye giderken giydiği boncuklu ceketi ve tel çemberli etekliğiyle Petronila Iguarán'ı; salıncaklı kötürüm koltuğuna oturmuş, tavus tüyü yelpazesiyle yellenen ninesi Tranquilina Marina Miniata Alacoque Buendia'yı; hassas subaylığından kalma uydurma Dolaman kaftanıyla büyük dedesi Aureliano Arcadio Buendia'yı; kurtları kurutup ineklerden düşüren bir dua bulmuş olan babası Aureliano Iguarán'ı; domuz kuyruklu amcazadesini; José Arcadio Buendia'yı ve ölen oğullarını duvar boyunca dizili sandalyelere oturmuş buluyordu. Bütün bu hısım akraba, onu görmeye değil de, bir ölünün başını beklemeye gelmiş gibiydiler. Úrsula neşeli konular açmaya çalışıyor, çok değişik zamanlara ve başka başka yerlere ilişkin olaylar anlatarak onlarla konuşuyordu. Amaranta Úrsula okuldan döndüğü, Aureliano da ansiklopediden usandığı zaman, Úrsula'yı yatağının üzerine oturmuş, ölüler çıkmazında yolunu yitirip kendi kendine konuşur buluyorlardı. Bir seferinde dehşet içinde, "Yangın var!" diye çığlığı bastı ve bir anda ortalık karıştı. Oysa Úrsula, dört yaşındayken gördüğü bir ahır yangınından söz ediyordu. Geçmişle yaşadığı günü öylesine karman çorman etti ki, ölümünden önce aklını toplayabildiği birkaç kez de duyduklarını mı, hatırladıklarını mı söylediğini kimse kestiremedi. Úrsula yavaş yavaş kuruyup ufalıyor, çocuk gibi oluyordu. Son aylarında, geceliğinin içinde kaybolan bir kiraz çekirdeğine döndü. Her zaman havada tuttuğu kolu ise maymun pençesini andırıyordu. Birkaç gün hiç kıpırdamadan yattı. Santa Sofia de la Piedad, onun sağ olup olmadığını anlamak için sarsmak zorunda kalıyor, sonra Úrsula'yı kucağına oturtarak ağzına birkaç kaşık şekerli su akıtıyordu. Úrsula yeni doğmuş yaşlı bir kadına benziyordu. Amaranta Úrsula ile Aureliano onu kucaklarına alıp oradan oraya taşıyorlar, çocuk İsa heykelinden büyük mü değil mi diye mihrabın üzerine yatırıp boyunu ölçüyorlardı. Bir gün de erzak ambarındaki bir dolaba koydular. Kadıncağız neredeyse farelere yem oluyordu. Paskalya'dan önceki pazar, Fernanda kilisedeyken, çocuklar Úrsula'nın yatak odasına girdiler, onu boynundan ve ayak bileklerinden tutarak dışarı taşıdılar.

Amaranta Úrsula, "Vah zavallı büyük nineciğim," diye feryat etti. "Yaşlılıktan ölüvermiş."

Úrsula irkildi.

"Ben ölmedim, yaşıyorum!" dedi.

Amaranta Úrsula gülmesini zorla tutmaya çalışarak, "Bakın bakın, soluk bile almıyor," dedi.

Úrsula, "Bak işte konuşuyorum!" diye bağırdı.

Aureliano Segundo atıldı: "Konuşamıyor bile. Zavallıcık çekirge gibi ölüp gidiverdi."

Bunca kanıtın önünde Úrsula direnmekten vazgeçti. Yavaşça, "Aman Tanrım," dedi. "Demek ölmek böyle oluyormuş." Sonra iki günden fazla süren aralıksız bir duaya başladı. Kendisini kaptırdı gitti ve salı günü dua, artık dua olmaktan çıktı. Ara ara Tanrı'dan dileklerini mırıldanıyor, ara ara kırmızı karıncaların evi yıkmaması için pratik çözüm yolları gösteriyor, Remedios'un resmini aydınlatan lambanın söndürülmemesini söylüyor, Buendia'ların aynı kandan olanlarla evlenmemesi gerektiğini, yoksa çocuklarının domuz kuyruklu olacağını sayıklıyordu. Aureliano Segundo, altınların yerini öğrenmek için Úrsula'nın sayıklamalarını fırsat bildiyse de bir kez daha eli boş çıktı. Úrsula, "Altınların sahibi ortaya çıkınca, Tanrı ona gömünün yerini bildirir," dedi. Santa Sofia de la Piedad, Úrsula'nın her an ölebileceğinden kuşku duymuyordu, çünkü o günlerde doğada bir karışıklık olmuştu: Güller kazayağı gibi kokuyor, bezelyeler kuruyup dökülüyor, yere saçılan çalıfasulyeleri son derece düzgün bir yıldızçiçeği biçiminde seriliyordu. Bunlar yetmiyormuş gibi, bir gece Santa Sofia de la Piedad, gökyüzünden parlak turuncu renkte uçan dairelerin geçtiğini de gördü.

Paskalya yortusundan önceki cuma sabahı Úrsula'yı ölü buldular. Muz Şirketi döneminde Úrsula'nın yaşını son hesapladıklarında, yüz on beşle yüz yirmi iki arasında olduğu sonucunu çıkarmışlardı. Úrsula'yı, Aureliano'nun eve getirildiği sepetten pek de büyük olmayan bir tabuta koydular. Cenazede çok az kişi vardı. Hem onu hatırlayan çok az insan kalmıştı, hem de cenazenin kaldırıldığı gün öyle sıcaktı ki, kuşlar nişan talimlerinde havaya fırlatılan tabaklar gibi duvarlara çarpıyor, pencere tellerini delip geçerek yatak odalarında ölüyorlardı.

Başlangıçta herkes bir salgın var sandı. Ev kadınları, özellikle öğle uykusu saatlerinde ölü kuşları süpürüp faraşa toplamaktan, erkekler de kuş ölülerini el arabalarına yükleyip nehre dökmekten usandılar. Paskalya günü, yüz yaşındaki Peder Antonio Isabel vaaz verirken, kuşların ölümüne Serseri Yahudi'nin kötü ruhunun yol açtığını, kendisinin de bir gece önce Serseri Yahudi'yi görmüş olduğunu söyledi. Serseri Yahudi'nin kâfir bir kadınla teke arası bir yaratık olduğunu, soluğuyla havayı yakan bir cehennem hayvanına benzediğini, gözünün değdiği yeni gelinlerin canavarlar doğurmasına neden olduğunu anlattı. Bütün kasabalılar, papazın artık bunayıp abuk sabuk konuştuğuna inandıkları için sözlerine önem vermediler. Ne var ki çarşamba günü şafak sökerken, bir kadın çığlık çığlığa kasabayı ayağa kaldırdı. Çatal tırnaklı ve iki ayaklı bir yaratığın ayak izlerini gördüğünü söylüyordu. İzler öylesine belirgindi ki, gidip görenler Papaz'ın anlattığı cinsten korkunç bir yaratığın var olduğuna inandılar ve bahçelerinde tuzaklar kurmak için elbirliğiyle çalışmaya koyuldular. Ve onu öylelikle yakaladılar. Úrsula'nın ölümünden iki hafta sonra, Petra Cotes ile Aureliano Segundo yakından gelen bir dana böğürtüsüyle korkarak uykudan sıçradılar. Sesin geldiği yere gittiklerinde, birkaç kişi üzeri kuru yapraklarla örtülmüş tuzağa düşen canavarı ucu sivri sopalarla iteleyerek dışarı çıkarıyorlardı. Canavar, genç tosun kadar olduğu halde öküz gibi ağırdı. Yaralarından yağlı, yeşil bir sıvı akıyordu. Gövdesi sert kıllarla ve yer yer öbeklenmiş kenelerle kaplıydı. Derisi balık pullarına benzer bir zırhla kalınlaşmıştı. Ama Papaz'ın anlattıklarının tersine, gövdesinin insanı andıran organları, bir erkekten çok mariz bir meleğe benziyordu. Elleri titrek ve ufaktı. Gözleri iri ve hüzünlüydü. Omuz başlarında bir oduncunun baltasına kurban gitmiş olan güçlü kanat dipleri vardı. Herkes görsün diye canavarı ayak bileklerinden bağlayıp alandaki badem ağaçlarından birine astılar. Çürümeye başladığı zaman da, onu hayvan leşi gibi nehre mi atsınlar, insan ölüsü gibi toprağa mı gömsünler, karar veremedikleri için kocaman bir çalı çırpı demetini ateşleyip canavarı yaktılar. Kuşların ölümüne gerçekten onun mu neden olduğu bir türlü anlaşılamadıysa da, ne yeni gelinler canavarlar doğurdu, ne de sıcaklık arttı.

Rebeca o yılın sonunda öldü. Ömrü boyunca yanından ayrılmamış olan hizmetçi Argénida, yetkililere başvurarak hanımının üç gündür odasından çıkmadığını bildirdi ve kapıyı kırdıklarında, Rebeca'yı yatağında büzülmüş buldular. Saçkırandan kel olmuştu. Parmağı da ağzındaydı. Aureliano Segunda cenazeyi kaldırmayı üzerine aldı. Sonra evi satmak için onarmak istedi. Oysa ev öylesine yıkıntıya dönmüştü ki, duvarlara sürülen badana hemen kabarıyor, döşemeleri çatlatıp çıkan yabanotlarını, kirişleri çürüten zehirli sarmaşıkları durdurmaya harç yetmiyordu.

İşte tufandan sonra işler böyle gitti. Unutkanlık, insanların ağır kanlılığına taban tabana zıt bir hızla ağır bastıkça anılar unutulup gidiyordu. Sonunda unutkanlık öylesine uç noktaya vardı ki, Neerlandia Anlaşması'nın bilmem kaçıncı yıldönümünde Albay Aureliano Buendia'nın kaç kez reddettiği madalyayı vermeye gelen cumhurbaşkanının temsilcileri, Albay'ın soyundan birini bulabilmek için çalmadık kapı bırakmadılar. Madalyayı som altın sanan Aureliano Segundo hemen almaya heveslendiyse de, Petra Cotes, elçilerin bir tören yapmak istediklerini, bildiri ve konuşmaları hazırladıklarını söyleyerek madalyanın üzerine atlamanın uygun kaçmayacağına onun aklını yatırdı. Yine o sıralarda Melquíades'in biliminin son vârisleri olan çingeneler yeniden geldiler. Kasabayı öyle yıkık dökük, kasabalıları dünyadan öyle kopuk görünce, tıpkı ilk gelişlerinde yaptıkları gibi, ev ev dolaşıp Babilli bilgelerin son buluşu diye mıknatıslı külçeleri gösterdiler. Kocaman büyüteçlerle güneş ışınlarını bir noktaya yansıttılar. Ve yine çevrelerine kümelenen, çaydanlıkların takla atışını, çanakların sıçrayışını ağzı açık seyreden, bir çingene karısının ağzına sokup çıkardığı takma dişlere şaşkınlıkla bakmak için elli senti bastıran kalabalık bu sefer de eksik olmadı. Mister Brown'ın tahtı andıran koltuklarla dolu, cam tavanlı özel vagonunu bağlattırdığı trenden ve geçişi bütün bir öğleden sonrayı kapsayan yüz yirmi vagonluk katarından geriye kala kala köhne bir sarı tren kalmıştı. Bu tren artık ne Macondo'ya kimseyi getiriyor, ne de Macondo'dan kimseyi götürüyordu. Issız istasyonda kırk yılda bir duruyordu. Kuşların gizemli ölümü ve Serseri Yahudi'nin kurban edilmesiyle ilgili rapor üzerine incelemeler yapmaya gelen dini yetkililer, Peder Antonio Isabel'i çocuklarla körebe oynarken buldular ve yazdığı raporun uydurma olduğu kanısına vararak onu tımarhaneye götürdüler. Çok geçmeden de onun yerine Peder Augusto Angel'i yolladılar. Peder Augusto Angel, genç, dinamik, atak bir adamdı. Kasabalıların ruhları uyuşmasın diye günde birkaç kez çanları kendi eliyle çalıyor, halkı kiliseye çağırmak için ev ev dolaşıyordu. Ancak, daha bir yıl geçmeden, havayla birlikte sunulan boş vermişliğe, her şeyi yıpratıp tüketen kızgın tozun ve öğle uykusu saatlerindeki dayanılmaz sıcakta yenilen köftelerin getirdiği uyuşukluğa Papaz da kapıldı gitti.

Úrsula'nın ölümüyle birlikte ev yeniden bakımsız kaldı. Amaranta Úrsula gibi canlı ve kararlı birinin bile kurtaramayacağı bir viraneliğe dönüştü. Amaranta Úrsula, yıllar sonra büyüyüp ayağı yerde, önyargılardan uzak, mutlu ve modern bir kadın olunca bu yıkıntıyı temizlemek için kapıları, pencereleri açtı, bahçeyi yeniden düzenledi, artık güpegündüz verandada tur atmaya başlamış olan kırmızı karıncaların kökünü kuruttu ve çoktan unutulmuş konukseverlik havasını yeniden diriltmeye boş yere çabaladı. Fernanda'nın manastıra kapatılırcasına yüreğine gömülüp kalmış tutkusu, Úrsula'nın çağlayıp akan yüzyılına karşı aşılmaz bir engel oldu. Fernanda, kuru ve kızgın yel esip geçtikten sonra da yalnızca kapıları açtırmamakla kalmadı, pencereleri de kapatıp diri diri gömülme töresine uyarak çaprazlama tahtalarla da çaktırdı. Görünmez doktorlarla sürdürülen yazışmalar bir sonuç vermedi. Ameliyat tarihinin kaçıncı kez ertelenmesinden sonra en son vardıkları anlaşmaya uygun gün ve saatte odasına çekildi. Üzerine yalnızca beyaz bir çarşaf örttü, başını da kuzeye çevirip yattı. Sabaha karşı saat birde, başına buzlu bir sıvıya batırılmış bez konulduğunu duydu. Uyandığı zaman güneş parlıyordu ve bacaklarının arasından göğüs kemiğine uzanan yay biçiminde kaba bir dikiş vardı. Ancak, daha önceden belirlenmiş yatak istirahati süresini tamamlamadan, görünmez doktorlardan kaygılı bir mektup aldı. Doktorlar onu altı saat uzun uzun inceledikleri halde, kendisinin ısrarla sözünü ettiği hastalık belirtilerinden hiçbirini göremediklerini yazıyorlardı. Fernanda'nın olayları adlı adınca tanımlayamama huyu bu karışıklığı yaratmıştı. Telepati yoluyla ameliyat yapan doktorlar, Fernanda'da rahim ağzına yerleştirilen peserle çözümlenebilecek önemsiz rahim sarkmasından başka bir dert bulamamışlardı. Umduğunu bulamayan Fernanda daha ayrıntılı ve kesin bilgi edinmek istediyse de, doktorlar artık onun mektuplarına yanıt vermediler. Fernanda bilmediği bir sözcüğün altında ezilip kıvranmaya başladı. Sonunda dayanamadı, utanmayı bir yana bırakıp peserin ne demek olduğunu sormaya karar verdi. Fransız doktorun üç ay önce kendini tavandan sarkıttığı iple astığını ve kasabalılar karşı çıktığı halde Albay Aureliano Buendia'nın silah arkadaşlarından biri tarafından gömüldüğünü Fernanda ancak o zaman öğrenebildi. Bunun üzerine derdini oğlu José Arcadio'ya açtı. O da peser denilen lastik halkaları ve nasıl kullanılacağını anlatan tarifnameyi Roma'dan annesine gönderdi. Fernanda halkaları nasıl kullanacağını iyice ezberledikten sonra kâğıdı tuvalete attı, çünkü evdekilerden hiçbirinin derdinin ne olduğunu bilmesini istemiyordu. Aslında böyle bir önlem gereksizdi, ev halkının zaten onunla ilgilendiği yoktu. Santa Sofia de la Piedad, o yaşlı haliyle koşuşturuyor, yenilen birkaç lokma yemeği pişiriyor, kendini hemen bütünüyle José Arcadio Segundo'nun bakımına adıyordu. Çekiciliği Güzel Remedios'u biraz andıran Amaranta Úrsula, eskiden Úrsula'ya eziyet ederek geçirdiği zamanı derslerine ayırdı. Kafası iyi çalışıyordu. Öğrenime merak sarmıştı. Onun bu tutumu, Aureliano Segundo'nun bir zamanlar Meme için beslediği büyük umutları canlandırdı. Muz Şirketi döneminde moda olup yerleşen bir töreye uyarak, öğrenimini tamamlamak için kızını Brüksel'e göndermeye söz verdi. Bu hayal onu sellerin yıkıp harap ettiği toprakları yeniden canlandırmaya yöneltti. Aureliano Segundo'nun kırk yılda bir eve gelişleri, yalnızca Amaranta Úrsula'yı görmek içindi. Çünkü zamanla Fernanda'ya iyice yabancılaşmıştı. Ufak Aureliano ise ergenlik çağına geldikçe içine kapanıyordu. Aureliano Segundo, Fernanda'nın yaşlandıkça yumuşayacağını ve çocuğun, kasabanın yaşantısına katışmasına ses çıkarmayacağını umuyordu. Zaten kasabalılardan hiçbiri çocuğun gerçek kimliğini araştırmak zahmetine kalkışmazdı. Ne var ki, Aureliano da yalnızlığı yeğler gibi görünüyor, evin sokak kapısında başlayan dünyaya karşı hiçbir merak ve ilgi göstermiyordu. Úrsula, Melquíades'in odasını açtırdıktan sonra Aureliano odanın çevresinde dolanmaya başladı. Aralık kapıdan içeri göz atıyordu. José Arcadio Segundo ile aralarında karşılıklı yakınlığın ne zaman doğduğunu kimse anlamadı. Aureliano Segundo onların arasındaki dostluğu, çok sonradan, ancak çocuk istasyondaki kıyımdan söz ettiği zaman öğrendi. Bir gün sofrada konuşulurken, birisi Muz Şirketi gittikten sonra kasabanın iflah olmadığından yakınınca, çocuk istasyondaki kıyıma değindi ve yetişkin birinin olgun görüşleriyle karşı çıktı. Genel düşünüşün tersine, Aureliano, Muz Şirketi gelip kasabayı yozlaştırmadan, düzenini bozmadan ve baskı kurmadan önce Macondo'nun kendince hali vakti yerinde, bolluk bereket içinde bir yer olduğu görüşünü savundu. Tufana da, işçilere verilen sözleri yerine getirmemek için şirket mühendislerinin neden olduğunu ileri sürdü. Öylesine mantıklı, öylesine güzel konuşuyordu ki, akıllı kişilerin yanında böyle konuştuğu için Fernanda onu dine saygısızlık etmeye çalışan düzmece peygamberlere benzetti. Çocuk, istasyonun önünde kıstırılan üç binden çok işçiyi askerlerin makineliyle nasıl taradığını, cesetleri iki yüz vagonluk katara nasıl yükleyip denize döktüğünü ayrıntılarıyla anlattı. Çoğu kişi gibi resmî açıklamalara inanıp hiçbir olay çıkmadığını sanan Fernanda, bunları duyunca çocuğun Albay Aureliano Buendia'nın anarşist görüşlerini aldığı korkusuna kapılarak ona susmasını söyledi. Oysa Aureliano Segundo, çocuğun anlatımında kardeşinin görüşlerini fark etmişti. O sıralarda herkesin kendisini deli sanmasına rağmen, aslında evdeki en aklı başında insan José Arcadio Segundo'ydu. Ufak Aureliano'ya okuyup yazma öğretti, sonra ona elyazmalarını söktürmeye başladı. Bir yandan da Muz Şirketi'nin Macondo için ne demek olduğunu, şirketin yaptıklarını kişisel yorumlarına göre anlattı. Bunları öğrenerek büyüyen Aureliano yıllarca sonra dünyaya katıldığı zaman, onun söylediklerine kimse inanmadı. Çünkü anlattıkları, tarihçilerin uydurduğu ve ders kitaplarına yazdığı düzmecelere taban tabana zıttı. Kuru sıcağın, tozun, rüzgârın girmediği odada, José Arcadio Segundo da, Aureliano da özellikleri kuşaklardan kuşaklara geçen bir ihtiyarın, pencerenin önünde oturan, karga kanadı şapkalı bir ihtiyarın görüşlerine eriştiler. O adam, onlar doğmadan çok önce dünya görüşünü belirlemişti. Amca ile yeğen, aynı anda aynı kanılara varıyorlar, aylardan hep mart, günlerden hep pazartesi olmasının ne demeye geldiğini aynı anda çıkarıyorlardı. O zaman, evde söylenildiği gibi José Arcadio Buendia'nın deli olmadığını, zamanın da arada bir sendeleyip ayağını burkabileceği, doğrulup kalkarken de sonsuza dek aynı kalacak bir dilimini bir odada bırakabileceği gerçeğini yalnızca José Arcadio Buendia'nın kavramış olduğunu anladılar. José Arcadio Segundo, elyazmalarının şifreyi andıran harflerini de çözmüştü. Bu yazının kırk yedi ya da elli üç harflik bir alfabesi olduğunu çıkarmıştı. Harfler tek tek yazıldığı zaman karalama gibi görünüyordu. Hele Melquíades'in incecik yazısıyla, ipe serilmiş çamaşırları andırıyordu. Aureliano bunlara benzer harflerin resmini, İngilizce ansiklopedide gördüğünü hatırladı ve José Arcadio Segundo'nun çözdüğü şifreyle karşılaştırmak için odaya getirdi. Gerçekten de iki alfabe birbirini tutuyordu.

Aureliano Segundo, bulmaca piyangosunu düzenlediği sıralarda, gırtlağında bir düğümle uyanır oldu. Ağlamak istiyor da ağlayamıyormuş gibiydi. Petra Cotes ondaki bu rahatsızlığı kötü günlerin yarattığı sinir bozukluğuna verdi. Bir yılı aşkın süreyle her sabah Aureliano Segundo'nun damağına kaşığın ucuyla bal sürüp turp suyu içirdi. Boğazındaki durum soluk almasını zorlaştırınca, Aureliano Segundo, Pilar Ternera'ya koşup kendisini iyileştirecek bir kocakarı ilacı bilip bilmediğini sordu. El altından ufak bir randevuevi çalıştırarak yüz yaşını bulmuş olan gözü pek ninesi, kocakarı ilaçlarına inanmadığı için işi iskambillere aktardı. Maça bacağının kupa kızını boynundan yaraladığını görünce, Fernanda'nın kocasını yeniden eve döndürmek için büyü yaptığını, kocasının resmine iğneler saplamak gibi modası geçmiş bir çareye başvurduğunu, ancak büyü yapmasını beceremediği için kocasının gırtlağında ur olmasına yol açtığını söyledi. Aureliano Segundo'nun, düğünde çekilenlerden başka resmi yoktu, onlar da aile albümündeydi. Aureliano Segundo, karısı görmeden evi araştırmaya koyuldu ve çekmecelerden birinin dibinde orijinal kutusunda duran yarım düzine peseri buldu. Ufak, kırmızı lastik halkaları büyüyle ilgili sanan Aureliano Segundo, Pilar Ternera'ya göstermek için halkaları cebine attı. Pilar Ternera halkaların ne olduğunu anlayamadı, ama hiç gözü tutmadığı için, işin içinde iş vardır diyerek bahçede bir ateş yakıp halkaları yaktı. Fernanda'nın büyüsünü bozmak için Aureliano Segundo'ya, anaç bir tavuğu ıslatıp diri diri kestane ağacının altına gömmesini söyledi. Aureliano Segundo onun dediklerine öyle iman etmişti ki, tavuğu gömdüğü tümseği daha kuru yapraklarla örtmesine kalmadan soluğunun rahatladığını duydu. Fernanda ise, halkaların yok oluşunu görünmez doktorların bir misillemesi olarak yorumladı ve oğlunun yolladığı yeni halkaları gömleğine diktiği gizli cebe yerleştirdi.

Tavuğu gömdükten altı ay sonra, Aureliano Segundo bir gece yarısı korkunç bir öksürük kriziyle uyandı. Gırtlağına yengeç sarılmış da sıkıyormuş gibi oluyordu. O zaman, yakıp yok ettiği bütün o büyülü halkalara, ıslatıp gömdüğü tavuklara rağmen, ortada tek gerçek olduğunu ve ölmek üzere bulunduğunu anladı. Kimseye bir şey söylemedi. Amaranta Úrsula'yı Brüksel'e gönderemeden ölürüm korkusuyla, görülmemiş bir çalışmaya koyuldu ve haftada bir yerine tam üç kez piyango çekmeye başladı. Sabahın erken saatlerinde sokağa çıkıyor, ancak ölümü yaklaşmış birine yaraşan heyecan ve telaşla bilet satmak için bütün kasabayı dolaşıyor, en kenar köşe mahallelere uzanıyordu. "İlahi Takdir Piyangosu," diye çığırıyordu. "Fırsatı kaçırmayın, böylesi ancak yüz yılda bir gelir." Neşeli görünmeye, gevezelik etmeye, incelik göstermeye çalışıyordu. Ama bunları yürekten yapmadığını anlamak için yüzünün solgunluğunu ve boncuk boncuk terleyişini görmek yetiyordu. Kimi zaman ıssız bir köşeye çekiliyor ya da içini yırtan kıskaçlardan kurtulup soluk alabilmek için olduğu yere çöküveriyordu. Gece yarıları bile dolaşıyor, kırmızı fenerler mahallesine gidip gramofonların başında gözyaşı döken yalnız kadınları talihlerini denemeye çağırıp avutmaya çabalıyordu. Biletleri çıkarıyor, "Bak, bu numaraya tam dört aydır piyango vurmadı," diyordu. "Bu fırsatı kaçırmayın, yaşam sandığınız kadar uzun değil." Sonunda saygınlığını yitirdi. Onunla alay etmeye başladılar. Hele son aylarında, ona eskisi gibi Don Aureliano demeyi bırakıp yüzüne karşı, "Bay İlahi Takdir," der oldular. Aureliano Segundo'nun sesi gittikçe çatallaşıyor, falsolanıyordu. Sonunda köpek hırlamasına dönüştü. Yine de Petra Cotes'in bahçesine toplananların getirdiği umudu söndürmedi. Sesini yitirdiği ve çok geçmeden acıların dayanılmaz olacağını kestirdiği zaman, kızını Brüksel'e yollamak için domuz ve keçi lotaryasının yetmeyeceğini anladı. Bunun üzerine parası olan birinin kolayca eski durumuna getirebileceği topraklarını piyangoya koymayı düşünerek, dillere destan bir lotarya düzenledi. Bu öylesine kapsamlı bir girişimdi ki, belediye başkanı bile piyangoyu resmî duyuruyla açıklayarak ona yardım etmekten geri kalmadı. Tanesi yüz peso olan biletleri almak için dernekler kurdu ve bir haftaya kalmadan biletler tükendi. Piyangonun çekildiği gece, kazananlar büyük bir şenlik düzenlediler. Ancak Muz Şirketi dönemindeki şenliklerle kıyaslanabilecek bir tantana oldu. Ve Aureliano Segundo, Şeytan Çatlatan Francisco'nun çoktan unutulmuş şarkılarını son olarak akordeonla çaldı, ama bu kez şarkıları söyleyemedi.

İki ay sonra Amaranta Úrsula, Brüksel'e gitti. Aureliano Segundo ona yalnızca büyük piyangoda toplanan parayı vermekle kalmadı, daha önceki aylarda bir kenara ayırabildiği ve piyanoyu, akordeonu, eskimiş bir yığın ıvır zıvırı satarak topladığı paraları da üstüne koydu. Onun hesabına göre bu para kızının öğrenimine yetecekti. Yalnızca geri dönüş için yol parası eksik kalıyordu. Brüksel'in Paris'e ve Paris'in rezaletlerine çok yakın olduğunu düşündükçe çılgına dönen Fernanda, son ana kadar kızının gitmesine karşı çıktı. Ama Peder Angel, rahibelerin yönettiği ve Katolik genç kızlar için kurulmuş bir yurda mektup yazınca, Amaranta Úrsula da öğrenimini tamamlayana kadar orada kalmaya söz verince, Fernanda yatıştı. Daha da ötesi, Papaz Efendi, kızı, Toledo'ya giden bir grup Fransisken rahibenin yanına kattı ve onlardan Belçika'ya gidecek güvenilir birilerini bulup Amaranta Úrsula'yı onlara teslim edeceklerine söz aldı. Bu işlerin düzenlenmesi için yapılan yazışmalar süredursun, Aureliano Segundo, Petra Cotes'in yardımıyla, Amaranta Úrsula'nın eşyalarını hazırlıyordu. Fernanda'nın çeyiz sandıklarından birine giysileri yerleştirdikleri gece her şey öylesine belirlenmişti ki, Amaranta Úrsula, Atlantik'i geçerken giyeceği tayyörleri, kumaş terlikleri, vapurdan indiği zaman bakır düğmeli mavi pardösü ile ince deri pabuçları giyeceğini artık ezbere biliyordu. Vapurdan inerken denize düşmemek için nasıl yürümesi gerektiğini, rahibelerin yanından hiç ayrılmayacağını, yemek saatleri dışında kamarasından dışarı adım atmayacağını, vapurda ister kadın ister erkek kimsenin sorularına yanıt vermeyeceğini de bellemişti. Amaranta Úrsula'nın yanında deniz tutmasına karşı suyuna damlatacağı ilaçla, Peder Angel'in kendi eliyle yazdığı ve fırtına çıkarsa okunulacak altı duanın bulunduğu bir defter vardı. Parasını koysun diye Fernanda ona branda bezinden bir kemer dikti ve uyurken bile kemeri çıkarmamasını öğütledi. Küllü suyla yıkayıp alkolle dezenfekte ettiği oturağı da vermek istediyse de, Amaranta Úrsula sınıf arkadaşları kendisiyle alay ederler diye oturağı almadı. Birkaç ay sonra Aureliano Segundo son soluğunu verirken, kızını son gördüğü haliyle, annesinin yine ne öğüt verdiğini duyabilmek için ikinci mevki kompartımanın camını indirmeye uğraşırkenki haliyle hatırlayacaktı. Amaranta Úrsula pembe ipekli bir giysi giymişti. Sol omzuna bir demet yapma menekşe iğnelemişti. Ayaklarında alçak topuklu, iri tokalı deri pabuçları, jartiyerle tutturulmuş ipek çorapları vardı. İncecikti. Uzun saçlarını açık bırakmıştı. Canlı gözleri, Úrsula'nın o yaştaki görünümünü andırıyor, ayrılırken ağlamayışı da gülmeyişi de yine Úrsula gibi güçlü olduğunu kanıtlıyordu. Bir yandan hız alan vagonun yanı sıra yürüyüp bir yandan düşmesin diye Fernanda'nın kolunu tutan Aureliano Segundo, eliyle öpücük gönderen kızına ancak el sallamaya fırsat bulabildi. Karıkoca kızgın güneşin altında kıpırdamadan durdular, ufukta kara bir çizgi haline gelene kadar trenin ardından baktılar. Düğünlerinden bu yana ilk kez kol kola girmişlerdi.

Ağustosun dokuzunda, daha Brüksel'den hiç mektup gelmeden önce, José Arcadio Segundo, Melquíades'in odasında Aureliano'yla konuşurken, kendi de ne söylediğinin farkına varmadan, "Üç bin kişiden fazla olduğunu ve hepsinin denize döküldüklerini sakın aklından çıkarma," dedi.

Sonra sırtüstü elyazmalarının üzerine düştü ve gözleri açık öldü. Aynı anda Fernanda'nın yatağında da ikiz kardeşi uzun süredir boğazını kemiren çelik kıskaçlarla olan çekişmesinin sonuna geldi. Bir hafta önce, sesi hepten gitmiş, soluk almak için canını dişine takarak ve bir deri bir kemik halde, iki ev arasında gide gele başı dönen sandıklarını, serseri akordeonunu toplamış, karısının yanında ölmek için verdiği sözü yerine getirmeye başlamıştı. Petra Cotes, onun sandıkları toplamasına yardım etti ve bir damla gözyaşı dökmeden onu uğurladı. Ne var ki gömülürken giymeyi vasiyet ettiği pabuçları vermeyi unutmuştu. Bu yüzden, Aureliano Segundo'nun öldüğünü duyunca, Petra Cotes karalar giyindi, pabuçları bir gazeteye sardı ve Fernanda'dan ölüyü görebilmek için izin istedi. Fernanda ona eşikten içeri adım attırmadı.

Petra Cotes, "Kendinizi benim yerime koyun," diye yalvardı. "Böylesine aşağılanmayı kabullenmem için onu ne kadar sevmiş olduğumu bir düşünün," dedi.

Fernanda, "Metresler her türlü aşağılanmayı hak eder," diye karşılık verdi. "Bekle de, başka bir dostun öldüğü zaman pabuçları ona giydirirsin."

Santa Sofia de la Piedad, oğluna verdiği sözü tutarak onun diri diri gömülmemesini sağlama bağlamak için, José Arcadio Segundo'nun gırtlağını mutfak bıçağıyla kesti. Cesetler birörnek tabutlara yerleştirildi. Öldükleri zaman iki kardeş tıpkı çocukluklarında olduğu gibi ayırt edilemeyecek kadar birbirlerine benziyorlardı. Aureliano Segundo'nun taşkınlık günlerindeki yoldaşları, tabutun üstüne, "Durun inekler, ömür dediğin geçip gidiverir" yazılı mor kurdeleli bir çelenk koydular. Bu küstahlıktan çılgına dönen Fernanda, çelengi çöpe attırdı. Son anın kargaşası içinde cenazeleri evden çıkaran yaslı ayyaşlar, tabutları karıştırdılar ve ters mezarlara gömdüler.

Aureliano, Melquíades'in odasından uzun süre çıkmadı. İyiden iyiye yıpranıp dağılmaya yüz tutmuş kitaptaki masalları, Topal Hermann'ın araştırmalarından çıkan sonucu, cinifrit bilimi hakkındaki notları, simya taşının gizemlerini, Nostradamus'un kehanetlerini ve salgınla ilgili araştırmasını ezbere öğrendi. Böylelikle ergenlik çağına eriştiğinde, kendi dönemiyle ilgili hiçbir şey bilmiyor, ama Ortaçağ insanlarının temel bilgilerini öğrenmiş bulunuyordu. Santa Sofia de la Piedad ne zaman onun odasına girse, çocuğu okumaya dalmış buluyordu. Gün doğarken ona bir fincan sade kahve, öğlende de bir tabak pilavla muz kızartması getiriyordu. Aureliano Segundo'nun ölümünden beri evde bunlardan başka şey yenmiyordu. Santa Sofia de la Piedad, Aureliano'nun saçını kesiyor, sirkelerini ayıklıyor, sandıklarda bulduğu giysileri ona göre ufaltıyordu. Çocuğun bıyıkları terlemeye başlayınca, ona Albay Aureliano Buendia'nın usturasını ve tıraş çanağı olarak kullandığı sukabağını getirdi. Albay'ın çocuklarından hiçbiri, hatta Aureliano José bile, Aureliano kadar benzemiyordu Albay'a. Çıkık elmacıkkemikleri, yüzüne acımasız bir anlatım getiren dolgun dudakları tıpkı Albay'a çekmişti. Bir zamanlar Aureliano Segundo'yu o odada çalışırken gören

Úrsula, nasıl şaşırmışsa, şimdi de Santa Sofia de la Piedad, Aureliano'nun kendi kendine konuştuğunu sanarak şaşırıyordu. Oysa çocuk, Melquíades'le konuşuyordu. İkizlerin ölümünden kısa süre sonra yakıcı bir öğle saatinde, Aureliano pencerenin önünde karga kanadı şapkalı ihtiyarı gördü. Kendisi doğmadan önce belleğine kazınmış bir anının somutlaşıp canlanması gibi bir olaydı bu. Aureliano, elyazmalarının alfabesini sökmüştü. Melquíades kendisine yazıların hangi dilde yazıldığını bilip bilmediğini sorunca, Aureliano hiç duraksamadan, "Sanskritçe," diye karşılık verdi.

Melquíades, odaya yeniden gelme olanağının kısıtlı olduğunu açıkladı. Ama sonsuz ölümün topraklarında rahat rahat, gözü arkada kalmadan yatabileceğini söyledi. Çünkü Aureliano alfabeyi söktüğüne göre, elyazmalarının okunabilirlik kazanacağı zaman, yani yazıldıklarından yüzyıl sonra onları okuyabilecek kadar Sanskritçe'yi öğrenmiş olacaktı. Melquíades, nehre inen dar sokakta, Muz Şirketi zamanında düş yorumları yapılan yerde şimdi bir Katalonyalının kitapçı dükkânı olduğunu, o dükkânda Sanskritçe okuma kitabı bulunduğunu, acele etmezse altı yıl içinde kitabın güvelere yem olacağını Aureliano'ya anlattı. Aureliano, Santa Sofia de la Piedad'a dükkânı tarif ettiği ve ikinci rafın sağ kenarında Milton'un şiirleriyle *Kurtarılmış Kudüs*'ün arasında duran kitabı alıp kendisine getirmesini söylediği zaman, Santa Sofia de la Piedad ömründe ilk kez bir duygusunu açığa vurdu: Şaşırdı. Okuma yazma bilmediği için Aureliano'nun söylediklerini ezberledi, askerlerin evi aradıkları geceden sonra yerini kendisiyle Aureliano'dan başkasının bilmediği on yedi altın balıktan birini satarak kitap için gereken parayı da sağladı.

Melquíades'in gelişleri seyreldikçe seyreliyor ve öğle güneşinde gitgide daha uzak, daha silik görünüyordu. Bu arada Aureliano da Sanskritçe'yi ilerletiyordu. Aureliano, son gelişinde Melquíades'i göremedi, ancak odada bulunduğunu ve, "Singapur'un kızgın kumları üzerinde hummadan ölüm," diye fısıldadığını duydu. O günden sonra da toza, sıcağa, kurtlara, kırmızı karıncalara ve elyazmalarındaki bilgelikleri talaş tozuna döndürecek güvelere olan bağışıklığını yitirdi.

Evde yiyecek darlığı yoktu. Aureliano Segundo'nun ölümünün ertesi günü, o saygısız çelengi getiren arkadaşlarından biri Fernanda'ya gelerek, kocasına olan borcunu ödemek istediğini belirtti. O günden sonra her çarşamba, bir çocuk, bir hafta yetecek yiyecekle dolu bir sepet getirmeye başladı. Bu yiyecekleri Petra Cotes'in gönderdiğini ve kendisini aşağılamış olan kişiye yardım etmekle, onu aşağılayacağına inandığı için böyle yaptığını kimse bilmiyordu. Petra Cotes'in Fernanda'ya duyduğu öfke, sandığından daha çabuk söndüyse de, Petra önceleri onurunu kırmamak için, daha sonra da onlara acıdığı için yiyecek göndermeye devam etti. Kimi zaman piyangoya koyacak hayvanı kalmıyor, kimi zaman kimse lotaryaya yüz vermiyordu. Öyle olduğu zamanlar, salt Fernanda aç kalmasın diye, Petra Cotes'in günlerce yemek yemediği oluyordu. Petra, Fernanda'nın cenaze alayını gördüğü güne kadar bunu sürdürdü.

Santa Sofia de la Piedad için, evdeki kalabalığın azalması demek, yarım yüzyıldır köle gibi çalıştıktan sonra hak ettiği dinlenme fırsatını bulması demekti. Aileye Güzel Remedios'un melek tohumunu ve José Arcadio Segundo'nun gizemli durgunluğunu katmış olan, bu duyguları açığa vurulmamış kadının ağzından bir tek gün yakınma duyulmamıştı. Bütün ömrünü içine kapanarak ve çocukları mı torunları mı olduğunu şaşırdığı çocukların yetiştirilmesine kendini adayarak geçirmişti. Ufak Aureliano'ya kendi çocuğu gibi bakmış, onun büyük ninesi olduğunu hiç bilmeden bağrına basmıştı. Santa Sofia de la Piedad'ın farelerin cirit attığı kilere yatak serip yatması, ancak o evin havası içinde aklın alabileceği bir şeydi. Kadıncağız bir gece karanlıkta birinin kendini gözlediğini sezerek korkuyla uykudan fırlamış, karnının üzerinde kocaman, zehirli bir yılanın dolandığını görmüş, bu olaydan da kimselere söz etmemişti. Úrsula'ya söylemiş olsa, Úrsula'nın onu koynuna alacağını biliyordu. Ama öyle günler geçiriyorlardı ki, verandaya çıkıp da avaz avaz bağırılmadığı sürece kimsenin kimseden haberi olmuyordu. Fırındaki hummalı çalışma, ardından savaşın şaşkınlığı, ardından çocukların bakımı derken, kimse başkalarının mutluluğunu düşünmeye fırsat bulamamıştı. Onu unutmayan tek kişi, yüzünü bile görmediği Petra Cotes'ti. Petra Cotes, Santa Sofia de la Piedad'ın bir eksiği kalmamasına çalışıyor, sokağa çıkarken giyebileceği yeni bir çift pabucu, sırtına giyecek giysileri hep o düşünüyordu. Piyangoların ancak mucizevi çabalarla yürütüldüğü günlerde bile Petra onu unutmadı. Fernanda gelin geldiği zaman, Santa Sofia de la Piedad'ı yaşı belirsiz bir hizmetçi sanmış, kocasının anası olduğunu birkaç kez duyduğu halde bunu öylesine inanılmaz bulmuştu ki, onun kayınvalidesi olduğunu hemen unutuvermeyi yeğlemişti. Santa Sofia de la Piedad ise, hizmetçi yerine konulmaktan hiçbir zaman yüksünmemişti. Tam tersine, kenarda köşede kalmaktan hoşlanır gibiydi. Yeniyetmeliğinden beri oturduğu ve özellikle Muz Şirketi döneminde kışlaya dönen bu evi derli toplu tutmak, temizlemek için durup dinlenmeden, sızlanmadan çalışırdı. Ama Úrsula ölünce, Santa Sofia de la Piedad'ın insanüstü çabaları, tükenmek bilmez enerjisi azalmaya başladı. Bu dağılmasının nedeni yalnızca yaşlanmış ve yorulmuş olması değildi. Úrsula ölünce, ev bir gece içinde çöküvermişti. Duvarlarda yumuşak bir yosun tabakası belirdi. Bahçeyi bürüyen ayrıkotları, bahçede iğne gözü kadar boş yer kalmayınca, verandanın çimentosunu zorlamaya başladılar, çimento döşemeyi cam gibi kırarak sürgün verdiler. Yarılan çatlaklarda, yüzyıl önce Úrsula'nın Melquíades'in takma dişlerinde bulduğu sarı çiçeklerin eşi tomurcuklar patladı. Doğanın meydan okuyuşunu durdurmaya ne zamanı ne de olanağı olmayan Santa Sofia de la Piedad, bütün gününü yatak odalarına doluşan kertenkeleleri kovmakla geçiriyordu. Kertenkeleler ise gece oldu mu yeniden geliyorlardı. Santa Sofia de la Piedad, bir sabah kırmızı karıncaların oydukları temellerden çıktıklarını, bahçeyi geçtiklerini, toprak rengine dönmüş begonyaların olduğu veranda parmaklıklarına tırmandıklarını, oradan da evin içine girdiklerini gördü. Karıncaları önce süpürgeyle öldürmeye çalıştı. Sonra böcek ilaçlarını denedi. Onlar da kâr etmeyince küllü su döktü. Ama ertesi gün karıncalar yine geldiler, hiçbir engel tanımadan yürüyüp içeri girdiler. Çocuklarına mektup yazmaya dalmış olan Fernanda, bu önü alınmaz yıkıcı saldırıdan habersizdi. Santa Sofia de la Piedad tek başına uğraşıp duruyor, ayrıkotlarının, mutfağı sarmasını önlemeye çalışıyor, birkaç saat sonra yeniden örülecek öbek öbek örümcek ağlarını temizliyor, tahtakurularının yuvalarını kazıyordu. Ne var ki, Melquíades'in odasının da tozlandığını, günde üç kez süpürmesine rağmen örümcek ağlarıyla baş edemediğini görüp o odanın da şimdiye kadar yalnızca Albay Aureliano Buendia ile genç subayın gördükleri gibi yıkıntı havasına büründüğünü anlayınca, Santa Sofia de la Piedad doğaya yenik düştüğünü kavradı. O zaman pazarlık giysilerini, Úrsula'nın eski pabuçlarını, Amaranta Úrsula'nın verdiği muslin çorapları giydi ve geri kalan birkaç kat çamaşırını çıkın etti.

Aureliano'ya, "Ben pes ettim gayrı," dedi. "Bu evin işi, benim kemiklerimin kaldırabileceği gibi değil."

Aureliano ona nereye gittiğini sordu. Kadın nereye gideceğini bilmiyormuş gibi belirsiz bir işaret yaptı. Yine de bir açıklama yapmaya çalışarak, ömrünün son yıllarını Riohacha'daki yeğeninin yanında geçireceğini söyledi. Bu pek akla yatkın bir açıklama değildi, çünkü anası babası öldükten sonra, Santa Sofia de la Piedad ne kasabada kimseyle görüşmüş, ne bir yerden mektup almış, ne de akrabalarından söz etmişti. Santa Sofia de la Piedad cebindeki bir peso ve yirmi beş sentle yollara düşmeye kalkınca, Aureliano ona zorla on yedi küçük altın balık verdi. Sonra odanın penceresinden baktı, kadının çamaşır çıkınını omzuna vurup yaşlılıktan bükülmüş belini tuta tuta, ayaklarını sürüye sürüye bahçeden geçişini, bahçe kapısını açıp çıktıktan sonra yeniden sürgüleyişini seyretti. Santa Sofia de la Piedad'dan bir daha haber alınamadı.

Fernanda, Santa Sofia de la Piedad'ın kaçıp gittiğini duyunca, bir şeyler aşırıp aşırmadığını anlamak için bütün bir gün evi araştırdı, sandık sepet boşalttı, dolapları çekmeceleri didik didik etti. Sonra ömründe ilk kez ateşi tutuşturmaya kalkışınca parmaklarını yaktı, Aureliano'dan kendisine kahve pişirmeyi öğretmesini istedi. Zamanla mutfak işlerini Aureliano üstlendi. Fernanda yine eskisi gibi uyandığı zaman kahvaltısını hazır buluyor, yalnızca yemeklerini almak için odasından çıkıyordu. Aureliano'nun soğumasın diye közün üstünde bıraktığı yemeği alıyor, keten örtüleri serip şamdanları yakarak, on beş boş sandalyenin karşısına geçip masanın başına oturuyor ve yemeğini yiyordu. Bu koşullar altında bile Aureliano ile Fernanda yalnızlıklarını paylaşmadılar. Her biri kendi başına yaşıyor, kendi odalarını temizlemeye, gül fidanlarının üzerine kar gibi yağan, tavan kirişlerini kaplayan, duvarları sıvayan örümcek ağlarını yok etmeye uğraşıyorlardı. İşte o sıralarda, Fernanda evi cinlerin sardığı duygusuna kapıldı. Evdeki eşya, özellikle gündelik kullanılan eşya kendiliğinden yer değiştirir olmuştu. Fernanda yatağın üzerine bıraktığını kesinlikle bildiği makasını arıyor tarıyor, sonra makası dört gündür hiç uğramadığını sandığı mutfağın rafında buluyordu. Gümüş takımların durduğu çekmecede hiç çatal olmadığını görüyor, çatalların altısını mihrabın üzerinde, üçünü banyoda buluyordu. Hele oturup yazı yazmaya kalkıştı mı, eşyaların cirit atması daha da ömür törpüsü oluyordu. Masanın sağına bıraktığı mürekkep hokkası sola geçmiş oluyor, kaybolan kurutma kâğıdını Fernanda ancak iki gün sonra yastığının altında buluyordu. José Arcadio'ya yazdığı mektubun sayfaları, Amaranta Úrsula'ya yazdığı mektuba karışıyordu. Fernanda hep birinin mektubunu ötekinin zarfına koyduğu duygusuna kapılıyordu. Gerçekten de birkaç kez öyle oldu. Bir keresinde dolmakalemini yitirdi. İki hafta sonra dolmakalemi kendi çantasında bulan postacı geri getirdi. Kapı kapı dolaşıp kalemin sahibini aramıştı. Fernanda, önceleri bu işlerin görünmez doktorların başının altından çıktığını, bunların da peserler gibi ayaklandıklarını sandı. Hatta kendisini rahat bırakmaları için, doktorlara yakaran bir mektup yazmaya koyuldu. Ama mektubu yazarken bir iş yapmaya kalktı, odaya döndüğü zaman da mektubu bulamadığı gibi, yazma nedenini de unuttu. Bir zaman bunları yapanın Aureliano olduğunu sandı. Aureliano'yu gözetlemeye başladı. Yerlerini değiştirecek mi değiştirmeyecek mi diye birtakım şeyleri orta yere bırakıp kolladı. Ama çok geçmeden Aureliano'nun mutfağa ya da tuvalete gitmenin dışında Melquíades'in odasından çıkmadığını ve bu tür oyunlar yapacak biri olmadığını kesinlikle anladı. Sonunda bunun cin, peri işi olduğuna inandı ve her şeyi kullanılacağı yere bağlamaya karar verdi. Makası uzun bir iple karyolasının başucuna astı. Dolmakalemle, kurutma kâğıdını masanın ayağına bağladı. Mürekkep hokkasını her zaman kullandığı yere, masanın sağ tarafına yapıştırdı. Ne var ki, sorunlar öyle hemen çözümlenebilecek gibi değildi. Fernanda makası bağladıktan birkaç saat sonra ipin kısa olduğunu, yetişmediğini gördü. Sanki inler cinler ipi kesmişlerdi. Aynı şey dolmakaleme bağladığı ipin de başına geldi. Hatta kendi kolu da kısalmış gibiydi, çünkü çok geçmeden mürekkep hokkasına uzanamaz oldu. Ne Brüksel'deki Amaranta Úrsula'nın ne de Roma'daki José Arcadio'nun bu ufak tefek dertlerden hiç haberleri olmuyordu. Fernanda onlara iyi olduğunu, keyfinin yerinde olduğunu yazıyordu. Öyleydi de gerçekten. Çünkü hiçbir konuda uzlaşma yolu aramıyor, ödün vermiyordu. Sanki yaşam onu yeniden kendi ailesinin dünyasına, insanların günlük sorunlarla uğraşmayıp bu sorunlara önceden kafalarında çözüm buldukları âleme sürüklüyor gibiydi. Önce doktorlarla, sonra çocuklarıyla bitmez tükenmez mektuplaşması, hele Santa Sofia de la Piedad gittikten sonra, Fernanda'yı zaman kavramından iyice uzaklaştırdı. Çocuklarının eve geliş tarihlerini nirengileyip günleri, ayları, yılları izler olmuştu. Ama çocuklar geliş tarihlerini üst üste değiştirdikçe, günler birbirine karıştı, süreler belirsizleşti, kısacası zamanın geçtiği anlaşılmaz oldu. Fernanda, çocukların gelmesi geciktikçe sabırsızlanacağı yerde, bu ertelemeden hoşnut oluyordu. José Arcadio'nun papazlık andı içeceğini bildirdiği gecenin üzerinden yıllar geçtiği halde, oğlu hâlâ yüksek teoloji öğrenimini tamamlayacağını, sonra da diplomatlık öğrenimi yapacağını yazıp duruyordu. Fernanda bu haberleri aldıkça üzülmüyordu. Çünkü Aziz Petrus'un tahtına çıkan dolambaçlı merdivenin nasıl dik, nasıl engelli olduğunu biliyordu. Hele oğlundan, Papa Hazretleri'ni görmesi gibi, başkalarının önem vermediği haberler geldikçe, Fernanda'nın morali iyice düzeliyordu. Amaranta Úrsula da, öğreniminin sandıklarından uzun süreceğini, çünkü çalışkan olduğu için babasının hesaba katmadığı birtakım haklar kazandığını yazdığı zaman da Fernanda yine aynı sevinci duydu.

Santa Sofia de la Piedad'ın, dilbilgisi kitabını getirmesinden üç yıl sonra Aureliano, elyazmalarının birinci yaprağını çevirmeyi başardı. Bu, yararsız bir uğraş değildi. Ancak, uzunluğunu kestirme olanağı olmayan bir yolun ilk adımıydı. Çünkü İspanyolca'ya çevrilen yazı bir anlam taşımıyordu, şifreyle yazılmıştı. Aureliano' nun elinde bu şifreyi çözecek anahtar yoktu. O zaman Melquíades'in, elyazmalarını okumasına yardımcı olacak kitapların bilge Katalonyalının dükkânında bulunduğunu söylediği aklına geldi ve kitapları almaya gitmek için Fernanda'dan izin istemeye karar verdi. Gem tanımaz çöküşe yenik düşen perişan odada volta atan Aureliano, bu dileğini en iyi hangi biçimde iletebileceğini düşündü. Sonra Fernanda'yla tek konuşma fırsatı olan yerde, yani kadın ateşin üzerinden yemeğini alırken, onun karşısına çıktı. Ama uzun uzadıya düşünüp hazırladığı sözler boğazına düğümleniverdi, sesi çıkmaz oldu. Aureliano'nun Fernanda'yla ilgilendiği, onu kolladığı tek dönem, işte bu izin isteme günü oldu. Fernanda'nın, odasında gezinen ayak seslerini dinliyordu. Onun, çocuklarından gelen mektupları almak, kendi yazdıklarını postacıya vermek için kapıya indiğini duyuyordu. Gece geç saatlere kadar, kaleminin kâğıtlar üzerindeki cızırtısına kulak veriyordu. Sonra ışığın söndürüldüğünü, karanlıkta Fernanda'nın dua ettiğini duyuyordu.

Aureliano ancak o zaman beklediği fırsatın ertesi gün çıkacağını düşünerek uykuya dalıyordu. Bu günlerden birinde beklediği izni koparabileceğine öylesine inanmıştı ki, bir sabah omuzlarına inen saçlarını kesti, taraz taraz olmuş sakalını tıraş etti, kimden miras kaldığını bilmediği daracık bir pantolonla takma yakalı bir gömlek giydi ve Fernanda'nın kahvaltısını almaya gelmesini mutfakta bekledi. O her günkü, başı dimdik, sert adımlarla yürüyen kadın o gün görünmedi. Onun yerine, sararmış hermin pelerin ve yaldızlı kâğıttan taç giymiş, gizliden gizliye ağlamış gibi görünen olağanüstü güzellikte yaşlı bir kadın geldi mutfağa. Aslında Fernanda, Aureliano Segundo'nun sandıklarını karıştırırken güve yeniği kraliçe giysilerini bulduğundan bu yana, giysileri pek çok kez giymişti. Onun böyle giyinip aynanın karşısına dikildiğini, kraliçelere yaraşır hareketlerini seyrederek kendinden geçtiğini gören olsa, Fernanda'yı deli sanırdı. Oysa deli değildi. Kraliçe kılığına anılarını tazelemek için girmişti. Pelerini ilk giydiğinde yüreği burkulmuş, gözleri doluvermişti. Çünkü o anda, kendisini kraliçe yapacağım diye evden alan subayın çizmelerinin cila kokusunu duymuş ve ruhu, gerçekleşmemiş düşlerinin özlemiyle aydınlanmıştı. Artık kendisini öyle yaşlı, öyle bitik, güzel günlerden öyle uzaklaşmış buluyordu ki, en kötü anılarla dolu günleri bile özler oldu. İşte o zaman, verandadaki ortancaları, gün batarken güllerin yaydığı kokuyu, sonradan görme güruhun hayvanca davranışlarını bile nasıl özlediğini anladı. Günlük gerçeklerin en sarsıcı olanlarına bile kolayca dayanmış olan ateşi sönmüş yüreği, bu özlem duygusunun ilk kabarışında paramparça oluverdi. Üzüntü duyma gereksinimi, yıllar geçtikçe bir tutkuya dönüşüyordu. Yalnızlığı içinde insancıl oldu. Ne var ki, mutfağa girip de, buğulu gözlü, solgun, kemikli bir delikanlının kendisine kahve fincanını uzattığını gördüğü sabah, gülünç düştüğü duygusunun kıskacına kapıldı. O öfkeyle, delikanlıya izin vermemekle kalmadı, evin anahtarlarını da kullanmadığı peserleri koyduğu gizli cepten çıkarmaz oldu. Bu gereksiz bir önlemdi, çünkü Aureliano istese, Fernanda'nın haberi olmadan çıkıp girebilirdi pekâlâ. Oysa yıllar yılı kapalı kalmak, dünyayı tanımamak ve söz dinlemeye alışmak, onun yüreğindeki başkaldırma tohumlarını kurutmuştu. Bu yüzden yeniden odaya kapandı. Elyazmalarını üst üste defalarca okumaya koyuldu. Bir yandan da, yatak odasında ağlayan Fernanda'nın hıçkırıklarına kulak veriyordu. Bir sabah her zamanki gibi ateşi yakmak için mutfağa girdiğinde, bir gün önce Fernanda alsın diye bıraktığı yemeğin el sürülmeden küllerin üzerinde durduğunu gördü. O zaman Fernanda'nın yatak odasına baktı, kadının hermin pelerini örtünüp yattığını, her zamankinden güzel olan yüzünün fildişi rengine dönüştüğünü gördü. Dört ay sonra José Arcadio geldiğinde, Fernanda'yı aynı biçimde yatar buldu.

Hiçbir erkeğin, annesine José Arcadio ölçüsünde benzeyebileceği düşünülemezdi. José Arcadio taftadan bir giysi, yuvarlak ve sert yakalıklı gömlek giymiş, kravat yerine ince ipekli kurdele bağlamıştı. Pembe yanaklı, ürkek bakışlı, ince dudaklıydı. Bezgin bir çizgiyle ortadan ikiye ayrılmış, parlak, düz, siyah saçları, ermiş heykellerinin perukları gibi yapmacıklı bir hava veriyordu. Balmumu suratındaki iyice perdahlanmış sakalın gölgesi, bir vicdan azabı gibi yayılıyordu. Yeşil damarlı, sülük parmaklı beyaz elleri vardı ve sol elinin işaretparmağına yuvarlak, sarı opal taşlı altın bir yüzük takmıştı. Aureliano, sokak kapısını açtığı zaman, karşısındaki adamın çok uzaklardan geldiğini anlaması için kim olduğunu öğrenmesi gerekmedi. José Arcadio'nun eşikten içeri girmesiyle, çocukluğunda Úrsula'nın ayırt edebilmek için üzerine serptiği kolonyanın kokusu evi sarıverdi. Onca yıl ayrılıktan sonra José Arcadio anlaşılmaz bir biçimde hâlâ kavruk çocuk gibiydi. Alabildiğine hüzünlü ve alabildiğine içine kapanıktı. Doğruca annesinin yatak odasına, Aureliano'nun, Melquíades formülüne uyarak cesedin bozulmaması için tam dört aydır büyük dedesinin imbiğinde cıva kaynattığı odaya gitti. José Arcadio, Aureliano'ya hiç soru sormadı. Cesedi alnından öptü, sonra annesinin etekliğinin altından daha kullanılmamış üç peserle dolabın anahtarlarını çıkardı. Dalgın görünüşünün tersine, hareketleri kesin ve kararlıydı. Dolaptan üzerinde ailenin arması işli çelik bir kutu çıkardı. Sandal ağacı kokulu kutuda Fernanda'nın ondan gizli tuttuğu bir yığın gerçeği sayıp döktüğü uzun mektup vardı. José Arcadio, mektubu ayakta durarak çabuk, ama heyecansız okuyordu. Üçüncü sayfaya gelince durdu, yeni tanıyormuş gibi Aureliano'yu tepeden tırnağa süzdü.

Bıçak gibi keskin bir sesle, "Demek o piç sensin," dedi.

"Ben Aureliano Buendia'yım."

José Arcadio, "Git odana," dedi.

Aureliano odasına gitti ve cenaze töreninin hazırlıklarını duyduğunda da merak edip kapıdan bile bakmadı. Kimi zaman mutfaktayken, José Arcadio'nun hızlı hızlı soluk alarak evin içinde gezindiğini, gece yarısından sonra da artık viraneleşmiş yatak odalarından gelen ayak seslerini duyardı. Aureliano aylarca onun sesini duymadı. José Arcadio kendisiyle konuşmadığı gibi, Aureliano da bütün dikkatini elyazmalarına vermiş olduğundan konuşma hevesli değildi. Fernanda ölünce, sondan bir önceki balığı almış, aradığı kitapları bulmak umuduyla Katalonyalının dükkânına gitmişti.

Belki de bir karşılaştırma yapabilecek anılardan yoksun olduğu için, yolda gördüğü hiçbir şey onu ilgilendirmedi. Issız sokaklar ve bomboş evler, Aureliano'nun bir zamanlar dünyayı görmeye can attığı sıralarda hayal ettiğinin tıpkısıydı. Aureliano, Fernanda'dan alamadığı izni, bir tek kereye özgü olmak ve yapacağı işe gerekli süreyi aşmamak koşuluyla kendi kendisine vermişti. O yüzden eski günlerde düşlerin yorumlandığı dar sokakla evin arasındaki on bir sokak başında hiç duralamadan hızla geçti, kıpırdanacak yer yokmuş gibi görünen karmakarışık ve loş dükkâna soluk soluğa ulaştı. Burası bir kitapçı dükkânından çok, eski kitapların yığıldığı bir depoya benziyordu. Kurtların kemirdiği raflara, örümcek ağından yapış yapış olmuş köşelere, sözüm ona geçmek için bırakılmış boşluklara bile üst üste kitap yığılıydı. Dükkân sahibi, yine eski kitaplar ve kâğıtlar yığılı uzun bir masaya oturmuş, okul defterinden kopardığı kâğıtlara mor mürekkeple anlaşılmaz yazılar yazıyordu. Alnının üzerine papağan ibiği gibi düşen gümüş renkli saçlarıyla yakışıklı bir adamdı. Birbirine yakın ve cıvıl cıvıl gözlerinde, bütün kitapları okumuş gibi bir anlatım vardı. Şort giymişti. Her yanından ter süzülüyordu. İçeri kimin girdiğine bakmak için bile yazmayı bırakmadı. Aureliano bu baş döndürücü karışıklık içinde aradığı beş kitabı eliyle koymuş gibi buldu, çünkü kitaplar tam Melquíades'in söylediği yerde duruyordu. Aureliano tek söz etmeden kitapları ve ufak altın balığı, bilge Katalonyalıya uzattı. Adam, gözlerini iki midye kabuğu gibi kısarak kitaplara ve balığa baktıktan sonra kendi diliyle, "Sen aklını kaçırmış olmalısın," diyerek omuzlarını silkti ve beş kitapla balığı Aureliano'ya verdi. Sonra İspanyolca konuşarak, "Al, senin olsun," dedi. "Bu kitapları son okuyan Kör İzak'tı, onun için bu işe girmeden önce iyi düşün taşın."

José Arcadio, Meme'nin odasını düzeltti, kadife perdelerle krallara yaraşır karyolanın ipek tentesini temizlettirip onarımdan geçirtti. Çimento küvetin kireçten kabuk bağladığı kullanılmayan banyoyu yeniden açtı. Eski egzotik giysilerini, yalancı parfümlerini, ucuz mücevherlerini elden çıkararak, elindeki parayı yalnızca buraların onarımına döktü. Evin öteki bölümlerinde onu kaygılandıran tek şey, mihrapta sıralanan ermiş heykelleri oldu. Onları da bir gün bahçede yaktığı ateşe atıp kül etti. Sabahları saat on bire kadar uyuyordu. Sonra sırtına üzerinde yaldızlı ejderler işli eski bir bornoz, ayaklarına sarı pomponlu terlikler geçirerek banyoya gidiyor ve banyoda Güzel Remedios'u hatırlatacak kadar uzun kalıyor, özene bezene yıkanıyordu. Banyoya girmeden önce, su mermerinden yapılmış üç kavanozda taşıdığı kokulu tozları havuz büyüklüğündeki küvete döküyordu. Sukabağı tasla su alıp dökünmüyor, havuza benzeyen küvetin kokulu sularına dalarak, iki saat sırtüstü uzanıyor, serinliğin keyfini çıkara çıkara Amaranta'yı düşünüyordu. Gelişinden birkaç gün sonra, tek giysisi olan ve kasabanın sıcağında giyilemeyen tafta giysiyi çıkardı. Yerine, Pietro Crespi'nin dans derslerinde giydiği pantolona çok benzeyen daracık bir pantolonla, canlı koza ipeğinden dokunmuş, yüreğinin üstünde adının harfleri işlenmiş bir ipek gömlek giyer oldu. Haftada iki kez sırtındakileri çıkarıyor, leğene bastırıp yıkıyor, giyecek başka bir şeyi olmadığı için de onlar kuruyana kadar bornozla bekliyordu. Yemeklerini evde yemiyordu. Öğle saatlerinin sıcağı azalınca dışarı çıkıyor, gece geç saatte dönüyordu. Sonra kedi gibi hırlayarak soluya soluya ve Amaranta'yı kura kura odada dolanmaya başlıyordu. Evden aklında kalmış olan anı, yalnızca Amaranta'nın ve gece lambasının ışığındaki ürkütücü görünümüyle ermiş heykellerinin anısıydı.

Roma'nın insanı düşlere sürükleyen ağustos sıcaklarında kaç kez uykusunun arasında fırlayıp doğrulmuş, uzakta olmaktan kaynaklanan bir yüceltme içinde, dantel iç eteklikleri, bileğindeki sargısı ile Amaranta'nın mermer kenarlı bir havuzdan çıktığını görür gibi olmuştu. Amaranta'nın hayalini savaşın kanlı batağında boğmaya çalışan Aureliano José'nin tersine, José Arcadio, bir yandan annesini Tanrı hizmeti masallarıyla oyalarken, bir yandan da bu hayali, şehvet çukurunda diri tutmaya çabaladı. Birbirlerine yazdıkları mektupların karşılıklı yalanlarla dolu olduğunu ne o biliyordu ne de Fernanda. Roma'ya varır varmaz ilahiyat fakültesini bırakan José Arcadio, annesinin mektuplarında sözü edilen ve Trastevere'deki tavan arasında iki arkadaşıyla birlikte paylaştığı yoksulluktan kendini kurtaracak olan efsanevi mirası tehlikeye atmamak için, teoloji ve kilise hukuku masalını sürdürdü. Fernanda'nın ölmek üzereyken yazdığı son mektubu alınca göstermelik lüksünden geriye ne kalmışsa hepsini bir bavula doldurdu, mezbahaya tıkılmış davarlar gibi istiflenen göçmenlerle dolu bir geminin ambarında soğuk makarnayla kurtlanmış peynir yiyerek okyanusu aştı. José Arcadio, Fernanda'nın çektiği çilelerin ve talihsiz başına gelenlerin bir özentiden öte olmayan vasiyetnamesini okumadan önce de, kırık dökük eşyayı ve verandayı bürüyen otları görünce nasıl bir kazık yediğini, bir daha çıkamayacağı bir tuzağa nasıl düştüğünü ve Roma ilkbaharının zamanı unutturan havasını, pırıl pırıl güneşini bir daha hiç göremeyeceğini anladı. Astımı yüzünden uyuyamadığı geceler boyunca, Úrsula'nın bunak sözleriyle içine korkular salmış olduğu karanlık evde dolanıyor, başına gelenin nasıl bir bela olduğunu kurup duruyordu. Úrsula, José Arcadio'yu karanlıklar içinde yitirmemek için, yatak odasının belirli bir köşesini ona ayırmış, güneş battıktan sonra eve doluşan ölülerden uzak kalabileceği tek yer olan bu köşeden ayrılmasına izin vermemişti. Úrsula, "Kötü bir şey yaparsan, ermişler bana haber verir," derdi. José Arcadio'nun korku dolu geceleri o köşede geçer, yatma zamanı gelinceye kadar ermişlerin cam bakışları altında korkudan terleyip titreyerek bir tabureye büzülürdü. Bu gereksiz bir işkenceydi. Çünkü José Arcadio daha o zamandan çevresindeki her şeyden korkan, yaşamda karşılaşacağı her şeyden ürkmeye hazır bir çocuktu. Kafası bir yığın dehşetle doldurulmuştu. Kanını emecek olan sokaktaki kadınlardan, domuz kuyruklu çocuklar doğuran evdeki kadınlardan, insanlara ölüm getiren ve sağ kalanları da ömür boyu acıdan kurtarmayan horoz dövüşlerinden, bir dokunmakla yirmi yıllık savaşlara yol açan silahlardan, hayal kırıklıklarına ve deliliğe yol açan bilinmedik serüvenlerden, kısacası Tanrı'nın sonsuz iyiliği ile yarattığı ve şeytanın kötüye saptırdığı her şeyden korkmasını öğretmişlerdi ona. Karabasanlarına şeytan girdiği gecelerin sabahında, gün ışığı ve banyoda Amaranta'nın kendisini okşayışı, bacaklarının arasına serpilen pudranın rahatlığı, gece duyduğu korkuyu sökerdi. Bahçedeki parlak güneş altında Úrsula bile bambaşka olurdu. Çünkü bahçedeyken korkunç şeylerden söz etmez, José Arcadio'yu önüne alır, büyüdüğü zaman gülümsediğinde papaya yaraşır parlak dişleri olsun diye çocuğun dişlerini kömür tozuyla ovar, dünyanın dört bucağından Roma'ya akın eden hacılar kendilerini kutsayan papanın ellerinin güzelliğine hayran kalsınlar diye onun tırnaklarını kesip törpüler, saçlarını papaya yaraşacak biçimde tarar ve gövdesiyle giysileri papalar gibi koksun diye üzerine kolonya serperdi. José Arcadio Roma'dayken, Castel Gandolfo'nun bahçesine gitmiş, orada toplanan hacı kalabalığına balkondan yedi ayrı dilde aynı konuşmayı yapan papanın dikkatini çeken tek yanı gerçekten de kül suyuna yatırılmış gibi görünen ellerinin beyazlığı, yazlık giysilerinin göz alıcı parlaklığı ve mutlak kolonya kokan soluğu olmuştu.

Eve dönüşünün üzerinden bir yıl geçtikten sonra, gümüş şamdanları ve –satış anında üzeri incecik altın kaplama olduğu meydana çıkan– ünlü oturağı satıp parasını yiyen José Arcadio'nun tek avuntusu sokaktaki çocukları toplayıp evin bahçesinde oynatmaktı. Öğle uykusu saati geldi mi bir alay çocukla birlikte ortaya çıkıyor, çocuklara bahçede ip atlatıyor, verandada şarkı söyletiyor, oturma odasındaki eşyaların üzerinde cambazlık yaptırıyor, kendisi de bir gruptan ötekine dolaşarak çocuklara görgü ve nezaket kuralları öğretiyordu. Dar pantolondan, ipek gömleklerden vazgeçmişti; Arapların dükkânından aldığı sıradan bir giysi giyiyor, ama herkese uzak duran o saygınlığını ve papa havasını sürdürüyordu. Çocuklar, bir zamanlar Meme'nin sınıf arkadaşlarının yaptığı gibi, evi istila ettiler. Gece geç saatlere kadar gevezelik ediyorlar, şarkı söylüyorlar, dans ediyorlardı. Ev, disiplinsiz bir yatılı okul görünümüne büründü. Aureliano, Melquíades'in odasına girip kendilerini rahatsız etmedikleri sürece çocukların eve doluşmasına ses çıkarmıyordu. Bir sabah iki çocuk odanın kapısını açtılar ve masanın başında elyazmalarını sökmeye çalışan saçı sakalına karışmış, kir pas içindeki adamı görünce şaşırdılar. İçeri girmeye cesaret edemedilerse de, odayı sürekli gözetlemeye koyuldular. Çatlaklardan içeriyi seyrediyorlar, fısıl fısıl konuşuyorlar, pencerenin demirlerinden içeri canlı canlı hayvanlar atıyorlardı. Bir seferinde de kapıyı, pencereyi çivilediler. Aureliano, açmak için yarım gün uğraşmak zorunda kaldı. Yaramazlıklarının cezasız kalmasından yüz bulan çocuklardan dördü, bir sabah Aureliano mutfaktayken odaya daldılar ve elyazmalarını yırtmaya hazırlandılar. Ne var ki, ellerini sararmış kâğıtlara uzattıkları anda, tanrısal bir güç çocukları yerden havalandırdı ve Aureliano gelip kâğıtları alıncaya kadar boşlukta tuttu. O günden sonra çocuklar bir daha Aureliano'yu rahatsız etmediler.

Çocukların en büyükleri olan ve neredeyse erginlik çağına geldikleri halde kısa pantolon giyen dördü, José Arcadio'nun görünümüne özen göstermeyi kendilerine uğraş edindiler. Bunlar ötekilerden önce geliyorlar, José Arcadio'yu tıraş ederek, sıcak havlularla ona masaj yaparak, el ve ayak tırnaklarını kesip cilalayarak, her yanına kolonya sürerek bütün sabahı geçiştiriyorlardı. Arada bir onunla birlikte banyoya giriyorlar, José Arcadio sırtüstü suya uzanıp Amaranta'yı düşlerken, çocuklar da onu tepeden tırnağa sabunlayıp yıkıyorlardı. Sonra kuruluyorlar, her yanını pudralıyorlar, giydiriyorlardı. Kıvırcık sarı saçlı, tavşan gibi pembe gözlü bir çocuk evde yatıp kalkıyordu. Onu José Arcadio'ya yakınlaştıran bağlar öylesine güçlüydü ki, astım nöbeti yüzünden uyuyamadığı geceler, çocuk da hiç konuşmadan onunla birlikte karanlık evi arşınlıyordu. Bir gece Úrsula'nın odasında, çatlak çimentonun arasından sarı bir ışık parladığını gördüler. Bir yeraltı güneşi, odanın döşemesini camlaştırmış gibiydi. Odanın ışığını bile yakmaları gerekmedi. Úrsula'nın yatağının durduğu ve parıltının en yoğun olduğu köşedeki döşeme tahtalarını kaldırdıkları zaman, Aureliano Segundo'nun bahçeyi kaza kaza helak olarak aradığı çukuru buldular. Ağızları bakır telle bağlanmış üç çuval ve çuvalların içindeki yedi bin iki yüz on dört altın sikke, karanlıkta köz gibi ışıldıyordu.

Gömünün bulunması, beklenmedik bir anda yangın çıkıvermesi gibi patladı. José Arcadio birdenbire servete konunca, yoksulluk günlerinde düşlediği gibi Roma'ya döneceği yerde, evi bir düşkünler cennetine dönüştürdü. Perdeler ve karyolanın tentesi için yeni kadifeler aldı, banyonun yerlerine mozaik, duvarlarına fayans döşetti. Yemek odasındaki büfe, meyve konserveleriyle, jambonlarla, turşularla doldu taştı. Çoktandır kullanılmayan erzak ambarı yeniden açıldı ve buraya José Arcadio'nun istasyondan kendi taşıdığı, üzerinde adı yazılı sandıklara doldurulmuş çeşit çeşit şarap ve içki yerleştirildi. Bir gece José Arcadio ile çocukların en büyük dördü, gün doğana kadar süren bir âlem yaptılar. Sabahın altısında odadan çırılçıplak çıktılar, havuzun suyunu boşalttılar, içini şampanyayla doldurdular. Sonra hep birlikte suya atladılar, kokulu köpüklere bulanmış gökyüzünde uçan kuşlar gibi yüzmeye başladılar. José Arcadio bu coşkunluğun içine katılmayarak, sırtüstü suya uzanıp Amaranta'yı düşlüyordu. Çocuklar yorulup hep birlikte odaya gidene kadar José Arcadio böyle içine kapanmış, anlamı belirsiz hazları düşünüp durdu. Bu arada çocuklar kurulanmak için perdeleri çekip indirdiler, koşuşup dururken koca kristal aynayı dört parçaya kırdılar, yatacağız derken karyolanın tentesini kopardılar. José Arcadio banyodan çıkınca, yangın yerine dönmüş odada, çocukları çırılçıplak bir küme halinde uyumuş buldu. Eşyanın kırılıp dökülmesinden çok, bu cümbüşün boşluğunda kendine duyduğu acıma ve tiksintiyle öfkeye kapıldı. Sandığının dibinde sakladığı kıl gömleği, dokuz düğümlük kamçıyı ve öteki pişmanlık ve ceza araçlarını çıkardı. Sonra deliler gibi bağırarak ve insanın çakal sürüsü kovalarken bile göstermeyeceği acımasız bir hırsla çocukları kamçılayarak evden kovdu. Ardından bir astım nöbetine yakalandı. Birkaç gün süren nöbet José Arcadio'ya ölüm döşeğindeki birinin çökmüş görüntüsünü getirdi. Bu işkencenin üçüncü gecesinde öksürüğe ve soluksuzluğa dayanamayarak Aureliano'nun odasına gitti ve yakındaki eczaneden soluğunu açacak bir toz almasını rica etti. Böylelikle Aureliano ikinci kez sokağa çıktı. İki sokak geçtikten sonra, tozlu vitrinlerine Latince etiketli şişeler dizilmiş ufak eczaneye girdi ve Nil yılanı güzelliğindeki tezgâhtar kızdan, adını José Arcadio'nun bir kâğıda yazmış olduğu ilacı aldı. Sokak fenerlerinin sarı ampulleriyle zar zor aydınlanan ıssız kasabayı ikinci kez görmek, Aureliano'da birincisinden fazla ilgi uyandırmadı. Aureliano sürekli kapalı kalmaktan ve hareketsizlikten güçsüzleşip hantallaşmış bacaklarını sürükleyerek soluk soluğa geldiğinde, José Arcadio artık onun dönmesinden umudunu kesmiş, kaçtığını sanmaya başlamıştı. Aureliano dünyaya karşı öylesine kayıtsızdı ki, birkaç gün sonra José Arcadio annesine verdiği sözü bozarak, Aureliano'ya istediği zaman sokağa çıkma izni verdi.

Aureliano, "Dışarıda yapılacak işim yok," dedi.

Sonra yine odasına kapandı, yavaş yavaş çevirdiği, ama anlamını daha kavrayamadığı elyazmalarına gömüldü. José Arcadio onun odasına dilim dilim jambon, yendikten sonra ağızda ilkbahar tadı bırakan şekerli çiçekler getiriyordu. José Arcadio, içedönük bir zaman öldürme aracı olarak nitelediği elyazmalarıyla ilgilenmiyor, yalnızca bu yaşama küskün akrabasının az bulunur akıllılığına ve dünya hakkındaki bilgisine hayranlık duyuyordu. Aureliano'nun İngilizce okuyabildiğini ve elyazmalarını çözmeye uğraşırken altı ciltlik ansiklopediyi roman gibi baştan sona okuduğunu anlayınca şaşırdı. Önceleri Aureliano'nun sanki yıllarca orada kalmış gibi Roma'yı köşe bucak anlatışını ansiklopediden edindiği bilgilere verdi. Ama çok geçmeden onun çarşı pazardaki malların fiyatı gibi ansiklopedide olmayan şeyleri de bildiğini anladı. Bu bilgileri nereden aldığını sorunca, Aureliano, "Her şey bilinir," demekle yetindi. Aureliano da, José Arcadio'nun yakından bakıldığı zamanki görünümünün, evde dolaşırken kafasında kurguladığı görünümden bu kadar değişik oluşuna şaşıyordu. José Arcadio gülmesini de biliyordu, zaman zaman evin eski halini özleyebiliyor, Melquíades'in odasının yoksulluğuna yüreği burkulabiliyordu. Aynı kandan gelen bu iki insanın yakınlaşmasına arkadaşlık denilemezdi, yine de bu birliktelik, kendilerini hem yakınlaştıran, hem uzaklaştıran ölçüsüz yalnızlığa katlanmalarını kolaylaştırıyordu. José Arcadio altından kalkamadığı ev sorunlarını Aureliano'ya devrediyordu. Aureliano da arada bir odasından çıkıp verandada kitap okuyarak, Amaranta Úrsula'nın, hiç aksatmadan yazdığı mektupları bekliyor ve José Arcadio'nun ilk geldiği zaman kendisine yasakladığı banyoya girebiliyordu.

Sıcak bir şafak saati, sokak kapısının güm güm vurulmasıyla ikisi de uykudan fırladılar. Kapıda, iri yeşil gözleriyle yüzü fosforluymuş gibi aydınlanan ve hayalete benzeyen, esmer, yaşlı biri duruyordu. Adamın alnında külden haç işareti vardı. Üstü başı hırpaniydi. Pabuçları patlamıştı. Sırt çantasından başka eşyası yoktu. Dilenciye benziyordu. Oysa görünümüne taban tabana zıt bir vakar içindeydi. Onu yaşatan gizemli gücün, soyunu sürdürme içgüdüsü değil de salt korku olduğunu anlamak için, oturma odasının boşluğunda bile yüzüne şöyle bir bakıvermek yeterliydi. Bu, Albay Aureliano Buendia'nın on yedi oğlu içinde kıyımdan tek kurtulan ve uzun kaçaklık yıllarının yorgunluğu içinde sığınacak bir yer arayan Aureliano Amador'du. Kendini tanıttı. Yıllar yılı köle gibi çalıştığı süre boyunca yaşamda son sığınağı olarak düşündüğü bu eve alınmasını rica etti. José Arcadio ile Aureliano onu tanımadılar. Bir serseri sanarak sokağa attılar. O zaman, José Arcadio'nun daha kendini bilecek çağa gelmesinden önce başlamış bir dramın sonunu izlediler. Yıllardır Aureliano Amador'un peşinde olan iki polis, karşı kaldırımdaki badem ağaçlarının arasından çıkıp iki el ateş ettiler. Mavzerlerinden çıkan kurşunlar külden haç işaretini delip geçti.

José Arcadio çocukları evden kovduğundan beri, Noel'den önce Napoli'ye hareket edecek bir gemi bekliyordu. Bunu Aureliano'ya da açmış, hatta onun geçimini sağlaması için bir iş kurmayı tasarlamıştı. Çünkü Fernanda'nın cenazesi kaldırıldıktan sonra, yiyecek sepetlerinin arkası kesilmişti. Ama bu son düşünü de gerçekleştiremedi. Bir eylül sabahı Aureliano'yla mutfakta kahvesini içen José Arcadio daha sonra banyoya girdi. Banyodan çıkmak üzereyken evden kovduğu dört çocuk, kiremitlerin aralığından içeri daldılar ve José Arcadio'ya kendini savunma fırsatı vermeden saçlarından yakalayıp giysileriyle havuza atladılar, José Arcadio'nun başını suya gömdüler, son soluğunun kabarcıkları gözden kaybolana, kıpırtısız, soluk gövdesi bir yunus gibi kokulu suların dibine çökene kadar kafasını suyun altında tuttular. Sonra yerini yalnızca kendilerinin ve kurbanlarının bildiği üç çuval altını aldılar. Bütün bunlar bir askerî manevra gibi yöntemli, çarçabuk ve kesin hareketlerle olup bitti. Odasına kapanmış olan Aureliano'nun hiçbir şeyden haberi olmadı. Öğleden sonra José Arcadio'yu ortalıkta göremeyince bütün evi aradı. Sonunda havuzun kokulu bir aynayı andıran suları üzerinde yüzen, şişmiş ve hâlâ Amaranta'yı düşleyen cesedini buldu. Aureliano, onu ne kadar sevmeye başlamış olduğunu ancak o zaman anladı.

Aralık ayının ilk melekleriyle birlikte, denizcilerin yolunu açan rüzgârlara kapılarak yola çıkan Amaranta Úrsula, kocasını boynuna bağlı ipekli kordondan çeke çeke, fildişi rengi giysisi, dizlerine inen inci kolyesi, topaz ve zümrüt yüzükleri, serçe kuyruğu iğnelerle tutturularak topuz yapılmış saçlarıyla hiç habersiz çıkageldi. Altı ay önce evlendiği adam, orta yaşlı, zayıf, gemici tipli bir Flaman'dı. Amaranta Úrsula salonun kapısını açtığı anda, yokluğunun sandığından daha uzun sürdüğünü ve bu dönemin sandığından daha yıpratıcı geçtiğini anladı.

Üzüntüden çok neşeyle, "Aman Tanrım!" diye haykırdı. "Evde kadın olmadığı nasıl da belli."

Eşyaları verandaya sığmadı. Okula giderken götürdüğü Fernanda'nın eski sandığından başka, iki sandık, dört koca bavul, şemsiyelerini koyduğu bir valiz, sekiz şapka kutusu, elli kanaryayla dolu koskoca bir kafes ve kocasının velosipeti yığılmıştı.

Velosipet katlanıp özel bir kutuya yerleştirildiği için kocası onu çello gibi yanında taşıyordu. Amaranta Úrsula o uzun yolculuktan sonra bir gün bile dinlenmedi. Kocasının otomatik araç gereciyle birlikte getirdiği eski tulumunu ayağına çektiği gibi, evi adam etme-

Verandayı ele geçirmiş bulunan kırmızı
usunu geri püskürttü, gül fidanlarını can-
rıkotlarını temizledi, verandanın parmak-
saksılara yeniden eğreltiotları, begonyalar, ortancalar dikti. Eve topladığı marangozların, çilingirlerin, duvarcıların başında durarak yerlerdeki çatlakları doldurttu, kapıları pencereleri menteşelerine taktırdı, eşyaları onarttı, evin içini dışını sıvatıp badanalattı ve gelişinden üç ay sonra evde laternanın çalındığı günlerdeki gençlik ve coşku havasını yeniden estirdi. Evdekilerin hiçbiri o zamanki gibi her an mutluluk duymamış, koşullar ne olursa olsun yaşamın tadını hiç bu kadar çıkarmamış, dans edip şarkı söylemeye, o güne dek yerleşmiş alışkanlıkları çöpe atmaya hiç bu kadar hazır olmamıştı. Amaranta Úrsula süpürgesini salladığı gibi bütün cenaze artıklarını, yığınlarla süprüntüyü ve köşelerde birikmiş muskaydı, uğurdu, duaydı ne varsa süpürüp attı. Úrsula'ya olan saygısı yüzünden atmadığı tek şey salondaki Remedios'un resmiydi. Bir yandan temizlik yapıyor, bir yandan kahkahadan kırılarak, "Aman Tanrım! Bu ne lüks!" diye çığlık atıyordu. "On dört yaşında bir nine!" Duvarcılardan biri evin hayaletlerle dolu olduğunu ve onları uzaklaştırmak için tek çözümün gömdükleri servetleri aramak olduğunu söyleyince, Amaranta Úrsula gülerek erkeklerin batıl inanca saplanmalarının yakışıksız olduğu yanıtını verdi. Amaranta Úrsula öylesine bağımsız ve modern ruhlu, öylesine aklı estiğince davranan, katı kuralları yıkan bir kadındı ki, Aureliano onun geldiğini görünce yırtık giysilerden görünen bedenini nasıl saklayacağını bilemedi. Amaranta, "Aman benim sevgili yamyamım nasıl da büyümüş!" diyerek, onun karşılık vermesine fırsat bırakmadan portatif gramofona plak koyduğu gibi Aureliano'ya dans öğretmeye başladı. Aureliano'nun

sırtındaki Albay Aureliano Buendia'dan kalma kirli pantolonu çıkarttı, ona gençlere yaraşacak gömlekler, iki renkli pabuçlar verdi. Aureliano, Melquíades'in odasına uzunca süre kapanacak olsa, Amaranta Úrsula gelip onu alıyor, ite kaka sokağa gönderiyordu.

Úrsula gibi hamarat, ufak tefek ve yılmaz, hemen hemen Güzel Remedios kadar baştan çıkarıcı olan Amaranta Úrsula, gelecek modayı önceden sezinlemek gibi bir özelliğe de sahipti. Postadan en son moda dergileri çıktığı zaman, daha önce kendi çizip Amaranta'nın eski pedallı makinesinde diktiği giysilerin modanın yeniliklerine aykırı düşmediğini görüyordu. Avrupa'da yayımlanan bütün moda dergilerine, sanat yayınlarına ve popüler müzik dergilerine abone oldu. Bunlara şöyle bir göz attığı zaman, dünyada olup bitenlerin tam kendi kurguladığı gibi olduğunu görüyordu. Onun ruh yapısındaki bir kadının, üstelik dünyanın neresinde olursa diledikleri gibi yaşamalarına yetecek parası olan ve karısının boynuna ipek yular takıp çekmesine katlanacak kadar onu seven bir kocası varken, bu toza ve sıcağa batmış cansız kasabaya neden döndüğü anlaşılır gibi değildi. Zaman geçtikçe Amaranta Úrsula'nın orada kalmaya niyetli olduğu iyice beliriyordu. Çünkü tasarılarının hiçbiri kısa vadeli değildi; ne yapıyorsa hep Macondo'da huzur ve sükûn içinde geçecek bir yaşlılığa hazırlık olarak yapıyordu. Kanarya kafesi, bu hazırlıkların anlık esintilerle gerçekleştiğini kanıtlıyordu. Amaranta Úrsula, annesinin bir mektubunda kuşların öldüğünden söz edişini hatırlamış, Kanarya Adaları'na uğrayacak bir gemi bulana kadar yolculuklarını birkaç ay ertelemiş, sonra da Macondo göklerini yeniden canlandırmak için yirmi beş çift kanarya almıştı. Amaranta Úrsula'nın boşa giden çabaları içinde en çok emek verdiği de bu oldu. Kuşlar çoğaldıkça, Amaranta Úrsula bunları çifter çifter salıveriyordu. Ne var ki kuşlar özgürlüğe kavuştukları anda Macondo'dan kaçıp başka yerlere uçuyorlardı. Amaranta Úrsula, evin ilk onarımı sırasında Úrsula'nın yaptırmış olduğu bir kafesten yararlanarak kuşlarda sevgi duygusunu uyandırmak için boşuna uğraştı. Badem ağaçlarına yerleştirdiği alfa otundan örülmüş yuvalar da işe yaramadı, yuvaların üstüne kuş tohumu ekmek de para etmedi, kaçanları geri döndürmek için kafestekileri öttürmek de sonuç sağlamadı. Kafesten çıkanlar, Kanarya Adaları'nın yönünü belirlemek için Macondo'nun üzerinde büyük bir çember çizdikten sonra hemen kaçıyorlardı.

Amaranta Úrsula dönüşünün üzerinden bir yıl geçmesine rağmen henüz arkadaş edinememiş, toplantılar düzenleyememiş olduğu halde, belaların yalnızlığa ittiği toplumu bir araya getirme umudunu yitirmemişti. Kocası Gaston, daha trenden indikleri o ölümcül öğle saatinde karısının buraya yerleşme kararının özlemin yarattığı bir serap sonucu olduğunu anladığı halde, yine de ona karşı çıkmamak için elinden geleni yapıyordu. Karısının gerçeklerle yüz yüze geldikçe yılacağından kuşku duymadığı için de, velosipetini kutusundan çıkarmak gereğini duymuyor, duvarcıların alaşağı ettiği örümcek ağları arasında en büyük yumurtaları aramakla zamanını geçiriyordu. Bulduğu yumurtaları tırnağıyla ayırıyor, sonra eline bir büyüteç alarak yumurtaların içindeki minicik örümcekleri saatlerce inceliyordu. Daha sonraları, Amaranta Úrsula'nın sırf eli boş kalmasın diye onarım işlerini sürdürdüğü kanısına varınca, kendisi de ön tekerleği arka tekerleğinden daha büyük olan gösterişli bisikletini kutusundan çıkarmaya karar verdi. Sonra da çevrede bulabildiği bütün yerel böcekleri yakalayıp reçel kavanozlarına koyarak, asıl mesleği havacılık olmakla birlikte entomoloji[1] öğrenimi de yaptığı Liege Üniversitesi'ndeki doğa tarihi profesörüne gönderme tutkusuna kapıldı. Bisikletle dolaşmaya çıkarken daracık akrobat pantolonları, cicili bicili çoraplar giyiyor, kafasına bir Sherlock Holmes kasketi geçiriyordu. Yürüyüşe çıktığı zamanlar ise tiril tiril keten giysiler, beyaz pabuçlar, hasır şapka giyiyor, ipek fular takıyor ve kamış bir baston alıyordu. Açık renk gözleri, gemici görünümünü vurguluyor, ufak bıyığı sincap kuyruğunu andırıyordu. Karısından en az on beş yaş büyük olduğu halde, onu mutlu etme konusundaki özenli kararlılığı ve sevişmekteki ustalığı aradaki yaş farkını unutturuyordu. Aslında titiz alışkanlıkları olan bu kırk yaşlarındaki adamı sirklere yaraşır bisikleti ve boynuna bağlı yularla görenler, onun karısıyla kayıtsız şartsız bir aşk anlaşması içinde olduğunu, akıllarına geldiği anda ve en olmayacak yerlerde bile sevişme içgüdülerine uyduklarını, birlikteliklerinin başlangıcından beri süregelen, zamanla ve olağanüstü koşullarla daha da derinleşip zenginleşen bir tutkuyla seviştiklerini hiç akıllarına getirmezlerdi. Gaston yalnızca aklı ve hayal gücü sınırsız, coşkulu bir sevgili değil, bir menekşe tarlasında sevişmek için uçağıyla zorunlu iniş yapan ve sevgilisiyle kendisini ölümün eşiğine getiren belki de ilk erkekti.

Evlenmelerinden iki yıl önce, Gaston çift kanatlı pırpırıyla Amaranta Úrsula'nın üzerinde taklalar atarken bayrak direğine çarpmamak için olmayacak bir manevra yaptığı ve uçağın ilkel bez kanatları ile alüminyum kuyruğu elektrik tellerine takıldığı zaman tanışmışlardı. O günden sonra Gaston, ayağının alçıda olmasına aldırmadan, hafta sonları Amaranta Úrsula'yı

1. Böcekbilimi. (Y.N.)

kaldığı ve kuralları Fernanda'nın umduğunca katı olmayan rahibeler yurdundan alıp sayfiyedeki kulübüne götürmeye başladı. Kırların pazar havasında ve yerden beş yüz metre yükseklikte birbirlerine âşık oldular. Yeryüzündeki yaratıklar altlarında ufaldıkça, onlar yakınlaştılar. Amaranta Úrsula, Gaston'a, Macondo'yu dünyanın en güneşli, en huzurlu kasabası olarak anlattı. Ortanca kokularıyla dolu kocaman bir evden, o evde kendisine bağlı kocası ve adlarını –hiçbir zaman Aureliano ve José Arcadio değil de– Rodrigo ve Gonzalo koyacağı iki oğlu ve –adı Remedios değil– Verginia olacak kızıyla ömrünün sonuna kadar mutluluk içinde yaşamak istediğinden söz etti. Özlemle idealleşen kasabayı öylesine canlandırıyordu ki, Gaston onu Macondo'da yaşatmayacak olursa kendisiyle evlenmeyeceğini sezdi. Macondo'da oturmayı, daha sonra da zamanla unutulacak bir geçici heves sandığı yuları bağlamayı kabul etti. Ne var ki Macondo'ya geleli iki yıl olduktan sonra Amaranta Úrsula ilk günkü mutluluk ve neşesini yitirmeyince, Gaston telaşlanmaya başladı. O süre içinde çevredeki bütün kesilip biçilebilir böcekleri kesmiş, anadili gibi İspanyolca öğrenmiş, postayla gelen dergilerdeki bütün bulmacaları çözmüştü. Dönüşlerini çabuklaştırmak için iklimi de bahane edemiyordu. Çünkü doğa ona öğle uykusu saatlerinin uyuşukluğunu ve kurtlu suya dayanabilen sömürge tipi bir karaciğer vermişti. Yerel yiyecekleri de öylesine seviyordu ki, bir oturuşta seksen iki iguana yumurtası yediği oluyordu. Amaranta Úrsula ise, trenle buzlu kutular içinde getirttiği balık ve kabuklu deniz hayvanlarıyla et ve meyve konservelerinden başka bir şey yiyemiyordu. Hâlâ Avrupalılar gibi giyiniyor, gidilecek hiçbir yer, görülecek hiçbir dost olmadığı halde postayla giysi modelleri getirtiyordu. Kocasındaysa artık onun kısacık eteklerini, kenarları kalkık şapkalarını ve yedi dizili kolyelerini beğenecek hal kalmamıştı. Amaranta Úrsula'nın usanmayışını, yılmayışını, her zaman kendine iş çıkarmasına, kendi yarattığı ev sorunlarını çözmeye uğraşmasına vermek gerekiyordu. Bir yığın işi üstünkörü yapıyor ya da bozuyor ve ertesi gün ısrarla yine aynı işleri ele alıyordu. Onun bu halini gördükçe, Fernanda'nın bu ailede, işleri yazboz tahtası durumuna getirmek kuşaktan kuşağa geçen bir illettir, görüşünü hatırlamamak elde değildi. Coşkusu öyle dipdiriydi ki, yeni bir plak gelir gelmez hemen Gaston'u çağırıyor, arkadaşlarının figürlerini çizip gönderdiği dansları çalışıyordu. Geç saatlere kadar dans ettikten sonra ya Viyana işi salıncaklı koltuklarda ya da yerde sevişerek tamamlıyorlardı âlemi. Amaranta Úrsula'nın mutluluğunun eksiksiz olması için beklediği tek şey çocuklarının olmasıydı. Ancak, evliliklerinin beşinci yılından önce çocuk yapmamak konusunda kocasıyla vardıkları anlaşmaya saygı göstererek bekliyordu.

Boş saatlerini doldurmak için uğraş arayan Gaston, sabahlarını, Melquíades'in odasında utangaç Aureliano'yla geçirir oldu. Onunla birlikte kendi ülkesini anmaktan, Aureliano'nun sanki yıllarca orada yaşamış gibi ayrıntılarıyla bildiği ülkesinden söz açmaktan hoşlanıyordu. Gaston, ansiklopedide bulunmayan bunca bilgiyi nereden edindiğini sorduğu zaman, José Arcadio'nun almış olduğu yanıtı aldı: "Her şey bilinir." Aureliano, Sanskritçenin yanı sıra İngilizceyi, Fransızcayı öğrenmiş, Latinceyle Yunancayı sökmüştü. O sıralarda her gün sokağa çıktığı ve Amaranta Úrsula ona haftalık harçlık verdiği için, Aureliano'nun odası Katalonyalının dükkânının bir şubesine benzemişti. Gece geç saatlere kadar boyuna okuyordu. Ne var ki, Aureliano'nun okuduğu kitaplardan söz ediş biçimine bakan Gaston, onun öğrenmek için değil, kendi bilgisinin doğruluğunu saptamak için okuduğuna inanç getirdi. Üstelik okuduğu kitapların hiçbiri, sabahtan öğlene dek üzerine kapandığı elyazmaları kadar ilgilendirmiyordu onu. Gaston da karısı da onu ailenin yaşantısına katmak istiyorlardı. Oysa Aureliano, zamanla kalınlaşan bir gizem bulutuna gömülmüş, içine kapalı bir insandı. Gaston onunla yakınlık kurmak için ne yaptıysa bir sonuç alamadı, bunun üzerine boş saatlerini dolduracak başka avuntular aradı. İşte o zaman bir uçak postası servisi kurmak aklına geldi.

Yeni bir tasarı değildi bu. Aslında Gaston, Amaranta Úrsula'yla tanıştığı zaman da bu tasarıyı oldukça geliştirmişti. Ancak o zaman bunu Macondo için değil, ailesinin hurma yağına yatırım yapmış olduğu Belçika Kongosu için düşünüyordu. Evlenmek ve karısının gönlü olsun diye birkaç ay Macondo'da kalmaya karar vermek, bu tasarıyı gerçekleştirmesini ertelemişti. Ama Amaranta Úrsula, Macondo'yu canlandırmayı kafasına kesinlikle koyup dönmelerine değinen kocasıyla alay edince, Gaston burada kalışlarının sandığından uzun süreceğini anladı ve amaç, yararlı bir işin öncülüğünü yapmak olduğuna göre, ha Afrika olmuş ha Karayipler düşüncesiyle Brüksel'deki ortaklarıyla yeniden ilişki kurdu. Çalışmaları ve tasarıları bir yandan ilerlerken, bir yandan da kırık çakmaktaşıyla dolu bir düzlüğe dönüşmüş olan eski büyülü bölgeyi havaalanı haline getirdi. Rüzgârların yönünü, kıyı bölgesinin coğrafyasını, hava ulaşımı için en elverişli yolları araştırdı. Mister Herbert'ın çalışmalarını andıran bu gözlemlerinin kasabalıları kuşkuya düşürdüğünü, niyetinin yol açmak değil, muz ağaçları dikmek olduğu izlenimini uyandırdığını bilmiyordu. Gaston, hiç değilse Macondo'da sürekli kalışını haklı gösterecek bu tasarıya dört elle sarıldı, birkaç kez il merkezine gitti, yetkililerle görüştü, gerekli izin belgelerini aldı ve her hakkın kendisinin olacağını belirleyen anlaşmalar yaptı. Bu arada, Fernanda'nın görünmez doktorla yazışmasını hatırlatan biçimde, Brüksel'deki ortaklarıyla mektuplaşıyordu. Sonunda onları, usta bir işçinin gözetiminde ilk uçağı yollamaya razı etti. Bu usta, uçağı en yakın havaalanında monte edecek ve Macondo'ya uçarak getirecekti. Gaston, çalışmaya ve meteorolojik hesaplar yapmaya başlamasının üzerinden bir yıl geçtikten sonra, mektuplarda verilen sözlere inanmanın getirdiği bir alışkanlıkla sokakları arşınlar, gökyüzüne bakıp durur, en ufak bir esinti sesinde uçak mı geliyor diye umuda kapılır oldu.

Amaranta Úrsula'nın eve dönüşü, Aureliano'nun yaşantısını baştan sona değiştirmişti. Amaranta Úrsula bu değişimin farkında bile değildi. Aureliano, José Arcadio'nun ölümünden sonra, bilge Katalonyalının sürekli müşterisi olmuştu. Duyduğu özgürlük ve zamanını dilediğince geçirebilme olanağı, onda kasabaya karşı belirli bir ilgi uyandırmış, kasabayı, gördüğü hiçbir şeye şaşırmadan, öğrenip tanımıştı. Issız, tozlu sokaklarda dolaşıyor, yıkılmış evlerin içini bilimsel bir merakla inceliyor, paslanmış pencere tellerini, ölen kuşları, anıların ağırlığı altında beli bükülmüş kasabalıları dikkatle süzüyordu. Kuru yüzme havuzu, çürümüş kadın ve erkek pabuçlarıyla ağzına kadar dolu eski Muz Şirketi sitesinin bir zamanki saltanat dönemini kafasında canlandırmaya çalışıyordu. Bu araştırmaları sırasında çelik zincirle halkaya bağlı duran çoban köpeğinin iskeletini buldu. Sürekli çalan bir telefona rastladı. Telefon çaldı çaldı, sonunda Aureliano açtı, çok derinden, İngilizce konuşan bir kadın sesi geliyordu. Aureliano kadına, grevin sona erdiğini, üç bin cesedin denize döküldüğünü, Muz Şirketi'nin gittiğini ve Macondo'nun yıllarca sonra barışa kavuştuğunu söyledi. Bu gezintileri onu, bir zamanlar cümbüşü alevlendirmek için deste deste banknotların yakıldığı, şimdiyse ötekilerden daha sefil ve perişan sokaklarla dolu kırmızı fenerler mahallesine getirdi. Fenerlerden birkaçında hâlâ kırmızı ışıklar yanıyordu. Kurumuş çelenklerin yerlerde süründüğü boş dans salonlarında hiç kimseden dul kalamamış soluk benizli, tombul Fransız koca ninelerle, Babilli mamalar hâlâ gramofonların başında bekliyorlardı. Aureliano, Batı Hint Adalı yerlilerin en yaşlısı dışında, kendi soyunu sopunu, hatta Albay Aureliano Buendia'yı bile tanıyan kimseye rastlamadı. Pamuk gibi saçları yüzüne bir fotoğraf negatifi görünümü veren yaşlı bir yerli, evinin kapısında oturup akşam ilahileri söylemeyi sürdürüyordu. Aureliano, adamla birkaç haftada öğrendiği kırık dökük yerli diliyle konuşuyor, kimi zaman da adamın torununun torununun yaptığı tavuk kafası çorbasına onunla birlikte kaşık sallıyordu. Yerlinin torununun torunu iri kemikli, kısrak kalçalı, kavun gibi memeli ve Ortaçağ savaşçılarının tel zırhlı örgü başlıklarını andıran kıvır kıvır saçlarla çevrelenmiş tostoparlak kafalı, enine boyuna bir Zenci kadındı. Adı Nigromanta'ydı. O günlerde Aureliano evdeki gümüşleri, şamdanları ve başka ufak tefeği satarak geçiniyordu. Çoğunlukla meteliksiz olduğu zamanlar, pazarın arka tarafındaki çöpçülerin ağzından girip burnundan çıkıyor, atacakları tavuk kafalarını alıp semizotlu ve naneli çorba yapsın diye Nigromanta'ya götürüyordu. Büyük dede öldükten sonra, Aureliano onların evinden ayağını çekti. Koyu gölgeli badem ağaçlarının altında, baykuşları kovalamak için yaban hayvanlarının ıslığını çalarken rastlıyordu Nigromanta'ya. Çoğu kez onun yanında duruyor, yerlilerin diliyle konuşarak tavuk kafası çorbasından ve yoksulluğun başka yönlerinden söz ediyor ve orada durmasından müşterileri ürkütüp kaçırdığını kadın kendisine söyleyene kadar kalıyordu. Aureliano kimi zaman içinde istek duyduğu ve Nigromanta ona paylaşılmış bir sıla duygusunun birikimi gibi göründüğü halde onunla hiç yatmadı. Bu yüzden Amaranta Úrsula Macondo'ya geldiği ve kardeşçe kucaklaşmasıyla Aureliano'nun soluğunu kestiği zaman, Aureliano'nun eli daha kadın eline değmemişti. Aureliano, Amaranta Úrsula'yı ne zaman görse, hele kadın ona son dansları öğretmeye çalıştığı zamanlar, tıpkı zahire ambarındaki iskambilleri bahane eden Pilar Ternera'nın karşısında büyük dedesinin dizlerinin bağı çözüldüğü gibi, Aureliano'nun kemikleri de sıkılan bir süngermişçesine boşalıveriyordu.

Aureliano bu azaptan kurtulmak için elyazmalarına biraz daha gömüldü ve gecelerini zehir eden bu teyzenin saf ilgisinden kaçmaya başladı. Ama kadından ne kadar kaçarsa, en beklenmedik saatlerde ve evin en olmadık yerlerinden yükselen kısık kahkahasını, sevişmesinin doyumunda kedi gibi mutlulukla hırıldamasını ve neşeli şarkılarını o kadar heyecanla bekler oldu. Bir gece, karıkoca Aureliano'nun yatağından on metre ötede, gümüş işliğin tezgâhı üzerinde oynaşırlarken çivisi yerinden oynamış gövdelerinin sarsıntısıyla tezgâhta duran şişeleri devirip kırdılar ve şişelerden dökülen tuzruhu birikintisinin içinde sevişmelerini tamamladılar. Aureliano'nun bütün gece gözüne uyku girmedi, üstelik ertesi günü de öfkesinden ağlaya ağlaya ve ateşler içinde yana yana geçirdi. Aureliano'nun badem ağaçlarının gölgesinde Nigromanta'yı beklediği o ilk gece zaman geçmek bilmiyor gibiydi. Aureliano heyecan ve kuşkuyla her yanının karıncalandığını duyuyor, Amaranta Úrsula'dan istediği bir peso ile elli senti avucunda sıkıp duruyordu. Paraya ihtiyacı olduğu için değil, Amaranta Úrsula'yı da bu işe katmak, aşağılamak, bu serüvende onu da bir bakıma fahişe durumuna getirmek için almıştı parayı. Nigromanta, Aureliano'yu, özenti şamdanlarla aydınlatılmış, yatağı kirli sevgilerden lekelenmiş odasına götürdü ve katılaşmış, ruhtan yoksun bedenini ona verdi. Aureliano'yu ürkek bir çocuk gibi başından savmaya hazırlanan bu beden, içinden kopan titreşimlerle uyum isteyen güçlü bir erkekle karşılaşıverdi.

Sevişmeye başladılar. Aureliano sabahları elyazmalarını çözerek zamanını geçiriyor, öğle uykusu saati gelince Nigromanta'nın kendisini beklediği odaya gidiyordu. Kadın ona önce solucanlar gibi, sonra sümüklüböcekler gibi, sonra yengeçler gibi sevişmesini öğretiyor, en sonunda da onu bırakıp haydutlar gibi sevilmeyi bekliyordu. Sevişmeye başladıktan bir hafta sonra Aureliano, kadının belinde, çelik gibi sert, viyolonsel telinden yapılmışa benzeyen ince bir kemer olduğunu fark etti. Kemerin ucu yoktu, sanki doğarken beline sarılmış, onunla birlikte büyüyüp genişlemiş bir çember gibiydi. Hemen her zaman, sevişmelerinin arasında yemek yiyorlar, yatakta çırılçıplak uzanmış olarak, uyuşturucu sıcağın ve pas lekeleri arasında gündüz yıldızları gibi parlayan çinko damın altında bir şeyler atıştırıyorlardı. Nigromanta'nın ilk kez sürekli bir sevgilisi, kendisinin gülerek dediği gibi kemiklerini çatırdatarak seven tepeden tırnağa bir erkeği oluyordu. Nigromanta giderek romantik hayallere bile kapılıyordu. Oysa o sırada Aureliano, Amaranta Úrsula'ya olan gizli tutkusunu ona açtı. Nigromanta'yla sevişmesi ona bu tutkuyu unutturmamış, tam tersine deneyleri aşk ufkunu genişlettikçe, tutkusu içini düğüm düğüm burmaya başlamıştı. Aureliano gizli aşkını açıkladıktan sonra da Nigromanta onu eski yakınlık ve sıcaklıkla karşılamayı sürdürdü, ama hizmetine karşı aldığı paranın kuruşunu sektirmez oldu. Aureliano'nun parası olmadığı zamanlar, Nigromanta deftere yazarak değil de kapının arkasına çetele atarak tuttuğu hesap pusulasına bir çizgi daha eklerdi. Güneş batarken Nigromanta alanın gölgelerinde dolanmaya çıkıyor, Aureliano ise genellikle o saatte yemekte olan Amaranta Úrsula ile Gaston'a selam bile vermeden bir yabancı gibi verandadan içeri süzülüyordu. Sonra odasına kapanıyor, geceleri evi dolduran kahkahaların, fısıldaşmaların, oynaşmaların, cilvelerin, en sonunda mutluluk patlamalarının sesiyle duyduğu heyecan yüzünden ne okuyabiliyor, ne yazabiliyor ne de düşünebiliyordu. Gaston uçağı beklemeye başlamadan iki yıl önce de Aureliano'nun yaşantısı böyleydi, bilge Katalonyalının kitapçı dükkânına gittiği gün de böyleydi. O gün Aureliano dükkâna girdiğinde, içeride Ortaçağ'da hamamböceklerini öldürme yöntemleri üzerinde bir tartışmaya girmiş ağzı kalabalık dört çocuk vardı. Aureliano'nun eski kitaplara olan merakını bilen yaşlı kitapçı, babacan bir fesatlıkla onu da tartışmaya soktu. Aureliano hemen bu konuda bildiklerini anlatmaya koyuldu. Hamamböceğinin yeryüzündeki kanatlı böceklerin en eski türü olduğunu, Eski Ahit'te bile sandaletlerle bu böceklerin ezilişinden söz edildiğini, ama bu hayvanların çok dayanıklı olduklarını ve boraksla karıştırılmış domatesten unlu şekere kadar denenmiş bütün öldürme yöntemlerinin boşa çıktığını, insanın dünya kurulalı beri insanlar dahil her türlü canlı yaratığa karşı giriştiği en eski, en amansız savaşa direnmiş bu hayvanların tam bin altı yüz üç ayrı türü bulunduğunu, insanların birinci temel içgüdüsü çoğalma itisi ise, ikincisinin de hamamböceği öldürme itisi sayılması gerektiğini, hamamböceklerinin insanın doğal yapısındaki karanlıktan korkma duygusundan yararlanarak kuytulara gizlenmekle kendilerini kurtardıklarını, ancak bu arada kendilerinin de öğle güneşine dayanamaz duruma geldiklerini ve Ortaçağ'dan beri *per omnia secula seculorum* olarak hamamböceklerini öldürmenin en etkili yolunun, güneş ışığı olduğunu soluk almaksızın, bir çırpıda sayıverdi.

Bu ansiklopedik bilgi, büyük bir dostluğun başlangıcı oldu. Aureliano, öğleden sonraları ömründe ilk ve son edindiği dostlar olan Alvaro, German, Alfonso ve Gabriel adlarındaki bu çocuklarla buluşmaya başladı. Aureliano gibi yazılı gerçeklere gömülmüş biri için, kitapçı dükkânında başlayıp sabaha karşı genelevlerde sona eren bu patırtılı, tartışmalı âlemler görülmemiş bir yenilikti. Bu gece cümbüşlerinden birinde Alvaro'nun belirttiği gibi, edebiyatın insanlarla alay etmek için bulunmuş en iyi eğlence olduğu görüşü o güne kadar Aureliano'nun hiç aklına gelmemişti. Bir süre sonra Aureliano bu keyfî davranışlara örnek olanın bilge Katalonyalı olduğunu anladı. Katalonyalı, nohut pişirmek için yeni bir yol bulamayan aklın metelik etmeyeceği görüşünde bir insandı.

Aureliano'nun, hamamböcekleri üzerinde söylev çektiği günün gecesi, Macondo'nun dış mahallelerindeki bir genelevde karınlarını doyurmak için etlerini veren kızların arasında son buldu. Ev işleten *mamasanta*[1], güler yüzlü, kapı açıp kapatmaya meraklı bir kadındı. Yüzünden eksik olmayan gülümseyişine baktıkça, onun müşterilerin safdilliğine güldüğü, düşler ötesinde var olmayan bu yeri gerçek sanmalarıyla alay ettiği düşünülebilirdi. Çünkü evde elle tutulabilen nesneler bile gerçek olmaktan uzaktı; koltuklara ilişince paramparça ayrılıyorlardı, bozuk gramofonun içine tavuk yuva yapmıştı, bahçedeki çiçekler kâğıttan yapmaydı, duvarlar-

1. (İsp.) Kutsal anne. (Y.N.)

daki takvimler ta Muz Şirketi'nin gelişinden önceki yılları gösteriyordu, hiç yayımlanmamış dergilerden kesilme resimler çerçevelenip asılmıştı. Mama, müşterilerin geldiğini haber verince çevredeki evlerden çıkagelen ürkek, küçük orospular bile yapmaydı. Beş yaş daha genç oldukları günlerden kalma, ufalıp çekmiş çiçekli entarileriyle hiç selam vermeden içeri girerler, giysileri nasıl saflıkla giymişlerse öyle safça çıkarırlar, sevişmenin ateşli anlarında, "Aman Tanrım, neredeyse tavan çökecek!" diye bağırıverirler ve bir buçuk pesolarını alır almaz doğruca mamaya koşar, sattığı peynirli pidelere parayı yatırırlardı. Mama, pidelerin de gerçek olmadığını bildiği için yine sırıtırdı. O sıralarda dünyası Melquíades'in elyazmalarında başlayıp Nigromanta'nın yatağında son bulan Aureliano, bu ufak, düşsel genelevde ürkekliğini yendi. Önceleri, sevişmenin en güzel yerinde mamanın içeri daldığı ve kızlarının gizli güzelliklerini sayıp döktüğü odalarda Aureliano hiçbir sonuca ulaşamıyordu. Ama zamanla dünyanın bu başa gelince çekilir belalarına öylesine alıştı ki, öteki gecelere oranla daha dengesiz, daha delibozuk olan bir gece, ufak oturma odasında çırılçıplak soyundu ve akılları durduracak büyüklükteki erkeklik organının üzerinde bira şişesini dengeleyerek bütün evi dolaştı. Mamanın hep o gülümseyişiyle, hiç karşı koymadan ve hiç inanmadan katıldığı taşkın eğlenceleri moda haline getiren de Aureliano oldu. German, evin gerçekte var olmadığını söyleyerek, iddiasını belirlemek için evi yakmaya kalkıştığı zaman da, Alfonso papağanın boynunu koparıp kaynayan tavuk yahnisinin içine attığı zaman da mamanın gülümsemesi hiç değişmiyordu.

Aureliano dört arkadaşa ortak bir sevgi ve ortak bir dayanışmayla bağlandığı ve kimi zaman onları tek kişi gibi gördüğü halde, yine de Gabriel'e ötekilerden daha çok yakınlık duyuyordu. Bu yakınlık, Aureliano'nun Albay Aureliano Buendia'dan söz ettiği ve yalnızca Gabriel'in onu ciddiye aldığı akşam doğmuştu. Genellikle konuşmalara katılmayan mama bile ona karşı çıkmış, bir zamanlar gerçekten adını duyduğu Albay Aureliano Buendia diye birinin olmadığını, hükümetin Liberalleri öldürmek için bahane olsun diye böyle bir ad ortaya attığını pençeleşerek savunmuştu. Oysa Gabriel, Albay Aureliano Buendia'nın gerçekten yaşadığından hiç kuşkulanmıyordu. Çünkü Albay, dedesinin dedesi Albay Gerineldo Márquez'in hem silah arkadaşı hem de içtikleri su ayrı gitmeyen dostuydu. İşçilerin öldürülmesinden söz açıldığı zaman ise, çevresindekilerin unutkanlığı doruğa varıyordu. Aureliano bu konuyu ne zaman açacak olsa, gerek mama, gerekse ondan daha yaşlı başlı kişiler Aureliano'nun dediklerini kabul etmiyorlar, istasyonda kıstırılan işçilerin, ceset dolu iki yüz vagonluk katarın bir masal olduğunu söylüyorlar, her şeyin adli belgelerde yer aldığını, ilkokul kitaplarına bile geçtiğini ileri sürüyor ve Muz Şirketi'nin hiçbir zaman kurulmamış olduğunda diretiyorlardı. Böylelikle Aureliano ile Gabriel, kimsenin inanmadığı gerçeklere dayanan bir birliktelikle yakınlaştılar. Bu gerçekler, onların yaşantısını öylesine etkilemişti ki, ikisi de artık sona ermiş olan ve yalnızca özlemi duyulan bir âlemde kalmışlar, günlük dünya, çekilen sularla birlikte uzaklaşıp onları bu âlemde bırakmıştı. Gabriel nerede olsa orada yatıp uyurdu. Aureliano, onu birkaç kez gümüş işliğinde yatırdı. Ancak, sabaha kadar yatak odalarında dolanan ölülerin gürültüsünden rahatsız olan Gabriel'i bir türlü uyku tutmuyordu. Aureliano, daha sonra Gabriel'i Nigromanta'ya havale etti. Nigromanta, boş olduğu zamanlar onu fazla kullanılmış odasına götürüyor, kapının arkasında

Aureliano'nun borçlarından açıkta kalmış yerlere Gabriel'in çetelesini tutuyordu.

Düzensiz yaşamalarına rağmen, bilge Katalonyalının zorlamasıyla bütün grup sürekli bir şey yapmaya çalışır oldu. Katalonyalı, bir zamanlar klasik edebiyat profesörü olmanın getirdiği deneyler ve elinin altındaki az bulunur kitaplarla zenginleşen dükkânıyla onlara önder oldu ve artık kimsenin ilkokuldan fazla okumadığı bu kasabada beş gence sabaha kadar otuz yedinci dramatik durumun ne olduğunu araştırttı. Dostluk denilen şeyi bulmanın büyüsüne kapılan ve Fernanda'nın kötü yüreğiyle yasaklanmış bir dünyanın güzelliklerine varan Aureliano, elyazmaları tam şifreli şiir dizelerine işlenmiş kehanetler olarak çözülmeye başlayacağı sırada, onlarla uğraşmayı bıraktı. Ne var ki, zaman geçip de genelevlerden vazgeçmeden de her şey için yeterli zaman olduğunu anlayınca, yazıları çözerek son ipuçlarını da bulmadan çabalarını yüzüstü bırakmamak kararıyla yeniden Melquíades'in odasına döndü. O sıralarda Gaston kendini uçağı beklemeye adamıştı ve Amaranta Úrsula yalnızlıktan boğuluyordu. Bir sabah Aureliano'nun odasına girerek, "Merhaba yabani," dedi. "Bakıyorum yeniden mağarana dönmüşsün ha?"

Biçimini kendi çizdiği giysisi ve kendi dizdiği göbeğine kadar uzanan kolyesiyle dayanılmaz bir görünüşü vardı. Artık kocasının kendisine bağlılığına iyice inandığı için yuları bırakmıştı ve geldiğinden bu yana ilk olarak boş zamanı varmış gibi görünüyordu. Aureliano onu görmesine gerek kalmadan odaya girdiğini anladı. Amaranta Úrsula dirseklerini masaya dayadı. Öylesine çaresiz bir görünümü vardı, öylesine yakındı ki, Aureliano onun kemiklerinin içinden kopan sesi duyuyordu. Amaranta Úrsula elyazmalarıyla ilgilendi. Aureliano tedirginliğini yenmeye çalışarak, yitirmek üzere olduğu sesine, çekilen canına, taşlaşmış bir mercan kitlesine dönüşen anılarına dört elle sarıldı ve Amaranta Úrsula'ya Sanskritçe'nin yazgısından, ışığa tutulan kâğıdın arkasındaki yazılar nasıl tersinden okunabilirse zamanın ışığında da geleceği okuma olanağının bulunduğundan, kehanetlerin kendilerini yok etmesinler diye çözülmeleri gerektiğinden, Nostradamus'un *Yüzyıllar*'ından, Aziz Milanus'un Cantabria'nın yok oluşunu önceden haber verişinden söz etti. Aureliano bir ara konuşmasına ara vermeden, doğduğundan bu yana içinde uyuyan bir içgüdüyle ve kesin kararın kuşkularına son vereceğini düşünerek elini Amaranta Úrsula'nın elinin üzerine koydu. Amaranta Úrsula, çocukluğunda yaptığı gibi saflıkla onun işaretparmağını yakaladı ve Aureliano sorularına yanıt verdiği sürece parmağını bırakmadı. Birbirlerine hiçbir şey aktarmayan buz gibi işaretparmakları dolanmış olarak uzun süre oturdular. Sonunda Amaranta Úrsula daldığı anlık düşten uyanarak elini alnına vurdu. "Karıncalar!" diye haykırdı. Elyazmalarını filan unuttu, dans ederek kapıya koştu ve kendisini Brüksel'e gönderdikleri gün babasına yaptığı gibi, Aureliano'ya parmaklarının ucuyla öpücük yolladı.

"Bunları bana sonra anlatırsın," dedi. "Bugün karınca yuvalarına kireç dökmem gerektiğini unuttum gitti."

O günden sonra Aureliano'nun odasının bulunduğu tarafta işleri olduğu zaman onun yanına uğramaya ve kocası gökyüzünü incelemeyi sürdürürken Amaranta Úrsula da, Aureliano'nun yanında birkaç dakika oyalanmaya başladı. Bu değişiklikten yüreklenen Aureliano, Amaranta Úrsula'nın ilk geldiği aylardan beri kaçtığı aile sofrasına katılır oldu. Bu durum Gaston'un hoşuna gitmişti. Yemekten sonra bir saatten fazla süren konuşmalarında, boyuna ortaklarının kendisini aldattığından yakınıyordu. Ortakları ona uçağı bir gemiye yüklediklerini bildirmişlerdi, oysa böyle bir gemi hiç gelmemişti. Ve bu gemi Karayipler hattında çalışmayacağı için hiç de gelmeyeceğini vapur acentesi ısrarla belirttiği halde, ortakları uçağı oraya gelecek gemiye yüklediklerini ileri sürüyorlar, hatta Gaston'u yalan söylemekle suçluyorlardı. Yazışmaları öylesine bir karşılıklı kuşku ve suçlama niteliğine büründü ki, sonunda Gaston kısa bir süre için Brüksel'e gitmeyi ve uçağı teslim alıp dönmeyi tasarlamaya başladı. Ne var ki, Amaranta kocasını yitirmek pahasına da olsa Macondo'dan hiçbir yere adım atmamakta kararlı olduğunu belirtince, uçak konusu bir daha açılmadı. İlk günlerde herkes gibi Aureliano da, Gaston'u velosipetli bir kafadan çatlak olarak görüyor, ona belli belirsiz acıyarak bakıyordu. Sonraları genelevlere gire çıka erkekleri daha iyi tanıyınca, Gaston'un sessiz sakin halinin dizginlenmez bir şehvetten doğduğunu sandı. Ama Gaston'u yakından tanıyıp gerçek kişiliğinin halim selim görünüşüne taban tabana zıt olduğunu anlayınca, Gaston'un uçağı beklemesinin bile numara olduğundan kuşkulandı. Gaston göründüğü gibi kafadan kontak değil, tam tersine son derece tutarlı, son derece hesaplı, yetenekli ve sınırsız sabırlı biri olmalıydı. Kendi isteklerini karısına kabul ettirmek için baskı yapmıyor, onu bezdirerek yıldırmak istiyor olmalıydı. Hiç karşı çıkmadan, hiçbir şeye hayır, olmaz demeden sonsuz uyum gösteriyor, karısının kurduğu düşlerin boşluğundan usanıp kendi ayağıyla ökseye tutulmasını, bavullarını kendiliğinden toplayıp Avrupa'ya dönme kararını vermesini sabırla bekliyordu. Aureliano'nun eski acıma duygusu, yerini büyük bir öfke ve nefrete bıraktı. Gaston'un yöntemi ona çok ters, ama çok da etkin görünüyordu. Sonunda Amaranta Úrsula'yı uyarmaya karar verdi. Amaranta Úrsula, onun yüreğindeki sevginin ağırlığını, kararsızlığı ve kıskançlığı hiç fark etmeden bu kuşkularıyla alay etti. Amaranta Úrsula bir gün şeftali konservesini açarken parmağını kestiği ve Aureliano onun iliklerini ürperten bir coşku ve tutkuyla kanını emmeye koştuğu ana kadar, kadın onda kardeşçe sevgiden öte bir duygu uyandırdığını anlamadı. O gün de parmağının emilmesinden duyduğu tedirginlik içinde gülmeye çalışarak, "Aureliano'" dedi. "İyi bir yarasa olamayacak kadar kuşkulusun."

O zaman Aureliano içini döktü. Amaranta Úrsula'nın yaralanan elini tuttu, avucuna öpücükler kondurarak yüreğinin en gizli köşelerini açtı. Gece yarıları nasıl kalktığını, Amaranta Úrsula'nın kurusun diye banyoda bıraktığı çamaşırlarına sarılarak nasıl öfke ve yalnızlık içinde ağladığını anlattı. Nigromanta'yı nasıl kedi gibi hırıldattığını, kulağına nasıl Gaston, Gaston, Gaston diye fısıldattığını, Amaranta Úrsula'nın parfümlerini nasıl çalıp aç kalmamak için etlerini satan küçük orospuların boyunlarına sürdüğünü anlattı. Bu duygu patlamasından ürken Amaranta Úrsula parmaklarını sıkmaya, yaralı elini kapanan bir midye gibi yumruk yapmaya başladı. Sonunda hiçbir acı ve acıma duymaz oldu. Eli, topazlardan ve zümrütlerden, taşlaşmış ve duyarsız kemikçiklerden örülü bir düğüme dönüştü.

Amaranta Úrsula tükürür gibi konuştu: "Aptal!" dedi. "Belçika'ya hareket eden ilk gemiyle gidiyorum."

O günlerde bir akşamüstü Alvaro, bilge Katalonyalının dükkânına gelmiş, avazı çıktığınca haykırarak son buluşunu haber vermişti: Zoolojik bir genelev bulmuştu. Altın çocuk denilen bu yer, kocaman bir açıkhava salonuydu. İçinde saatin kaç olduğunu soranlara sağır edici gıdaklamalarıyla karşılık veren iki yüzden fazla balaban kuşu vardı. Dans pistini çevreleyen tel kafeslerdeki iri Amazon kamelyalarının arasında çeşitli renklerde balıkçıl kuşları, domuz gibi şişko timsahlar, on iki çıngıraklı yılan, ufak, yapma göle dalıp çıkan parlak kabuklu bir su kaplumbağası geziniyordu. Kocaman, beyaz, erkek ve pederast bir köpek de vardı. Ama iş karnını doyurmaya gelince, köpek pederastlığı filan unutup damızlık işi de yapıyordu. Salonun havası, yeni yaratılmış bir dünyayı çevreleyen bulutlar gibi yoğundu. Kan kırmızı çiçeklerle modası geçmiş gramofon plaklarının arasında umutsuzluk içinde bekleşen melez güzelleri, insanın dünya cennetinde unuttuğu sevişme yöntemlerini biliyorlardı. Delikanlılar bu düşler serasına ilk gittikleri gece, kapıda salıncaklı koltuğa oturmuş bilet kesen güzel ve suskun yaşlı kadın, beş gencin arasında ince uzun, Tatarlar gibi çıkık elmacıkkemikli ve dünyanın kuruluşundan bu yana bitmeyen yalnızlığının izleri çiçekbozuğu gibi yüzüne işlemiş delikanlıyı görünce, zamanın tersine işleyip eski günlere döndüğünü sandı.

"Aman Tanrım!" diye içini çekti. "Aureliano!"

Savaşlardan çok önce, şan şöhretten çok önce, hayal kırıklığının yitikliğinden çok önce, kendi odasına girdiği ve ömrünün ilk buyruğunu, onu sevmek buyruğunu verdiği şafak vaktinde, lambanın ışığındaki görüntüsüyle Albay Aureliano Buendia'yı görüyordu. Kapıdaki kadın Pilar Ternera'ydı. Yıllarca önce yüz kırk beş yaşına bastığı zaman yaşını hesaplamak gibi zararlı ve kötü bir alışkanlığı bırakmış, iskambillerin gizli tuzaklarıyla dolu geleceği aşarak anıların durağan ve değişmez zamanında yaşamaya başlamıştı.

O akşamdan başlayarak Aureliano, tanımadığı büyük ninesinin şefkatine, sevecenliğine ve anlayışına sığındı. Pilar Ternera salıncaklı koltuğuna oturur, eski günleri anar, ailenin saltanatlı dönemlerini ve başlarına gelen felaketleri, artık silinip gitmiş olan Macondo'nun görkemli günlerini yeniden canlandırırdı. Bu arada Alvaro gürültülü kahkahasıyla timsahları ürkütür, Alfonso bir hafta önce uygunsuz davranışlarda bulunan dört müşterinin gözlerini oyan balaban kuşları üzerine öyküler uydurur, Gabriel ise durgun ve dalgın melek kızın odasında olurdu. Bu kız hizmetine karşılık para almaz, Orinoco'nun karşı yakasında hapse atılan kaçakçı sevgilisine mektup yazdırırdı. Sevgilisini sınır nöbetçileri yakalamışlar, zorla oturttukları oturak, pislik ve pırlantayla doluverince de deliğe tıkmışlardı. Anaç mamasıyla gerçek bir genelev olan bu yer, Aureliano'nun yıllar süren tutsaklığı boyunca düşlediği dünyanın ta kendisiydi. Orada öylesine mutluydu, kendini kusursuz arkadaşlığa öylesine yakın buluyordu ki, Amaranta Úrsula düşlerini yıktığı gün sığınmak için oradan başka yer aklına gelmedi. Göğsünü tıkayan düğümleri biri çıkıp da parçalasın diye içine dökmeye, her şeyi anlatmaya hazırdı, oysa Pilar Ternera'nın kucağına kapanıp uzun uzun ağlamaktan başka bir şey gelmedi elinden. Pilar Ternera, parmaklarının ucuyla onun başını kaşıyarak ağlamasının kesilmesini bekledi ve Aureliano daha aşk acısıyla ağladığını açıklamadan Pilar insanlık tarihinin en eski gözyaşlarını tanıdı.

"Olur böyle şeyler, çocuğum," dedi. "Şimdi söyle bakalım kimmiş o?"

Aureliano söyleyince, Pilar Ternera güvercinlerin dem çekişi gibi şakıyarak yayılan o eski, şuh kahkahasını patlattı. Bir Buendia'nın yüreğinde onun anlayamayacağı, çözemeyeceği hiçbir şey olamazdı. Çünkü iskambiller ve deneylerle dolu bir yüzyıl, bu ailenin tarihinin tekerrürden ibaret olduğunu, kaçınılmaz yinelemelerle, ekseni yıpranıncaya kadar sonsuza doğru dönen bir çark olduğunu öğretmişti ona.

Gülümseyerek, "Sen hiç üzme canını," dedi. "Şu anda her neredeyse seni bekliyor mutlak."

Amaranta Úrsula banyodan çıktığında saat dört buçuktu. Aureliano, onun yumuşak kıvrımlarla dökülen bornozu ve türban gibi başını sardığı havlusuyla odasının önünden geçtiğini gördü. Ayaklarının ucuna basarak, sarhoşluktan sendeleyerek kadının peşinden gitti, yatak odasına girdi. Amaranta Úrsula çıkarmak üzere olduğu bornozu ürkerek kapattı. Aureliano, kapısı aralık duran ve Gaston'un mektup yazmakta olduğunu bildiği bitişik odayı sessizce işaret etti.

Amaranta Úrsula sesini çıkarmayıp sadece dudaklarını oynatarak, "Git," dedi.

Aureliano gülümsedi. Amaranta Úrsula'yı bir begonya saksısı gibi belinden kavrayıp kaldırdı, sırtüstü yatağa uzattı. Kadının karşı koymasına fırsat vermeden, sert bir hareketle bornozu sıyırdı ve teninin rengi, tüyleri, görünmeyen yerlerdeki benleri hep başka odaların loşluğunda düşlenilmiş olan bu yeni yıkanmış çıplaklığın derinliği karşısında başı döndü. Amaranta Úrsula, akıllı bir kadına yaraşır biçimde kendini savunuyor, kaygan, esnek, kokulu bir gelincik gövdesine benzeyen incecik bedenini kıvırarak, Aureliano'nun böbreklerini tekmelemeye, suratını tırmalamaya çalışıyordu. Ama ikisi de çıt çıkarmıyorlar, açık pencereden, nisan güneşinin batışını seyreden birinin soluk almasından daha fazla ses etmiyorlardı. Amansız bir çekişme, öldüresiye bir çatışmaydı bu. Ne var ki, kesik saldırılardan, ağır, suskun, ölçülü hareketlerden oluştuğu için çekişme yokmuş gibi görünüyordu. Bütün bu boğuşma sırasında petunyalar çiçek açmaya fırsat buluyor ve bitişik odada Gaston havacılık düşlerini rahatça unutabiliyordu. Bir akvaryumun dibinde uzlaşma yolları arayan iki düşman sevgili gibiydiler. Bu amansız ve törensel boğuşma sırasında, Amaranta Úrsula suskunluğunun akıldışı ve inanılmaz olduğunu, kocasını önlemeye çabaladıkları boğuşma seslerinden daha da pirelendireceğini anladı. Bunun üzerine sımsıkı kapalı dudaklarını aralamadan, çekişmekten vazgeçmeden gülmeye başladı, Aureliano'yu sözüm ona ısırarak kendini savunmaya koyuldu. Kıvranması gittikçe duruldu. Öyle bir an geldi ki ikisi de hem düşman, hem suç ortağı olduklarının bilincine eriştiler ve çekişme alışılmış oynaşmaya dönüştü. Sonra, birdenbire, sanki oyun yapıyormuş, sanki yeni bir hırçınlık yapıyormuş gibi, Amaranta Úrsula kendini bırakıverdi ve fırsat verdiği şeyden ürkerek yeniden toparlanmaya davrandı, ama iş işten geçmişti. Büyük bir sarsıntı onu kendi yerçekiminin merkezinde hareketsiz bıraktı, olduğu yere mıhladı, kendisini savunma içgüdüsü, ölümün öte yanındaki turuncu ıslıkları ve görünmez küreleri öğrenmenin merakı karşısında ezilip yok oldu. İçini yırtmaya başlayan kedi hırıltılarını koyuvermemek için elini uzatıp bir havlu almaya ve dişlerinin arasına kıstırmaya ancak zaman bulabildi.

Pilar Ternera, cümbüş gecelerinden birinde, cennetinin kapısında bekçilik ederken, salıncaklı koltuğunda öldü. Son isteğine uygun olarak tabutla değil de, dans pistinin ortasına kazılan derin çukura sekiz kişinin iplerle sarkıttığı salıncaklı sandalyesiyle gömüldü. Karalar giyinmiş, ağlamaktan benizleri solmuş melez kızlar, bir çeşit dinsel tören yaratarak küpelerini, broşlarını, yüzüklerini çıkarıp çukurun içine attılar. Sonra çukur, üzerinde ne ad ne de doğum ölüm tarihleri bulunmayan bir kapakla kapandı ve bir yığın Amazon kamelyasıyla örtüldü. Kızlar, hayvanları zehirledikten sonra pencereleri ve kapıları tuğlayla ördüler ve içi ermiş resimleriyle, dergilerden kesilmiş fotoğraflarla, oturaklara pırlanta sıçan ya da yamyamları yiyen ya da kumarbazlar kralı ilan edilen bir zamanki sevgililerin resimleriyle kaplı tahta sandıklarını alıp dünyanın dört bucağına dağıldılar.

Son gelmişti artık. Pilar Ternera'nın mezarında, ilahiler ve ucuz orospu mücevherleri arasında geçmişin kalıntıları da çürüyecek, sonu gelmez ilkbaharların özlemiyle dükkânını haraç mezat satıp Akdeniz köyüne dönen bilge Katalonyalının gidişinden sonra eski günlere özgü ne kalmışsa, tümü Pilar Ternera'nın mezarında toprağa karışacaktı. Bilge Katalonyalının böyle bir karara varacağını kimse önceden kestiremezdi. Katalonyalı sayısız savaşların birinden kaçmış, Muz Şirketi'nin en sallantılı günlerinde Macondo'ya gelmiş ve karşı kaldırımdaki düş yorumlanan eve girmek için sıra bekleyen müşterilerin elden düşme kitaplarmışçasına rahatça karıştırabilecekleri çeşitli dillerde eski kitaplarla antika değerindeki ilk baskılar satan bir kitapçı dükkânı açmaktan daha pratik bir geçim yolu düşünememişti. Yarı ömrünü dükkânın arkasında, okul defterlerinden yırttığı sayfaları mor mürekkepli yazılarıyla özene bezene doldurarak geçirmiş; neler yazdığını da kimse kesinlikle anlayamamıştı. Aureliano onu ilk tanıdığında, bilge Katalonyalı bir bakıma Melquíades'in elyazmalarını hatırlatan karışık yazılı kâğıtlarla iki sandık doldurmuş bulunuyordu.

Tanışmalarından sonra da gidene kadar üçüncü bir sandığı doldurdu. İnsan bu sandıklar dolusu yazıları görünce, ister istemez bilge Katalonyalının Macondo'da kaldığı süre içinde yazı yazmaktan başka şey yapmadığını düşünüyordu. Sürekli ilişki kurduğu kişiler yalnızca dört arkadaştı. Onlara uçurtmalarını ve topaçlarını bıraktırıp ellerine kitaplar tutuşturmuş ve çocuklar daha ilkokuldayken onlara Seneca'yı ve Ovidius'u okutmuştu. Klasik yazarları ailesinin bireyleri gibi yakından tanır, bir zamanlar onlarla aynı odada yatıp kalkmış gibi bilirdi. Aziz Augustinus'un giysisinin altına giydiği yün fanilayı on dört yıl çıkarmayışı, Villanovalı büyücü Arnoldo'nun çocukluğunda akrep soktuğu için cinsel gücünü yitirişi gibi bilinmesi olanaksız şeyleri bilirdi. Yazılı bilgilere tutkusu, ağırbaşlı, dingin bir saygı ile geveze bir saygısızlığın karışımıydı. Kendi yazıları bile bu ikilemden kurtulamamıştı. Yazıları çevirebilmek için Katalonya dilini öğrenmiş olan Alfonso, bu kâğıtlardan bir tomar alıp her zaman gazete kupürleri ve çeşitli broşürlerle dolu ceplerine tıkıştırmıştı. Bir gece, açlık yüzünden etlerini satan küçük orospuların evinde o kâğıtları yitirdi. Bilge ihtiyar bu olayı duyunca, çocukların korktukları gibi öfkelenip çıkışacağı yerde, edebiyatın doğal yazgısının bu olduğunu söyleyerek kahkahadan kırıldı. Yine de doğduğu köye dönerken bu yazılarla dolu üç sandığı yanında götürmekten hiçbir güç onu alıkoyamadı. Sandıkları yük vagonuna atmak isteyen tren kondüktörlerine yakası açılmadık küfürler yağdırdıktan sonra sandıkları yanına alıp yolcu vagonuna yerleştirmeyi başardı. Ve, "İnsanlar birinci mevkide giderken, edebiyat yük katarına atılırsa, dünyanın anası bellenmiş demektir," dedi. Bilge Katalonyalının ağzından son duyulan sözler bunlar oldu. Yol hazırlıklarını tamamlamak için çetin bir hafta geçirmişti. Gitme günü yaklaştıkça bir yandan neşesi kaçıyor, öte yandan da aradığını koyduğu yerde bulamıyor, her şey birbirine karışıyor, sanki Fernanda'ya dadanan cinler şimdi onun başına üşüşüyordu.

"Londra Kilise Meclisi'nin yirmi yedi yasasının yirmi yedisinin de içine sıçayım," diye küfrediyordu.

German'la Aureliano onunla yakından ilgilendiler. Çocuk gibi onu hazırladılar, biletlerini, göçmen belgelerini ceplerine çengelliiğnelerle tutturdular. Macondo'dan ayrıldığı andan Barcelona'ya ineceği ana kadar yapacaklarının ayrıntılı bir listesini çıkardılar. Bütün bunlara rağmen, Katalonyalı yine de farkında olmadan içinde parasının yarısı sarılı duran külotunu kaldırıp attı. Yola çıkmasından bir gece önce sandıkları çiviledikten ve giyeceklerini ilk gelişinde getirdiği eski bavuluna yerleştirdikten sonra, bilge Katalonyalı gözlerini midye kabuğu gibi kıstı ve buradaki sürgünü boyunca katlandığı kitap yığınını göstererek, arkadaşlarına, "Bütün bu süprüntüyü sizlere bırakıyorum!" dedi.

Delikanlılar, üç ay sonra Katalonyalının yolculuğu sırasındaki boş zamanlarında yazıp biriktirdiği yirmi dokuz mektubu ve elliden fazla resmi aldılar. Mektuplarına tarih atmamış olmakla birlikte, hangi tarih sırasıyla yazdığı belirgindi. İlk mektuplarda, her zamanki şakacı ve neşeli tavrıyla, deniz yolculuğunun zorluklarından söz ediyor; kâğıt sandıklarını kamarasına koydurtmamak isteyen ambar memurunu denize atmamak için kendini nasıl zorla tuttuğunu, on üç numaralı kabine düştüğü için dehşete kapılan ve uğursuzluğuna inandığından değil de bu sayının sonu olmadığından ürktüğünü söyleyen kadının aptallığını, gemide verilen içme suyuna Lérida memba sularının çevresindeki pancar tadının karıştığını bildiği için kazandığı bahsi uzun uzadıya anlatıyordu. Ne var ki, günler geçtikçe, gemideki yaşantının gerçekleri onu gitgide daha az ilgilendiriyor, gemi yol aldıkça anıları acı vermeye başladığı için, en önemsiz olay, en ufak bir ayrıntı onda sıla özlemi yaratıyordu. Bu özlemin gelişmesi resimlerde de açık seçik görülüyordu. Arkasında Karayipler Ekimi'nin karlı dorukları görünen ilk resimlerde, kar gibi bembeyaz saçları, hastane pijamalarını andıran spor gömleğiyle mutlu bir görünüşü vardı. Son resimlerde ise sırtında koyu renk ceketi, ipek fuları ile yüzü solmuş, güz denizlerinde uyurgezerler gibi ilerleyen bu hüzünlü geminin güvertesinde kimsesizlikten suskunluğa saplanmış gibi görünüyordu. German ve Aureliano onun mektuplarına yanıt yazdılar. Katalonyalı, ilk aylarda öylesine sık mektup yazıyordu ki, German'la Aureliano, ona Macondo'da olduğu zamandakinden daha yakınlaşmış duygusuna kapılıyorlar, üzüntülerini unutuyorlardı. Katalonyalı, önceleri her şeyin aynı olduğunu, pembe yılanların hâlâ doğduğu evde gezindiklerini, kızarmış ekmeğin üzerine konulan kuru ringa balığının yine aynı tadı olduğunu, köydeki çavlanın akşam çökerken mis gibi koktuğunu yazıyordu. Yine defterden koparılmış sayfaları mor mürekkepli yazısıyla dolduruyor, delikanlılardan her birine bir paragraf ayırıyordu. Katalonyalının mektuplarındaki sağlıklı ve dinç hava, kendisi de farkına varmadan, büyünün bozulduğunu belirleyen pastoral bir niteliğe dönüşmeye başladı. Bir gece ocakta çorba kaynarken, dükkânının arkasındaki boğucu sıcağı, tozlu badem ağaçlarına güneşin vuruşunu, öğle uykusu saatlerinin uyuşukluğunu yırtan trenin düdüğünü özleyiverdi. Macondo'dayken de ocakta kaynayan kış çorbasını, kahvecinin çığırtılarını, baharda küme küme havalanan tarlakuşlarını tıpkı böyle özlemişti. İki ayna gibi karşı karşıya gelen bu iki özlem arasında bunalan Katalonyalı, o eşsiz gerçekdışı duygusunu yitirdi ve çocuklara yazdığı mektuplarda hepsinin Macondo'dan ayrılmalarını, dünyaya ve insan yüreğine ilişkin bütün öğretilerini unutmalarını, Horace'ın tepesine sıçmalarını, nerede olurlarsa olsunlar geçmişin bir yalan olduğunu, anıların dönüşü bulunmadığını, geçip giden hiçbir baharın yeniden ele geçirilemeyeceğini, aşkların en çılgınca ve en vazgeçilmez olanının ömrün sonundaki bir anlık gerçek olduğunu akıllarından çıkarmamalarını öğütlemeye başladı.

Macondo'dan gitmek öğüdünü ilk dinleyen Alvaro oldu. Nesi var nesi yoksa, evinin bahçesinde gezinen ve gelip geçenleri ürküten evcil kaplanı dahil her şeyini sattı savdı, hiç durmayacak olan bir trende sonsuza kadar geçerli bir bilet aldı. Yol boyunca attığı kartlarda, kompartımanın penceresinden bir an görünüp kaybolan görüntüleri anlatıyordu. Çabucak unutulan uzun bir şiiri yırtıp unutulmanın boşluğuna savuruyor gibiydi. Louisiana pamuk tarlalarındaki düşsel Zenciler, Kentucky'nin mavi otlaklarında kanatlı atlar, Arizona'nın cehennem ateşine benzeyen günbatımında sevişen Yunanlı âşıklar, Michigan'da bir gölün kıyısında suluboya resim yapan ve Alvaro'ya fırçayı tuttuğu elini sallayarak selam veren kırmızı kazaklı kız bu şiirin birer bölümüydü hep. Kız elini trenin dönüşü olmadığını bilmediği için elveda diye değil, umutla sallamıştı. Sonra bir cumartesi günü, Alfonso ile German pazartesiye dönmek niyetiyle gittiler. Ama bir daha onları ne gören oldu, ne de bir haber geldi. Bilge Katalonyalının gidişinden bir yıl sonra, dört arkadaştan Macondo'da kalan yalnızca Gabriel oldu. Gabriel, Nigromanta'nın hayırseverliğiyle ayakta duruyor ve bir Fransız dergisinin açtığı, kazanana bedava Paris gezisi armağan edilecek olan yarışmanın sorularını yanıtlayıp duruyordu. Dergiye abone olan Aureliano, Gabriel'in yanıtları doldurmasına yardım ediyor, kimi zaman onun evinde, çoğunlukla Gabriel'in herkesten gizlediği sevgilisi Mercedes'in kaldığı, Macondo'nun tek eczanesinde, seramik şişeler ve ilaç kokuları arasında çalışıyorlardı. Eczane, geçmişten kalan ve yok olmamış tek şeydi. Çünkü kendi kendini yiyerek, her an son bularak, ama bu son bulmanın sonunu hiç getirmeden yok olma sürecini dolduruyordu daha. Kasaba öylesi bir uyuşukluğa, durağanlığa gömülmüştü ki, Gabriel yarışmayı kazanıp da yanına iki kat çamaşır, bir çift pabuç ve Rabelais'nin bütün kitaplarını alarak Paris'e doğru yola çıkacağı zaman, treni durdurup binmek için makiniste kendisi işaret vermek zorunda kaldı. Eski Türkler Sokağı ıssız bir viraneliğe dönmüştü. Yalnızca son kalan Araplar görünüyordu. Onlar da son arşın bezlerini satalı yıllar geçtiği ve gölgeli vitrinlerde boynu kopuk mankenlerden başka bir şey kalmadığı halde, yüzyıllık alışkanlıklarını bozmadan kapılarının önünde oturmuş, ölüme sürüklenmeyi bekliyorlardı. Pratville, Alabama'da dereotlu salatalık turşuları yiyip sıkıntıdan bunaldığı gecelerde Patricia Brown'ın torunlarını oyalamak için masal gibi anlatmış olabileceği Muz Şirketi sitesinin yerinde göz alabildiğine yaban otlarıyla kaplı bir düzlük uzanıyordu. Kertenkelelerle fareler kilisenin mirasına konmak için birbirlerini bir köşede yerlerken, Peder Angel'in yerini alan ve kimsenin zahmet edip de adını öğrenmediği yaşlı papaz, damar sertliğinden ve kuşkunun getirdiği uykusuzluktan kıvranarak hamağına uzanıyor, Tanrı'nın kendisine acımasını bekliyordu. Kuşların hepten unuttuğu, toz ve sıcağın soluk kesecek denli yoğunlaştığı koca Macondo'da ve yalnızlık, sevgi ve aşkın yalnızlığı ile dünyadan kopmuş olan, kırmızı karıncaların gürültüsünden uyuma imkânı bulunmayan koca evde mutlu olan tek yaratıklar Aureliano ile Amaranta Úrsula'ydı. Yeryüzündeki en mutlu varlıklar onlardı.

Gaston, Brüksel'e dönmüştü. Uçağı beklemekten usanınca, en gerekli eşyalarını ufak bir valize doldurdu, mektup dosyasını yanına aldı, yetkili makamlara kendisininkinden daha elverişli bir tasarı sunan bir grup Alman pilotuna çalışma izni verilmeden önce uçağı alıp geri dönmek umuduyla yola çıktı. Aureliano ile Amaranta Úrsula ilk seviştikleri günden sonra, Gaston'un az rastlanır dalgınlık anlarından yararlanarak, hemen her zaman beklenmedik dönüşlerle yarıda kesilen buluşmalarında sessiz sevişmelerini sürdürür olmuşlardı. Ama kendilerini evde yapayalnız buluverince, yitirdikleri bunca zamanı kazanmaya çalışan sevgililerin coşkusuna kapıldılar. Fernanda'nın kemiklerini mezarda sızlatan ve iki sevgiliyi sürekli heyecan ve uyarıda tutan, zincirlerinden boşanmış, çılgın bir şehvetti bu. Amaranta Úrsula, gündüz saat ikide yemek masasının üzerinde nasıl çığlık atıp inliyorsa, gecenin ikisinde de erzak ambarında aynı şekilde inleyip çığlıklar atıyordu. Gülerek, "En çok yandığım da, bunca zamanı yitirmiş olmamız," diyordu. Tutku ve şehvetin sarhoşluğu içinde kendinden geçerek, karıncaların bahçeyi harap edişine, doymak bilmez açlıklarını evin kirişlerini kemirerek gidermelerine, canlı lav gibi yayılan karınca selinin yeniden verandayı kaplamasına seyirci kalıyor, ancak yatak odasına giren karıncalarla uğraşmak zahmetine katlanıyordu. Aureliano da elyazmalarını bir yana bıraktı, bir daha evden adım atmadı ve bilge Katalonyalıdan gelen mektuplara rasgele yanıt verir oldu. Gerçeklik duygusunu, zaman kavramını ve günlük alışkanlıkların düzenini yitirdiler. Soyunmak için zaman yitirmesinler diye bütün kapıları ve pencereleri örterek, evin içinde bir zamanlar Güzel Remedios'un istediği gibi dolaşmaya, bahçenin çamurlarında çırılçıplak yatıp yuvarlanmaya başladılar. Bir gün sarnıçta sevişelim derken, az kaldı boğuluyorlardı. Kısa süre içinde onların yaptığı zarar, kırmızı karıncalarınkini gölgede bıraktı. Salondaki eşyayı kırıp döktüler, çılgınca sevişmeleri sırasında Albay Aureliano Buendia'nın acılı, ordugâh aşklarına dayanmış hamağını paramparça ettiler, şilteleri paraladılar ve yere dökülen pamukların içinde solukları kesilerek seviştiler. Aureliano da tıpkı rakibi gibi azgın, coşkulu bir âşık olmasına rağmen, bu felaket cennetinde sözü geçen Amaranta Úrsula'nın çılgın dehası ve doymazlığıydı. Büyük ninesinin hayvan kalıplı şekerlemelere sarf ettiği yılmaz enerjinin tümünü Amaranta Úrsula sevgisinde yoğunlaştırmış gibiydi. Ne var ki, Amaranta Úrsula bulduğu aşk oyunlarına gülüp keyfinden şarkılar söyledikçe, Aureliano gitgide içine kapanıyor, suskunlaşıyordu. Çünkü onun tutkusu içedönük ve yakıcıydı. Yine de ustalıklarını öylesi aşırılıklara vardırıyorlardı ki, heyecandan bitkin düştükleri zaman yorgunluklarını fırsat biliyorlardı. Kendilerini gövdelerine tapınmaya adıyorlar, dinlenme sürelerinde bile şimdiye dek bilinmeyen nice sevişme olurlukları buluyorlar ve bunların tutkudan çok daha zengin, renkli ve yoğun olduğunu görüyorlardı. Aureliano, Amaranta Úrsula'nın uçları dikelmiş memelerini yumurta akıyla ovalarken ya da esnek kalçalarını, şeftaliye benzeyen karnını kakao yağıyla sıvazlarken, Amaranta Úrsula da onun kocaman organıyla bebek gibi oynuyor, dudak boyasıyla tepesine soytarı gözleri çiziyor, kaş kalemiyle palabıyık oturtuyor, organze kurdelelerden kravatlar takıp kalay kâğıdından şapkalar giydiriyordu. Bir gece birbirlerini tepeden tırnağa şeftali marmeladına bulayıp köpekler gibi yalaştılar ve verandada seviştiler. Sonra onları diri diri yemeye hazırlanan obur karınca selinin gürültüsüne uyandılar.

Sevişme çılgınlıklarına ara verdiklerinde Amaranta Úrsula, Gaston'un mektuplarını yanıtlıyordu. Gaston'u öylesine uzakta ve öylesine işlerine dalmış görüyordu ki, dönüşünü aklına bile getirmiyordu. Gaston ilk mektuplarından birinde, ortaklarının uçağı gerçekten gönderdiklerini, ancak Brüksel'deki nakliye acentesinin yaptığı yanlışlık yüzünden uçağın Tanganika'daki Makondo aşiretine teslim edildiğini yazdı. Bu karışıklık öyle çok zorluk doğurmuştu ki, yalnızca uçağı geri almak iki yıl sürebilirdi. Bu haberleri alan Amaranta Úrsula, kocasının kısa zamanda dönme olasılığını kafasından sildi. Aureliano'nun dünyayla ilişkisi de yalnızca bilge Katalonyalının mektuplarıyla ve eczacı Mercedes kanalıyla Gabriel'den aldığı haberlerle sürüyordu. Önceleri bu haberleşmeler gerçek bağlar niteliğindeydi. Gabriel Paris'te kalmaya karar verip dönüş biletini iade etmişti. Şimdi Dauphine Sokağı'ndaki kasvetli bir otelden oda hizmetçilerinin attığı eski gazetelerle boş şişeleri satarak geçiniyordu. Aureliano, onu ancak Montparnasse kaldırımlarındaki kahvelerde bahar havası esince sırtından çıkardığı balıkçı yakalı bir kazakla gözünün önüne getiriyor; Gabriel'in, Rocamadour'un öleceği o karnabahar haşlaması kokan odadaki açlığın aklını karıştırmak için gündüzleri uyuyup geceleri yazdığını düşlüyordu. Ne var ki, Gabriel'den gelen haberler gitgide belirsizleşmeye, bilge Katalonyalının mektupları da melankolik ve dağınık bir havaya bürünmeye başlayınca, Aureliano onları Amaranta Úrsula'nın kocasını düşündüğü gibi uzak birer anı olarak görmeye başladı. Böylelikle Amaranta Úrsula ile Aureliano, günlük ve sonsuz tek gerçeğin aşk olduğu boş bir evrende asılı kaldılar.

Bu mutlu kendini koyuvermişlik dünyasında, Gaston'un dönüş haberi beklenmedik bir panik yarattı. Aureliano ile Amaranta Úrsula gözlerini açtılar, ruhlarının derinliklerini araştırdılar, ellerini yüreklerine bastırarak mektuba baktılar ve ayrılmaktansa ölmeyi yeğleyecek kadar birbirlerine yakın olduklarını anladılar. Bunun üzerine Amaranta Úrsula, kocasına çelişkili gerçeklerle dolu bir mektup yazdı, kendisini nice sevdiğini ve onu tekrar göreceğine ne denli sevindiğini, ama kaderin bir yazgısı olarak Aureliano'suz yaşayamayacağını anlattı. Beklediklerinin tersine, Gaston'dan son derece serinkanlı, neredeyse babacan bir mektup aldılar. Gaston iki sayfa boyunca onları tutkuların geçiciliğine, belirsizliğine karşı uyarıyor, mektubu bitirirken de her ikisinin kendi kısa evlilik deneyinde tattığı mutluluk ölçüsünde mutlu olmalarını diliyordu. Gaston'un bu tutumu öylesine beklenmedik bir nitelikteydi ki, Amaranta Úrsula kocasının kendisini yazgısına terk etmek için bahane aradığı ve bu bahaneyi ona kendi eliyle hazırladığı duygusuna kapılarak aşağılanmış olduğu kanısına vardı. Altı ay sonra Gaston, Léopoldville'den yazdığı mektupta, uçağı sonunda ele geçirdiğinden ve Macondo'da bıraktığı eşya içinde tek manevi değeri olan bisikletini istediğinden söz edince, Amaranta Úrsula'nın cinleri yeniden başına üşüştü. Aureliano, Amaranta Úrsula'nın öfkesine sabırla katlandı ve bolluk günlerinde olduğu kadar düşkünlük günlerinde de iyi bir koca olabileceğini kanıtlamaya çalıştı. Gaston'un son parası da suyunu çekince çıkan günlük gereksinimler, ikisi arasında bir dayanışma bağı yarattı. Bu bağ, şehvet gibi baş döndürücü değilse de, yine tutkularının ilk günlerindeki gibi sevişmelerini ve mutlu olmalarını sağlıyordu. Pilar Ternera öldüğü sırada, Aureliano ile Amaranta Úrsula bir bebek bekliyorlardı.

Amaranta Úrsula gebeliğin uyuşukluğu sırasında, balıkların omurgalarından yapılmış kolyeler yapıp satmayı denedi. Ama kolyelerden bir düzine alan Mercedes dışında, hiç alıcı bulamadı. Aureliano, dil öğrenme yeteneğinin, ansiklopedik bilgisinin, gitmediği yerler ve çok eski olaylar hakkındaki ayrıntıları aklında tutabilme gücünün, tıpkı karısının sahip olduğu ve Macondo'da kalmış kişilerin toparlayabileceği paranın tümünden değerli olan mücevherler gibi hiçbir işe yaramadığını ilk kez anlıyordu. Mucize kabilinden yaşıyorlardı. Amaranta Úrsula her ne kadar neşesini ve baştan çıkarıcı yaramazlıklar konusundaki dehasını yitirmediyse de, yemekten sonraları düşünceli ve gözleri açık bir uykuya dalmış gibi verandada oturma alışkanlığı edindi. Aureliano da onunla birlikte oturuyordu. Kimi zaman, karşılıklı oturup birbirlerinin gözlerinin içine bakarak ve birbirlerini yine en ateşli günlerdeki gibi severek, akşam karanlığı çökene kadar verandada öylece kalıyorlardı. Geleceğin belirsizliği, yüreklerini geçmişe çevirmişti. Kendilerini büyük yağmurların yitik cennetinde görüyorlar, bahçedeki su birikintilerine dalıp çıkışlarını, Úrsula'nın üzerine asmak için kertenkeleleri öldürüşlerini, Úrsula'yı diri diri gömmeye kalkışmalarını anımsıyorlar ve bu anılar onlara kendilerini bildiler bileli birlikte mutlu oldukları gerçeğini kanıtlıyordu. Amaranta Úrsula daha eski anıları kurcalayınca, gümüş işliğine girdiği gün ve annesinin söyledikleri aklına geldi. Annesi, Aureliano'nun kimsenin çocuğu olmadığını, onu bir sepetin içinde yüzerken bulduklarını söylemişti. Bu sözler her ikisine de akla yakın görünmediyse de, Aureliano'nun kimliği hakkında bu öykünün yerini tutabilecek başkaca bilgileri yoktu. Bütün olasılıkları gözden geçirdikten sonra kesinlikle bildikleri tek şey, Fernanda'nın Aureliano'nun anası olmadığıydı. Amaranta Úrsula, Aureliano'nun, hakkında yalnızca yüz kızartıcı hikâyeler duyduğu Petra Cotes'in oğlu olabileceğini düşünüyor ve düşündükçe yüreği dehşetle burkuluyordu.

Karısının kardeşi olduğuna inanmanın verdiği işkenceye dayanamayan Aureliano, ana babasının kimler olduğu hakkında bir şeyler bulabilme umuduyla yer yer küflenmiş, yer yer güve yemiş arşivlere bakmak için kiliseye gitti. Bulduğu en eski vaftiz belgesi, çikolata gözbağcılığı ile Tanrı'nın varlığını kanıtlamaya çalışan Peder Nicanor Reyna tarafından, yetişkin bir kız olduğu sırada vaftiz edilen Amaranta Buendia'ya verilmiş olan belgeydi. Aureliano, kayıtların bulunduğu dört cildi tararken, nüfus kayıtlarına rastladığı on yedi Aureliano'dan biri olduğunu sandı, ancak bu Aurelianoların vaftiz tarihleri kendi yaşına oranla çok eskilere uzanıyordu. Yattığı yerden onu seyreden damar sertliğine tutulmuş papaz, Aureliano'nun şecere çıkmazlarında yolunu yitirdiğini, belirsizliğin dehşetiyle titrediğini görünce haline acıdı, adını sordu.

"Aureliano Buendia," dedi Aureliano.

Papaz kesin bir tavırla, "Öyleyse boşuna yorulma," diye karşılık verdi. "Yıllarca önce burada o adı taşıyan bir sokak vardı ve o günlerde insanlar çocuklarına sokak adları takma alışkanlığındaydılar."

Aureliano hırsından titremeye başladı.

"Demek sen de inanmıyorsun," dedi.

"Neye inanmıyorum?"

"Albay Aureliano Buendia'nın tam otuz iki iç savaşta çarpıştığına ve hepsinde yenildiğine. Askerlerin üç bin işçiyi istasyonda kıstırıp makineli tüfekle biçtiğine ve cesetlerin iki yüz vagonluk bir katara yüklenip denize döküldüğüne."

Papaz acıyan bakışlarıyla onu süzdü.

"Ah oğlum," diye içini çekti. "Şu anda senin ve benim var olduğumuzu kesinlikle bilebilmek yetiyor bana."

Böylece Aureliano ile Amaranta Úrsula, inandıkları için değil, ama onları dehşete kapılmaktan kurtardığı için sepet masalını kabullendiler. Gebelik ilerledikçe, birbirlerine daha çok yakınlaşıyorlar, bir tek varlık oluyorlar, püf denilse çökecek evin yalnızlığı içinde gitgide tek benlik halinde kaynaşıyorlardı. Evin, kendilerine yetecek olan pek kısıtlı bölümüne çekilmişlerdi. Fernanda'nın yatak odasında kalıyorlar, yerlerinden kıpırdamadan bakışarak sevişiyorlardı. Bir de verandanın bir bölümünden yararlanıyorlardı. Burada da Amaranta Úrsula oturup doğacak bebeğine başlıklar, patikler dikiyor, Aureliano da bilge Katalonyalıdan ara sıra gelen mektuplara karşılık yazıyordu. Evin geri kalan bölümleri, çöküntünün amansız saldırısına terk edilmişti. Gümüş işliği, Melquíades'in odası, Santa Sofia de la Piedad'ın ilkel ve sessiz dünyası, kimsenin girmeyi göze alamayacağı bu evcil ormanın derinliklerinde kalmıştı. Doğanın doymazlığıyla çevrelenen Amaranta Úrsula ile Aureliano, ortanca ve begonya yetiştirmeye devam ediyorlar ve insanla karınca arasındaki yüzyıllık savaşın son siperlerini kireçle kazarak savunma hatlarını hazırlıyorlardı. Uzun ve bakımsız saçları, yüzüne basan gebelik lekeleri, bacaklarının şişmesi, bir zamanlar sevişirken kıvranan incecik bedeninin bozulması, Amaranta Úrsula'yı talihsiz kanaryalarla ve sevginin tutsağı kocasıyla birlikte eve ilk geldiği zamanki gençlik dolu halinden uzaklaştırmış, ama ruhunun canlılığını, delifişekliğini değiştirmemişti. "Amma da boktan iş ha," diye gülüyor, "kim derdi ki sonunda gerçekten yabaniler gibi yaşayacağız!" diyordu. Gebeliğin altıncı ayında aldıkları ve bilge Katalonyalıdan gelmediği ilk bakışta anlaşılan mektubun gelmesiyle, onları dünyaya bağlayan son bağ da koptu. Barcelona'dan postalanmıştı. Zarfın üzeri beylik mürekkeple ve resmî bir elyazısıyla yazılmıştı. Kötü haberlere özgü kayıtsız ve kişiliksiz bir görünümü vardı. Amaranta Úrsula zarfı açacağı sırada Aureliano elinden kaptı.

"Bu zarfı açma," dedi. "Ne yazdığını bilmek istemiyorum."

Aureliano'nun sezinlediği gibi, bilge Katalonyalı bir daha mektup yazmadı. Kimsenin okumadığı o yabancının mektubu ise, bir keresinde Fernanda'nın nişan yüzüğünü unuttuğu rafın üzerinde güvelerin insafına terk edildi ve taşıdığı kötü haberin için için yakan ateşiyle kendi kendini yok ederek orada kaldı. Yalnız kalan sevgililer ise, son evrelerin kabaran dalgalarına kendilerini bıraktılar, onları büyünün bozulup unutkanlığın başladığı çöle doğru sürüklemek gibi gereksiz bir çabaya sıvanan o pişmanlık tanımaz, kötü sona yol açan günlerin akıntısına kapıldılar. Başlarında dolanan tehlikenin bilincinde olan Amaranta Úrsula ile Aureliano, son ayları el ele tutuşarak ve zina çılgınlığında peydahlanıp bağlılıklarının mutlak olduğu dönemde doğacak çocuklarına sevgi besleyerek geçirdiler. Geceleri birbirlerine sarılarak yatıyorlar ve karıncaların sesi, güvelerin gürültüsü ya da bitişik odaları bürüyen otların sürekli hışırtısı gibi dünyaya özgü seslerden ürkmüyorlardı. Ama çoğu kez, ölülerin gidiş gelişiyle uykudan uyanıyorlardı. Úrsula'nın soyunu sürdürmek için doğa yasalarıyla savaştığını, José Arcadio Buendia'nın büyük buluşların efsanevi gerçeğini aradığını, Fernanda'nın dua ettiğini, Albay Buendia'nın savaş aldatmacası ve balıklar arasında kendini şaşkına çevirdiğini, Aureliano Segundo'nun sefahat âlemlerinin karmaşasında yalnızlıktan öldüğünü duyuyorlardı. Sonra büyük tutkuların ölüme rağmen sürebildiğini öğrendiler ve bugün böceklerin insandan çaldıkları sefalet cennetini günün birinde böceklerin elinden alacak olan başka hayvan türleri ortaya çıktıktan çok sonraları bile birer hayalet olarak da birbirlerini sevmeyi sürdüreceklerini anlayınca çok mutlu oldular.

Bir pazar günü akşamüstü saat altıda Amaranta Úrsula'nın doğum sancısı tuttu. Aç kalmamak için etlerini satan kızların o hep gülümseyen maması, Amaranta Úrsula'yı yemek masasının üstüne yatırdı, kendisi de bacaklarını iki yana ayırarak onun karnının üzerine oturdu ve Amaranta Úrsula'nın çığlıkları, heybetli bir erkek çocuğun bağırtısıyla bastırılana kadar karnını ezdi durdu. Amaranta Úrsula gözyaşlarının arasından, oğlunun iriyarı Buendialardan biri olduğunu, bütün José Arcadiolar gibi güçlü ve yılmaz, bütün Aurelianolar gibi gözlemci ve önsezili olduğunu gördü. Bu çocuk, soyu yeniden başlatacak ve bütün kötülüklerden, yalnızlıklardan arındıracaktı, çünkü yüzyıl içinde tohumu aşkla atılmış tek insan o oluyordu.

Amaranta Úrsula, "Bu gerçek bir yabani," dedi. "Adını Rodrigo koyalım."

Kocası, "Hayır," diye karşı çıktı. "Adını Aureliano koyacağız ve Aureliano tam otuz iki savaş kazanacak."

Ebe, çocuğun göbeğini kestikten sonra, Aureliano'nun tuttuğu lambanın ışığında çocuğun göbeğini kaplayan mavimsi, yağlı pisliği bezle silmeye başladı. Çocuğu karınüstü çevirdikleri zaman öteki erkeklerden bir fazlalığı daha olduğunu fark ettiler. Eğilip baktılar. Bir domuz kuyruğuydu bu.

Korkuya kapılmadılar. Aureliano ile Amaranta Úrsula ailedeki geleneği bilmiyorlar, Úrsula'nın ürkütücü uyarılarını da anımsamıyorlardı. Ebe kadın, çocuk ikinci dişini çıkardığı zaman kuyruğun kesilebileceğini söyleyerek onları yatıştırdı. Zaten bu konuyu bir daha düşünmeye zaman bulamadılar, çünkü Amaranta Úrsula'dan dereler gibi kan boşanmaya başladı. Örümcek ağları ve kül topakları koyarak kanı durdurmaya çalıştılar, ama bu fışkıran bir kaynağı parmak bastırarak tıkamaya benziyordu. Amaranta Úrsula, ilk saatlerde neşesini sürdürmeye çalıştı. Korkuya kapılan Aureliano'nun elini tuttu, üzülmemesini söyledi, kendisi gibi olanların kendileri istemedikçe ölmediklerini anlattı ve ebenin uyguladığı kocakarı ilaçlarına kahkahalarla güldü. Ne var ki, Aureliano'nun umudu kesildikçe, Amaranta Úrsula silikleşiyor, üzerindeki ışık soluyormuş gibi oluyordu. Sonunda kendinden geçti. Pazartesi gün doğarken nefesi kuvvetli bir kadın getirdiler, kanı durdurmak için dualar okudu. Ama Amaranta Úrsula'nın şehvetli kanı, kaynağını aşktan almayan her türlü gözbağcılığına duyarsızdı. Yirmi dört saat umutsuzlukla pençeleştikten sonra akşama doğru onun öldüğünü anladılar, çünkü kan kendiliğinden kesildi ve Amaranta Úrsula'nın burnu uzadı, yüzündeki lekeler yok oldu, cildi su mermerinin donukluğunu aldı. Yeniden gülümsüyor gibiydi.

Aureliano, arkadaşlarını ne kadar sevdiğini, ne denli özlediğini, o anda onların yanında olmak için neler verebileceğini o zamana kadar hiç anlamamıştı. Çocuğu, anasının hazırladığı sepete yatırdı, cesedin yüzünü battaniyeyle örttü, sonra geçmişe açılan bir kapı arayarak kasabada oradan oraya dolaştı. Son zamanlarda uğramadığı eczanenin kapısını çaldı. Eczanenin yerine bir marangoz dükkânı açılmıştı. Marangoz dükkânının kapısını aralayan yaşlı kadın, elindeki lambayı yüzüne tutup baktıktan sonra, onun saçmalayışına acıyarak orada hiçbir zaman eczane olmadığını ve ince boyunlu, süzgün gözlü, Mercedes diye bir kızı hiç tanımadığını ısrarla yineledi. Aureliano, alnını bilge Katalonyalının eski dükkânının kapısına dayayarak ağlamaya başladı. Bu gecikmiş gözyaşlarıyla, aşkın büyüsünü bozmamak için zamanında ağlayamadığı bir ölüye olan borcunu ödediğinin farkındaydı. Gökyüzünden geçen ve eski cümbüş gecelerinde çulluklarla dolu bahçeden çocuksu bir hayranlıkla seyrettiği turuncu renkli, parlak halkalara hiç aldırmadan, Altın Çocuk'un çimentoyla örülmüş kapısını yumruklayıp Pilar Ternera'ya seslendi. Tarumar olmuş kırmızı fenerler mahallesinde açık kalan son salonda, bir grup akordeon çalıyor ve Şeytan Çatlatan Francisco'nun sırlarının vârisi, piskoposun yeğeni Rafael Escalona'nın şarkılarını söylüyorlardı. Anasına el kaldırdığı için kolu büzülüp kurumuş olan meyhaneci, Aureliano'yu kamış likörü içmeye çağırdı. Aureliano ona içki ısmarladı. Meyhaneci ona kolunun başına gelenleri anlattı. Aureliano da, kız kardeşine tutkulandığı için büzüşüp kuruyan yüreğinin başına gelenleri anlattı. Sonunda karşılıklı ağlamaya başladılar ve Aureliano'ya bir an acıları son bulmuş gibi geldi. Oysa Macondo'nun son şafağı sökerken, yeniden yalnız kalınca alanın ortasına dikildi, kollarını iki yana kaldırdı ve bütün dünyaya duyurmak istermişcesine olanca gücüyle haykırdı:

"Arkadaş dediğin, bir alay hergeleden başka bir şey değildir!"

Nigromanta, onu kusmuk ve gözyaşından oluşmuş

bir gölcükte boğulmak üzereyken kurtardı. Aureliano'yu odasına götürdü, üstünü başını temizledi, sıcak etsuyu içirdi. Sonra onu avutmak umuduyla, eline bir parça mangal kömürü alıp eskiden kalmış olan aşk borçlarını karaladı ve Aureliano'yu gözyaşlarında yalnız bırakmamak için kendi dertlerini döküp ağlamaya koyuldu. Aureliano kısa bir süre kendinden geçip uyudu. Uyandığında başı ağrıyordu. Gözlerini açtı ve o anda çocuk aklına düştü.

Sepeti bulamadı. İlk anda Amaranta Úrsula'nın çocuğa bakmak için ölüm uykusundan uyandığını sanarak sevindi. Oysa karısının cesedi battaniyenin altında taş yığını gibi duruyordu. Geldiğinde yatak odasının kapısını açık bulduğunu anımsayan Aureliano, ortancaların sabah soluklarıyla dolmuş verandadan geçti, doğumdan artakalan büyük leğenin, kanlı çarşafların, kül dolu kavanozların, masanın üzerinde makasla olta ipliğinin yanındaki bezin ortasında duran göbek bağının henüz ortalıktan kaldırılmadığı yemek odasına baktı. Ebenin gece gelip çocuğu almış olacağı fikri, ona düşünme fırsatı verecek bir rahat soluk almayı sağladı. Evin yeni yapıldığı günlerde nakış dersleri verirken Rebeca'nın oturduğu, Albay Gerineldo Márquez'le Çin daması oynarken Amaranta'nın oturduğu, bebeğin çamaşırlarını dikerken Amaranta Úrsula'nın oturduğu salıncaklı koltuğa oturdu ve aklını başına topladığı o bir anlık süre içinde, bunca yıllık geçmişin ezici ağırlığını ruhunda taşıyamayacağını kavradı. Kendinin ve başkalarının özlemlerinden oluşan ölümcül mızraklarla yüreği delik deşik olarak, kurumuş gül fidanlarının üzerindeki örümcek ağlarının direncine, ayrıkotlarının yılmazlığına, parlak şubat sabahını dolduran havanın sabrına hayranlık duydu. Sonra çocuğu gördü. Artık çocukluktan çıkmış olan bu kurumuş ve şişmiş deri torbaya, bahçenin taşlı yolu üzerinde dünyanın bütün karıncaları yapışmış, her biri kendi yuvasına doğru çekiştiriyordu. Aureliano yerinden kıpırdayamadı. Dehşetten donakaldığı için değil, Melquíades'in son ipucu o anda aydınlandığı için yerine çakılı kalmıştı. Elyazmalarındaki son cümle, insanın zaman ve mekân düzeni içindeki yerine yerli yerinde oturuyordu. "Soyun atası ağaca bağlanır, sonuncusunu da karıncalar yer," diye yazmıştı Melquíades.

Aureliano ömrünün hiçbir döneminde, ölmüşlerini ve ölülerinin acısını unutup dünyanın baştan çıkarıcılığına kanmamak için kapıları ve pencereleri yeniden Fernanda'nın çaprazlama tahtalarıyla çaktığı kadarki kadar aklı başında olmamıştır. Çünkü yazgısının Melquíades'in yazmalarında bulunduğunu biliyordu. Melquíades'in odasında yeryüzünde insanların yaşadığını belirleyen bütün izleri yok ederek gelişmiş olan tarihöncesi bitkilerin, fokurdayan su birikintilerinin, parlak böceklerin arasında, elyazmalarını bozulmamış olarak buldu ve onları gün ışığına çıkarmaya sabredemeden odanın ortasında ayakta durdu, elyazmalarını sanki İspanyolca yazılmış ve göz kamaştırıcı öğle güneşinde okunuyormuş gibi hiç zorluk çekmeden yüksek sesle çevirmeye başladı. Bu yazılar, Melquíades'in olaylardan yüzyıl önce yazdığı ve en ufak ayrıntıya kadar her şeyi kapsayan, ailenin tarihçesiydi. Melquíades yazıları anadili olan Sanskritçe yazmış, çift sayılı dizeleri İmparator Augustus'un gizli şifresiyle, tek sayılı dizeleri de Lakedemonya askerî şifresiyle kodlamıştı. Aureliano'nun aklını Amaranta Úrsula'nın sevgisine taktığı sıralarda çözmek üzere olduğu son şifre de, tarihçenin yazılış biçimiydi. Melquíades olayları alışılmış zaman düzeninde sıralamamış, yüzyıl boyunca olan günlük olayları öylesine bir araya toparlamıştı ki, olayların tümü aynı anda oluşmuş gibi görünüyordu. Bu buluşun büyüsüne kapılan Aureliano, Melquíades'in Arcadio'ya okuduğu ve aslında Arcadio'nun kurşuna dizilmesini belirleyen bölümü hiç atlamadan yüksek sesle okudu, sonra cennete uçan dünyanın en güzel kadınının doğum haberini okudu, babalarının ölümünden sonra doğan ve yeteneksizlik ya da tembellikten değil de girişimleri zamansız olduğu için elyazmalarını çözmekten vazgeçen ikizlerin kimliğini buldu. Yazıların orasına gelince, kendi kimliğini öğrenmek için sabırsızlanan Aureliano birkaç sayfa atladı. O zaman, geçmişin sesleriyle, eski sardunyaların mırıltısıyla en amansız özlemlere yol açan kopuk iç çekişleriyle yüklü ılık bir esinti başladı. Aureliano rüzgârın farkına varmadı. Çünkü o anda, kendi kökenini araştırıyor, kendisini mutlu etmeyecek olan güzel bir kadını aramak için yollara düşmüş şehvet düşkünü bir büyükbabada kendi oluşumunun ilk belirtilerini buluyordu. Aureliano onu tanıdı, onun soyundan gelenlerin gizli yolunu izleyerek, başkaldırmak için kendini veren bir kadın ile tutkusunu onda söndüren bir işçinin gün batarken buluştukları banyodaki akreplerle sarı kelebekler arasında Aureliano kendisinin nasıl peydahlandığını anladı. Okuduklarına öylesine dalıp gitmişti ki, kasırgaya dönüşen rüzgârın kapılarla pencereleri menteşelerinden söktüğünü, doğu kanadının çatısını uçurduğunu ve evin temellerini sarstığını hiç fark etmedi. Amaranta Úrsula'nın kardeşi değil teyzesi olduğunu ve soyun sonunu getirecek olan efsanevî hayvanı dünyaya getirinceye kadar Aureliano ile Amaranta Úrsula birbirlerini kanın en girift çıkmazlarında arasınlar diye Sir Francis Drake'in Riocacha'ya saldırmış olduğunu ancak o zaman anladı. Aureliano çok iyi bildiği olaylarla zaman yitirmemek için on bir sayfa birden atladığı anda, Macondo Kutsal Kitap'ta yazılı kasırganın gazabına kapılıp dönmeye başlamış bir toz ve taş girdabı haline gelmişti bile. Aureliano içinde yaşadığı anı anlatan bölümün şifresini çözmeye koyuldu. Bir yandan şifreyi çözüyor, bir yandan okuduklarını yaşıyor, konuşan bir aynaya bakıyormuş gibi son sayfalarda yazılı olayları söyleyerek yaşıyordu. Sonra kendi ölümünün nasıl ve ne zaman olacağını öğrenmek için bir sayfa daha atladı. Son satıra gelmeden önce, o odadan bir daha çıkamayacağını anlamış bulunuyordu. Çünkü elyazmalarında Aureliano Babilonia'nın şifreleri çözdüğü anda aynalar (ya da seraplar) kentinin rüzgârla savrulup yok olacağı, insanların anılarından silineceği ve yazılanların evrenin başlangıcından sonuna dek bir daha yinelenmeyeceği yazıyordu. Çünkü yüzyıllık yalnızlığa mahkûm edilen soyların, yeryüzünde ikinci bir deney fırsatları olamazdı.